Les Défenseurs

DU

MONT SAINT-MICHEL

(1417-1450)

PAR

LE VICOMTE OSCAR DE POLI

PRÉSIDENT DU CONSEIL HÉRALDIQUE DE FRANCE

Magnanimi heroes !
VIRGILE.

(EAU-FORTE DE MARCEL D'AUBÉPINE)

LABOR ET PROBITAS

PARIS

CONSEIL HÉRALDIQUE DE FRANCE

45, RUE DES ACACIAS, 45

1895

LES DÉFENSEURS

DU

Mont Saint-Michel

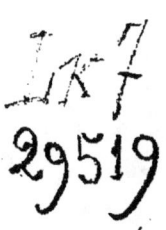

Imp. Ch Delâtre

JADIS

Les Défenseurs

DU

MONT SAINT-MICHEL

(1417-1450)

PAR

LE VICOMTE OSCAR DE POLI

PRÉSIDENT DU CONSEIL HÉRALDIQUE DE FRANCE

Magnanimi heroes!
VIRGILE

(EAU-FORTE DE MARCEL D'AUBÉPINE)

PARIS

CONSEIL HÉRALDIQUE DE FRANCE

45, RUE DES ACACIAS, 45

1895

LISTE DES SOUSCRIPTEURS

MESSIEURS :

Philippe **Adenel.**
L'Abbé Augustin **Albouy.**
Le Baron P. d'**Allemagne.**
G. **Amiot.**
Le Vicomte d'**Amphernet.**
Le Comte d'**Arlot de Saint-Saud.**
Edmond **Assire.**
Association d'Agriculture, d'Archéologie et d'histoire naturelle du dép. de la **Manche.** (Président : Mr **Lepindard.**)
U.-A. **Archambault.**
Le Comte **Artur** de la **Villarmois.**
Le Comte **Artur** du **Plessis.**
Marcel d'**Aubépine.**
Madame la Marquise d'**Auber de Peyrelongue,** Douairière.
Alphonse **Auger.**
Madame Alphonse **Auger.**
Le Comte Henri d'**Auxais.**
Le Baron d'**Avril.**
Gustave de **Bailliencourt.**
Le Marquis de **Balbi de Vernon.**

MESSIEURS :

Le Chevalier de **Beffroy.**
Fernand de **Bellussière.**
Léon de **Berluc - Pérussis.**
Gaston **Bernos.**
Madame la Comtesse de **Bersolle,** née de **Béville.**
Alexandre **Besche.**
Alfred de **Besne.**
Bibliothèque de la **Ville** de Cherbourg. (Bibliothécaire : Mr G. **Amiot.**)
Madame la Baronne de **Billeheut d'Argenton.**
Alfred de **Billy.**
Charles de **Billy.**
Bocquet de Chanterenne.
Edmond **Boisserie de Masmontet.**
Gaston du **Boscq de Beaumont.**
Le Comte Jules **Boselli.**
Le Comte de **Bosredont.**
Le Comte de **Boursetty.**
Le Comte A. de **Bremond d'Ars,** Marquis de **Migré.**
Le Chevalier de **Breuilly.**

Émile de la **Broïse**.

Le Baron Maurice de la **Broïse**.

Maxime de la **Broïse**.

Amédée du **Buisson de Cour-son**.

Bulletin Héraldique de **France**. (Directeur : Mr Louis de la **Roque**).

Henri **Caillon**.

Le Vicomte de **Caix** de **Saint-Aymour**.

Le Comte Gabriel de **Caix** de **Saint-Aymour**.

Madame la Comtesse G. de **Caix de Saint-Aymour**, née de **Poli**.

Marcel **Campagne**.

Le Lieutenant-Colonel Baron de **Carmejane de Pierre-don**.

Le Baron **Cavrois de Sater-nault**.

Augustin **Challayer**.

Honoré **Champion**.

Le Comte Paul **Chandon de Briailles**.

Le Baron **Chandon** de **Briailles**.

Madame la Baronne de **Cha-rette de la Contrie**.

Le Comte de **Charpin-Feu-gerolles**.

Alfred **Chaumeil**.

M. **Chérot**.

L'Abbé **Chevallier**, Curé de Montbré.

Le Capitaine **Cléret de Lan-gavant**.

Le Comte de **Clinchamp**.

Madame la Comtesse Berthe de **Clinchamp**.

Éd.-Jules de **Clinchamps**.

Pierre **Cognet**.

Le Comte de **Colbert-Laplace**.

André **Coll-de-Barre**.

Le Vicomte de **Colleville**.

Monseigneur **Constans**.

Charles **Cordier**.

Alphonse **Couret**.

Le Vicomte Robert de **Cour-son de la Villeneuve**.

Le Comte de **Coutard**.

Le Marquis de **Croizier**.

Le R. P. **Danjou** Supérieur des RR. PP. Missionnaires du Mont-Saint-Michel.

Aymar **Desplans**.

Le Comte Gaëtan de **Digoine du Palais**.

Magloire **Dorange**.

Victor **Ducoulombier**.

Eugène **Duboscq**.

Monseigneur **Estéves**.

Le Marquis de l'**Estour-beillon de la Garna-che**.

Paul de **Farcy**.

Le Comte de **La Fargue**.

Paul de **Faucher**.

Paul du **Fayet de la Tour**.

Roger de **Figuères de Mar-thomis**.

Le Marquis de **Forbin d'Op-pède**.

Joseph du **Fort**.

Le Marquis de **Frondeville**.

Gaillard.

Le Comte de **Gaillard de Lavaldène**.

Émile **Garnot**.

H. **Gateau**.

Pierre **Ginoux de Fermon**.

Charles **Givelet**.

Le Marquis de **Granges de Surgères**, Vice-Président du Conseil Héraldique de France.

Henry **Gréau**.

Ferdinand **Guérin**.

Robert **Guerlin**.

Ludovic **Guignard de Butte-ville**.

Le Vicomte de **Guiton**.

Le Marquis d'**Harcourt**.

Tancrède de **Hauteville**.

S. G. Monseigneur **Hautin**, Archevêque de Chambéry.

Oscar **Hesselyn**.

Du **Homme de Chassilly**.

Le Baron du **Hommet**.

Le Comte **Hüe de Mutrécy**.

Paul **Huet**.

Le Baron **Hulot de Collart** de Sainte-Marthe.

Alexandre **Jarry**.

Le Baron **Jolivet de Colomby**.

J. **Jouël du Hamel**.

Le Comte de **Kreuznach**.

Gabriel de **Lacger**.

Laer (R. R. H. Toe).

Alexandre **Lair**.

Le Baron Tristan **Lambert**.

L'Abbé **Landry**.

Lanfranc de Panthou.

Le Comte de **Lapeyrouse-Bonfils**.

Le Marquis de **Lastic-Rochegonde**.

A. **Laurent**.

Madame la Comtesse **Le Brun de Neuville**.

L'Abbé André **Lecler**.

Henry **Le Court**.

Noël **Le Mire**.

M. **Lepindard**.

Henry **Le Roux**.

Monseigneur **Lesur**.

Le Vicomte **Macé**.

Madame la Vicomtesse **Macé**.

Le Chevalier Patrice **Mac Swiney**.

L. **Mahaut**.

Le Comte A. **Maingard**.

Le Baron de **Malet**.

Madame la Marquise de **Marescot**, née d'**Auxais**.

Le Vicomte Auguste de **Margon**.

Le Marquis de **Marguerye de Sorteval**.

Madame **Martel de Saint-Antoine**.

Alfred de **Martonne**.

Le Commandeur Félix de **Meleniewski**.

Maurice **Mercier**.

Charles **Michel d'Annoville**.

Madame Louise **Michel d'Annoville**.

Stanislas **Michel de Monthuchon**.

Les RR. PP. **Missionnaires du Mont Saint-Michel**. (Supérieur : le R.P. **Danjou**.)

H. de **Moncuit**.

Camille **Monin**.

Le Comte de **Neufbourg**.

Madame la Comtesse de **Neuf-bourg**, née de **Poli**.

Le Capitaine Félix **Niel**.

Oberkampff de Dabrun.

Le Commandeur Antonio **Padula**.

Le Comte **Palluat de Besset**.

Monseigneur A.-M. **Pascal**.

R. **Pellegault**.

Paul **Pellot**.

Émile **Perrier**.

Charles le **Picard**.

Le Marquis G. de **Pietramellara**.

Le Baron de **Pigache** de Sainte-Marie.

Le Marquis de **Pimodan**, Duc de **Rarécourt**.

Le Vicomte A. du **Pin de la** Guérivière.

Auguste **Poëyarré**.

William **Poidebard**.

Madame veuve **Poisson**.

Le Comte Henri de **Poli**.

René des **Portes**.

Ernest de **Poulpiquet** de Brescanvel.

Fernand **Proyart**.

Le Vicomte du **Puget**.

Le Baron de **Reinach-Werth**

Louis **Renshaw** de Orea y de Ascanio.

Madame la Comtesse de **Reviers** de Manny, née de Choiseul.

Le Vicomte Louis **Rioult** de Neuville.

Le Comte Thibaut de **Rohan-**Chabot.

Le Baron de **Romeuf**.

Louis de la **Roque**.

Le Comte **Roselly de Lorgues**.

Le Commandant **Roux**.

Émile de **Saint-Denis**.

Le Comte Émile de **Saint-**Germain.

Le Comte Henry de **Sainte-**Marie.

Le Baron René de **Saint-Pern**.

Madame la Comtesse Gabriel de **Saint-Victor**, née de Saint-Paulet.

Le Vicomte F. de **Salignac-**Fénelon.

Georges **Salleron**.

Eugène du **Sauzey**.

Le Prince Louis de **Scey-**Montbéliard.

Le Vicomte de **Simony**.

Société Archéologique d'Avranches et de Mortain (Président : Mr Alfred de **Tesson**.)

S. Exc. le Bailli **Sommi-Picenardi**, Grand Prieur de Lombardie et de Venise (Ordre de Saint-Jean de Jérusalem).

Fernand du **Soulier**.

Philippe **Tamizey de Larroque**.

Henri **Tausin**.

Le Baron du **Teil**.

Jules de **Terris**.

Alfred de **Tesson**.

Louis de **Terves**.

François **Vannot**.

Arsène de **Vauborel**.

Le Baron de **Vautheleret**.

Le Marquis de **Verdun**.

Albert **Verpy**.

Le Marquis de **Verthamon**.

Le Comte de **Visien**.

Le Comte de **Vitton de Pey-ruis**.

Le Vicomte Eugène du **Wic-quet**.

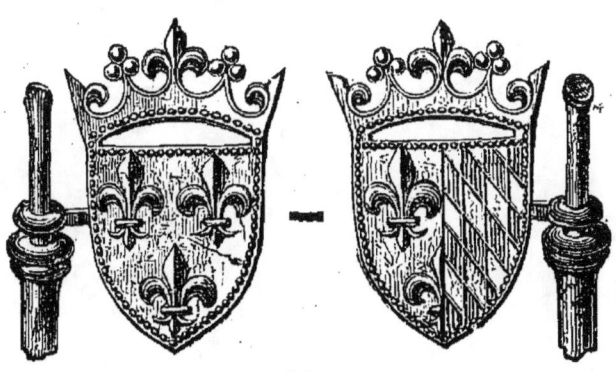

INTRODUCTION [1]

La défense du Mont Saint-Michel est une des pages les plus héroïques de notre histoire ; elle a été pour ainsi dire l'aurore de la délivrance dont Jeanne d'Arc fut l'éblouissant soleil. En soutenant victorieusement ce siège merveilleux, le plus long de nos fastes militaires, le *Mont Sainct,* — comme il est appelé par suite de l'heureux lapsus d'un scribe anglais du xve siècle (1098), — était devenu le phare providentiel de l'indépendance nationale : il incarnait réellement l'indéfectible espérance, la Patrie Française, la foi du salut.

En abordant cette phase épique de ses vénérables annales, où les vertus les plus saintes ont par surcroît les prestiges de l'art, de la science et même l'auréole

(1) Les dates sont en style moderne. — Les numéros intercalés dans le texte visent les mêmes numéros, aux *Preuves.* — Pour les abréviations, consulter l'*Index* placé en regard de la première page des *Preuves.* — Pour les sources, se reporter à l'*Index des Sources,* à la fin du volume.

du génie, j'éprouve un sentiment vif et réfléchi de pieux respect et de fierté patriale.

« Rien n'est complet comme cette montagne qui réunit en elle toutes les beautés de la nature, de l'art et de l'histoire ; rien n'est sublime comme ce roc solitaire qui associe la grandeur de la scène, la force et la magnificence des monuments, la solennité des souvenirs [1] ! »

C'est la Merveille de l'Occident, et sa basilique grandiose, planant entre ciel et mer, « vrai géant de granit entre deux immensités [2] », est le monument le plus auguste de la Normandie et l'un des plus saints de la France. Le chrétien, le patriote, le penseur n'y pénètre pas sans un frisson d'admiration, sans une sorte de transfiguration de l'âme ; sous ces voûtes aériennes, il a lucidement la vision éloquente du passé, dans un cortège de majestueuses réminiscences ; toutes les grandes figures des vieux âges revivent à ses yeux fascinés : Charlemagne, faisant de l'Archange saint Michel le patron de la patrie ; Guillaume le Conquérant, venant lui demander la victoire ; les preux des Croisades, l'adjurant de combattre avec eux ; saint Louis, venant lui rendre grâces de sa délivrance ; Du Guesclin, l'immortel connétable, amenant ses valeureux hommes d'armes ; les géants de la guerre de cent ans vouant au Prince des chevaliers du Ciel, — comme Jean d'Harcourt, comte d'Aumale, — une pieuse et patriotique reconnaissance ; Louis XI, et les vaillants qu'il vient de sacrer chevaliers de saint Michel ; puis les générations de pèlerins, décorés des coquilles symboliques

(1) Ed. le Héricher, *Hist. du Mont St-M.*, p. 1.
(2) S. G. Monseigneur Germain, éd. in-8, p. 52.

et se transmettant, comme un legs d'honneur, à travers les siècles, la ferveur et la foi des ancêtres ; les longues théories de jeunes mères, de petits enfants, de vierges vouées au Seigneur, — fleurs des cloîtres, — de marins sauvés de l'abîme *in periculo maris*, d'hommes de guerre miraculeusement préservés du trépas, de corporations et de bannières ; enfin, les fils de saint Benoît, ces moines prodigieux, jadis prodigues de leurs biens pour le salut de la patrie [1], puis ingratement spoliés, coupables de croire, de savoir, de prier, d'espérer, coupables de foi, de science, d'héroïsme et de génie.....

Quand s'arrête la trame du souvenir, quand s'évanouit dans la pénombre mystique le dernier de ces radieux témoins du passé, le penseur chrétien se recueille, il médite, il écoute, et les pierres parlent, *lapides clamant*, et ce qu'elles disent poigne et charme à la fois, mélancolique comme le langage des ruines, mais plus suave et virilement confortant.

Humainement, avant le 8 mai 1429, tout semble perdu ; la terre de France est presque en entier la proie de l'envahisseur ; suprême boulevard de la cause nationale, Orléans, ceint de bastilles anglaises, résiste avec l'énergie du désespoir, comme a résisté Rouen, et, comme Rouen, doit finir par succomber. Seul un miracle peut sauver Orléans, sauver la patrie, et l'âme française, toute vibrante de généreuses croyances, implore, attend le miracle du salut. Se peut-il que le Christ n'aime plus ses Francs, et que saint Michel, « l'Archange françois », — comme naïvement l'appelle une bonne vieille chronique, — ne veuille prendre en pitié leur effroyable détresse ?...

---

(1) *Preuves*, 913, 983, 1022, 1093, 1183, 1187, 1226, 1228, 1295.

Ah ! La montagne angélique, — « ce rocher de gloire », — il faut l'aimer, la révérer pour elle-même, pour sa sainte magnificence, pour sa triomphale épopée, mais aussi parce qu'entre la montagne immaculée et la virginale Libératrice rayonne un adorable trait d'union, un divin trait de lumière.

Dans l'infinie douleur de la patrie, tous les regards convergent vers la roche sublime au-dessus de laquelle, comme une invincible égide, plane la statue de l'Archange, et qui, depuis douze ans bloquée, déjoue les efforts acharnés de l'ennemi et, fièrement, en face de la forteresse anglaise de Tombelaine, comme un signal d'espoir, maintient haut sous le ciel la bannière de France. L'admiration qu'excite cette surhumaine défense se répercute dans les plus humbles hameaux, jusques aux frontières du royaume, avec l'ardente reconnaissance envers l'Archange sauveur.

Et Jeanne entend ses voix, et saint Michel lui vient dicter sa mission.

Le miracle attendu, c'est elle, de par Dieu, et la France est sauvée !

A Chinon, elle annonce qu'Orléans sera délivré le 8 mai, mais elle ne dit pas pourquoi ce jour verra la délivrance. Pourquoi ?... Ne l'aurait-elle pas dit si elle l'avait su ? Et dans ses marches de Lorraine, pouvait-on savoir qu'à l'autre extrémité de la France, là-bas, au Mont Saint-Michel, c'était le 8 mai que se célébrait la fête de l'apparition de l'Archange ?

Le 18 juin 1429, la Pucelle est victorieuse à Patay ; et ce jour est la fête de saint Aubert, le grand Évêque d'Avranches, à qui, sept siècles avant, l'Archange était apparu, lui commandant de lui consacrer le **Mont**.

Alors Jeanne eut la pensée d'aller débloquer le Mont Saint-Michel [1], sans doute inspirée par un vif sentiment d'admiration pour ses chevalereux défenseurs, mais aussi par l'ardeur d'une pieuse et clairvoyante gratitude envers leur céleste protecteur.

L'histoire du Mont Saint-Michel se relie donc intimement à l'histoire de Jeanne d'Arc, et ceux-là seuls le pourront contester qui ont des yeux pour ne point voir. Je voudrais que la sainte de la patrie eût sa statue sur ce mont si français au secours duquel, victorieuse, elle voulut courir ; ce serait simplement justice. On lui donnerait pour piédestal un des robustes bastions qui stupéfièrent le génie de Vauban, bien en face de ce rocher de Tombelaine qui, dans sa morne solitude, semble éternellement honteux d'avoir été, trente ans durant, pendant la guerre nationale, le repaire de « ces godons d'Angloys [2] ».

Lorsqu'Henri V envahit en 1415 la Basse-Normandie, elle n'avait pas achevé de relever les ruines accumulées par les Anglais pendant la guerre précédente. Dans les dénombrements fournis après 1391, il est souvent fait mention de manoirs, hostels, moulins, colombiers « ars et demolys par les anemis du royaume » ou « destruiz par fortune de guerre », et de tènements tombés « en non valoir par deffault des hommes et du pais qui est vuidiez par la fortune des guerres [3] ». La rancune était ardente dans tous les cœurs français, et le désastre d'Azincourt vint encore

(1) Siméon Luce, *Chron.*, I, 288, note. — *La France pendant la guerre de Cent ans*, II, 250.

(2) Voir à la page 232.

(3) Arch. nat., P. 304, *passim*. — *Preuves*, 622, 654, 658, 660, 707, 751, 1111.

l'exacerber; l'imprécation du vieux poète était sur toutes les lèvres : .

Honis soit li rois d'Ingleterre [1] !

Comme pour insulter au deuil des vaincus, Henri V avait donné le nom d'*Azincourt* à son roi d'armes [2]. L'une après l'autre, les places du Cotentin et de l'Avranchin, dans lesquelles s'étaient jetés de vaillants volontaires, succombaient sous des forces supérieures. L'ennemi, dit Monstrelet, « peu ou néant trouvoit qui fist résistance contre luy, pour la division des François [3] ». Car la France, hélas ! était cruellement divisée, et réellement terrible la perplexité des envahis, alors que l'envahisseur prétendait être l'héritier légitime de la Couronne et se targuait d'agir selon la volonté du malheureux Charles VI.

Il est dans la vie d'une nation des phases troubles dans lesquelles les plus perspicaces, — et les plus loyaux même, — peuvent se demander avec angoisse quelle est la voie du droit et du devoir ; alors les habiles atermoient, temporisent, dans l'attente de l'événement décisif ; les débiles suivent le courant ; les forts suivent leur conscience. Tel, Jean d'Estouteville, — héros père d'un héros, — s'enfermant dans Harfleur « pour défendre la ville contre les Anglois », et « fournissant à toute la despense [4] » ; tels,

(1) Achille Jubinal, *Contes et fabliaux*, II, 18.
(2) *Ant. norm.* XXIII, n° 1214.
(3) *Chron.*, liv. I, chap. 195.
(4) Lettres de Charles VII pour Louis d'Estouteville, fils du héros ; Bourges, 21 août 1447. — R. d'Estaintot, p. 409.

Guillaume Hamon, à Cherbourg (914) ; Guillaume et Jean des Loges, à Saint-Lô (922) ; Guillaume d'Amphernet, Guillaume de la Luzerne, à Honfleur (932); Philippe de la Haye, Guillaume de Breuilly, à Hambye (934, 965) ; Richard Bazan, au Mont Saint-Michel (1370).

Le vainqueur d'Azincourt eut la décision prompte et la main lourde. Comme Guillaume après sa victoire d'Hastings, il se déclara (9 février 1419) par droit de conquête maître unique du sol et de tout ce qu'il portait, décrétant la confiscation universelle et ne restituant leurs biens, sous forme de don, qu'à ceux des spoliés — gens d'église, nobles, bourgeois, marchands, — qui lui prêtaient le serment-lige ; serment qui les constituait en réalité sujets anglais. Tant que vécut Charles VI, le doute fut possible, puisque le pouvoir royal laissait faire ; le doute avait ainsi comme un semblant d'excuse ; mais, quand Charles VI eut vécu, la conscience parla plus haut que l'intérêt, et tel, comme Robert de Carrouges, déchira son serment d'allégeance et passa dans le camp français, rachetant par un glorieux trépas un moment de faiblesse (1081).

La situation des Français fidèles était simplement effroyable ; sous peine de perdre les biens, la vie, l'honneur même, il fallait abjurer la patrie et s'enrôler dans les rangs anglais. Il suffisait d'être absent pour être dépouillé [1] ; car l'absence impliquait le patriotisme. Aujourd'hui, le fonctionnaire frappé de révocation ne perd que les émoluments de sa charge ; il lui reste son revenu personnel, ou l'espoir de s'em-

(1) *Preuves*, 891, 893, 894, 912, 941, 950, 952.

ployer ailleurs. Alors, tout était perdu : c'était la misère noire, pour soi, pour l'épouse, pour les vieux parents, pour les enfants, et c'était la France même qui s'en allait en perdition, en miettes, avec la désespérance de redevenir assez forts pour la recouvrer et la restaurer. Vraiment il fallait une âme héroïquement trempée pour résister aux menaces, aux pièges, aux séductions, à la ruine, à l'exil, aux outrages, aux supplices, et l'on conçoit que les âmes molles aient reculé devant l'ampleur du sacrifice.

Aux chevaliers fidèles, on rasait leurs châteaux ; tel, celui de Bricqueville-sur-mer, à Nicole Paynel, un des premiers défenseurs de la sainte montagne, rasé le 28 septembre 1421 par ordre d'Henri V. Et pour se rendre compte de la profondeur de l'attachement des gentilshommes d'autrefois pour leur « chastel », il faut relire la page mouillée des larmes du bon sire de Joinville partant pour la croisade[1].

La neutralité n'était possible à personne, même aux plus humbles ; ils étaient tenus de se faire *abulleter*, c'est-à-dire de se pourvoir de *bullettes*, « lesquelles coustoient chascune quatre solz monnoye de France[2] », et constataient leur serment de ligeance. Les femmes n'échappaient pas à cette obligation ; dans les aveux servis au roi anglais après la confiscation générale, les veuves abondent : ce sont les veuves des vaincus d'Azincourt. Que pouvaient des femmes sans défense, brisées par la douleur, avec des dix et douze enfants menacés d'être réduits à la

---

(1) « Je ne voz onques retourner mes yex vers Joinville, pour ce que li cuers ne me attendrisit dou biau chastel que je lessoie... » (*Hist. de saint Louis*, XXVII, 122.)

(2) Monstrelet, liv. I, chap. 209.

mendicité si leur mère ne répudiait pas leur héritage d'honneur ? Il y en eut d'indignes, — comme Robine du Bois, veuve de Robert de la Haie, et Jacqueline d'Aurricher, fille d'une Bréauté, veuve d'un Crespin de Mauny, — qui, pour préserver leur fortune, convolèrent avec des Anglais; mais combien d'autres furent admirables de renoncement, de loyauté, de courage, incitant leurs fils à suivre les traces paternelles, préférant la ruine et l'exil aux lâches compromissions, aux fructueux reniements !

De ceux qui avaient accepté la coupe amère de la soumission, afin de sauver le patrimoine familial, tous n'eurent pas le courage de la vider jusques à la lie ; tel, Jean de la Motte qui, en 1420, après avoir reçu en don du monarque anglais ses héritages et ceux de Robert de la Motte, écuyer, « rebelle », son oncle, alla s'enrôler au Mont Saint-Michel dans la compagnie de Nicole Paynel (1024).

Des Français fidèles, tous ceux à qui l'âge ou les infirmités ne permettaient pas de porter les armes passaient en Bretagne, ou dans les villes qui tenaient pour le Dauphin. On émigrait de toutes parts, en masse, les plus pauvres même, et les femmes, et les enfants ; on voulait fuir l'oppression anglaise, en emportant tout ce qui se pouvait, et parfois on tombait de Charybde en Scylla ; les fugitifs, capturés par l'Anglais en leur triste exode, étaient traités en criminels d'état, et leur avoir vendu à l'encan (1044).

D'aucuns, rusant avec l'oppresseur, transportaient leurs biens à leurs filles ; celles-ci, se faisant abulleter, en devenaient légalement possesseurs ; mais le transport avait pour secrète condition de les restituer intégralement, lorsque le permettraient les circonstances, à leur frère qui combattait dans les rangs français (1276). Combattre ainsi, c'était l'honneur et la liberté ; mais malheur à ceux qui étaient faits prisonniers ! Jetés dans les fers, frappés de rançons exorbitantes, les plus loyaux, les plus résolus en venaient parfois à se soumettre pour s'arracher aux geôles mortelles de l'usurpateur (1116). Une espèce à signaler, dans cet immense désordre des esprits et des choses : je parle des éclectiques, gent légère de scrupules, allant philosophiquement d'un parti à l'autre, tour à tour rançonnés et rançonnant, puis finissant par solliciter un pardon déshonorant (1090).

On a plaidé les circonstances atténuantes pour ceux qui se soumirent et reçurent leurs terres en don de l'usurpateur étranger, après lui avoir fait le serment-lige, équivalant à la répudiation de la patrie française. « Faut-il considérer ces actes comme une flétrissure ? » demande un parfait érudit [1]. A mon tour, je demande : « Faut-il considérer la défense du Mont Saint-Michel comme une gloire ? » Qui le contesterait ? Eh bien ! cette gloire implique la flétrissure pour qui n'a pas eu le cœur d'en prendre sa part.

Hélas ! il faut bien le dire, la guerre, en Normandie, de 1415 à 1450, fut doublement une lutte fratricide : car les envahisseurs étaient du même sang que les envahis ; les mêmes noms étaient portés dans les deux camps, Percy, Bacon, Verdun, Artur, Hamon, de Ver, Tournebu, Guiton (Witton), Hoüel (Howell), Gouhier (Gower), etc. Puis, par suite de la divergence des opinions et des lignes de conduite, les familles se trouvèrent cruellement divisées ; les uns ayant souscrit à l'usurpation anglaise, les autres

---

(1) A. du Buisson de Courson, *Rech. nobil.*, p. 114.

demeurant fidèles au droit national, on se battait non
seulement normands contre normands, mais cousin
contre cousin, frère contre frère, fils contre père. Peu
de familles, même parmi les plus nobles et les plus
fidèles, échappèrent à cette douleur, à cette « flétrissure » ; pour ne citer que des noms représentés à la
défense du Mont Saint-Michel, voici ceux qu'on rencontre, non sans douleur, dans les rangs anglais,
outre tous ceux que je viens de mentionner : Paynel,
Mathan, Sainte-Marie, Beaux amis, Benoist, Le Brun,
Le Clerc, Manneville, aux Épaules, la Fosse, Fréville, Guérin, du Buisson, Clinchamp, Hay, la
Luzerne, la Haye, la Mare, Adam, la Motte, Murdrac,
Argouges, Semilly, Thézart, Villiers, le Viconte,
etc. Telle compagnie anglaise était composée presque entièrement de normands, comme la garnison de Villedieu, près Granville, en 1443 : J. de
la Mare, G. Champion, P. le Breton, J. de la Haye,
J. d'Isigny, J. Morise, J. Ancel, G. Bardoul, J. Malherbe, J. Anquetil, etc. [1]. Car, je le répète, le serment-lige ne tolérait pas la neutralité, il impliquait
l'obligation de servir en armes le roi d'Angleterre
contre le Roi de France (1181).

En paiement de leur félonie, les traîtres acceptaient
les domaines de leurs pairs, de leurs parents demeurés
fidèles au droit et à la patrie. Mais le sort des ralliés
n'était pas enviable : forcément tenus en suspicion par
les Anglais, ils étaient facilement englobés dans les
procès de haute trahison et de lèse-majesté. D'ailleurs,
aux yeux des envahisseurs, tout ce qui n'était pas
Anglais était en principe un brigand ; lisez plutôt

---

(1) *Montres*, XIV, 1644.

ces lettres de rémission données par Henri VI le 30 avril 1429 :

« Comme... feust venu par devers lui un compaignon qu'il ne congnoissoit, ne de quel pais il estoit, ne se il estoit *brigand* ou *anglois*... [1] »

Les abulletés, les ralliés, les traîtres étaient donc comme entre deux feux, car les « brigands », les « rebelles », les vrais Français leurs faisaient une guerre implacable, incendiant leurs manoirs, razziant leur argent, leurs vêtements, leurs armes, leurs chevaux, les entourant d'incessantes embûches, les capturant, les rançonnant, quelquefois même les tuant comme indignes de vivre. Aussi, jusqu'à l'expulsion des Anglais, le droit de propriété des ralliés fut-il presque partout une fiction ; les lettres de délai sont innombrables par lesquelles l'usurpateur reconnaît qu'ils ne peuvent lui servir le dénombrement de leurs seigneuries, « obstant le fait des brigans et autres gens de male voulenté [2] ». Et ce n'étaient pas les seuls risques que courussent les traîtres, si l'on en juge par la mésaventure de Guillaume de Manneville, de qui la jeune femme, la gente Gillon, tandis qu'il était « compaignon de guerre » dans les rangs anglais, s'était « acointée d'un jeune filz de Monstereau, nommé Perrin Fosse [3] ».

---

(1) JJ 174, n° 288.
(2) *Pièces orig.*, Cherognes, 2-4.
(3) JJ 173, n° 501 ; lettres de rémission, 2 sept. 1426.

III

Si mon patriotisme n'oublie pas nos blessures plus récentes, il ne s'égare cependant pas et persiste à voir ailleurs qu'au-delà de la trouée des Vosges « l'ennemi héréditaire ». En cela, je ne suis que l'écho du chevaleresque capitaine du Mont Saint-Michel, Jean d'Harcourt, comte d'Aumale, se disant, en 1420, « au service de Monseigneur le Roy et de Monseigneur le Régent, Daulphin de Viennoys, en leurs guerres à l'encontre des Anglois, leurs *anciens* ennemis et adversaires » [1]. Si, dans chaque localité, durant la guerre de cent ans, on eût gravé sur la pierre les actes de sang qu'y perpétrèrent les Anglais, la France serait remplie de monuments de leur atrocité, comme cette épitaphe qui se voyait encore, au xviie siècle, dans l'église de Vouzeron, en Berry :

« *Cy gist Guillemin Georges, damoiseau, que les Anglois tuèrent le xx may MCCCLV* » [2].

C'est une tradition de la politique anglaise que de compter sur l'effet des supplices : en 1340, ils déshonorent leur victoire navale de l'Écluse par l'assassinat des deux amiraux français ; ils égorgent de sang-froid Hugues Quiéret après qu'il s'est rendu ; ils pendent au grand mât de son vaisseau Nicolas Béhuchet. En 1360, après le traité de Bretigny, ils noient un vaillant officier de vaisseau, Enguerrand Ringois

(1) Clairambault, *Tit. scell.*, LVIII, 2.
(2) La Thaumassière, *Hist. de Berry*, p. 1069. — *P. O.*, Georges, 21.

d'Abbeville, qui refusait de faire au roi d'Angleterre le serment de ligeance [1]. En 1375, à Bordeaux, ils décapitent le sire de Pommiers et Jean Coulon, son secrétaire, à titre d'exemple, et s'aliènent par ainsi un puissant lignage : Amanieu de Pommiers, chevalier, « quicta le Bourdelois et jura que jamais pour le roy d'Engleterre ne s'armeroit » [2]. Et le supplice de Jeanne d'Arc, infamant seulement pour ses bourreaux !...

Un contemporain, Thomas Basin [3], Évêque de Lisieux, constate avec douleur le caractère atroce de la guerre, qui devient des deux côtés, par la force des choses, une chasse aux paysans. D'innombrables malheureux sont enfermés en des geôles souterraines jusqu'à ce qu'ils aient payé rançon ; beaucoup sont soumis à des tortures dans lesquelles ils expirent. Des primes sont payées sur le trésor du roi d'Angleterre pour chaque tête de « brigand » qu'on apporte ; dix mille hommes passent pour avoir été mis à mort en une seule année, tant de cette façon que par sentence des juges anglais ; sans parler des massacres organisés de leur propre autorité par les soudoyers de Bedford : en un seul jour, dans la vicomté de Falaise, ils égorgèrent douze cents habitants, « nobles et gens du commun [4] ».

La vie, entre les oppressions de l'étranger et les incursions des patriotes, était une sinistre alerte de tous les instants ; les représailles ruineuses, homicides, étaient de tous les jours ; telles scènes d'horreur rap-

---

(1) Cf. *Un Martyr de la patrie*, par O. de Poli.
(2) Kervyn de Lettenhove, *Froissart*, IX, 2-3.
(3) Th. Basin, Livre II, chap. VI.
(4) S. Luce, *Chron.*, II, 46-49, 67.

pellent à l'esprit les féroces exploits des *chauffeurs*.
L'abulleté n'était jamais sûr de n'être pas enlevé de
nuit et porté, les yeux bandés, dans les bois [1], où il
demeurait prisonnier jusqu'à ce qu'il eût payé rançon
ou procuré aux « brigands » la capture de quelque riche gentilhomme traître à la cause française (1117).
Or, leur payer rançon ou leur prendre un sauf-conduit entraînait, de par la loi anglaise, la perte de la
liberté et des biens (1106, 1107), comme aussi d'avoir
avec les brigands des rapports quelconques, même les
plus innocents, même involontaires, ou encore de re-
cueillir le petit enfant d'un « rebelle » (1080). Nul
n'était à l'abri de la délation, et c'était tout un que
d'être tenu pour suspect et traité en criminel d'état.
L'insécurité était si générale que « personne n'osoit
aller de ville à autre s'il n'estoit grandement accompagné » (1251); autrement, il y allait de la vie (1252).

Chacun des deux partis détruisant tout ce qui pouvait aider à la subsistance de l'ennemi, des lieux naguère peuplés et prospères se changeaient en déserts
(1111), en charniers. Dans l'abomination de cette dé-
solation, les enfants eux-mêmes abandonnaient le
foyer familial, si leurs parents n'avaient pas le cœur
de s'y arracher, et quelles amères tribulations ensuite
essuyaient ces braves petits ! (1138). Les râfles de chevaux et de bétail étaient continuelles, et le trésor anglais ne rougissait pas de partager le profit avec les
larrons. Parallèlement aux deux partis en lutte, des
scélérats infestaient les chemins, détroussant et tuant
indifféremment anglais et français, certains de l'im-

---

(1) Lettres de Henri VI, 1424 : «... en la ville de Castillon [près
Bayeux] qui est près et joignant des bois où, chascun jour, sont
repairans les brigans. » (JJ 173, n° 298). Voy. aussi *Preuves*, 1090.

punité qu'ils obtiendraient en s'abulletant (1100). On obtenait aussi de cette manière l'annulation de dettes contractées envers des « rebelles ». (944)

La misère était universelle, intense, épouvantable ; les enfants des plus grands seigneurs n'avaient plus « de quoy vivre » (1128). Les terres étaient sans culture ; les loups pullulaient [1] ; la famine [2] et la peste sévissaient, notamment dans le Cotentin (1111). La soumission même ne préservait pas une population des exactions de la tyrannie anglaise : qu'un chevalier rallié, dans un accès de dégoût ou de remords, secouât le joug et se mît aux champs, les habitants de son fief étaient frappés d'une contribution « pour mettre ès mains de justice » cet « ennemi et adversaire, traittre désobéissant [3] ». Comment, après tout ce qu'on vient de lire, s'étonner de l'énorme dépopulation ? Telle seigneurie, jadis florissante avec ses 80 habitants, comme la Roche-Tesson, ne comptait plus que « trois povres hommes » [4]. Lisez les lettres de rémission octroyées par Henri VI à G. le Maistre (1139), à Richard Holand (1201), à J. Pauvois (1203), à G. Cressonnel (1204), à Wautier Pain (1147), au prêtre Guy du Merle (1091), à J. Lhoste (1090), et vous aurez une idée de ce que fut la vie dans cette période lamentable.

---

(1) Henri V, 31 juil. 1422 : Commission à H. de Guéhébert, ch., pour détruire les loups au bailliage de Cotentin. (*Ant. norm.* XXIII, n. 1379.)

(2) Henri VI, 13 août 1428 : « Comme, au temps de la famine derrenierement advenue en nostre bonne ville de Paris et ailleurs en pluseurs noz villes de nostre royaume de France... » (JJ 174, n° 286.)

(3) S. Luce, *Chron.*, II, 16.

(4) *Quitt.* LXVI, 2099.

Les Anglais décapitaient les *rebelles* pris les armes à la main et pendaient au gibet les cadavres sans tête [1], ou bien les écartelaient comme traîtres, et leurs membres étaient « pendus en plusieurs lieux » [2]. Ainsi furent exécutés deux valeureux champions de la cause nationale, Colin de Nocey, et le borgne de Nocey, son cousin ; de même, deux hardis marins au service de Charles VII, Jean Bart et Robin le Vavasseur, débarqués d'un baleinier sur la côte bas-normande, capturés par les Anglais et décapités à Bayeux [3]. Ces procédés de belligérants sauvages n'étaient tempérés que par l'appât d'une grasse rançon (1146, 1164, 1165).

Les Français portaient comme signe de ralliement cette croix blanche qui, en mémoire de la guerre de cent ans, jusqu'en 1791 décora les drapeaux de la plupart de nos régiments. Les Anglais avaient adopté la croix rouge, et quiconque, en Normandie, ne portait pas ostensiblement sur soi « une croix vermeille » était tenu pour rebelle et traité en conséquence [4]. Ils employaient volontiers les femmes comme espionnes [5], mais contre celles qu'ils soupçonnaient de « conseiller et conforter les brigans », ils poussaient la répression jusqu'à la férocité : ils les « enfouissaient toutes vives » (1062, 1214).

---

(1) *Preuves*, 958, 984, 1052, 1164, 1177, 1178, 1180, 1195, 1218.
(2) Monstrelet, liv. II, chap. XX.
(3) S. Luce, *Chron.*, II, 112, note.
(4) S. Luce, *Chron.* II, 72-74.
(5) S. Luce, *Chron.*, II, 79.

IV

Ce n'est pas sans fierté que nous constatons que ce régime de terreur se brisa contre l'énergie du patriotisme. Il est une école qui se demande, avec une gravité comique, si le patriotisme existait autrefois. La chose existait avant le mot : c'est de là sans doute que procède l'erreur de ceux qui oublient les grandioses préliminaires de la victoire de Bouvines, le poignant adieu du croisé mourant « Ha ! doulce France !... » [1], et l'héroïque défense du Mont Saint-Michel.

Pour ne parler que de ces preux défenseurs, s'ils n'avaient pas eu le sens de la Patrie, la notion ardente du devoir patrial et des sacrifices qu'il commande, eussent-ils seulement tenté la lutte, alors que la lutte semblait humainement impossible et, sans un miracle, le succès inespérable ? Ils n'avaient qu'à se soumettre, et non seulement ils eussent conservé leurs biens, mais encore reçu les dons de l'usurpateur [2].

Ce serait Jeanne d'Arc, nous dit-on, qui aurait fait éclore le sens de la patrie. Sans méconnaître ce que la sainte libératrice lui donna d'ampleur et de ferveur en apportant au grand œuvre de restauration patriale le bienfait du miracle, le ciment de Dieu, on peut rendre justice au passé, justice à la vieille France. Si le patriotisme n'existait pas en 1424, que signifie donc cette apostrophe superbe de Jean

(1) Et dulces moriens reminiscitur Argos !
(2) *Preuves*, 898, 910, 912, 941, 945, 946, etc.

le Court, volontaire de la cause nationale, à un Normand abulleté (1067) :

« Tu es Anglais, et JE SUIS FRANÇAIS ! »

Et ces « brigands », hier encore plus ou moins ri-
chement possessionnés, maintenant sans un denier,
sans un abri, vivant dans les bois, harcelant implaca-
blement les envahisseurs et les traîtres, acceptant
sans faiblir l'idée de la mort, non seulement sur le
champ de bataille, mais encore sur le gibet d'infa-
mie anglaise, — gibet d'honneur français, — qu'é-
taient-ils donc, sinon d'admirables modèles d'amour
et de sacrifice patriotiques ?

Leur généreux stoïcisme, exemple fécond, entrete-
nait la résistance et l'espoir ; sans la protestation
menaçante, indiscontinue de ces vaillants, la lèpre du
découragement eût contaminé les âmes, multiplié les
lâches accommodements, assuré le triomphe de l'ennemi national.

Patriotes ! Ne l'était-il donc pas ce jeune Montmi-
rail qui, dès que son bras put porter une épée, fit aux
Anglais tout le mal qu'il put, pour venger son père
tué par eux, à Saint-Sever, dans les rangs du brave
Boschier ?[1] Et Jean de la Haye, dit Piquet, chevalier septuagénaire, qui, ne pouvant plus combattre,
émigra en Bretagne avec sa femme, préférant l'exil et
la misère à l'aisance sous le joug de l'étranger ? (1115)
Et ce religieux du monastère de Préaux, Jean de Guil-
leville, quittant le froc pour s'enrôler sous un célèbre
chef de bande, Guillaume Halley ?[2] Et ce « moine
de l'abbaye de la Luserne, lequel s'estoit rendu brigant et avoit esté prins en armes » ? (1192)

(1) S. Luce, *Chron.*, II, 243-245.
(2) S. Luce, *Chron.*, II, 21.

Les sentiments des conquis, des opprimés envers
l'usurpateur et ses lieutenants, nous en trouvons l'expression dans les lettres de rémission octroyées par lui,
en 1429, à un Anglais qui avait tué Robin le Peletier,
de Valognes, parce qu'il disait que Bedford « n'estoit
que un buvour de vin, à plein verre, et qu'il n'estoit
bon que faire lever tailles et manger le peuple..., et
aussi que nostre cousin le conte de Suffolk n'estoit
qu'un meurtrier de gens » (1147). Nous recueillons encore l'expression du sentiment populaire dans les
lettres de rémission accordées à Jean Douvillet, tail-
leur d'habits, qui, étant ivre, — *in vino veritas*, —
avait dit « qu'il avoit esté prisonnier par deux fois
des Armignaz, mais encore les amoit il mieulx qu'il
ne faisoit les Anglois et amoit mieulx le roy de France
Charles qu'il ne faisoit le roy Henry d'Angleterre » [1].

Dans les villes, à Paris même, on conspirait pour le
vrai Roi (1163, 1235) ; dans la Basse-Normandie,
surtout après les premières victoires de Jeanne d'Arc,
la conspiration était partout, même parmi les hauts
fonctionnaires, et ceux qui s'étaient signalés par des
exécutions de « brigands » prenaient leurs précau-
tions en sollicitant discrètement la protection des défenseurs du Mont Saint-Michel, « si le temps tournoit » (1156).

L'Anglais eut beau multiplier et ne pas discontinuer
les supplices [2], mettre à prix la tête des brigands,

---

(1) S. Luce, *Chron.*, I, 300-301.

(2) 1420, Exécution de 19 brigands à Avranches (984). — 1425,
Exécution en masse de *tous les brigands* pris en Cotentin (1087).
— 1432, à St-Lô, de Michelet le Breton. (S. Luce, *Chron.*, II, 8 9.)
— 1436, à Avranches, de 9 brigands (1218). — 1443, pendaison de
N... Favières (S. Luce, II, 159.)

faire octroyer par les États de Normandie d'exorbitantes gratifications à ses argousins et ses bourreaux[1],
prescrire des levées spéciales de gens de guerre « pour
réprimer les brigans »[2], pas un seul instant, jusqu'à
l'expulsion des envahisseurs, la protestation armée ne
cessa ; en somme, elle n'était que la manifestation du
patriotisme irréductible, l'exercice de représailles légi-
times et du droit de défense. Puis, il fallait vivre, et de
quoi pouvaient subsister des hommes dépouillés de
tout leur avoir, traqués comme des fauves, sans autres
ressources que celles du désespoir ? La difficulté de
se sustenter augmentait tous les jours avec la disette
générale ; de là, pour les « rebelles » spoliés, la nécessité « de faire des courses sur leurs propres terres et
de vivre de cette espèce de brigandage aux dépens des
Anglois et de ceux à qui on avoit donné, loué ou vendu leurs biens »[3]. La répression, comme la lutte,
fut implacable, mais aucun fait ne saurait plus lucidement en rendre l'atrocité que celui-ci : Guillaume
Hamelin, pour avoir « chevauché en la compaignie
des brigans », fut « condampné à faire en la viconté
d'Avranches l'office de la haulte justice du roy »
(984).

Les brigands étaient des braves, eux aussi « mourant et ne se rendant pas » : Thomas Young et Guillaume Laisné, de la garnison anglaise de Torigny,
reçurent 6 livres tournois « pour leur salaire d'avoir

---

(1) Septembre 1434 : 1,000 saluts d'or à un écuyer anglais « pour
le recompenser du grant labour, travail et bonne diligence d'avoir
prins Richart Venables, nagaires executé pour ses démérites ».
(Quitt., LXVII, 2418.) Voy. aussi S. Luce, Chron., II, 159.

(2) Preuves, 1049, 1059, 1137, 1251.

(3) Le P. Daniel, Hist. de France, IV, 120.

tué Jehan Normandie, du pays de Caux, traistre, enne-
my et adversaire du roy, *pour ce qu'il ne se vouloit
rendre* » (1195). Robin Fouillet, fait prisonnier, eût
pu sauver sa vie en niant sa participation à la révolte,
en reniant sa patrie et son Roi, en s'abulletant ; il
préféra le supplice. Le 13 janvier 1444, Jehan Busnel, dit des Places, avocat de Henri VI en la vicomté
d'Alençon, certifie que « ce jour d'uy Robin Fouillet,
« natif de la Poste Denis, traictre, larron, brigant et
« adversaire du roy nostre dit seigneur, lequel avoit
« esté prins, livré et amené à justice par Huet Habert,
« de la garnison d'Alençon, a esté par Thomas Dir-
« chelt, viconte d'Alençon, veu sa confession par lui
« volontairement faicte en jugement, la coustume du
« pais et l'oppinion des assistans, condempné en nos-
« tre présence à estre décapité et le corps pendu au
« gibet, duquel l'exécucion a ainsi esté faicte » [1].

De l'aveu de l'usurpateur lui-même, les brigands
étaient les soldats du droit, les champions de l'indépendance nationale :

« Sachent tous qu'en considération des grandes
pertes qu'ont fait subir à notre amé homme-lige
Guillaume du Val les brigands et *autres* gens *tenant
le parti de la France....* [2] »

Aussi, après la libératrice victoire de Formigny,
des vétérans de la grande guerre d'indépendance tin-
rent-ils à honneur de conserver le surnom de « bri-

---

(1) *Pièces orig.*, Busnel, 2.

(2) 29 janv. 1419 : «... per brigantes et alias gentes partem Fran-
cie tenentes... » (*Ant. norm.*, XXIII, n° 272.) En dépit des com-
pensations qu'il avait reçues, G. du Val n'attendit pas la mort de
Charles VI pour reprendre le droit chemin : dès 1421, il servait
dans les rangs français avec Renaud de Mons et autres défenseurs
du Mont St-Michel (1032).

gand » et de s'en parer comme d'un glorieux sobri-
quet [1].

Il avait été prophète en son pays, le malin prêtre
normand qui, dînant avec des Anglais et les enten-
dant parler des moyens d'extirper le brigandage, ne
craignit pas de leur dire :

« Que tous les Anglais sortent de France ; alors,
seulement, il n'y aura plus de brigands ! » [2].

Et c'est là un splendide panégyrique de l'indomp-
table ténacité des patriotes de la guerre de cent ans.

V

Entre le monastère du Mont Saint-Michel et ses
vassaux, il n'y avait pas que le lien féodal, mais encore de vieux liens de foi, d'amour, de pieuse libéra-
lité. Considéré comme le sacré palladium de la Basse-
Normandie, la montagne de l'Archange était l'objet
d'une vénération à la fois religieuse et patriale. Avant
de prendre le chemin de Jérusalem, les croisés,
comme Hamon de l'Espine (58), comme Henri Burnel [3], comme Guillaume Boterat, fils de Robert de
Flachy [4], venaient implorer la protection de « Mun

---

(1) 1451, grande Ord. de Norm., comp. de J. d'Estouteville
maître des arbal. *Hommes d'armes* : « Estienne Chesson dit Brigant. » (Clair., 234, p. 31.)

(2) Th. Basin, liv. II, chap. vi.

(3) 1191 : « Henricus Burnel, anno quo perrexit in Jerusalem,
dedit... » (*Cartul.*, p. 243.)

(4) *Ibid.*, p. 173.

seignor Saint Michel del Munt » [1], et sur son autel laissaient de généreux dons. Ainsi s'explique la présence des « armes de Godefroy de Bouillon, une croix potencée cantonnée de quatre croisettes », qui se voyaient encore au xviiᵉ siècle « sur la porte de la chapelle où estoient les relicques » [2]. Les chevaliers vieillis sous le harnois et soucieux de préparer leur âme au suprême voyage, venaient au Mont troquer leur noble armure contre la bure du cloître [3]. La pieuse munificence de ceux qui demeuraient dans le siècle, — comme, en 1232, Pierre du Guesclin et son fils Bertrand — [4], enrichissait le sanctuaire de l'Archange ; car, ainsi que le dit un vieil historien [5], « les Normands n'eurent, après Dieu et la Vierge, oncques plus cher patron ». Aussi le repentir dictait-il aux plus puissants de solennelles restitutions [6]. Quelle tendre et confiante dévotion nous révèle ce vœu testamentaire de Robert le Bouteiller : « Où que je meure, que mon corps soit apporté au Mont Saint-Michel ! [7] »

Pourtant, même aux âges de foi vive, l'Archange

(1) Ben. de Stᵉ-More, *Chron. des ducs de Norm*, vers 7005.

(2) *Monuments des abb.*, fol. 221 v.

(3) 1211 : « Ego Rogerius de Ardena, miles, quando suscepi monachilem habitum in monasterio B. Michaelis de periculo maris, dedi... » (*Cartul.*, p. 237.)

(4) *Ibid.*, p. 40.

(5) Cité par M. le Chanoine Brin, éd. in-8, p. 129.

(6) 1217 : « Ego Hamelinus de Capella, miles,... unde etiam in mea conscientia remordebat... » ; restitution à St Michel de droits qu'il tenait de son père. (*Cartul.*, p. 239.)

(7) V. 1160 : « Ego Rob. Pincerna, filius Ascelini, do et concedo Deo sanctoque Michaeli... Ubicumque finis mihi evenerit, corpus meum ad montem S. Michaelis afferent ». (*Ibid.*, p. 291.)

avait ses négateurs, comme ce riche mécréant du fabliau, Martin Hapart, joyeux viveur et plaideur forcené :

> Martin dist que fole gent sont
> D'aler à saint Michiel aourer [1].

La « fole gent » était innombrable qui allait « à saint Michiel » pour « aourer » et gagner les précieuses indulgences accordées par les souverains Pontifes aux pélerins de la Montagne angélique [2] ; on y accourait par multitudes de tous les points, non seulement de la Normandie, mais de la Chrétienté, et nous verrons que cette constante affluence n'était pas sans éveiller au-delà de nos frontières d'étranges jalousies. On tenait à grand honneur, à singulier mérite d'avoir accompli ce célèbre pélerinage, et les chartes en faisaient mention comme d'un acte glorieux [3].

Dans les temps critiques, les Évêques, les églises, les seigneurs, les riches bourgeois s'empressaient de déposer en l'abbaye du Mont Saint-Michel leurs objets les plus précieux, comme en un inviolable abri, sur la roche inexpugnable et sous l'égide de l'Archange [4].

Outre ces liens de foi, d'amour et de reconnaissance, il y avait encore entre le Monastère et ses fé-

---

(1) A. Jubinal, II, 203.

(2) *Cartul.*, p. 286.

(3) V. 1175. Donation par G. de Marigny, connétable de Bourgogne à l'abb. de la Bussière : « Testes... Odo de Sarrigniaco, rediens de Sancto Michaele ». (*Cartul. de la Buss.*, B. N., ms. latin 17722, p. 169.)

(4) *Cartul.*, p. 230 et 281. — S. Luce, *Chron.*, I, 96, et II, 244. — *Preuves*, 530, 980, 993, 1266.

aux des liens de gloire chevaleresque. Moines et gens
de guerre, ensemble on avait défendu victorieusement
le Mont contre les entreprises de l'Anglais, notamment en 1356 [1], en 1372 [2], en 1400 [3], et le seigneur abbé avait fait si bonne et vaillante garde que
nos Rois, — ces grands Rois qui firent la France à
leur mesure, — l'avaient investi, lui et ses successeurs
à perpétuité, de la charge de capitaine du Mont Saint-
Michel. Mais la modestie des Abbés, et leur patriotisme, tout en réservant prudemment leur droit, ne
contredirent pas, dans les jours de péril, à la nomination souveraine de gouverneurs militaires, comme
en 1357 Geoffroy de Gâtigny (286), descendant d'un
bienfaiteur de l'abbaye (122), puis l'illustre Bertrand
du Guesclin [4], dont les moines, trois ans avant,
avaient contribué grandement à payer la rançon [5] ;
vers 1387, Jacques de Rônai (552) ; en 1420, Jean
d'Harcourt, comte d'Aumale, le glorieux dévot de
l'Archange, qui avait pris cette admirable devise :
Nemo adjutor nisi Michael ! — et, plus tard, le
vaillant Dunois, et le victorieux Louis d'Estouteville.

Ce ne fut pas en 1423, comme le rapporte la *Chro-*
nique du Mont Saint-Michel, ni seulement après le
27 juillet 1422, comme le veut un savant très re-
gretté [6], mais certainement dès le mois de février
1417, comme le dit un historien du Mont [7], que

---

(1) *Preuves*, 286.
(2) *Cartul.*, p. 5. — Brin, éd. in-8, p. 245.
(3) *Preuves*, 966.
(4) *Pièces origin.*, *du Guesclin*, 2.
(5) S. Luce, *Jeunesse du B. du Guesclin*, p. 552.
(6) S. Luce, *Chron.*, I, p. 24, et note 5.
(7) Desroches, *Hist. du Mont S.-M.*, II, 129.

« les Anglois vindrent à Tumbelaine et le fortifièrent mervoilleusement », car, dès le 1er avril 1420, ils y tenaient garnison (972) ; et deux faits corroborent gravement la date de 1417 : d'abord, la sauvegarde donnée, le 21 février de la dite année, par Tanneguy du Chastel à Robert Jolivet, abbé du Mont Saint-Michel, quittant Paris pour regagner son monastère ; ensuite, la généreuse détermination de Richard Basan, accourant au Mont, pour le défendre, « en l'an 1417 », avec une poignée de « gentilshommes de ce pays voulant acquitter leurs foy et loyaulté envers le Roy (1370) ». Le péril était donc manifeste, urgent, et résultait très certainement de l'occupation de Tombelaine par l'ennemi.

Le 18 juin 1411, Robert Jolivet avait juré fidélité à Charles VI, qui par suite lui confirma la capitainerie dn Mont (723) et le nomma son conseiller. Le péril trouva l'abbé-capitaine à la hauteur de son devoir ; trois ans durant, on le voit s'employer avec une virile ardeur à fortifier le Mont, devant lequel les Anglais « viennent chascun jour » (961) ; il complète l'état de défense en avitaillant sa forteresse et l'approvisionnant de munitions de guerre ; si elle a pu résister aux premières attaques de l'ennemi, c'est à lui qu'elle le doit, et l'Anglais l'en punit en confisquant ses biens et ceux de sa famille (893). Il n'en poursuivit pas moins sa noble tâche, « jusques à ce que, l'an 1420, il s'absenta derechef et ne revint oncques depuis »[1]. C'est que « les habitudes qu'il avoit contractées d'une vie molle et courtisane plus tost que monastique, fesant avorter les belles espérances qu'on avoit conceues de luy dans ses commencements, par l'horreur

---

[1] D. Huynes, éd. E. de Robillard de Beaurepaire, p. 197.

d'une lâcheté criminelle abandonnant son troupeau dans son plus grand besoin, firent perdre en un moment toute l'estime qu'il avoit acquise par les premices de sa valeur et de ses fidélités » [1]. La palinodie fut si soudaine et si complète que l'on peut se demander, — c'est un semblant d'excuse, — si le politique avisé ne joua pas un double jeu, en passant à l'ennemi dès qu'il eut rendu le Mont à peu près inexpugnable. Mais non, devenu conseiller du roi d'Angleterre et de Bedford, et l'un des plus écoutés, des plus salariés (1237), et des plus employés [2], il dépense à présent tout son zèle à leur service, mettant tout en œuvre (1187) pour leur livrer l'imprenable forteresse, soit par la force [3], soit par la ruse [4] et la trahison (1068, 1074). Entre temps, il travaille à faire prendre Orléans (1444). C'est sa main que nous trouvons dans les défaillances de quelques défenseurs du Mont (1068) ; il est le canal des défections, des absolutions et des grâces (1130, 1186). On ne peut pas même invoquer en sa faveur, sinon à titre d'excuse, du moins comme explication de sa coupable conduite, le traité de Troyes (21 mai 1420), qui fit d'Henri V le gendre de Charles VI et le régent du royaume, car, dès avant cette date, il avait déserté son abbaye, déserté le droit, le devoir et l'honneur (980). Je pense que, chaque fois que lui parvenait l'écho d'une vic-

---

(1) D. Louis de Camps, même ouvr., p. 261.

(2) *Preuves*, 1056. 1073, 1144, 1149, 1153, 1155, 1159, 1184, 1190, 1237. — Joursanvault, n° 3385.

(3) *Preuves*, 1085, 1089, 1094-1099, 1150.

(4) S. Luce, *Chron.*, I, 139 ; note sur un évêque allemand qui s'introduisit au Mont le 21 juin 1424, et que l'éminent érudit suspecte, à bon droit, d'avoir été chargé d'y fomenter la trahison.

toire française, d'un nouvel et glorieux exploit des héros du Mont Saint-Michel, le remords et les affres de l'expiation devaient durement tenailler le cœur du renégat. Quand la mort le prit, le 17 juillet 1444, en la ville qui avait vu le martyre de la sainte de la patrie, la trève de Tours (20 mai) venait d'être signée : c'était le glas de l'usurpation, des bourreaux, des félons, des traîtres, et l'éclatant prodrome, la vengeresse promulgation du triomphe, désormais infaillible, de la sainte cause du Droit...

Quel châtiment, et quelle justice !

VI

Détournons de ce Français indigne nos regards attristés pour les porter avec un sentiment de respect, d'admiration, de vénération, vers les fidèles de la Royauté nationale, — ces Moines sublimes de loyauté, de patriotisme, vendant jusqu'au dernier de leurs joyaux sacrés pour assurer la défense du Mont ; ces chevaliers héros, vétérans de la grande guerre contre les Anglais ; ces jeunes écuyers, ces grands bourgeois, ces hardis soudoyers, tous volontaires de saint Michel, la fleur de toutes les classes de la nation, tous armés « pour résister aux Anglois » [1], tous comme dira le poète Villon, résolus à

(1) *Preuves*, 787, 841, 858, 860, 907, 929, 933, 981, 1007, 1034, 1036.

.... jusqu'à la mort férir
Qui mal vouldroit au royaume de France,

tous, ayant fait le sacrifice de leurs biens, de leur vie, soucieux de leur honneur, jaloux de leur liberté.

Elle est là, sur *le Mont,* la liberté sacrée !

tous, enfin, nouveaux Maccabées, dans la fierté de leur renoncement et la ferveur de leur foi doublement sainte, criant à l'Archange des victoires : Sois notre chef et notre égide ! *Pugna prælium nostrum !*

Le duc de Bedford disait de Paris que « de sa possession dépendoit la seigneurie du royaume » ; [1] de la possession du Mont Saint-Michel dépendait la seigneurie de la Basse-Normandie, et, l'on peut l'affirmer sans exagération, le dernier acte de la définitive conquête du royaume ; car il y eut, dans ce duel formidable, une phase terrifiante où le plus héroïque même avait presque le droit de désespérer ; comme dit admirablement Monseigneur Germain, « la France, pareille à un vaisseau submergé qu'on ne voit plus que par le haut des mâts, semblait perdue pour toujours : tout était anglais, sauf ce Mont, où s'était réfufugiée, avec notre dernier espoir, la fortune de la patrie. »

Autour du Mont libre gravitaient, en effet, les suprêmes espérances ; comme un aimant prodigieux, il attirait, dans le naufrage de la France, tout ce qui

(1) Collection Petitot, VIII, 8.

voulait demeurer français [1] ; par la force prestigieuse
de l'exemple, il ralliait les courages et propageait les
fidélités héroïques ; il était, en face de l'omnipotence
anglaise, comme une France réduite, mais toujours
vivante, immaculée, immaculable, impérissable.
Magistrats et fonctionnaires [2], hommes d'armes [3] et
gens de mer (1198), prêtres et tabellions [4], sur cette
épave de la patrie, ne reconnaissaient après Dieu
qu'un maître : le « gentil Dauphin » de Jeanne d'Arc,
le petit-fils de Charles V, de saint Louis et de Robert
le pieux, le Roi légitime. La statue de l'Archange,
planant au-dessus d'eux plus près du ciel que du roc,
leur semblait réaliser le vœu de leur patriotisme et la
parole du Prophète: *In cœlis consurget Michael prin-*
ceps magnus. C'était la foi clairvoyante, car du verbe
prophétique le « Prince des chevaliers du Ciel » fit
par Jeanne et par le Mont, une réalité de salut.

En fait, trente-trois ans durant, le Mont Saint-Mi
chel fut l'arsenal intangible où se préparèrent maintes
expéditions heureuses, couronnées, le 15 avril 1450,
par la victoire de Formigny, bientôt suivie de la ca-
pitulation de Cherbourg. Sa valeureuse garnison,
non seulement repousse tous les assauts et déjoue les
efforts furieux de l'ennemi [5], mais, sous des chefs
admirables de courage et de foi, Jean d'Harcourt,
comte d'Aumale, Louis d'Estouteville, secondés par

---

(1) *Preuves*, 1024-1028, 1051, 1064-1066, 1076, 1101, 1116, 1126,
1132, 1198.

(2) *Preuves*, 1118-19, 1219-20, 1228, 1239, 1261.

(3) *Preuves*, 1024-25, 1027-28, 1051, 1064-1066, 1108.

(4) *Preuves*, 1219, 1220.

(5) *Preuves*, 961, 983, 1055, 1056, 1059-1061, 1668, 1070, 1071,
1074-1076, 1082, 1085, 1088, 1089, 1092, 1094-1099, 1136, 1137, 1141,
1142, 1150, 1154, 1167, 1171, 1202, 1204-1207, 1244, 1261, 1538. +

**

d'impavides lieutenants, — les Mauny, Jean de la
Haye, baron de Coulonces, Nicole Paynel, Guillaume
le Soterel, baron des Biards, Ambroise de Loré,
Guillaume Martel, sire de Bacqueville, Guillaume de la
Luzerne, Richard Bazan, Yvon Priour, — complètent
leurs fortifications [1], percent le blocus de terre et de
mer (1136-37), font prisonnier le général des forces
ennemies (1095. 1098), désemparent ou détroussent
les bastilles anglaises (1213, 1217), se ravitaillent
l'épée ou la hache au poing (1054, 1127, 1211), —
struggle for life ! — dispersent ou capturent les navires des assiégeants [2], leur enlèvent des canons,
coopèrent à de hardies chevauchées, à des sièges et
prises de places fortes, à maints combats, vont batailler au Maine et dans l'Anjou, et finalement, pour
couronner cette merveilleuse épopée, contribuent à
la décisive victoire de Formigny.

Je voudrais pouvoir exposer en détail tous les gestes
de cette sublime phalange, mais je dois me borner à
les résumer rapidement. Toutefois, je me plais à re-
produire en entier sa première page de gloire, en
1419 :

« C'est une chose singulière, dit l'abbé de Choisy,
que les Anglais, quoique maîtres de la Normandie et
de la plus grande partie de la France, ne purent jamais prendre le Mont Saint-Michel.

« Au bruit que l'armée ennemie allait se diriger
sur cette place, on vit voler au secours du comte
d'Aumale et de ses compagnons plusieurs guerriers
de l'Avranchin... Au lever du soleil, ils aperçoivent
une troupe considérable d'Anglais qui s'avancent en

(1) Ed. Corroyer, *Descr. du Mont St-Michel*, p. 271-273.
(2) S. Luce, *Chron.* I, 185, note.

désordre à travers les grèves ; malgré l'infériorité du nombre, ils fondent sur eux avec impétuosité ; plusieurs guerriers tombent frappés mortellement. La honte de se voir attaqués par un si petit nombre de chevaliers ranime le courage des Anglais ; ils se rallient et se battent avec fureur ; de sept qui s'acharnent sur Robert du Homme, quatre expirent sous les coups de sa hache à deux tranchants ; mais blessé lui-même à la tête, couvert de sang, il allait succomber, si ses gens, en redoublant d'effort, ne fussent parvenus à le dégager... Jean d'Harcourt, voyant du haut des remparts ce qui se passait dans la plaine, se fait ouvrir les portes et vient se précipiter dans la mêlée, au lieu où Thomas de la Paluelle soutenait encore le combat, quoiqu'atteint de vingt coups de lance. Le secours du comte d'Aumale fait pencher la victoire en faveur des Français, et ils se retirent en bon ordre.

« Un Anglais d'une taille gigantesque les pressait vivement. Jean Guiton se détache et fond sur cet ennemi ; il le renverse d'un coup de lance et, sautant à terre, il va l'égorger ; mais l'Anglais, qui s'était promptement débarrassé des étriers, se défend avec autant d'adresse que de courage ; ils se portent des coups terribles, leurs poignards se brisent ; alors, se saisissant l'un l'autre, ils se tiennent étroitement serrés. Guiton, plus souple, parvient à faire tomber son adversaire, mais, entraîné dans la chute, il tombe en même temps. Enfin l'avantage reste à Guiton, qui suspendit, comme un glorieux trophée, à l'autel du grand Archange le bouclier, la lance et les éperons de ce redoutable ennemi. Consternés de la mort du plus brave des leurs, les Anglais se retirent, et les héros de l'Avranchin rentrent dans le Mont. Il était temps : la mer mugissait dans le lointain, et ses flots se précipitaient vers le champ de bataille. Des blessés qu'on n'avait pu enlever poussèrent en vain des cris lamentables ; ils furent engloutis dans l'abîme [1]. »

Faustes et glorieuses prémisses !

VII

1419, 18 juin, fête de saint Aubert. — La garnison du Mont participe à la reprise de Pontorson et d'Avranches [2]. Le 24, Henri V, frappé d'épouvante, appelle à la rescousse tous les hommes de guerre valides du bailliage de Cotentin [3].

1420, mai. — Le Dauphin nomme son cousin Jean d'Harcourt, comte d'Aumale, capitaine et garde de la ville du Mont Saint-Michel, qui, « à cause d'aucunes divisions a esté en péril d'estre perdue ». (Laisné, p. 4).

1421, 22 mars. — Le comte d'Aumale et une partie de la garnison du Mont contribuent à la victoire de Baugé, en Anjou.

20 septembre. — Écroulement du chœur de la basilique.

1422. — « En cel an, Monseigneur d'Aubmalle gaigna à Montaigu sur les Anglois ». (*Chronique du*

---

(1) Desroches, *Hist. du Mont St-M.*, II, 141-144.

(2) S. Luce, *Chron.*, I, 22.

(3) «... ad proficiscendum... in resistenciam quorumdam inimicorum nostrorum qui bailliviam nostram prædictam jam noviter sunt agressi. » (*Ant. norm.*, XXIII, nᵒ 617.)

Mont Saint-Michel.) — On renvoie du Mont les bouches inutiles (1044).

11 octobre. — L'effet moral de la résistance victorieuse des Montois est si considérable que le duc de Bedford interdit que l'on aille en pèlerinage au Mont Saint-Michel, « sur peine de confiscacion de corps et de biens » (1050).

6 novembre. — Guillaume de la Luzerne et Ambroise de Loré sont chargés par le comte d'Aumale de ravitailler le Mont. (S. Luce, *Chron.*, I, 115. — *Preuves*, 1054).

1423, 30 juillet. — Bedford essaie de s'emparer du Mont par voie amiable et par l'entremise de Robert Jolivet; puis il fait sommer les défenseurs de lui livrer la place (1056).

26 septembre. — Combat de la Gravelle ou de la Brossinière (à 4 lieues à l'ouest de Laval) ; le comte de Suffolk, battu par le comte d'Aumale, capitaine du Mont Saint-Michel, est fait prisonnier avec John Pole, son frère. Suffolk paie une rançon de 20,000 livres tournois. Jean de la Haye, baron de Coulonces, Ambroise de Loré, André de Laval, petit-fils du Connétable du Guesclin, ont contribué brillamment au succès.

Octobre. — Le comte d'Harcourt met le siège devant Avranches et fait une chevauchée devant Saint-Lô.

1424, 16 janvier. — Bedford ordonne de « subjuguer la place du Mont Saint-Michel et d'extirper les brigands » (1059).

9 avril. — Robert Jolivet, conseiller du duc de Bedford, est mandé par lui à Rouen « pour aucunes choses touchans le fait du Mont Saint-Michiel ». (B. N., ms. franç. 4485, fol. 335).

13 avril. — Th. Bourgh, capitaine d'Avranches, reçoit l'ordre de préparer le siège du Mont (1061). Les Anglais espèrent profiter de l'absence du comte d'Aumale, qui guerroie dans le Maine (1063), pour enlever la place, soit à l'aide du traître Henri Murdrac (1068, 1074), soit de vive force.

7 mai. — La garnison du Mont se compose de 7 chevaliers bannerets, 9 bacheliers, 152 écuyers et 136 archers (1064).

17 août. — Bataille de Verneuil, où le duc d'Alençon est fait prisonnier et où périt J. d'Harcourt, comte d'Aumale, capitaine du Mont Saint-Michel, avec l'élite de la Noblesse Normande [1]. — Jean, bâtard d'Orléans (Dunois), est nommé capitaine du Mont, et y délègue comme lieutenant son cousin Nicole Paynel, sire de Bricqueville, banneret. (S. Luce, I, 195.)

8 septembre. — Commencement du siège du Mont, par terre et par mer. Les assiégeants (environ 1,000 hommes d'armes, archers et coustiliers) sont plus de trois fois plus nombreux que les assiégés (1071). Le lieutenant du comte de Suffolk, amiral de Normandie, commande la flotte [2].

29 septembre, fête de saint Michel. — Grande attaque des Anglais, qui sont mis en déroute (1076). « L'Archange françois » a veillé sur les siens.

---

(1) On peut appliquer à cette funeste journée ce que dit Wace (*Roman de Rou*) de la bataille de Fontenailles (25 juin 841), *detestabile prælium*, disent les vieilles chroniques :

> Là périt de France la fleur
> Et des barons tout le meilleur.

(2) *Preuves*, 1068, 1085, 1088, 1092.

25 novembre. — La bastille anglaise d'Ardevon étant menacée par les Français, Nicole Burdett appelle à sa défense « tous les nobles et non nobles » de la région, « anglois et autres » (1083).

1425, janvier-mars. — Nicolas de Voisines, envoyé par Charles VII, ravitaille le Mont (1127).

Avril. — N. Burdett, général des assiégeants, est fait prisonnier par les défenseurs du Mont (1095, 1099).

Juin (vers la fin). — La flotte assiégeante est défaite et capturée par eux avec l'aide (1533) des marins de Saint-Malo. (S. Luce, *La France pendant la guerre de cent ans*, II, 221). Ainsi s'explique « la domination véritable que la marine du Mont Saint-Michel exerça dans tout le détroit de la Manche, depuis Saint-Malo jusqu'à Calais, pendant la seconde moitié de 1425... Il y eut alors un moment où la garnison française du Mont fut absolument maîtresse de la mer. » (S. Luce, *Chron.*, I, 185.)

Juillet. — N. de Voisines ravitaille de nouveau le Mont (1127).

2 septembre. — Louis d'Estouteville, sire d'Auzebosc, est nommé par Charles VII capitaine et garde du Mont. (S. Luce, I, 209.)

1426. — Il en complète les fortifications (1118, 1119).

Novembre-décembre. — Les Français reprennent Pontorson et Saint-James, qu'ils conservent jusqu'en mai 1427. (S. Luce, *Chron.*, II, 244.)

1427. — Les Anglais reprennent avec ardeur le siège et pressent vivement l'héroïque garnison.

17 avril, jeudi saint. — Jean de la Haye, baron de Coulonces, vole au secours des *Michelots*. Il périt glorieusement au combat de la Gueintre (1135), auquel

a pris part la garnison du Mont (1124, 1125). Bientôt, elle obtient une éclatante revanche, les assiégeants sont mis en déroute, et Louis d'Estouteville et ses intrépides chevaliers proclament qu'ils ont triomphé par « l'ayde de Dieu et de Monseigneur saint Michel » (1134). Voilà dix ans que « le Mont sainct » résiste valeureusement et victorieusement ; avec les Moines, leurs compagnons de lutte, ils veulent célébrer ce long succès, pour s'encourager à la résistance infrangible, pour léguer leurs noms à l'histoire, leur exemple à leurs descendants, pour glorifier le Seigneur des armées et l'Archange des victoires ; alors, ne pouvant buriner leurs noms et leurs armoiries dans le chœur écroulé de la sainte basilique, ils les font peindre sur la muraille, devant la chapelle de SAINT SAUVEUR...

Fidem salutis ! [1]

1428. — Au nord de la Loire, trois forteresses françaises sont seules à prolonger la résistance, et, — coïncidence lumineuse ! — leurs trois noms résument la triomphante mission de Jeanne d'Arc et semblent la prophétiser : le Mont Saint-Michel, Vaucouleurs, Orléans !... Bedford veut avoir raison de cette opiniâtre défense, et de nouveau le Mont est bloqué [2], et le sera, presque sans interruption, jusque vers le milieu de 1430 [3].

1429, 8 mai, fête de l'apparition de saint Michel. — Délivrance d'Orléans.

Mai-juin. — La garnison du Mont fait la trouée

---

(1) Tacite.
(2) *Preuves*, 1136, 1137, 1141, 1142, 1150, 1154, 1167, 1171.
(3) S. Luce, *Chron.*, I, 277-281, 287, 292-3, 297.

dans les lignes anglaises et va menacer Cherbourg. (S. Luce, I, 300).

18 juin, fête de saint Aubert. — Victoire de Patay.

Juillet. — La garnison du Mont menace Pontorson et Avranches (1151). Henri Carbonnel, chevalier, et Guillot Bailleul menacent Carentan (1194).

Octobre-décembre. — Escarmouches incessantes avec les Anglais de Tombelaine (1161-2).

1430. — J. de Chantepie soulève les paysans de l'Avranchin et cause beaucoup de dommages aux Anglais. (Pigeon, *Dioc.*, 354.) — Les bourreaux mêmes de l'usurpateur n'inspirent plus la crainte ; ils ont de risibles mésaventures : on leur soustrait leurs instruments de supplice. Le bailli anglais de Caen ordonnance une somme « de XX soulz à Gires Triquet, maistre et exécuteur de la haulte justice du roy nostre sire à Baieux,... pour une dolleure ou hache... pour faire et accomplir son dit office, pour ce que la doleure qu'il soulloit avoir a esté *perdue*, comme l'en dit. » (*P. O.*, Breton, 19.)

28 mars. — Combat entre les Français du Mont et les Anglais de Tombelaine ; 13 archers ennemis sont tués (1169).

1431. — Après le martyre de Jeanne d'Arc, la douleur exaspérée des Français fidèles croît en raison de l'insolence des envahisseurs et de leurs misérables partisans (1288), et les supplices recommencent (1177, 1180).

1432. — Charles VII et le duc d'Alençon viennent en aide aux Religieux du Mont Saint-Michel, réduits par l'occupation anglaise, la désertion de leur abbé et leur loyauté envers la couronne de France, « à un tel degré de pauvreté qu'ils ont dû vendre la plupart des joyaux et calices de leur église ». Le Roi confisque

**

tous les biens de leur indigne abbé et leur en fait don
(1183, 1185, 1187). La pauvreté est générale au Mont,
à ce point que Jeanne Paynel, femme de Louis d'Estouteville, Capitaine de la garnison, manque de vêtements (1189).

24 décembre. — Le duc d'Alençon menace Saint-Lô.
Raoul Tesson, chevalier, qui a quitté le parti de
l'usurpateur, est avec lui, puis va se joindre aux défenseurs du Mont (1198). — Les marins Montois, sous
le commandement d'Yves Priour, attaquent Granville
et capturent des navires anglais (1198).

1433, 19 novembre. — Six soudoyers de la garnison
du Mont, faits prisonniers, jettent l'épouvante dans
les rangs anglais en déclarant que le duc d'Alençon
arrive avec de grandes forces et que les villes de Caen,
Bayeux et Saint-Lô doivent lui ouvrir leurs portes
(1196).

Décembre. — Les pèlerins du Mont Saint-Michel
sont frappés d'une taxe par les Anglais de Tombelaine (1197). Ce n'était peut-être pas le sentiment religieux seulement, mais aussi le sentiment patriotique
qui les attirait vers la roche héroïque, et n'était-ce
point le cas, par exemple, de « Sire Jehan de Villers,
chevalier, et Jehan du Hommel, son serviteur » ?
(S. Luce, II, 33.)

1434, mars. — Le duc de Bedford fait « armer le
peuple de Normendie. » (S. Luce, I, 36 ; II, 35). —
« Les nobles et communes de la vicomté de Caen »
se soulèvent en vue de rendre cette ville à Charles VII.
(Luce, II, 251.)

5 avril. — « Une grande partie de ceste ville du
Mont fut arse. » (Luce, Chron., I, 34.)

17 juin. — Th. Scales, capitaine anglais de Domfront, avec 8,000 hommes, « mist le siège devant le

Mont Saint·Michiel, et batit la ville et le fenil de canons, bombarde et aultre trait ; et après, y donna ung
assaut », où il fut blessé, perdant beaucoup de son
monde, « sans qu'il mourust nul des gens de la place,
ne qu'il y en eust guères de blécez, qui est chose que
l'on pourroit dire miraculeuse ; et de là s'en retournèrent marriz et confus, la mercy Dieu et de Monseigneur saint Michiel, qui a tousjours gardé et garde
la place ». (*Chron. du Mont Saint-Michel.* — Luce,
I, 35.) En ce combat épique [1], Louis d'Estouteville et
ses compagnons firent des prodiges de valeur en re-
poussant maints furieux assauts ; 2,000 Anglais lais-
sèrent leurs os sur les grèves ; on leur prit deux canons, ces *Michelettes* que l'on voit encore à l'entrée
du Mont, près de la porte du Roi.

Août. — Les Anglais, après s'être renforcés, pré-
parent un nouveau siège (1205, 1207, 1208).

1435, janvier-février. — Soulèvement du Bessin.
Siège de Caen par les Français. Siège d'Avranches
par le duc d'Alençon [2]. La garnison du Mont parcourt
les vicomtés d'Avranches et de Coutances et lève des
contributions (1210). Siège de la bastille d'Ardevon
par le duc d'Alençon et la garnison du Mont (1211).

Avril. — La dite bastille est désemparée et aban-
donnée par les Anglais (1213).

13 août. — Défaite des Anglais de Tombelaine par
les Français du Mont (1217).

1436. — Dans la petite France du Mont Saint-Michel, les transactions ordinaires de la vie, ventes et

---

(1) Il faut en lire le récit dans M. le Chanoine Brin, éd. in-12,
p. 291-296.

(2) S. Luce, *Chron.*, I, 35 ; II, 50-57. — *La France pendant la
guerre de cent ans*, II, 258-259.

acquêts, se continuent par devant les fonctionnaires et tabellions royaux comme si les Anglais étaient à mille lieues de là (1219, 1220). Pourtant elles ne pourront avoir d'effet que lorsqu'ils auront repassé la Manche; c'est donc que l'on garde vif au cœur l'espoir de la délivrance. Honneur à ces vaillants, à ces fidèles !

Janvier. — Le soulèvement des communes du Val de Vire, commandées par le brave Boschier, permet aux Français de reprendre un instant Granville, avec l'aide de la garnison du Mont Saint-Michel, qui contribue aussi au recouvrement du château de Chanteloup[1].

Mai. — « Tantost après Pasques, Paris fut recouvrey et mis en la subjécion de son souverain seigneur ». (*Chron. du Mont Saint-Michel.*)

6 septembre. — Louis d'Estouteville, capitaine du Mont, projette une expédition contre Cherbourg, mais la reprise de Granville par les Anglais enraie ce projet[2].

1437. — « Appuyé par les garnisons françaises de Montaudin, la Gravelle, Craon, Laval..., L. d'Estouteville entreprend des chevauchées à Mortain, Condé-sur-Noireau, Villers-Bocage, et jusque sous les murs de Caen, de Vire et de Saint-Lô ; un peu avant le 19 décembre, il s'avance jusqu'à Torigny, dont il prend le marché[3] ».

1438. — Jean Guiton, l'un des plus hardis défen-

---

(1) S. Luce, *Chron.*, II, 74-78, 94. — *Guerre de cent ans*, I, 303-305 ; II, 260.

(2) S. Luce, *Guerre de cent ans*, II, 261.

(3) S. Luce, même ouvr., II, 261-262. — *Preuves*, 1221.

seurs du Mont, surprend et bat les Anglais à Genets (1223).

31 juillet. — Combat d'Ardevon ; cent des défenseurs du Mont sont faits prisonniers (1224).

1439. — Les Moines du Mont Saint-Michel ayant aliéné tous leurs biens et même contracté de lourds emprunts (Luce, *Chron.*, II, 116), et n'ayant « plus de quoy vivre », Charles VII leur vient en aide (1226, 1228).

27 juillet. — Les Montois font des préparatifs pour s'emparer du roc de Granville, fortifié par Thomas Scales.

2 août. — Le duc d'Orléans, voulant honorer la vaillance et la loyauté des défenseurs du Mont, confère à quatre d'entre eux son Ordre du Camail (1227).

Fin septembre. — Reprise de Pontorson par J. de la Roche, et de Saint-James par J. de Beuil.

30 novembre-23 déc. — Siège d'Avranches par le connétable Arthur de Richemont et le duc d'Alençon, auxquels se sont joints L. d'Estouteville et ses braves Montois. Le gouverneur anglais est fait prisonnier dans une sortie. L'arrivée de l'armée de Talbot force les Français à lever le siège. (Luce, *Guerre de cent ans*, II, 262-263.)

1440. — Complot, au Mont Saint-Michel, pour livrer la place « à un capitaine français (Dunois) autre que le sire d'Estouteville » (1210) [1]. — Conspiration générale en Normandie contre les Anglais ; procès de lèse-majesté, dans lequel sont impliqués plusieurs anciens défenseurs du Mont (1235).

1441. — Entre deux expéditions, les Montois

(1) Cf. S. Luce, *Guerre de cent ans*, II, 263-272.

s'exercent au tir de l'arc sur la grève, à la barbe des Anglais de Tombelaine (1236).

3 décembre. — L. d'Estouteville décide de « parfaire les fortifications » de la place ; délibération de l'assemblée des notables habitants de la ville du Mont Saint-Michel (1239).

1442. — Dès le mois de juillet, L. d'Estouteville fait des préparatifs pour reprendre Granville (1241-2). Dans la nuit du 8 novembre, avec l'aide de ses deux fils, Michel et Jean, et à la faveur d'une escalade audacieuse, il réussit dans sa valeureuse emprise.

1443. — Appuyés maintenant sur les forteresses de Granville et du Mont Saint-Michel, les fidèles de la Basse-Normandie peuvent défier les attaques de l'ennemi, dont les rangs s'éclaircissent par le découragement et les défections (1255). Dès le 31 janvier, Scales, sénéchal anglais de Normandie, prescrit une forte levée de gens d'armes et de trait « pour tenir frontière aux ennemis occupans Granville et le Mont Saint-Michel » (1244).

1444, 20 mai. — Trève de Tours.

17 juillet. — Mort de Robert Jolivet, *indignus abbas* (1250).

1445. — En dépit de la trève, des bandes anglaises saccagent et ensanglantent la Normandie (1251, 1253).

1446. — Rixe suivie de mort entre deux des défenseurs du Mont, qui, pourtant, « estoient frères du voiaige de saint Jacques [de Compostelle] qu'ilz avoient fait ensemble » (1255).

31 janvier, Chinon. — Jean Gonault, le vaillant prieur qui depuis un quart de siècle a tenu si dignement au Mont la place de l'abbé déserteur, ayant été élu par les Religieux pour lui succéder, se démet en faveur du Cardinal d'Estouteville, qui avait été nommé

abbé commendataire par le Pape Eugène IV.

Avril-septembre. — Les Anglais renforcent les défenses de Tombelaine. — Attaque de Saint-James par L. d'Estouteville et les Montois ; le capitaine anglais est pris et mis à mort en expiation de maints sévices (1257).

19-25 juin. — Marie d'Anjou, Reine de France, vient en pèlerinage au Mont Saint-Michel.

1448. — Prise de Saint-James, à laquelle se distingue un des plus vaillants défenseurs du Mont, J. Guiton, qui est nommé capitaine de Saint-James (1262).

1449, 15 mai. — Prise du Pont-de-l'Arche par J. de Brécey, l'un des défenseurs du Mont, et autres hardis capitaines (1269).

1449, 6 sept. — Le duc de Bretagne et son armée viennent au Mont, puis, avec L. d'Estouteville, Jean, son second fils, et une partie de la garnison, vont prendre Coutances (le 12), Saint-Lô (le 15), Carentan (le 30), Valognes, Gavray (11 oct.), Fougères (5 nov.). Pendant ces brillantes chevauchées, le Mont est gardé par Michel d'Estouteville, sire de Moyon, de Formigny et de Grimesnil (1348), lieutenant de son glorieux père. (*Chronique du Mont Saint-Michel.*)

19 octobre. — Rouen se rend à Charles VII.

1450, 15 avril. — Victoire de Formigny.

21 mai. — Prise de Bayeux.

12 juin. — Prise d'Avranches par le duc de Bretagne, L. d'Estouteville, et autres valeureux capitaines français.

16 juin. — « Les Anglois de Tombelaine lessèrent la place et emportèrent leurs biens » (*Chronique*), après avoir incendié leurs bastilles, « pour donner à connoistre à la postérité, dit plaisamment D. Huynes,

que leurs grandes prétentions contre le royaume de France, et particulièrement contre le Mont, se résoudoient en fumée ».

12 août. — Prise de Cherbourg par Charles VII, L. d'Estouteville et les Montois; parmi lesquels se distingue Pierre de Longues (1322).

Les Anglais repassent la Manche, n'emportant pas que leurs biens, mais aussi les chartriers des châteaux (1334); piètre fiche de consolation, mais autant de pris sur l'ennemi [1] !

La Normandie est libre ! La Guyenne aussi le sera bientôt, après la victoire de Castillon (17 juillet 1453). La prophétie de Jeanne d'Arc aux Anglais est splendidement réalisée :

« Vous partirez tous, bon gré mau gré, en vostre pays, fors ceulx qui seront enterrés en France. »

« Dieu leur doint courage de jamès n'y revenir » ! conclut la *Chronique du Mont Saint-Michel.*

VIII

Quel hosannah dans la Normandie, dans toute la France, après la victoire de Formigny ! Tous les cœurs exultaient de pieuse et patriotique allégresse. Paris vit une procession d'actions de grâces faite par douze mille enfants, et dès lors les pèlerins affluèrent à la Montagne angélique, de tous les points non seulement du royaume, mais de la chrétienté ; tellement

---

(1) Les Anglais, gens de précaution, agirent de même en quittant la Guyenne. (*P. O.*, de Batz, 16.)

que ce religieux enthousiasme eut pour effet de susci-
ter, à la longue, notamment en Allemagne, de cu-
rieuses jalousies, dont nous recueillons l'attristante
expression dans l'œuvre d'un Dominicain d'Ulm,
Félix Faber (vers 1484), raillant assez lourdement
ceux de ses compatriotes qui sont allés si loin pour
vénérer saint Michel [1]. Que l'Archange et saint Do-
minique lui pardonnent !

Maints auteurs se sont escrimés, dissertant à qui
mieux mieux, pour arriver à déterminer en quelle année eut lieu le siège du Mont Saint-Michel. On vient
de voir que ce siège dura de longues années, avec d'incessantes rescousses, depuis la descente des Anglais à
Touques, en 1417, jusqu'à la trève de Tours, en 1444,
et que, de cette date à la journée de Formigny, l'héroïque garnison continua de s'illustrer par de glorieux
exploits. Honneur, honneur impérissable à « ces in-
comparables compagnons d'armes, vieillis dans la
guerre, qui endurèrent tant de labeurs et affrontèrent
tant de périls, sur terre et sur mer, pour la défense
du très saint rocher de saint Michel » [2] ! Ce sera pour
consacrer la mémoire de leur sublime vaillance et de
la protection de l'Archange que Louis XI, en 1469,
instituera l'Ordre chevaleresque dont le collier portera
les coquilles montoises et l'image de saint Michel ter-

---

(1) *Fratris Felicis Fabri evagatorium in Terræ Sanctæ... pere-
grinationem* ; éd. en 1843 à Stuttgard par Conrad Dietrich Hassler,
3 vol. in-8. La diatribe violente contre les pélerins du Mont St-Michel se trouve dans le tome II, p. 56. Je dois cette indication à
mon docte ami M. Alphonse Couret, auteur d'une savante *Hist.
de l'Ordre du St-Sépulcre* et de tant d'autres œuvres parfaitement
érudites.

(2) Robert Blondel, *De reductione Normanniæ ;* cité et traduit
par S. Luce, *Guerre de cent ans*, p. 273.

rassant le dragon, avec cette devise qui rappelle les éclatantes prouesses des compagnons de Louis d'Estouteville : *Immensi tremor Oceani.*

Dès le mois de février 1447, Charles VII a donné de véritables lettres de noblesse aux habitants du Mont, ruinés pour sa cause, pour la cause nationale, en leur octroyant de notables privilèges (1256). Ruinés, eux aussi, les généreux Moines qui ont jeté « près de 200,000 livres par la fenestre » ; mais c'était la fenestre de la patrie, et le Roi victorieux ne les oublie pas (1295). Ruinés, de même, les indomptables champions du droit et de l'indépendance, les vaillants qui n'ont désespéré ni du Dieu de saint Louis ni de l'Archange de Jeanne d'Arc. Charles VII leur confère des honneurs (1270, 1293) et les remet en possession de leurs biens confisqués par l'Anglais [1], mais qui leur rendra ceux qu'ils ont volontairement aliénés (1255) « pour faire service au Roy » ?

En fait, lorsque la France se trouva rétablie par leur long et généreux effort, beaucoup eurent à souffrir de l'appauvrissement [2] ; sur ce point, les lettres de rémission accordées à Jean Thierry (1314), l'un des défenseurs du Mont (1025), sont douloureusement instructives. Puis, au cours de l'interminable guerre, pour se sustenter et soutenir leur grande cause, les fidèles, les « brigands », avaient dû réquisitionner et rançonner ; maintenant, ils avaient à se défendre contre de basses représailles judiciaires [3], malgré l'édit d'abolition générale sagement rendu par

---

(1) *Preuves*, 1272, 1275, 1276, 1286, 1291, 1293, 1294, 1302-1305, 1327, 1334, 1348, 1370.

(2) *Preuves*, 1272, 1302, 1304, 1305, 1314, 1370.

(3) *Preuves*, 1259, 1260, 1351, 1355.

Charles VII en leur faveur, et les plus méritants
même, comme Jean Guiton, n'échappèrent pas à ces
poursuites rancuneuses (1260) ; triste lendemain de
victoire ! D'implacables haines subsistèrent longtemps entre telles familles dont l'une avait accepté le
joug et les présents de l'usurpateur, l'autre, vigoureusement combattu pour le droit et ravagé les domaines de la première [1].

Treize ans après, Louis XI prescrit une réformation
générale de la Noblesse de Normandie ; décision peu
généreuse, puisqu'elle doit avoir pour effet d'élimi-
ner de ses rangs ceux qui, s'étant ruinés pour défendre la couronne et la patrie, ont été contraints pour
vivre de faire quelque négoce, ou ceux qui ne pourront prouver leur noblesse, leurs chartriers ayant pris
le chemin de la tour de Londres.

Et le commissaire chargé de cette réformation par
le Roi de France, quel choix stupéfiant !... à moins
que Raymond de Montfault [2], tout en étant à la solde
de l'Anglais, n'eût donné des gages secrets à la cause
française ; ce qui n'est pas douteux, c'est que lorsque
« le vent tourna » (1156), il fit comme le vent et fut
maintenu par Charles VII en son haut office de général des monnaies [3], « duquel il estoit *paisible* pos-

---

(1) Pigeon, *Dioc.*, p. 371.

(2) Ce nom normand se trouve anciennement écrit Malfaut,
Mailfaut, Malfault, Montfault, Monfault. (*P. O.*, dossiers Monfault, Montfault, *Malfant, de Maufant* ; ces deux derniers noms ré-
sultent d'une mauvaise lecture. On trouve là des sceaux des Malfault et des Monfault ; les armoiries sont identiques : une bande acc.
de 6 fers de pique, *alias* chargée de 3 fers de pique.) Cf. *Preuves*, 496, 525, 528, 1173, 1542.

(3) 1447, 10 mars : « Sire Remond Monfault, general des mon-
noyes du roy nostre sire [Henri VI] en Normandie ». (*P. O.*, Monfault, 12.)

sesseur à l'eure du trespas de nostre très chier seigneur et père », nous apprend Louis XI par des
lettres du 28 août 1461 qui confirment « Remon Montfault, bourgeois de Rouen », en son dit office [1]. Mais,
enfin, cet éclectique était d'une famille qui, après
avoir reçu les bienfaits de Charles VI [2], avait servi en
armes [3] et autrement [4] la cause anglaise, et lui l'a-
vait servie jusqu'au bout... du fossé.

On se demande quel accueil dut faire, en 1463, à ce
protée chargé de la réformation de la Noblesse bas-
normande le capitaine du Mont Saint-Michel, le fidèle
Louis d'Estouteville que l'Anglais avait spolié de la
seigneurie d'Auzebosc pour en gratifier son amé et
féal Raymond Monfault, alors trésorier général de
ses gens d'armes. [5] Et qui peut dire si, dans cette ri-
goureuse réformation, certaines exclusions injustifia-
bles, puisqu'elles atteignaient des nobles authentiques, mais appauvris ou privés de titres probatifs, ne
furent pas inspirées au ci-devant haut fonctionnaire
anglais par un tout autre sentiment que celui de l'é-
quité ?... [6]

---

(1) *P. O.*, Monfault, 16.

(2) *P. O.*, Malfant, 2, 3, 9, 10.

(3) En 1430, « Hugues de Montfault », lance à pied (*Preuves*,
1173); en 1442, Laurens Monfault, archer anglais. (*Cab.* 1434, p.
52.)

(4) En 1445, Huguet Monfault est nommé par Henri VI receveur
d'Argentan et d'Exmes ; en 1447, Laurens Monfault est receveur
des aides à Gisors. (*P. O.*, Monfault, 6, 13-15.) Cf. *Preuves*, 1542.

(5) *P. O.*, Monfault, 31.

(6) *Preuves*, 1543-1551. Voy. notamment, aux *Preuves*, les notes
des pages 193-197, visant précisément trois noms représentés à la
défense du Mont St-Michel.

IX

Après la délivrance, les vétérans de la grande guerre et leurs fils se pressent dans les rangs des compagnies d'ordonnance, commandées par les capitaines magnanimes qui naguère les ont guidés au chemin de l'honneur et de la délivrance : Estouteville, Dunois, Saintrailles, La Hire, Jean de Lorraine [1], Beuil, Brézé, Floques, des Marais, Aydie [2] ; mais c'est surtout dans la compagnie chargée de la garde des places du Mont Saint-Michel et de Tombelaine, réunies sous le gouvernement du sire d'Estouteville, que tiennent à honneur de servir tous ceux qu'attachent au Mont de glorieux souvenirs [3]. Examinez les montres du 23 juillet 1451, du 23 avril 1454, du 28 octobre 1456, du 5 janvier 1457, du 13 décembre 1458 : tous ces noms, à peu d'exceptions près, vous les retrouverez

(1) Il est appelé « Jehan Monseigneur » dans la *Chronique du Mont St-M.* « Ces mots *Jean Monseigneur* ne désigneraient-ils pas Jean d'Estouteville, devenu capitaine du Mont St-M. et de Tombelaine après la mort de son père Louis ? » (S. Luce, *Chron.*, I, 77, note 5.) — Cette appellation désignait Jean de Lorraine, capitaine de Granville, fils d'Antoine de L., comte de Vaudemont et de Guise, et de Marie d'Harcourt, comtesse d'Aumale, sœur de l'héroïque et pieux capitaine du Mont St-M., tué à Verneuil en 1424. Jean de Lorraine, comte d'Aumale après la mort de sa mère en 1476, était petit-fils de Ferry de L., tué à Azincourt, et l'arr.-p.-fils de Jean, duc de L., tué à Crécy. — Cf. *Preuves*, 1301, 1364.

(2) Voir aux *Preuves*, ann. 1451 et suivantes.

(3) *Preuves*, 1283, 1320, 1342, 1346, 1356.

dans la liste des Défenseurs du Mont. Et cependant Raymond de Montfault, en 1463, n'indique que huit gentilshommes bas-normands comme étant « de l'Ordonnance du Mont Saint-Michel » (1543-51). Démonstration éclatante de la prudence avec laquelle il convient d'admettre ses jugements.

Après la mort du grand Louis d'Estouteville (21 août 1464), les fils et les petits-fils des héros servent sous son fils (1391-93), qui l'a remplacé dans la capitainerie du Mont ; puis, peu à peu, les noms illustrés par la défense du Mont Saint Michel se raréfient dans les montres et revues de sa garnison [1] ; le temps accomplit son œuvre de mort, de dispersion et de ténèbres ; en 1605, il n'y a plus au Mont que dix hommes de guerre à la morte-paye (1473), et de ces dix noms, deux seulement, — Adam, Launay, — rappellent la vieille épopée.

Le sort de la place de Tombelaine fut plus triste encore, et c'était justice : son histoire anti-française, son opprobre la condamnait fatalement à la ruine. De 35 hommes de guerre en 1475, sa garnison, en 1520, était réduite à six mortes-payes. Bientôt un seul gardien parut suffisant pour ce rocher mort et ses décombres ; le dernier, André Blondel, se noya, le 23 décembre 1665, en traversant les grèves ; il fut inhumé au Mont Saint-Michel, qu'un Blondel avait défendu jadis sous le preux baron de Coulonces (995).

Il n'est pas sans intérêt de chercher, incidemment, à définir ce que fut « l'Ordonnance du Mont Saint-Michel ». Sous le gouvernement de Louis d'Estoute-

---

(1) *Preuves*, 1401, 1424, 1428, 1431, 1440, 1459, 1464, 1473. — M. le Chanoine Brin (éd. in-12, p. 287) met en 1427 le Mont sous la garde du sgr du Bouchage ; il s'est trompé de cent ans (*Pr.*, 1459).

ville, le doute n'est point possible : on nomme ainsi
la compagnie des Ordonnances du Roi chargée de la
garde du Mont. Raymond de Montfault désigne
comme en faisant partie, en 1463, J. de Breuilly, P.
Blondel, J. le Houguais, J. Louvel, Olivier Chappedelaine, R. de Tollevast, G. Pinel, J. Marie (1543-1551);
et presque tous, en effet, nous les trouvons au Mont
sous les ordres de Louis d'Estouteville ou de Jean,
son fils et successeur [1]. A partir de 1504, il n'y a
plus au Mont que des mortes-payes [2], et cependant
la vieille qualification subsiste, ce qui conste d'un
contrat de mariage [3] du 5 mars 1630, « entre Pierre
Yger, filz de honnorable homme Maistre Marguerin
Yger, sieur de Bonneville, et de Chaterinne de Mon-
targin, les père et *mère* bourjoys *de l'Ordonnance du
Mont Saint Michel*, d'une part, et Marie Jouade ».

Ainsi les femmes faisaient partie de cette Ordonnance. Est-ce à dire que ce fût un droit héréditaire
réservé aux familles qui, dans la guerre de cent ans,
avaient été représentées à la défense du Mont ? C'était
mon premier sentiment, mais un sérieux examen de
la question ne m'a pas permis de le conserver.

Il n'est pas douteux qu'en 1630 toutes les anciennes
familles du Mont pouvaient revendiquer pour leurs

(1) *Preuves*, 1283, 1320, 1342, 1346, 1356, 1391.
(2) Preuves, 1424, 1507, 1510, 1511, 1516, 1527, 1546, 1605. — « Les
mortes-payes étaient d'anciens soldats que l'âge ou des infirmités
rendaient impropres au service actif et qui, par suite, avaient été
rayés des contrôles de l'armée. C'est de là que venait leur nom.
Ces vétérans passaient à la solde et au service particulier des gouverneurs des villes. » (Général Susane, *Hist. de l'infant. française*, éd. in-12, 1, 181.)
(3) Archives de M. Alfred Turgot, au Mont St-M., orig. en parchemin.

aïeux l'honneur de l'avoir défendu ; mais cette milice locale existait au Mont avant l'institution des Compagnies d'Ordonnance du Roi ; Pierre le Roy, le vaillant abbé-capitaine du Mont Saint-Michel de 1387 à 1411, avait ses soldats [1], et dans son *Quanandrier*, nous les voyons, « armés de la cotte de maille, du casque, des gantelets de fer, de la lance et du bouclier », ranger les pélerins et maintenir l'ordre dans la basilique [2].

Lorsque disparut la royale « Ordonnance du Mont Saint-Michel », la milice bourgeoise s'attribua cette honorable dénomination, d'autant mieux que, parallèlement aux mortes-payes, elle avait la garde de la vieille forteresse (1481,) et même faisait très bonne garde, à en juger par ce récit écrit en 1735 :

«... Les gens de pied entrent par une petite porte ronde attenant le premier corps de garde, où les voyageurs laissent les armes à feu, l'épée et les bâtons ferrés... On arrive au second corps de garde, où l'on est obligé de déposer les armes cachées, tels que sont les pistolets de poche, les bayonnettes et même les couteaux... Après quoi, on se trouve sous une grande voûte obscure, dont tous les murs sont couverts de mousquets et de pertuisanes rangés sur leurs râteliers ; ensuite on voit un grand corps de garde où il y a toujours plusieurs bourgeois en faction... » [3]

A cette époque, le costume des miliciens de Saint-Michel s'était modernisé. « Les bourgeois, — dit un auteur contemporain [4], — qui sont presque tous

---

(1) D. Huynes, éd. Ch. de Robillard de Beaurepaire, I, 191.
(2) Le Chanoine E.-A. Pigeon, *Descr.*, 136.
(3) Bruzen de la Martinière, V, 511-512.
(4) Cité par E.-A. Pigeon, *ut suprà*.

pêcheurs ou aubergistes et marchands de petites quin-
quailleries, sont exempts de tous impôts et subsides,
et même de capitation [1], et se gardent eux-même conjointement avec quatre autres paroisses qui relèvent
de l'abbaye. Toute cette milice porte pour uniforme
habits bleus, parement rouge, boutons blancs, bord
d'argent sur le chapeau, depuis que Dom de Brian-
court, prieur de l'abbaye et commandant de la place
pour le Roy, toujours attentif à ce qui concerne les
intérêts de sa Majesté pour la conservation de cette
place, le leur a fait prendre en 1743 » [2].

Quant aux femmes faisant partie de l'Ordonnance
du Mont Saint-Michel, comme bourgeoises du lieu,
c'est-à-dire comme étant en possession d'une sorte de
noblesse urbaine, il est évident qu'elles n'acquit-
taient pas en personne le devoir milicien, mais
seulement par délégation, à leurs coûts, comme dans
la coutume féodale les femmes tenant des fiefs grevés
de service d'ost.

Mais revenons à nos héros.

(1) Mém. rédigé en 1698 par M. Foucauld, intendant de Caen,
pour Mgr le Duc de Bourgogne : « Ce lieu (le Mont St-M.), appelé
Villefranche, n'a qu'une seule rue, dont les habitans, exempts de
toute capitation, ne vivent que du produit de leurs chapelets, sca-
pulaires et bandoulières pour les pèlerins. » (Eug. Chatel, *Invent.
somm. des arch. du Calvados*, II, 7.)

(2) Cf. *Preuves*, 1481.

X

Se figure-t-on ce que fut la vie militaire au Mont après l'expulsion de l'étranger ? Plus d'un de ces hardis hommes d'armes blanchis sous le harnois se prenaient, je gage, dans la monotonie de la vie de garnison, à regretter le bon temps des alertes et des vaillantises, et les jeunes archers ne devaient pas, sans le regretter aussi, prêter l'oreille aux épiques réminiscences des anciens.

Il est vrai que l'afflux indiscontinu des pélerins de toutes les nations [1] donnait à la villette de saint Michel, à ses grèves, une animation d'un pittoresque intense où le plaisir des yeux trouvait amplement son compte. En somme, dans ce séjour merveilleux, les heures et les jours s'écoulaient sans laisser naître l'ennui.

Rivés à la roche héroïque et sainte par de solennels souvenirs, par l'honneur chevaleresque et la foi religieuse, les survivants de la grande guerre n'avaient pas repris le chemin de leurs foyers et de leurs domaines ; la mort qu'ils avaient cent fois bravée dans les combats, maintenant ils l'attendaient paisiblement à l'ombre prestigieuse de la basilique aérienne, sous l'égide de « Monseigneur saint Michel », sur ce môle de granit où tout parlait de sa puissance et de leur gloire. C'est là, pour n'en citer qu'un, que voulut

[1] D. Huynes, I, 123-127.

mourir [1] Guillaume de la Luzerne, qui naguère avait défendu le Mont et combattu pour la patrie avec une incomparable valeur. Alain de Longues, autre héros de la défense, un des premiers à courir au Mont en 1417, s'y trouvait encore en 1454, comme homme d'armes, portant vigoureusement, comme on verra, le poids de soixante-dix hivers (1322). En ce temps-là, du reste, les gens de guerre n'étaient pas tous d'un tempérament aventureux, et sous l'empire d'un attachement profond au pays natal, au lieu qui avait vu leurs premières armes, d'aucuns, à moins que le devoir n'y contredît, se cantonnaient volontiers pour la vie ; tel, par exemple, Othenin de Baleicourt, écuyer, qui, dans une enquête de 1433, se dit âgé de 96 ans et résidant en la forteresse de son nom depuis environ 80 années [2].

Mais « si belle qu'ait été, au point de vue militaire et patriotique, la défense du Mont Saint-Michel, on se tromperait gravement si l'on se représentait sous la figure de petits saints les hommes d'armes qui y prirent part. Les saints se font rares partout au xve siècle, et dans les garnisons des forteresses plus que partout ailleurs » [3].

Les saints sont rares en tous les temps et dans tous les milieux ; mais il n'y avait pas que des mécréants parmi les hommes d'armes du pieux Jean d'Harcourt ; il y eut au moins un défenseur du Mont à qui vint la pensée de se sanctifier : Jean le Clerc, lieutenant du baron de Coulonces, « cheut en maladie, délaissa la guerre et le monde et se rendit hermite » (1138). Au

(1) En 1458. (*P. O.*, La Luzerne, 49.)
(2) B. N., fonds Moreau, t. 249, p. 158.
(3) S. Luce, *Guerre de cent ans*, II, 266.

demeurant, les devises adoptées ou conservées par ces rudes batailleurs décèlent un état d'âme non moins profondément chrétien que loyaliste :

Jean d'Harcourt, comte d'Aumale ; *Nemo adjutor mihi nisi Michael.*

Guillaume aux Épaules : *Non potest duobus dominis servire.*

Guillaume de Nantray : *Deo ac Regi.*

Richard et Colin de Clinchamp : *Pro Deo et Rege.*

Pierre Michel : *Quis ut Deus ?*

Percy : *Espérance en Dieu !*

Grimouville : *Timor Dei Nobilitas.*

Argouges : *A la fé je croys.*

Bastard : *Cunctis nota fides.*

Le Charpentier : *Dieu m'ayde !*

Guiton : *Diex aïe !*

C'est un cri des croisades, et comment s'en étonner, quand on sait que la plupart des noms magnifiés par la défense du Mont étaient grands déjà par l'antiquité, la noblesse, l'honneur, la vaillance et la foi ? Dès l'aurore du xie siècle, ils se rencontrent à chaque page du cartulaire du Mont Saint-Michel et dans les chartes des autres abbayes de la Basse-Normandie [1], — donations, pieuses restitutions, concessions, aveux et services féodaux, fondations de monastères, de léproseries, de maisons-Dieu. Nombreux sont les prêtres et les religieux portant ces mêmes noms ; une liste exacte des Moines du Mont Saint-Michel, du xie au xvie siècle, semblerait un catalogue de la vieille chevalerie normande [2].

Ce ne sont pas seulement les noms des preux com-

---

(1) *Preuves*, 2 à 244, passim.
(2) *Preuves*, 1 à 284, passim.

paings de Du Guesclin [1] ou des vainqueurs acclamés
dans les tournois fameux [2], mais encore des volontaires de Guillaume le Conquérant (4) et des héros des
guerres saintes, « vassaux de nostre Seignor Jesus
Christ », ainsi qu'ils s'intitulaient avec une fière hu-
milité. En 1191, au siège d'Acre, trois chevaliers bas-
normands contractent un emprunt : Robert de Percy,
Guillaume de Verdun, Jean Hay [3]. Deux siècles
après, nous trouvons parmi les défenseurs du Mont
Saint-Michel : Robert de Percy, Guillaume de Verdun,
G. Hay.

Quelle éclatante affirmation d'une merveilleuse et
féconde tradition d'héroïsme, de foi, de sacrifice !

Sans doute, comme tout état, l'état militaire a ses
vertus propres, et toute âme de soldat, imprégnée de
la religion de l'honneur, est bien pénétrée de la même
conviction, que ce colonel de Louis XIV, rappelant à
son monde, au moment d'attaquer l'ennemi, que « le
paradis n'est pas fait pour les lâches » ; mais la vie de
garnison, avec ses loisirs, est semée d'écueils et de
pièges, et même ses distractions peuvent tourner au
drame.

Au Mont Saint-Michel, comme ailleurs, on se dis-
trayait à tirer de l'arc, à jouer à la paume, aux palets ;
le perdant payait la pinte « en l'hostel de la Charpen-
terie » ; les jeux et les beuveries dégénéraient parfois
en rixes, et les dagues sortaient toutes seules des
fourreaux. Pierre de Forges, homme d'armes de la
compagnie d'Olivier de Broon, s'en va, le 8 jan-

---

(1) *Preuves*, 286, 302, 354, 364, 365, 368, 371, 376.
(2) *Revue Nobiliaire*, V, 97-103.
(3) B. N.. ms. lat. nouv. acq. 1664 : Lacabane, *Charles de croisade*, fol. 33, 44, 45.

vier 1451, avec Guillaume Caignart, de la même compagnie, « tirer de l'arc entre la ville d'Avranches et le
pont Gillebert », puis on joue à la paume, on se cha-
maille sur un coup douteux, on met dagues au clair,
et Caignart est tué raide [1].

Pierre de Courcelles, « vaillant homme de guerre
de la garnison du Mont Saint-Michel », se prend de
querelle dans une taverne avec Raoulin Cécile, de la
même garnison, qui lui a gagné « douze quartes de
vin en jouant au tir de l'arc en la grève », et le tue
(1238). En 1450, à la foire d'Entrain où étaient venus
« des gens de guerre de la garnison du Mont Saint-
Michiel au nombre de quatorze ou quinze », un d'eux,
Cardin Langevin, est tué dans une rixe par un écuyer
breton, Olivier de Sénédavy, qui, déclare Charles VII,
nous a grandement servy en nos guerres ». (1279)

C'est qu'à batailler toute sa vie on n'apprend
guère la vertu de patience, et le caractère s'en ressent.
Voyez Alain de Longues, à 70 ans, tuant de sa dague
un archer de la garnison du Mont qui l'a outragé de
paroles ainsi que son frère. C'est une véritable tragé-
die que les lettres de rémission par lesquelles nous
sont révélées les navrantes péripéties de cette querelle sanglante. Par un autre document, nous constatons un religieux repentir : « Noble homme Alain de
Longues, écuyer, seigneur du dit lieu, considérant *la
fragilité humaine et la gloire du monde, qui passe
comme une ombre* », fonde des prières pour l'âme de sa
victime et pour l'âme de son frère, mort noyé dans les
grèves en voulant le rejoindre pour le « conforter »
(1322, 1323).

Quel couronnement lamentable d'une longue vie

---

[1] JJ 185. n° 10 ; rémission pour P. de Forges.

d'honneur et de gloire! Car Alain de Longues était
de ceux qui, comme Michel d'Estouteville, avec un
orgueil légitime, pouvaient dire à Charles VII: « Du-
« rant le temps que les Angloys ont occupé le pays
« de Normandie, j'ay tenu continuellement le party
« du Roy nostre seigneur ». (1334)

Bien peu nombreux, d'ailleurs, parmi les survivants
de la défense du Mont, étaient ceux qui n'auraient pu
dire de même au Roi. Dans cette phalange d'élite il
n'y eut qu'un traître, Henri Murdrac [1], qui ne recula
pas devant un marché d'ignominie, et un déserteur,
Jean de Manneville, qui accepta les bienfaits de l'Anglais; mais Henri VI a soin de nous informer lui-
même que le pauvre chevalier, « n'ayant de quoy
vivre, est encheu en maladie dont il est demeuré *débilité de son sens et entendement* » [2]. C'est là ce qui explique que ses frères d'armes, en 1427, l'aient maintenu sur le tableau d'honneur des Défenseurs du Mont
Saint-Michel, — et nous ferons comme eux.

XI

C'est un devoir de piété patriale que de rechercher
dans la poussière de l'histoire, d'exhumer du sépulcre
de l'oubli ceux qui, sur ce mont sacré, furent les
Maccabées de la France. Ce livre n'a pas d'autre
objet.

(1) *Preuves*, 1027, 1065, 1068, 1074.
(2) *Preuves*, 894; 960; 1121; 1130, 1139.

L'entreprise était ardue et, par certains côtés, semblait à peu près irréalisable. Pour s'en convaincre, il suffit de se rendre compte des difficultés auxquelles, dans quatre ou cinq siècles, en dépit de nos amoncèlements de documents imprimés ou manuscrits, se heurtera l'historien soucieux de retrouver, par exemple, les noms des défenseurs de Belfort, chefs et soldats. Eh bien ! c'est là ce que j'ai l'ambition de faire pour les défenseurs du Mont Saint-Michel ; car les listes bien connues des érudits et des familles intéressées sont outrageusement incomplètes. D'abord, elles n'embrassent que la période de 1417 à 1427, et n'est-ce pas justice que d'y ajouter les noms de tous ceux qui ont coopéré à la défense jusqu'au jour de la délivrance ?

Quelle est la valeur de ces listes ?

Il importe de l'examiner, de la préciser, avant d'exercer probativement le droit d'admettre ou de récuser.

En plaçant une liste de leurs noms et armes dans la basilique, après une résistance victorieuse de dix années, les défenseurs n'innovaient pas ; dès l'an 1400, Jean Payen, qui « aida à conserver cette place contre les Anglois », avait eu l'honneur de voir peindre son nom et son écu « sur la muraille de la chapelle du Trésor (966) ». Était-ce lui qui, dans un élan de chrétienne reconnaissance, avait voulu cette inscription votive ? Peut-être, mais j'incline à penser que l'initiative, comme très probablement en 1427, vint plutôt des seigneurs du Mont Saint-Michel, c'est-à-dire des Religieux. Tout au moins, à cette date, l'épigraphe raimée qui accompagnait la litre fut-elle indubitablement l'œuvre des Moines ; car les intéressés ne s'y fussent pas qualifiés eux-mêmes de « vaillants

hommes » (1134); ils avaient trop de noblesse d'âme
ponr ne pas laisser aux témoins de leurs gestes, à leurs
contemporains, à la postérité le choix de l'épithète.

La liste originelle est incomplète, non seulement
parce qu'elle ne porte que les noms des gentilshommes, c'est-à-dire des chefs, mais encore parce
que, de ceux-là même, beaucoup ont été oubliés ;
l'épigraphe le dit très clairement : les noms ont été
peints par « le maistre » au petit bonheur du souvenir, au fur et à mesure qu'on se les rappelait ; et le
poète a soin de noter que ces « vaillans et nobles
homs » n'ont point participé tous en même temps à la
défense, mais à des époques diverses, entre 1417
et 1427 :

> Tous n'y ont pas esté d'un temps.

Et il conclut en affirmant que la Liste est incomplète, et ne relate pas les noms de tels volontaires qui
se portèrent vaillamment à la défense du Mont :

> Et tieulx ne sont pas cy dedans
> Qui s'y portèrent vaillamment.

N'aurions-nous pas ce témoin irrécusable de l'état
originellement incomplet de la Liste, nous le démon-
trerions sans conteste, à l'aide non seulement des revues passées au Mont, mais encore et surtout de
deux extraits des comptes de Macé Héron, trésorier
des guerres (1051, 1064), — extraits que j'ai eu la fortune de découvrir et qui prouvent que la garnison du
Mont se composait en 1423 de 4 chevaliers bannerets,
7 chevaliers bacheliers, 108 écuyers, 51 arbalétriers,
en tout 180 hommes ; et en 1424, de 6 bannerets,

7 bacheliers, 124 écuyers, 136 archers, en tout
273 hommes.

Et encore, ces deux précieux extraits feraient-ils
défaut, la Liste n'en apparaîtrait pas moins comme incomplète, puisqu'elle ne contient pas le nom de Richard Bazan, qui fut en 1417 un des premiers à « se
porter vaillamment » au Mont (1065, 1370), et périt
glorieusement à l'attaque du château de Gavray (1086);
ni les noms de la plupart des compagnons de Jean
d'Harcourt, comte d'Aumale, capitaine du Mont (1010,
1039, 1063); de Jean de la Haye, baron de Coulonces (995); de Jean Hoüel (1025), de Guillaume des
Biards (1027), des Mauny (1029, 1037), de Jean du
Saussay (1066), etc.

Voilà donc un premier point irréfutablement acquis:
la Liste est incomplète. J'ajoute que, pour un certain
nombre de noms et beaucoup de blasons, il peut y
avoir matière à discussion. Examinons donc les documents et les faits.

Dom Thomas Le Roy dit qu'en 1427, en même
temps qu'on peignait les armes et les noms, les religieux les firent registrer sur parchemin. L'assertion
est contredite par les erreurs dont fourmillent les plus
anciennes listes connues : celle de Dom Huynes et
celle de Gabriel du Moulin ; trop de noms y sont
estropiés, défigurés, sans parler des prénoms presque
tous omis ou mal lus : Nicole Paynel y devient « des
Pesneaux » ; Jean de la Haye d'Arondeville [1], « De
la Haye de Arru ou de Harra » ; Jean de Vieux, « de
Veyx ou de Veyr » ; Guillaume le Prestrel, « G. de
Prestel » ; Jean Assire, « L. Masfire ou Masire » ; Jean
de Reviers, « R. de Regnier » ; Jean de la Motte-Bigot,

—————————————
(1) A présent Eroudeville, arr. de Valognes.

« De la Motte Vigor » ; Richard Lombart, « R. Lambart ou Flambart » ; Jean du Merle, « De Melle », etc.

Si la pancarte en parchemin, dont parle D. Le
Roy, eût été écrite en 1427, pense-t-on que les Moines eussent ainsi dénaturé des noms qui leur étaient
forcément familiers ? Pouvaient-ils, par exemple,
ignorer ceux de Richard Lombart, vicomte d'Avranches au Mont Saint-Michel (1118, 1220) ; G. le Prestrel, un des actifs lieutenants du comte d'Aumale, en
1423, au Mont Saint-Michel (1054) ; des *Criquebeuf*,
transformés en « *Criqui, Créqui* » ; de Michel d'Estouteville, seigneur de *Griménil*, fils aîné du capitaine du Mont, transformé en « S. de *Guyminé* » ; —
ce qui, entre parenthèse, deux siècles après, donna
bien du mal, en pure perte, aux historiographes de
la Maison de Rohan-Guémené [1].

Ce n'est donc pas en 1427 que fut dressée « sur
parchemin » la liste jadis conservée dans le chartrier
des Moines, mais bien longtemps après, comme on
verra, lorsque plusieurs de ces noms étaient éteints,
tombés dans l'oubli, lorsque la litre peinte sur le
mur, vis-à-vis de l'autel de Saint-Sauveur, était « plus
qu'à demy effacée » [2], et certainement cette pancarte
ne fut rédigée qu'en vue ou en prévision d'une réfection intégrale.

Dans ce qui subsistait de la peinture, l'effritement
avait eu pour effet d'enlever à des noms leur commencement, leur centre ou leur fin ; ils n'en furent
pas moins recueillis tels quels, décapités, troués, am-
putés, au grand dam de l'histoire et de la vérité. Je
ne vois pas d'autre moyen d'expliquer les lapsus de

(1) Blancs-Manteaux, XLVIII, 127-131.
(2) *Cartul. du Mont-St-Michel*, p. 121.

la Pancarte : Olivier de Mauny, sire de Thorigny, Guillaume le Soterel, baron des Biards, ainsi désignés : « De Thorigny, De Biars » ; Guillaume Martel, sire de Bacqueville, un des lieutenants du comte d'Aumale (1039) en 1421, travesti en un Bricqueville qui, plus tard, devait mettre *martel* en tête aux généalogistes : « Richard de Briqueville, dit d'Hozier[1], se signala à la défense du Mont Saint-Michel *avec deux de ses cousins, soit germains, soit issus de germains* ; on ne peut dire précisément qui ils étoient parce qu'on n'a point leurs noms de batème. » C'est que des trois Briqueville de la Pancarte, si le premier était de ce vieux lignage, les deux autres étaient un Paynel et un Martel, tous deux en effet ayant servi au Mont : Nicole Paynel, seigneur de Briqueville, lieutenant du comte d'Aumale (980), et Guillaume Martel, seigneur de *Bacqueville* (1039). Ce qui n'empêche que, parmi les rares écus visibles en 1662, il y en avait trois aux armes de Briqueville[2] ; ce qui démontre péremptoirement que ces écus ne datent pas de 1427, mais furent remplis bien longtemps après, et suivant les mentions fautives de la Pancarte.

Autres déformations onomastiques : Jean de la Haye d'Arondeville[3], réduit à « J. de la Haye de Aru » ; Louis de Grimouville, seigneur de Carantilly (899, 1066), transformé en « L. de Cantilly » ; Thanel, écuyer d'Olivier de Mauny, seigneur de Thiéville (1037), n'étant plus pour la postérité que « Nel » ; « Joham Assire », devenant « Massire » par l'incor-

---

(1) *P. O.*, Briqueville, 98-99.
(2) Blancs-Manteaux, *loc. cit.*
(3) *Preuves*, 761, 789, 845, 1066.

poration de l'ultime lettre du prénom au nom[1] ; le
bâtard Tournebeuf (977), défiguré en « bastard de
Crombeuf » ; Michel le Bessinois (995), écuyer du
baron de Coulonces en 1420, déguisé en « M. le Bences » ; Moncauvin (1335), en Moncair ; et peut-être
Beauvoisien (1010) en Beauvoir, et Rouverou, Rouvrou en Rouvencestre. Notons encore que des deux
« R. du Homme », l'un est très probablement Regnault du Hommet, vaillant chevalier normand[2], et
qu' « Yves Priour Vaguedemer » confond très probablement en un seul deux défenseurs du Mont. Dom
Le Roy n'a pas commis cette confusion, puisque sa
liste donne sous le n° 86 « Yves Priour » et sous le
n° 87 « Vagues de mer »[3]. On se souvenait en l'abbaye
des prouesses navales d' « Yvon Priour » (1198), bourgeois du Mont Saint-Michel (1239) ; de là l'accouple-
ment des deux noms sur toutes les autres listes, et la
nuit faite sur celui d'un brave chevalier normand,
époux de la fille d'un roi, Pierre de Vaussemer[4],
gendre de Martin, roi d'Yvetot (1532), et servant en
1421 sous le comte d'Aumale, capitaine du Mont
Saint-Michel, avec Jean du Merle et autres défenseurs
du Mont (1031).

La dégradation progressive de la litre eut des ré-
sultats vraiment anormaux ; au lieu de diminuer sur
les listes, le nombre des noms. au contraire, s'accrut
progressivement ; celle de Dom Huynes, par exemple,
relevée par lui dans « les archives de cette abbaye »,

---

(1) Cf. *Robert Assire*, par O. de Poli, p. 239-243.

(2) *Preuves*, 763, 796, 835, 869, 879, 1510.

(3) B. N., ms. franç. 18950, p. 134.

(4) Sur le nom de Vaussemer, Vaussemé, Valsemer, voy. *Preu-*
ves, 354, 462, 472, 618, 1031, 1352, 1398, 1410, 1413, 1423, 1434, 1532.

n'en porte que 99 ; les autres, 101, 105, 118, 119 ou 120. Il est vrai que D. Huynes assaisonne la sienne de ce nota [1] :

« Il est faict mention de vingt autres gentilshommes « qui deffendirent avec ceux-cy cette place, *les noms « desquels ne se peuvent lire.* »

Ainsi, au témoignage de ce même historien, lorsque le 10 mars 1630, les noms des Défenseurs « ont esté remys icy par les religieux de ce lieu, suivant l'ordre trouvé dans les archives de cette abbaye », il n'y en avait que 99 de lisibles, « avec environ 15 ou 16 armoiries qui paroissoient encore l'an 1630 » [2]. Aussi D. Huynes conteste-t-il l'authenticité de la liste publiée en 1631 par Gabriel du Moulin, et qui porte 119 noms.

Et dans quelles conditions la litre fut-elle refaite en 1630 ? Il importe de les préciser ; l'extrait suivant va faire la lumière sur plus d'un point.

« Jehan de Nocey, — dit une généalogie écrite vers 1635 [3], — fut du nombre des 119 Gentilshommes qui deffendirent la place du Mont Sainct-Michel si vaillamment que les Anglois ne purent entrer, combien que la Normandie eut esté conquise par le roy Henry d'Angleterre ; en mémoire de quoy furent pourtraites, de ce temps-là, en la chapelle de Saint-Sauveur, au coté d'extre du chœur comme l'on va à la salle de l'abbaye, les armes des Gentilshommes qui deffendirent la dite place ; entre lesquels sont les armes et les noms du dit Jehan de Nocey ; et *après plusieurs années,* les dites armes s'en allant dépérir *par l'anticquité, les Religieux de l'abbaye firent faire un*

---

(1) E. de Robillard de Beaurepaire, II, 119.
(2) Même ouvrage, II, 120 ; note de D. Huynes.
(3) *Pièces orig.,* Nocey, 95-96.

*acte où tous les noms des susdits Gentilshommes es-
toient compris*, et le dit acte inséré dans le chartrier de
la dite abbaye ; lequel ayant esté *reconnu par les Pères
Bénédictins de la réforme*, ont fait refaire la dite carte
au lieu mesme où estoit l'autre, et y ont fait écrire
tous les noms des dits Gentilshommes, *avec permission à un chacun d'y faire remettre ses armes* ; entre
lesquelles se trouvent encore aujourd'huy celles du
dit Jehan de Nocey, comme il appert par l'acquict du
peintre qui a mis les dites armes *depuis 1630*, lequel
acquit est dans les enseignemens [du château] de
Boucey. »

De ce précieux extrait il conste que ce ne fut pas
en 1427 que fut dressée la liste « sur parchemin »,
mais très longtemps après, lorsque la litre peinte dé-
périssait « par l'anticquité » et par l'humidité, qui
avaient frusté les blasons, dilué bien des noms et
plus ou moins tronqué les autres ; — que cette liste
manuscrite fut trouvée dans le chartrier de l'abbaye par les PP. Bénédictins de la réforme, venus au
Mont en 1622 ; — qu' « un chacun » des Gentilshommes portés sur la liste eut faculté de faire peindre
à ses frais, à partir de 1630, telles armes qn'il lui con-
vint. Et voilà qui explique les trois écus aux armes de
Briqueville.

Dès ce temps-là, les ambitions durent s'agiter, et
s'ingénier, comme en 1662, que « plusieurs Gentilshommes, pour paroistre plus anciens qu'ils n'estoient,
y ont faict peindre leurs armes et leurs noms, qui n'y
estoient pas auparavant, ce qui fait que ce tableau n'a
d'auctorité qu'autant que luy en donne la Pancarte en
parchemin » [1].

(1) Dom Thomas Le Roy.

Or cette pancarte, outre qu'elle était incomplète de 20 noms, que l'on n'avait pu déchiffrer sur la vieille litre, renfermait, on vient de le voir, et accréditait de notables erreurs. Comment en serions-nous surpris, puisque la liste fut relevée sur la muraille dégradée, non par un des doctes Bénédictins de la reforme, mais par un des moines de la décadence qu'ils avait heureusement remplacés ; or, si la réforme était urgente, jugez-en par ces lignes sévères de Dom Louis de Camps :

« Cet auguste monastère du Mont Saint-Michel n'avait plus aucune apparence d'un lieu d'ordre... L'ignorance y étoit si grande que plusieurs ne pouvoient pas même lire du françois [1] ».

Comment auraient-il pu lire du vieux français ? Ainsi s'expliquent les erreurs de lecture qu'a si malheureusement consacrées le fameux « parchemin ».

XII

La réfection de 1630 avait été sans doute un peu superficielle, car en 1661 l'humidité avait derechef endommagé gravement la litre, dont 22 écus seulement étaient visibles ; elle fut de nouveau restaurée, mais cette fois, chose curieuse ! avec 119 noms. L'humidité ayant encore fait son œuvre, on se décida, du temps de Dom Le Roy, à peindre noms et blasons sur un panneau, qui, cent ans après, disparut dans

(1) Cf. E. de Robillard de Beaurepaire, t. I, p, XLVI.

la tourmente révolutionnaire ; mais il était déjà bien malade dès la fin du xviie siècle, si l'on en juge par ce témoignage d'un pieux pélerin :

« A l'égard des armes qui estoient cy devant dans le dit tableau, il n'y en paroist que très peu qui puissent être connues, à la réserve de trois écussons de la famille des Messieurs de BRICQUEVILLE, qui porte *pallé d'or et de gueules de 6 pièces* ; celles de la famille de VERDUN, qui porte *d'argent fretté de sable* ; celles de LA PALUELLE y paroissent aussi, qui sont *d'azur à 3 estoiles d'argent*. On y voit aussi celles DU HALLY, qui sont *de sable au pal d'or*. Il y paroist aussi celles de GUITON, qui sont *d'azur à 3 rocs d'échiquier d'or*... On y distingue aussi les armes de G. de TOURNEBUT, qui porte *d'or ou d'argent à la bande d'azur*. Y paroissent aussi les armes d'AUBERT, qui sont *écartelées au 1er et 4e d'or à 3 testes de limier de sable, au 2 et 3 pallé d'or et de gueule de 8 pièces, au chef d'azur*. Dans le mesme tableau, on y voit encore un *écartellé d'or et d'azur*, au dessoubs duquel est escript TOURNEMAS (Tournemine) ; ce sont cependant les armes de Sainte-Marie Agneaux. On remarque facilement que, dans ce tableau, on y a mis depuis peu les armes de CRUX, qui sont *d'azur à 2 bandes d'argent accompagnées de 7 coquilles de mesme, poçées 2 au chef senestre, 3 au millieu et 2 au bas à la droite du dit écu*. Nous y avons encore remarqué deux autres écussons qui sont *de sable à la fasce d'or*, au-dessous duquel est escript ; LA MOTTE. Il y en a un autre qui est *d'argent à 3 pals d'azur à l'aigle d'argent brochant snr le tout, lequel est aussi en pal, au chef abaissé d'azur chargé de 3 estoiles d'argent*, au bas duquel est escript : CARPANTIER. A costé de ce dernier écu, il y en a un *de gueulle à la* *coquille d'argent, au chef d'or*, au-dessous duquel est escript : ARTUR [1] ».

Sous la Restauration, une plaque de marbre, où l'on avait gravé la liste de D. Huynes, fut encastrée dans le mur de la basilique, où elle se voit encore. Puis, en 1823, M. Esmengard, préfet de la Manche, eut la patriotique pensée de reconstituer la Liste des 119, avec leurs armoiries, mais l'érudition de ceux qu'il chargea de cette reconstitution n'était pas au niveau de son patriotisme : le grand tableau, refait sous son impulsion, remis solennellement à sa place d'honneur dans le vieux sanctuaire, puis détruit par le funeste incendie de 1834, ajoutait aux erreurs anciennes de nouvelles et non moins graves erreurs. Il en subsiste des copies, et, voyez la persistance de la malechance, elles offrent entre elles de sensibles différences. Quant aux blasons, à part ceux des familles historiques, et encore ! ils sont d'une absolue fantaisie.

Notez qu'à l'origine même de la litre, la plupart des écus étaient vides [2] ; admirons ce miracle de la multiplication des armoiries. Certes, il est admissible que tels descendants des Défenseurs, comme les Crux (892, 1220), aient rempli quelques vides, mais *tous* les vides, lorsque dès 1630 la litre était « plus qu'à demy effacée », c'est tout au moins surprenant.

Une des plus anciennes listes, écrite vers 1670, donne 120 noms et armoiries, mais vingt sont mar-

---

(1) *Monuments des abb.*, fol. 221 v.-223 v.

(2) Blancs-Manteaux, XLVIII, 129 : « Dans la pluspart des écussons il n'y a jamais eu d'armes, soit que en se renouvellant on n'ait pas peu les distinguer ; d'autres paroissent plus effacées, et d'autres plus recentes. »

qués d'un astérisque, et elle est accompagnée de cette
note significative :

« Cette marque est pour distinguer les noms qui
paroissent ajoutés dans la pancarte, parce que on
avoit bien marqué le nombre [1] de l'arme et du nom,
mais le nom avoit esté oublié, que l'on y a inséré
d'une autre encre et d'une écriture plus récente.
D'autres, n'ayant peu trouver de places vacantes, ont
mis *en interligne* tant le nombre que les armes, et on
m'a assuré qu'un gentilhomme, voiant son nom dans
la pancarte, avoit faict peindre depuis peu ses armes
devant le trésor. Souvant plusieurs familles ont le
mesme nom. Ainsy, je ne voy pas que tant la pancarte que les armes puissent faire authorité dans les
interlignes où le nombre et le nom est adjouté. Il
fault remarquer que, dans la pancarte, on y avoit
mis par exemple, *Le Septiesme nom et armes*, et, sans
laisser d'autre interstice que celuy quy est ordinaire
entre les lignes, on avoit mis *Le Neuviesme nom et
armes* ; depuis, on a adjouté d'une autre ancre et
d'une autre écriture *Le Huictiesme nom et arme* [2]. »

Et Dom Morice, que pense-t-il de la fameuse pancarte probative ?

« On y laissa des vuides pour les absens ; ces
vuides ont été remplis depuis, mais d'une autre ancre
et d'une écriture récente, ce qui rend les additions
suspectes [3]. »

N'est-il pas bien présumable que les avaries et les
réfections successives favorisèrent des substitutions,
voire des intrusions ? Telle famille d'une noblesse re-

---

(1) Le numéro d'ordre.
(2) *Blancs-Manteaux*, XLVIII, 131.
(3) *Preuves de l'hist de Bret.*, II, 143-144.

lativement récente ne dut-elle pas intriguer pour introduire son nom dans ce vieux nobiliaire normand ? Car la litre était purement nobiliaire ; pour tous les noms qu'elle portait à l'origine, elle constituait réellement une preuve de noblesse ancienne, authentique, avérée entre pairs, autrement convaincante qu'une sentence de Raymond Montfault, bourgeois de Rouen, et ces noms-là pouvaient se passer de la sanction du ci-devant complice des Anglais.

En 1735, Bruzen de la Martinière [1] note que les noms sont ceux des gentilshommes « qui deffendirent le Mont contre les Anglois, et les Protestants françois *du temps de la Ligue* ». Quelques noms nouveaux ne se seraient-ils pas glissés dans la vieille litre à cette époque, et, trente ans après, n'ont-ils pu être recueillis de très bonne foi par les Religieux ?

En fait, à toute époque, il a pu suffire de leur tolérance ou de leur complaisance pour faciliter de discrètes substitutions ou d'audacieuses intrusions. En 1684, un Breton, N... Artur de la Gibonnaye, vient visiter au Mont le procureur de l'Abbaye, son compatriote et son ami, et « voyant que les armes apposées dans l'escu de Guillaume Artur n'estoient celles de sa famille, mais bien celles des *suppliants*, il les fit biffer et mettre en leur place les siennes. »

Les suppliants étaient Nicolas Artur de la Villarmois et Magdelon-Philippe Artur du Plessis, écuyers, d'autant plus autorisés à protester contre cette voie de fait que leur écu, *de gueules à la coquille d'or, au chef d'argent*, était justement un de ceux, bien rares, qui avaient survécu à la ruine de la litre primitive ; tandis que les Artur de la Gibonnaye portaient *d'azur*

(1) *Dict. géographique*, V, 512.

au croissant d'or surmonté de 2 étoiles de même. Les
Maréchaux de France prescrivirent le rétablissement
de l'écu originel (1483) et ce fut justice ; mais quelle
autre male aventure, quinze ans après ! Le dit « Magdelon-Philippe Artur, escuyer, sieur du Plessis »,
ayant négligé de déclarer et faire registrer ses armoiries en exécution de l'édit de 1696, le commis de
M. d'Hozier en la généralité de Caen lui en attribua
fiscalement d'office ; et lesquelles ? Précisément
celles des Artur de la Gibonnaye : « *D'azur à un
croissant d'or surmonté de 2 étoiles de même*[1]. »
Preuve éclatante, soit dit en passant, de la nécessité
de n'accepter pas sans contrôle les assertions de
l'*Armorial général de France.*

Après la seconde réfection du tableau d'honneur,
les PP. Bénédictins du Mont Saint-Michel délivrèrent
des certificats aux familles intéressées ; ils ne pouvaient qu'attester le fait matériel de l'inscription de
tels nom et blason, mais non certifier l'inattaquable
authenticité de la Pancarte. *Errare humanum !* Voyez
plutôt ce que devient le traître Robert Jolivet dans
cet attestat délivré, le 7 mars 1669, « par les Prieur et
senieurs de l'abbaye » :

« G. Artur est du nombre des 119 Gentilshommes
qui deffendirent vaillamment le Mont Saint-Michel...
sous la conduite de Louis d'Estouteville, *assisté de
Robert Jolivet*, pour lors abbé du Mont... Les noms
desquels, avec leurs escussons, se voient encore aujourd'hui peints en un tableau sur la muraille de la
croisée de l'église vers le midy, devant la chapelle de
Notre-Dame de Pitié[2]. »

(1) *Armorial général*, Normandie-Caen, p. 504.
(2) Blancs-Manteaux, XLVIII, 127.

Au fond, les doctes Religieux du Mont n'attachaient à la Pancarte en parchemin et au tableau, son succédané, qu'une importance relative. On sait que, seuls, les représentants directs des Défenseurs avaient le droit de pénétrer en armes dans la ville du Mont Saint-Michel ; sans figurer sur la pancarte, de vieilles familles gardaient la tradition que leur nom avait été représenté jadis à la glorieuse défense ; les Marguerie, les Hue, pour n'en citer que deux ; et, de fait, la première avait été traitée en rebelle, dès 1418, par l'usurpateur anglais (893) ; à la seconde appartenait sans doute le « brigand » Guillaume Hue, décapité et pendu par les Anglais en 1432 à Falaise (1180), et qui pouvait avoir servi au Mont Saint-Michel. Toujours est-il que le marquis Hue de Mutrécy avait la preuve du bien fondé de la tradition « dans ses archives, à l'hôtel de Toulouse, qu'il habitait avec le duc de Penthièvre, et qui furent saccagées au moment de la révolution »[1], et que, le 4 novembre 1842, M. Hue de la Colombe, officier supérieur de cavalerie en retraite, chevalier de Saint-Louis et de l'Ordre impérial de Marie-Thérèse, écrivait à un de ses neveux :

« Des chevaliers Hue se distinguèrent à la défense du Mont Saint-Michel, nos armes furent mises autour du maître-autel, et les Hue ont conservé le privilège d'y entrer l'épée au côté. En 1780, le régiment des Dragons de la Reine passant par Avranches, les Offi-

---

(1) Déclaration de feu M. le colonel comte Hüe de Mutrécy, fils du marquis. (Lettre de M. le comte Hüe de Mutrécy, fils du colonel).

ciers allèrent visiter le Mont Saint-Michel : tous furent désarmés, excepté moi[1]. »

Si les Religieux tenaient si grand compte des traditions familiales, c'est évidemment qu'ils ne croyaient pas à l'intégrité ni à l'infaillibilité de la Pancarte, et ce n'est pas être téméraire que de penser comme eux. Certes il faut respecter, aimer ce que Lamartine appelle « le saint vernis des âges » ; mais *magis sacra, magis amica veritas.* Le sujet, au demeurant, commande une infinie prudence, car s'il est coupable de gratifier une famille d'un éclat chimérique, d'une gloire imméritée, il est plus coupable encore de dépouiller un nom d'une gloire authentique. Les plus doctes n'échappent pas toujours à cet écueil de l'esprit critique ; c'est ainsi qu'à propos de Guillaume de Verdun, à qui la Pancarte attribue ce blason, *d'argent fretté de sable,* on a dit que ce n'était pas celui de l'ancienne maison de Verdun, qu'elle portait *d'azur au trèfle d'or* et qu'à ces armoiries, en 1662, on avait substitué celles d'une famille nobiliairement plus récente[2], ou tout au moins, comme tant d'autres lignages ruinés par la guerre de cent ans, réanoblie après dérogeance.

Que toutes les branches de cette maison n'aient point porté les mêmes armoiries, c'est un fait commun à toutes les vieilles races ; mais on a des sceaux des Verdun[3], et aucun ne porte un écu au trèfle ; tandis que dans l'Armorial du héraut Navarre, écrit en 1396, se lit cette mention (n° 310) :

(1) Lettre de M. le Baron René de Saint-Pern.

(2) E.-A. Pigeon, *Dioc.*, 422, d'après un ms. du château de Dorrière.

(3) Sc., LXIX, 128. — *P. O.*, Verdun, 2, 3, 6. — Preuves, 495.

« NORMENDIE. BACHELERS : M. Rolland de Verdun :
d'or frecté de noir. »

Et ces armoiries sont évidemment celles des plus
anciens Verdun, puisqu'elles étaient portées en Angleterre par la maison de Werdon, issue d'un compa-
gnon de Guillaume le Conquérant (4).

XIII

Est-ce donc à dire que la vieille Pancarte soit
dépourvue de toute valeur ? Non, certes, mais après
tout ce qu'on vient de lire, n'est-il pas évident que
son autorité est purement relative et qu'elle a besoin
d'être confirmée par des preuves ou tout au moins de
sérieuses présomptions ?

Puisqu'elle est en partie frappée de suspicion,
toutes les familles dont elle porte les noms sont
donc intéressées à cette confirmation, à la démonstration que les 20 additions n'ont pas été purement
arbitraires, et c'est à la produire que j'ai travaillé. Je
rends grâces avec effusion à tous ceux qui m'y ont
aidé : Messieurs Paul de Farcy, Paul de Longuemare,
Alphonse Couret, P. de Lisle du Dreneuc, les RR. PP.
Missionnaires du Mont Saint-Michel, Alfred de Tesson, Émile Travers, A. du Buisson de Courson,
Alfred de Martonne, le comte de la Villarmoys, Stanislas Michel de Monthuchon, le baron du Hommet,
L. Duval, le baron Cavrois de Saternault, Gaston Bernos.

Avec tant d'érudits concours, j'ai pu tenter une
entreprise quelque peu téméraire, infiniment déli-

cate, en m'armant, selon la parole de Dom Huynes, « d'une sainte témérité et d'une généreuse présomption ».

Si je ne m'abuse, j'ai compulsé toutes les « Listes », imprimées ou demeurées manuscrites, et toutes les « Pancartes » armoriées ; c'est-à-dire les Listes de Dom Huynes, Gabriel du Moulin, de la Collection des Blancs-Manteaux, du Docteur Cousin, curé de Saint-Gervais d'Avranches, Dom Th. Le Roy, Dom Morice, du *Nobiliaire de Carentan*, Masseville, Goube, Blondel, Seguin, Saint-Allais, de la basilique du Mont Saint-Michel (sur marbre), Labbey de la Roque, Desroches, Hairby, Boudent, Girard, le Héricher, du *Héraut d'armes*, Magny, E.-A. Pigeon, Paul Féval, Mgr Deschamps du Manoir, Deschamps de Vadeville, le vicomte d'Auxais. Que n'ai-je pu consulter aussi le registre 170 de la Collection Clairambault, qui, au folio 9, portait le « *Rôle des seigneurs qui ont défendu le Mont Saint-Michel, avec leurs armes posées en 1427* », et, aux fol. 55 et 60, de précieuses additions [1] ; mais ce registre a été brûlé révolutionnairement en 1792.

Les Pancartes que j'ai pu étudier sont toutes, sans exception, des copies du Tableau placé dans l'église abbatiale en 1823, brûlé en 1834, copies assez exactes, mais avec plus ou moins de variantes :

1° Pancarte qui décorait le cabinet du directeur, lorsque le glorieux et lumineux monastère n'était plus qu'une vile et lugubre prison ; appendue aujourd'hui dans la salle dite des Architectes.

2° Pancarte de la mairie du Mont Saint-Michel.

3° Pancarte de M. Alfred Turgot, négociant au Mont Saint-Michel.

(1) L. Paris, XVI, *Catal.*, p. 40-41.

4° Pancarte des RR. PP. Missionnaires du Mont Saint-Michel ; dans le Trésor de saint Michel.

5° Pancarte du Collège de l'Immaculée Conception, à Laval, accompagnée d'un commentaire tant soit peu dur pour les collaborateurs héraldiques du préfet de Louis XVIII :

« ... M. Esmengart entreprit de rétablir ce monument national et de lui donner toute l'exactitude possible. Pour cela, il engagea plusieurs personnes extrêmement érudites à faire les recherches nécessaires à ce sujet ; mais il paraît que ces personnes ne furent pas secondées dans leurs travaux, puisque des 120 écussons qu'il devoit avoir il ne s'en trouva que 53 dont on ait les armes ; les 67 autres écussons restèrent en blanc... Ceux-ci sont le fruit de 5 années de travail... Si l'on ne garantit pas leur authenticité, du moins sont-ils très vraisemblables.

« Le 6 juin 1823, M. Esmengart, conseiller d'état et préfet du département de la Manche, a fait rétablir ce monument national ; il en fait hommage aux descendants de ces braves Gentilshommes et lui donne pour sauvegarde l'honneur français. »

En dépit du commentaire et des cinq années de travail, les erreurs fourmillent dans cet armorial... de fantaisie, Jugez un peu, si les héraldistes préfectoraux n'eussent pas été des « personnes extrêmement érudites »!...

Je me suis efforcé de mettre toutes choses au point sans me dissimuler que nul auteur n'est infaillible ; ce petit livre n'est pas seulement une œuvre de foi patriotique, de foi religieuse, c'est avant tout un livre de probation et de bonne foi ; de là, les preuves qui en forment la seconde partie ; j'en avais annoncé 350, j'en apporte près de 1,600. Le lecteur y trouvera

comme à profusion tous les noms illustrés par l'épique défense du « Mont Sainct » ; à quoi il sera aidé
par un double index.

Ma « Liste » comprend non seulement les Gentilshommes, mais encore quiconque, de 1417 à 1450,
— chevaliers, écuyers, archers, soudoyers, moines,
magistrats, fonctionnaires, bourgeois, — a résidé au
Mont Saint-Michel ; car y résider, c'était faire acte
de rébellion contre l'Anglais, acte de fidélité patriotique, acte de bravoure et de sacrifice, puisque tout le
monde y était soldat, — soldat de la France, — et si
les soudoyers de Bedford eussent emporté d'assaut la
place héroïque, il n'est pas douteux que pas un Montois n'eût eu la vie sauve ; la hache et la hart eussent
puni de leur constance magnanime tous ceux que le
fil de l'épée eût épargnés.

Comprendre dans la Liste ces Religieux qui furent
d'admirables patriotes, c'est simplement faire justice ;
comme aussi le vaillant Ambroise de Loré, qui appro-
visionna la place en novembre 1422 [1]; Nicolas de
Voisines, qui la ravitailla par deux fois (1127); Jean
des Wys (1021, 1064-65), un des lieutenants du comte
d'Aumale ; N. de Fribois, son secrétaire au Mont
(1007); le sire de Châteaugiron, tué sur les grèves du
Mont Saint-Michel, en 1427, et J. Raguenel, vicomte
de la Bellière, fait prisonnier au même lieu et le
même jour (1135); et tant d'autres.

Je ne m'illusionnais pas en pensant qu'il devait
être possible de contrôler efficacement et même de
compléter grandement la « Liste » ancienne, à l'aide
non seulement des œuvres justement célèbres de
M. Léopold Delille, de M. Siméon Luce, et de tant

(1) *Harcourt*, IV, 1684.

de doctes publications intéressant « le pays de sapience », mais aussi du *Registre des confiscations du roi Henri V*, de la Collection des *Quittances*, des vieux armoriaux, de la Recherche de Montfault, des *Titres scellés* de Clairambault, et principalement des *Montres et Revues* des XIV° et XV° siècles. J'avais raison de penser que je retrouverais là presque tous les noms des Défenseurs du Mont, ceux de la première heure et ceux de la dernière.

Les *Montres*, surtout, m'ont permis, malgré les caprices orthographiques des scribes militaires, d'identifier bien des noms, d'étendre la liste et de laver de la suspicion des noms ajoutés par Gabriel du Moulin et le Docteur Cousin : Carrouges (1081), Pirou, Ver (1066), Criquebeuf (1101), le Bessinois (995, 1037), Artur, Benoist (1027), Drouart (1037), etc., sans oublier Olivier de Mauny, sire de Torigny, qui, comme Colinet de Criquebeuf (1101), trouva la mort au Mont Saint-Michel [1].

Ma liste comprend tous ceux que, de 1420 à 1424, j'ai trouvés servant sous le comte d'Aumale, capitaine du Mont, qu'ils fûssent au Mont ou ailleurs avec lui, car ils avaient certainement tenu garnison au Mont sous son commandement ; ce qui le prouve, c'est que les montres de ses gens d'armes passées hors du Mont sont de la même écriture que d'autres, antérieurement passées au Mont Saint-Michel (1032). Les premières [2] nous donnent les noms de J. de Manneville, J. d'Onnebault, J. de la Motte, J. du Merle, L. d'Estouteville, seigneur d'Auzebosc, R. de Semilly, J. de Tournebu, etc., inscrits sur la Pancarte des Moines;

(1) D. Thomas le Roy, I, 373.
(2) *Preuves*, 1010, 1031, 1039, 1063.

pourquoi leurs compagnons d'armes n'auraient-ils droit à la même part d'honneur ?

De même, pour les chevaliers et les écuyers servant sous Olivier de Mauny, sire de Thiéville [1], lieutenant au Mont Saint-Michel du comte d'Aumale ; dans les montres de sa compagnie figurent maints noms inscrits sur la Pancarte ; les autres, les oubliés ne furent pas moins à la peine ; pourquoi seraient-ils moins à l'honneur ?

De même, pour les écuyers et les archers du preux Jean de la Haye, baron de Coulonces (995), tué le 17 avril 1427 sur la grève en venant au secours du Mont. Son nom se lit dans les vieilles listes, et c'est justice ; la même récompense est due à ses soldats.

De même, pour les valeureux marins et chevaliers bretons qui vinrent aider les défenseurs du Mont à détruire la flotte anglaise qui l'assiégeait (1533).

Les montres passées au Mont Saint-Michel [2] contiennent une bonne part des noms de la Pancarte, et en même temps beaucoup d'autres qu'on ne se « ramentevoit » pas (1134), lorsqu'on peignit la litre. Ma liste répare cet oubli. Peut-être conviendrait-il d'y comprendre aussi celles de Jacques de Montenay, baron du Hommet, chevalier banneret (973, 1004), de Richard de Bretagne (1038), de J. le Beauvoisien (1023) ; il est présumable qu'ils passèrent par le Mont, mais la preuve fait défaut. Je n'ai retenu de la compagnie de Jacques de Montenay que la « chambre » de J. de Fréville (1032), parce que sa montre est de la main du scribe militaire du Mont Saint-Michel.

(1) *Preuves*, 1024, 1025, 1029, 1030, 1037.
(2) *Preuves*, 1024, 1025, 1027, 1051, 1064-1066.

Peut-être, encore, devrions-nous inscrire sur notre tableau d'honneur les lieutenants, les écuyers et les archers de Jean de Tournemine, sire de *la Hunaudaie*, qui figure à bon droit dans les additions faites à la Pancarte, puisqu'il périt en 1427 sur les grèves du Mont, en preux chevalier (1135) ; ce qui, nous devons le reconnaître, donne à ces additions un caractère de vérité historique. Mais la seule montre que nous ayons de sa compagnie (1035) est de sept années antérieure à sa fin glorieuse, et, bien qu'alors il fût très probablement sous les ordres du Comte d'Aumale, il n'apparaît pas qu'il fût de sa « retenue ». Dans le doute, j'ai cru devoir m'abstenir, encore qu'il se rencontre dans sa compagnie plusieurs noms de la Litre : Hamon, de la Motte, de la Mare, le Viconte, etc. Néanmoins, cédant au scrupule de paraître trop rigoureux, je donne ici cette montre.

« La monstre de Jehan de Tournemine, escuier banneret, sgr de la Hunaudaie, son estendart et trompette pour une paie, et 25 esc. et 98 archiers de sa comp. receue a Chasteaugontier le 1er aoust 1421 : Ge. Daniel, Th. Vinoy, P. de la Mote, Ol. de la Villerobert, G. le Vicomte, Amon Badouat, Ol. Roucy, P. Chenaye, G. de Lescouet, J. Piron, Charlot de Thoisy, Th. Rondet, Jaquet de Duaut, Th. de la Roche, Ch. Rabel, J. de Treugal, P. du Boisriou, J. Villeagnes, Bertran Goyon, J. Garende, Est. Manory, G. Ruallan, G. Guyenneuc, Ol. Guyonmarc, G. Rondin. *Archiers :* Ol. Gilet, Ol. Morice, Eonet le Mee, G. le Corre, Pregent Codescor, G. Geffort, G. Quevalen, Guillemet le Barbier, Raoul Lami, Pierrot Mauny, G. Machefer le jeune, G. Machefer l'ainsné, Rolant Coquant, J. Rualer, Ge. Gautier, J. Boutaut, Pierrot Lame, Th. Coppegorge, J. Navette, G. Prioure, G.

Hamon, J. Bichemer, G. Picart, J. Bretheu, J. Jordan, B. le Daulphin, Raoul de la Cheze, G. Theel, Ol. Loré, J. le Tessier, G. Hardoin, J. Saugny, Eon Douaren, J. Macé, Ol. de la Roche, G. Jourtin, J. Bernart, Alain Joueneaulx, J. Benedicite, J. Goyet, J. Chevalier, Perrin Nyeu, S. Noel, J. Guymart, G. de Malletouche, G. Moiselot, J. Guigomar, J. Carrière, J. Colin, J. Brosses, H. Lubin, J. Perion, J. Noel, Th. le Breton, Alain Loncle, Yvon le Moyne, Rolant le Maçon, J. Langlois, J. Nogues, G. Lucas, G. Vaucler, J. Quatrevaulx, Yvon le Corre, J. Guemart, Yvon le Barbier, J. le Bais, Yvon le Regner, Alain Coidou, Ge. Pares, Ge. Saliou, J. Jorant, H. Olivier, Ric. du Runyou, Ge. Cadoret, Jehanin le Drain, le bastart du Perier, B. Plessis, J. Bertran, J. Brignaut, Alain le Breton, Eonet Baudoyn, N. Bertran, G. le Roux, Pierrot Billy, J. de Provins, J. Hamelin, J. le Blanc, J. le Clerc, le bastart de Saint Gernou, J. Simon, J. le Mur, J. Morel, R. Morel, J. le Duytgou, G. Morel, J. de la Saussee, Guimart le Tausseur.

« La monstre de J. Rogon, esc., et 19 escuiers de sa chambre, de la comp. de J. de Tournemine, sgr de la Hunaudaie, receue à Chasteaugontier le 1ᵉʳ aoust 1421 : J. Peliport, G. de Rufflay, Ol. de Rufflay, J. de Rufflay, J. de Montesil, G. de Robian, Alain de Cremen, P. de Creuelhet, Jacob Bertran, Ol. de la Garenne, J. de Kernevenil, Est. Pregent, P. Fraval, Eon Amon, Laurens Jourdain, H. Preigent, P. Samsue, Eon Ranquier, Eonnet de la Rivière.

« La monstre de Ol. Salmon, esc., et 19 autres, de la comp. de J. de Tournemine, etc. : Ol. de Nissel, Eon de la Moussaie, le bastart de Ludugen, Alain de la Planche, R. le Bacle, J. Cran, Alain Macé, Ol.

Radoul, B. Sanson, Hamon Sanson, Alain Clomon-
sel, Alain Colbeaux, Alain de Plumingat, J. le
Chantre, J. de Carrobran, Jamet Sebille, G. de la
Mare, Alain Raoul, J. le Courvoisier » [1].

XIV

De combien de glorieux noms se fût enrichie ma
liste s'il m'eût été donné de retrouver les *monstres* de
J. Gastinel, Mathieu Anquetin, Simon de Semilly,
Raoul des Champs, Robert du Quesnoy, J. Beauxamis, Raoul de Bours, J. des Wys, J. du Fay, Colin
Boucan, J. de Soisy, J. et G. des Loges, passées en 1424
au Mont Saint-Michel (1051, 1064). Nous n'avons que
celle de Jean du Saussay, passée aux mêmes temps et
lieu, et sur 40 noms qu'elle contient, 12 seulement
figurent sur les anciennes listes des Défenseurs. On
peut évaluer à 300 le nombre des noms nouveaux,
irrécusablement authentiques, dont notre tableau
d'honneur se fût enrichi.

Gloire à ces vaillants oubliés, *heroibus ignotis*, et,
comme dit le poète de 1427,

Dieu leur doint à tous saulvement!

Quelle perte, aussi, que la disparition des montres
de la compagnie de Louis d'Estouteville passées au
Mont de 1425 à 1450! Elles auront péri dans un des
nombreux incendies qui l'ont désolé. Du moins

(1) Cab. 1410, fol. 82-83.

avons-nous celles de 1451 à 1459 [1], et par elles nous pouvons revendiquer, comme ayant servi au Mont avant la victoire de Formigny, un certain nombre d'hommes d'armes.

On sait que chaque compagnie d'ordonnance avait son autonomie, et que, dans les montres, les hommes sont inscrits par rang d'ancienneté ; les nouveau-venus étaient mis « à la gauche ». Or, dès 1446, G. Barbes ou Barbey était homme d'armes de la garnison du Mont (1255) ; donc tous ceux qui, en 1451, prennent rang avant lui (1283) avaient servi dans l'Ordonnance du Mont Saint-Michel avant 1446 ; les 21 noms qui précèdent le sien nous sont donc légitimement acquis.

Cinq au moins nous étaient déjà connus comme ayant droit à figurer dans notre tableau d'honneur : Alain et Jean de Longues, Jean Guiton, Jean de Brécey et Pierre Crespin, marquis de Mauny (1227). On peut ajouter encore Simonnet Ferrand et Jacquet Langevin, les deux derniers hommes d'armes de la dite montre, car, avant de passer hommes d'armes, ils avaient dû servir plus ou moins longtemps comme archers, ce qui nous reporte bien avant la journée de Formigny (15 avril 1450).

Tel est, si je peux dire ainsi, le mécanisme de ma liste ; puis-je me flatter, au terme de ce long labeur, qu'elle obtiendra l'approbation des érudits et de tous ceux qui ont dans l'âme l'amour de Dieu, dans la vie

---

(1) *Preuves*, 1283, 1320, 1342, 1346, 1356.

le culte de l'honneur, dans le cœur la flamme du patriotisme?

Hoc erat in votis ! comme dit le bon Horace.

Mons virgo est !

Sur les horizons d'or et d'azur, quand je vois
Surgir la merveilleuse et sainte basilique,
Soudain vibre en mon cœur un frisson héroïque,
Doux et viril écho des combats d'autrefois.

Moines et chevaliers, paysans et bourgeois,
Émules de foi vive et de vaillance épique,
Unis contre l'Anglais sur le Mont angélique,
Durant plus de trente ans vont défier ses rois.

L'espoir est insensé, le triomphe impossible ;
Mais aux lâches raisons leur âme est insensible :
Lutter, vaincre ou mourir est le devoir sacré !

Sur ce rocher de gloire, ô France magnanime,
Dresse un fier monument au bataillon sublime
Qui, ton épée au poing, n'a pas désespéré !

LISTE DES DÉFENSEURS

DU

MONT SAINT-MICHEL

(1417-1450)

---

1. Philippe d'Abillon, éc. de P. le Beauvoisien, servant en 1421 sous le comte d'Aumale, cap. du Mont St-M. (1031). — *De g. à 5 billettes couchées d'arg. rangées en pal.* (*P. O.*, d'Abillon, 6.)

2. — Jean Adam dit Jehannotin, en 1424, éc. du comte d'Aumale (1063). — *De g. au chevron d'or acc. de 3 roses d'arg.* (1376).

3. — Alain l'Advoué était en 1441 de l'ass. des notables du Mont St-M., qui approuva la levée d'une aide pour parfaire les fortifications. (Luce, II, 136.)

---

(1) ABRÉVIATIONS : *A. G.*, Armorial général de France ; *Arg.* Argent ; *Az.* Azur ; *G.* Gueules ; *Herm.* Hermines ; *Sa.* Sable ; *Sin.* Sinople. — L'astérisque indique qu'il y a doute. — Pour les autres abréviations, voir l'index placé en regard du No 1 des *Preuves* et les *Sources*.

4. — **Jean II, duc d'Alençon,** lieut. général du Roi en Norm., réduit les Anglais à détruire leur bastille d'Ardevon (21 jan. 1435), et ravitaille le Mont. (Luce, I, 35 ; II, 58.) — *De France, à la bord. de g. besantée d'arg.* (N., 8.)

5. — **Pierre Allard,** en 1418, confisqué par Henri V comme rebelle ; 1421, éc. d'Ol. de Mauny, s. de Thiéville, lieut. du comte d'Aumale (825, 892, 953). La Pancarte le nomme « P. Allart ». — *De... au chevron acc. de 3 têtes d'oie arrachées, au chef chargé de 3 coquilles.*

Jean l'Amirault. Voy. **Lamirault.**

Amphernet. Voy. **Montchauvet.**

6. — **Robin d'Ancourt,** en 1421 éc. d'Ol. de Mauny, s. de Thiéville. — *De... à l'orle de merlettes, au fr. canton* (787.)

Robin d'Anjou. Voy. **Danjou.**

7. — **Jean d'Annebaut,** ch., après avoir défendu La Rocheguyon (Luce, I, 99, n. 2), courut défendre le Mont St-M., où il fut du conseil du comte d'Aumale (98;), sous lequel il servait en 1420 et 1421 comme bachelier (1010) 1039). Il périt avec lui à Verneuil. Dès 1418, Henri V avait confisqué ses terres (891, 898). — *De g. à la croix de vair* (720.)

8. — **Mathieu Anquetin,** éc., était au Mont en 1422 et 1423, avec sa comp. de 3 bach. et 16 éc. (1051). — *De... à 3 coupes de...* (Sceau de 1432. P. O., Anquetin, 3.)

9. — **Guillaume Arcon,** en 1424 archer à ch. de J. du Saussay au Mont St-M. (1066.)

10. — **Jean d'Argouges,** ch., servait en 1439 au Mont St-M., où le duc d'Orléans lui envoya son Ordre du Camail. Henri V avait confisqué ses biens en 1418, comme « rebelle ». (894, 1227. — *Ant. norm.,* XXIII, 1017.) — Écart. : *d'or et d'az. à 3 quintef. de g.* Dev. *A la fé je croys.*

11. — **Guillaume Artur** était en 1421, au Mont St-M., un des éc. du baron des Biards (1027). C'est un des 20 noms ajoutés à la Pancarte, dont les additions acquièrent par ainsi de l'autorité. Il est nommé dans les Listes « G. Artier » (M G), « G. Arthus » (C.), « d'Arthur » (PA).

Entre deux alertes, les Défenseurs du Mont remplissaient
des fonctions civiles ; G. Artur est en 1425 tabellion du Roi
au Mont St-M. (1104) ; en 1441, l'un des notables habitants (1239), et avocat du Roi. (Luce, *Guerre de cent ans*,
II, 271.) — *De g. à la coquille d'or, au chef d'arg.* (1461,
1483.)

12. — **Jean Assire** figure sur la Pancarte sous le nom
de « L. Masfire ou Masire ». Ce vieux nom lexovien [1] est
de ceux qu'ont le plus estropiés la Pancarte et les Listes :
BA. « L. Massire » ; MS. « Jean de Massire » ; HÉ. « Jean
Massere » ; PA et PP. « de Massire » ; Saint-Allais, « J. de
Malsire » ; MG. « Jean Malsire ». — « Cette famille était
du Maine ». (GB. 1re éd.) « C'est le nom d'un fief situé
dans l'Orne, au pays de Domfront. » (GB. 2e éd.). En
somme, les commentateurs ont fait buisson creux. —
Odoard Assire, éc., servait en 1301 à l'ost de Flandres
(184) ; Jean A., en 1355, comme éc. de Ric. de Vire (255) ;
Jean A., en 1456, dans celle de l'amiral (1331). — *D'arg. à
3 hures de sable, au chef de même.* (Sceaux de 1374 à 1389.
P. O., Assire, 5-7.)

13. — **Etienne Auber**, « E. Auber » dans la Pancarte, « G. Auber » dans B, Etienne Auber ou Aubert dans
toutes les Listes. « Inconnu », dit A. — Le 2 oct. 1415,
« Estienne Auber », écuyer de J. du Homme, ch., est à la
défense de Rouen. (Sc., LX, 4584.) Dans son écu, on avait
mis, très probablement en 1630, les armes d'une famille
anoblie en 1573, *palé d'arg. et de g. de 6 pièces, au chef
d'arg.* — Guillaume Auber, en 1415, servait comme écuyer
de G. Fortescu (765) ; il se pourrait donc, comme indique
B, qu'il eût ensuite servi au Mont. — *D'az. au pal d'arg.
accosté de 4 étoiles d'or, au chef de g. chargé d'une divise
ondée d'arg.*

14. — **Michel Auber** dit Michelet, éc., en 1421 servant au Mont St-M. (1025).

_____

(1) G. Ascire tenait un rang distingué à Lisieux en 1180. Cf.
Robert Assire, par O. de Poli, p. 7, 8, 88, 239-243.

15. — Jean d'Auberville. En 1421, « Jehan d'Auboinville » et « Robin de Poissy », étaient éc. de J. de
Fréville, servant sous le comte d'Aumale (1032). Le trans-
crit de la montre est défectueux : *Poissy* est là pour *Peirssy*,
Persy. (Cf. *Pr.*, 1039, 1181.) *Auboinville,* nom inconnu en
Norm., est certainement là pour *Auberville,* lignage pos-
sessionné dans le baill. de Caen, et que Louis XI, en 1469,
déclare l'avoir bien servi « tant au fait de nos guerres que
autrement ». (*P. O.,* Auberville, 2.) J. d'Auberville, de
Breteuil, fut trouvé noble par Monfault. (*Harcourt,* IV,
1475). — *D'az. à deux léop. d'or, l'un sur l'autre.* (*Ibid.*)

Aumale. Voy. Harcourt.

16. — Briand d'Auxais, « comte d'Auxais, se distin-
gua parmi les meilleurs cap. de Charles VII. » (St-Allais,
VI, 326 ; cité par A.) La Pancarte le nomme « D'Aus-
says » ; Les Listes, « d'Aussoys, d'Aussay, d'Haussay,
Daussays, Deussays, d'Haussez » ; MS, « le seigneur
d'Auxais » ; GB, « Briant d'Auxais ». En 1452 et 1460, il
a rang d'h. d'armes sous J. de Lorraine, cap. de Granville
(1301, 1364).

17. — Pierre d'Auxais dit Perrin, éc., en 1418, re-
belle (894) ; en 1429, h. d'armes au Mont, fut pris et ran-
çonné par les Anglais (1162). La Pancarte le nomme
« P. Daulçays » ; les Listes, « P. d'Aulceys, P. d'Aulecys,
P. d'Ausseys, P. d'Aulceuls » ; GB, « Pierre d'Auxais ». —
De sable à 3 besants d'argent.

Le bâtard d'Auzebosc. Voy. Bellet.

18. — Jean Avice, éc., de la catégorie des éclectiques, en 1419 fit hommage à Henri V (934, 942), puis alla
servir au Mont St M., le déserta en 1423, s'alla rendre au
cap. anglais de Vire, et fut tué par un anglais qui avait
été prisonnier au Mont. (Henri VI, août 1423 : rémission
du meurtre de « J. Avicet, brigant et gaitteur de chemins..., par plusieurs fois abulleté ». — JJ. 172, n° 340.
— Luce, I, 128.) — *D'az. à 9 pommes de pin d'or.* (*P. O.,*
Avice.)

19. — Etienne Aze, en 1451 h. d'armes de l'Ord. du

Mont St-M. ; grade impliquant qu'il en faisait partie depuis un certain nombre d'années. (V. ci-dessus p. xciii, et *Pr*., 1283.) — *D'az. à 2 haches d'armes passées en sautoir d'or.* (A. G., Norm.-Caen, 525.)

20. — « **Pierre Bacon**, s. de Fourmigny, ch., fut un des 119 Gentilsh. qui défendirent le Mont St-M. » (La Chenaye, 1, 639.) La Pancarte le nomme « P. Bascon » ; BO, DU, FG, JH, « P. Baçon ». — *De g. à 6 roses d'arg.*, 3-2-1. (Tournoi de Compiègne, 1238. *Revue Nob.*, V. 103.)

Bacqueville. Voy. **Martel**.

Baderel. Voy. Henri le **Clerc**.

21. — **Guillaume Bailleul**, en 1441 l'un des notables du Mont St-M., dont il concourut à parfaire les fortif. (1239) ; en 1447 lieut.-général de R. d'Estouteville, bailli de Cotentin. — *De... au lion de..., à la bande broch.* (671) ; aliàs : *un chevron acc. en chef de 2 roses et en* **p.** *d'une molette* (682.)

22. — **Jean de Bailleul**, s. du Renouard. En 1420, ch. bach. servant dans la comp. du comte d'Aumale (1010). — *Parti d'herm. et de g.*

23. — **Robert de Bailleul** dit Robin, éc., en 1418 rebelle et confisqué. (*P. O.*, Craffort, 2.) La Pancarte le nomme « R. de Bailleul », dont les Listes ont fait un « Richard de Bailleul » ou « Bailleur » (HÉ), dont je n'ai trouvé trace.

24. — **Guillaume Barbes** dit Courtault, de 1446 à 1458 h. d'armes de l'Ord. du Mont St-M. (1255, 1283, 1320, 1342.) Il servait probablement au Mont depuis 1417 (1255). — Je trouve en 1580 G. Barbes, bourgeois de Rouen ; en 1634, G. Barbes, trés. des Gardes franç. et suisses. (*P. O.*, Barbes, 3, 4.)

25. **Guillaume Bastard**, en 1441 l'un des notables du Mont St-M. (Voy. ici, n° 3. — (Luce, II, 136.) — *Parti, au 1, d'or, à la demi-aigle de sa., becq. et membrée d'or, diadémée de g., mouv. du parti ; au 2, d'az. à la demi-fl.-de-lis d'or, mouv. du parti.* Cri : *Diex aye !* Dev. : *Cunctis nota fides.*

26. — **Robert Baubignon**, en 1420 éc. de J. de la Haye, baron de Coulonces (995).

27. — Dom **Robert Baudren**, en 1420 moine du Mont St-M. concourut à organiser la défense. (Luce, I, 222. — F., 215.)

28. — **Richard Bazan**, ch., dès 1416 vint défendre le Mont (1370) ; en 1426, lieut. de L. d'Estouteville, fut tué devant Gavray (1086). — *De* [*g.*] *à 3 besants* [*d'or*]. (Sceau de C. Bazan en 1400. *Pr.*, 667.)

29. — **Colin Béatrix**, en 1441 l'un des notables du Mont. (Voy. ci-dessus, N° 3.) — *D'arg. au lion de sa. lamp. de g., cou r. d'or, le col et l'épaule chargés de 5 croisettes d'arg.*

30. — **Jean de Beaumesnil**, en 1421 éc. du comte d'Aumale (1039.) — *De g. à 2 fasces d'herm.* (N, 163.)

31. — **Robert de Beauvoir**, éc. Un des 20 noms ajoutés ou déchiffrés après coup. « Inconnu », dit A. — PT l'appelle » De Rivoire », et PL lui attribue les armes des Grimoard de Beauvoir du Roure, de Languedoc. Il se peut qu'on ait lu *Beauvoir* pour *Beauvoisien*. Toutefois, comme en 1415 Robert de Beauvoir, dit Robinet, éc., était à la défense de Rouen (834), il y a présomption favorable à son maintien sur la liste. — *D'az. à 3 losanges d'arg.* (151)

32. — **Pierre le Beauvoisien**, en 1420 éc. du comte d'Aumale ; en 1421, fit montre de sa comp. servant sous le cap. du Mont St-M. (1010, 1031.) — *De sable fretté d'arg.* — 1031. (*P. O.*, le Beauvoisien, 5.)

33. — **Jean Beauxamis**, éc., en 1413 lieut. général du bailli de Cotentin (743), en 1423 fit montre, au Mont St-M., de sa comp. de 50 arbal. (1051), et en 1424 était éc. de J. du Saussay, au Mont (1066). — *De... au chevron acc. en chef de 2 fermaux et en p. d'une rose* (1209).

34. — **Raoul de Belle-Estoile** (Roux de Belle estelle) servait en 1420 au Mont St-M. (F., 218). et en 1421 comme archer d'Ol. de Mauny, s. de Thiéville (1037). — *D'az. à l'étoile à 8 rais d'or* (1484).

35. — **Guillaume de Bellet,** éc. appelé **le bâtard d'Auzebosc,** fils de Colard d'Estouteville, ch., s. d'Auzebosc, sert en 1419 contre les Anglais (948.) En 1421, « le bastard d'Osbuk » est un des principaux défenseurs du Mont (1028), servant sous Ol. de Mauny, s. de Thiéville, dans la montre duquel il est appelé « le bastard d'Ouzeboul » (1037). La Pancarte le nomme « le Bastard d'Aussebosc » ; les Listes, « le bastard d'Auseboe, d'Ausebosl, d'Aubosc, d'Ausboc » ; S, « Dansboc » ; GB, « Robert d'Estouteville, bâtard d'Aussebosc ». — *D'Estouteville, à la barre brochant sur le tout.*

36. — **Louis de la Bellière,** éc., s. de la Bellière (auj. la Beslière, comm. du canton de la Haye-Paisnel, arr. d'Avranches), peut être sans témérité inscrit au nombre des Défenseurs du Mont, et même parmi ceux de la première heure, en 1417, quoique son nom ne figure sur aucune liste. Henri V lui confisqua son fief de la B. comme rebelle, et en 1452 L. de la B. disait au Roi qu'il n'avait pas cessé de le servir durant l'occupation anglaise (1305.) — *D'arg. au chef denché de sa. chargé de 2 molettes d'arg.* (PN, 356. — En 1388 Colin de la B. portait : *De... à la bande acc. de 2 roses* (599).

Le vicomte de la Bellière. Voy. Raguenel.

37. — **Guillaume de Bellin ou Belin,** dit Paynel, qualifié clerc, puis éc., de 1425 à 1450 garde du scel de la vic. d'Avranches au Mont St-M. (1219, 1220. — Luce, I, 208, 223 ; II, 116, 132, 231) : était sans doute d'un vieux lignage manceau (1488) qui avait provigné en basse Norm., dans le duché d'Orléans et en Berry, (*P. O.,* Belin.). Monfault, en 1463, le trouva noble en la serg. de Gray (1546). Il n'était pas, comme on l'a supposé (S. Luce, *Guerre de cent ans,* II, 236), de l'estoc des Paynel, mais peut-être fils d'une Paynel ; d'où son surnom. — *D'az. au sautoir d'or cant. de 4 roses d'arg.* * (*P. O.,* Belin, 13.)

38. — **Robert Bencelin,** en 1420 et 1424 éc. du comte d'Aumale (1010, 1063.) GB le nomme « Robert Bence », nom d'une anc. famille du baill. de Caux [1]. — *De... au cygne de..., au chef chargé de 3 roses* ; aliàs *une bande ch. de 4 roses et acc. de 2 lions.* (Sceaux de 1411. P. O., Bencelin, 7-8.)

39. — **Guillaume Benoist**, éc., défendit le Mont avant 1428. La Pancarte le nomme « G. Benoist », et toutes les listes le prénomment Guillaume. En 1437, valet de ch. de Charles VII, il épousa « Cath. de Vielzchatel ». (P. O., doss. 6289, p. 5.) — *Écart : aux 1-4, d'az. à l'aigle d'or ; aux 2-3, de g. au sautoir tréflé d'or.* (Rietstap.)

40. — **Jean Benoist**, éc., un des 20 noms ajoutés. B le nomme « L. Benoist ». Il servait au Mont en 1421 et périt à Verneuil (1027, 1113.) Ces constatations donnent une sérieuse valeur aux 20 additions. — *De... à la croix engr., cant. de 4 têtes de lion arrachées.* (472.)

41. — **T. Benoist** est aussi des 20 noms ajoutés. La preuve étant faite pour Jean B., on peut en étendre le bénéfice à T. Benoist. Inscrite déjà sur la Litre originelle et sur la Pancarte, la famille B. n'avait pas besoin de cette 3e mention ; la présomption lui est donc favorable. Cependant, je n'ai trouvé trace de ce T. (Thomas ?). PA le nomme « Fx de Benoist », et GB « Gilles Benoist » ; j'ai bien trouvé un « Gillot Beneet, » éc., à Pont-de-l'Arche, mais en 1380. (P. O., Beneest, 2.)

42. — **Jean le Berruyer**, bâtard, surnommé *Tombelaine*, mourut en 1436 au Mont St-M. Son surnom lui venait peut-être de ce qu'il avait pris une part brillante, en 1435, à la détrousse de Tombelaine (1217.) Il est appelé « feu J. le Burrier », dans un acte passé en 1436 au Mont (1220.) — *D'az. à 2 aigles au vol abaissé d'arg., becq. et ongl. d'or., juxtaposées et les têtes adossées ; à la barre de... broch. sur le tout.* (A. G., Norm.-Caen, p. 335.)

43. — **Guillaume le Bessinois**, en 1421 éc. d'Ol. de Mauny, lieut. du comte d'Aumale. Le scribe militaire a

(1) 1198 : « *Robertus Bence* ». (*Ant. norm.* XVI, 60.) — *Avranchin*, 1198 : « *Rogerus Bencelin.* » (*Ib.*, 31.)

fait d'Auzebosc *Ouzeboul*, de Vassy *Vassen*, de Fouqueville *Foconville*, de Sottevast *Socenast*, de Bessinois *Basinay*,
etc. (1037.)

44. — **Michel le Bessinois**, en 1420 éc. du baron de
Coulonces (995), dans la montre duquel il est appelé « Michiel de Lessenoys ». Le scribe a défiguré d'autres noms plus
cruellement encore. A le dit « inconnu » ; MO le nomme
« M. le Bences » ; C, « M. de Bences » ; MS, « M. de
Bence » ; HÉ, « M. le Bensais. ». — *De...* à 3 *roses...*
(222.)

45. — **Jean Béton**, éc., servant au Mont en 1440, fut
du complot tendant à déposséder de son commandement
L. d'Estouteville pour livrer le Mont au comte de Dunois.
(Luce, *Guerre de cent ans*, II, 269. — Cf. *Pr.*, 1240.) —
D'herm. à 3 *roses de g. en chef*, 2-1. (A. G., Norm.-
Caen, p. 102.)

46. — **Gilles des Biards**, en 1439 servant au Mont,
fut honoré par le duc d'Orléans de son Ordre du Camail
(1227.) — Ce nom était porté par les Avenel, les Soterel et
les Nantray ; nous ignorons duquel de ces lignages était
Gilles.

47. — **Guillaume le Soterel, baron des Biards**,
en 1415, ch. bachelier à la défense de Rouen et ayant pour
éc. un autre G. le Soterel (810 ;) en 1418, frappé de confisc.
par Henri V (893 ;) en 1420, du conseil du comte d'Aumale
au Mont St-M. (983) et l'un des principaux défenseurs de la
prem. ligne (Luce, I, 222) ; en 1421, ch. ban., fit montre
au Mont (1027-28, 1036.) La Pancarte le nomme « De Biars »,
sans autre indication. — *De g.* à 3 *aiglettes d'arg.* (692).

48. — **Guyon, baron des Biards**, h. d'armes au
Mont dès 1446, (1283, 1320, 1342, 1356.) Cf. ci-dessus p. xcIII,
et N° 19.

49. — **Louis Bienlevault**, en 1420 éc. de J. de la Haye,
baron de Coulonces (995).

50. — **Pierre de Biville**, en 1421 et 1424 éc. du comte
d'Aumale (1039, 1063.) — *D'arg.* à 3 *sautoirs de g. surm.
de 2 molettes de sa.* (**P. O.**, Biville, 7.)

51. — **Eustache Blondel** dit Tassin, en 1420 éc. du baron de Coulonces (995.) — *D'az. semé de trèfles d'or, au lion naiss. de même.* (A. G., Norm.-Caen, p. 169.)

52. — **Pierre Bohier**, en 1441 lieut. général du vic. d'Avranches au Mont St-M. (Luce, *Guerre de cent ans*, II, 270 : « Pierre Bouher. » — *D'or au lion d'az., au chef de g.* (P. O., Bohier, 105.)

53. — **Jean du Bois**, éc., en 1415 à la défense de Rouen (818) ; en 1420, éc. de Fouquet de Creully (992) ; en 1421, éc. de P. le Beauvoisien (1031), servant sous le comte d'Aumale. — *D'or à l'aigle de sa., becq. et onglée de g.* (PN, 447.)

54. — **Pierre du Bois**, en 1416 éc. de Roland du Buchon (873) ; en 1420, archer à cheval du comte d'Aumale (1010.)

55. — « **C. de Bordeaux** » ; un des 20 noms ajoutés à la Pancarte. GB le nomme « Robert de Bordeaux ». Je n'ai trouvé trace de ce nom dans les montres. En 1419, J. de Bordeaux fut nommé par Henri V procureur à Gisors (935). En 1613, Christophe de B., âgé de 76 ans, publia un opuscule sur les miracles accomplis au Mont St-M. Ne serait-ce pas là l'explication de l'inscription de « C. de Bordeaux » ? — *De g. à 3 merlettes d'arg.*

56. — **Simon le Borgne**, en 1424 archer à cheval, au Mont. — *De... à 3 trèfles de...* (Sceau de 1410. Pr., 714.)

57. — **Jean le Botey**, en 1441 l'un des notables du Mont. (Luce, II, 136. — V. ci-dessus, N° 3. — *D'az. au chevron d'or acc. de 3 tourterelles d'arg. aux pieds d'or.* (Merval, *Parl. de Rouen*, p. 39.)

58. — **Colin Boucan**, éc., en 1419 frappé de confisc. par Henri V comme « absent » (952) ; en 1420 sert au Mont St-M. où il est du conseil du comte d'Aumale (983) et l'un des principaux défenseurs de la prem. ligne de fortif.(Luce, I, 222) ; en 1421, sert au Mont dans la comp. de G. des Biards (1027) : en 1424, y fait montre de sa comp. (1064) ; en 1436 et 1441, sert toujours au Mont St-M. (1219, 1239.)

59 — **Jean Bouté**, en 1421 éc. de Samson de St-Germain, servant sous Ol. de Mauny, s. de Thiéville, lieut. du comte d'Aumale (1030, où il est nommé fautivement J. Boucé.) — *De g. au pélican avec ses petits d'arg. dans un nid d'or.* (A. G., Caen, p. 206.)

60. — Robin le Boullenger, en 1420 archer à chevat du comte d'Aumale (1010.) — *D'or à 3 palmes de sin. acc. en chef d'une étoile de g.*

61. — Jean de Bourbel, éc. C'est ainsi, croyons-nous, qu'il faut rectifier le nom de « Jehan Bourballe », en 1421 éc. d'Ol. de Mauny, s. de Thiéville (1037). En 1392, J. de Bourbel était prévôt de Creil (624) ; en 1459, J. de B., archer (M., XV, 1877.) — *De... à 3 besants ou tourteaux.* (Sceau de 1355. Pr., 263.) — *D'az. à 3 besants d'or.* Devise : *L'an 946.* (Rietstap.) — *D'arg. à 3 tourt. de sa. entremêlés de 4 trèfles d'or.* (BE, 623.)

62. — Gervais Bourdon, en 1448 homme de guerre au Mont St-M. (1279.) — *D'az. au bourdon de pélerin d'or posé en pal et supp. par 2 lions affr. de même, lamp. et armés de g.* (A. G., Norm.-Caen, p. 146.)

63. — Pierre Bourdon, en 1451 h. d'armes de l'Ord. du Mont St-M. (1283. — V. ci-dessus, N° 19.)

64. — Guillaume de Bourguenolles. La Pancarte le nomme : « G. de la Bourgainolles » ; les Listes, « de Bour-Guénolles, de la Bourguenobles, de Bourquenobles, de Bourgaenolles, de Bourquenolles ». En 1441, au Mont St-M., il prit part à l'ass. des notables qui approuva la levée d'une aide pour les fortif. (1229). — *D'arg. à 3 losanges rangés en fasce de g.* (PA). — *D'az. au lion d'arg., armé et lamp. de g., acc. de 3 étoiles d'arg., 2-1.* (GB.)

65. — Raoul de Bours, éc., en 1424 fit montre, au Mont, de sa comp. de 3 ch., 18 archers (1064.) — *De g. à la bande de vair.*

66. — Jean Boutin, éc., en 1415 à la défense de Rouen, sous Ol. de Mauny, s. de Torigny (1519) ; en 1421, éc. d'Ol. de Mauny, s. de Thiéville, lieut. du comte d'Aumale au Mont (1029). — *D'az. à la bande de sa., acc. de 2 étoiles d'or.* [4]

67. — **Jean de Bréauté**, ch.. arriva le 19 oct. 1425 au Mont St-M. avec L. d'Estouteville, son parent, nommé cap. du Mont (Arch. de la Manche, 15358) ; en 1427, fait prisonnier au combat de la Gueintre, paya 2,000 écus d'or de rançon (*Harcourt*, I, 543) ; en 1441, présida au Mont St-M. la commission chargée de juger le complot tendant à enlever à L. d'Estouteville le gouvern. du Mont. (Luce, *Guerre de cent ans*, II, 271.) — *D'arg. à la quintef. de g.* (BE, 545).

68. — **Jean de Brécey**, éc., de 1441 à 1458 h. d armes au Mont (1175, 1240, 1283, 1320, 1342, 1356). — *D'or à la croix de sa. cant. de 4 merlettes de g.*

69. — **Robert de Brécey** figure sur la Pancarte sous cette forme : « R. de Brécé ». BA le nomme « de Brécé ». Le prénom de Robert est fréquent dans ce vieux lignage : xiie s. R. de Brécey, bienfaiteur de l'abb. de Savigny (PN, 551) ; en 1251, R. de Brécé (133) ; v. 1358, R. de Brécey, abbé de Montmorel ; en 1394, R. de B., sgr de B. (638), mort avant le 10 av. 1396, que Colin de B., très probablement son fils aîné, servit au Roi l'aveu de son fief de B. (649) ; en 1475, R. de B., h. d'a. sous J. d'Estouteville (1391) ; en 1485, R. de Brécy, de la garn. de Tombelaine (1400). Il y a donc lieu, croyons-nous, de maintenir ce nom tel que le donne la Pancarte. Cependant un érudit bas-normand, M. Alfred de Tesson, croit qu'il faut le rectifier ainsi : **Robert de Brézé** ; de même, quelques Listes. On pourrait alors l'identifier avec Robert de Brézé, tué en 1444 dans un combat contre les Suisses (Moréri, II, 482), fils de Pierre, le célèbre grand-sénéchal de Norm., et de Clémence Carbonnel. Il est certain que dans les montres bas-normandes de 1386 à 1427, le nom de Brécey se rencontre fréquemment, jamais celui de Brézé (514, 526, 539, 725, 819, 825). R. de Brécey pouvait être fils du susdit Colin. En résumé, le doute est possible. Peut-être faut-il, comme MG, résoudre philosophiquement la question en inscrivant les deux noms.

70. — **Jean le Bret**, maréchal-ferrant, en 1424 suivit

R. de Carrouges, son seigneur, au Mont St-M., et de là à la bat. de Verneuil, où périt son maître. Il se fit alors abulleter pour pouvoir rentrer dans son pays (1081.)

71. — **Richard le Bret**, h. de guerre ou bourgeois du Mont, pris en 1430 sur la grève et rançonné par les Anglais (1170. — Cf. 1426.)

72. — **Pierre Brèthe**, en 1420 archer du baron de Coulonces, dans la montre duquel il est nommé « Perrin La Brethe » (995). — *D'az. au sautoir d'arg. cant. de 4 roses d'or* (P. O., Brethe, 1. Dans cette famille, à partir de 1447, le prénom de Pierre se rencontre presque à chaque degré. — J. Brèthe, confesseur do Louis XI, « a le premier institué et introduit la Salutation Angélique. » (*Ibid.*, 86.)

73. — **Jean de Bretigny**, en 1421 éc. de P. le Beauvoisien, servant sous le comte d'Aumale (1031.) — *De... à un écusson de... en abime.* (P. O., Bretigny, 3.)

74. — **Gilles le Breton**, dit Gilet, en 1420 écuyer du baron de Coulonces (995.)

75. — **Martin le Breton**, éc., en 1420 servant au Mont St-M. (F., 217) ; en 1421, éc. d'Ol. de Mauny, s. de Thiéville (1037) ; en 1441, était de la garn. du Mont (1351). Michelet le Breton, « brigant », en 1432 fut pris dans « les boys » et supplicié à St-Lô. (Luce, II, 8-9.) — *D'arg. à 2 chevrons de g. acc. de 3 coquilles de même.* (Anoblis en 1473. PN, 411.)

76. — **Colinet de Breuilly** figure dans la Pancarte sous cette forme : « C. de Bruilly ». Les Listes le nomment « Thomas, L., ou F. de Bruilly ou Breuilly » ; DU, « le Sr de Bruille » ; L. « le Sr de Breuille » ; MS, « N. de Bruille ». En 1448, « Colinet de Brueili », h. d'armes, servait au siège du Mans (1263.) Quant à Th. de Breuilly, ch., il était en 1415 à la défense de Rouen (820), et il se peut qu'il soit allé ensuite au Mont St-M., mais on ne trouve plus rien de lui après 1415. — *D'az. au chef cousu de g., au lion cour. d'or brochant sur le tout.* Devise : *Plus valet quam lucet.* (P. O., Brully, 7. — Cf. Pr. 185, 345, 525.)

77. — **Raoul de Breuilly** *, éc., puis chevalier. De

sa déposition en 1496 (il avait alors 78 ans), il semble résulter qu'il servait au Mont St-M. dans le temps où P. Michel y fut tué (1407). En 1447, « Raoul de Brulie, éc. » a prêté le serment-lige à Henri VI (*P. O.*, Brulie, 2.) Peut-être n'est-ce pas le même Raoul, car ce prénom était très usité dans la race. En somme, il y a doute. — *De... au lion de...* (Sceau de Raoul de Breuilly, ch., en 1503. *P. O.*, Brully, 5.)

78. — **Jean de Brèvedent**, dit Brevel, éc., en 1419 un des notables défenseurs de Honfleur (932) ; en 1421, éc. de P. le Beauvoisien, servant sous le comte d'Aumale (1031.)

79. — **Richard de Brèvedent**, dit Cardin, éc., en 1420 éc. d'Eudes de Bonnebaut (1002) ; en 1421, éc. dud. P. le Beauvoisien (1031.) — *D'az. à la croix ancrée d'or.*

80. — **Roger de Briqueville**, en 1415 éc. de J. de St-Germain, ch. (768, 789) ; en 1418, confisqué comme « rebelle » (894) ; était très problablement alors à la défense du Mont St-M. C'est lui, croyons-nous, que la Pancarte désigne ainsi : « R. de Briqueville ». Elle porte en outre « De Briqueville », et « Briqueville », ce qui fait 3 mentions pour cette illustre maison. Les trois peuvent être fondées, mais la preuve fait défaut, et j'incline à en attribuer deux, qu'on aura mal lues quand se fit la Pancarte, aux Paynel-Bricqueville et Martel de Bacqueville (Cf. ci-dessus, p. 82). La Chenaye (III, 239) cite, comme ayant défendu le Mont, Robert et Jean de Briqueville ; « S., H. Ricqueville » et « C. de Brequeviller » ; PA, « de C. Briqueville » ; DU, « C. de Brequeville, le sire et Robert de Bricqueville » ; GB, Richard et Roger, sires de Briqueville-Bretteville, et C. sire de Briqueville de Colombières. « Devine si tu peux et choisis si tu 'oses ! » — *Palé d'or et de g. de 6 pièces.*

81. — **Thomas de la Broise**, éc. C'est un des 20 noms ajoutés et l'un de ceux qui ont été le plus estropiés. Le Dr Cousin, DU, B, MO, le nomment « T. de la Brayeuse » ; MS, « T. de Brayeuse » ; PI, « T. de la Brayeux » ; BLO, « T. de la Brayse ; PP, « De Braise » ; S, « Thomas de la

Brise » ; MG, « Robert de la Broise » ; PA et PL, « De la
Brayte », et lui attribuent 3 *roses* pour blason, qui est en
1353 celui de P. de la *Broye*, éc., brisé d'une molette en
abime. (*P. O.*, Villers, en Norm., 2.) Th. de la Broise en
1392 était éc. de J. le Bouteiller (627). Th. de la B., le 2 mai
1433, partagea avec P. de la B., éc., son frère aîné, la suc-
cession de Th. de la B., leur père. (St-Allais, VII, 236.) Les
deux frères, en 1463, furent molestés par Monfault (1548) ;
il ne trouva pas suffisamment noble un très vieux lignage
(35) qui, pourtant, pouvait revendiquer un volontaire de la
prem. croisade de St Louis [1]. Les victimes se pourvurent
auprès de Louis XI ; un nouveau commissaire fut désigné,
qui leur donna gain de cause. — *D'az. à 2 fasces au chevron*
brochant sur le tout, acc. de 3 molettes, le tout d'or.

82. — **Jean le Brun**, éc., en 1409 et 1412, archer de
l'amiral de France (946. — *M.*, III, 683) ; en 1427, étant de
la garnison du Mont St-M., fut pris au combat de la
Gueintre (1125) ; en déc. 1432, avec G. des Pas, baron de
Coulonces, lieut. de L. d'Estouteville, alla, devant St- Lô
(1198) ; en 1440, fut avec G. des Pas du complot tendant à
changer le cap. du Mont (1240). La Pancarte le nomme
« L. le Brun », par la méprise de celui qui, en déchiffrant
la vieille litre, vit souvent L. où il y avait I, initiale de
« Iehan». Louis le Brun, son fils, fut vice-amiral de Norm.
et père de J., chef des légionnaires de Norm. en 1530.
(*P. O.*, le Brun de Sallenelles.) — *D'arg. à l'aigle de sable*
(1125).

83. — **Denis du Buisson**, en 1424 éc. de J. du Saussay,
au Mont St-M. Dom Morice le nomme *Deme* du B. J'ai re-
cueilli dans les anc. montres maints exemples de Denis
écrit de telle façon qu'on peut lire aussi bien *Oeme* que
Denis. — *Écart : aux 1-4, d'arg. au canton de g ; aux 2-3,*
d'az. à 3 roses d'or.

84. — **Jean Bunet**, en 1415 éc. d'Ol. de Mauny, s. de
Torigny (785) ; en 1421, sert au Mont (1025). Dans les *Mém.*

_____

(1) « Jakerus de Breza, armiger. » (Lacabane, II, 65.)

★★★★★

du prieur de Mondonville, on trouve en 1459 J. Bunet, éc.
(VI, 160.)

85. — **Enguerrand de Buluschanée** était en 1420
éc. du baron de Coulonces (995), dans la montre duquel
sont estropiés des noms. Celui-ci en est méconnaissable.
Peut-être *Bulus* doit-il être lu *Vilers* ou *Villiers* ? Je trouve
en 1272, en la vic. de Carentan, « *Enguerrandus de Villers,
miles* » (Dubosc, *Cartul. de la Perrine*, p. 14), et en 1416 à
Vaubadon, en la vic. de Bayeux, « Enguerran de Villiers »,
(*P. O.*, Hamon, 16.) Mais *Chanée* ?... Cruelle énigme ! *Sic
transit gloria...*

86. — **Guillaume de Bures**, en 1421 et 1424 éc. du
comte d'Aumale (1039, 1063.) — *D'or à la bande componée
d'arg. et d'az., acc. de 6 annelets de g. en orle.* (N., 540. —
Pr. 325.)

87. — **Guillaume du Buret**, en 1421 éc. de G. de
Cully, ch., servant sous le comte d'Aumale (1556.) — *D'arg.
à 3 tourteaux de sable.* (B.N., ms. franc, 23120, *Armorial des
Croisés*, , f. 55.)

88. — **Jean Calais**, en 1436 notable du Mont (1219) ;
ne fut pas trouvé noble par Monfault (1343.) — *De g. au
chevron d'arg. acc. de 3 coquilles de même.* (1278.)

89. — **Robin Cardic**, en 1421 éc. d'Ol. de Mauny-Thiéville, lieut. du comte d'Aumale. (1037)

90. — **Jean le Carpentier**, en 1415 éc. de J. du
Merle (842), est nommé dans la Pancarte « L. de Carpen-
tier ». Son écu se voyait encore sur la Litre en 1630.
(*Monum des abb.*, f. 233 v.) On peut l'identifier avec « J. le
Charpentier, brigant », pris en 1432 par les Anglais de
Coutances (1188). — *D'arg. à 3 pals d'az., à l'aigle d'arg.
broch. sur le tout ; au chef d'az. chargé de 3 étoiles d'arg.*

91. — **Jean du Carray**, en 1451 h. d'a. de l'Ord. du
Mont St-M (1283. — V. ci-dessus, N° 19.)

92. — **Simon Carrey**, en 1441 l'un des notables du
Mont. (V. ci-dessus, N° 3). — *D'azur à 3 losanges d'argent*.*
(Rietstap.)

93. — **Robert de Carrouges**, après s'être abulleté,

passa dans les rangs français en 1424 et suivit le comte
d'Aumale à Verneuil, où il fut tué (1081, 1132). C'est un
des 20 noms ajoutés, sous cette forme « J. de Carrouges »,
adoptée par toutes les Listes, sauf MG, qui nomme parmi
les Défenseurs « C. de Carrouges » et « le Sr de Carrouges ». Il n'y a pas trace d'un C. de Carrouges ; quant à
Jean de C., en 1420 Henri V lui rendit ses biens et il
n'apparaît pas qu'il ait suivi le généreux exemple de
Robert. — *De g. semé de fl.-de-lis d'arg.*

94. — **André Carruette**, en 1426 clerc tabellion du
Roi au Mont St-M. (1219, 1220). G. Carruette, « brigant »,
fut supplicié en 1419 à Vire (958).

95. — **Jean Caule** ou **du Caule**, en 1420 éc. du comte
d'Aumale (1040). — *De... semé de croisettes, à la croix ancrée.*
(Sceau de 1291. *Pr.*, 171).

96. — **Raoulin Cécile** dit Ragot, en 1441 de la garn.
du Mont St-M., tué dans une rixe de jeu (1238).

97. — **Louis de la Champagne**, ch. La Pancarte le
nomme « L. de la Champaigne » ; les Listes, Jean de la C.
Il fut tué à la bat. de Verneuil. (Monstrelet, l. II, c. 20).
— *D'az. à 3 mains sen. appaumées d'or.*

98. — **Raoul des Champs**, éc., en 1423 servait au
Mont avec sa comp. de 18 éc. (1031) — *D'arg. à la croix
denchée de g. cant. de 4 mouch. d'herm. de sa., au lambel de
sa. brochant en chef.*

99. — **Jean de Chanteloup** dit Jehannin, en 1451
h. d'armes de l'Ord. du Mont St-M. (1283. — V. ci-dessus,
n° 19). — *D'az. au loup pass. de sa., à l'orle de 8 tourt.
d'az.* (PN, 519).

100. — **Colin le Charpentier**, en 1421 éc. d'Ol. de
Mauny-Thiéville, lieut. du comte d'Aumale au Mont (1037).

101. — **Jean Charpentier**, en 1440 bourgeois du
Mont St-M., impliqué dans le complot contre L. d'Estouteville (1240. — V. ci-dessus, n° 45).

102. — **Robert le Charpentier**, éc., s. de Charruel,
vassal de l'abb. du Mont St-M., indiqué par GB. Il n'y a
de certain que la confisc. de ses biens et de ceux d'Olive

de Coëtivy, sa femme, en 1418 (894). — *D'arg. à 3 canettes de sa.* Dev. *Dieu m'ayde !*

103. — **Briand de Châteaubriand**, sire de Beaufort, fils de Tiphaine du Guesclin, amiral de Bretagne, commandant la flotte malouine qui, en 1425, aida à débloquer le Mont St-M. (1076, 1533). — *De g. semé fl.-de-lis d'or.* Dev. *Mon sang teint les bannières de France* (Sur ses arm. personnelles, cf. Luce, I, 28, n. 1).

104. — **Geoffroy de Châteaugiron**, sire de Malestroit et de Combourg, ch. ban., chef de l'armée bretonne qui, en 1 25, débloqua le Mont S.-M. (1533-34).

105. — **Patry, sire de Châteaugiron**. En 1421 éc. banneret servant contre l'Anglais (1034) ; tué au combat de la Gueintre en venant au secours du Mont (1135). — *D'az. au chef d'or.* Dev. *Pensés y ce que vous vouldrés.*

106. — **Colin du Chemin**, en 1421 éc. de Samson de St-Germain, servant sous Ol. de Mauny-Thiéville, lieut. du comte d'Aumale (1030). — *De g. au lion d'herm.*

107. — **Roland de Chenne**, en 1421 éc. de Samson de St-Germain, servant sous Ol. de Mauny-Thiéville (1030).

108. — **Jean le Chien**, de 1417 à 1425 vicomte d'Avranches au Mont St-M. où il paraît être mort. En 1438, « noble damoiselle Marie de la Bretonnière », sa veuve, y résidait. Il avait prêté 320 livres tⁿ aux Religieux pour la défense du Mont, et « laissé en garde foison de ses biens dans l'abbaye ». (Arch. de la Manche, H. 15370). — *De... à la fasce acc. de 3 têtes de chien.* (Sceau dud. J. le Chien en 1404. P. O., le Chien).

109. — **Thomas Chiseval**, en 1451 h. d'a. de l'Ord. du Mont St-M. (1283. — V. ci-dessus, n° 19).

110. — **Geoffroy Cholet**, moine et sous-prieur du Mont St-M., en 1421 cons. et secr. du comte d'Aumale. (1022. — Luce, I, 323). — *Bandé d'arg. et de sa. de 6 p.*

111. — **Guillaume Cholet**, en 1424 archer à cheval au Mont St-Michel (1066).

112. — **Guillaume de Classily**, éc., en 1420 lieut. du baron de Coulonces (995).

113. — Henry le Clerc, dit Baderel, v. 1435 mort au Mont St-M. (1220).

114. — Jean le Clerc, éc., lieut. du baron de Coulonces de 1420 à 1427, puis ermite (905, 1138). C'est un des 20 noms ajoutés ; encore une preuve de leur authenticité. Les Listes le nomment « de Cler, de Clère, de Clères, de Claire, de Clerc », et « le Clerc » (C.) GB l'appelle « Raoul le Clere ». On trouve bien en 1415 « Raoul le Clerc », éc. (Sc. XXVI, 56), vivant en 1422 à Falaise (Quitt. LIII, 5733) ; mais ce dernier document impliquerait plutôt qu'il s'abulleta. — De g. au chevron d'or acc. de 3 étoiles *. (A. G., Norm.-Caen, p. 231.)

115. — Colin de Clinchamp, éc., en 1421 servant au Mont avec son frère Richard (1024, 1027, 1037, 1084), ne figure ni sur la Pancarte ni sur les Listes. — D'arg. au gonfanon de g.

116. — Richard de Clinchamp, éc., servait en 1415 à la défense de Rouen (808), et de 1421 à 1436 au Mont St-M. (1024, 1027, 1084, 1220). En 1418, Henri V l'avait frappé de confisc. comme rebelle (894). (Cf. Luce, I, 139.)

117. — Raoul, sire de Coëtquen, maréchal de Bretagne, en 1425 un des chefs des volontaires bretons qui vinrent au secours du Mont St-M. (1533). — Bandé d'arg. et de g. de 6 p. Dev. Que mon supplice est doulx !

118. — Foulques le Cointe, né en 1428, venu au Mont dès son jeune âge, y servit à partir d'env. 1443 et servait encore en 1496 dans l'Ord. du Mont St-M. (1407). — De... semé d'étoiles au lion broch. (647).

119. — Jean le Cointe, très probabl[t] père de Foulques, était en 1441 l'un des notables du Mont (1239).

120. — Jean de Colleville, en 1421 éc. du comte d'Aumale (1039). — De g. à 3 molettes d'or. (BE, 554).

121. — Guillaume de Colombières, s. de Brucourt, ch., en 1418 frappé de confisc. (892) ; en 1421, ch. bach. servant au Mont (1024). La Pancarte ne portant que ceci, « De Colombières », on ne peut savoir si c'est lui qu'elle désigne ou le suivant. — De g. au chef. d'arg.

122. — **Olivier de Colombières**, baron de la Haye-du-Puis, en 1415 éc. à la défense de Rouen (847) ; en 1421, ch. ban., lieut. d'Ol. de Mauny-Thiéville (1029). V. ci-après, n° 240.

123. — **Le bâtard de Combray** est appelé dans la Pancarte « le bastard de Combres », et dans les Listes « le b. de Combres, Cambrey, Cambray ». D. le nomme « Jean, bâtard de Combres ». En 1415, J. de Combray, éc., est à la défense de Rouen (831). Je le présume fils du sgr de « Combrest », tué à Verneuil aux côtés du comte d'Aumale (Monstrelet, l. II, c. 20), et qu'on pourrait sans témérité inscrire aussi parmi les Défenseurs. — *D'az. à 3 lionceaux d'or, à la barre.*

124. — **Thomas Conart** ou Connart, en 1421 archer d'Ol. de Mauny-Thiéville, lieut. du comte d'Aumale (1037). Le scribe militaire a défiguré son nom en « Conrare ». En 1452, Thomas Conart servait sous J. de Lorraine, gouv. de Granville (1301).

125. — **Bertrand de Condé**, en 1420 éc. du baron de Coulonces (995). — *D'az. à la fl.-de-lis d'arg.*

126. — **Laurent le Conte**, en 1440 de la garn. du Mont, prit part au complot contre L. d'Estouteville. (1240. — V. ci-dessus, n° 45). Famille anoblie en 1543. — *D'arg. à 3 cœurs de g. et un écu d'az. en abîme à la bande d'or chargée de 3 merlettes de sable.*

127. — **Raoul Corbie**, en 1441 l'un des notables du Mont-St-M. (V. ci-dessus, n° 3). — *D'or à 3 corbeaux de sa. becq. et membrés de g*. (Rietstap.)

128. — **Guillaume Cornic**, en 1421 éc. de Samson de St-Germain, servant sous Ol. de Mauny-Thiéville (1030). — *D'az. au massacre de cerf d'or.*

129. — **Jean Costard**, éc., s. de Longueville, n'est indiqué que par C, sous cette forme : « C. de Longueville ». En 1404, il était lieut. du cap. de Carentan (686) ; en 1418, « rebelle » et confisqué (892). Voy. *Pr.*, 741, 875, 885, 1275. — *De... au sautoir chargé de 5 besants* (596, et *P. O.*, Costard, 4 ; sceau de 1404.)

130. — **Guillaume Cothenin**, en 1421 archer d'Ol. de Mauny-Thiéville, lieut. du comte d'Aumale (1037).

131. — **Pierre de Courcelles** dit l'Ermite, éc., fils d'autre P. de C., ch., tué à Verneuil (Monstrelet, l. II, c. 20); en 1420, éc. de Jac. de Montenay (973); servit longtemps et vaillamment au Mont (1238). — *De... à 3 croissants* (1292).

132. — **Jean de Courtentre**, en 1421 éc. de G. de Cully, ch. bach., servant sous le comte d'Aumale (1556).

133. — **Guillaume Coussy** (Cossy); de même. — *D'or à la fasce d'az. chargée de 3 roses d'arg. et acc. de 3 flammes de g.* (Rietstap.)

134. — **Robin le Cousturier**, en 1436 au Mont St-Michel (1220). — *D'arg. à 3 merlettes de sa.* (P. O., le Cousturier, 2).

135. — **Guillaume Couvé**, en 1421 éc. de Samson de St-Germain, servant sous Ol. de Mauny-Thiéville (1030). — *D'az. à 3 coqs de g.* (P. O., Couvé, 3. — *De g. au chevron d'or acc. de 3 roses de même.* (PN, 387.)

136. — **Gervais Crespin**, en 1421 éc. de G. de Cully, ch. bach. servant sous le comte d'Aumale (1556).

137. — **Pierre Crespin**, marquis de Mauny, éc., en 1421 archer de J. de Tournemine (1035); en 1439, servant au Mont, honoré de l'Ordre du Camail par le duc d'Orléans (1227); de 1451 à 1461, h. d'armes de l'Ord. du Mont St-M. (1283, 1320, 1342, 1356, et Cab. 1412, p. 137); en 1454, tém. au règlement du douaire de Marg. d'Amboise, **veuve** de J. Crespin, éc., baron du Bec-Crespin, **s. de Mauny**. (P. O., Crespin, 43). — *Fuselé d'arg. et de g.*

138. — **Foulques de Creully**, éc.; en 1418, frappé de confisc. par Henri V comme « rebelle » (894); en 1419, éc. de J. de Manneville, ch. l'un des Défenseurs du Mont (960). La Pancarte le nomme « De Crusle »; les Listes, « De Crullé, De Crusré, N. de Creulley, L. de Crulle »; seul GB, correctement. Toutefois il convient de noter que, dans la Pancarte, « De Crusle » précédait immédiatement

« *le* bastard de Combre » ; l'article *le* a pu se jointoyer au nom précédent et dénaturer ainsi le nom de « Crus », Crux. — **Creully** : *D'or à 3 lions de g.* (Baluze, LIX, 21).

139. — **Colinet de Criquebœuf**, éc., fils de Jean, qui suit, mourut en 1423 à la défense du Mont (1101).

140. — **Jean de Criquebœuf**, éc., frère puîné de Colibeaux, est cité par les Listes, dans lesquelles il suit immédiatement l'hyperbolique « Sr de Colibeaux ». Il était très probabl' au Mont lorsqu'y mourut son fils Colinet.

141. — **Nicolas de Criquebœuf**, dit Colibeaux, éc., s. du Parc (662, 681) ; en 1415, à la défense de Rouen avec son fils Simon (854, 863) ; en 1417, à la défense du Mont St-M. (*Harcourt*, I, 591) ; en 1418, frappé de confisc. par Henri V comme rebelle (1058) ; en 1423, « hors de l'obéissance » du roi d'Angl. (1058). C'est un des 20 noms suspects, et c'est encore une bonne note pour les additions ou corrections faites à la Pancarte. Mais quelle singulière fortune ! La dernière syllabe de *Criquebœuf* étant fruste, « Colibeaux de Criquebœuf » s'est scindé dans les Listes et a formé deux Défenseurs purement hyperboliques : d'abord « le Sr de Colibeaux » (C, PT, PA, MS), et ensuite, dans la Pancarte même, « DE CRIQUI », devenu chez MS « N. de Criquy » ; chez R, « R. de Cresiqui » ; chez C, « le Sr de Crigny », et enfin chez GB, « Raoulquin de Créqui ». Or, tous les Créqui étaient au service des Anglo-Bourguignons. — Les Criquebœuf étaient un vieux ramage des sires d'Estouteville. — *Burelé d'arg. et de g. à la quintef. de* [*sable*] *broch. sur le tout.* (863).

142. — **Guillaume de Crocy**, en 1424 archer à cheval servant au Mont St-M. (1066). Il est nommé dans la montre « Guillaume Crecy ». Je trouve vers 1180 à Caen « G. de Crocy » (1490) ; en 1418, « G. de Crocy », éc. d'écurie du duc d'Orléans (896). — *De... à 2 fasces* (1047).

143. — **Geoffroy de Crux**, est nommé par la Pancarte « G. de Crus », et par les Listes « G. » ou « Henri de Crux », « G. de Cues » ou « G. de Cuves ». La Maison de Cuves, d'origine champenoise, était éteinte en B.-Norm. au commence du xv⁰ s. ; en 1417, le sgr de Caves était un La Ferrière. (*P. O.*, du Parc-Barville, 22). Je traduis le G. de la Pancarte par *Geoffroy* parce qu'en 1371 on trouve Geoffroy de Crux, éc. du grand du Guesclin (1500). — *D'az. à 2 bandes d'arg. acc. de 7 coquilles de même, rangées en bande, 1-3-3.*

144. — **Robert de Crux**, écuyer en 1436 servant au Mont St-Michel (1220). V. ci-dessus, n° 138.

145. — **Guillaume de Cully**, ch., en 1418 frappé de confisc. par Henri V (892) ; en 1421, bachelier sous Ol. de Mauny-Thiéville, cap. lieut. du Mont St-M. (1937, 1556) ; en 1436, abulleté (1558-9). La Pancarte le nomme « G. de Helquilly » ; les Listes, « G. d'Escuilly, Esguilly », parce qu'on l'a pris pour un Sainte-Marie. — *D'az. au chef d'or chargé de 3 merlettes de g.* (N, 564).

146. — **Robin Danjou**, en 1420 archer du comte d'Aumale (1010). — Le Supérieur actuel des PP. Missionnaires du Mont St-M. est le R. P. Danjou. — *D'arg. à 2 chevrons brisés de g., acc. de 3 grappes de raisin au nat.*

147. — « Salon Derien · » est indiqué par F. comme ayant défendu le Mont en 1425 ; double erreur. Salmon D. n'y vint qu'entre 1468 et 1470, et il parait y avoir été fait prisonnier dans une escarmouche par la garnison du Mont (1377. — F, 237).

148. — **Jean Dionis**, en 1420 archer du baron de Coulonces (995). — *De g. à la fasce acc. en chef de 3 flacons, et en p. d'un lion pass. le tout d'or.* (*P. O.*, Dionis, 32).

149. — **Jean Drouart**, en 1421 éc. d'Ol. de Mauny-Thiéville, lieut. du comte d'Aumale (1037). C'est un des noms ajoutés à la Pancarte, et à bon droit, comme on voit. Les Listes l'appellent J. ou L. Drouart, Dravart. J. Drouart, ch., était en 1241 au siège d'Acre. (Lacabane, II, 21 v.) — *De... à 2 fasces et 3 molettes à 8 p. en chef.* (Sceau de J. Drouart, huissier d'armes du Roi, 1372, *P. O.*, Drouard, 3).

150. — **Pierre Drouet** dit Pinot, en 1451 h. d'armes de l'Ord. du Mont St-M. (1283). Voy. ci-dessus, n° 19. —

De... au lion naiss. acc. de 6 coquilles eu orle. (Sceau d'
1378, P. O., Droue, 3.)

151. — **Charles d'Esneval**, ch. bann., en 1418,
frappé de confisc. par Henri V (1526) ; en 1421, servant
sous le comte d'Aumale (1039) ; en 1424, tué à Verneuil,
ainsi que son frère. (Monstrelet, l. II, c. 20). — *Palé d'or
et d'az. au chef de g.*

152. — **Maître Jean l'Espaignol**, en 1451 h. d'a. de
l'Ord. du Mont St-M. (1283. V. ci-dessus, n° 19). — *D'az.
à 3 pals d'or.*

153. — **Guillaume aux Espaules**, éc., puis ch., en
1421 et 1424, servant au Mont St-M. (1027, 1066) ; en
1440, emprisonné par les Anglais pour lèse-majesté (1235).
La Pancarte le nomme simplement : « Aux Espaules ». —
De g. à la fl.-de-lis. d'arg. (BE, 567).

154. — **Guillaume de l'Espine**, éc., en 1415 à la
défense de Rouen (815) ; en 1419, à Gien dans la comp. de
Lancelot Gouyon (937) ; en 1424, archer à cheval au Mont
St-M. (1066). — *D'az. au trèfle d'or acc. de 3 molettes de
même.*

155. — **Drouet d'Esson**, en 1420 éc. du baron de
Coulonces (995) ; en 1424, éc. du comte d'Aumale (1063).
— *D'az. à la tour d'or acc. de 3 croissants d'arg.* (P. O.,
Desson, 6).

156. — **Guillaume d'Estouteville** ', s. de Blainville et de Torcy, ch. ; en 1404, à la défense de Cherbourg
(684) ; en 1418, frappé de confisc. par Henri V, qui le dit
en 1427 « demourant hors de nostre obeissance et tenant
le parti de noz ennemis » (1128). Il était très probable-
alors à défendre le Mont St-Michel.

157. — **Guillaume, cardinal d'Estouteville**, frère
cadet de Louis, résidait en 1441 au Mont St-M. (Luce,
Guerre de cent ans, II, 272), dont il fut en 1444 le premier
abbé commendataire, (H., I, 203). Ce fut lui qui fit l'infor-
mation pour la révision de l'inique condamnation de Jeanne
d'Arc. Mort en son palais archiépiscopal de Rouen le 24
déc. 1483.

158. — **Jean d'Estouteville**, sire de Torcy et de Briquebec, ch., fils puîné de Louis et lieut. de son père au Mont St-M. (Luce, *Guerre de cent ans*, II, 272), dont il fut capitaine après lui. Il fut maître des arbal. de France (1290). Il combattit vaillamment à Formigny.

159. — **Louis d'Estouteville**, sire d'Auzebosc, puis d'Estouteville (après la mort de son glorieux père), ch. ban. (684, 777) ; en 1419, frappé de confisc. par Henri V, « *Ludovicus de* Fouleville, *chivaler, adhuc rebellis* », ainsi que Jeanne Paynel, dame de Briquebec et de Hambie, sa femme (1123) ; en 1420, au Mont St-M. où il était du conseil du comte d'Aumale (983) ; cap. du Mont du 2 sept. 1425 au 21 août 1464, qu'il mourut, après plus de 60 années de chevalereux services. M. Siméon Luce a écrit, sur ce grand et héroïque capitaine, des pages vibrantes d'admiration. (*Guerre de cent ans*, II, 217-279.) — *Burelé d'arg. et de g., au lion de sa. armé, lamp. et cour. d'or, broch. sur le tout.*

160. — **Michel d'Estouteville**, ch., baron de Moyon s. de **Grimesnil** (1348), fils aîné de Louis, fut un des plus actifs lieut. de son valeureux père. En 1456, il disait à Charles VII : « Durant le temps que les Angloys ont occupé le pais de Normandie, j'ay tenu continuellement le parti du Roy nostre seigneur. » (1334). C'est lui que la Pancarté appelle « S. de Guymine », et les Listes, « S. de Guiméné, Guiminé, Guémené » ; son prénom et son nom ayant disparu de la Litre effritée ou fruste, il ne restait de lisible que sa qualification seigneuriale, « *s. de Grimenil* », dont on a fait l'initiale d'un prénom et un nom, assez fruste lui aussi et par suite mal lu.

161. — **Robert d'Estouteville**, ch., en 1441 bailli de Cotentin au Mont St-M. (1261).

162. — **Jean du Fay**, éc., en 1424 au Mont St-M. avec sa comp. de 17 autres éc. et 16 archers. — *D'arg. au croissant de g., à l'orle de 8 merlettes de sa.* Dev. *Faictes bien et laissez dire.*

163. — **Jacob Fedru**, en 1420 archer à cheval de J. de la Haye, baron de Coulonces (995).

164. — Simonnet Ferrand, en 1451 h. d'armes de l'Ord. du Mont St-M. (1283). V. ci-dessus, n° 19, et p. xciii. En 1465, Simon Ferrand, éc., est nommé par Louis XI recev. d'Avranches et de Mortain en considér. de ses services. (*P. O.*, Ferrand, 29). — *De... à la croix cant. de 4 roses.* (Sceau de S. Ferrand en 1454).

165. — Michel de Ferrières, en 1421 et 1424 éc. du comte d'Aumale (1039, 1063). — *De sa. à 6 fers à cheval d'arg.* aliàs *d'or à six fers à ch. d'az.*

166. — Denis de Ferriolles, en 1421 éc. de J. de Fréville, servant sous le comte d'Aumale (1032). *D'az. au chevron d'or acc. de 3 pigeons de même.* (A. G., Auvergne, p. 11).

167. — Guillaume des Feugerais, en 1416 vicomte du Perche. (Lettre de Mr L. Duval, archiv. de l'Orne.) En 1420, « le vicomte du Perche » est éc. du comte d'Aumale (1010). — *D'arg. à 3 feuilles de fougère de g.* (P. O., des Feugerais, au Perche, 40).

168. — Amé le Fèvre, éc., en 1421 servant au Mont St-M. (1025). — *De sa. au chevron d'arg. acc. de 3 croissants de même.* (1015).

169. — Jean le Fèvre, éc., en 1441 servant au Mont St-M. et ayant été fait plusieurs fois prisonnier (1351).

170. — Robin Février, en 1421 éc. de G. de Cully, ch., servant sous le comte d'Aumale (1556). — *De... à la bande échiq., à la bord. engrêlée.* (Sceau de J. Février, en 1352 lieut. du clerc des arbal. de France ; quitt. à G. Michiel, vic. de Falaise. P. O., Février, 2).

171. — Richard Fillette, en 1424, archer à cheval au Mont St-M. (1066) — *D'arg. au filet de sa.* (Rietstap.)

172. — Jean Filleul, en 1421 éc. de J. de Fréville, servant sous le comte d'Aumale (1032). *D'or au chêne arr. de sin., à la bande de g. chargée de 3 coquilles d'or et broch. sur le tout.* (P. O., Filleul, en Norm., p. 28-29).

173. Huguelin Flambard, éc., en 1424 servant au **Mont St-M. (1066). La Pancarte le nomme « S. Flambart**

ou Lambart », et les Listes de même, ou « Flambard »
(HÉ), « Jambart » (PI, 75). — *De sa. à 3 besants d'or, au chef
de même.* (Sceau de G. Flambart en 1355. La Chenaye, XI,
634).

174. — **Robin Flambard**, éc., en 1424 et 1436 servant au Mont (1066, 1219). La Pancarte le nomme « R.
Lambart ou Flambart ». Il est douteux si elle désigne Robin F. ou Richard Lombard, vic. d'Avranches au Mont
St-M.

175. — **Jean Florette**, en 1441 l'un des notables du
Mont St-M. (V. ci-dessus, n° 3.)

176. — **Jacquet de Folligny**, éc. La Pancarte porte
deux fois : « De Folligny » ; elle ne peut viser que Jacques
et Olivier de F., en 1418 frappés de confisc. par Henri V
(892). — *Parti de g. et d'arg. à 3 roses ou quintef. de l'un
en l'autre.* (Cab. 1079, fol. 332).

177. — **Olivier de Folligny**, s. de Folligny, en 1411
échanson du duc d'Orléans (JJ 166, n° 163) ; en 1418 confisqué (892) ; en 1421 (Ol. du Souligné), éc. d'Ol. de Mauny-
Thiéville (1029) ; en 1424 (le s. de Foregny), tué à Verneuil. (Monstrelet, l. II, c. 20).

178. — **Raoulet Fontaine**, dit le Barbier, après
avoir servi l'Anglais, vint en 1443 servir au Mont St-M.,
où il fut tué en 1446, dans une rixe (1255.)

179. — **Olivier de Fontaines** ' est indiqué par F
comme servant au Mont en 1425, mais le doc. qu'il cite en
preuve contredit l'assertion (1377. — V. ci-dessus, n° 147).

180. — **Guillaume de Fontenay**, éc., en 1415 à la
déf. de Rouen (843) ; en 1420, servant de même contre les
Anglais (997) ; peut être le « C. de Fontenay » de la Pancarte.

181. — **Robert de Fontenay**, ch., s. de Fontenay
(près Montebourg), en 1418 confisqué comme « rebelle »,
(892. — *Ant. norm.* XXIII, 507, 520) ; en 1424 servant sous
le comte d'Aumale et tué à Verneuil. (Monstrelet, l. II, c. 20).
— *D'herm. à la fasce de g. chargée de 3 fermaua d'or.*

182. — **Robin de Fontenay**, éc , en 1418 confisqué

(*P. O.*, Clamorgan, 18) ; en 1421 et 1424, servant au Mont (1024, 1027, 1066).

183. — Pierre le Forestier, bourgeois du Mont St-M , en 1441 contribue grandement à en parfaire les fortif⁻ (Arch. de la Manche, H. 15372. — Luce, II, 135) ; en 1452, h. d'armes de la grande Ord. de Norm. (1300) — *De... au lion, à la bordure...* * (531).

184. — Jean de la Fosse, éc., en 1424 servant au Mont (1066). — *De... au chef chargé de 3 bes. ou tourteaux.* (868).

185. — Aimé Foucher, en 1421 éc. de G. de Cully, ch., servant sous le comte d'Aumale (1556). — *De... à la bande acc. en chef d'un croissant.* (Scel de P. Foucher en 1410. P. O., Fouchier, 2).

186. — Louis Fouillet, en 1421 éc. du comte d'Aumale, dans la montre duquel il est appelé « Loys Pouillet » (1039). — *De... au rosier fleuri de 3 roses, à la cotice broch. sur le tout.* (Sceau de Fralin Fouillet, en 1494 avocat du Roi à Falaise. *P. O.*, Fouillet, 3. — Cf. ci-dessus, p. XXVIII¹.

187. — Robin de Fouqueville, en 1421 éc. d'Ol. de Mauny-Thiéville (1037). — *D'az. au chevron d'or acc. de 3 faucons d'arg.*

188. — Richard du Four, en 1421 éc. d'Ol. de Mauny-Thiéville (1037). — *D'or à la fasce d'az. ch. d'une fl.-de-lis d'arg.*

189. — Guillaume Fournel, éc., en 1421 éc. du comte d'Aumale (1039) ; en 1441, proc. du Roi au Mont St-M. (1239).

190. — Jacquet du Fresne, en 1421 éc. de G. de Cully, ch., servant sous le comte d'Aumale (1556). — *De sin. au chef denché d'or, ch. de 3 tourteaux de g.*

191. - Guillaume de Fréville, en 1421 éc. d'Ol. de Mauny-Thiéville (1037) ; mort avant 1428 au service de Charles VII (JJ 174, n° 77), probablement à Verneuil. — *D'arg. à 3 fers de dard de g.*

192. — Jean de Fréville, éc., en 1421 servant sous Jacq. de Montenay, un des bannerets du comte d'Aumale (1032).

193. — **Nicolas de Fribois**, en 1420 et 1421 secrétaire du comte d'Aumale au Mont St-M. (980, 983, 1007 où il est nommé par erreur « J. de Fribois », 1021). — *D'az. à 3 fasces d'arg. acc. de 6 roses d'or, 3 2-1.* (P..O , Fribois).

194. — **Gervais de Fumechon**, en 1421 éc. de G. de Cully, ch., servant sous le comte d'Aumale (1556). — *De... à 2 fasces acc. de 8 coquilles en orle.* (Sc. de J. de F., en 1380 cap. du Pont-d'Ouve. (P. O., Fumechon, 3).

195. — **Pierre Gallardon**, en 1420, archer à cheval du comte d'Aumale (1010). — *De... au chef de...* (P. O., Gaillardon, 2).

196. — **Jean Gastinel**, ch., cap. de gens d'armes, en 1423 servant au Mont. (1051). — *D'az. à 3 colonnes d'or.*

197. — **Jean le Gaudois**, en 1441 l'un des notables du Mont. (Cf. ci-dessus, n° 3).

198. — **Jamet le Gay**, en 1426 bourgeois du Mont St-Michel (1118).

199. — **Guillaume le Gendre**, en 1421 éc. de G. de Cully, ch., servant sous le comte d'Aumale, dans la montre duquel il est appelé « G. le Sendre » (1556). — *D'az. au chevron acc. en chef de 2 molettes et en p. d'un rencontre de cerf, le tout d'or.*

200. — **Martin le Gendre**, en 1420 éc. de J. de la Haye, baron de Coulonces (995).

201. — **Jean Gillain**, tabellion du Roi en la vic. d'Avranches, au Mont St-M. le 13 mai 1450. (Luce, II, 231). « J. Gillain, habitant la ville de ce Mont, donna l'Aigle qu'on voit dans le chœur, et sur icelle sont ces mots gravez: *En l'an 1483 fut donné à Monsieur sainct Michiel, pour le service et usage de cette son église, cestuy Aigle par Jehan Gillain l'aisné, lors procureur de cette abbeie. Dieu luy face pardon. Amen.* » (H., II, 34).

202. — **Dom Jean Gonault**, moine du Mont St-M., de 1420 à 1444 vicaire gén. de l'abbaye (1220), admirable de courage et de patriotique générosité ; élu abbé à la mort de Robert Jolivet, se désista en faveur du cardinal d'Estouteville.

203. — Guillaume Goubert, en 1421 archer d'Ol. de Mauny-Thiéville, dans la montre duquel il est appelé « G. Gonbert » (1037). En 1426, à Jargeau, « Guillaume Goubert est archer d'Ant. Hermentier, éc., au service de Charles VII (Cab. 1410, p. 104). — *De g. au grêlier d'or lié de g., acc. en pointe d'une molette d'or.*

204. Jean Gouhier, en 1412 éc. du sire de Gauville (730) ; en 1420, d'Eudes de Bonnebaut (1002) ; en 1421 et 1424, servant au Mont St-M. (1024, 1066). La Pancarte le nomme « L. Gouhier », et les Listes « de Gontier, J. Gon-hier, T. ou P. du Gontier, T. du Gouhier ». GB donne son nom correctement. — *De g. à 3 roses d'arg.*

205. — Jean de Grainville, ch., est indiqué par GB. C'est un des noms ajoutés à la Pancarte. MS et d'autres listes le nomment « le sgr de Grainville ». J. de Grainville était éc. en 1415 de J. de Béthencourt, ch. ban. (779). En 1422, « J. de Granville ch. », prit sur les Anglais le fort de Meulan (1043). — *D'az. à 2 fasces d'arg. acc. de 6 croisettes d'or, 3-2-1.*

206. — Laurent le Grand, en 1404 avocat à Avran-ches (*P. O.*, de la Champagne, 15) ; en 1418 sénéchal de l'abb. du Mont St-M. (913). — *De sa. à 3 chats-huants d'or.*

207. — Jean Malet, sire de **Graville**, ch. ban., maître des arbal. de France, fut nommé par Charles VII, le 3 déc. 1425, cap. du Mont St-M. en rempl. du bâtard d'Orléans (1110). MG le mentionne parmi les Défenseurs. En 1440, il servait en basse-Norm. (1231). — *De g. à 3 fermaux d'or.* Dev. *Ma force d'en haut.*

208. — Noël Grimoult, en 1420 éc. du baron de Coulonces (995). — *De sa. fretté d'arg., semé dans les claires-voies de grelots d'or.*

209. — Louis de Grimouville, éc., s. de Carantilly, un des noms ajoutés ; autre preuve en leur faveur. « Loys de Carantilly » est en 1421 éc. d'Ol. de Mauny, s. de Thié-ville (1029) ; en 1424. éc. de J. du Saussay au Mont St-M. (1066). Toutes les listes le nomment « L. de Cantilly ». — *De g. à 3 étoiles d'or.* Devise : *Timor Dei nobilitas.*

210. — **Henri du Grippel.** * Un des noms ajoutés à la Pancarte, donné par toutes les Listes, et sur lequel je n'ai rien découvert. — *D'az. à 3 fasces d'or.*

211. — **Pierre du Grippel.** * De même pour ce nom. Ce n'est qu'en 1519 qu'on trouve « Pierre du Grippet », h. d'armes du duc d'Alençon. (Clair. 244, p. 819).

212. — **Guillaume le Gris,** en 1412 éc. de P. de Bures, ch. (735) ; en 1418, confisqué comme rebelle (1178). C'est très certainement lui que la Pancarte nomme « H. le Grys », dont on ne trouve pas trace. — *D'az. à la fasce d'or.*

213. — **Pierre le Gris,** en 1415 éc. de J. de Dreux (753) ; en 1419, confisqué comme rebelle (*Ant. norm.* XXIII, no 477); en 1420, éc. du comte d'Aumale (1010). La Pancarte le nomme « P. le Grys ».

214 — **Jean Guédon,** éc., en 1415 à la défense de Rouen (1520) ; en 1420, archer du comte d'Aumale (1010). *D'or à la bande d'az. chargée de 3 étoiles d'arg.*

215. — **Henri de Guéhébert,** éc., en 1415 à la dé-fense de Rouen (844) ; en 1421, éc. d'Ol. de Mauny-Thié-ville, lieut. du comte d'Aumale (1029). — *De... à la bande ch. de 3 besants et acc. de 3 autres. bes.,* 1-2 (*P. O.,* Guihé-bert, 6).

216. — **Jean de Guéhébert,** éc., en 1415 à la défense de Rouen (837) ; en 1421, éc. d'Ol. de Mauny-Thiéville (1029). Un acte du 25 av. 1431 semble impliquer qu'il s'était fait abulleter. (*P. O.,* Guihébert, 6).

217. — **Jean Guérin,** éc., présumé l'un des fils de J. Guérin qui, en 1419, furent frappés de confisc. comme rebelles (950) ; en 1419, chef d'une comp. au service du Dauphin (960). Mes notes portent qu'il fut tué à Verneuil, mais j'ai omis la source. La Pancarte le nomme « L. Guérin » ; les Listes, Thomas, Jean ou S. Thomas Guérin. — *D'az. à 3 molettes d'or, au chef d'or ch. d'un lion naiss. de g.* Dev. *In trino omnia et uno.*

218. — Dom **Nicolas Guernon,** moine du Mont St-M., en 1413 et 1420 prieur claustral de l'abb., contribua vaillam-ment à la défense. (H`, II, 44, 47, — D., II, 79. — F. 215.)

— *D'az. à un leurre d'or acc. en chef de 2 molettes de même.*

219. — **Geoffroy Guillemin**, en 1424 archer à cheval au Mont St-M. (1066). — *De g. à 3 têtes de chien d'or*. (P. O., Guillemin, 63).

220. — **Jean Guiton**, éc., en 1418 frappé de confisc. par Henri V comme rebelle (694, 894) ; un des plus intrépides défenseurs du Mont (1223, 1260, 1262). La Pancarte, selon sa coutume de lire L presque partout où la Liste portait I (Iehan), le nomme « L. Guyton ». — *D'az. à 3 rocs d'échiq. d'arg.* Dev. *Dieæ aie !*

221. — **Jean Hallebout**, en 1420 éc. du baron de Coulonces (995). — *D'az. à 3 coquilles d'or*. Sceau de Jean H. éc., en 1370 : *fasce acc. de 6 coq., 3-2-1.* (P. O., 3).

222. — **N... Halley**, « De Hally » dans la Pancarte. Dans son écu, à demi fruste, on ne distinguait en 1662, sur la Litre, qu'un *pal d'or en champ de sable* (Monum. des abb., 222), le champ d'argent s'étant oxydé ; car B. vit ainsi cet écusson : *d'arg. à 4 fasces de g., au pal d'or broch. sur le tout.*

223. — **Colin Hamon**, en 1420 éc. de P. Hérisson (989). La Pancarte le nomme « C. Hamon » ; les Listes, Charles. — *D'az. à 3 annelets d'or*. Dev. *Ha, mon amy !*

224. — **Guillaume Hamon**, éc., en 1418 à la défense de Cherbourg (914) ; confisqué par Henri V comme rebelle (892, 1072) ; en 1421, éc. d'Ol. de Mauny-Thiéville, lieut. du comte d'Aumale (1029). GB le mentionne.

225. — **Jean Hamon** *, éc., en 1415 à la déf. de Rouen (822) ; en 1419, éc. de Lancelot Gouyon (937) ; est dans la liste de Gab. du Moulin.

226. — **Morelet Hamon**, éc., s. de Campigny, peut être inscrit sans témérité parmi les Défenseurs, ayant été, disent des lettres de Charles VII, du 8 juil. 1450, « tout son temps à nostre service en l'exercice de la guerre, et, à ceste cause, ses terres lui ont esté détenues par les Anglois, et destruictes par iceux » (1272).

227. — **Guérin de Hanville**, en 1420 éc. du baron de Coulonces (995). — *D'or à la croix ancrée de g.*

228. — **Jean d'Harcourt, comte d'Aumale,** éc.,
puis ch. banneret, capitaine du Mont St-Michel en 1420, tué
en 1424 à Verneuil. — *De g. à 2 fasces d'or.* Dev. *Pour ma
deffence.* — *Gesta verbis prævenient.* — Dev. personnelle :
Nemo adjutor mihi nisi Michael.

229. — **Jean Harel,** en 1420 éc. de P. de Fontenay
(997). C'est ainsi, croyons-nous, qu'il faut identifier
« L. Hartel » de la Pancarte, nommé dans les Listes « J., L.
ou Th. Hartel ou le Hartel » et « De Hartel dit de Martel »
(PA).

229bis. — **Bertrand Haussé,** en 1424 éc. du comte
d'Aumale (1061). — *D'arg. à 3 coquilles de sa.*

230. — **Guillaume Hay,** en 1415 éc. d'Ol. de Mauny
(754), en 1426 éc. du s. du Gavre (1114) ; le « C. Hé » de la
Pancarte, que les Listes nomment de même ou « G. Hay,
le sire de la Hache, la Hire » ; *é* mis pour *ai* ou *ay*, se rencontre très souvent : 1302, « Je *hé* seellé ceste lectre... »
(*Sc.*, t. 28, p. 2061). R. du Fay, en 1410 « R. de Fé ».
(*P. O.*, Béthune, 64). L. d'Ay, en 1456 « L. d'É ». (Cab.
1412, p. 61). St-Germain sur Ay, en 1413 « St-G. sur É ».
(Aveu au Roi par G. de Colombières). Toutefois « C. Hé »
pouvait être sur la Litre les prem. lettres de « G. Hérault »,
un des Défenseurs, G s'y confondant parfois avec C.

231. — **Jacquelin Hay,** en 1451 h. d'armes de l'Ord.
du Mont St-M. (1283). V. ci-dessus, n° 19. — *De sa. au lion
morné d'arg.*

232. — **Colin de la Haye,** fils et éc. de Jean, s. d'Eroudeville en 1415 (761), et père de Gauvain, est cité par MS et
La Chenaye (VII, 730).

233. — **Gauvain de la Haye,** en 1421 éc. d'Ol. de
Mauny-Thiéville (1029) ; en 1440, 1451, 1454, 1458, h. d'a.
au Mont St-M. (1283, 1320, 1356. — Luce, *Guerre de cent
ans*, II, 267). Il est dit en 1450 qu'il « avoit continuellement
tenu le parti du Roy » (1275).

234. — **Germain de la Haye,** en 1421 éc., d'Ol. de
Mauny-Thiéville, lieut. du comte d'Aumale au Mont (1037).
— *D'or au sautoir d'az.*

235. — **Guerry de la Haye** dit Guerriot, éc., en 1441 servant au Mont. (Luce, *Guerre de cent ans*, II, 271).

236. — **Jean de la Haye**, s. du Bouillon, ch., frère puîné de Ph. de la Haye-Hüe, et l'un des plus braves défenseurs ; en 1420, confisqué comme « rebelle » (Luce, I, 111); de 1421 à 1424, ch. bach. servant au Mont (1024, 1028, 1029, 1037, 1066).

237. — **Jean de la Haye, baron de Coulonces**, de 1417 à 1427 un des plus preux Défenseurs ; en 1418, confisqué comme rebelle (890) ; en août 1420, avec Ambr. de Loré, bat les Anglais près de Bernay (Luce, I, 118) ; en 1423 les bat à la Gravelle, puis à Ardevon (*Ib.*, 26); le 17 avril 1427, tué au combat de la Gueintre en venant au secours du Mont (1135). — *Écart., aux 1-4, de g. semé de losanges d'arg. ; aux 2-3, d'arg. à 3 écuss. de g. (Cf. 605, 858.)*

238. — **Jean de la Haye, s. d'Eroudeville**, ch., en 1421 bach. sous Ol. de Mauny-Thiéville (1037); en 1424, à la défense du Mont (1066). La Pancarte le nomme « De la Haye de Harru » ; les Listes, de même ou « de la Haye de Arcu, de Harra, d'Aronde, de Sainte-Aronde ». — *D'or au sautoir d'az. ch. de 5 annelets d'arg.* (Cab. 1079, f. 80); aliàs 5 *aigles d'arg.* (N. 246. — Cf. *Pr.*, 761).

239. — **Philippe de la Haye, s. de la Haye-Hüe**, ch., en 1415 à la déf. de Rouen (851) ; confisqué comme « rebelle » (1191) ; en 1436 et 1441, servant au Mont St-M. (1220. — Luce, *Guerre de cent ans*, II, (271). — *D'arg. à 3 écussons de g.* (N, 249).

240. — **Henri de Colombières, s. de la Haye du Puis**, ch. ban. ; en 1418, confisqué par Henri V comme rebelle (892); en 1421, servant sous Ol. de Mauny-Thiéville (1037). — *De g. au chef d'arg.*

241. — **Fouquet Hérault**, en 1415 éc. d'Ol. de Mauny-Torigny (754), puis de Foulques de la Champagne à la défense de Rouen (821). La Pancarte le nomme « F. Herault » ; les Listes, François, E., Jean. — *D'arg. à 3 canettes de sa., becq. et membr. d'or.*

242. — **Guillaume Hérault**, en 1440 au Mont St-M. ;

prit part au complot en faveur du comte de Dunois. (V. ci-
dessus, n° 45, et *Pr.*, 1358, 1375).

243. — **Michel Hérault**, éc , s. de Plomb ; en 1421
servant au Mont (1024). La Pancarte le nomme « M. de
Plomb ».

244. — **Pierre Hérault**. Même mention que pour
G. Hérault. De 1456 à 1460, il est h. d'armes du comte de
Dunois (1333, 1344, 1354, 1362).

245. — **Jean Hervé**, en 1421 éc. de G. de Cully, ch.,
servant sous le comte d'Aumale (1556); peut-être le même
que le suivant.

246. — **Jean Hervieu**, éc., en 1415 à la déf. de Rouen
(837) ; en 1421, « J. Herveu », éc. de Samson de St-Germain, servant sous le comte d'Aumale (1030). — *D'az. au
chef de g. au lion pass. d'arg.* (*P. O.*, Hervieu, en Cotentin, 9).

247. — **Jean du Hétray**, en 1420 éc. de L. d'Estouteville, s. d'Auzebose (904) ; de 1451 à 1458, h. d'armes au
Mont St-M. où il servait depuis 25 ans (1283, 1320, 1342,
1356. Cf. ci-dessus, n° 19).

248. — **Nicolas du Hétray** dit Colin, éc., frappé de
confisc. par Henri V ; en 1420, éc. du duc d'Alençon (1063,
1009) ; de 1421 à 1424, éc. du comte d'Aumale (1039, 1063.
Son sceau : *Burelé... à 2 bars adossés* (1009).

249. — **Jean du Homme**, ch , en 1415 à la déf. de
Rouen (844) ; en 1418, confisqué comme rebelle (892); en
1421, bachelier servant au Mont St-M. (1024), où il paraît
être mort (1302). — *D'az. au léopard d'arg. acc. de 6 besants
d'or.*

250. — **Jean du Homme**, éc , frappé de confisc. en
même temps que Jean son père, le suivit au service du Roi
et y mourut comme lui avant la victoire de Formigny
(1302).

251. — **Robert du Homme**. La Pancarte porte deux
fois « R. du Homme », dont les Listes ont fait Robert, Bernard
(GB) et Nobert (C.); mais, de 1415 à 1427, je n'ai trouvé de
ce nom qu'un bourgeois de Rouen (1516). En 1365, Robert

du Homme, éc., commande une comp. d'archers (1496) ; il se peut qu'il ait eu au Mont un fils ou petit-fils.

252. — **Renaud du Hommet**, ch., en 1415 au service du Roi en basse-Norm. (763, 796, 835) ; en 1416, cap. de Montivilliers (879) ; en 1419, confisqué par Henri V comme rebelle (*Ant. norm.* XXIII, 462), me paraît identifiable avec un des 2 « R. du Homme » de la Pancarte, que Dom Le Roy nomme « R. du Hommé », et PA « Du Hommet ». (Sceau dud. Renaud, 835).

253. — **Colin Hoüel**, éc., en 1421 servant au Mont St-M. (1025). — *Palé d'or et d'az. de 6 p.*

254. — **Jean Hoüel**, éc., un des plus vaillants Défenseurs ; fit montre de sa comp. le 1ᵉʳ mai 1421 au Mont St-M. (1025) ; fait prisonnier par les Anglais (1291) ; le 20 avril 1450, cinq jours après la vict. de Formigny, commandait l'artillerie du Roi au siège de Vire (Luce, II, 229).

255. — **Marguerin Hoüel**, éc., en 1421 servant au Mont St-Michel (1045).

256. — **Robert Hoüel**, en 1415 éc. de Th. de Breuilly à la défense de Rouen (820). La Pancarte le nomme ainsi : « R. Houel ». En 1425, Henri V donne rémission à « Robin Houel, detenu pour souspeçon d'avoir favorisé les brigans et noz ennemis ». (JJ. 173, nº 318).

257. — **Jean Huguet**, éc., en 1418 servant en l'ost de Bourges (909) ; en 1421, éc. d'Ol. de Mauny-Thiéville, lieut. du comte d'Aumale au Mont St-M. (1037). — *De sa. à 3 croissants d'arg.*

258. — **Fralin de Husson**, en 1421 éc. d'Ol. de Mauny-Thiéville, lieut. du comte d'Aumale au Mont St-M. (1029.)

259. — **Guillaume de Husson**, en 1415 éc. servant à a défense de Rouen (841) ; en 1420, confisqué par Henri V comme rebelle (JJ 174, nº 109) ; en 1421, ch. bach. sous Ol. de Mauny-Thiéville (1029, 1037). — *D'az. à 7 annelets d'arg.* 3-3-1.

260. — **Robert de Huval** dit Robinet, de 1451 à 1458 h. d'armes de l'Ord. du Mont St-M. (1283, 1320, 1322, 1342,

1356. Cf. ci-dessus, n° 19) ; en 1472, cap. des fr.-archers du baill. de Caux (1384). — *D'herm. à 2 fasces acc. de 3 quintef. en chef* (232, 241) : alias *de... à 2 fasces acc. de 3 roses en chef et de 8 coquilles*, 5 2 1. (1493).

261. — **Simon d'Illiers**, en 1421 éc. de P. le Beauvoisien, servant sous le comte d'Aumale (1031). — *D'or à 6 annelets de g.*, 3-2-1.

262. — **Jean d'Ilou**, en 1421 éc. de J. de Fréville, servant sous le comte d'Aumale (1032).

263. — **Adam Ivette**, en 1421 et 1424 éc. du comte d'Aumale (1039, 1063). — *D'az. au chevron d'arg. acc. de 3 quintef. de même.*

264. — **Robert Ivette**, en 1421 éc. du comte d'Aumale (1039).

265. — **Jean James** était en 1441 de l'ass. des notables du Mont St-M. qui approuva la levée d'une aide pour parfaire les fortifications. (Luce, II, 136). — *D'az. au chef d'or chargé d'une rose de g* (Rietstap.)

266. — **Janvier dit Quinze jours** était en 1441 de l'ass. des notables du Mont St-M. qui approuva la levée d'une aide pour parfaire les fortifications. (Luce, II, 136).

267. — **Denis Jodet**, en 1421 éc. de G. de Cully, ch., servant sous le comte d'Aumale (1556).

268. — **Pierre Josseron**, en 1420 archer à cheval du comte d'Aumale (1010).

269. — **Jacques Jouin** *, éc., est indiqué par F. comme servant au Mont en 1425, mais le doc. qu'il cite en preuve contredit l'assertion. (V. ci-dessus, n° 147).

270. — **Jean Lamirault**, en 1415 écuyer de H. de Guéhébert, puis de B. Paynel ; 1421, éc. d'Ol. de Mauny, s. de Thiéville, lieut. du comte d'Aumale au Mont St-M. (767, 841, 1037.) — *D'or à la rose de g. au chef de même.* (Rietstap.)

271. — **Guillaume de Lancé**, en 1421 archer à cheval d'Ol. de Mauny-Thiéville (1037). — *De g. au sautoir d'herm., cant. de 4 têtes de loup d'arg.*

272. — **Jaquet Langevin**, de 1451 à 1454 h. d'armes de l'Ord. du Mont St-M. (1283, 1320. — Voy. ci-dessus, n° 19).

273. — **Richard Langevin** dit Cardin, en 1448 homme de guerre au Mont St M., tué dans une rixe à Antrain (1279), — *De... à la croix cant. de 4 quintef.* (Sceau de 1356. *P. O.*, Langevin, 4).

274. — **Denis de Launay,** en 1421 archer à cheval d'Ol. de Mauny-Thiéville (1037).

275. — **Thomas de Launay**. Même mention. (1037). — *D'herm. à 3 buires de g.*

276. — **Jean le Cointe** était en 1441 de l'ass. des notables du Mont St-M. qui approuva la levée d'une aide pour parfaire les fortifications. (Luce, II, 136).

277. — **Jean l'Hoste,** en 1422 h. de guerre au Mont St-M., pris sur la grève par les Anglais, se fait abulleter, puis se jette dans les bois et *brigande*, et enfin en 1425 sollicite son pardon de Henri VI (1030). Cet éclectique ne dut pas en rester là.

278. — **Guillaume des Loges**, éc., en 1418 à la défense de St-Lô (922) ; en 1424 fait montre de sa comp. au Mont St-M. (1064.)

279. — **Jean des Loges**, éc. Mêmes mentions (922, 1064). — *D'arg. au lion de sa.* (*P. O.*, des Loges, en Cotentin, 46).

280. — **Richard Lombart,** de 1426 à 1441 vicomte d'Avranches au Mont St M. (1118, 1220. — Luce, *Guerre de cent ans*, II, 236.) — *De sa. à 3 mains sen. d'arg.*

281. — **Roger le Long,** en 1421 éc. de J. de Fréville, servant sous le comte d'Aumale (1032.) *De... à la croix cant. de 4 croissants.* (Sceau de 1386. *P. O.*, le Long, en Norm., 5.)

282. — **Guillaume de Longaulnay,** en 1421 éc. de Samson de St-Germain, servant sous le comte d'Aumale (1030.) — *D'az. au sautoir d'arg.*

283. — **Alain de Longues,** éc., s. de Longues après P. son frère aîné ; un des « vaillans » (1322) Défenseurs du **Mont,** où il servit de 1419 à 1454, ayant été fait plusieurs fois pris par les Anglais (1283, 1320, 1322-23, 1350.) La Pancarte le nomme correctement « A. de Longues » ; les Listes, A. de Loges, des Longues, des Lougnes. Il descendait sans doute de Hugues Wac, s. de Longues, qui fonda l'abb. de Longues en 1168 (*Gall. chr.* XI, instr., p. 83) ; les monastères ayant d'ordinaire les armoiries de leur fondateur, on peut attribuer à ce lignage celles de l'abb. de Longues : *D'arg. à 3 trèfles de g. en chef, et 3 tourteaux de même en p., rangés en fasce.*

284. — **Jean de Longues**, frère cadet d'Alain, servit vaillamment au Mont de 1419 à 1454, qu'il périt noyé dans les grèves (1322.)La Pancarte, comme souvent, changeant I en L, le nomme « L. de Longues, » dont GB a fait « Laurent de L. ».

285. — **Pierre de Longues**, valeureux chevalier, s. de Longues, servit avec ses frères au Mont. Devant Cherbourg en 1454, il combattit en lice un Anglais (1322). MS, GO, et d'autres listes le citent parmi les Défenseurs.

286. — **Ambroise de Loré**, ch., maréchal du duc d'Alençon et l'un des plus vaillants cap. de Charles VII ; en 1392, éc. de G. de Neuvillette (Sc., t. 81, Nº 82) ; dès 1417, ne cessa de harceler les envahisseurs ; en nov. 1422, avec G. de la Luzerne, ravitailla le Mont St-M. (Luce, I, 115 ;) le 26 sept. 1423, contribua au succès du combat de la Gravelle ; en 1429, ravitailla Orléans (1145. — Cf. Luce, I, 118 ; II, 30, et *Guerre de cent ans*, I, 327.) — *D'herm. à 3 quintef. de...* (Son sceau, *P. O.*, Loré, 2.)

287. — **Pierre Lorret** (Loret ?), en 1424 archer à cheval servant au Mont St M. (1066) — *D'arg. au sanglier rampant de sable*.*

288. — **Gilles Louaison** (Loison ?), en 1420 archer à cheval du baron de Coulonces (995.)

289. — **Pierre Le Louer**, dit Perrin, en 1420 archer du baron de Coulonces. La montre porte « Perrin Lalouer » (995.) — *Gironné d'arg. et de g. de 12 p.**

290. — **Huet Louvel**, en 1421 éc. d'Ol. de MaunyThiéville, lieut. du comte d'Aumale (1029.)

291. — **Henri Louvet** (Louvel), en 1421 éc. du comte d'Aumale (1039). — *De g. au griffon ramp. d'or.* (Vers 1380, arm. de Henri Louvel, ch. *Mss. de Baluze*, LIX, 16.)

292. — **Guillaume de la Luzerne**, ch., s. de la Luzerne ; en 1415, à la déf. de Rouen (855) ; en 1419, à la déf. d'Honfleur (932) ; de 1421 à 1424, servant au Mont St-M. (1027-28, 1065), qu'avec Ambr. de Loré il ravitailla en nov. 1422 ; mort en 1458 au Mont. (*P. O.*, la Luz., 49.) La seign. de la Luz., confisquée par Henri V, fut donnée à J. Fastolf (A. N. PP 21, f. 416 v.) — *D'az. à la croix ancrée d'or chargée de 5 coquilles de g.*

293. — **Richard Mahault**, en 1421 éc. d'Ol. de Mauny-Thiéville, dans la montre duquel il est nommé « Richart *Maheuc* », forme archaïque de *Mahault*, de même que *Maheust, Maheult, Mahoult*. (Lettres de relief de dérog., mars 1574, pour « J. Mahoult, sorty de maison noble d'ancienneté, estant de la souche des Mahoultz résidens en notre baill. de Coustantin.... lesquelz sortirent tous de leur maison pour ne voulloir demourer à la subjection des Anglois. » (*P. O.*, Mahault, 5.) — *D'or à la souche de sa., au chef d'az. ch. de 3 croissants d'arg.* — Mahault ancien : *De... à 3 besants, à la cotice broch. et à la bord. engr.* (Sc. de Ric. *Mahiaus*, ch., en 1302. Sc., t. 68, p. 5287.)

294. — **Raoul Mahé** (feu), dit le Mercier, bourgeois du Mont St-M., où ses hoirs résidaient en 1436 (1220.) — *Gironné d'arg et de g.* •

295. — **Colin le Maignen**, en 1420 éc. du baron de Coulonces (995). — *De... à 3 chaudières.* (Sc. de 1380. *P. O.*, le Maignen, 2.)

296. — **Guillaume le Maigrenet**, en 1421 archer à ch. d'Ol. de Mauny-Thiéville (1037), lieut. du comte d'Aumale.

297. — **Jean de Manneville**, ch., s. de Manneville, en 1418 confisqué par Henri V comme rebelle (894) ; en 1420, bach. servant sous le comte d'Aumale (1010) ; en 1426, « n'ayant de quoy vivre », et atteint de démence sénile, il reçut le pardon puis les bienfaits de l'Anglais (1121,

1130, 1133). La Pancarte le nomme « C. de Manneville », dont GB a fait « Christophe de M. ». — *De g. à l'aigle épl. d'arg., bec. et membr. d'or.* (N, et sc. de 1365. *P. O.*, Mann., 3, 5.)

298. **Louis de Manneville**, en 1424 éc. du comte d'Aumale (1003.)

299. — **Jean Mansel**, en 1421 archer à ch. d'Ol. de Mauny-Thiéville (1037.) — *De sa. à la fasce d'arg. acc. de 6 coquilles d'or.*

300 — **Robin Mansel**, en 1421 éc. d'Ol de Mauny-Thiéville, lieut. du comte d'Aumale (1037.)

301. — **Guillaume des Marais**, éc., en 1421 servant au Mont (1024, 1027.)

302. — **Thomas des Marais**, en 1424 archer à ch. au Mont St-M. (1066.)

303. — **Foulques de Marcilly** (Pancarte : « F. de Marcillé ») , éc., en 1418 frappé de confisc. par Henri V (*Ant. norm.*, XXIII, A. Charma, *Dons faits par Henri V*, p. 5.) — *D'az. à 3 merlettes d'or.* (Sc. de Foulq. de M. en 1285 : *De [arg.] au chevron de [g.]* P. O., Marcilly, 6.)

304. — **Guillaume de Marcilly**, en 1420 éc. de Foulques de Creully, l'un des Défenseurs (992.)

305. — **Guillaume de la Mare**, éc., en 1415 à la défense de Rouen (854) ; en 1421, éc. d'Ol. Salmon, servant sous J. de Tournemine (1035). La Pancarte porte deux fois : « De la Mare » ; les Listes, « B., C., G., J., L., N., R. de la M. » ; GB, « Louis et Richard de la M. » Richard de la Mare servait en 1430 dans les rangs anglais sous N. Burdett (M., VI, 547).

306. — **Jean de la Mare**, éc., en 1415 à la défense de Rouen dans la comp. de Colibeaux de Criquebeuf, l'un des Défenseurs du Mont (854). — *D'az. à la fasce d'arg. acc. de 3 molettes d'or.*

307. — **Guillaume Marest**, en 1420 archer à cheval du baron de Coulonces (995). — *D'az. au chevron d'or acc. de 3 molettes d'arg.*

308. — **Thomas Marie** ou **Marye**, en 1420 archer à

ch. du comte d'Aumale (1010). — *D'arg. a 3 trèfles de g.*

309. — **Vincent Marquier** était en 1441 de l'ass. des notables du Mont St-M. qui approuva la levée d'une aide pour par faire les fortifications. (Luce, II, 136). Marquer, en Bretagne, porte : *d'az. a la fasce d'or acc. de 3 coquilles de même* *.

310. — **Guillaume Martel, sire de Bacqueville,** ch. banneret, (fils ainé de G. Martel, sire de B., porte oriflamme de France, tué à Azincourt), de 1421 à 1424 l'un des lieut. du comte d'Aumale (1039, 1063), périt très probablement avec lui à Verneuil. En 1418, Henri V confisque sa terre de Bacqueville (891). Il a été inconnu de tous les généalogistes ; c'est un degré à rétablir dans la filiation de ce glorieux lignage. — Voy. ci-dessus p. LXXII. — *D'or a 3 martels de gueules.* (N., 171).

311. — **Louis Martel,** ch., en 1421 l'un des bannerets du comte d'Aumale (1039).

312. — **Jean de la Masure,** en 1421 éc. de Samson de St-Germain, servant sous le comte d'Aumale (1030). — *De g. à la tour d'arg. surm. d'un lion de même.*

313. — **Guillaume de Mathan***, éc., en 1419 rebelle (Luce, I, 245) ; mort avant le 11 janv. 1421, probablt au Mont St-M. (*Ibid*).

314. — **Jean de Mathan,** éc., en 1415 à la défense de Rouen (821) ; en 1419 frappé de confisc. comme rebelle (*Ant. Norm.*, XXIII, n₀ 579) ; mort avant mai 1426, soit à Verneuil, soit au Mont, où le rejoignit son jeune fils bâtard (1116). — *De g. a 2 jumelles d'or, au lion léop. de même passant en chef.* Dev. *Au féal rien ne fault.* — *Nil deest timentibus Deum.*

315. — **Jean, bâtard de Mathan,** fils du précédent, servit bravement au Mont St-M. jusqu'en août 1425 qu'il fut pris par les Anglais, rançonné et contraint de s'abulleter (1116).

316. — **Charles de Mauny,** sire de Lingévres et de la Haye-Paynel, ch. banneret, en 1416 bailli de Caen, en 1421 l'un des lieut. du comte d'Aumale (1039). — *D'arg. au croissant de g.*

317. — **Guillaume de Mauny,** en 1421 éc. d'Ol. de M., sire de Thiéville, lieut. du comte d'Aumale (1037).

Le marquis de Mauny. Voy. **Crespin.**

318. — **Olivier de Mauny, sire de Thiéville,** ch. banneret, chambellan du Roi, de 1420 à 1424 lieut. au Mont St-M. du comte d'Aumale, son cousin (993, 1021, 1024, 1025, 029, 1037, 1065); tué en 1424 à Verneuil. (Monstrelet, l. II, c. 20) — *De Mauny, au lambel à 3 p.* (993).

319. — **Olivier de Mauny, sire de Torigny,** ch. banneret, en 1415 à la défense de Rouen avec son fils Ol., sire de Thiéville (813, 1519); en 1418, frappé de confisc. par Henri V comme « rebelle » (893); mort au Mont St-M. v. 1437. (R., I, 373. Voy. ci-après THIÉVILLE. — *De Mauny, au chef fretté.* (Sc., LXXII, 5629).

320. — **Guillemin Mauvoisin,** en 1440 h. d'armes au Mont St-M., prit part au complot en faveur du bâtard d'Orléans (1240. — Luce, *Guerre de cent ans,* II, 267, 270. — Cf. ci-dessus, n° 4).

321. — **Jean Mauvoisin,** frère du précédent. Mêmes mentions. — *De g. à 2 fasces d'or.*

322. — **Jean le Mercier,** en 1429 servant au Mont, « prins sur la grève » et rançonné par les Anglais de Tombelaine (1161). — *Écart., aux 1-4, de g. à 3 têtes de femme d'arg.; aux 2-3, d'az. à la fasce d'or acc. de 3 molettes de même.*

323. — **Jean du Merle,** éc., en 1415 à la déf. de Rouen (842); en 1418, confisqué comme rebelle (893); en 1419, éc. de G. de Montenay, ban. (956); en 1420, éc. du comte d'Aumale (1010); en 1421, éc. de P. le Beauvoisien, servant sous le dit comte (1031). La Pancarte le nomme « De Melle »; les Listes, E., F., Foulques de Melle, Mellé, Mesle, du Merle. — *De g. a 3 quintef. d'arg.* Dev. *Spes mea sola Deus.* — Voy. **Pirou.**

324. — **Gervais du Mesnil,** en 1421 éc. de J. de Fréville, servant sous le comte d'Aumale (1032). — *D'az. à la bande d'or acc. de 2 roses de même.*

325. — **Henri de Mestry,** en 1424 éc. du comte d'Aumale (1063).

326. — **Pierre Michel**, éc., mort à la défense du Mont St-M. (1407). — *D'az. à la croix d'or cant. de 4 coquilles de même.* Dev. *Quis ut Deus ?*

327. — **Pierre le Mire**, en 1421 éc. de J. de Fréville, servant sous le comte d'Aumale (1032).

328. — **Renaud le Mire**, en 1421 éc. du comte d'Aumale (1039). — *D'az. au chevron d'or acc. de 3 coquilles de même.* — (Arm. de Renaud le M. en 1463. *P. O.*, le Mire, 37).

329. — **Henri Millard**, éc. Un des noms ajoutés à la Pancarte. On trouve en 1459 « Henry Mullart », archer du cap. de St-Sauveur (1358). L'*u* est mis là pour l'*i*, ce qui se rencontre souvent : en 1387, Galéas de Grimel appelé « Galiache de Grumel » (*Sc.*, LV, 134) ; en 1410, Jacolin de Biencourt, « Jac. de Buencourt » (Cab. 1410, p. 9) ; en 1419, Huet Billard, « Huet Bullart » (*Ant. norm.*, XXIII, n 291) ; en 1492, mand. des généraux des finances, « soubz lun de nos *sugnetz* » (*P. O.*, Danjou, 2). — *D'az. au croiss. d'or acc. de 3 étoiles de même.* (G B).

330. — **Guillaume de Missy**, éc., en 1424 servant au Mont (1066). Il est appelé G. de *Mucy*, Mussy, par suite de la substitution assez commune de l'*u* à l'*i* et du *c* aux *ss.* V. ci-dessus n° 329. — *De... à 4 chevrons, celui du haut brisé.* (P. Anselme, VIII, 607.)

331. — **Jean de Missy**, en 1451 éc. d'Ol. de Mauny-Thiéville (1057), lieut. du comte d'Aumale.

332. — **T.** ou **Thomas de Moncair** ou Montcair figure sur les vieilles Listes. C'est un des noms ajoutés, c'est-à-dire déchiffrés après coup sur la Litre fruste ou effritée. « Inconnu », dit A, qui propose de lire « Mont-cuit ». GB le nomme « Th. de Monteclerc ». J'ai multiplié les recherches en vue d'identifier ce nom évidemment tronqué ; je crois qu'il y a là les prem. lettres du nom de Moncauvin ou Montcauvin, très ancien au Mont St-M. (Cf. 1290, 1335. V. ci-après, n° 338).

333. — **Bertrand de Mons**, éc., en 1421 servant au Mont St-M. (1024, 1029) La Pancarte le nomme « B. de

Mons » ; les Listes, B. des Monts, Desmonts, du Mont, du Mons, C. des Mons.

334. — **Guillaume de Mons**, éc., fils de Raoul, qui suivra ; en 1436, au Mont St-M. (1219).

335. — **Raoul de Mons**, ch., frappé de confisc. par Henri V comme rebelle (Luce, I, 113) ; en 1421, bach. sous Ol. de Mauny-Thiéville (1029, 1037) ; en 1424, servant au Mont St-M. (Luce, I, 139), où il mourut avant le 25 av. 1436 (1219). — *D'arg. à l'aigle de g., bec. et membrée d'or, à la bord. de sa chargée de 12 besants d'arg.* (762, 1529.)

336. — **Renaud de Mons**, en 1421 éc. de J. de Fréville, servant sous le comte d'Aumale (1032).

337. — **Robert de Montauban**, ch., en 1415 bailli de Cotentin (1102) ; en 1421, bach. servant sous J. de Tournemine, s. de la Hunaudaye (B. N., ms. franç. 22332, p. 106) ; en 1425, ch. banneret, au secours du Mont St-M. (1102, 1533, 1537). — *D'arg. à 7 mâcles de g. 3-3-1, au lambel à 4 p. de même.*

338. — **Richard de Montcauvin**, dit Cardin, en 1447 officier de l'abb. du Mont St-M. (Luce, II, 211.)

339. — **Jean d'Amphernet**, dit de **Montchauvet**, en 1421 éc. de G. de Cully, ch., servant sous le comte d'Aumale (1556). — *De sa. à l'aigle épl. d'arg., becq. et membrée d'or.*

340. — **Guillaume de Montenay** *, baron du Hommet ; en 1415, ch. banneret (771, 798) ; en 1418, frappé de confisc. comme rebelle (891) ; en 1424, tué à Verneuil (Monstrelet, l. II, c. 20). Il n'était pas de la maison de Villiers du Hommet, comme l'a cru S. Luce (I, 152, n. 4) ; la maison de Montenay possédait depuis un siècle le tiers de la baronnie du Hommet. (La Chenaye, X, 320). — *D'or à 2 fasces d'az. acc. de 9 coquilles de g., 4-2-3.*

341. — **Guillaume de Montfort**, Cardinal, Évêque de St-Malo, était sur la flotte malouine qui en 1425 vint débloquer le Mont (1076, 1533). — *D'arg. à la croix de g. gringolée d'or.*

342. — **Jean Morel**, en 1415 éc. de Cardin Goubier

(793) ; en 1420, éc. de J. de Tournemine (1035) ; en 1441, l'un des notables du Mont St-M. (1239. Voy. ci-dessus, n° 3). — *D'or au chevron d'az. chargé de 2 coutelas d'arg. et acc. en p. d'une fl.-de-lis de g. Dev. Lilia Francigenum deffendam hoc vindice ferro. — Pugna pro Patria.* 1485).

343. — **Olivier Morice**, éc., en 1421 servant au Mont St-M. (1027), puis archer à ch. de J. de Tournemine (1035). — *D'arg. au sautoir de g. cant. de 4 roses de même.*

344. — **Colas de la Motte** en 1415 éc. de J. de Buffrenil (783). La Pancarte le nomme « C. de la Mote » ; les Listes, de même ou Charles. Son écu était de ceux qui se voyaient encore sur la litre en 1630. — *D'arg. au sanglier de sable.*

. **345.** — **Jacquet de la Motte**, éc., en 1439 servant au Mont et honoré par le duc d'Orléans de son Ordre du Camail) 1227).

346. — **Jean de la Motte**, éc., en 1415 à la déf. de Rouen (830) ; en 1420, 1421 et 1424, éc. du comte d'Aumale (1010, 1039, 1063). La Pancarte le nomme « L. de la Mote », suivant sa coutume de prendre les I pour des L ; les Listes, Lô ou Louis. Il y a deux « L. de la Mote » dans la Pancarte, et deux Jean servant sous le comte d'Aumale ; mais on ne trouve pas trace dans les montres d'un Loys ou d'un Lô.

347. — **Jean de la Motte**, éc., en 1421 servant au Mont St-M. (1024, 1027).

348. — **Thomas de la Motte** ⁎, en 1415 éc. de G. Barbe ou Barbey (801), est mentionné par plusieurs Listes au nombre des Défenseurs, sous cette forme : T. de la Motte.

349. — **Jean de la Motte-Bigot**, en 1441 lieut. général du bailli de Cotentin au Mont St-M. (Luce, *Guerre de cent ans*, II, 270).

350. — **Robert de la Motte-Bigot**, éc., en 1418 confisqué comme rebelle (894). La Pancarte le nomme « De la Mote Vigor » ; les Listes, R. ou B. de la Motte Vigor ou

Nigor. — *De sa. à 3 têtes de léopard d'or.* Dev. *Tout de par Dieu.*

351. — **Jean du Moulin**, en 1421 éc., de J. de Fréville, servant sous le comte d'Aumale (1032). — *D'arg. à la croix de sa. chargée d'une coquille d'or.*

352. — **Pierre du Moulin**, éc., en 1419 chef de comp. au service du Dauphin (948). La Pancarte le nomme « P. du Moulin ».

353. — **Jean des Moustiers**, en 1415 éc. de P. de Vauville (850); en 1418, confisqué comme « absent ». La Pancarte le nomme : « De Moutiers (Des Moutiers) » les Listes, « C. Colas, Charles, L., S., G. des Montiers' Moutiers, Moustiers ». Notons qu'en 1418 Colin ou Nicolas des M. fut aussi frappé de confisc. comme rebelle (Vautier, 128). — *D'arg. à la bande d'az. frettée d'or.* Dev. *Quod opto est immortale.*

354 — **Henri Murdrac**, en 1415 éc. de R. de Fréville (791); de 1421 à 1424, servant au Mont St M. (1027, 1065). C'est l'odieux TRAITRE qui, par R. Jolivet, accepta de l'Anglais mille écus d'or pour lui livrer le Mont (1068, 1074). G. Murdrac réhabilita l'honneur du nom en se faisant tuer au service de Charles VII (1206). Un autre Guillaume M., en 1440, fut emprisonné pour complot contre l'Anglais (1235). — *De g. à 2 jumelles d'or, au léopard de même en chef.*

355 — **Guillaume de Nantray**, ch., co-baron des Biards, en 1424 servant au Mont (Luce, I, 139); de 1425 à 1441, bailli français du Cotentin au Mont St-M. (1228. — Luce, *Guerre de cent ans*, II, 236.) La Pancarte le nomme « De Nantret »; les Listes, G. de Natrail (F, 229), Notret, Nautrel, Nautret, Nautrech, Nautrecht, Montrech. — *D'az. à 5 besants d'or, 2-1-2.* Dev. *Deo ac Regi.*

356. — **Robert de Nantray**, éc., servant au Mont entre 1417 et 1427. La Pancarte le nomme « R. de Nantret ».

357. — **Colin de Nocé**, éc., frère puîné de Jean, qui suit; un des noms ajoutés, sous ces formes, « H., J. L., T.

de Nossi, Nossy, Nossie, Nossé, Denocy, de Nocey, Nocé » ;
en 1420, éc. du duc d'Alençon, puis porte-enseigne d'Ambr.
de Loré ; « finallement, en une rencontre, fut pris des
Anglois, et le borgne de Nocey, son cousin et frère
d'armes, et leur firent lesd. Anglois trancher leurs testes,
sçavoir est, aud. Colin à Falaise, et aud. borgne de Nocey
à Lizieux ». (P. O., Nocey, 96).

358. — **Jean de Nocé**, éc., fils aîné de Raoul de N.,
ch., porte-enseigne du duc d'Alençon et tué avec lui à
Azincourt ; « du nombre des 119 Gentilsh. qui deffendirent
la place du Mont S. Michel » (P. O., Nocey, 95). La Pancarte, suivant son habitude de changer I (Iehan) en L, le
nomme « L. de Nocy ». — *D'arg. à 3 fasces de sa. et 10 merlettes de même en orle* (N.), alias 4-3-2-1.

359. — **Perrin Normand**, en 1420 éc. du baron de
Coulonces (995). — *D'az. au rencontre de cerf d'or, cant. de
4 molettes de même* *.

360. — **Colin d'Obré**, en 1420 éc. du baron de Coulonces (995). « G. d'Auberé » vivait en 1479 près Montivilliers. (P. O., Hay, 5). En 1683, R d'Obré est enseigne
de vaisseau. (P. O., d'Obré, 2).

361. — Dom **Jacques Onfroy**. En 1420, moine de
l'abb. du Mont St-M. (Luce, I, 222). — *D'or à la bande d'az.*

362. — « E. d'Orgeval » figure sur la Pancarte
parmi les Défenseurs du Mont ; la plupart des Listes le
nomment « Estienne d'Orgeval » ; une d'elles le nommant
« Estienne d'*Orgevault* », j'avais d'abord présumé que c'était
une mauvaise lecture d'*Onnebault*, forme ancienne du nom
d'*Annebaut* ; mais ayant trouvé « Estienne d'Orgeval » en
1386 commis du receveur des aides à Évreux (P. O., doss.,
42607, p. 8), j'estime que la Pancarte peut avoir raison ;
pourtant le doute est encore possible.

*D'or à 2 troncs d'arbres posés en fasce, écotés et arrachés
de sable* (GB). — PA et PP lui donnent pour armes, *d'or
au sautoir de g.*, mais ce sont celles des Jarente, marquis
d'Orgeval, gentilshommes de Provence.

363. — **Jean, bâtard d'Orléans**, comte de Dunois,

un des héros de la grande guerre ; en 1424 succéda au preux comte d'Aumale dans la capitainerie du Mont St-M., qu'il ravitailla. (1093, 1104).

364. — **Martin d'Ouville**, en 1421 éc. de J. de Fréville, servant sous le comte d'Aumale (1032). — *De... au lion de...* (*P. O.*, d'Ouville, 2. Sc. de J. d'O., ch. norm., en 1355).

365. — **Thomas de la Palluelle**, éc., en 1418 confisqué comme rebelle (804). La Pancarte le nomme « L. de la Palluelle » ; les Listes, de même ou Th., J., P. de la P., ou de la Lalluene. — *D'az. à 3 molettes d'arg.* Dev. *Mihi gloria calcar.*

366. — **Colin le Pannier**, en 1424 archer à ch. au Mont St-M. (1066).

367. — **Robin du Parc**, éc., en 1415 à la déf. de Rouen (810) ; en 1421, éc. d'Ol. de Mauny, s. de Thiéville, lieut. du comte d'Aumale (1037). — *D'or à 2 fasces d'arg. et 9 merlettes de g. en orle.*

368. — **Guillaume des Pas**, éc , puis ch., ainsi nommé dans les Listes, et « G. Despas » dans la Pancarte ; baron de Coulonces par sa femme, fille de J. de la Haye, le preux vaincu de la Gueintre ; lieut. de L. d'Estouteville au Mont St-M. ; en déc. 1432, va menacer St-Lô (1198) ; en 1440, était du complot (1240. — V. ci-dessus, Nº 19, et Luce, *Guerre de cent ans*, II, 267-270) contre L. d'Estouteville, qui lui pardonna. — *De g. au lion d'or, écartelé de* LA HAYE-COULONCES.

369. — **Jean des Pas**, éc., ainsi nommé dans les Listes, et « L. Despas » dans la Pancarte ; en 1415, au siège de Rouen dans la comp. de G. de la Haie, baron de Coulonces, ch. ban. (808). — *De g. au lion d'or.*

370. — **Colin Pasturel**, éc., en 1415 à la déf. de Rouen (810) ; en 1421, éc. de Samson de St-Germain, servant sous le comte d'Aumale (1030).

371. — **Denis le Paticier**, en 1421 éc. de G. de Cully, ch., servant sous le comte d'Aumale (1556).

372. — **Jacquet Paynel**, en 1421 éc. de Samson de

St-Germain, servant sous le comte d'Aumale (1030) ; en
1424, servant au Mont St-M. (1066).

373. — Jean Paynel, sire de Moyon, ch. ban., en
1415 servant sous J. de Boutemont (757) ; en 1418, confisqué comme rebelle (893) ; en 1421, à la défense du Mont
(1028).

374. — Jean Paynel, en 1415 éc. d'Ol. de Mauny, s.
de Torigni (754) ; en 1421, éc. de Samson de St-Germain,
servant sous le comte d'Aumale (1030) ; en 1424, servant
au Mont St-M. (1066).

375. — Jeanne Paynel, dame de Bricquebec et
de Moyon, femme de L. d'Estouteville, cap. du Mont St-M. ;
frappée de confisc. par Henri V comme rebelle (1123) ;
accompagna son époux au Mont, où ne lui manquèrent
pas les privations, à en juger par des lettres d'Henri VI
qui la montrent ayant besoin d'une robe (1189).

376. — Nicole Paynel ', ch., s. de Bricqueville, en
1418 frappé de confisc. par Henri V, ainsi que J. de la
Champagne, sa femme, comme « absents » (891) ; mort,
probabl' au Mont St-M., avant le 21 mai 1420 (980).

377. — Nicole Paynel, sire de Bricqueville, ch. ban. ;
en 1421 et 1424, servant au Mont (1024, 1027, 1065) ; en
1425, lieut. du bâtard d'Orléans, cap. du Mont St-M.
(1093, 1105). La Pancarte le nomme « Des Pesneaux ». —
D'or à 2 fasces d'az. et 9 merlettes de g. en orle.

378. — Robin Pellisson, en 1421 éc. de G. de Cully,
ch., servant sous le comte d'Aumale (1556). — *D'arg. au
sanglier pass. de sa., défendu d'arg.*

379. — Guillaume de Percy, en 1415 éc. d'Ol. de
Mauny, s. de Torigni, à la déf. de Rouen (813) ; en 1421,
ch. bach., à la déf. du Mont St-M. (1024).

380. — Jean de Percy, en 1410 éc. de Gir. Mauvoisin (*P. O.*, Mauv., 57) ; en 1415, de J. de Montenay (775) ;
en 1421, de J. de Fréville, servant sous le comte d'Aumale (1032).

381. — Robin de Percy dit Robinet, en 1415 éc. d'Ol.
de Mauny-Torigni, à la défense de Rouen (813) ; en 1421, éc.

de J. de Fréville (1032) ; en 1424, éc. du comte d'Aumale (1066).

382. — **Thomas de Percy**, dit Thomin, en 1410 éc. de Girard Mauvoisin, ch. (*P. O.*, Mauv., 57) ; en 1421, 1424, 1429, servant au Mont (1027, 1066, 1156). La Pancarte le nomme « T. de Percy ». — *De sa. au chef denché d'or.* Dev. *Espérance en Dieu.*

383. — **Robin Perdriel**, éc., en 1415 à la déf. de Rouen (836) ; en 1421, éc. de Samson de St-Germain, servant sous le comte d'Aumale (1030). — *D'az. à 2 perdrix affr. d'or, et une molette de même en chef.*

384. — **Jean de Perrières**, en 1421 éc. de G. de Cully, ch., servant sous le comte d'Aumale (1556).

385. — **Jean de Pertheville**, en 1420 éc. du comte d'Aumale (1010).

386. — **Colin Pesant**, serviteur de Raoul Tesson, ch. ; en 1432 l'accompagna devant St-Lô, puis au Mont, où il servit sur la flottille commandée par Yves Priour ; en 1433, abulleté (1198). En 1669, Ric. le Pezant, maistre armeurier, est bourgeois du Mont St-M. (Archives de M. Alfred Turgot, n° 14).

387. — **Jamet le Pescheur**, en 1424 archer à ch. au Mont St-M. (1066) — *D'az. au poisson d'arg.*

388. — **Pierre du Peschin** dit Perrot, en 1421 éc. de P. le Beauvoisien, servant sous le comte d'Aumale (1031). — *Parti d'or et d'az. à la croix ancrée de g. broch. sur le tout.* (*P. O.*, du Peschin, 3 ; sc. de 1350).

389. — **Raoul le Petit**, en 1420 arch. à ch. du comte d'Aumale (1010). — *D'az. à la fasce d'arg. et un léop. d'or en chef.*

390. — **Jean Pevrel**, en 1451 h. d'a. de l'Ord. du Mont St-M. (1283. V. ci-dessus, n° 19), où très probabl[t] il servait déjà en 1441, lorsque le duc d'Orléans le fit chev. de son Ordre du Camail. (Clair., *Ordres de chev.*, ms. fr. 22289, fol. 6). — *D'or fretté d'az., à l'écu d'or au lion naiss. de g.*

391. — **Robinet Pevrel**, en 1451 h. d'a. de l'Ord. du Mont St-M. (1283. V. ci-dessus, n° 19).

392. — **Jean Picard** (Dom), en 1420 moine de l'abb. du Mont St-M. (Luce, I, 222).

393. — **Jean le Picard**, en 1451 h. d'armes de l'Ord. du Mont St-M. (1283. V. ci-dessus, n°19). — *D'az. à la fasce d'arg. acc. de 3 p. de pin d'or.*

394. — **Philippe Picart** dit Phélippot, en 1421 archer d'Ol. de Mauny-Thiéville, lieut. du comte d'Aumale (1037). — *De g. à 3 fers de pique d'arg.*

395. — **Guillaume de Pierrecourt**, en 1420 et 1424 éc. du comte d'Aumale (1010, 1063). — *D'arg. à 3 fasces de sa.* (*P. O.*, Pierrecourt, 6).

396. — **André Pigache** * est indiqué par plusieurs Listes. Je n'ai trouvé que la mention de la confisc. de ses biens en 1418 par Henri V (894), mais il en résulte une présomption favorable.

397. — **Guillaume Pigache**, éc., en 1418 confisqué comme rebelle (893). C'est certainement lui que la Pancarte nomme « C. Pigace », et les Listes, de même ou G. Pigace (MG).

398. — **Jean Pigache**, éc., en 1415 à la déf. de Rouen (811); en 1418, confisqué comme rebelle (894); en 1420, éc. de Léon de Tournebœuf (974); en 1421, à la déf. du Mont St-M. (1024). La Pancarte, fidèle à sa coutume de prendre les I (Iehan) pour des L, le nomme « L. Pigace ». — *D'arg. à 3 huchets de g. posés en pal, 2-1, l'embouch. en bas.*

399. — **Le bâtard Pigache** est indiqué par la Pancarte; les Listes le nomment correctement ou « le bâtard Pigau » (BLO) ou « Pigue » (PT).

400. — **Jean Pigné** (ou le Pigné), en 1424 archer à ch. au Mont St-Michel (1066). — *D'az. au peigne d'or.* (*P. O.*, le Pigné, en Cotentin, 4).

401. — **Fouquet du Merle** dit **Pirou**, fils de Foulques du M., ch., s. de Pirou (704, 807): en 1424 archer à ch. au Mont St-M. Il est appelé dans la montre « Fouquet Piron » (1066). « T. Pirou » est un des 20 noms ajoutés à la Pancarte; l'F de Fouquet sur la Litre aura été pris pour un T. — Pirou: *De sin. à la bande coticée d'arg.* Du Merle: V. ci-dessus, n° 323.

402. — **Michel du Plessis**, en 1421 éc. de Samson de

St-Germain, servant sous le comte d'Aumale (1030). — *Palé d'arg. et d'az. au chef de g.*

Michel de Plomb. Voy. **Hérault.**

403. — **Pierre de Poilley**, ch., en 1390 prisonnier en Angl. (P. de Courcy, *Nob. de Bret.*, II, 405) ; en 1421, banneret sous Ol. de Mauny-Thiéville, lieut. du comte d'Aumale au Mont (1037). — *Parti d'arg. et d'az., au lion léop. de g., armé, lamp. et cour. d'or, broch. sur le tout.*

404. — **Pierre de Poilley**, en 1421 éc. de Samson de St-Germain, servant sous le comte d'Aumale (1030).

405. — **Richard de Pointel** dit Jardin [1], en 1421 éc. d'Ol. de Mauny, s. de Thiéville. La montre porte « Jardin de Painstole » (1037). — *De... à l'aigle.* (Sc. de 1211.)

406. — **Thomas Poisson** (Dom), en 1420 moine de l'abb. du Mont St-M. (Luce, I, 222.) — *De... à la croix engr., cant. de 4 poissons, aliàs cant. aux 1-4 d'une fl.-de-lis, aux 2-3 d'un poisson* (561).

407. — **Robert de Pontaudemer**, éc., s. du **Quesnay**, en 1418 confisqué comme rebelle (891) ; en 1423 (Robert du Quesnoy), servant au Mont St-M. avec sa comp. de 19 autres éc. (1051) — *De g. au pont à 3 arches d'arg. et un lion d'or pass. en chef.* (N., 338, et *Pr.*, 298).

408. — **Jean de Pontbriand**, éc., en 1418 (Johan Pomrient) confisqué comme rebelle (*Ant. norm.*, XXIII, A. Charma, *Dons faits par Henri V*, p. 4) ; en 1421, éc. de Ric. de Bretagne (1038) ; en 1427, h. d'armes au Mont, pris par les Anglais au combat de la Gueintre (1124) ; en 1424, h. d'a. au Mont, pris et rançonné par les Anglais de Tombelaine (1216). — *D'az. au pont de 3 arches d'arg., maç. de sable.*

409. — **Jean de Pontfol**, en 1415 éc. de G. Barbey (801.) La Pancarte, comme d'ordinaire mettant un L où il y avait un I (Iehan), le nomme « L. de Pont Foul » ; les Listes, L. ou J. de Pontfoul, Pontfoal, Pontfoult, Pontefoul, Pontfol. Vainement Henri V en 1421 lui avait rendu ses

_____

(1) Jardin, Gardin, Cardin, diminutifs de Richard.

biens. (*Ant. norm.*, XXIII, n° 1067). — *De g. à la croix ancrée d'arg.* (691.)

410. — **Guillaume Porcas**, en 1441 l'un des notables du Mont St-M. (V. ci-dessus, n° 3).

411. — **Richard du Praël**, éc., en 1441 vicomte d'Avranches au Mont (Luce, *Guerre de cent ans*, II, 236, 270). Il était encore vic. d'Av. en 1458. (*P. O.*, du Praël, 3.) — *D'az. au chevron de sa. acc. de 3 trèfles de sin.* (*P. O*, 1.)

412. — **Robert des Préaux**, en 1436 clerc, tabellion de la vic. d'Avranches au Mont St-M. (1219); en 1441, avocat du Roi au Mont. (Luce, *Guerre de cent ans*, II, 271). — *D'az. au lion d'or, armé, lamp. et cour. de g.* *

413. — **Guillaume le Prestrel**, en 1415 éc. de Jamet Sébille (792); en 1423, chef de l'artillerie du Mont St-M. (1054); en 1441, h. d'armes au Mont (Luce, *Guerre de cent ans*, II, 271). La Pancarte le nomme « G. de Prestel »; les Listes, de même ou G. le Prestel, Pretel, Frestel. — *De... au chevron acc. de 3 roses* (747), aliàs *3 chevrons acc. de même.* (*P. O.*, le Prestrel).

414. — **Pierre de Prestreval**, en 1416 éc. du s. de la Fare (878); en 1421, éc. d'Ol. de Mauny-Thiéville, lieut. du comte d'Aumale (1029, 1037). — *D'or à la bande de g. chargée de 3 besants d'arg.* (*P. O.*, Prestreval).

415. — **Jean le Preux**, dit Jehannin, d'abord abulleté, puis servant au Mont; en 1433, fait prisonnier par les Anglais d'Avranches : « ung traittre brigan nommé J. le *Peu*, de la garnison du Mont St-Michel » (1192).

416. — **Lucas le Preux**, en 1421 éc. de P. le Beauvoisien, servant sous le comte d'Aumale (1031). — *D'az. au bras de carn. sortant d'un nuage d'arg. mouvant du flanc sen. de l'écu, le bras tenant droite une épée de même.* (*P. O.*, le Preux, 10.)

417. — **Raoul le Prevost**, en 1425 brigand « ès bois estans près du Mont St-M. » (1090) — *D'az. au lion d'arg., armé et lamp. de g., soutenant une hache d'or.*

418. — **Guillaume Priour**, en 1421 archer de J. de

Tournemine (1035); en 1424 (G. Prieux), archer à ch. au
Mont St-M. (1066).

419. — **Raoul Priour** (Dom) ou Prious, moine de
l'abb. du Mont St-M., prieur de St-Victeur du Mans, « fit
faire en 1427 l'ange doré soutenant 2 épines de la Couronne
du **Sauveur** données par Charles VI ». (Luce, II,
31, n. 4.)

420. — **Yves Priour**, un des plus intrépides défenseurs du Mont, dont il commanda de 1425 à 1433 la victorieuse flottille (1198) ; en 1441, bourgeois du Mont St-M.,
dont il contribua grandement à compléter les fortif.
(1239). La Pancarte le nomme « Yves Prioux Vague de
mer » ; les Listes, de même ou Y. Prieur, Priour, le Prieur,
la plupart en ajoutant le surnom de Vague de mer ; seul
D. Thomas le Roy fait d'«Yves P. » et de « Vague de mer »
deux noms distincts. V. ci-après N° 504, Vaussemer. On le
trouve nommé aussi « Y. de Prieux vague de mer » (C.), et
« Y. Priour de Vaguedemer » (BA). » Le prénom d'Yves
semble indiquer une origine bretonne, » dit S. Luce (II, 31,
n. 4) ; sans y contredire, il convient de rappeler que ce
prénom était fréquent au Mont depuis que Charles de
Blois, en 1363, y avait apporté de Rennes, « nuds pieds,
une coste de St Yves, prestre et protecteur et advocat des
pauvres. » (*Hist. abrégée du Mont St-M.*, par un Rel. Bénéd.
de la Congrég. de St-Maur. Paris, 1668, in-12, p. 74.) — *De
g. à la fasce acc. de 3 coquilles rangées en chef et d'un trèfle
en pointe, le tout d'arg.*

421. — **Jean, sire de Prulay**, dit Taupin, ch., en
1420 et 1421 bach. servant sous le comte d'Aumale (1010,
1039). — *D'arg. à 3 lions pass. de sin.* (N, 448), aliàs *d'arg.
à 2 léop. de sin.* (P. O., Preullay, 2), *arm. et lamp. de g., l'un
sur l'autre.* (Rietstap.)

422. — **André du Puis**, qu'on peut croire p.-fils
d'André du Puis, en 1356 éc. de J. de Mons (*P. O.*, Mons,
7), et en 1360 pardonné d'avoir servi le roi de Navarre
(297), est nommé dans la Pancarte « André du Pys », suivant la prononciation normande. (*P. O.*, le Hallé, 3 ; acte

de 1390 : «... la corde du *pis* du chastel de Baieux pour traire l'eau ».) Les Listes le nomment de même ou « André de la Haye du Puis » ou « du Puits ». — *De... à la fasce ondée, acc. d'une étoile en chef et d'une branche de fougère en p.* (Sc. de C. du Puis, varlet de ch. de Ph. de Navarre en 1384. *P. O.*, doss. 54752, du Puis, 17).

423. — **Perrin du Puis**, en 1440 bourgeois du Mont St-M. et y tenant une hôtellerie, fut du complot contre L. d'Estouteville en faveur du comte de Dunois. (Luce, *Guerre de cent ans*, II, 269. — V. ci-dessus, N° 45, et *Pr.*, 1240). « Perrin du Puis », en 1430, fut fait pris. par les Anglais au combat de St-Denis (1164). « Perrin du Pix », en 1475, était archer de J. d'Estouteville. (Clair. 236, p. 225).

424. — **André Quatrans**, en 1421 éc. de J. de Fréville, servant sous le comte d'Aumale (1032).

Du Quesnay. Voy. **Pontaudemer.**

425. — **Louis de Quintin**, ch., en 1418 confisqué comme rebelle (893); un des noms ajoutés à la Pancarte. Les Listes le nomment le sire de Quintin, le sieur de Quentin ou de St-Quentin, mais ce dernier nom n'apparaît qu'en 1485 à la défense du Mont (1401). — *D'arg. au chef de gueules.*

426. — **Thomelin Rabay où Rabet**, en 1421 éc. servant au Mont (1025, 1037). — *De... à la croix ancrée.* (623).

427. — **Jean Raguenel**, vicomte de la Bellière (en Bretagne), en 1428 venait au secours du Mont lorsqu'il fut fait prisonnier au combat de la Gueintre (1135). J'avais pensé d'abord, d'après P. de Courcy (*Nob. de Bret.*, III, 18), que ce vicomte de la B. était un Botherel ; or, ce ne fut pas en 1451 mais plus d'un siècle avant que les Raguenel eurent par mariage la vic. de la B., qui ne sortit qu'en 1462 de leur maison. (P. O., Raguenel, 7). — *Écart., aux 1-4, contre-écart. d'arg. et de sa., au lambel de l'un en l'autre* (Raguenel) ; *aux 2-3, d'or au chef dentelé de sa.* (la Bellière).

428. — **Thomin le Rebrayé**, en 1448 h. d'armes au Mont, tué dans une rixe par un h. d'armes du maréchal de Lohéac. (Luce, II, 216).

429. — **Martin Regnault** ' est indiqué par F. comme servant au Mont en 1425, mais le doc. qu'il cite en preuve contredit l'assertion. (V. ci-dessus, num. 147).

430. — « **R. de Regnier** » est dans la Pancarte ; les Listes le nomment de même ou R. de Régnières, R. de Regnier, et GB « Raoul de Regviers ». Il se peut en effet que *Regnier* soit une mauvaise lecture de *Regviers*, forme archaïque du vieux et illustre nom de Reviers et que ce Défenseur du Mont fût Robert de Reviers, dit Binet (abrév. de Robinet), en 1409 arbal. au châtel de Caen (713) ; mais comme il y avait en Cotentin des Regnier, trouvés nobles en 1463 par Monfault (1549), le doute est possible. — *D'az. à 2 béquilles d'or posées en sautoir, cant. en chef d'une étoile d'or, en flancs de 2 besants de même, et en p. d'un croissant d'arg.*

431. — **Robert Reinel**, éc., en 1424 servant au Mont St-Michel. (1066).

432. — **Jean de Reviers**, éc., en 1421 servant au Mont (1025, 1029). — *D'arg. à 6 losanges de g., 3-2-1.* Dev. *Candore et ardore.*

433. — **Charles de la Roche**, en 1421 éc. de G. de Cully, ch., servant sous le comte d'Aumale (1556).

434. — **Pierre de la Roche**, en 1421 archer à ch. d'Ol. de Mauny-Thiéville, lieut. du comte d'Aumale (1037) ; en 1424, éc. de R. de Montauban (1537). — *De... à la fasce chargée de 5 bes. ou tourt.* (Caen, 1415 ; sc. de Mondon de la R., éc. P. O., la Roche, 51).

435. — **Jean Rogues**, en 1451 h. d'armes de l'Ord. du Mont St-M. (1283. V. ci-dessus nᵒ 19.) — *D'arg. à la croix de g., cant. de 4 aigles de sa.*

436. — **Gilles de Romilley**, en 1421 éc. de Samson de St-Germain, servant sous le comte d'Aumale (1030). — *D'az. à 2 léop. d'or, arm., lamp. et cour. de g., l'un sur l'autre.*

437. — **Jean de la Rouaudière**, éc. De même (1030). — *De g. au lion léop. d'or.* (P. O., La Rouaudière, 3).

438. — **Geoffroy Roussel**, en 1421 archer à ch. d'Ol.

de Mauny-Thiéville (1037). — *Palé d'or et d'az., au chef de g. chargé de 3 merlettes d'arg.*

439. — **Olivier Rouxel**, éc., en 1415 à la déf. de Rouen (836) ; en 1421, à la déf. du Mont (1024). — *D'arg. à 3 coqs de g., becq. et crêtés d'or.*

440. — **Robert Rouxel**, éc., en 1421 à la déf. du Mont (1024, 1027). La Pancarte le nomme « R. Roussel ».

441. — **Jean de Rouvencestre** *, éc. Un des 20 noms ajoutés à la Pancarte. Je crois que la Litre portait « *Jehan de Rouve...* », la fin du nom étant fruste, et qu'il y avait originellement « *Jehan de Rouverou* » (Cf. 1010) ; toutefois comme on trouve en 1419 Jean de Rouvencestre, à qui Henri V octroie délai d'aveu, ce qui implique absence ou froideur, le doute est possible. — *D'or au chef de g. chargé de 2 aiglettes épl. d'arg.*

442. — **Guillaume de Méheudin** *, ch., s. de **Rouvrou**, appelé « G. de Rouverou » ; en 1415, bach. sous Gir. de Tournebu (799) ; en 1418, rebelle et confisqué (891) ; mort avant le 3 av. 1419. (*Ant. Norm.*, XXIII, n° 334.) — *D'herm. au chef de g. chargé de 3 sixtefeuilles* (BE. 568), aliàs *3 molettes d'or.* (*P. O.*, Méheudin, 5, 9).

443. — **Jean du Méheudin**, ch., s. de **Rouvrou** ; en 1420, bach. sous le comte d'Aumale (1010).

444. — **Jean le Roynier**, en 1421 éc. de de G. de Cully, ch., servant sous le comte d'Aumale (1556).

445. — **Etienne du Rufflay**, éc., en 1421 servant au Mont (1025). — *De... à 3 molettes.* (Sc. de 1418. Pr., 902.) — *D'arg. au chevron de g. acc. de 3 quintef. de même.* (Rietstap.)

446. — **Colin Sachin**, en 1420 et 1421 éc. du comte d'Aumale (1010, 1039, 1540). En 1415, pendant la déf. de Rouen, J. Sachin était greffier du bailliage. (*P. O.*, Vaterée, 2.) — *De... à la bande de...* * (232, 1499).

447. — **Olivier de Saint-Aubin**, en 1420 éc. du baron de Coulonces (995). — *De sa. à 2 lions affr. d'arg. lamp. de g.* (*P. O.*, St-Aubin, 87).

448. — **Ferrand de Saint-Germain**, éc., en 1415 à la déf. de la basse-Norm. (764, 790) ; en 1421, éc. d'Ol. de

Mauny-Thiéville (1029). Les sgrs de St-Germain-le-Vicomte étaient un ramage de Tilly, dont ils gardèrent les armes, avec brisure. (*Harcourt*, I, 796). — *D'or à la fl.-de-lis de g., brisé d'une cotice d'az. broch.*

449. — **Gilles de Saint-Germain**, en 1421 éc. de Samson de St-Germain, servant sous le comte d'Aumale (1030), puis d'Ol. de Mauny-Thiéville (1037). La Pancarte le nomme « G. de Saint-Germain ». — *De g. au chevron d'arg. acc. de 3 besants de même.* Dev. *Deo, Ecclesiæ et Regi obediens et fidelis.* (*P. O.*, Vassy, 145).

450. — **Jean de Saint-Germain**, éc., confisqué comme rebelle (1179) ; en 1421 éc. de Samson de St-G., servant sous le comte d'Aumale (1030).

451. — **Samson de Saint-Germain**, en 1411 éc. du sire d'Ivay (725) ; en 1418, confisqué comme rebelle (894) ; en 1421, chef de 18 éc. servant sous Ol. de Mauny-Thiéville, lieut. du comte d'Aumale (1030). La Pancarte le nomme « S. de Sainct-Germain ».

452. — **Jean de Sainte-Marie**, s. d'Équilly, en 1415 à la défense de Rouen (808) ; en 1420, confisqué (Luce, I, 111) ; en 1421 et 1424, à la déf. du Mont (1024, 1027, 1066) ; très probabl. tué à Verneuil. Dans les montres passées au Mont, il est nommé « J. de Ste-Marie, J. d'Esquielle, le sgr d'Esquiley » ; dans la Pancarte, « L. d'Esquilly ». — *D'arg. à 2 fasces d'az. acc. de 6 merlettes de sa.,* 3-2-1.

453. — **Laurent Samson**, éc.. d'une famille alliée aux s. de Longues (1200, 1350) ; en 1417 à la déf. du Mont, puis confisqué (1370). — *D'az. à 3 éperviers d'or.*

454. — **Jean de Sasseville**, en 1421 et 1424 éc. du comte d'Aumale (1039, 1063).

455. — **Guillaume du Saussay**, en 1415 éc. de Ren. du Hommet (796) ; en 1418, confisqué comme rebelle (*Ant. norm.*, XXIII, A. Charma, *Dons.* p. 3) ; en 1421, ch. bach. sous Ol. de Mauny-Thiéville (1037) ; en 1425, servant avec 19 éc. sous R. de Montauban, ban. (1102) ; « est allé de vie à trespassement en l'obéissance du Roy nostre

✱✱✱✱✱✱✱✱

sire » (*P. O.*, du Saussay, 40). — *D'herm. au sautoir de g.* (N, 435), *cant. de 4 coquilles de même* (PN, 447).

456. — **Jean du Saussay**, éc., s. du Saussay, (541) ; en 1423 et 1424, servant an Mont où il commande un certain nombre de ch. et d'éc. (1051, 1064, 1066).

457. — **Jean Savouret** ou Savouré, en 1420 éc. de Jacq. de Montenay, ban. (1004) ; le même que « J. Taburet », en 1421 archer à ch. d'Ol. de Mauny-Thiéville (1037), et que « J. Fabvert », indiqué par F. comme étant en 1421 à la déf. du Mont. — *De sa. à la bande vidée d'or.* *

458. — **Louis de Segrie**, en 1420 et 1421 éc. du comte d'Aumale (1010, 1039) ; en 1434, récompensé par Charles VII d'un don de 100 liv. tourn. (1434) ; en 1445, éc., gouverneur général des finances du duc de Bourbonnais et d'Auvergne (*P. O.*, Segrie, 6). — *D'az. à 3 besants d'or.* (Ibid., 2-4, sceaux de 1364 à 1374). Rietstap dit : *d'arg. à la croix engr. de sa* ; mais c'est une erreur de Sainte-Marthe, relevée par Ch. d'Hozier, qui se trompe ensuite lui-même en attribuant aux Segrie: *d'az. à 3 étoiles d'or.*

459. — **André de Semilly**, en 1429 h. d'armes au Mont, fait prisonnier et rançonné par les Anglais (1162). — *De g. à l'écusson d'arg., acc. de 6 fermaux d'or en orle* (N, 415), aliàs 6 *merlettes d'arg.* (Rietstap), ou 6 *roses* (497. — Sc. de 1385).

460. — **Guillaume de Semilly**, en 1418 éc. de G. de Montenay, ban. (798), puis d'Ol. de Colombières à la déf. de Rouen (847). La Pancarte le nomme « G. de Semilly ».

461. — **Robert de Semilly**, en 1424 éc. du comte d'Aumale (1063). La Pancarte le nomme « R. de Semilly ».

462. — **Simon de Semilly**, éc., en 1423 à la déf. du Mont, où il commandait 19 éc. (1051).

463. — **Robert de Sénédavy** *, éc. breton, indiqué par F. comme servant au Mont en 1425, mais le doc. qu'il cite contredit l'assertion (1377. — V. ci-dessus, nº 147). Peut-être serait-ce justice que d'inscrire **Olivier de Sénédavy**, éc., qui, au témoignage de Charles VII en 1451, l'avait « grandement servy » en ses guerres (1279).

464. — **Robert Servain**, dit Robinet, de 1420 à 1424 éc. du comte d'Aumale (1010, 1039, et 1063 où il est nommé par erreur H. Servain). — *D'arg. à la bande d'az. et billeté de même* (N, 498) ; aliàs *de g. à la bande de vair et 6 coquilles d'or en orle* (406. — Baluze, LIX, 10 verso.; dit 7 *coq.*, 4-3).

465. — **Guillaume de Sillans**, éc., en 1415 à la déf. de Rouen (841) ; en 1421, éc. d'Ol. de Mauny-Thiéville (1037). — *D'arg. au sautoir engr. de g.* (840), aliàs *au sautoir bretessé de g. chargé de 5 besants d'or.* (Rietstap).

466. — **Jean de Soisy**, éc., en 1424 fit montre, au Mont (1064). Il est nommé « J. de *Sesy* », qui, avec *Sesy* (Sc. XII, 134), est une des formes anciennes de *Soisy*. Sceau de « J. de Soisy, maistre des artilleries du Roy » en 1404 : *De... au sautoir cant. de 4 lions* (P. O., Soisy, 21).

467. — **Guillame Sonet**, ou Sonnet, en 1421 éc. de P. le Beauvoisien, servant sous le comte d'Aumale (1031). — *De g. à 3 grelots d'or.*

468. — **Soquet de Soquence**, de 1420 à 1424 éc. du comte d'Aumale (1010, 1037, 1063). — *De... billeté de..., au lion de...* (540).

469. — **Alain de Sottevast**, en 1421 éc. d'Ol. de Mauny-Tiéville, lieut. du comte d'Aumale (1037).

470. — **Guillaume de Sottevast**, éc., en 1421 servant au Mont St-M. (1025).

471. — **Thomas de Sottevast**, en 1421 archer à ch. d'Ol. de Mauny-Thiéville (1037).

472. — **Perrin le Sueur**, en 1424 archer à ch. au Mont St.-M. (1066). — *De sa. à 3 fasces d'arg.*, aliàs *d'arg. à 3 f. de g.*

473. — **Jean Suhart**, éc., en 1415 à la déf. de Rouen (847) ; en 1418 confisqué (892) ; en 1424, à la déf. du Mont (1066). Il est nommé dans la montre « J. Sachart », mauvaise lecture de *Sushart* ou *Suchart*, formes anc. de Suhart. (Rog. Sushart, en 1365 éc. de G. du Merle. *P. O.*, du M., 15. — Voy. LÉ, à l'index du t. I, vº Suchart). — *D'or à la croix de g.* (N, 391).

474. — **Guillaume de Tallevende**, éc., en 1415 à la déf. de Rouen (839) ; en 1420, éc. du baron de Coulonces (995).

475. — **Tanel**, en 1421 archer à ch. d'Ol. de Mauny-Thiéville. C'est ainsi que j'identifie le « Nel » de la Pancarte, que les Listes appellent de même ou Néel, nom d'une famille bas-norm. qui servit l'Anglais. Toutefois *Nel*, étant très certainement la fin d'un nom dont le commencement était fruste, pouvait être la finale de Paynel, Gastinel, Fournel, Reinel, tous noms représentés à la défense du Mont. — *D'arg. à 3 aigles de sa.* (1454).

476. — **Guillaume le Tellier**, en 1451 h. d'armes de l'Ord. du Mont St-M. (1283. V. ci-dessus n° 19) ; en 1464, ch. (P. O., le Tellier, en Norm., 39). — *D'arg. à la croix de g., cant. de 4 lions de même.*

477. — Dom **Raoul le Tellier**, en 1420 moine de l'abb. du Mont St-M. (Luce, I, 222).

478. — **Raoul Tesson**, ch. ; en 1415, bach. à la garde de St-Malo (756) ; en 1422, reçut d'Henri V les biens de son feu frère J. Tesson, ch., un des défenseurs de St-Lô en 1418 (Luce, I, 89, n. 3) ; en déc. 1432, rejoint le duc d'Alençon, le suit devant St-Lô, puis va servir au Mont St-M. (1198)· — *Fascé d'herm. et de sin., diapré d'or.* Dev. *Fidelitas, honos, virtus.*

479. — **Julien le Texier**, en 1420 archer à ch. du comte d'Aumale (1010). — *D'az. au lion pass. d'or.* (P. O., le Texier, 7).

480. — **Henri Thézart**, éc., en 1424 servant au Mont (1065) ; peut être le même que le suivant.

481. — **Hervé Thézart**, éc., en 1421 servant au Mont, (1024, 1027) ; ce qui contredit l'assertion qu'il mourut en 1417 (P. O., Tezard; 6) ; ce fut sans doute en 1.27, au combat de la Gueintre. La Pancarte le nomme « H. Thesart ». — *D'or à la fasce de sa.*, aliàs *d'az.*

482. — **Jean Thierry**, ou Thiéry, éc., en 1421 servant au Mont (1025) ; jusqu'en 1453 ne cessa de combattre pour la cause française, fut fait prisonnier, rançonné, et se ruina au service de la patrie (1314). — *De sin. au* lévrier *pass. d'or, acc. de 3 besants de même, chargés chacun d'une molette de g.*

483. — **Catherine de Thiéville,** femme d'Ol. de Mauny, sire de Torigny, était au Mont quand son époux y mourut. En 1437, elle fonda en l'abb., où il était enterré, 2 messes par semaine et un obit pour le repos de l'âme de son mari. (R., I, 373. — Luce, I, 107). Elle n'avait pas quitté le Mont en 1448 (*Pr.,* 1266), sans doute voulant y mourir aussi. — *D'arg. à 2 bandes de g. acc. de 8 coquilles de même,* 3-2-3.

484. — **Richard Tibout,** dit Cardin, en 1420 archer à ch. du comte d'Aumale (1010). Dans la montre il est fautivement appelé *Cibout.* — *D'arg. à la fl.-de-lis de g., acc. en chef de 2 roses de même.* (P. O., Thibout, 11).

485. — **Fralin de Tilly**, éc., est mentionné par des Listes, sous cette forme, « le Sr de Tilly ». Elles peuvent avoir raison : Fralin de T. en 1415 était à la garde de Valognes (765), et en 1418 fut confisqué par Henri V comme rebelle (892). — *D'or à la fl.-de-lis de g.* Dev. *Nostro sanguine tinctum.* (V. ci-dessus no 448).

486. — **Le bâtard de Torigni,** en 1416 éc. d'Ant. du Perle, à la garde de Paris (882) ; en 1421 éc. d'Ol. de Mauny-Thiéville (1029). La Pancarte le nomme « le bastard de Thorigni ». — *D'az. à la croix de g., à la barre de...* Dev. *Brevior at clarior.*

487. — **Coudre de Torigni.** Je crois qu'il faut lire ainsi « Condre de Tosigné », en 1421 archer à ch. d'Ol. de Mauny-Thiéville (1037). Coudre est le nom d'une famille norm. dont suivent les armoiries. Peut-être est-ce le même que le précédent. — *D'arg. à l'aigle épl. de sa., becq., membr. lang. et cour. d'or.*

488. — **Jean de la Touche,** en 1421 éc. de G. de Cully, ch. (1556). — *D'arg. à la bande de sa.*

489. — **Le bâtard de Tournebœuf,** en 1420 éc. de J. de Loucelles (977). La Pancarte le nomme « le bastard de Crombœuf » ; les Listes, de même ou « le B. C. de Crombeuf, le baron de Croubeuf ». — *D'az. à 3 têtes de* *bœuf d'or*. (Cf. *Pr.*, 974, et l'Index des *Pr.*, à Cournebeuf).

490. — Jean de Tournebu, en 1424 éc. du comte d'Aumale (1063). — *D'az. à la bande d'or*.

491. — Louis de Tournebu, éc., en 1418 frappé de confisc. par Henri V (*Ant. norm.*, XXIII, A. Charma, *Dons*, p. 5) ; en 1420, éc. de P. de Billebaut, en Anjou (*Sc.*, CXIII, 86), puis à la déf. du Mont St M. (Luce, I, 222) ; en 1421, éc. du comte d'Aumale (1039). La Pancarte ne porte que cette mention : « Tournebu » ; les Listes le nomment « S. de Tournebu » ou « Tournebus ».

492. — Jean de Tournemine, sire de la Hunaudaye ; en 1410, éc. au service du Roi sous les comtes d'Alençon et de Richemont (*P. O.*, Tournem., 3) ; en 1421, éc. banneret (1035. — V. ci-dessus, p. XC) ; en 1427, tué au combat de la Gueintre (1135). C'est un des noms ajoutés, et justement, comme on voit. — *Écart. d'or et d'az*. Dev. *Aultre n'auray*.

493. — Jean de Tournemine*, éc. La Pancarte ne le mentionne pas ; les Listes indiquent un Pierre de T., dont je n'ai trouvé trace. Ce ne peut être P. de Tournemine, s. de la Hunaudaye, mort avant 1411. On peut admettre qu'il s'agit de Jean de T., éc., en 1411 au service du duc d'Orléans (*P. O.*, Tournem., 2) ; en 1416 éc. de Tanneguy du Châtel (874) ; en 1418, à l'ost de Bourges (908) ; en 1419, éc. de Ch. de Mauny (936). — *De... à 3 aigles*. (Son sceau en 1411. P. O., 2, 6, 7.)

494. — Jean Touroulde, en 1420 archer à ch. du baron de Coulonces (995.) — *De... à la bande acc. d'une rose en chef et d'une étoile en p.* (Sc. de 1435. — *P. O.*, Theroude, 2). — *D'arg. à 3 roses de g., à la barre d'az. chargée d'une étoile d'arg. et broch. sur le tout*.

495. — Colin de Trémont, en 1421 éc. de P. le Beauvoisien, servant sous le comte d'Aumale (1031). — *De sa. à 3 cygnes d'arg*.

496. — Guillaume du Val, en 1421 éc. de J. de Fréville, servant sous le comte d'Aumale (1032).

497. — Jean du Val, en 1415 éc. de Colibeaux de

Criquebeuf, à la déf. de Rouen (854) ; en 1421 éc., de J. de Fréville, servant sous le comte d'Aumale (1032).

498. — **Thomas du Val**, en 1415 éc. de J. de la Haye, s. d'Éroudeville (845) ; en 1421, servant au Mont (1027). — *Burelé de 10 pièces.* (Sc. de Th. du Val en 1385. *Pr.*, 520.)

499. — **Jean Vallée**, dit Janiquet, en 1441 l'un des notables du Mont St-M. (1239. -- V. ci-dessus nº 3).

500. — **Jean Valognes**, en 1420 archer à ch. du comte d'Aumale (1010).

501. — **Guillaume de Varès** ou Varais, en 1420 éc. du comte d'Aumale (1010). — *Écart., aux 1-4, une bande* ; *2-3, vairé* (239).

502. — **Richard de Vassy**, ch., en 1421 bach. servant sous Ol. de Mauny-Thiéville, lieut. du comte d'Aumale (1037). — *D'arg. à 3 tourteaux de sa.*

503. — **Bernard de Vatonne**, en 1421 éc. de G. de Cully, ch., servant sous le comte d'Aumale (1556).

504. — **Pierre de Vaussemer** ou Valsemer, gendre de Martin, roi d'Yvetot (1532) ; en 1421, éc. de P. le Beauvoisien, servant sous le comte d'Aumale. (1031. — V. ci-dessus, nº 420). — *De... à 2 pals* (1352).

505. — **Guillaume de Vaussey '**, s. de Savigny, et ses fils, dont l'aîné aurait été tué à la déf. du Mont (1555). Je n'ai pas rencontré ce nom dans les montres ; il n'y a de certain que la mort, au Mont, de P. Michel (1407), p.-fils de G. de Vaussey.

506. — **Jean de Vaux**, ch. bach., en 1424 servant au Mont (1065). — *D'herm. au chef denché de g.* (N, 460.)

507. — **Robert de Ver**, éc. C'est un des 20 noms ajoutés après coup, non sans raison. Robert de Ver, en 1418 frappé de confisc. par Henri V (894), en 1424 servait au Mont St-M. (1066). — *De... au chef ch. de 2 roses* (506), aliàs 2 *molettes.* (Sc. de R. de Ver en 1382. *P. O.*, Ver, en Norm., 18).

508. — **Guillaume de Verdun**, éc., en 1418 frappé de confisc. *comme rebelle* (894, 971). La Pancarte le nomme « De Verdun », sans prénom. — *D'arg. fretté de sa.*

(Un des rares écus encore visibles en 1630. *Mon. des abb.*, 222.) — *D'or fretté de sa.* (N, 310. — V. ci-dessus p. LXXXIII.)

509. — **Jacques du Vergier**, en 1424 éc. du comte d'Aumale (1063). — *De g. à 2 bandes de vair* (1524).

510. — **Guillaume le Viconte**, en 1421 éc. de J. de Tournemine (1035), puis de Ric. de Bretagne (1038). La Pancarte le nomme « G. le Viconte »; les Listes, de même; G B, « Girard le V. » — *D'az. à 3 coquilles d'or sans oreilles*. Dev. *Æternæ rerum vires*.

511. — **Pierre de Viette**, éc., en 1415 à la déf. de Rouen (816). La Pancarte le nomme « P. de Viette ». — *D'arg. à la bande d'az. acc. de 6 tourteaux de g. en orle.*

512. — **Jean de Vieux**, éc., en 1424 servant au Mont (1066); (fils de J. de V., ch., en 1415 bach. sous Ol. de Mauny-Torigny (785), en 1418 confisqué comme rebelle (892), et qui dut mourir au Mont St-M. où son fils vint prendre sa place). La Pancarte le nomme « De Veyx ». — *Burelé d'arg. et d'az. à l'aigle de g. broch. sur le tout.*

513. — **Renaud de Vignemarie**, en 1421 éc. de J. de Fréville, servant sous le comte d'Aumale (1032).

514. — **Jean de Villaine**, éc., mort vers 1435 à la déf. du Mont (1407). — *Gironné d'arg. et de sa. de 6 p.* (N, 333), ou mieux 8 *pièces* (Sc. de 1372 et 1415. Pr., 382, 748, 812). — *De sa. fretté d'arg. au chef de même, chargé d'un lion naissant de g.* (Communiqué par Mr S. Michel de Monthuchon.)

515. — **Hellet de Villiers**, en 1420 éc. du comte d'Aumale (1010). — *Fascé d'arg. et d'az. de 6 p.* (P. O., Vassy, 145.)

516. — **Robert de Villiers**, en 1424 éc. du comte d'Aumale (1063). V. ci-dessus, Nᵒ 85.

517. — **Nicolas de Voisines**, secr. de Charles VII, en 1425 ravitailla plusieurs fois le Mont (1127). — *D'or à la croix engr. de g. cant. de 4 lévriers pass. de même* (1215); aliàs 4 *canettes d'az. becq. et membr. de g.* (Rietstap.)

518. — **Jean des Wis**, éc., en 1421 l'un des plus notables Défenseurs (1021); en 1424, avait sous ses ordres,

au Mont, Ol. de Mauny-Thiéville et Nic. Paynel, bannne-
rets (1064, 1065) ; mort probabl[t] à Verneuil. — *Bandé de
6 p.* * (233).

519. — Guillaume Yon, en 1420 éc. de Jac. de
Montenay, ban. (1004) ; en 1421 éc. de P. le Beauvoisien,
servant sous le comte d'Aumale (1031). — *D'or à la bande
d'az., et un lion de g. en chef.*

520. — Denis Yvon, en 1421 écuyer d'Ol. de Mauny-
Thiéville, lieut. du comte d'Aumale (1037).

(Dessin offert par le comte G. de Caix de St-Aymour)

INDEX DE LA PREMIÈRE PARTIE

Les Numéros correspondent à ceux des pages en chiffres romains.)

ERRATA DE L'INDEX DES PREUVES

ERRATA

INTRODUCTION. — Page XXXIV, ligne 16, au lieu de : (1444), lire : (1144).

Page LXVIII, l. 32 : *raimée*. Lire : rimée.

LISTE DES DÉFENSEURS. — N° 331 : *en* 1451 : lire : en 1421.

PREUVES :

N° 515, ligne 1, lire : 1385, 1 *nov*. Carentan.
— 751, l. 1, lire : *Richart* Basan, éc.
— 966, l. 1, **1420**, lire : 1400.
— 1007, l. 6, lire : *Nicolas* de Fribois.
— 1016, l. 1, lire : Pierre *Houel*.
— 1028, l. 4 : biffer *Nicole*.
— 1030, p. 90, l. 4, J. Boucé, lire : J. *Bouté*.
— 1063, l. 4, lire : N. du *Hertray*, *Robert* Servain.
— 1117, l. 4, lire : G. de *Brevedent*.
— 1135, l. 1, **1428**, lire : 1427.
— 1533, l. 1, **1424**, lire : 1425.
— 1556, l. 11, *M. Peynel*, lire : Nic. Paynel.

2ᵉ LISTE DE SOUSCRIPTEURS

S. A. R. Monseigneur le Duc d'Alençon.
S. A. R. Monseigneur le Prince Emmanuel d'Orléans.

MESSIEURS

Le Comte de **Caix de Saint-Aymour.**
Le Baron **Maupetit.**
L'Honorable L.-Adolphe de **Billy**, Juge à la Cour Sup. de la province de Québec.
Le Chevalier Em. **Portal.**
Madame **Verchin de la Houssaye.**

MESSIEURS

Firmin **Delangle.**
Mademoiselle de **Plouays de Chantelou.**
Charles **Buet.**
Le Comte de **Tarade de Ménardeau.**
Gabriel de **La Morandière.**
M.-G. **Wildemau.**

Imprimerie DESTENAY, Bussière frères St-Amand (Cher).

PREUVES

INDEX DES ABRÉVIATIONS

Abb. abbaye.

Arb. arbalestier.

Arch. archer.

B. Bertrand.

Bach. chevalier bachelier.

Ban. banneret.

Bat. bataille.

C. Colin.

Cap. capitaine.

Ch. Charles.

ch. Chevalier.

Comp. compagnie.

D. Denis.

Don. donation.

Éc. écuyer.

Eng. Enguerrand.

Éq. équestre.

Esc. escuier.

F. François.

G. Guillaume.

Garn. garnison.

Ge. Geffroy, Geoffroy.

H. Henri.

H. d'a. homme d'armes.

J. Jehan, Jehanne.

L. Loys, Louis.

M. Messire.

m. monstre, montre.

Ma. Martin.

Me Maistre.

Mi. Michiel, Michel.

N. Nicolas.

Ol. Olivier.

Ord. Ordonnance.

P. Pierre.

Ph. Philippe.

R. Robert.

Ra. Raoul.

Rev. reveue, revue.

Ric. Richard.

Rog. Roger.

S. Simon.

s. Seigneur.

Seign. Seigneurie.

Tém. témoin.

Th. Thomas.

Trés. trésorier.

Vic. vicomte, vicomté.

LES DATES DES PREUVES SONT EN STYLE MODERNE

(Pour les *Sources*, voir l'*Index* à la fin du volume.)

PREUVES

1. — 1047. Bat. du Val-des-Dunes : Raoul Tesson, fils de Raoul d'Anjou, décide la victoire avec ses 140 chevaliers. (Wace, *Roman de Rou.*)

2. — 1050. Don. à l'abb. du Mont St-M. par Roscelin, *filius Roberti de Marcilei qui erat in vinculis (Cartul.* 170).

3. — 1056. N.... de Verdun, chanoine d'Avranches. (Pigeon, *Dioc.*, 421.)

4. — 1066. *Chevaliers norm. à la conq. d'Angl.* : « Percy, Hautein, Bigot, Manneville, Colombières, Gower (Gouhier), du Boys, Bailleul, Estouteville, Viez (Vieux), Colleville, Verdun, Avenel, Chanteloup, Mauny, Paynel, Reviers, Louvel, Malet, la Mare, Picard, la Haye, Crescy, le Breton, Blondel, Fréville, Guernon, Autré, Servain, Brécey, Burdel, Harcourt, Jardyn, Mancel, Houel, Mauveysin, Burcs, le Brun, Bâcon, Bellet, Bastard, la Champagne, Carbonnel, Cheine, Cuily, Vaux, Hamon, Montenay, Morel, Pinel, la Rochelle, St-Quentin, Siffrewast, Tournebu, Tollevast, Travers, Ver, Pirou, Moulins, du Puis, des Biars, Tesson, du Homme, du Saussay, Semilly, Tilly, Romilly, Martel de Bacqueville, Rony, « Huc le Bigor de Maletot », Onnebaut, Combray, Fontenay, Bréauté, Hauteville, Pannier, Artel,

Baubenyn (Beauveisyn ?), R. des Loges, P. de Grenvile... »
(Lower, 193 224.)

5. — 1070. Grimoult du Plessis fait don de ses biens à
l'égl. de Bayeux (Pigeon, 316.)

6. — 1074. Prieuré des Biards ; charte d'accord ; tém.
Raoul de Fontenay (*Gall. chr.* XI, instr., 107.)

7. — 1082. Roger de Husson, tém. de la fond. de la Col-
légiale de Mortain (Pigeon, 533.)

8. — R. de Cuves et Raoul, son fils, consentent à la don.
des 2 égl. de Cuves au grand-chantre de la Collég. de Mortain. (Pigeon, 565.)

9. — 1082. Don. pour la prébende de Condé par Richard
Servain, ch. (Pigeon, 566.)

10. — 1083. Charte pour le Mont-St-M. Tém., Georic,
serviteur de Gautier du Buisson. (*Cartul.* 85.)

11. — 1085. Don au Mont-St-M. par Ranulphe de Cham-
peaux. (Pigeon, 356.) — Accord avec l'abb. de St-Evroult :
G. du Fay, Rog. de Ste-Marie, G. le Charpentier, tém.
(*Cartul. de St-Evroult.*)

12. — 1086. Foulques Drouart, R. et Mauger de Bures,
Ge. de Colombières, Rog. le Clerc, Payen de Bricqueville,
tém. de don. au Mont St-M. (*Cartul.* 124, 146, 252.)

13. — 1088. Charte pour le prieuré du Rocher, aux
Biards ; tém., G. de Husson. (Desroches, I, 229.)

14. — 1088. S. de Semilly, G. de Tournebu, Albéric de
Coucy, tém. d'une charte de R., duc de Norm., pour le
Mont-St-M. (*Cartul.*, 256.)

15. — 1096. Don. à lad. abb. Tém., Constance le Charpentier. (*Ibid.*, 121.) — V. 1096. Don. à St-Evroult par
R. Bourdon, de Neauphe. (*Cartul. de St-Evroult.*)

16. — 1115. Pierre Alard, ch. normand. (De Camps,
Nobil. hist., III.)

17. — 1121. Charte d'accord au Mont St-M. Tém., Renaud des Moustiers, R. de la Haye, G. le Breton, J. de
Mons. (*Cartul.*, 13.)

18. — 1126. Don. à l'abb. de Lessay par R. des Moustiers ; tém., Hug. de Cressi. (*Gall. chr.* XI, instr., 235.)

19. — V. 1130. Ric. Bastard, s. de Savigny. (Pigeon, 536).

20. — 1135. Hamon des Loges, tém. d'une don. à l'abb. de Savigny. (Pigeon, 445.)

21. — Charte pour le Mont St-M. Tém., G. de Beauvoir. (*Cartul.*, 138.)

22. — V. 1135. Don. à l'abb. de Savigny par Marie, fille de R. de Marcilly. (Pigeon, 509.)

23. — 1139. Charte de l'abb. de Savigny : R. de Fontenay. (Pigeon, 506.)

24. — 1142. Don au Mont St-M. Tém : Ric. de la Haye, J. Tesson, G. de Semilly, « et les chevaliers de ces grands seigneurs » ; de la famille de l'abbé : Ric. de Fontenay, Sawalon fils d'Hug. [de Milly], R. des Moustiers... (*Cartul.*, 261, et ms. lat. 9215, *Mont St-M.*, 2.)

25. — V. 1145. Evéché de Bayeux. — La dîme du fief de R. de Ver appartient à Renaud Neveu. (*Calv.* II, 442.)

26. — 1147. J. du Bois, ch., tém. d'une don. de R. de Terregatte. (Pigeon, 454.)

27. — 1150. G. Bastard a donné un étang, en Savigny, à l'abb. de Savigny. (Pigeon, 538.)

28. — V. 1150. Don. au prieuré de Vignats : H. de Revers, Herbert de Vieux, tém. (*Calv.* 278.)

29. — Don. à l'abb. de Villers-Canivet : Raoul de Tournay, tém. (*Calv.* 305.)

30. — 1152. Geoffroy Guiton est investi du fief de Mont-Ruault par l'abbé du Mont St-M. (Pigeon, 439.)

31. — 1154. Don. aux chanoines de la Luzerne : « Adam de Hely », tém. (*Gall. chr.*, XI, instr., 82.)

32. — Hommages à l'abb. du Mont St-M. : Foulques Paynel, Raoul Tesson, Th. de Beauvoir, Ge. de Bricqueville ; B. de Verdun, fils de Normand ; Ric. de Villiers. (*Cartul.* 16-17.)

33. — 1155. G. de Verdun donne à l'abb. du Mont St-M. son moulin de Tissey. (Pigeon, 421.)

34. — 1158. Foulques Paynel confirme les don. de ses ancêtres à lad. abb. H. Murdac, Raoul le Charpentier, tém. (*Cartul.*, 247.)

35. — V. 1160. Don. à l'abb. d'Ardennes par Ra. de la Broise, « dont les ancêtres furent ses bienfaiteurs », et par Ranulf Boutin, fils de Samson. (*Calv.*, I, 6, 10.)

36. — 1162. Ric. et Ra. de la Haye, G. d'Orval, G. de Brécey, Gilb. de Champeaux, Rog. de la Rochelle, tém. d'une don. à l'abb. de la Lucerne. (Pigeon, 374.)

37. — V. 1165. Roger de Tallevende, éc. (*Chartes de l'abb. Blanche.* — Desroches, I, 359.)

38. — Raoul Pigace, tém. d'une don. d'Hamon de Beauvoir au Mont St-M. (*Cartul.*, 262.)

39. — 1167. Don. de l'égl. de Poilley par Ph. de Poilley au prieuré de Villamée, membre de lad. abb. (*Cartul.* 160.)

40. — 1168. Fond. de l'abb. de Longues ; Ranulf de Longues, tém. (*Calv.*, II, 40, 41.)

41. — 1169. Accord entre R., abbé du Mont, et R. de Crux ; tém., G. de Verdun, H. de Crux, Ric. du Bois. Scel de R. de Crux : croix pattée alaisée. (*Cartul.*, 267.)

42. — V. 1170. Hamon de Beauvoir vend à Raoul Guiton sa terre de Plomb. (Pigeon, 421.)

43. — G. de Semilly, fils d'Eng. du Hommet, donne l'égl. de Port au chapitre de Bayeux. (*Calv.*, II, 449.)

44. — 1162. Geoffroy et P. Artur, frères, tém. d'un accord de R. de Sablé avec St-Martin de Tours. (*Coll. de Touraine*, t. V, 1886.)

45. — 1174. Chevaliers du dioc. d'Avranches : « G. et R. de Champeaux, G. de la Braise, G. de Ferrières, H. et Ric. de Brecey, Hamelin de Villaine, Gilb. de Fontenay, Ric. Servain, G. de Vauborel, R. d'Auxais, Aimery de Beauvoir, Renaud de Crux, G. de la Motte, G. Hamon... » (Desroches, I, 357 358.)

46. — V. 1175. Osbern du Fay, G. du Hommet, J. Pigache, sergent du Roi, tém. d'une don. à St-Etienne de Caen. (*Calv.*, I, 275.)

47. — Don. à l'abb. d'Aunay par Roger Suhart. (*Calv.*, I, 80.)

48. — Hugues de Fribois, à Lisieux, tém. d'une don. à l'abb. de Jumièges. (*Calv.*, II, 5.)

49. — 1177, jan. Assises de Caen : S. de Tournebu, Ric. du Hommet, Jourdin Tesson, Adam de Crux, G. et R. Beleth, G. de Ferrières. (*Calv.*, II, 448.)

50. — V. 1177. Hamon de Beauvoir, G. de Verdun, ch., prennent l'habit relig. au Mont St-M. (Desroches, I, 364.)

51. — 1180. Caen. Compte de R. de Montgommery : Ric. des Loges, G. Ascire... (Léch., *Gr. rôles*, p. 32.)

52. — V. 1180. Don. à l'abb. de Montmorel par J. du Bois, le sgr de Brécey... (*Gall. chr.* XI, 537. — Desroches, 367.)

53. — Don. à Montmorel par Rual du Homme, s. de Chacilly, *miles*, *vir illustris*. (*Gall. chr.* XI, 536.)

54. — G. et Eng. du Hommet, Jourdain Tesson, N. de Vieux, G. de Semilly, tém. d'une don. de B. de Verdun à l'abb. d'Aunay. (*Calv.* I, 80.)

55. — Don. à l'abb. de Troarn : G. du Saussay, tém. (*Calv.*, II, 238.)

56. — Roger Suhart confirme des don. à l'abb. de Villers ; G. et Ric. Pinel, tém. (*Calv.* 300.)

57. — Hugues de Pontfol, curé de St-Martin de Pontfol. (*Calv.*, I, 96.)

58. — 1182. Hamon l'Espine, partant pour Jérusalem, fait une don. à l'abb. du Mont St-M. — (*Cartul.*, 38, 52.)

59. — 1184. Échiq. de Caen : « Pro uxore Will. Malveisin, IX libr. » (*Calv.*, II, 365.)

60. — Don. à l'abb. du Mont St-M. Tém., P. Pinel, J. Pointel. (*Cartul.*, 55.)

61. — 1186. Hervé et Ric. de Verdun, frères, cèdent à lad. abb. le droit de présent. à la cure de Boucey. (*Cartul.*, 4.)

62. — Don. à lad. abb. par Ric. du Hommet : Ric. de Reviers, G. des Moustiers, tém. (*Cartul.*, 73.)

63. — 1189. Chartes du Mont St-Michel : Ogier Mansel, Foulques du Bois. (*Cartul.*, 140.)

64. — 1190-1204. Don. à lad. abb. par Hamon, G. et Th. de Beauvoir, frères ; tém., Ric. de Fontaines, sénéchal de l'abb. ; R, son fils, ch. ; Raoul Pigace, G. de Paluel, Hug. de Poilley. (*Cartul.* 262, 264.)

65. — V. 1190. R. le Petit, de Pertheville, acquiert au Mesnil. (*Calv.*, II, 279.)

66. — Don. à St-André-en-Gouffern par G. Hérault. (*Calv.*, I, 452.)

67. — V. 1195. Les fils de Raoul des Moulins fieffent à G. Gastinel, *aliàs* Vastinel, des terres à Guibray. (*Calv.*, 447.)

68. — Scel de Raoul de Cressy, ch. Écu : lion passant. (Demay, *Sc. norm.*, 217.)

69. — 1198. Cession par Raoul de Breuilly à l'abb. d'Aunay. (*Ibid.*, 143.)

70. — Échiq. de Norm. : « Ricardus de Onnebanc » (Ric. d'Onnebaut), R. de Cuves, R. Bence, baill. de Caux ; G. Bence, Rog. Bencelin, baill. de Cotentin. (Léch., Gr. rôles, p. 4, 29, 31, 60.)

71. — 1199. R. des Loges, ch., tém. d'une don. de G. de L'Espine au Mont St-M. Scel dud. G. : 3 écus, chef denché. (*Cartul.* 161.)

72. — 1200. Savary, s. d'Anthenaise, allant en pélerin. à St-Jacques de Galice, fait un don à lad. abb. Tém., Foulques Mansel. (*Cartul.*, 143.)

73. — Don. par Eng. de Vassy à lad. abb. Tém., R. de Crux, R. de Bures, chev. (*Cartul.*, 267.)

74. — Accord entre lad. abb. et Th. Hoël ; tém., Mᵉ R. de Chanteloup, Foulq. de Gastigny, Hug. de Granville. (Ms. lat. 9215, *Mont-St-M.*, 5.)

75. — Accord entre G. Paynel et Ge. Rossel, ch. (*Ibid.*, 17.)

76. — J. Mansel, ch., N. de Vieux, tém. de don. à l'abb. d'Ardennes. (*Calv.*, I, 4.)

77. — Don. à lad. abb. par Hervé de Missy et Ph. et R. ses fils. (*Ibid.*)

78. — Don à lad. abb. par Roger de Creully, fils de Ric., fils du comte de Glocester ; sceau : 3 lions. (*Ibid.*, 3.)

79. — Hug. de Viette, tém. d'une don. du comte d'Alençon à St-Jean de Falaise. (*Ibid.*, 323.)

80. — R. Pinel, donne à St-André-en-Gouffern une acre de terre, à Sacy. (*Ibid.*, 434.)

81. — Isabel, fille de Garin de Fribois, accroît les don.
de son père au prieuré de Ste-Barbe. (*Ibid.*, 105.)

82. — « G. de Nautairel » (Nantray), ch. banneret.
(Gab. du Moulin.)

83. — Chev. du comté de Mortain qui furent fidèles
à Ph. Auguste : Gui de Husson, G. Mancel, Ric. Servain,
Hamelin et G. de Brécey, R. de Cuves. (Pigeon, 705.)

84. — 1202-1203. Don. à l'abb. d'Aunay : Scel de G. Cornart ; écu : fleur-de-lys cant. en haut de 6 besants, en bas
de 2 étoiles. (*Sc. norm.* 883.) Sceaux de Raoul et Samson
Boutin ; écu : fleur-de-lys fleuronnée. (*Ibid.* 757, 758.)

85. — 1203. Chartes du Mont St-M. : P. du Plessis, clerc ;
P. et Payen de la Roche (*Cartul.*, 144.)

86. — 1204. J. de Fontenay, R. de Colleville, religieux
du Mont St-M. (*Cartul.*, 125.)

87. — Scel d'Herbert de Vieux ; don. à l'abb. d'Aunay ;
écu, une aigle. (*Sc. norm.*, 585.)

88. — V. 1204. R. de Crux, tém. d'une don. de H. des
Autels, *condolens ecclesie Montis S. Michaelis incendio mise-
rabiliter combuste.* (*Cartul.* 268.)

89. — 1206. Don. par Raoul Malferas et Marie, sa femme ;
mère de Th. Hoël ; tém., Foulq. de Chanteloup, Foulq. du
Bois, N. et Hug. de la Haye, G. de la Mare, Hug. de Granville, ch. (*Cartul.*, 266.)

90. — 1207. Don. à l'abb. d'Aunay par G. de Colleville ;
sceau : croix cant. de 4 palmes en sautoir. (*Calv.* I, 54.)

91. — 1208, Bayeux. R. de Crux, ch., tém. d'un accord
avec l'abb. du Mont St-M. (*Cartul.*, 251.)

92. — 1210. Fond. du prieuré de Saubesnon par Ge. de
la Champagne, ch., frère de Vivien, év. de Coutances.
(Pigeon, 676.)

93. — V. 1210. Don. à St-Jean de Falaise par G. de
Pertheville, ch. (*Calv.*, I, 327.)

94. — 1213. G. de Tournay donne à Roger de Mons un
fief, à Longraye. (*Calv.*, I, 108.)

95. — 1215. Scel de G. Thierri ; vente à l'abb. de
Jumièges ; écu, croix fleuronnée, combinée avec un petit

1*

sautoir, cant. de 4 fers de flèche ? (*Sc. norm.*, 1552.)

96. — Don. à l'abb. de Longues par Basire de Colleville. (*Calv.*, II, 42.)

97. — V. 1215. Scel de G. de Colleville ; don. à l'abb. d'Aunay ; écu, sautoir cant. de fleurons. (*Sc. norm.*, 872.)

98. — Sceau éq. de P. de Poilley, ch. Don. à Savigny. (*Sc. norm.*, 470.)

99. — R. de Ver tient du chap. à Bayeux une maison jouxte celle de Hug. de Bellay. (*Calv.*, I, 181.)

100. — 1216. Hommages à l'abb. du Mont St-M. : R. de Granville, N. de Verdun, Hamon de Beauvoir, R. de la Rochelle. (*Cartul.*, 18.)

101. — Assises d'Avranches : Geoffroy Pigasse, ch. (Pigeon, 469.)

102 — 1217. Scel de Foulques de Marcilly, ch. Écu au chevron. (*P. O.*, Marcilly, 2.)

103. — 1218. Don. au Mont St-M. par G. de Beauvoir, ch. N. et Normand de Verdun, R. de Crux, Raoul Guiton, tém. (*Cartul.*, 264.)

104. — 1219. Vente à lad. abb. Scel de Hug. Perdriel le grand ; écu, une fleur. Scel de Hugues P. le petit ; écu, étoile à 8 r. (*Sc. norm.*, 1371, 1372.)

105. — 1220. G. de la Mare, N. et Hug. de la Haye, ch. tém. d'une vente faite à lad. abb. par Th. Hoël, fils de Hugues. Scel. dud. Th. : étoile à 8 rais. (*Cartul.*, 266.)

106. — Foulques de Gastigny, R. et Th. de la Rochelle, ch., tém. d'une cession faite par Raoul de Crux à Foulques Paynel. (Ms. lat. 9215, *Mont St-M.*, 18.)

107. — Don. à l'abb. de Longues par P. Gohier, fils d'Emma d'Hérouville, époux de la sœur de N. de Tollevast. (*Calv.*, II, 43.)

108. — V. 1220. Charte de l'abb. du Mont St M. : R. des Moustiers, Raoul de Brécé. (*Cartul.*, 74.)

109. — 1222. G. Artur, tém. d'une vente à l'abb. du Mont St-M. (*Cartul.*, 242.)

110. — Scel de R. de Fontenay, ch., époux de Mathilde

de Vassy ; don. à l'abb. d'Aunay ; écu fruste paraissant fascé de 6 p. (*Sc. norm.*, 261-262.)

111. — 1225. R. Marmion, ch., donne à G. Gastinel, de Falaise, un tènement à Fontenay. (*Calv.*, I, 150.)

112. — V. 1225. Don. à St-André-en-Gouffern ; Raoul le Telier, tém. (*Ibid.*, 424.)

113. — 1227. G. et Hug. du Four, frères, bienfaiteurs de l'abb. de Villers. (*Calv.*, II, 310.)

114. — 1231. Don. au prieuré du Plessis-Grimoult par G. Guernon. (*Ibid.*, 157.)

115. — 1232. Don. à St-André-en-Gouffern par Raoul Samson, ch., et J., dame de Carrouges, sa femme. (*Calv.*, I, 425.)

116. — 1233. « Ego Guillelmus Fornel., miles... » (*Cartul.*, 258.)

117. — Ric. et Raoul de Creully, B. le Viconte, G. du Hommet, ch. ; G. des Loges, &c. ; R. Belet, curé de Lisieux ; présents à une don. de Hug. et G. le Prevost à la Maison-Dieu de Lisieux. (*Calv.*, II, 32.)

118. — 1234. Hug. le Tellier donne à l'abb. d'Ardennes une terre, à Sourdeval. (*Calv.*, I, 17.)

119. — Acharie de Reviers, ch., donne à l'abb. de Longues 3 vergées de terre à Fontenailles, jouxte les terres de P. de Viette. (*Calv.*, II, 45.)

120. — Chartes du Mont St-M. Tém. : G. des Mareis, Roger Suhart, Th. de Percy, R. de Carrouges, ch. (*Cartul.*, 267.)

121. — 1235. Barth. et R. Poisson donnent à l'abb. d'Ardennes le patronnage de l'égl. de Ste-Marie de Baron. (*Calv.*, I, 17.)

122. — Scel de H. de Gastigny, ch. ; don. au Mont St-M. Écu, une fasce, et bordure. (Arch. de la Manche, fonds de lad. abb.)

123. — 1240. Scel de G., fils de R. de Crux : écu, croix alaisée cant. de 4 besants. (*Cartul.*, 268.)

124. — V. 1240. St-Laurent-de-Terregatte : Ph. de la Lande, ch., fils de G. le Bret. (Pigeon, 454.)

125. — 1242. Scel de Th. de Tollevast, ch. Don: au prieuré de la Luthumière ; écu losangé, au lambel. (*Sc. norm.*, 561.)

126. — Don. à R. Bence d'une ferme et d'une maison sises à Martigny, à charge d'hommage. (*Calv.*, II, 314.)

127. — 1246. Scel de G. de Méheudin, ch. Don. à l'abb. d'Aunay : écu, chevron chargé de 3 étoiles. (*Sc. norm.*, 398) — Don. à l'abb. de Longues par H. de Colombières, ch., fils de Hug. de Longchamp, ch. (*Calv.* II, 45.)

128. — 1247. Acte de dessaisine d'une part de fief à Crocy pour St-André-en-Goufferon ; scel de Rog. Bordon : écu, un bourdon accosté d'un croissant et d'une étoile. (*Sc. norm.* 735.)

129. — 1248. Scel de N. Hervieu ; écu à la fleur-de-lys ; lég. : s. NICOL. HERVEV. (*Ibid.*, 1128.)

130. — Geoffroy Pigace : accord avec l'abb. du Mont St-M. (*Gall. Christ.*, XI, 523.)

131. — « Ego Ricardus de Vér, miles... » Don. à St-Etienne de *Calvalanda* ; écu, croix ancrée. (*Cartul.*, 272.)

132. — 1250. Bernard le Fèvre, tém. d'une don. au Mont St-M. (*Cartul.*, 128.)

133. — 1251. Assises d'Avranches : R. de Chanteloup, Hug. de la Haye, Bern. du Hommet, R. de Brécé, Th. de Beauvoir, J. Mauvoisin. (*Cartul.*, 8.)

134. — Don. à St-Etienne de Caen par Roland le Gris. (*Calv.*, I, 286.)

135. — Scel de G. de Vaux, ch. Don. à l'abb. d'Aunay ; écu d'hermines à 3 étoiles. (*Sc. norm.*, 578.)

136. — Don. au prieuré de Vivoin, dioc. du Mans : « Durandus de Bocan. » (*Vivoin*, f. 50 v.)

137. — 1251-56. Don. au prieuré du Plessis-Grimoult par G. Harel, fils de Hugues. (*Calv.*, II, 76.)

138. — 1252. Scel de Raoul Gaidon ; don. à Ste-Barbe ; écu, bêche accostée de 2 tiercef. (*Sc. norm.*, 1024.)

139. — Scel de G. Guernon ; vente à l'abb. de St-André; écu, croix fleuronnée, combinée avec un sautoir inscrit dans **un carré**. (*Ibid.*, 1087.)

140. — Scel de Ric. du Four; vente à l'abb. de St-Amand; écu, quartef. anglée de 4 pétales plus étroits. (*Ibid.*, 992.)

141. — 1253. Accord entre l'abb. du Mont St-M. et G. de Chaeney, ch., au sujet de la garde des biens de R. de Ver à Guernesey. (*Ibid.*, 992.)

142. — 1256. J. le Clerc, de Martigny, donne à R. Bence une pièce de terre, à charge de service et d'hommage. (*Calv.*, II, 317.)

143. — 1259. Don. au prieuré du Plessis-Grimoult, par N. de Combray, s. de Montgothier. (Pigeon, 516.) — Scel de G. de Biville; écu à la fleur-de-lys. (*Sc. norm.* 701).

143 bis. — 1260. Don. au chapitre de Lisieux par Hélié de Bordeaux. (*Calv.*, 17.)

144. — V. 1260. Nécrologe de l'abb. du Mont St-M. : Raoul de Bourguenolles. (Pigeon, 409.)

145. — 1261. Scel de Vincent le Sueur. Transport d'une rente à l'abb. de la Lucerne. Écu, étoile à 6 r. (*Sc. norm.*, 1542.)

146. — 1262. Don. à l'abb. de Montebourg par G. Bacon, de Reviers; écu : 6 roses, 3-2-1, lambel. (*Ibid.* 91.) — Scel de R. Binet, bourg. de Caen; écu à la fleur-de-lys. (*Ibid.* 1669.)

147. — 1263. Scel de Gautier Marie; transport de rente à l'abb. de Villers-Canivet; écu, étoile à 8 r. (*Ibid.* 1224.) Abb. de St-André-en-Gouff. Scel de J. le Guédon; écu à la croix aux branches recourbées du bout. (*Ibid.* 1084.)

148. — 1264. Scel de R. Sanson. Don. à St-André-en-Gouffern. Écu, fleur-de-lys fleuronnée. (*Ibid.*, 1510).

149. — V. 1265. Don. au chap. d'Avranches par R. de Crux. (Pigeon, 397.)

150. — 1266. Don. au prieuré du Plessis-Grimould par Raoul le Brun. (*Calv.*, II, 128)

151. — 1267. Scel de N. Beauvoir, fils de feu Th., chev. Écu : 3 losanges. (*Cartul.*, 263.)

152. — 1268. Échiq. de Caen. *Chev.* : J. de Tilly, G., Th. et J. Paynel, Gui de Tournebu, R. de la Rochelle, G. de Chanteloup. (*Cartul.*, 18.)

153. — 1269 : Don. à l'abb. de St-Pierre-sur-Dives par Ric. de Vietle, éc. (*Calv.*, I, 254.)

154. — 1270. Don. à l'abb. de la S. Trinité de Caen par H. Guesdon. (*Calv.*, II, 200.) — Confirm. de don. à l'abb. d'Aunay ; scel de G. Cornart, éc. Écu : un oiseau. (*Sc. norm.*, 198.)

155. — 1274. Raoul des Champs, de Trois, vend à Fromond Blondel des redev. à Cauville. (*Calv.*, II, 80.)

156. — Patrice Rabel vend son manoir sis à Bayeux. (*Calv.*, I, 196.)

157. — L'archidiacre de Caen met J. Pasturel, prêtre, en possession de l'église de St-Remy. (*Calv.*, I, 239)

158. — 1275. Vente de terres à la S. Trinité de Caen par G. Roinel, de Benouville. (*Calv.*, II, 202.)

159. — Don. à l'abb. de Fontenay par G. de l'Espine. (*Calv.*, I, 386.)

160. — V. 1275. Scel de Ph. de Gombert, ch. Écu, 3 besants ou tourteaux, lambel. (*Sc. norm.*, 288.)

161. — 1277. Don. à l'abb. de Jumièges par G. le Forestier, d'Oisy. (*Calv.*, II, 6.)

162. — Eudes, s. de Fribois, ch., confirme une don. au prieuré de Ste-Barbe. (*Calv.*, I, 117.)

163. — V. 1277. Don. au Mont St-M. par P. des Pas. (Pigeon, 428.)

164. — 1280. J. Barbey, de St-Aubin-d'Arquenay, vend à la S. Trinité de Caen des redevances à Benouville (*Calv.*, II, 204.)

165. — 1283, Bayeux. Scel de J. Yvon ; écu : fleur-de-lys fleuronnée. (*Sc. norm.*, 1147.)

166. — 1285. Scel de Foulques de Marcilly, ch. Écu au chevron. (P. O. Marcilly, 6.)

167. — 1288. G. Bence vend au chap. de Bayeux une rente, à Audrieu. (*Calv.*, I, 203.) — Bayeux : Scel de G. Cornet ; écu : fleur radiée à 8 pétales. (*Sc. norm.* 887.)

168. — 1289. J. de Villiers vend à l'abb. du Mont St-Michel des rentes, à Vessey. (*Cartul.*, 257.)

169. — 1290. Scel de G. de Gastigny ; vente de rentes

au Mont St-M. Écu, un arbre et 2 oiseaux perchés. (*Sc. norm.*, 1042.)

170. — 1291. Ric. le Bret vend à Ste-Barbe une rente à prendre sur le Mont-Gargan sis en son manoir de Pont-fol. (*Calv.*, I, 119.)

171. — Scel de J. du Caule, éc. Écu semé de croisettes à la croix ancrée. (*Sc. norm.*, 162.)

172. — Scel de G. de Ver, ch. Don. au Mont St-M. Écu, 3 étoiles. (*Sc. norm.*, 580.)

173. — 1294, Bayeux. Vente d'un courtil par J. le Mercier. (*Calv.*, I, 206.)

174. — 1295. « Chevaliers que Mgr de Harecourt amiral de France, mena o lui el voiage de la mer : R. de Tournel·u, Geof. de Clinchamp, Fouques et G. Painel, J. Roussel, Foucaut du Mesle, Bertau de la Roche, G. Carbonnel, R. de Fontenay, Ge. de Montenay, Emery de Husson, G. de Semilly, Raul de Tournay... *Esc.* Hub. Cholet, Aubin Marguerie, Rog. Bauce (Bance ?), Ric. de Brevedent, J. le Vicomte, J. de Veir (Veix, Vieux ?)... (*Harcourt*, IV, 1644-46.)

175. — « *Les Chevaliers de la baillie de Constantin* : Georges de Grimoville, Mathieu Roussel, Rog. de Pirou, G. de Chanteloup, Ric. de Croley, Hemery de Huchou, G. Paenel, G. de Ferrières, Hug. Costart... » (Du Fourny, 29-30.)

176. — 1296. Don. par P. de Courcelles à St-André-en-Gouffern d'un fief sis à Fresné-la-mère. (*Calv.*, I, 471.)

177. — 1297. Chartes du Mont St-M. : « Guillelmus Suart, armiger. » (*Cartul.*, 129.) — Scel d'Agnès, femme de R. de Beloys ; écu à la croix fleuronnée. (*Sc. norm.*, 683.)

178. — J. le Telier vend au Mont St-M. des redev. à Ardevon ; son signet porte un arbrisseau. (*Cartul.*, 261.)

179. — 1299. « Bertran de Huechon, esc., et Perrenelle, sa femme. « (*Cartul.*, 263.)

180. — J. Yvon prend en fieffe de la S. Trinité de Caen une pièce de terre à Mouen. (*Calv.*, II, 208.)

181. — V. 1299. G. de Fribois, tém. d'une don. à l'abb. de Troarn. (*Calv.*, II, 240.)

182. — 1300. G. de la Servelle, garde du scel de St-James de Beuvron. (Menard, p. 94.)

183. — R. de la Rochelle, ch., confirme à l'abb. de Belle-Étoile les biens qu'elle possède en ses fiefs. Écu, 2 jumelles et un chien passant en chef. (*Sc. norm.*, 496.)

184. — 1301-1302. Ost de Flandres : *Chev.* B. du Buisson, Martin de Gohier... *Esc.* Guérin du Four, B. Guérin, Odoart Assire... (O. de Poli, *R. Assire*, 91-92.)

185. — 1302, Ost de Flandres. Scel de : « Robers li Biauvoisins, esc. » : fleur-de-lys fleuronnée. (*Sc.*, XII, 105.) — P. de Fribois, ch., du baill. de Rouen ; écu à 2 fasces acc. de 3 merl. en chef, lambel à 4 p. (*Sc.*, L, 3767.) — Ric. de Courcelles, éc. ; écu : croix ancrée. (*Sc.* XXXVI, 2679.) — Raoul de Tournay, ch., du baill. de Caen ; écu : 3 molettes, lambel de 5 p. (*Sc.* CVII, 8331.) — G. de Breuilly, ch. : écu au lion. (*Sc.* XXIII, 1631.)

186. — 11 s., Arras. Ost de Flandres. Quitt. de J. de Rovencestre, Raoul de St-Germain, etc., esc. Scel de J. de R. 2 aigles adossées. (*Sc.*, XCVIII, 93, 94.)

187. — Ost de Flandres. Quitt. de Ric. de Croilet, esc., de Caen. » (*Sc.*, CXIII, 168.)

188. — 27 s., Vitry, Ost de Fl. Quitt. de Raoul de Rovencestre, ch. Écu : 2 aigles adossées. (*Sc.*, XCIV, 7323.)

189. — 28 s. Ost de Fl. « Je Raoul de Tournoy, chlr de la baillye de Caan... » Quitt. Écu, 3 molettes, lambel. (*Sc.*, CVII, 23.)

190. — 1303. Raoul de Tournay confirme une don. à l'abb. de Vignats. (*Calv.*, II, 290.)

191. — Geoffroy Avice, vicomte de Rouen. (*Sc.*, XLVIII, 214.)

192. — 1304. « Guillot de la Motte, esc., mis en amande pour défaut d'hommage » à l'abb. du Mont St-M. (*Cartul.*, 256.)

193. — Devant le vic. de Caen, J. Morel reconnaît de voir certaines redev. à l'abb. d'Ardennes. (*Calv.*, I, 34.)

194. — 1307. Ric. le Borgne doit à St-Jean de Falaise des redev. sur un tènement sis à St-Quentin-de-la-Roche. (*Calv.*, I, 346.)

195. — Fond. de l'abb. de Torigny par R. le Fèvre, archid. d'Avranches, médecin de Philippe IV. (Pigeon, 332.)

196. — 1309. R. Roussel, éc., est constitué par l'abb. du Mont St.-M. pour faire au Roi le service de l'ost de Flandres. Même procur. en 1313 à G. Roussel, ch. (*Cartul.*, 25, 26.)

197. — 1313. Ric. du Parc, garde du scel de la vic. d'Avranches. (*Chartes de Bayeux*, etc., Mont St-M., 8.)

198. — 1315. Don. à Ste-Barbe par G. Prieur, clerc de Monceaux. (*Calv.* I, 137.)

199. — 1316, 27 mai, Lille. Quitt. de gages de P. de Bellé, ch. Écu à la fasce frettée acc. d'un lion passant en chef, à dextre. (*Sc.* XII, 779.)

200. — 1317. G. de la Servelle, éc. Aveu du fief de Beauvoir à l'abb. du Mont St-M. (Menard, p. 94.)

201. — Don. à Ste-Barbe par P. de Fribois. (*Calvados*, I, 122.)

202. — 1321. Don. au prieuré du Plessis-Grimould par Philippine, dame de Longues, veuve de Raoul de Rovencestre, ch. (*Calv.* II, 90.)

203. — 1322. Frère J. le Prevost., bailli de l'abb. du Mont St-M. (Menard, p. 101.)

204. — Don. à Ste-Barbe par J. de Fribois. (*Calv.*, I, 138.)

205. — 1323. Guérin Geelin vend au Mont St-M. des droits à Champeaux. (Pigeon, 356)

206. — 1324. Scel de R. le Forestier ; écu, un loup rampant. (Arch. de la Manche, *Abb. du Mont St-M.*)

207. — 1325. Scel de R. le Forestier, éc., à qui l'abbé du Mont St-M. a permis de chasser dans les bois de Préaux et de Brion. Écu, quadrupède rampant. (*Sc. norm.*, 265.)

208. — Échange de rentes entre l'abb. de Savigny et R. Sanson. (*Calv.*, II, 327.)

209. — V. 1325. Hug. le Brun fait le pèlerinage de Jérusalem. (Pigeon, 433.)

210. — 1327. G. de Breuilly possède à Chavoy un demifief de haubert. (Pigeon, 403.)

211. — P. Fournel tient 2 vavass. à Cormeray. (Pigeon, 423.)

212. — J. Revel (Renel?) et Fouquier de la Rochelle tiennent fief à Boucey de R. de Verdun. (Pigeon, 422.)

213. — H. de la Bellière tient fief de son frère Th. à Bouillon. (Pigeon, 353.)

214. — 1329. G. de Bourbel, éc. de la vic. de Neufchâtel. (L. Delisle, *Actes norm.*, p. 13.)

215. — 1332. R. Malvoisin, proc. du Roi à Caen. (*Ibid.*, p. 47.)

216. — 1333. Fragment d'un compte du baill. de Cotentin : « Guiot Selvain, J. Paein, H. de Cuves, R. de Combrai, C. le Souterel, esc. » (*Ibid.*, p. 52.)

217. — 1334. G. du Quesnoy, ch., vic. de Rouen. (*Ibid.*, p. 74.)

218. — Thomas du Chemin, chevalier, de la vicomté de Rouen. (*Ibid.*, p. 80.)

219. — Don. par C. le Cousturier aux nonnains de N.-D. de Lisieux. (*Calv.* I, 249.)

220. — 1334, oct. Mandement « au baillif de Coustentin pour apporter l'argent que il avoit, au Mont St-M., à l'encontre de la Royne, qui y devoit aler là environ à 3 sepmaines de la St-Michiel ». (L. Delisle, *Actes norm.* p. 132.)

221. — 1335. Th. de la Fosse, ch., de la vic. de Domfront. (*Ibid.*, p. 131.)

222. — 1337. Scel de R. le Bessinois, clerc ; sentence au sujet de rentes dues au Mont St M. Écu, 3 roses. (*Sc. norm.*, 2586.)

223. — Bertaud de Serres, chanoine de Bayeux. (L. Delisle. *Act. norm.*, p. 162.)

224. — Comp. de R. Bertran, Sire de Fauguernon, ch. ban. « *Bach.* : J. de Tournebus, Raoul d'Estouteville, Frarin

et Guy de Huchon, R. de Fontaines, H. de Fontenay... »
(Du Fourny, 147).

225. — Comp. de J. Tesson, ch. *Chev.*: H. de Colombières, Raoul de Mons... (*Ibid.* 147.)

226. — Sergenterie d'Isigny : Ph. Suhart, ch. (L. Delisle,
Act. norm., p. 162.)

227. — Scel de S. Cholet, ch. normand ; écu bandé de
6 p. (*P. O.*, Cholet, 3)

228. — Ric. de Tournay, éc., de la vic. de Vire. (L. Delisle, *Act. norm.*, p. 161.)

229. — 1338, 21 juil. Rev. d'Aymar, sire d'Archiac, ch.
bann., sous le maréchal de Blainville. « *Esc.* Fouquet de
Esrondeville, Huguet Michiel... » (Du Fourny, 137 v.)

230. — 1339, Harfleur. « G. de Bourdeaux, mestre de la
coque du Roy ». (L. Delisle, *Act. norm.*, p. 206.)

231. — 25 s., Compiègne. Quitt. de « Fouquet de
Ste-Marie, esc. du baill. de Caen », servant « en ces présentes guerres » ; écu à la bande sous un comble, au
lambel. (*Sc.*, LXX, 134.)

232. — 1339. Guerres de Vermandois : quitt. de G. du
Hétray, éc., du baill. de Rouen ; écu burelé à 2 bars
adossés. (*Sc.*, LIX, 4535.) — Quitt. de H. de Sachin, éc.
Écu à la bande chargée d'une étoile en chef. (*Sc.*, C, 7725.)
— Quitt. de R. de Grainville, éc. Écu à la croix, bordure
engrêlée. (*Sc.* LIV, 4131.) Quitt. de R. de Huval, éc., du
baill. de Caux ; écu d'hermines à 2 fasces acc. de 3
quintef. en chef. (*Sc.* LX, 4661.)

233. — 12 d., Cambrai. Quitt. de « G. de Viz, esc. » Écu
bandé de 6 p. (*Sc.* CXIV, 136.)

234. — 1339-43. Gens d'a. servant sous Raoul, comte
d'Eu, connét. de France. *Ch.* R. de Wascy, P. du Fay, G. de
Bordeaux, G. Martel, sire de Bacqueville, H. Louvel... *Esc.*
G. Harel, Colart de Longuemare, R. Pigache, Ra. de Percy,
R. de Parsy, Rouet de Rivière, Guyot de Wascy, J. Louvel, P. le Brun, Anseau de Cays, G. du Vergier, J. d'Auxais, R. le Mire... (Du Fourny, 168-183.)

235. — 1340. *Gens d'a. servant sous J., sire de Tournebu,*

ch., *cap. des ports et frontières de mer en Bessin*. Chev. :
« Ge. du Plessis, G. Bacon, J. de Tilly... *Esc.* : Rog. de
Mons, Eng. de Villers, Yvon Bacon, Joiret Poisson, Ra. de
Vaux, Eudin de Fribois, J. de Tournebu, Ra. de Grain-
ville... » (Du Fourny, 176 v.)

236. — Garde des frontières de mer en Norm. Rev. de
R. Bertran, sire de Fauguernon, ch. ban. *Bach.* : G. de
Vierville, G. de Rouvrou, Ol. Painel, J. de la Haye d'Arondeville, Guy et R. de Tournebu... *Esc.* : G., J. et Ric. de Vierville, Garin de Rouvrou, J. de St-Germain, Robin de Fontenay, Ric. de Mons... » (*Harcourt*, IV, 2054-5.)

237. — Scel de Ph. Rogres, ch. Écu gironné de 12 p.,
lambel.(*Sc.* XCVII, 7525.)

238. — 1341. Scel de Gui de Husson, ch., confirmant
des droits au Mont St-M. Écu : 6 annelets, bordure.
(*Sc. norm.*, 330.)

239. — Ost de Buironfosse ; quitt. de N... de Varais,
dit le Prudhomme, ch. Écu écart., 1-4 une bande, 2-3
vairé. (*Sc.* CXIII, 8833.)

240. — 1342. Comp. de Galois de la Baume, ch., maître
des arbal. *H. d'a.* G. Poisson, Janin du Buisson, J. du
Parc. (*Cab.*, 1408, p. 2.)

241. — 1346. Scel de R. de Huval, ch. Écu d'herm. à
2 fasces acc. de 3 quintef. en chef, lambel à 5 p.(*Sc.* LX, 4663.)

242. — Raoul Guiton, cap. de St-James, repousse victorieusement les Anglais. (Pigeon, I, 312.)

243. — 28 oct. Jean, duc de Norm., nomme J. le Mercier, de Gisors, gouverneur de son hôtel. (L. Delisle, *Act.
norm.*, p. 206.)

244. — 1348. Fond. de l'Hôtel-Dieu de Mortain par G.
le Soterel. (Pigeon, 149.)

245. — 23 août. Quitt. de « G. Beneest, clerc du Roy et
commis en la Vic. de Faloize « pour asseer le subside » de
guerre ; écu : croix cant. de 4 têtes de lion arrachées,
lambel à 3 p. (*P. O.*, Beneest, 3.)

246. — 1349. J. Guedon, sommelier du duc de Norm.
(L. Delisle, *Act. norm.*, p. 417.)

247. — Assises de Vernon : J. le Brun, J. de Grimesnil, ch. (L. Delisle, *Act. norm.*, p. 386.)

248. — 1350. Ol. le Fèvre, maître des eaux et for. de Norm. (*Ibid.*, p. 427.)

249. — « Jeu C. le Cointe ay eu et receu de J. du Garding, gardain de la terre R. d'Estouteville... » ; quitt. scellée ; écu parti : au 1, 3 besants ou tourteaux et un chef ; au 2, 3 merlettes rang. en pal. (*P. O.*, le Cointe, 2.)

250. — V. 1350. Gens d'a. au service du Roi : « Hermeric de Clinchamp ». (Cab. 1443, p. 1.)

251. — 1351. « Mgr H. de Crux, cap. des ville et chastel d'Avrenches. » (Du Fourny, 197.)

252. — 1352, 29 n. « La m. de P. de Guod, cap. de Toneynx. *Esc.* P. Michiel... » (*P. O.*, God, 4.)

253. — 1353, 1 jan., Mortain. — Rev. de P. de Romeries, esc. *Esc.* : J. de Tourney... » (*Sc.*, XCVII, 86.)

254. — 1354, 5 d., Caen. Jean II permet à G. Servain, ch., s. de Manerbe, blessé et pris. en Angleterre, de vendre 2000 liv. ts de ses bois sans payer de droits. (*P. O.*, Servain, 2.)

255. — 1355. J. Assire, éc. de Ric. de Vire, ch. (O. de Poli, *R. Assire*, 97.)

256. — 20 juin, Caen. — « La m. de G. de Harecourt. ch. *Bach.* : H. de Coulombieres. *Esc.* J. de Coulombières, J. et Gascoing du Bois, J. et Ge. de Manneville, Amaurry de la Liserne... » (*M.*, I, 26.)

257. — 26 juin, Rouen. « La m. de J. de Godarville, esc. *Esc.* Colibiaux de Criquebeuf... » (*M.*, I, 50.)

258. — 27 juin, Rouen. « La m. de Richart de Huval... » (*M.*, I, 143.)

259. — 6 juil., Bayeux. — « La m. d'Ol. de Villiers, ch. *Bach.* : J. de Harecourt. J et Robin de Vierville, G., Guillemin et J. de Perchy, Guiot de Creullet... » (*M.*, I, 69.)

260. — 8 juil., Rouen. « La m. de Barroys de Hetray, ch. *Esc.* G. de Lespinay, J. du Hetray, G., R. et J. du Tornoy... » (*P. O*, du Hetray, 2.)

261. — 16 juil., Caen. « La m. de J. de Guirros, ch., et 1 esc. : J. d'Onnebaut. » (*M.*, I, 67.)

262. — 26 juil., Rouen. « La m. Mgr de Clere. *Esc.* : C du Quenoi, Ra. de Fontenay, J. et C. de Prulai. » (*M.*, I, 29, 78.)

263. — 14 août, Rouen. Alardin de Bourbel, éc. Quitt. de gages ; écu : 3 besants, lambel à 3 p. (*P. O.*, Bourbel, 2.)

264. — 1356, 1 f., Pontorson. « La monstre de P. de Villers, ch., cap. de St-Jame de Bevron et de Pontorsson. *Esc.* : Gillot de Chantelou, J. de Combray, G. et Guillemet Chappedelaine, Lorens du Puis, Hervart des Champs, P. le Fèvre, H. Maillart, J. Roussel, Ric. Malet, G. et Ra. de Semilli, Th. de la Fosse, R. le Bastart, Ge., J. et G. de Roumilli, J. de Poilli, J. Benoist, G. Martel, G. et Ol. de Senedavy, Gauchier de Villaine... *Arch.* : G. du Plesseis... *Arbal. de pié.* : Sevestre et Ge. Arcon, Ol. de la Roche... » » (Cab. 1408, f. 33-38 pass.)

265. — « La m. de Rog. de Combray, ch. *Esc.* Ph. et G. de Combray, Est. de Verdun... » (*Ibid.*, f. 34)

266. — « La m. de P. Rouaut, ch. *Arch. à cheval* : C. du Four... » (*Ibid.*)

267. — « La m. de G. de St-Hillaire, ch. *Esc.* : G. Pigace... *Arch.* : J. de Meheudin... » (*Ibid.*)

268. — « La m. de P. de Boulande, ch. *Esc.* : H. de Husson.., » (*Ibid.*)

269. — « La m. de G. de Croilly, ch. *Esc.* : Fouquet de Croilly... » (*Ibid.*)

270. — « La m. de Lionneys de Poilli, ch. *Esc.* Perrotin de Poilli, G. Chappedelaine, Lorens du Puis, Brisegaut de Mons, D. du Val... » (*Ibid.* f. 35)

271. — « La m. de Th. Pinchon, ch. *Esc.* J. de Verdun, J. du Val... » (*Ibid.*)

272. — « La m. de Th. Boutier, esc., et 1 autre : Haymon du Val. » (*P. O.*, Boutier, 2.)

273. — « La m. de H. Langevin, esc., et 2 autres : S. du Parc... » (*P. O.*, Langevin, 2 ; quitt. du 11 av. ; écu : une croix, les cantons 2-3 chargés d'une quintef. (*Ibid.*, 4.)

274. — 1 mars, Pontorson. « La m. de J. de Murdac, ch. *Esc.* : J. du Buisson... » (*P. O.*, Meurdrac, 2.)

275. — 25 mars. Rémission à Jacq. le Prestrel, lieut. en la Monnoie de St-Lô, des délits par lui commis au fait de lad. monnoie. (A. N., JJ. 84, n° 659.)

276. — 24 mai, Caen. « La m. de Ra. de Guiberville, ch. *Esc.* : J. et Ge. de Manneville... *Arch. à chev.* : J. de Broissy, Alain de la Rocele... » (*M.*, I, 83.)

277. — 27 mai, Bayeux. « La m. de Ric. de Dampierre, ch. *Esc.* : J. des Loges... » (*M.*, I, 83.)

278. — 6 juin. « La m. mons. G. d'Argouges, ch., cap. du Chastel de Bayeux. *Bach.* : R. de Villers, J. Hamon, G. de Fontaines... *Esc.* : C. de Bricqueville, G. de Perci, R. de Villers, G. Hamon, Ric. de Fontaines, G. le Grant, Robin de Ste-Marie... *Arch.* : R. Dangou (d'Anjou)... *Arbal.* : Robinet de Reviers, G. de Fontenay, G. du Buisson... » (*M.*, I, 94, 97.)

279. — Caen. « La m. mons. G. du Codrecl, ch. *Esc.* : J. de Launoy, J. Murdrac, Thieb. de Prulay... » (*M.*, I, 98.)

280. -- 14 juin, Caen. « La m. de Ric. de Dampierre, ch. *Esc.* : C. de Missy, J. Pigache... » (*M.*, I, 108.)

281. — « La m. de G. Patris, ch. *Arch. à chev.* : Ra. Guerin, Lorens de Launoy... » (*M.*, I, 109.)

282. — 9 juil., Caen. « La m. de J. de Guerros, ch. Jehannin de Viex, esc. » (*M.*, I, 118.)

283. — 11 juil., Caen. « La m. de G. du Coudroy, ch. *Esc.* : J. Murdrac, H. des Loges, J. de Launoy, J. de Vaux... » (*M.*, I, 114.)

284. — 22 juil., Caen. « La m. missires J. Tesson, ch., et 4 esc... » (*M.*, I, 133.)

285. — août. Jean II donne à P. Pannier, son valet de chambre et coureur, les biens de Guillot et Ph. Porte, rebelles avec Ph. de Navarre. (A. N., JJ. 84, n° 602.)

286. — 1357. *Geoffroy de Gâtigny, puis B. du Guesclin, cap. de la garnison du Mont St-M.* : « La gloire du Mont St-Michel, au xive siècle, c'est d'avoir été un véritable sanc-

tuaire de ce sentiment national que la guerre de Cent ans
développa, pour ne pas dire éveilla, avec tant d'énergie.
Depuis dix ans que la lutte durait contre les Anglais, les
Religieux avaient montré un patriotisme admirable. Leur
abbé, N. le Vitrier, qui avait vu le jour sur le pittoresque
rocher dont le monastère forme le couronnement féérique,
avait armé ses hommes et serviteurs, « faisant luy mesme,
ajoute dom Huynes, historien du Mont St-M., un tel guet
autour de ce rocher que jamais nul Anglois durant ces
troubles n'y mist le pied. » Pour récompenser cette grandeur de courage, le Dauphin accorda à N. le Vitrier, le
27 jan. 1357, des lettres pat. portant que le cap. du Mont-
St-M. ne serait désormais autre que l'abbé ou celui que
l'abbé désignerait au Roi. Nicolas, dont la modestie égalait
le patriotisme, désigna sans doute Geoffroi de Castegny, car
cet écuyer est mentionné comme capitaine de la garnison
du Mont dans un acte du 11 juillet 1357. Geoffroi de Castegny fut remplacé le 13 déc. suivant par Bertrand du
Guesclin, ou, s'il fut maintenu, il se trouva placé sous les
ordres du nouveau cap. de Pontorson. » (S. Luce, *Hist. de
B. du Guesclin*, I, 255.)

287. — 8 jan., Dinan. La m. d'Yvon de Guergollé, esc.
Arch. H. Artur. (Cab. 1408, p. 42.)

288. — 3 oct., Évreux. — La m. de Claudin de Hallen-
villier, ch. *Bach.* Fouques de Marsilly... *Esc.* : Billart de
Tournebust... » (*Sc.*, LVII, 30.)

289. — 27 oct. H. de Coulombières, ch., est nommé
cap. de Bayeux. (*P. O.,* Colombières, 2 ; son scel : écu, un
chef. *Ib.,* 5.)

290. — 1358, juil., St-James-de-Beuvron. — J. Paynel,
Ét. Guiton, G. de Ronnel (Rônai ?), J., Ge. et G. de Ro-
milly se soulèvent et chassent Th. Pinchon, châtelain de
St-James, suspect de favoriser les Anglo-Navarrais. (S.
Luce, *Hist. de B. du Guesclin,* I, 268.)

291. — 11 d. « La m. de G. du Merle, ch., sire de
Messy, cap. de Caen. *Esc.* J. du Melle, G. Bures, Raol de
Segrie... » (*P. O.,* du Merle, 4.)

292. — 1359. Scel de Regnaut Bourdon, clerc, lieut. à Béziers de Garin de Moret, trés. de Carcass. Écu : sautoir cant. de 4 coquilles. (*P. O.*, Bourdon, 2.)

293. — G. de la Servelle, vicomte de St-James de Beuvron. (Menard, p. 94.)

294. — Robert Assire, vicomte de Falaise. (*Quitt.* XI, 847.)

295. — Scel de J. de Pierrecourt, ch. Écu à 3 fasces. (*Sc. norm.* 459.)

296. — Juin. « Gens d'a. aus gaages de la ville de Caen : Ric. de Mathoen, Hanequin de Vaux, C. de Missy, J. de Percy, J. et Ge. de Manneville, Galeran des Marez, J. de Combray... » (B. N., ms. franç. 22468, p. 141.)

297. — 1360, 12 d. « Ce sont les 300 à qui le Roy a pardonné tous les maléfices qu'ils ont faits pour le roy de Navarre. *Chev.* : J. de Tilly, J. de Manneville, J. de Pirou, J. sire de la Haye Hue, J. de Grainville, G. aux Epaules, Ra. de Fontenay, N. le Fèvre, Hebert de Veex, G. de Folligny... *Esc.* : le sire d'Arondeville, le sire de Tholevast, Ph. Gohier, G. Louvel, Th. Pinel, J. du Val, J. du Bois, G. des Moulins, Ric. de Vierville, G. des Champs, J. des Moustiers, Jaq. le Prestel, G. Auber, Maugier Bonvoisin, Andrieu du Puis, P. de la Rochelle, G. du Bois, Ric. le Clerc, P. le Breton, Guillemet de Cambray, J. du Four... » (*Harcourt*, IV, 1426.)

298. — 1361, 23 mai, Caen. J. de Pontaudemer, ch., sire du Quesnoy, reçoit ses gages de J. Mauvesin, bourgeois de Caen, reç. général ; écu : un pont à 3 arches, et un léopard en chef. (*P. O.*, Pontaudemer, 4.)

299. — 27 n., Paris. « La m. de G. d'Ievry, ch. *Bach.* Fouque de Marsilly... *Esc.* : Perrinet de Coulombières... » (*Sc.*, XL, 156.)

300. — 1362, Mont St-M. Scel de C. Marie, lieut. du vic. de Coutances : écu au rencontre de cerf. (*Sc. norm.* 2064.)

301. — 1363. Scel de J. de Cressy, ch. Écu, bande acc. de 6 merl. en orle. (*Sc.* XXXVII, 2793.)

302. — 16 s. B. du Guesclin, cap. des baill. de Caen et de Cotentin : quitt. à R. Assire, vic. de Falaise, de 142 « frans dor en descompte de 4.500 fr. que nous avons prestez pour le rachapt du fort d'Aulnoy ». (A. N., K. 49.)

303. — 1364. Don par le Roi à G. le Bigot, ch., de la terre d'Aunay, confisquée à Charles du Fougeray pour lèse majesté. (A. N., JJ. 95; n° 204.)

304. — 3 f., Caen. La m. de Ric. de Creulie, ch. *Esc.*: Guillebert de Creulie, Ric. de Cuilly, petit J. de Mangneville. (*M.*, I, 161.)

305. — 3 juil., Caen. « La m. Mgr J. de Carrouges, ch. *Bach.* : Th. Paynel. *Esc.* : J. et R. de Prulay... *Arch.* : G. Harel. » (*M.*, I, 156.)

306. — 1365, Bayeux. Quitt. d'Hébert de Vieux, ch. Écu burelé à l'aigle broch. (*P. O.* de Vieux, 4-7.)

307. — 6 jan., Caen. « La m. de J. de Combray, ch. » (Cab. 1443, p. 4.)

308. — 3 mars, Mantes. Rev. de Thib. de Chantemelle, ch. « *Esc.* Roulant et Tassin le Viconte, G. de Huval... » (*Sc.* XXVIII, 119.)

309. — 1 av., Caen. Quitt. de Th. de Vieux, ch. Éu à l'aigle. (*P. O.* de Vieux, 2, 9.)

310. — 27 av., Bayeux. « La m. de H. Fortin, esc., et 1 arch. armé : Ric. de Vyette. » (*M.*, I, 167.)

311. — 1 juil., Bayeux. « La m. Mgr G. de Percie, ch... » (*M.*, I, 180.)

312. — 15 s. et 15 oct., Caen. « La m. de G. du Merle, ch. *Bach.* J. du Merle. *Esc.* Reg. Sushart, Ra. de Segrie, Giret de Bures, J. du Boiz. *Arch.* Hanequin Houel. » (*P. O.* du Merle, 15, 20.)

313. — 15 s., Caen. La m. de H. de Coulombières, ch. *Arch.* : C. Gohel, J. de Briqueville. (*P. O.* Colombières, 9.)

314. — La m. de J. de Bailleul, ch. *Arch.* : Ric. de Viette. (*P. O.* Bailleul, 25.)

315. — 1 d., Caen. « La m. Erart de Perci, esc., et 1 autre... » (*M.*, I, 183.)

316. — La m. de S. Limbert, esc., et 1 autre : Ge. Morice. (*M.*, I, 182.)

317. — 18 d. Guerres de basse Norm. Quitt. de G. de Rouverou, ch. Écu d'herm. au chevron chargé de 3 quintef. (*P. O.* Méheudin, 5.)

318. — 1366, 26 mai, Caen. La m. de G. du Melle, sire de Messy, cap. général es baill. de Caen et de Costentin. *Ch.* Ric. de Creully, G. et Ge. de Manneville, G. de Rouvrou, J. du Melle. P. de Tornebu, G. de Villiers, G. de Bures. *Esc.* P. de Preulley, Ra. de Segrie, Giret de Bures, J. du Boys, Ra. de Semillie, J. de Mons, Ra. et Guilleb. de Creully, R. de Manneville, Giot de Vaux, Erart de Percy, Ge. Morisse... *Arch.* : J. des Loges, Ph. et J. de Mons, Th. Ugier (Yger), J. de Briqueville, Ra. Adam... » (Cab. 1408, f. 48.)

319. — La m. de P. de Tournebu, ch. ban. *Bach.* : « Hebert et Th. de Vieux... *Esc.* : R. de Clinchamp, J. de Guéhébert, J. Pigache, J. de Vieux, Ol. du Plessoyz... » (*P. O.* Tournebu, 15, 16.)

320. — « La m. mons. H. de Coullombieres. *Esc.* Giot de Coullombieres, Girot le Bret. *Arch.* Lenglois de Cuvez, J. du Bois, C. Gohel (Goher). » (*P. O.* Colombières, 11, 16.)

321. — 29 mai, St-Lô. « La m. de G. Paynel, esc., s. de Hambuie. *Bach.* Raol, Nicole et Foulq. Painel, G. de Villiers, J. de la Champaigne, G. de Bruillie... *Esc.* J. de Villiers, R. de Vair, J. Costart, Mi. de Percy, J. et R. de Tallevende, P. de la Mare, Guillebert Bacon... » (*P. O* Painel, 23.)

322. — Bayeux. La m. de Rog. Suhart, éc., *Esc.* Girot de Fontenoy, Hébert Thésart, Ra. de Fontaines. *Arch.* : G. du Chemin. (*P. O.* Suhard, 5.)

323. — 1367, Mont St-M. Scel de G. de la Servelle ; écu : 3 losanges, étoile en abime (*Sc. norm.* 164.)

324. — 1367. Scel de J. de Pierrecourt, ch. Écu à 3 fasces. (*Sc.*, t. 86, p. 6735.)

325. — Scel de G. de Bures, ch. Écu : bande componée acc. de 6 annelets en orle. (*Sc.* XXIII, 1691.)

326. — 1368, 14 août, Vire. La m. de J. de Crues, éc. *Esc.* Ra. de Talevende. (*P. O.* de Crux, 3.)

327. — 1 s., St-Lô. « La m. de G. Paynel, esc. *Ch.* N. Paynel, Mgr du Hommet, J. de la Champaigne, G. de Bruillie, J. du Boys, Ra. Tesson, Ferrant de St Germain, J. de la Haie Hue... *Esc.* : Fouquet Paynel, R. de Ver, J. de Ste Marie, G. du Guihébert, J. de Briqueville, Mi. de Perchi, J. de Saussay, Fouquet de la Bellière, J. Costart, J. de Mons, J. le Breton, G. de Montenay, R. et Morel Tesson, J. de Semilly, Ge. Héraut... *Arch.* G. de Bruilly, J. Auber, Perrot Michil (Michel)... » (Cab. 1409, p. 40.)

328. — 4 s., Bayeux. La m. de M. Herbert de Vieux, 1 autre ch. et 1 esc. : Th. de Vieux, J. de Fontaines. (*P. O.* de Vieux, 6.)

329. — 13 s., Vire. La m. mons. G. s. de Montenay, ch. *Bach.* : Fouquié Painel, J. de la Haye. *Esc.* : Ge. de Huchon... » (*P. O.* Montenay, 8.)

330. — 1369, 19 janv., Bayeux. La m. de Girart de Tornebu, ch. *Esc.* : G. Louvel, Perrinet de Vieux... » (*Sc.* CVII, 38.)

331. — 27 jan., Alençon. Rev. de Ric. de Tornebu, esc., et 1 autre : R. de Fontaines. » (*Ibid.* 39.)

332. — Rev. de Raoul Tesson, ch., et 3 esc., en la comp. du maréchal de Blainville : Jocelin de la Mote... (*Sc.*, CV, 97 ; quitt. du 13 f. ; écu : fascé d'herm. et de..., de 4 pièces, cotice broch. *Ib.*, 99.)

333. — 15 f., Buzet (Gascogne). La m. de R. Papillon, esc. *Esc.* P. de Bordeaux, P. Hérault, R. du Pin. (Cab. 1408, p. 60.)

334. — 25 f., Alençon. La m. de J. de Mondreville, esc. *Esc.* : G. de Huval, R. de Bailleul. (*Sc.* t. 78, n° 43.)

335. — 1 mars, Vire. La m. de J. le Gris, esc. *Esc.* : Morelet Tesson... (*Sc.*, LV, 143.)

336. — Rev. de G. du Merle, ch., sire de Messy. *Bach.* J. du Merle, G. sgr de Rouverou, J. de Cemillye, R. de la Ferrière... (*Sc.*, t. 73, n° 169.)

337. — 29 mars, Argentan. La m. de Girart de Tornebu,

ch. *Bach.* : Ge. de Mangneville... *Esc.* : G. Louvel. P. de
Vieux, G. de la Liserne... (*Sc.*, CVII, 46.)

338. — 1 mai, Vire. Rev. de G. du Merle, s. de Messy,
ch. *Bach.* : J. du Merle, G. de Rouvrou, J. de Semilly,
G. de Bures, J. du Boys... *Esc.* : Ra. de Segrie, G. d'Anfernet, J. le Gris, Morelet Tesson, Erart et R. de Percé,
Gilet de Bures, J. de Beley... (*Sc.*, LXXIII, 170.)

339. — 1-29 mars, 1ᵉʳ mai, Vire. Rev. de G. Paynel, sire
de Hambuie, ban. *Bach.* : N. Paynel, J. de la Champaingne...,
Esc. : Fouquier Paisnel, R. de Ver, J. et G. de la Motte, J.
Auber, Perrot Michiel, J. de Ste Marie, R. de Talevande...
(*Sc.*, t. 83, nº 54.)

340. — 24 mai, Cahors. — La m. de J. Barre, éc. *Esc.*
J. de Ryfflay, Tassin du Puyz. (Cab. 1408, p. 64.)

341. — 15 juin, Vire. La m. de G. de St Clout, ch.
Bach. : Ra. Tesson, J. de Haie Hue, Ge. de Mangneville...
Esc. : J. et P. du Merle, G. Louvel, P. de Viex, G. de la
Liserne, Ra. de Tallevende... (*Sc.*, XXXIII, 30.)

342. — 5 n. Guerres de Gascogne. La **m.** Yvon de la
Rouche, dit Duaut, esc. breton. *Esc.* Perrot de Clinchant,
J. du Homme, J. Allart, Raoul Pointel, Robin de Filboys
(Fribois), Ge. Roussel, D. le Forestier... (Cab. 1408, p. 74.)

343. — 2 d., St-Lô. La m. de George, s. de Clère, ch.
ban. *Bach.* Ra. de Fontenay... (*Sc.* XXXII, 169.)

344. — La m. de G. Paynel, s. de Hambuye, ch. ban.
Bach. : N. Paynel, J. de la Champaigne. *Esc.* : Fouquet
Paynel, Robin s. de Vair, J. de Ste Marie, J. de Crux, Fouquet
de la Champaigne, G. de la Mote, J. le Breton, G. de Combray,
J. Auber, Perrot Michel, G. Martel, Ric. le Prevost... (*M.*, I, 8³.)

345. — 1370, 25 jan. Guerres de basse Norm. Quitt. de
G. de Breuilly, ch. Écu au lion. (*Sc.* XXIII, 1631.)

346. — 31 août, Caen. La m. J. s. de la Ferté, ch. ban.
Bach. J. sire du Melle, J. de la Haie, P. et G. de Tournebu...
Esc. Allain de Fontenil, Drouet Gastinel, G. de Fontenoy,
Regn. le Picart, Tassin le Grant, P. de St Quentin, H. de
Fonteinnes, G. le Forestier, P. de Vieux... (*P. O.* la Ferté-
Fresnel, 8.)

347. — La m. de Girart de Tournebu, ch. *Bach.* : J. de Mathen. *Esc.* Framon Blondel, R. de la Mare, G. de Bure, G. d'Enfernet... (*P. O.* Tournebu, 23.)

348. — 8 s., Caen. La m. de J. s. de la Ferté, ban. *Bach.* J. de la Haie, J. s. du Merle, R. de Harecourt, Ra. de Fontenay, Hébert de Vieux... *Esc.* C. du Plesseis, J. le Prevost, G. de Fontenay, P. de Beauvesien, G. de Vaux, Jourdain et Perrinet de Vieux, Fromont Blondel, J. de la Mote, Guillemin de Bailleul, P. le Suour, J. Morel... (*P. O.* la Ferté-Fresnel, 11.)

349. — La m. de J. de Mathen, ch. *Esc.* Ric. et Est. de Mathen, J. de Tournebu. (*P. O.* Mathan, 3.)

350. — La m. de Hascoit du Halley, ch. *Esc.* J. de Verdun, Vigor de Rommillie... (Cab. 1409, p. 5.)

351. — La m. de Girart de Tournebu, ch. *Esc.* G. Louvel, G. de Vaux, Robin de Fontenay. J. de Vieux. . (*P. O.* Tournebu, 26.)

352. — 22 s., Thun. La m. de Ch. de Diguen, ban. *Esc.* J. Roussel, G. Morel, Alain de Maugny, J. le Conte, Onffroy le Prevost, Roullant du Val... *Arch.* Th. le Breton, Lucas Hay, Alain Morice, Jehan du Val... (Cab. 1409, p. 6-8.)

353. — 1 oct., Caen. Rev. de G. s. de Montenay, ch. *Bach.* : Raoul Tessom, R. de la Fosse, G. de Mangneville, G. s. de Vierville, Raoul Fauq... *Esc.* G. du Bois, R. Tesson, Ra. et R. de Talevende, Ra. de Semillie, G. d'Enfernet, G. de Bures, Girot de Fontenay, R. de Mangneville, J. et R. le Breton, J. et Ra. de Launoy, Th. et G. de la Liserne... *Arch.* J. de Briqueville, Ra. Adan, Michel le Charpentier. (*P. O.* Montenay, 17.)

354. — 1 d., Caen. Montre du connét. B. du Guesclin. *Esc.* M. le Forestier, G. Flambart, G. d'Enfernet, J. Guérin, J. Herpin, Ra. et Lucas Hay, G. le Bastart, J. de Valsomme (Valsemer), Hervé de Mauny... (D. Morice, I, 1645.)

355. — 1371. Quitt « d'Est. Guiton, recev. des aydes ordrennés pour la fortif. de la ville de St-Jame de Bevron ; » écu : 3 rocs d'échiq. (*P. O.* Guitton, 2-3.)

356. — R. Assire, vic. d'Auge et de Pontauthou. (*Charles roy.* VII, 219.)

357. — 1 janv. Caen, Rev. de Girart de Tournebu, s. d'Auvillers, ch. *Esc.* : J. de Tilly, Ric. de Tournebu, Guiot de Vaux, P. de Vieux, G. Louvel. (*Sc.* CVII, 52.)

358. — 29 jan., Blois. La m. de Ra. d'Onquetoville, ch., soubz Mgr le connestable de France. *Bach.* Ferrant de St Germain. *Esc.*: J. de St-Germain, Robin et Gasses de Perché, J. de Talevande, C. le Petit, J. de Grimoville, J. de Pirou. (*P. O.* Grimouville, 4.)

359. — 1 mars, Caen. La m. de J. de Courtonne, ch. *Esc.* : G. de St Germain, J. de Guéhébert, J. de Vieux. (*Sc.* XXXVI, 107.)

360. — 1 mai, Caen. La m. de J. s. de la Ferté Fresnel, ban. *Bach.* : J. de la Haie. *Esc.* : Ge. Mallet, Robin Servin, R. de Vaacy, J. de Launoy, J. de Tournay... (*Sc.* XLVII, 54.)

361. — La m. de J. d'Achie, ch. *Esc.* H. de Cuilli, J. du Vergier, Rog. Louvel. (*Sc.* III, 25.)

362. — La m. de Ric. de Crouly. ch., 1 autre, 5 esc. et 1 archier armé : Le dit Mons. Richart. Mons. Richart de Cully. *Esc.* Ra. de Crouly, J. de Cully... *Arch.* J. des Loges. (*Sc.* XXXVII, 129.)

363. — La m. de Th. de la Liserne, ch. *Esc.* G. de la Liserne... (*Sc.* LXVII, 156.)

364. — 13 mai, Pontorson. Montre du conn. B. du Guesclin. *Esc.* J. Gelin, G. Pinel, Guion de Semillé, C. du Pontbrient... (D. Morice, I, 1651.)

365. — 1 juin, Bourges. Montre du même. *Esc.* R. de Pontbrient, J. de Vaulz, Ge. de Crux, J. de l'Espine, G. Malvesin... (*Ibid.* 1652.)

366. — Rev. de Huitace de Mauny, ch. *Esc.* Guion de Longaunoy, Alain de Mauny... (Cab. 1409, p. 23.)

367. — 15 juin, St-Lô. La m. de J. du Boys, ch. *Esc.* R. de Miscie, Ric. de Maten... *Arch.* : J. de Launoy... (*Sc.* XVI, 65.)

368. — **Au Neufbourg. La m. de J. du Merle, ch., soubz**

Mgr le Connestable de France. *Esc.* : J. et P. du Merle, J. de Missy, G. le Viconte... (*Sc.* LXXIII, 176.)

369. — St-Lô. La m. de R. sire de Pirou, ch. *Esc.* : J. Murdac... (*Sc.* t. 86, n° 72.)

370. — 1 juil., St-Lô. Rev. de G. Paignel, ch., sire de Hambuye, ban. *Ch.* Ra. Paignel, G. de Villiers, N. Paignel, J. de la Champaigne, G. de Bruillie... *Esc.* Fouquet Paignel, R. de Ver, J. de Crues, J. de Ste Marie, Fouquet de la Champaigne, J. du Saucey, J. le Breton, C. le Beissinois, J. de Mons. *Arch.* Johannet Auber, Guillot le Fevre... (*Sc.* t. 83, n° 63.)

371. — Conches. Montre du conn. B. du Guesclin. *Esc.* H. des Loges, P. le Mire, Rollant Murdrac, P. et J. Adam, (D. Morice, I, 1653.)

372. — Rev. de J. Mallet, sire de Graville, ch. ban. soubz le connét. de France. *Esc.* Ge. Mallet, Ysembart Martel, J. du Saucey. (*Sc.* LXIX, 77.)

373. — La m. de R. de Harcourt, ch. *Esc.* J. de Tournay, G. du Moulin... (*Harcourt*, IV, 1921.)

374. — 5 juil., St-Lô. La m. de H. de St Denis, esc. *Bach* : J. de la Haye Hue, Fouque Paignel. *Esc.* J. de Chifrevast, G. du Guyhebert, G. de Villiers. Grain (*Sc.*, XL, 49.)

375. — 16 juil., Mirebeau. Rev. de G. des Bordes, ch. *Bach.* Fouques de Marcillé, R. d'Estouteville, J. de Grainville ... *Esc.* : P. des Maraiz, Robin du Val, Jehet d'Estouteville, Yvonnet de Macilli, J. de Touteville. (Clairambault, t. 234, f. 1.)

376. — 1 août, Caen. Montre du conn. B. du Guesclin. *Ch.* Hébert de Vieux.... *Esc.* Mi. de la Fosse, Jourdin de Vieux, C. le Mercier, Mi. du Puis, Ric. Morel, Raoul Basin, J. de Guéhébert, G. Botin, Ol. du Homme, G. et Samson Mauvoisin, Ric. d'Enfernet.... (D. Morice, I, 1654.)

377. — Conches. La m. de J. s. de la Ferté-Fresnel, mareschal de Norm., ban. *Esc.* R. de Vassé, L. de Tournebu, J. de Poillé.... (*Sc.* XLVII, 55.)

378. — Caen. La m. d'Ol. de Mauny, s. de Lesnen, ban. *Bach.* **Raoul Tesson.** *Esc.* **Robin**, et J. Tesson, G. de la Luzerne, Raoul de Talvande, Guion de Loncaunoy, Mi. le Picart. (D.Morice, I, 1656.)

379. — Pierre-Buffière. La m. de R. de Sancerre, bach. *Esc.* Robinet de Cantelomp, Adam Samson. (Cab. 1409. p. 26.)

380. — 15 s., Mirebeau. Rev. de G. des Bordes, ch. *Bach.* Fouques de Marcilly, R. d'Estouteville.... *Esc.* Perrot de Crus... (*M.*, I, 192.)

381. — 1 nov., Conches. Rev. de Claudin de Harenvillier, ch., mareschal de Norm. *Esc.* G. de Huval, Ph. du Bois, J. Gonbert... (*Sc.* LVIII, 42.)

382. — 1372. Scel de Th. de Villaine, s. de Noyent ; écu gironné de 8 p., au fr. canton chargé d'un lion. (*Cartul.* 256.)

383. — Scel de Macé Langevin, receveur du fort de St·Gervais de Sées ; écu : chevron acc. de 3 coquilles.(*P. O.* Langevin, 3.)

384. — 1 n., St-Lô. Rev. du comte d'Alençon. *Bann.* G. Painel, s. de Hambie. *Bach.* J. de Tilly, Erard de Percy, G. de Villiers, N. Painel, J. de Mathan, J. du Merle, G. de Rouvrou... *Esc.* J. de Tilly, Fouquet Painel, R. de Ver, J. de Ste Marie, J. de Tournebu... (*Harcourt*, IV, 2049.)

385. — Rev. de G. de Fayel, ch., dit le Besgue. *Bach.* Ra. Tesson... *Esc.* L. de Fontaines, J. de Missi, J. de Launay, J d'Esson, Michiel le Forestier, Ra. de Semillie, J. du Saussay, G. de Huval, Est. de Mathen, Durant de la Mare.. (Cab. 1409, p. 36.)

386. — 1373, 1 f., St-Lô. La m. de Mgr R. d'Alençon, conte du Perche. *Bann.* G. Paynel, sire de Hambuye. *Bach.* J. de Carrouges, R. de Tournay, Erart de Parcie, G. de Villiers, N. Paynel, J. de la Champaigne, G. aux Espaules, G. le Bigot, G. de la Haie... *Esc.* J. le Bigot, Ra. de Segrie, J. de Carrouges, Robin le Beauvesian, J. de Fribois, Jehanin Houel, Fouquet Paynel, R. de Ver, J. de Ste-Marie, Fouquet de la Champaigne, J. Cotart, Robin de Fresville, Rog. Bacon, J. Meurdrac, G. Blondel... (*Ibid.* p. 37.)

387. — 15 s., St-Lô. La m. de J. de Fontaignes, ch. *Ch.*

Hervieu du Puys, G. de la Haie... *Esc.* J. de Mangneville,
Th. de Clinchamp, J. et R. de Talevende, Ph. Gontier,
G. Bacon, Ernault de Lespinay... (Cab. 1409, p. 37.)

388. — 13 oct. G. du Fay, éc., transporte une rente à
R. le Forestier, éc., en faveur de son mariage avec Perrotte
du Fay. (*P. O.* le Forestier, 51.)

389. -- 1 n. St-Lô. Rev. de G. de Briqueville. ch. *Bach.*
J. de Bruillie... *Esc.* C. de Briqueville, G. des Moustiers,
J. de Mors, J. et Robin de Cantelou. (*Sc.* XXII, 114.)

390. — 1374. Hommages à l'abb. du Mont St-M. :
« G. du Mesnil Adelée, dit de la Broise, esc. », oncle de
Juliotte du M.-A., femme de Clément le Prevost, clerc.
(*Cartul.* 259.)

391. — 1 f., St Lô. Rev. de Th. de Vieux, ch. *Esc.* Est.
le Clerc, Ric. de Brotonne... (*P. O.* de Vieux, 10. Quitt. du 18
mars, Caen : écu à l'aigle, et cotice broch. *Ib.* 9.)

392. — 1 mai, St-Lô. Rev. de H. de Coulombières, ch.
Esc. Guilleb. et R. Bacon, C. Gohé.... (*P. O.* Colombières, 8.)

393. — Rev. de Th. de Viex, ch. *Esc.* Ric. d'Aucie...
(*P. O.* de Vieux, 11.)

394. — 1 oct., Pont-l'Abbé. — Rev. de G. aux Espaulles
ch. *Esc.* J. Murdrac, J. et P. des Moustiers, Ra. de Brulli ..
(*P. O.* aux Épaules, 46.)

395. — 1375. 1 juil., St Sauv.-le-vic. Rev. de R. de la
Lande. éc. *Esc.* J. et Ph. de Villaines. (*M.*, I, 228.)

396. — 1376. Don. au Mont St-M. par Michel de Villaine,
ch., s. de Noyent. (*Cartul.* 253.)

397. — 2 mai. Quitt. d'Asselin Beauxamis, éc., servant
« contre certaines routes de gens d'armes qui, par manière
de compoignies, de nouvel sont venuz ou royaume des parties d'Alemaigne » ; écu au lion, bande broch. et lambel à
5 p. (*Sc.* XII, 757.)

398. — 20 s. Vernon. La m. de J. sire de la Ferté, ban. *Bach.*
George de Clère, Gauvain de Ferières, G. de Tournebu,
G. le Bigot... *Esc.* P. Malvoisin, R. Servin, L. de Fontaines,
G. et Th. du Val, G. de Criquebeuf, J. de Saqueville.
(*P. O.* la Ferté-Fresnel, 15. — *Sc.* XLVIII, 15.)

399. — 8 n. Charles V donne mille fr. d'or à G. aux
Espaules, ch., fait prisonnier au siège de St-Sauveur, pour
payer sa rançon. (*P. O.* aux Épaules, 14.)

400. — 1377. Quitt. de R. Assire, maître et enquêteur des
eaux et forêts de Norm. Écu, 3 hures, un chef. (*P. O.*
Assire, 7.)

401. — J. Pigasse, ch., s. de Bouééel. (Pigeon, 469.)

402. — Scel de J. le Mercier, cons. du Roi ; quitt. de
mille fr. d'or en récomp. de services rendus à l'armée de
la mer à Rouen et Harfleur ; écu portant un tourteau en
abîme, au sautoir engrêlé sur le tout. (*Sc. norm.*, 1743.)

403. — 12 av. La m. de J. de la Ferté, ban. *Esc.* P.
Mauvesin, J. du Fay, J. et et Jeh^in du Merle, L. et J. de
Fontaines, Guillot de Bigars, Th. de la Mare, J. de Sierre.
(*P. O.* la Ferté-Fresnel, 16.)

404. — 1 juin, Carentan. Rev. du même. *Esc.* J. Malvoisin, Fouquet de Marssilly, Robinet Servin...... (*Ibid.*,
18.)

405. — 18 juil. Charles V donne 300 fr. d'or à N. le Prestel, recev. au dioc. de Coutances, pour services rendus au
siège de St-Sauveur. (L. Delisle, *St-Sauv.-le-Vic.*, p. 313.)

406. — 18 s. R. Servain, ch., s. de St Paer ; quitt. de
la pension qu'il reçoit du roi de Navarre ; écu à la bande
acc. de 6 coquilles en orle. (*P. O.* Servain, 6.)

407. — 1378. 20 jan. Scel de Michel de la Fosse, recev.
des aides à Vire ; écu, chevron acc. de 3 étoiles. (*P. O.*
la Fosse, 6.)

408. — 19 av. La m. de Girart Servain, ch. *Esc.* G. le Viconte, J. Servain, Robin le Ver. (*P. O.* Servain, 7.)

409. — Pontaudemer. Rev. de J. le Bigot, éc. *Esc.* J. de
Brevedent, Regnault et G. de Bailleul, J. le Bigot le jane...
(*P. O.* le Bigot, 11, 12.)

410. — 22 av. La m. de P. du Vieu, éc. *Esc.* C. du Fay,
G. de Bailleul. (*P. O.* du Vieu, 2.)

411. — 26 av. Valognes. La m. de Fouque Riboulle,
ch. *Esc.* J. du Clinchamp, G. et Est. le Prevost, J. de la
Fosse. (Cab. 1409, p. 61.)

412. — 1 mai, Pontaudemer. La m. de R. de Grainville, ch. *Esc.* Rog. de Brevedent... (*P. O.* Grainville, 3 ; quitt. le 20 : écu à 2 quintef., 1 en chef à sen., 1 en pointe, une croix ancrée en chef à dextre, à la bande broch. *Ib.*, 4.)

413, — 12 mai, devant Niort. La m. de J. du Melle, ch. *Esc.* P. du Melle..... (*P. O.* du Merle, 46.)

414. — Gauray. La m. monseigneur Hervieu de Mauny, bannerez, s. de Thorigny. *Bach.* Th. de la Luiserne, Herbert Tesart. *Esc.* G. le Breton, R. de Villiers.... (*M.*, I, 264.)

415. — La m. de G. Paynel, sire de Hambuye, ban., soubz monseigneur le connestable. *Bach.* J. de la Champaigne, J. de la Haie... *Esc.* Robin et Robinet de Ver, Johan de Ste-Marie, Fouquet de la Champaigne, Fouquet de la Bellière, Moraut de Reviers, G. de la Mote, J. s. de Saucey, J. de Saucey, J. de la Mote, Vigor de Roumilli, J. de Sillans. (*M.*, I, 267.)

416. — La m. de J. Ruaud, ch., soubz Mgr le connestable. *Esc.* J. Marie, Richer de Longueville, Girot Gohin, Durant de la Mare, Fromont Blondel, Girot le Carpentier. (*M.*, I, 266.)

417. — La m. de H. sire de Thieuville, ban. *Bach.* H. de Coullombieres. J. de Montenay, Guillebert Bascon, Gassot du Persé, J. de Coulombières. (*M.*, I, 265.)

418. — La m. d'Ol. du Guesclin, sires de Roche Tesson, ban. *Bach.* J. du Boys. *Esc.* C. du Bellé, J. le Telier.... (*P. O.* du Guesclin, 70.)

419. — La m. de R. de la Fosse, ch. *Esc.* Perrin Guillemin... (*P. O.* de la Fosse, 8.)

420. — 24 juin, Mortain. — La m. de P. de Tournebu, ban. *Bach.* J. de Matan. *Esc.* Ric. et Ol. de Matan, J. de Tilly. (*P. O.* Tournebu, 20.)

421. — 18 juil., St-Lô. La m. de Fouque Paisnel, ch. *Bach.* J. de la Haie. *Esc.* Fouquet de Ste Marie, R. Texon... (*Sc.*, t. 83, n° 62.)

422. — 8 août, Bayeux. La m. de J. de St Germain, éc. *Esc.* J. de Canteillie, C. le Bosinnois. (*P. O.* St-Germain, 10.)

423. — La m. de Nicole Paignel, ch. *Bach.* Gauvain de Tollevast. *Esc.* Ph^ot de Pirou, J. et G. des Moustiers, Ph^ot de Mons... (*Sc.*, t. 83, n° 69.)

424. — La m. de G. de Caudoire, esc., soubz Mons. le connestable. *Esc.* Gillot de Fontenay, C. du Hommel. (*Sc.*, XXVI, 42.)

425. — 24 août, Dinan. La m. d'Ol. du Bessou, esc., soubz Mons. le Connestable. *Esc.* Jaquet de Bremont, J. du Boys, Ol. du Rufflay, G. Hay. (*Sc.* XIV, 60.)

426. — 13 s., Vire. La m. Mons. R. de la Fosse, ch. *Esc.*, J. et Rog. Bacon. (*P. O.* de la Fosse, 4.)

427. — 18. s. Charles V donne à G. le Mercier la sergenterie du tiers et du danger des menus bois de la vic. de Pontaudemer (*P. O.* doss. 44417, n° 3.)

428. — 17 n. Valognes. La m. de Raoul Tesson, ch. *Bach.* R. de la Fosse. *Esc.* J. d'Euffrenet... (*Sc.* CV, 98.)

429. — La m. de Ge. Février, ch. *Bach.* J. de Villiers. *Esc.* G. Marie, J. de Montquerre... (*Sc.* XLVII, 120.)

430. — La m. d'Alain de la Houssaie, ch. *Esc.* G. du Val, Robinet du Parc, P. de Champeaux, R. du Heaume. (*Sc.* LX, 170.)

431. — 1379. R. Assire, trésorier de France. (*P. O.* Assire, 7.)

432. — 18 jan. Rémission pour J. de Montargis, sergent et tourier de la Ferté-Milon pour la duchesse d'Orléans ; homicide invol. (A. N., JJ, 115, N° 183.)

433. — 18 f., Vire. Rev. de Ric. de Croilly, ch., un autre et 3 esc. Mess. Ricart de Cuilli. Raoul et Gillebert de Creulli... (*Sc.* XXXVII, 130.)

434. — Valognes. Rev. de J. Murdrac, éc. *Esc.* Hamsselin Cappeloigne, G. d'Auteville. (*P. O.* Meurdrac., 4.)

435. — 23 f. Vire. Rev. de Gauquelin de Ferrières, ch. *Esc.* J. d'Auseboe... (*Sc.* XLVII, 21.)

436. — 1 mars, St-Sauv.-le-vic. Rev. de George de Grimaut, cap. d'arb. : Ant. Guernon. (M., I, 286.)

437. — 30 av. Le Mans. La m. de J. s. de Renauville, ch. *Esc.* J. Mauvoisin, J. de Vaux... (*Sc.* XCIV, 59.)

438. — 30 mai. Guerres de Bretagne ; quitt. de Foulques de Marcilly, ch. Écu au chevron. (*Sc.* LXX, 5427.)

439. — 16 juin, Avranches. La m. de Mgr de Hambuie, ban. *Bach.* J. de la Champaigne. *Esc.* Moraut de Reviers, J. le Breton, J. de Sillans... (*Sc.*, t. 83, n° 70.)

440. — 23 juil., Fécamp. La m. de J. de Boissay, ch. *Esc.* P. de Prestreval, J. Martel, Ric. de Criquebuef... (*M.*, I, 287.)

441. — 14 s. Charles V donne à Gui Chrestien les biens de Ch. de Feugeray, servant dans l'armée du captal de Buch et tué à la bat. de Cocherel. (A. N., JJ. 115, n° 304.)

442. — 1 oct. St-Lô. Rev. de H. de Tyeuville, ch. *Esc.* G. et Ge. de Husson, Est. de Tournay. (*Sc.* CVI, 25.)

443. — 18 oct., Valognes. La m. de J. de St-Germain, éc. *Esc.* C. le Bessinez, Gorge et R. Blondel, R. le Roux. (*P. O.* St-Germain, 12 ; quitt. du 23 d. Écu : fleur-de-lys, bande broch. *Ib.*, 13.)

444. — Rev. de Machefer de Vernoy, éc. *Esc.* J. d'Angeou, J. de la Roche... (*P. O.* Servaus, 4.)

445. — 27 d., Pontorson. Quitt. de R. de la Fosse, ch. Écu semé de merlettes, bordure besantée. (*Sc.* XLIX. 3 47.)

446. — 1380, 18 jan., 18 f. Carentan. La m. de Rog. Suhart, éc. *Esc.* G. de Tournoy, Phot de Pirou. (*P. O.* Suhard, 4, 12.)

447. — J. des Wys, tabellion juré en la vic. de Rouen. (*P. O.* Blainville, 95.)

448. — 20 mars, St-Omer. Quitt. de « Jaques de Rony, esc. » servant en Picardie ; écu au chevron acc. de 2 b·sants ou tourteaux en chef et d'une rose en p. (*P. O.* Rony, 4.)

449. — 1 juil., Carentan. Rev. de Th. de la Luiserne, ch. *Esc.* G. le Breton, R. de Villiers, J. de Beuseville, Phot de Pirou... (*Sc.* LXVII, 157.)

450. — La m. de G. aus Espaules, ch. *Esc.* G. de Pirou, C. de la Haie, Rogier Michiel, Gilbert Bacon, J. de Chantelou. (*P. O.* aux Épaules, 50.)

451. — Rev. de Moradas sire de Roville, ch., *Esc.* Rogier Michiel... (*Sc.* IIC, 102.)

452. — Dol. Rev. d'Alain de Mauny, éc. *Esc.* Ph^ot de la Mote, Th. de Verdun. (*Sc.* LXXII, 5616. — O. de Poli, *Montres*, CV.)

453. — St-Aubin-du-Cormier. Rev. de Gonssalle de Soto, éc. *Esc.* G. Marie, G. Aalart. (*Sc.* CIV, 97.)

454. — 1 août, Corbie. Rev. de R. du Quesnay, ch. *Esc.* G. et Mahiet du Quesnoy, P. et Firmin des Champs, Oudin du Puiz. (*Sc.*, XCII, 7132 ; quitt. du 3 août ; écu : croix ancrée, cotice broch. *Ib.* 7131).

455. — La m. de Rog. Suhart, éc. *Esc.* Perrin Saburé... (*Sc.* CIV, 183.)

456. — 8 août, Meaux. La m. de R. de Boissay, ch. *Esc.* Compaignon de Onnebaut, J. du Quesnoy. (*Sc.* XVI, 136.)

457. — 18 août, Chartres. La m. de R. de la Ferrière, ch. *Esc.* J. des Loiges... (*Sc.* XLVI, 179.)

458. — La m. de G. s. de Sillé, ch. *Esc.* André Quentin... (*Sc.* CIII, 133.)

459. — 22 août, le Mans. La m. de G. de la Ferrière, éc. *Esc.* J. de Montguerre... (D. Morice, II, 253.)

460. — Troyes. La m. de Huc de Bouyssavennes, ch. *Esc.* P. Tournebuef... (*Sc.* XVII, 38.)

461. — 1 s. Corbeil. La m. de G. s. de Hambue, ban. *Bach.* G. de Villers, s. de Hommel, Nicole Penel. *Esc.* H. Pennel, Robinet de Ver, J. de Ste Marie... (*Sc.*, t. 83, n° 71.)

462. — La m. de C. de Guerrot, éc. *Esc.* Wille de Vaussemès... (*Sc.* LVI, 46.)

463. — St-Aubin-du-Cormier. Rev. d'Alain du Tiercent, éc. *Esc.* C. de Verdun, J. de Monguerre, l'abbé et le s. de Monguerre. (*Sc.* CVI, 19, 24.)

464. — 14 s. Châteaugontier. Rev. de G. de la Ferrière, éc. *Esc.* H. de Fontenay, J. de Monguerre... (*Sc.* XLVI, 180.)

465. — 10 oct., Avranches. Rev. de P. de la Rocherousse, éc. *Esc.* Ol. du Rufloy, H. le Brun... (*Sc.* XCVI, 130.)

466. — 1 d. La Haye-du-Puiz. Rev. de Gillebert Bacon, éc. *Esc.* J. de Chantelou, J. Auber, Lancelot Campion... (*Sc.* IX, 11.)

467. — Briquebec. Rev. d'Eonnet du Boiz, éc. *Esc.* H. de Pirou, J. de Briqueville, Ph. Louvel, G. de Croilly... (*Sc.* XVI, 80.)

468 — Angers. Rev. de Juhez de Mathefelon, ch. *Esc.* H. de Fontenay, J. de Monquerre... (*Sc.* LXXI, 146.)

469. — 1381, 1 jan. Reigneville. — Rev. de Th. du Rocher, éc. *Esc.* J. de Lancé... (*Sc.* XCVI, 131.)

470. — « La Haye du Puy ». Rev. de H. de Coulombières, ch. *Esc.* Rog. Bacon, J. et H. de Coulombières, C. Yon, Th. de Cantelou, Robin de Percy. (*Sc.* XXXV, 159.)

471. — Briquebec. Rev. de Th. de Campront, éc. *Esc.* C. le Bessinois, Ph. de Mons, Andrieu du Bosq. (*Sc.* XXIV, 140.)

472. — Carentan. Rev. de J. Benoist, éc. *Esc.* : G. de Vaussemé... (*Sc.* XIII, 65. « J. Benest » donne quitt. de gages, 28 d. 1380 ; écu : croix engrêlée cant. de 4 têtes de lion arrachées. (*Ib.* 68.)

473. — Rev. de Taupin du Mesnil, ch. *Esc.* P. de Launoy, G. le Viconte (*Sc.* LXXIV. 57.)

474. — 1 juin, St-Aubin-du-C. Rev. de J. Halay, éc. *Esc.* J. et le s. de Montguerre, G. Marie, G. Alart, Ph. de Rommillé. (*Sc.* LVII, 13.)

475. — Carentan. Rev. de J. sire de la Ferté-Fresnel, ban. *Esc.* J. Malvoisin, Fouquet de Marssilly, Robinet Servin.., (*Sc.* XLVII, 18.)

476. — Rev. de G. Paynel, ban., sire de Hambuye. *Esc.* J. de Ste Marie, G. de Pirou, Robinet de Ver, J. de Sillanz, Raollet de Bruilly. (*P. O.* Painel, 55.)

477. — La m. de G. d'Argouges, ch. *Bach.* G. de Bruilly. *Esc.* G. de la Haie, Th. de Bruilly, J. du Sauçoy... (*M.*, II, 3.)

478. — Rev. de J. de Montenay, éc. *Esc.* B. Painel, Perrin Travers, Guiot de Vaux... (*M.* II, 5.)

479. — V. 1381. La m. de J. Souvain, ch , cap. de Wa-

leville. *H. d'a.* J. du Fay, P. de la Mare... *Arb.* J. le Grant,
Cendrin de Tournay, G. du Fay... (*M.*, III, 669.)

480. — 1382. Scel de Lorin le Grand, clerc, Sénéchal de
l'abb. du Mont St-M. à Genets ; écu : fasce acc. de 3
fl.-de-lys en chef et d'une étoile en p. (*Sc. norm.*, 2969.)

481. — 9 mai, Pont-Ste-Maxence. La m. de Ric. de Silli,
éc. *Esc.* Robin de Perché, Ferrant le Fevre, Perrot Houel.
(*Sc.* CIII, 139.)

482. — 1383. Ost du Roi, Cassel. Quitt. de Raoul de
Breuilly, ch. Écu au lion. (*Sc.* XL, 2977.)

483. — Scel de G. le Beauvoisien, éc. Écu : un chef au
lion naissant. (*Sc.* XII, 106.)

484. — 1 juil. Guerres de basse Norm. Quitt. de G. Pigace, éc. Écu à la fasce acc. de 2 molettes, 1 en chef à sen.
et 1 en p., au fr. quartier fretté. (*Sc.*, t. 86, n° 19.)

485. — 15 juil. Mêmes guerres. Quitt. de P. de Courcelles, éc. Écu à la croix. (*Sc.* XXXVI, 2675.)

486. — 23 août. Guerres de Flandre. Quitt. de J. de
Quarrouges, éc., servant sous Mgr d'Alençon contre les
Anglais ; écu semé de fl. de lys, au lambel. (*Sc.* XCI, 7091.)

487. — 1384, 28 f. Guerres de basse Norm. Quitt. d'Acariot Morice, éc. Écu au sautoir. (*Sc.*, t. 78, p. 6147.)

488. — 1385, 1 jan. Carentan. Rev. de P. des Moustiers,
éc. *Esc.* II. de Pirou, Ph. de Mons. — Quitt. scellée ; écu à
la bande fretlée acc. de 2 aigles. (*Sc.* LXXV, 149, 152.)

489. — 17 av. Amiens ; 3 août, Edimbourg. La m. de J.
Painel, ch. *Bach.* H. Paynel. *Esc.* Raoul Taillevande, J. de
Bruylly, Gorges Blondel... (*Sc.*, t. 83, n° 85.)

490. — 17 av. Amiens. La m. de Fralin de Cambray,
bach. *Esc.* Ric. et Jaquet de Maten, P. Tournebeuf, G. Bacon. (*Sc.* XXIV, 104.)

491. — La m. de G. aux Espaulles, ch. *Bach.* J. de
Manneville, J. de Tilley. *Esc.* J. et C. de la Haye. J. de Mons,
G. de Vierville, Ph. du Bosc, Jouin Murdrac, J. de Les-
piné... » (*P. O.* aux Epaules, 77.)

492. — 1 juin. Carentan, Rev. de J. Murdrac, éc. *Esc.*
Ric. le Hoguays... (*Sc.* LXXIX, 170.)

493. — 1385, 1 juil., Carentan. Rev. de J. du Hommet, sire de la Varengière. *Esc.* J. du Val... (*Sc.* LX, 43.)

494. — Rev. de J. Malvoisin, éc. *Esc.* H. de Sournie. (*Sc.*, LXIX, 119.)

495. — 9 juil., Audenarde. La m. de C. de Verdun, éc. *Esc.* Ernoulet d'Estouville, J. de Marcilly... (*Sc.*, CXI, 124; quitt. le 12; écu, 2 fasces acc. de 5 merlettes contournées, 1-3-1, au fr.-canton chargé de 3 coquilles. (*Ib.*, 128.)

496. — 12 juil. Édimbourg. Rev. de Gir. d'Esquay, éc. *Bach.* Th. de Vieux. *Esc.* Ferrant le Fevre, G. de Vieux, Ph. Mailfaut, Fontenay. *Arch.* Ra. Pignel, Millet Harel, G. du Val, J. Briqueville. (*Sc.* XL, 110.)

497. — 1 août, Carentan. La m. de J. de Semilly, éc *Esc.* P. Garin... (*Sc.* CII, 128.) Quitt. 17 nov.; écu à l'écu en abîme acc. de 6 roses en orle. (*Ib.*, 133.)

498. — La m. de J. Helleby, éc. *Esc.* Ph. de Pirou, J. du Saucey. (*Sc.* LIX, 45.)

499. — La m. de H. de St-Denis, ch. *Esc.* G. de Guéhébert, C. Louvel, P. de la Motte... (*Sc.* XL, 55.)

500. — 3 août, Édimbourg. Rev. de P. de Houdenc, ch. *Esc.* R. de Huval... (*Sc.* LX, 145.)

501. — Rev. de Taupin du Mesnil, ch. *Esc.* R. de Percy, J. de Vastinet, R. Héraut... (*Sc.* LXXIV, 58.)

502. — J. des Wis, vicomte de Pontautou. (*P. O.* Boutier, 4.)

503. — 19 août, Rouen. Rev. de J. de St-Germain, esc., 27 autres, et 5 arch., soubz Chiffrevalx, esc. R. de Perschy, J. le Carpentier, C. le Besinez, J. Roussel, Perrin Saburé, Cariot Morisse. (*Sc.*, LIII, 10.)

504. — 20 août, « au Logeis devant le Dam. » Rev. de Nicole Painel, ch. *Bach.* : Th. de Bruly. *Esc.* G. et J. de la Haie, G. Fournel, Vigor de Rommelli, R. de la Rochelle, J. de Rouvero, J. le Breton, J. des Loges, G. le Cointe, J. de Cantily, C. Murdrac, Ph. du Quesnoy, G. du Fonteny, G. et J. de la Mote. *Arch.* : J. Blondel, B. le Grant... » *Sc.*, t. 83, n° 95.)

505. — 1385, 24 août, Caen. Quitt. de Ge. Hérault, éc. Écu : une cane. (*Sc.* LIX, 4507.)

506. — Guerres de basse Norm. Quitt. de R. de Ver, éc. Écu au chef chargé de 2 roses. (*Sc.* CXI, 91.)

507. — 1 s. Carentan. Rev. de J. de Méautilz, ch. *Esc.* J. de Grimouville, G. Hamon. (*Sc.* LXXII, 193.)

508. — Ost de Flandre. Rev. de J. du Vergier, ch. *Esc.* Guion du Vergier, J. de la Haie. (*Sc.* CXI, 139 ; quitt. du 20 août ; écu : une barre. *Ib.*, 145).

509. — 27 s., Carentan. Rôle d'amendes de bailliage : « Raoul Advice. » (*P. O.* Négron, 9.)

510. — 1 oct., Carentan. Rev. de J. de Fontaines, ch. *Esc.* J. de Semilly, P. Garin. (*Sc.*, XLVIII, 142.)

511. — 28 oct., St-Jehanneston (Écosse). Rev. de Taupin du Mesgnyl, ch. *Esc.* R. de Mons. (*Sc.* LXXI, 112.)

512. — Rev. d'Aubert de Sainte-Livière, ch. *Esc.* J. et P. de Fontenay, Perrinet de Chaplaines. (*Sc.* LXV, 180.)

513. — Rev. de J. de Carouges, ch. *Esc.* J. de Saincte Marie. (*Sc.* XXV, 149.)

514. — Rev. de G. de Courcy, ban. *Esc.* Baudouin de Mons, Ra. de Brecy dit le Moyne... (*Sc.* XXXVI, 38.)

515. — 1 m. Carentan. Rev. de G. Painel, sire de Hambuie, ban. *Bach.* le sire du Hommet. *Esc.* R. de Ver, G. de Pirou, J. de Ste-Marie, Robinet de Ver le jeune, J. des Moustiers, G. de Grimouville, J. de Sillanz. (*Sc.* t. 83, n° 90.)

516. — Rev. de P. Poucin, éc. *Esc.* Th. de Verdum, Gieffre Herault. (*Sc.*, t. 87, n° 166.)

517. — Rev. de Fouquié Painel, ch., et 1 esc. : J. des Loges. (*Sc.*, t. 83, n° 91.)

518. — Rev. de Acaries le Bourguegnon, éc. *Esc.* C. le Bessinoiz, J. de Beuseville. (*Sc.* XIX, 24.)

519. — Rev. de Sauvage de Villiers, esc., et 1 autre : Yon de la Fosse. (*Sc.* CXIV, 40.)

520. — Rev. de Th. du Val, éc. Quitt. le 17 ; écu burelé de 10 p. (*Sc.* CIX, 43, 45.)

521. — La m. de Th. de Bruilly, ch. *Esc.* J. de Can-

tilly. (*Sc.* XXIII, 40 ; quitt. 16 mars 1386 ; écu au lion. *Ib.*,
45.)

522. — La m. de J. de St-Germain, sire de St-Germain le Viconte, esc. *Esc.* Ph^{ut} d'Auxès, J. de Grimoville.
(*Sc.* LIII, 16.)

523. — 18 n. Guerres de Norm. Quitt. de J. de Fontaines,
ch. Écu : bande et lambel. (*Sc.*, t. 48, p. 3615.)

524. — 6 d. Mêmes guerres ; quitt. de J. Mauvoisin, éc.
Écu à 2 fasces. acc. en chef à dextre d'un écu chargé d'une
bande. (*Sc.* LXXII, 5653.)

525. — 1386. Gens d'armes servant ès frontières de
Norm. *Bann.* G. Paynel, sire de Hambuye. J. sire de la
Ferté. Hervy de Mauny, sire de Thorigny. *Bach.* J. sire de
Colombières, J. de Montenay, G. Bacon, Th. de la Luiserne, J. sire de Maneville ; G. de Briqueville, sire de
Laune ; Th. de Bruilly, J. Paynel, G. aux Espaulles, J. du
Hommet, R. de Cuves, J. d'Enfernet, L. de Creully, J. de
Tilly... *Esc.* J. des Moustiers, Th. du Val, Ph. Malfaut, R.,
Michelet et G. le Forestier, R. de Percy, C. de Briqueville,
J. Murdrac, J. aux Espaules, Ph. de Pirou, Ric. de Maten,
G. des Moulins, C. le Tellier, P. le Breton... (Du Fourny,
290-292.)

526. — Expéd. d'Angleterre. *Ch.* Colart d'Estouteville,
s. d'Auzebost, R. des Champs... *Esc.* R. Tesson, R. de
Brecé, J. de Roumilly, R. de Fontenay, J. des Champs, P.
de Vieux, G. Pigace, J. des Mons. (*Ibid.*, 283-286.)

527. — *Notables de Coutances* : Ol. Fournel, esc., B. et
J. le Cointe. (*P. O.* Fournel, 2.)

528. — 1 f. Carentan. Rev. de G. de Carelot, éc. *Esc.* J.
de Fontenay, J. Murdrac, Ric. le Hogueiz. (*Sc.* XXV, 107.)

529. — Rev. de J. sire de la Ferté, ban. *Bach.* J. du
Hommet... *Esc.* J. Malvoisin, J. de la Champaigne, J. du
Val, J. de Launoy... (*Sc.* XLVII, 67.)

530. — 9 mars, Mont St.-M. Ol. du Guesclin, comte de
Longueville, confesse « avoir eu et receu un fortier qui, en
temps que vivoit monsieur nostre frère, jadis conte dud.
lieu de Longueville et connestable de France, que Dieu

absoille, avoit esté mis en garde en la thresorerie du
moustier du Mont St Michiel ou péril de la mer, ouquel
estoient certaines lectres et autres biens appartenans audit
mons. nostre frère, et à nous comme à sen successeur...
Donné au Mont le 9ᵉ jour de mars l'an 1385. » (*Cartul.*
237.)

531. — 16 mars. Guerres de Cotentin ; quitt. de G. le
Forestier, éc. Écu : lion et et bordure. (*Sc.*, t. 48, p. 3629.)

532. — 1 mai. Rev. de Morelet de Montmor, cap. du
chastel et bastide du Louvre, bach. *Arb.* G. de Verdun,
Asselin Beaux amis... (*M.*, II, 35.)

533. — 25 mai. Quitt. de J. de Voisines, cons. et maistre
des req. de l'ostel du Roy n. s. Écu : 6 roses, 3-2-1. (*P. O.*
Voisines, 2.)

534. — 14 juin. « Je Michel de Villaine ay receu/des
PP. du Mont St-M. 53 liv. 4 den. pour 2 quart. de froment
qu'ils me doibvent a cause du moulin du Deluge... » (*Cartul.* 275.)

535. 1 août, Gravelines. La m. de P. le Breton, esc.,
1 ch., 3 esc. M. Gillebert Bacon, Flourent du Val... (*Sc.*
XXII, 21 ; quitt. scellée : écu au Ir. quartier chargé d'un
écu à l'hermine. *Ib.* 23.)

536. — 15 août, Poitiers. La m. de L. de Sancerre, mar.
de France. *Esc.* J. Cholet, Philebert de la Champaigne,
Moreau du Parc, Alain Quantin... (Clairamb. 234, p. 4.)

537. — La m. de Regnaut de Vivonne, sire de Thors,
sén. de Poitou, ban. *Bach.* J. du Bruyll. *Esc.* : J. Prevost,
P. Painnel, Perrot de Chapelainnee, C. des Nocés, J. et
Perrot de la Roiche. (*M.*, II,45.)

538. — La M. de L. de Meulanc. bach. *Esc.* J. de la
Roiche, J. le Breton, Huet Bunet. (*M.*, II, 43.)

539. — 5 s., Mantes. La m. de J. sire de Landevy,
bach. *Esc.* Est. Hamon, G. de Brecé, J. le Prevost, G. de
la Masure, J. de la Rochelle, Gillet Marie, Hue de Beauvoir. (Cab. 1409, p. 78.)

540. — 10 s. Quitt. de Soquet de Soquence, éc., servant « en ces présentes guerres du Roy n. s., en ce pré-

sent voaige d'Engleterre » ; écu billeté au lion (*P. O.* Soquence, 2.)

541. — Amiens. La m. de G. aux Espaulles, ch. *Esc.* : le bastard des Espaulles, J. d'Auxès, J. de Chantelou, J. Roussel, Michelet de Cotini, G. de Bailleul, Jaq. d'Ancor, C. de la Haye. (*P. O.* aux Epaules, 99.)

542. — 1386, 15 s., St-Jean-d'Angély. La m. de Regn. de Montferrand, bach. *Esc.* Gillet Gouier, Gervese Prieur. (*M.*, II, 54.)

543. — 9 oct. Lille. Rev. de Mgr du Hommet, ch. *Esc.* G., H. et Ph. de Pirou, R. et Robinet de Ver. J. de Ste-Marie, Ge. et J. de la Haye, Ph. et J. des Moustiers, Ph. Louvel, Jeorge Blondel, J. de Saussay, G. le Mire. *Arch.* J. du Bois. (*Sc.* LX, 44. — Quitt. du 20 ; écu à 3 fasces et 26 bes. ou tourt., 5-5-5-5-3-2-1. *Ib.*, 48.

544. — Rev. de Fraalin de Combray, ch. *Bach.* J. du Boys. *Esc.* J. de la Fosse... (*Sc.* XXXIII, 161.)

545. — La m. de J. le Bigot, ch. *Esc.* J. du Bosc, Ric. du Buisson, Ph. du Quesnoy, J. de Brievedent. (*Sc.* XIV, 177.)

546. — Rev. d'Ol. de Mauny le jeune, bach. *Esc.* Raoul du Pin, G. et Ph. Flambart, R. et J. Roussel, Th. et J. de la Mote, Ol. et Ettor de Pontbriant, G. Hay, R. Guiston, Girot des Marais... (Cab. 1409, p. 81.)

547. — Rev. de G. de Mehudin, sire de Rouvrou, ch. *Esc.* J. du Vergier, J. de Ste-Marie, J. du Val, L. le Chien, J. de St-Quentin... (*Sc.* LXXII, 206.)

548. — Rev. de J. du Hallay, esc. *Ch.* J. du Vergier, P. de l'Espinay. *Esc.* Guion du Vergier, Ge. Martel. (Cab. 1409, p. 83.)

549. — Rev. de J. seneschal d'Eu, ch. *Bach.* Fouques de la Champaigne, J. de la Haye, Jaq. de Soligny (Foligny). *Esc.* C. de Benoit, C. de Briqueville, Symonet de Menneville. (*Sc.* XLV, 179.)·

550. — Rev. de J. du Merle, sire de Gerrou, ch. *Bach.* P. du Merle, P. de Segrie. *Esc.* J. du Merle, G. de la Mote, Ric. le Soterel, J. Roussel, Gillequin le Charpentier. (*Sc.* LXXIII, 186.)

551. — 17 n. Carentan. Guerres de Norm. Quitt. de Th. du Val, éc. Écu burelé de 10 p. (*Sc.* CIX, 8491.)

552. — Après 1386. Jacques de Ronnès (Rônai), ch., cap. du Mont St-M. (*Harcourt*, II, 1672 ; IV, 1141.)

553. — 1387. R. le Bessinoys tient de l'évêque de Coutances un fief à Bonfossé. (A. N., P. 304, f. 2.)

554. — Caen. « Feu maistre J. Boutin, fisicien du roy.» (*Calv.* II, 384.)

555. — R. Servain, ch., baron de St-Paer-le-Servain, nommé en l'hommage de Ric. Carbonnel, ch., à l'abb. du Mont St-M. (*Cartul.* 259.)

556. — Lisieux. « Drouet Bensselin, receveur des aides pour la deffence du royalme ». (*P. O.* Denfernet, 2. — En 1388, « Drouet Bencelin », etc. *Ib.*, 4.)

557. — 15 mars, Niort. Rev. de P. de Mornay, ch. *Esc.* P. de Verdun, Picon de Cardic. (*M.*, II, 96.)

558. — 12 av. Arras. La m. de J. le Mercier, ch. *Esc.* J. Mauvoisin, Ph. Malfaut, « Grignart de Mathen et son frère ». (*Sc.*, t. 73, nᵒ 142.)

559. — La m. de L. de Creulli, ch. *Esc.* R. de Persy, J. de Mannewille, Ferrant le Fevre, J. de Vieux. (*Sc.*, t. 37, nᵒ 133.)

560. — 22 av. Carcassonne. Rev. de l'armée allant « en l'ayde du roy de Castelle » sous le sire de Nailhac. *Esc.* Garinet Garin, Robinet, J., et Ol. du Val, J. de Mons, J. Tournebuef, R., B. et G. du Parc, P. de Fontenay, G. de Ste-Marie, J. Harel (Harel), P. de Beauvoisin, Gilet de Bures, Mi. du Four, Laurens, Th. et J. de la Motte, Estor de Pontbriant, J. Morice, J. le Ruffet, Guion du Vergier, Juliot Barbé, Raoul du Pin, J. Benoist, B. de Tornemyne... (Cab. 1409, p. 84-86.)

561. — 29 av. Lille. Guerres de Flandre ; quitt. de Ric. Poisson, éc. Écu : croix engr. cant. aux 1-4 d'une fl. de lys, aux 2-3 d'un poisson. Autre quitt. du 20 mai 1388 : Croix cant. de 4 poiss. (*Sc.*, t. 87, Num. 61,66.)

562. — 25 mai, devant Puynodon. Rev. de L. de Sancerre, mar. de France. *Bach.* J. Aubert. *Esc.* Bern. du

Plesseis, P. d'Autry, J. de Lanfernet, J. Roussel. (Cab. 1409, p. 87.)

563. — 1387, 15 juil.; Rouen. Benoît Assire. arb. à cheval dans la comp. d'Albert de Lespine. (*Sc.* CIV, 8114.)

564. — 31 août, Avranches. Aveu au Roi par J. Pigace, éc., pour la sergent. Pigace, en la vic. d'Avranches. (A. N., P. 289¹, n° 80. — P. 304, f. 29 v.)

565. — 1 s., Carentan. La m. de G. le Forestier, éc. (*P. O.* le Forestier, 4.)

566. — Rev. de J. de Tilly, ch. *Esc.* Th. de Verdun... (*Sc.* CVI, 59.)

567. — Rev. de J. du Coudray, éc. *Esc.* J. de Clinchamp. (*M.*, II, 140.)

568. — Rev. de C. de la Haie, éc. *Esc.* J. Murdrac, Acariot Morice. (*M.*, II, 140.)

569. — 28 s., Guise. La m. de J. de Siffrevast, esc. *Ch.* Rog. de Briqueville. *Esc.* G. de Briqueville, J. de St-Germain, G. de Auteville, J. de Launay, C. le Bessinois. (*Sc.* CIII, 117.)

570. — 1 oct., Carentan. Rev. de J. Carbonnel, éc. *Esc.* J. et Ric. Murdrac. (*M.*, II, 183.)

571. — Rev. de J. sire de St-Germain, esc., et 1 autre : Ph⁰ᵗ d'Aussoys. (*M.*, II, 166, 194.)

572. — Rev. de J. sire de Magneville, ch. *Esc.* : J. de Beuseville... (*Sc.*, t. 78, n° 155.)

573. — 1 nov. Carentan. Rev. de Th. de la Luiserne, ch. *Esc.* C. Murdrac, J. de Chantelou... (*Sc.* LXVII, 159.)

574. — Rev. de J. des Moustiers, éc. « *Esc.* : P. des Moustiers, Ric. de Vierville... (*M.*, II, 205.)

575. — Rev. de G. de Campservoux, éc. *Esc.* H. de Pirou, Ph⁰ᵗ de Mons. (*M.*, II, 222.)

576. — Rev. de P. Poucin, éc. *Esc.* Ge. Hérault, Th. de Verdun. (*M.*, II, 202.)

577. — 3 n. Bayeux. Guerres de Norm. Quitt. de G. des Moulins, éc. Écu : sautoir cant. de 4 coquilles. (*Sc.*, t. 79, p. 6205.)

578. — Quitt. de Jacob Ferrand, éc. Écu à 3 *fruits* ? au bâton en bande broch. (*Sc.* XLVI, 3463.)

579. — 28 d. Gravelines. Rev. de R. Tesson, éc. *Bach.* R. de Cues. *Esc.* R. de Perci, G. le Viconte, Rog. le Pannier, Mi. le Forétier. (*Sc.* CV, 109.)

580. — Rev. de J. de Ciffrevast, esc. *Esc.* C. le Bessinès... (*Sc.* XXXII, 77.)

581. — 1388, 1 f. Carentan. Rev. de J. du Hommet, s. de la Varengière. *Esc.* : G. des Moullins... (*Sc.* LX, 49.)

582. — Rev. de P. de Villaines, ch. *Esc.* J. le Cointe, J. de Betas... (*M.*, III, 463.)

583. — Rev. de G. de Caretot, éc. *Esc.* J., G. et Ric. le Hogueys, Raoul Pinel, J. Servain. (*M.*, II, 264.)

584. — 21 f. Quitt. de J. Guérin, cons. du Roy en la vic. d'Auge ; écu au pal accosté de 2 lions affr., bande broch. (*Sc.* LVI, 4245.)

585. — 1 mars, Carentan. Rev. de God. de Ste Maréglise, éc. *Esc.* C. le Tellier. (*M.*, II, 294.)

586. 24 mars. Guerres de Norm. Quitt. de J. des Moustiers, éc. Écu : bande frettée. (*Sc.*, t. 75, p. 5887.)

587. — 1 av. Carentan. Rev. de R. de Hanencourt, éc. *Esc.* G. de Grimouville, J. des Loges. (*M.*, II, 338.)

588. — 1 mai, Carentan ; 17 août, Montereau. Rev. de Marin Lenffant, éc. *Esc.* J. Blondel, C. Michiel. (*M.*, II. 367, 387.)

589. — 1 juin, Carentan. Rev. d'Hervé de Mauny, sire de Thorigny, ban. *Esc.* J. Ferran, J. de Mons... (*Sc.*, LXXII, 101. — O. de Poli, *Montres*, CVII.)

590. — Rev. de G. Painel, sire de Hambuie, ban. *Bach.* Mgr du Hommet, Fouque et B. Painel. *Esc.* R. et Robinet de Ver, Ph. de Pirou, J. de Ste-Marie, J. de Sillans, J. des Moustiers... (*Sc.*, t. 83, n° 102. — Même revue, 1 déc. 1388, avec Raoul Couvey, éc., en plus. *Ib.*, 108.)

591. — Rev. de J. Painel, ch. *Bach.* H. Painel. *Esc.* Ra. de Tallevende, J. le Breton... (*Ibid.*, 101.)

592. — Rev. de L. de Croilly, sire de Croilly, ch. *Esc.* J. de Mangneville, Ferranst le Fevre... (*Sc.*, t. 37, n° 140.)

593. — 1388, 26 août, St-Lô. La m. de J. le Prestrel, éc. *Esc*. Ol. le Prestrel... (*P. O.*, Prestrel, 15.)

594. — La m. de R. Servain, ch., et 4 esc. de sa comp. (*P. O.* Servain, 5.)

595. — 2 s. Châlons. Expéd. d'Allemagne. *Bann.* : Alain de Mauny, sgr de Roye... *Bach.* Fouques de Marsilly, Gilles Cholet... *Esc.* P. de Huval... (*Harcourt*, IV, 1576.)

596. — 6 s., 6 oct., Carentan. — Rev. de J. Costart, esc. (*P. O.*, Costard, 2, 5 : quitt. du 31 oct. ; écu au sautoir chargé de 5 besants ou tourteaux. *Ib.*, 6.)

597. — 26 s. Carentan. Rev. de C. Grosparmy, éc. *Esc.* P. Garin, R. de la Roque, Th. de Mauny, J. de Missy, G. du Boys, J. de Friboiz. (*M.*, III, 471.)

598. — Rev. de G. de St-Gire, éc. *Esc.* Ph[ot] d'Auxais, J. du Saucey. (*P. O.*, St-Gilles, 3.)

599. — Rev. de Fouquet de la Bellière, éc. *Esc.* C. de la Bellière... (*P. O.*, la Bellière, 2. Quitt. du 31 oct. ; écu à la bande acc. de 2 roses. *Ib.*, 3.)

600. — 8 oct. Bousselaire. Rev. de Guy Mallet, sire de Graville, ban. *Esc.* G. de Tournay... (*M.* III, 488.)

601. — 9 oct. Corenzich, en Alemaingne. Rev. du s. d'Auxi, ch. *Esc.* P. Tournebœuf... (Cab. 1409, p. 94.)

602. — Rev. de G. des Bordes, ban. *Bach.* Regnaut le Viconte. *Esc.* C. Basan, P. de Ver. (*P. O.* des Bordes, 28.)

603. — Rev. de F. de Naples, cap. d'arb. à ch. *Connestables* : Le borgne du Saussoy... *Arbal.* J. de Chesy, Raoulin des Champs... (*M.*, III, 508.)

604. — J. des Wys, vic. et recevour du Pont Audemer. (*P. O.* des Wis, 2.)

605. — 1 déc., Carentan. — Rev. de G. de la Haie, sire de Coulompces, esc., et 1 autre : Ol. Gouhier. (*P. O.* doss. 33912, la Haye, 34 ; quitt. du 10 fév. suiv. ; écu fretté. *Ib.*, 35.)

606. — Rev. de Th. de la Luiserne, ch. *Esc.* C. Murdrac, J. de Chantelou, R. du Boys. (*Sc.* LXVII, 175.)

607. — Rev. de G. de Campservoux, éc .*Esc.* H. de

Pirou, Ph. de Mons, Ph. des Moustiers, Gorget Blondel. (*M.*, III, 535.)

608. — 1389, 1 jan. Carentan. Rev. de C. de Grimoville, éc. *Esc.* J. des Loges. (*P. O.* Grimouville, 5 ; quitt. du 10 fév. Écu : 3 molettes, lambel à 3 p. *Ib.*, 6.)

609. — Rev. de Ric. la Cappe, éc. *Esc.* Th. du Val... (*M.*, III, 546.)

610. — Rev. de Gerart d'Escay, éc. *Esc.* G. de Creulet... (*M.*, III, 555.)

611. — Rev. de Marin Leffant, éc. *Esc.* C. Costart, Ph[ot] Hais... (*M.*, III, 552.)

612. — Rev. de Rog. de Briqueville, sire de Laune, ch. *Esc.* J. de Grimoville, G. de Briqueville, C. le Biart, J. le Priour. (*Sc.* XXII, 131.)

613. — 2 jan., Paris. L., duc de Touraine, donne 100 fr. d'or à mess. J. de la Haye pour aidier à paier sa reançon (*P. O.*, Boutier, 6.)

614. — 1 av. Carentan. Rev. de J. sire de la Ferté, ban. *Esc.* J. Malvoisin, J. de la Champaigne... (*Sc.*, XLVII, 79.)

615. — 4 s. Quitt. de R. de Pontaudemer, éc., s. du Quesney, panetier du Roi. (*P. O.*, Pontaudemer, 10.)

616. — 1389-90. Gens d'armes aux gages du Roy en Norm. *Ch.* G. et Foulques Paynel, Hervieu de Mauny, G. aux Espaules, Th. de la Luiserne ; J. du Hommet, s. de la Varengère. *Esc.* R. le Forestier, J. Murdrac, Jacob du Puis... (Du Fourny, 314-315.)

617. — V. 1390. Scel de J. de Reviers. Écu : 6 losanges. (*Sc. norm.* 491.)

618. — 1390. La m. de J. d'Harcourt, ch., sire de Carentonne. *Esc.* Raul et Compaignon d'Onnebaut, Ph. de Vassy, G. de Vaüssemé, Ric. le Fevre, Robin de Freville. (*Harcourt*, IV, 1924.)

619. — 8 av. Aveu au Roi par G. le Soterel de « la moitié de la demée baronnie des Byars ». (A. N., P. 289[1], n° 88.)

620. — 1391. Scel de J. Hue, secr. de Charles VI ; écu bandé de 8 p. (*P. O.*, t. 1544, Hue, 3.)

621. — 12 oct. Paris. Les trés. du Roi notifient que

« J. Guillemin, de Parrignie en la vic. de Vire, a composé,
pour la finance de son anoblissement, à la somme de 100
liv. tourn. » (*P. O.* Guillemin, 2.)

622. — 1392. Aveu au Roi par J. de Crepon, s. d'Audo-
ville : «... le moulin, le coulombier, qui de present ne vallent
gaire de chose... Ouquel fié souloit avoir manoir, qui est
decheu pour la plus grant partie ; et y avoit demaine et
prez, qui sont à present en ruine et devenus en desers et à
non valoir, pour cause des guerres qui ont esté ou pais et
environs par le fait des Englois de Chierebouc. » (A. N.,
P. 304, f. 6 v.)

623. — Quitt. de Regnault Rabay, cons. du Roy en la
chambre des aides ord. pour la guerre ; écu à la croix
ancrée, tenu par un ange (Saint Michel ?) armé d'une lance.
(*P. O.* Rabay, 2.)

624. — J. de Bourbel, prévôt de Creil. (*P. O.* Bourbel,
4.)

625. — 9 mai, St-Germain-en-Laye. La m. de G. le
Biguot, ch. *Esc.* L. de Tournebu, Compaignon du Fay, G.
du Val, J. de Launoy. (*Sc.* XIV, 172.)

626. — 23 juil., le Mans. La m. de Rog. de Briqueville,
ch. *Bach.* J. de Coulombieres. *Esc.* G. de Briqueville,
Lancelot Campion, G. de Coulombieres, J. du Boys. (*Sc.*
XXII, 132.)

627. — La m. de J. le Bouteillier, éc. *Esc.* J. le Chien,
J. Perdriel, Sanson de St-Germain, Th. de la Broisse. (*Sc.*
XX, 166.)

628. — La m. de Raoul de Merlen, ban. *Esc.* J. le Breton, G. de Maten.. (*Sc.*, t. 73, n 194.)

629. — La m. de H. de Tilly, éc. *Esc.* J. Suhart, P. des
Lones, J. des Loges, Raoult du Pin. (*Sc.* CVI, 72.)

630. — La m. de G. de Tournebu, ban. *Esc.* Ph⁰ᵗ Tournebu, P. du Boys, Rog. de Fontainnes... (*Sc.* CVII, 59.)

631. — La m. de R. de Beauvoisin, éc. *Esc.* Raoul Garin, J. de Fontenay, Perrenet le Beauvoysien, J. Paisson.
(*Sc.* XII, 104. Quitt. scellée ; écu : un lion. *Ib.*, 107.)

632. — 21 oct., assises de Bonsmoullins. Gillot Bigot,

lieut. de J. Garin, bailli d'Alençon. (*P. O.* Corneil, 6.)

633. — 1393, jan. Charles VI donne à G. le Forestier, éc. du Cotentin, qui lui et R. son père, l'ont bien et loyalement servi contre les Anglais et ont été faits plusieurs fois prisonniers, 25 liv. de rente confisquées sur « une appellée Colette, fille de feu Regn. de la Haye », qui s'est « mariée à un anglois ». (*P. O.* le Forestier, 6.)

634. — Aveu au Roi par G. Alart, éc., s. de la Tourelle, en Brécey. (A. N., P. 289¹, nº 109.)

635. — 25 av. Orléans. La m. de P. du Merle, ch. *Esc.* J. du Merle, Gillet de Bures. (*Sc.*, t. 73, nº 187.)

636. — 1394, 9 mars. Aveu au Roi par Gervais Couvé, éc., d'un fief en Chévreville. (A. N., P. 289¹, nº 108.)

637. — 29 août. Aveu au Roi par Huet Louvel, s. de Valencie, en Ver. (*Ibid.*, 84.)

638. — 18 s. « Du Roy n. s. je R. de Brecé... avoue tenir mon fief de Brecé... » (*Ibid.*, 70.)

639. — 12 oct. Aveu au Roi par Th. de Brullie, ch., s. de Gonneville. (*Ibid.*, 53.) — et par H. de Crux, éc., de Tirepié, pour une fr. vavass. au Mesnil-Gilbert ; G. Allart, éc., tém. (*Ib.*, 21.)

640. — 2 d. Aveu au Roi par R. Servain, s. de St-Paer-le-Servain ; J. de Brécey, éc., tém. (*Ibid.*, 41.)

641. — 1395. Aveu au Roi par J. de Saucey, éc., s. dud. lieu. (*Ibid.*, 72.)

642. — 23 av. Aveu au Roi par Bern. le Cointe, esc., pour un fief à Tourville : « ... et en doit service de mener la Rayne de l'abaye de la Luzerne au Mont St-M. et doit soier à la table des sergans d'armes. » (*Ibid.*, 23.)

643. — 27 av. Quitt. de rente par « J. Benest, esc. » à J. de la Mare, vic. du Pont-de-l'Arche, signée « J. Beneet » ; écu : croix losangée cant. de 4 têtes de lion arrachées. (*P. O.* Beneest, 5.)

644. — 30 juin. Aveu au Roi par R. de Montagu, ch. (A. N., P. 289¹, n 37.)

645. — 20 juil. Aveu au Roi par Michiel de Villaine, ch., s. de Savigné. (*Ibid.*, 56.)

646. — 1395, 1 août. Aveu au Roi par Ph. de la Haie, ch., s. de la Haie Hue. (*Ibid.*, 38.)

647. — 2 oct. « Je Bernart le Cointe, advocat en la court laye...., receu de G. Villart, recev. du viconte de St-Sauveur Lendelin pour Mgr le duc d'Orleans... » Quitt. de pension ; écu semé d'étoiles au lion broch. (*P. O.* le Cointe, 2.)

648. — 1396, 31 jan. Aveu au Roi par G. de Vieux, éc., s. de St-Christophe d'Enfernet. (P. 289[1], n° 48.)

649. — 10 av. Aveu au Roi du « fief de Brecey » par C. de Brecey, éc. ; présent G. Allart, éc. (A. N., P. 304, n° 220.)

650. — 3 juil. Aveu au Roi par J. le Breton, s. de la Heudouynière en St-N. de Coutances. (P. 289[1], n° 61.)

651. — 18 d. Aveu au Roi par G. le Forestier, éc., pour des héritages en la vic. de Carentan. (*Ibid.*, 122.)

652. — 1397. « Fouquet de Cruelly », héritier de noble dame Mme J. de Ferrières. (*P. O.* Ferrières, 75.)

653. — 20 f. Aveu au Roi par J. Adam, s. de Cambernon. (A. N., P. 289[1], n° 40.)

654. — 24 mai. Aveu au Roi par Ph. Valles, éc., s. du Dit en la vic. de Valognes : « ... desquelz tenemens aucuns sont en valeur, et les autres en non valoir, par deffault des hommes, et du pais qui est vuidiez par la fortune des guerres. » (P. 304, no 72.)

655. — 1398. Th. de Briqueville, ch., s. de B.-en-Bessin, gendre de Bidaut de Vieulx, s. de Putot, en Auge. (*P. O.* Briqueville, 98.)

656. — 29 jan. Geffroy Hérault, élu sur le fait de l'assiette de 3,300 fr. faite au dioc. d'Avranches « pour résister à la grant puissance de Baizat (Bajazet), empereur des Thurcs ». (Pigeon, 280.)

657. — 28 f. Aveu au Roi, par J. Aubert, du fief Ric. Cosquet en la vic. de Valognes. (A. N., P. 304, n° 83.)

658. — 23 mai. Aveu au Roi par G. de Pere, éc., s. du Bisson, en Bolleville : « ... ung moulin à eaue, et y en souloit avoir ung à vent, qui par les anemis du royaume a esté ars et demoly. » (*Ibid.*, 86.)

659. — 1396, 24 mai. Aveu au Roi par G. de Brully, éc., s. d'Aubigny. (A. N., P. 289¹, n° 3.)

660. — 14 oct. Aveu au Roi par C. Souliot, éc., s. du Rouctour en la vic. de Valognes : « ... deux moulins, l'un à eaue et l'autre à vent, qui à present sont ruyneux. » (A. N., P. 304, n° 88.)

661. — 11 d. Aveu au Roi, par C. Basan, de fiefs en Gatteville, Martinvast, etc. (A. N., P. 289¹, num. 98, 99.)

662. — 1399, 13 janv. Paris. — Rémission pour « Colibeaux et Jehan dis de Criquebœuf, esc., frères puisnez de G. de Criquebœuf, ensement escuier, et qui, étant en « descort » avec « feu Th. d'Autré », le prirent et l'emmenèrent à cheval « en plusieurs parties du royaume et ailleurs contre sa volonté », puis le ramenèrent « sans lui faire aucune aultre violence ne malle façon ». (*P. O.* Criquebœuf, 2.)

663. — 31 mai. Aveu au Roi par J. du Hommet, ch., s. du Mesnil-Raoul. (A. N., P. 289¹, n° 79.)

664. — 11 juin. Aveu au Roi par Rog. de Briqueville, s. de Laune, pour la baronnie de la Haye-du-Puis, à lui app. par J. Campion, sa femme. (*Ibid.*, 29.)

665. — 28 juin. Aveu au Roi par R. de Ver, esc., s. de Ver, pour une fr. vavass. à Liverville, près le fieu d'Ol. de Semilli, esc. (*Ibid.*, 6.)

666. — 1400, 21 f. Aveu au Roi par Th. de Bruillie, ch., pour le fief de Chaney que tient en parage dud. ch. J. de Bruillie, esc., son frère..., en la vic. d'Avranches. (*Ibid.*, 12. — « Champcey » au lieu de Chaney, porte P. 304, n° 75.)

667. — 2 oct. Quitt. de « Colin Basen, advocat et cons. de Mgr le baron d'Ivry » ; écu : 3 besants. (*P. O.* Basan, 2.)

668 — 1401, 11 juil. Michel Hue, avocat du Roi ès vic. de Valognes et Carentan. (*P. O.* Hue, 123.)

669. — 27 s. Aveu au Roi du fief du Tremblay, en la

vic. de Falaise, par R. le Forestier, éc. (*P. O.* le Forestier, 51.)

670. — 1402. Scel de J. Pinel, éc., cap. de la forteresse du pont de Poissy ; écu à 3 p. de pin, étoile en abîme, lambel. (*Sc.*, t. 86, p. 6753.)

671. — 1402-1411. Quittances de « G. Bailleul, proc. du Roy au baill. de Cotentin. (*P. O.* Bailleul, 30-34 ; écu au lion, bande broch. ; penché et tenu par un ange.)

672. — 22 f. J. de Fribois a son hostel à St-Martin (près Caen), en l'Isle-Regnault. (*Calv.*, II, 382.)

673. — 11 av. Inform. par N. Potier, vic. de Bayeux : « G. de Bailleul, esc., aagié de 45 ans », tém. (*P. O.* Conion, 2.)

674. — 7 oct. Aveu au Roi par R. de Percy, ch., s. de Soulles. (A. N., P. 289², n° 172.)

675. 13 oct. Aveu au Roi par J. du Hommet, ch., s. du Mesnil-Raoul. (*Ibid.*, 174.)

676. — 18 oct. Aveu au Roi par Ph. de la Haie, ch., s. de la Haie-Hue. (*Ibid.*, 173.)

677. — 1403. G. des Loges, éc., tient fief à la Boulouze, et G. de la Masure, éc., à Lapenty. La sergenterie Rouxel, à G. Allart. (Pigeon, 502, 535, 285.)

678 . — G. Allard, vic. de Mortain et de St-Sauveur-le-Vic., s. de la Tourelle, en Bréccy. J. Harel, s. d'une franche vavass. à Bréccy. J. de Tallevende, s. de Montjoie. J. d'Esson, s. d'Esson en Sourdeval. (Pigeon, 552 564.)

679. — J. Auber, vicomte de Falaise. (*P. O.* du Merle, 61.) — G. du Chemin résigne son office d'aide de l'échansonnerie du duc d'Orléans. (*P. O.* Cointerel, 5.) — J. Petit, vic. de Carentan. (*P. O.* du Clos, 12.)

680. — 13 av. « Nous frère Gilles Guiton, ch. de Rhodes... Comme, es pays et royaume de Hongrie eù, combatant soubz la charge de Mgr Philbert de Naillac, nostre gr. maistre, fusmes navrés... » (Arch. de M. le Vicomte de Guiton. — Menard, p. 147.)

681. — 24 n. Aveu au Roi par Colibeaulx de Criquebeuf, esc., s. du Parc, en St-Lo-d'Ourville ; « ... ung moulin à eaue... à present en ruyne... Item, 3 places de moulins à vent, l'un... qui meult... et les 2 aultres sont en ruyne. » (A. N., P. 304, n° 322.)

682. — 1403-15. Quitt. de G. Bailleul, proc. du roy au baill. de Cotentin, scellées, « de mon seel » ; écu : chevron acc. en chef de 2 roses et en p. d'une molette ; ten., un ange. (P. O. Bailleul, 31, 33, 36.)

683. — 1404. R. de Fréville, ch., cap. de St-Sauv.-le vic. (Du Fourny, 336. — Bernardon de Serres, éc. du duc d'Orléans. (P. O. de Serres, 5.) — Rémission pour Hervé de Voisines. (A. N., JJ. 158.) — Milet Hérault et G. de la Mare, fondés de procur. de Ph. de Florigny, ch., premier chamb. du duc d'Orléans. (P. O. des Feugerais, 4.) — Aveu au Roi par G. de Husson, s. de Husson. (Pigeon, 534.)

684. — « Garde des ville et chastel de Chierbouc. Ch. Th. de Brully, Th. de Liserne, G. Carbonnel... Esc. G. d'Estouteville, s. de Blainville, G. le Forestier, Fouquet de Creuilly, G. Paynel, s. de Hambuye, J. de Tolevast, J. de Chantelou... » (Du Fourny, 336.)

685. — Quitt. de R. de Vassy, éc., échanson du Roi et du duc d'Orléans ; écu : 3 besants, lambel à 3 p. (P. O. de Vassy, 4.)

686. — 1 fév. Quitt. de « J. Costart, esc., lieut. du cap. de Carenten » ; écu au sautoir chargé de 5 besants ou tourteaux. (P. O. Costard, 4.)

687. — 19 mars. Assiette de 6.550 fr. au dioc. d'Avranches « pour résister à la puissance de H. de Lancastre qui se dit roy de France ». (Pigeon, 284.)

688. — 23 juin. Charles VI : délai à J. de Grimouville, éc., pour le dénombr. « de ses terres, fiefz et seign. de Carentilly », etc. (P. O. Grimouville, 7.)

689. — 1405. Scel de G. de la Champagne, ch. Écu : 3 mains appaumées. (Sc. XVI, 1081.)

690. — Fouquet de Creuilly, éc., cap. du Pont-d'Ouve. (Du Fourny, 341 v.)

691. — « J. de Ponfol (vicomté d'Orbec), mary de

damoiselle Girolle de la Planche : *de gueules à la croix ancrée d'argent.* Armorial de Mr de Monville. » (*P. O.* Ponfol, 2.)

692. — « G. le Soterel, s. des Cheris, rend adveu du Mesnil Adelée ; son seau porte 3 oyseaux volants. » (*Cartul.* 272. — *Sc. norm.* 543 : « 3 aigles ».)

693. — 1405, fév. Charles VI anoblit Thib. de Cesy, grenetier du Roi à Reims. (A. N., JJ. 159, n° 230.)

694. — 20 juil., St-Jean-d'Angély. La m. de J. de Torssay, sén. de Poictou. *Bach.* J. Chamdon... *Esc.* Guyot. du Pin, Est. de Vieux, J. Guisthon. (*Sc.* CVI, 135.)

695. — 1 s. Valognes. Garde du Cotentin. Rev. de J. de la Haie, éc. *Esc.* G. des Moulins, G. de la Haie, G. Murdrac... (*Sc.* VIII, 157.)

696. — Rev. de J. du Burel, éc. *Esc.* Ge. le Viconte, G. et J. de Cantelou... (*Sc.* XXIII, 192.)

697. — Rev. de Raoul de Giberville, bach. *Esc.* G. de Chantelou, J. de la Roche... (*Sc.* LIII, 60.)

698. — Rev. de Raoul. Fauq, ch. *Esc.* G. le Breton, Robin d'Auxaiz... (*Sc.* XLVI, 71.)

699. — 1405-1409. Scel de J. Aubert, lieut. du bailli de Cotentin en la vic. de Carentan ; écu au chevron acc. de 3 têtes d'aigle ; tenu par un ange. (Demay, *Sc. Norm.*, 2003 ; *Sc. de la coll. Clair.*, 355.)

700. — 1406. Bernardon de Serres, gouv. d'Asti pour le duc d'Orléans : écu parti : au 1, 3 pals ; au 2, fascé de 8 p. (*P. O.* de Serres, 10.)

701. — 7 mars, Paris. « Provisions de Charles VI... à R. de Mauny, esc., de porter le collier de son Ordre de la Cosse de geneste. » (B. N., ms. franç. 20287, f. 94.)

702. — 6 oct. Quitt. des gages de P. Pigace, éc., servant en Guienne contre les Anglais. (*Sc.*, t. 86, n° 21.)

703. — 1407. G. Bastard, dit la Bastardière, ch. de Rhodes. (*P. O.* Bastard, en Bretagne, 23.)

704. — 24 mai. Aveu au Roi du fief de Pirou par « Foucques de Melle, esc., s. de Pirou à cause de Jacquemine de la Haye, ma compaigne ». Le d. fief doit, chaque

année, 41 sols 8 den. au duc d'Orléans. Tiennent de
Pirou : Rog. Suhart, Robin et J. Murdrac, fils de feu Colin,
J. Hue, G. de Guihebert (à cause de sa femme, fille de feu
Raoul de Bruillie. ch.), J. de St-Germain, s. dud. lieu,
J. du Hommel, G. Murdrac l'aîné et G. Murdrac le jeune,
écuyers, et Th. de Brullie, ch. (A. N., P. 304, n° 170.)

705. — 9 s. Aveu au Roi par H. de Crux, éc., s. de Crux.
Y est nommé autre H. de C., fils de feu R. de Crux, ch.
(*Ibid.*, 122.)

706. — 19 oct. Aveu au Roi du fief de la Corbière, par
J. le Prevost, éc. (*Ibid.*, 123.)

707. — 29 n. Aveu au Roi du fief de Flamanville, par
« N. Basin » (C. Basan), éc., mentionnant un manoir, un
colombier, 3 moulins « en ruyne et destruiz par fortune de
guerre. » (*Ibid.*, 125.)

708· — 12 d. Bayeux. Quitt. de « Th. Cornet, clerc de
la penne du Bur le Roy » ; écu : cornet acc. de 3 étoiles.
(*P. O.* Cornet, 2.)

709. — 1403, 1 s. Blois. La m. de G. de Colleville, ch.
Arch. : P. du Val... (*P. O.*, Colleville, 6 ; quitt. dud. jour ;
écu : croix ancrée. En 1403, il était chamb. du duc d'Orléans. *Ib.*, 2.)

710. — 1409. J. de Crossy, cons. et avocat du duc d'Orléans à Epernay. (*P. O.* Crossy, 2.)

711. — Rémission pour Cardinet de Prestreval, éc. (A.
N., JJ. 163.)

712. — 24 mars. Quitt. de «Garin Auber, lieut. gén. du
bailli de Caen ; écu : fasce chargée de 3 oiseaux tournés à
sen., et acc. de 3 roses. (B. N., ms. franç. 22468, part. II,
p. 49.)

713. — 20 av, chât. de Caen. *Arb.* J. le Cointe, Binet de
Reviers... (*M.*, III, 691.)

714. — 1410. Scel de Macé le Borgne, ch., chamb. du
duc d'Orléans ; écu 3 trèfles. (*P. O.* le Borgne, 22.)

715. — Garde des frontières de Norm. *Ch.* R. de Fréville, G. et Th. de Bruilly, Th. de la Luzerne... *Esc.* J. de

la Haye, s. d'Amondeville, J. de St-Germain, G. de Colombières, G. de Vaux .. (Du Fourny, 344.)

716. — 3 s. Paris. La m. de Mi. de la Croys, cap. d'arb. à cheval : Baudet Louvel, J. de Verdun, Girart de Bremont... (Cab. 1410, p. 10.)

717. — 4 oct., Pontoise. Rev. du s. du Gaure, éc. bann. *Arch.* C. le Conte le jeune, Ol. le Cointe, G. Haye. (*Ibid.*, 12.)

718. — 1411. Scel de Hutin d'Arson, éc., au service du duc d'Orléans ; écu : chevron componé, acc. de 3 molettes. (*P. O.* Darson, 4.)

719. — Garde de la forter. du prieuré de Ste-Barbe. *Esc.* Th. et J de Carouges, J. de Fribois... (*Calv.*, I, 126.)

720. — 2 f. Quitt. de « J. d'Onnebaust. ch., s. d'Appeville » ; écu : croix vairée. (*P. O.* d'Annebaut, 3.)

721. — 22 mars. Bulle de Jean XXIII instituant R. Jolivet abbé du Mont St-Michel. (*Gall. chr.*)

722. — 20 av. — Retrait de 4014 écus d'or « qui mis avoient esté en garde « en l'abb. du Mont St-M. par Raoul de Meullent, ch., s. de Courseulles. (*Cartul.* 230.)

723. — 18 juin. R Jolivet, abbé du Mont St M., prête serment à Charles VI, qui le maintient dans la capitainerie du Mont. (S. Luce, *Chron.*, I, 94.)

724. 1 août. Aveu au Roi par J. de Thibouville, éc., s. de Treauville : « ... ouquel souloit avoir hostel, manoir et coulombier, qui fut abatu et chay par le temps des guerres. » (A. N., P. 304, n° 139.)

725. — 22 n. Chartres. La m. de J. s. d'Ivay, ch. *Esc.* J. de Monguerre, J. des Loges, J. de Bure, J. de Loré, Robin du Parc, J. de Marsillie, J. du Bois, J. Marie; G. Soterel, baron des Byars ; Ge. du Puis, J. de Bressay, G. Huguet, C. de Verdun, J. de Rumillie, H. et G. de Crux, J. de Launay, J. Paien, Robin de Fontenay, Sanson de St-Germain, J. de Ponfeul, J. le Prevost, C. de Bresey, C. Pasturel, J. Cappel de laine, J. d'Auteville... (*Sc.* XLI, 4.)

726. — 6 d. Etampes. La m. de H. de Lamboul, ch. *Esc.* G. Gastineau, J. et L. d'Aveugour, J. et Gerv. de St-

Germain, G. Aze, Mi. de Marcillye, Ol. Roussel. (*Sc.* LXIII, 50.)

727. — 1412. J. le Brun, archer de la comp. de l'Ami. ral de France. (*M.*, III, 694.)

728. — 1412-1416. Ysart Grippel, lieut. de l'amiral de France en Norm. (*Calv.*, II, 214, 373.)

729. — 1412, 15 mars, Nemours. La m. de Blanchet Braque, ch. *Esc.* P. Millart... (*Sc.* XXI, 1468.)

730. — Evreux. La m. de Mgr de Gauville, ch. *Esc.* J. du Buisson, J. de la Haye, G. de Bailleul, Gillot le Mansel, S. de Musy, J. Gouhier... (*Sc.* LII, 56.)

731. — 13 av. Scel de Gilles Cholet, ch. ban. Écu bandé de 6 p. (*Sc.* XXXII, 2373.)

732. — 13 av. Quitt. de J. Pynel, esc., cap. du pont de Poissy; écu : 3 p. de pin, molette en abîme. (*Sc.*, t. 86, n. 31.)

733. — 3 juin. « J. Beausamis », lieut. général de J., sire d'Ivry, bailli de Cotentin. (*P. O.* Beausamis, 2.)

734. — 23 juin, dev. Bourges. Rev. d'Eng. de Bournonville, éc. *Bach.* B. d'Auffrenel. *Esc.* Th. le Mire, S. Guérin, J. du Puis. (*Sc.* XX, 72.)

735. — Rev. de P. de Bures, éc. *Esc.* H. le Clerc... *Arch.* Robin du Merle, Th. le Hugrez, J. de Mons, G. le Gris. (*Sc.* XXIII, 183.)

736. — 1413. S. Bunel, garde du scel de la vic. de St-Sauveur-le-Vicomte. (*P. O.* Borgnoult, 2.)

737. — 7 jan. Aveu du fief de la Torelle, tenu du Roi à cause de sa comté de Mortain, par P. Allart. (*Calv.*, II, 393.)

738. — 10 av. Bonneval. La m. de Robertus de l'Abbaye, éc. *Esc.* J. de la Mote, Gautier de Lancé. (*Sc.* III, 2.)

739. — 20 mai. Aveu au Roi du fief de St-Denis-du-Gast par G. de Méheudin, éc., s. de Rouverou et de St-Pierre-Langier. Tiennent de lui : C. Louvel, H. Meurdrac. (*A. N.*, P. 304, n° 164.)

740. — 28 juin, Carentan. La m. de R. de la Heuse, ban. *Esc.* J. de Fontenil, Ferranlt de Fréville, G. et Perrinot de Granville. (*Sc.* LIX, 221.)

741. — 5. n. Coutances. Accord entre l'abb. du Mont St
Michel et J. Costart, éc., s. de Longueville. (*P. O. Costard,
2.*)

742. — 27 n. Aveu au Roi du fief de Caulieu, en St-Ger-
main-d'Elle, par G. de Coulombières, esc. (*A. N*, P. 304,
nº 154.)

743. — Scel de J. Beausamis, lieut. général du bailli de
Cotentin ; vidimus d'hommage à l'abbé du Mont St-M.
Écu : chevron acc. de 2 *léop.*? en chef et d'une rose en p.
(*Sc. norm.* 2006.)

744. — 1414, 15 jan., assises de Falaise. Procès entre le
Roi et « G. de Mehudin, esc., s. de Rouverou et baron
d'Anebec, pour l'ommaige du fieu de Houssemaine, dont est
tenant le s. de Carrouges. » (*P. O. Meheudin,* 8.)

745. — 20 oct. Quitt. de « J. de Vieux, ch., verdier des
boix des Mons de Lenque. » (*P. O. de Vieux,* 13.)

746. — 26 oct. G. Martel, s. de Bacqueville, porte-ori-
flamme de France, périt à Azincourt. (Le P. Daniel, *Hist.
de la Mil. franç.*, I, 205.)

747. — 1415. J. le Prestrel, G. le Telier, élus au dioc.
de Coutances sur le fait des aides ; scel dud. J. le P. : chevron acc. de 3 roses et chargé d'un croissant. (*P. O. Prestrel,* 25, 26.)

748. — « Nous J. de Villaine, chlr... » Quitt. de gages ;
écu gironné de 8 p. (*Sc.* CXIII, 55.)

749. — Sceau de « J. du Molin, advocat et cons. de
Mgr. le duc d'Orléans » ; écu : croix ancrée. (*B. N.*, ms.
franç. nouv. acq. 1460, p. 208.)

750. — 24 mai, Paris. Lettres de Charles VI commettant
le duc d'Alençon, cap. général, « pour resister à nostre adversaire d'Angl., qui s'est « mis sus en armes à très grant
puissance, en entencion de venir briefvement descendre en
divers lieux de nostre royaune. « (*Sc.* IV, 17.)

751 — 5 juin. Aveu au Roi par R. Basan, éc., pour un
quart de fief noble, en Flamanville : « ... lesquelz manoir,
coulombier à pié et molins sont de present en ruyne et
destruiz par fortune de guerre. » (*A. N*, P. 304, nº 159.)

752. — 1415, 12 juin. Homm. au duc d'Alençon du fief de St-Aignan, en la châtell. de Bonsmoulins, par Jacquet Bunet, éc. (*P. O.* Bunel, 3.)

753. — 30 juin. La m. de J. de Dreux, ch. *Esc.* P. le Gris, Rotin de Tournay... (*Sc.* XLII, 20.)

754. — 12 juil. St Malo. La m. d'Ol. de Mauny, cap. de St-Maslo de l'Isle, ban. *Esc.* Ol. de Pontbriant, J. Peynel, G. Fournel, G. Hay, Fouquet Héraut, G. le Prevost... (*Sc*, LXXII, 111. — Poli, *Montres*, CIX.)

755. — La m. d'Ol. Hérault, éc. *Bach.* Ol. de Pontbriant... (*Sc.* LIX, 93. Quitt. du 19 s. Écu : 3 oiseaux, molette en abîme. *Ib.*, 97.)

756. — La m. de Fouquet de la Mote, éc. *Bach.* J. de Veux (Vieux), Raoul Tesson, G. de la Motte de Gat:, G. du Hommeel... (*Sc.*, t. 79, nᵒ 69.)

757. — 22 juil. Valognes. La m. de J. de Boutemont, éc. *Bann.* J. Peynel. *Esc.* C. Pesson, Fouquet de Creuly, J. de Ste-Marie, P. de Mussy. (*Sc.* XX, 178.)

758 — La m. de Ric. le Cauf, éc. *Esc.* G. Hamon, J. Morel, R. d'Aussais. (*Sc:* XXVI, 56.)

759. — La m. de J. de Tolevast, éc. *Esc.* Th. du Val... (*Sc.* CVI, 117 ; quitt. du 28 av. 1420 ; écu : 6 losanges. *Ib.*, 119.)

760. — La m. de G. des Molins, ch. *Esc.* C. Blondel... (*Sc.* LXXIX, 106 ; il est qualifié éc. dans sa quitt. ; écu : sautoir cant. de 4 coquilles, lambel. (*Ib.*, 111.)

761. — La m. de J. de la Haye, s. d'Arondeville, éc. *Esc.* : J. de la Haie le jeune, G. et C. de la Haie, G. et J. le Hougeis, Georges Blondel, C. Michiel, Th. Busnel. (*Sc.* LVIII, 158 : quitt. du 18 août 1405 ; écu écart., 1-4, sautoir ; 2-3, pal aiguisé et accosté de 6 arondes.)

762. — Quitt. de Raoul de Mons, éc. Écu : aigle et bordure. (*Sc.*, t. 75, p. 5875.)

763. — 25 juil., Valognes. La m. de 20 arch. à chev. de la comp. de Regnault du Hommet, s. de la Varenguière, bach. : J. le Fèvre, G. Roussel, G. du Bois, G. le Haguays... (*Sc.* LX, 56.)

764. — La m. de Ferrant de St-Germain, éc. *Esc.* Ric. et C. Basan, J. du Bois, Robin du Sausoy, P. des Moustiers, Ric. Pesson. (*Sc.* LIII, 29.)

765. — La m. de G. Fortescu, éc. *Esc.* G. Auber, P. et Robin le Fevre, J. Peinel, J. de Chillans, Fralin de Tilly, Raoul des Mons. (*Sc.* XLVIII, 170.)

766. — La m. de G. de Canservoux, éc. *Esc.* P. Hervieu, Robin le Huguet, C. le Teillier, Ra. Guérin, J. du Buisson, J. de Guyhébert. (*Sc.* XXIV, 147.)

767. — La m. de H. de Guihébert, bach. *Esc.* Th. et Robin de Cantelou, J. Lamiraut, J. Hervieu, J. d'Ausays. (*Sc.* LVI, 103.)

768. — La m. de J. de St-Germain, ch. *Esc.* G. et J. de St-Germain, Rog. de Briqueville, J. du Bois, Ric. Pesson, Th. le Forestier. (*Sc.* LIII, 30.)

769. — La m. d'Ol. de Coulombières, éc. *Esc.* J. Suhart, G. et le bastart de Colombières. (Sc. XXXV, 166.)

770. — 27 juil., m. l. La m. de G. Prestrel, éc. *Esc.* Th. Hamon, G. de St-Germain, Guillebert le Teller. (*Sc.*, t. 89, p. 7016.)

771. — 2 août, Carentan. La m. de G. de Graville, bach. *Bann.* G. de Montenay, *Esc.* G. d'Auzès, J. de Villiers, G. le Charpentier, G. de la Haye. (*Sc.* LV, 66.)

772. — La m. de Raoul Fauq, ch. *Esc.* Robin Meurdrac, Girot Mensel, Robin Bellay. (*Sc.* XLVI, 77.)

773. — La m. de J. Cotart, éc. *Esc.* J. le Charpentier, P. de Champaigne, J. de Fribois. (*Sc.* XXXV, 46.)

774. — La m. de Raoul de Talvande, éc. *Esc.* Fouquet de la Bellière, J. de la Haye, J. et P. Champion. (*Sc.* CV, 32.)

775. — La m. de J. de Monttenay, ch. *Bach.* Th. de Bruilly. *Esc.* Th. de la Luiserne, L. du Bois, Th. de Creully. C. et Rog. Suhart, Rog. de Beully (Breully), J. de Perchie. (*Sc.* LXXVI, 149.)

776. — Carentan. La m. de J. de Semilly, éc. *Bach.* Th. du Bois. *Esc.* R. Blondel. (*Sc.* CII, 129.)

777. — 4 août, Vittefleur. La m. de L. d'Estoteville. s. d'Ozebost, ban. 2 bach., 7 esc. (*Sc.* XLV, 139.)

778. — La m. de Guiot de Fribois, éc. *Esc.* : C. de la Fosse... (*Sc.*, L, 146.)

779. — La m. de J. s. de Bethencourt, ban. *Esc.* J. le Prevost, J. de Grainville, J. de Carrouge... (*Sc.* XIV, 93.)

780. — 1415, 8 oct. Montivilliers. Rev. de P. de Hotot, éc. *Esc.* G. de Brully. (*Sc.* LX, 143.)

781. — 9 août, Caen. La m. de J. de Garancières, ch. *Esc.* G. de Launay, G. et Cardin Hue, Ric. des Loges, Adenet Ivette. (*Sc.* LI, 159.)

782, — 10 août, Harfleur. La m. de Lionnet de Braquemont, ch., cap. d'Harfleur. « *Esc.* : G., Ge. et J. de Unfernel, Alixandre Millart... (*Sc.* XXI, 1480.)

783. — La m. de J. de Buffrenil, ch. *Esc.* J. de Coutes dit Minguet, G., J. et Bethis de Grainville, Colas de la Mote. (*Sc.* XXIII, 136. — J. de Coutes fut père de Louis, page de Jeanne d'Arc.)

784. — 14 août, Lourmais. La m. de Raoul de Gaucourt, ban. *Esc.* Alexandre Meslart, J. du Four, J. du Boys, Morelet Prieur. (*Sc.* LII, 24.)

785. — 15 s. St-Malo. Rev. d'Ol. de Mauny, ban. *Bach.* Ol. de Pontbriant, J. de Vieux... *Esc.* J. Bunais... (*Sc.* LXXII, 113.)

786. — Rev. de G. de Pontavisse, éc. *Esc.* J. Marie, R. Houel, G. du Valborel. (*Sc.*, t. 88, n° 46.)

787. — 22 août, Amiens. Quitt. de Renaud d'Ancourt, éc., servant contre les Anglais ; écu à l'orle de merlettes, au fr. canton. (*Sc.* XL, 2073.)

788. — 24 août, Valognes. Rev. de G. des Molins, ch. *Esc.* G. de Bailleul... (*Sc.* LXXIX, 107.)

789. — 2 s., Touques. Rev. de J. de St-Germain, ch. *Esc.* Rog. de Briqueville, G. et J. de St-Germain, J. de la Haye de Rondeville, G. de la Haye. (*Sc.* LIII, 28.)

790. — Rev. de Ferrant de St-Germain, éc. *Esc.* Fouquet de Creully, Ric. le Petit, C. Bason (Basan). (*Sc.* LIII, 31.)

791. — Rev. de R. de Fréville. ch. *Esc.* Brunet de Fréville, Robin de Chantelou, J. Yon, H. Murdrac. (*Sc.* L, 141.)

792. — Rev. de Jamet Sebille, éc. *Esc.* J. de Buqueville (Briqueville ?) G. Pirou, G. le Prestel, G. de la Mote. (*Sc* CII, 7926. Poli, *Montres*, CLXII.)

793. — Rev. de Cardin Gouyer, éc. *Esc.* Th. le Breton, G. et Th. Hamon, J. Morel, R. d'Auxais. (*Sc.* LIV, 90.)

794. — Rev. de J. Fauq, ch. *Esc.* J. Bacon, Fouque Fauq, Rog. le Breton, Girat de Fontaines, P. de Mussy. (*Sc.* XLVI, 79.)

795. — Rev. de G. Louvel, éc. *Esc.* J. de Fribois... (*P. 0.*, doss. 15464, p. 14.)

796. — Rev. de Regnault du Hommet, ch. *Bach.* G. du Saulsay. *Esc.* G. Louvel, J. de Beuseville. (*Sc.* LX, 57.)

797. — Rev. de J. de Méautis, ch. *Esc.* J. de Villiers, G d'Auzès, J. du Bois le Méautis, J. du Bois de Gorges, Ric. Poisson, J. du Bois de Briqueville, Jaquet d'Espiné. (*Sc.* LXXII, 194.)

798. — Pontaudemer. Rev. de G. de Montenay, ban. *Esc.* J. de Semillie, Robin de la Bellière. (*Sc.* LXXVI, 150.)

799. — 6 s., Touques. La m. de Girart de Tornebu, ch. *Bach.* Ric. de Tournebu, G. de Rouvrou. *Esc.* Raol Guérin. (*Sc.* CVII, 63.)

800. — 9 s., Harfleur. La m. de Mi. Justice, éc. *Esc.* J. le Conte, Guérin le Grant, P. de la Mote, Th. Hay, (*Sc.* LXI, 176.)

801. — 15 s. St-Malo. Rev. de G. Barbé, éc. *Esc.* Th. de la Mote, J. de Pontfou, J. Paynel, Ol. de Pont Bruiant. (*Sc.* X, 5.)

802. — 1415, 17 s. Rouen. La m. de J. de Dreux, ch. *Esc.* J., Millet et Lyot de Cournebeuf, J. de Cournebeuf des Logiers. (*Sc.* XLI, 21.)

803. — 19 s. Défense de St-Malo ; quitt. d'Ol. Hérault, éc. Ecu à 3 oiseaux. (*Sc.* LIX, 4509.)

804. — 22 s. Montivilliers. La m. de J. de Tilly, ch. *Bach.* : J. de Tilly le jeune, J. de Clinchamp... *Esc.* : J. du Merle de Couvrigny, G. le Conte... (*Sc.* CVI, 74.)

805. — Rouen. La m. de Guy Malet, s. de Grarville, ban. *Ban.* J. de Férières. *Bach.* : Jaq. de Montenay, Ch.

de Ferières. *Esc.* : G. de Bailleul, Th. Prieux... (*Sc.* LXIX, 89.)

806. — La m. de J. de Menilles, esc., et 9 autres : Ph. du Merle, G. le Beauvoisien... (*Sc.* LXXXIII, 105.)

807. — La m. de G. de Grarville, ch. *Bach.* Foucaut du Merle, Th. de Carouges... (*Sc.* LV, 67.)

808. — La m. de G. de la Haye, ch. ban., baron de Coulonces, et 15 esc. : Perrin Chappedelaine, J. des Pas, G. le Boté, C. le Breton, Ric. de Clinchart (Clinchamp). J. de Ste-Marie... (*Sc.* LVIII, 159.)

809. — La m. de J. Carbonnel, bach. *Esc.* G. du Bois, J. dobre, Ph^{ot} et J. d'Auxais... » (*Sc.* XXV, 73 ; quitt. du 12 oct. ; écu au chef chargé de 2 quintef. (*Ib.*, 76.)

810. — La m. de G. le Soterel, bach. *Esc.* Robin et Martin du Parc, C. le Pasturel, G. le Soterel, B. Roussel... (*Sc.* CIV, 98. Quitt. du 12 oct. ; écu : 3 aigles. *Ib.* 101.)

811. — La m. de J. Malerbe, éc. *Esc.* J. de Villiers, J. Pigasse, Ric. de la Haye. (*Sc.* LXIX, 54.)

812. — La m. de J. de Villaine, ch. *Bach.* : P. de Villaine. *Esc.* : G. de Villaine, D. Prieur, Julien de la Mote, G. le Charpentier... » (*Sc.* CXIII, 53 ; quitt. 12 oct ; écu gironné de 8 p. *Ib.* 55.)

813. — 1415, 24 s. Rouen. La m. d'Ol. de Mauny, ch. ban., sir de Thorigny, 1 bach. et 12 esc. : Mess. Ol. de Mauny, s. de Thieuville. *Esc.* G. et Robin de Percy, Ol. et Guillebert de Creully, Colin Harel, Huet Louvel... (*Sc.* LXXII, 5628. — Poli, *Montres*, CI.)

814. — La m. de J. de la Roue, éc. *Esc.* J. Aubert, Thib. de la Roche, Guion Chevalier. (*Sc.* XCVIII, 43.)

815. — La m. de P. Giffart, éc. *Esc.* G. de Lespiné, Jamet de Lancé... (*Sc.* LIII, 88.)

816. — La m. de P. de Segrie, ch. *Esc.* Robin le Berrier, P. de Viette. (*Sc.* CII, 96.)

817. — La m. de Thib. Herisson, ch. *Esc.* G. de Fey, J. de Cynchamp... (*Sc.* LIX, 113.)

818. — La m. de Huet le Gros, éc. *Esc.* J. du Bois, J. de Villiers, P. Quentin. (*Sc.* LV, 159.)

819. — 1415, 24 s., Rouen. La m. de J. Harenc, éc.*Esc.*
C. Gastinet, Guion le Grant, Th. de Brecy, Ric. de la Haye,
G. le Beauvesien. (*Sc.* LVIII, 31.)

820 — La m. de Th. de Brully, ch. *Esc.* R. Houel, J. de
la Haye, Ric. le Prevost... (*Sc.* XXIII, 46.)

821. — La m. de Fouques de la Champaigne, ch. *Esc.*
J. de Bourguenoles, Th. de la Hague, J. de Maton, Foul-
quet de la Bellière, Fouquet Héraut, Ric. le Forestier,
C. de Verdun, Fouquet le Breton, J. de Brullé... (*Sc.* XXVIII,
47 ; quitt. du 3 oct. Écu : 3 mains appaumées. *Ib.* 48.)

822. — La m. de C. de Champeaulx, éc. *Esc.* J. de Fouqueville, Lorin Mansel, J. Hamon... (*Ibid.* 51 ; quitt. du
25, écu fretté.)

823. — La m. de Colars de la Lande, éc. *Esc.* Huet et
R. Bunet, Girart de Bayleul... (*Sc.* LXIII, 71.)

824. — La m. de J. Lembart, escuier de la Royere. *Esc.*
Colas le Clert, J. le Conte... (*Ibid.* 48.)

825. — La m. de G. d'Argouges, éc. *Esc.* P. du Homme,
P. Alart, Thevenin de Brecé. (*Sc.* VI, 25.)

826. — La m. de H. de Bailleul, éc. *Esc.* J. du Melle, J.
le Beauvesien. (*Sc.* IX, 72.)

827. — La m. de J. du Mas, ch. *Esc.* J. Lembart...
(*P. O.*, t. 661, doss. 15464, p. 16.)

828. — La m. de P. du Merle, ch. *Esc.* J. Connarl, Robin
de Billy, G. de Tournebu, C. Merica, J. de Fribois. (*Sc.*
LXXIII, 188.)

829. — La m. de Th. Prieur, esc. (*Sc.*, t. 89, n° 153.)

830. — La m. de J. de la Mote, éc. *Esc.* : Raoul Talevende, Raoul de Creuly, J. Yon. (*Sc.* t. 79, n° 71.) — La m.
de J. d'Auneau, éc. *Esc.* J. Marie, G. Bellais. (*Sc.* XXXIX,
18.)

831. — La m. de J. Chappedelaine, éc. *Esc.* Robin le
Petit, J. de Conbray... (*Sc.* XXVIII, 166.)

832. — La m. de « H. de Creux », ch. *Esc.* J. d'Auteville, J. de la Mote, G. du Fay, Ma. du Val. (*Sc.* XXXVIII, 10.)

833. — La m. de Perrinet de Samtaire, éc. *Esc.* R. Tour-
nebuef... (*Sc.* CIII, 17.)

834. — 1415, 24 s., Rouen. La m. de G. de Verine, esc. s. de la Buissonnière. *Esc.* Robinet de Beauvoir, Ric. de Man-neville .. (*Sc.* CI, 155.)

835. — 1415, 27 s. Guerres de basse Norm. Quitt. de Renaud du Hommet, ch., sire de la Varengière ; écu fascé de besants et de 3 fasces besantées de 6 pièces. (*Sc.* LX, 4593.)

836. — 28 s., Rouen. La m. de G. de Pont Bellengier, ch. *Esc.* G. et J. du Val Bourel, Robin Perdriel, Ol. et J. Roussel... (*P. O.* doss. 57388, p. 4.)

837. — La m. de J. du Guihebert, éc. *Esc.* J. Hervieu, J. et P. d'Ausais, Michiel Marguerie, P. Guezdon. (*Sc.* LVI, 104.)

838. — La m. de H. Carbonnel, éc. *Esc.* C. Poisson, Raoul le Clerc, Robin de la Haye. (*Sc.* XXV, 75.)

839. — La m. de G. Carbonnel, ch. *Esc.* G. et J. de Talle-vende. (*Sc.* XXV, 74 ; quitt. du 13 oct., écu, 3 besants. *Ibid.* 77.)

840. — La m. de J. de Sillans, éc. *Esc.* Gassot de Per-cy... (*Sc.* CIII, 126 ; quitt. de gages, 13 oct., écu écartelé : 1-4, sautoir engrêlé ; 2-3, 2 fasces et lambel. *Ib.* 132.)

841. — La m. de B. Painel, ch. *Bach.* H de Guihebert. *Esc.* G. de Sillans, G. de Husson, C. de Mons, J. La-miraut. (*Sc.* t. 83, n° 119.)

842. — 30 s., Rouen. La m. de J. du Merle, éc. *Esc.* J. le Carpentier... (*Ibid.* 193.)

843. — 30 s. C. de Fontenay, éc., reconnaît avoir reçu de Macé Héron, très. des guerres, ses gages et ceux des 16 éc. de sa comp., au service du Roi pour « résister à son adversaire d'Angleterre descendu à très grant puissance ou pais de Normandie et mis le siège devant la ville de Harfleu et porter dommage par tout le royaulme... » (*Sc.* XLVIII, 208 ; écu à 2 lions pass. l'un sur l'autre.)

844. — 2 oct., Rouen. La m. de J. du Homme, ch. *Esc.* B. du Homme, P. Moricet, Est. Auber, Th. du Bois, S. de Villiers... (*Sc.* LX, 32.)

845. — Montebourg. La rev. de J. de la Haye d'Arondeville, éc. *Esc.* J. de Toullevast, Th. du Val, Ric. du Saussoy, Thassin Blondel, Jehanin de la Haye le jeune, G. de la Haye... (*Sc.* LVIII, 163.)

846. — 3 oct. Rouen. La m. de G. de Heudebert, éc. *Esc.* G. de Ste-Marie, R. de Ronnay... (*Sc.* LIX, 196.)

847. — La m. d'Ol. de Coulombières, éc. *Esc.* G. et le bastard de C., Galois Lair, J. et Robin de Chantelou, J. Suhart, G. et Raoul le Semilie. (*Sc.* XXXV, 167.)

848. — Rev. de G. des Molins, ch. *Esc.* Guillemet de Bailleul, Charlot de Soligny, Ric. Basin (Basan)... » (*Sc.* LXXIX, 108.)

849. — 4 oct. Carentan. Rev. de G. Louvel, éc. *Esc.* G. Meurdrac, Ph. des Moustiers... (*Sc.* LXVII, 107.)

850. — Rev. de P. de Vauville, éc. *Esc.* C. le Tellier, J. du Buisson, J. de Chantelou, J. des Moustiers. (*Sc.* IX, 127.)

851. — 5 oct. Rouen. La m. de H. le Cointe, éc. *Bach.* Ph. de la Haye. *Esc.* J. et Ph. de la Haye de Beaucoudray. (*Sc.* XXXII, 61.)

852. — 6 oct. Honfleur. Rev. de G. de Mellemont, écu *Esc.* G. du Fay... (*Sc.* LXXIII, 21.)

853. — 6 oct., Touques. La m. de S. de Criquebeuf, ch. bach. (*Sc.* XXXVII, 148.)

854. — 8 oct. Rouen. La m. de Colibeaux de Criquebeuf, éc. *Esc.* J. le Herichier, S. d'Ausseys, Ph. Travers, J. de la Mare, G. Muldrac, J. du Val. (*Sc.* XXXVII, 147.)

855. — 8 oct. Rouen. La m. de Th. de la Liserne, éc. *Esc.* L. du Bois, R. Muldrac, G. de Canteleu, G. de la Liserne, Rog. de Brully, C. Suhart. (*Sc.* LXVII, 176.)

856. — La m. de G. Vimont, éc. *Esc.* G. de Pirou, P. le Fevre, Taupin Louvel. (*Sc.* CXIV, 66).

857. — Montivilliers. La m. de P. de Hotot, éc. *Esc.* G. de Brully... (*Sc.* LX, 143.)

858. — 12 oct., Rouen, « G. de la Haye, ch., s. de Coulonches », reconnaît avoir reçu de Macé Héron, trés. des guerres, « les gaiges de nous benneret et de 15 esc. de nostre comp. » au service du Roi pour resister aux An-

glois en la comp. de Mgr le duc d'Alençon ». (*Sc.* LVIII,
162; écu écartelé : 1-4, semé de losanges, à 3 écus broch. ;
2-3, fretté.)

859. — P. du Puis, éc. ; quitt. des gages de sa comp. ;
écu au croissant, 2 étoiles en chef. (*Sc.* XC, 7081.)

860. — Quitt. de Fouques de la Champaigne, ch., et de
ses 18 éc. au service du Roi « pour résister aux Anglais en
la comp. de Mgr le duc d'Alençon » ; écu, 3 mains appaumées. (*Sc.*, t. 28, n° 48.)

861. — « Je Colin des Byars, escuier... » Quitt. des gages
de sa comp. Écu : étoile rayonn. soutenue d'un croissant.
(*Sc.* CXII, 69.)

862. — Quitt. de gages de J. de Guihebert, éc. Écu à la
bande chargée de 3 coquilles et acc. de 4 autres coq., 1 en
chef et 3 en pointe; lambel à 3 p. (*Sc.* LVI, 128.)

863. — « Je Colibeaux de Criquebeuf, escuier... » ;
quitt. des gages de sa comp. de 18 esc., Écu burelé, à la
quintef. broch. ; lambel à 3 p. (*Sc.* XXXVII, 152.)

864. — 21 n. St-Cloud. La m. de G. le Bastart, éc. *Esc.*
P. de la Fosse, J. le Breton (*P. O.* Bastard, en Bretagne, 2:
« Parti d'or à un demy aigle imperial de g., et d'az. à une
demie fleur de lis d'or. » *Ibid.*, 8.)·

865. — 21 d. Paris. Rev. de G. de la Fosse, éc. *Esc.*
P. Boschet... (*P. O.* la Fosse, 3.)

866. — V. 1415. « J. Boutin, esc., s. de Viquetot, es-
pousa Marg° Vipart, fille de G., dont Michel B., s. de Vic-
tot, qui esp. Clère du Bois », et 14 autres enfants. (*P. O.*
Boutin, 17.)

867. — 1416. Créances du duc d'Orléans en la vic. de
Bayeux: « Les hoirs Mme Alipz Hamon, dame de Cam-
pigny, pour un tenement qui fu Enguerran de Villiers... »
(*P. O.* Hamon, 6.)

868. — 21 jan. Paris. Rev. de G. de la Fosse, éc. Quitt.
du 31 ; écu : un chef à 3 besants. (Cab. 1410, p. 31.)

869. — 2 f., Touques. La m. de Regnault du Hommet,
s. de la Varengière, ch. *Bach.* G. du Saulsay. *Esc.* G. Louvel... (*Sc.* LX, 57.)

870. — 1 mars, Paris. Rev. de J. Aimery, ch. *Esc.* G. le Bastart... (Cab. 1410, f. 34 v.)

871. — 1416, 13 mars. Aveu au roi par G. de Coulombières, ch.: «... deux moulins dont de present il n'y a que ung en estat. » (A. N., P. 304, N° 103.)

872. — Aveu au Roi du fief de Soulles par R. de Percy, ch.: «... Et y souloit avoir deux moulins dont, de present, il n'y a que ung en estat...» *(Ibid.,* N° 103.)

873. — 28 mars, Montivilliers. La m. de Roland du Buchon, éc. *Esc.* Th. Prieur, Ch. de Launoy, P. du Bois, J. de la Haye. (*Sc.* XXIII, 95.)

874. — 1 av. Paris. La m. de Tanneguy du Chastel ban. *Esc.* G. de la Haye, J. de Tournemine... (*M.* III, 714.

875. — 27 av. Aveu du fief Champeaux servi à J. Costart, éc., s. de Longueville, par J. Champeaux, qui prend « sur les héritiers de R. le Cointe 15 denreaux de froment... pour sa part du moulin de Longueville que tient à présent G. de Ste Marie ». (*P. O.* Costard, 3.)

876. — 1 mai, Montivilliers. La m. de Cordual Bourgois, éc. *Esc.* : G. Hamon... (*Sc.* XIX, 23.)

877. — La m. de J. Papot, éc. *Esc.* J. Alart... (*Sc.* LXXXIII, 152.)

878. — La m. de G. s. de la Fare, ch. *Esc.* P. de Prestreval, G. des Champs... (*Sc.* XLVI, 19.)

879. — 1 juin, Montivilliers. La m. de Regnault du Hommet, bach., cap. de Montiv. *Esc.* Jaq. de Lespinet, G. de Sotevast... *Arch.* J. le Fèvre. (*Sc.* LX, 58.)

880. — Rev. d'Ogier Henry, s. de la Roque, ban. *Esc.* J. Derien, G. Hamon... (*Sc.* LIX, 87.)

881 — Rev. de P. de Feularde, éc. *Esc.* J. de Bures, Ph. de Villiers, Guillot le Fevre, Jaquet des Loges. (*Sc.* XLVII, 110.)

882. — 1 août, Paris. La m. d'Ant. du Perle, éc. *Esc.* Le bastard de Tholigny, G. du Boys. (*P. O.* Perlaschi, 5.)

883. — Rev. de Thib. Ossart, éc. *Esc.* P. de Monquay... *P. O.* Hossart, 5.)

884 — Rev. de J. Emery, ch. *Esc.* Alain de la Mote, J. Morice, R. du Puys. (Cab. 1410, p. 35.)

885. — 1417, 12 jan. Aveu par J. Costart à l'abb. du Mont St-M. du fief de Longueville ; scellé ; écu au sautoir ; lég., s. JEHAN COTART. (*Sc. norm.* 199. — *P. O.* Costard, 4.)

886. — 21 f. Sauvegarde donnée par Tanneguy du Chastel, garde de la prév. de Paris, à « R. P. en Dieu M. Robert, abbé du Mont St-M., Maistre ez arts et bach. en decret, escolier estudiant en l'univ. de Paris ». (*Cartul.* 283.)

887. — 17 av. Robert de Fréville, ch., verdier de la forêt de Brotonne : quitt. de gages à J. Auber, vic. du Pontautou ; écu : 3 fers de dard. (*P. O.* Fréville, 10.)

888. — 20 août. Charles, duc d'Orléans, prescrit le paiement des gages de « M* Aubert de Crecy », son secr., qui l'a servi « continuellement chascun jour à grant diligence » pendant qu'il était prisonnier en Angl. (*P. O.* Crécy, 11.)

889. — 20 s. « Je G. de Crocy, esc., cap. des ville et chastel d'Yenville... » ; décharge signée « G. de Crossy ». (Bastard, VI, 706)

890. — 1418. Henri V : Délai à Raoul de Neuville, éc., pour le dénombr. des terres qui furent à G. des Moulins et à J. de la Haye, ch., sauf la baronnie de Coulonces, donnée à L. Bourgoise, ch. (Vautier, 15.)

891. — Henri V confisque la seign. de Rouverou, à G. de Méheudin, ch. ; le manoir du Quesnay, à R. de Pontaudemer ; les seign. de Chanteloup et d'Appilly, à Jeanne de la Champagne, femme de Nicole Paynel, *absent* ; la baronnie du Hommet, à G. de Montenay, ch. ; la seign. d'Annebaut ; une maison, à J. Conart, à Caen ; la baronnie de Creully, à G. de Vierville, époux de Marie de Creully ; la baronnie de Courseulles, à G. de Meullant, ch. ; la seign. de Bacqueville, à G. Martel, ch. (Vautier, 12-83.)

892. — Henri V confisque les terres de : J. Costart, *rebelle* ; J. de Vieulx, ch. ; G. de Cully, ch. ; J. et Roger Suhart,

5

frères ; G. de Vaux ; Ric. de Tournebu ; Ol. et Jaquet de
Folligny ; N. de Courseulles, ch.; H. de Colombières et J.
Campion, sa femme ; J. le Prestrel, *rebelle*; G. Hamon ; J. de
Tilly, R. Servain, J. de Semilly, G. de Colombières, Hue de
Beuseville, ch. ; R. de Billy, avocat; G. de Mauny, H. de
Crux, P. de Segrie, R. de Fontenay, B. d'Enfernet, ch. ;
Bern. le Cointe, J. le Gris, J. du Homme, Fralin de Tilly,
P. Allart, éc. ; J. de Bréauté, ch., et Marg. d'Estouteville ·
sa femme. (Vautier, 13-114. — *Ant. Norm.* XXIII, 135.)

893. — 1418. Henri V confisque les terres de : G. Payen,
G. Pigache, Raoul Mauvoisin, J. du Merle ; G. Soterel,
baron des Biards ; J., G., Ric. et R., fils de feu J. Jolivet,
ch.; J. des Moustiers, *absent* ; J. Paynel, L. de Quintin,
Ol. de Mauny, Ol. Husson, ch., *rebelles* ; Anne et Jehanne
Chenne de la Champagne, R. du Val, *rebelles* 1, « Michiel
et Jacques diz de Marguere ». (Vautier, 79-112.)

894. — Henri V confisque les terres de : J. de Manneville, ch., *rebelle*, et Jacqueline le Baveux, sa femme ; H. de
Thiéville, ch., *rebelle* ; R. le Charpentier, éc., s. de Charruel, *rebelle*, et Mme Olive de Coëtivy, sa femme ; G. d'Ois-
sey, éc., *rebelle*, et Mme Cath. d'Harcourt, sa femme ; les
enfants de feu H. d'Argouges, ch., *rebelles* ; R. de la Motte,
éc., *rebelle*, oncle de J. de la M., éc., à qui sont donnés ses
biens et ceux dud. R. ; Samson de St-Germain, Foulques
de Crully, Rog. de Briqueville, R. de Ver, G. Avenel, J. Guiton, Th. de la Paluelle, P. d'Auxais, Ric. de Clinchamp,
J. et André Pigasse, G. de Verdun, Vinc. du Bur, éc.,
rebelles ; Jac. de la Cervelle, éc., les fils de feu Ge. de Romilly, ch., *absents*. (Vautier, 121-153.)

895. — Henri V donne à J. Cognet, vic. de Carentan,
une maison qui fut à J. Auber, naguère bourgeois dud.
lieu. (*Ant. Norm.* XXIII, n° 87.)

896. — G. de Crocy, éc. d'écurie du duc d'Orléans et
lieut. de J. de Coutes, dit Minguet, cap. de Châteaudun,
(*P. O.* Crossy, 4 ; écu : 2 fasces.)

897. — Henri V fait don de leurs héritages à P. Chappedelaine, fils de feu G. et de feu Jeanne de Cathehoule ;

L. de Manneville, Jacques de Mathan, R. du Chesnay (du Quesnay) et Robine de Hautemer, sa femme, R. des Champs et Tiphaine, sa femme, tous éc. ayant fait le serment-lige. (*Ant. Norm.* XXIII, 1252.)

898. — 1418. Henri V donne à Th. Chappel le fief d'Annebault, en la vic. de Caen, qui fut à J. d'A., ch., rebelle. (*Ibid.* 125.)

899. — 28 mai. Henri V : Répit à L. de Grimouville, éc., pour sa part des fiefs de Carantillé, Gouville..., après la mort de J. de G., son père. (Vautier, 30.)

900. — Henri V rend à G. Thierry ses maisons, à Caen. (Vautier, 31.)

901. — 21 juin, Bourges. La m. de Lucas de Tréougat, éc. *Esc.* J. de Tournay, Est. le Fèvre... (*Sc.* CVIII, 6.)

902. — La m. de J. du Rufflay, éc. (*Sc.* XCIX, 7698 ; quitt. le 24 ; écu : chevron acc. de 3 molettes, croissant en chef. — G. du Rufflay, éc., donne même quitt. aud. jour ; écu, chevron acc. de 3 mol., lambel à 3 p. *Ib.* 7699. — Poli, *Montres*, CLXI.)

903. — La m. de Ge. le Breton, éc. *Esc.* C. le Picart.— La m. d'Ol. de Broon, éc. *Esc.* J. Bourdon. (*Sc.* XXII, 24.)

904. — La m. d'Ernaut Pardo, ch. *Esc.* Hervé le Petit, J. du Bois... (*Sc.* LXXXIII, 187.)

905. — La m. de R. de Champeaux, éc. *Esc.* Lancelot et J. Pinel, J. du Merle, R. le Chien... (*Sc.* XXVIII, 52. Quitt. du 24 ; écu bandé de 6 p., lambel à 3 p.)

906. — La m. de Th. Gebert, éc. *Esc.* : J. de la Haye, Michiel Prieur. (*Sc.* LII, 62.)

907. — Quitt. de « Gaulchier Roussel, esc. et chief de chambre de 10 autres esc. » servant le Roi « a lencontre des Anglois » ; écu ; chevron acc. de 3 merlettes. (*Sc.* XCVIII, 83.)

908. — Quitt. de J. de Tournemine, éc., servant « a lencontre des Anglois ». (*Sc.* CVII, 75.)

909. — La m. de Ch. de la Ville-Audren, éc. *Esc.* J. Huguet .. (*Sc.* CXIII, 81.)

910. — 12 juil. Henri V rend à J. Adam, éc., qui lui a

fait le serment lige, ses biens sis au baill. de Coutances, insi que le fief de Cambernon, qui fut jadis confisqué sur es ancêtres à cause de leur fidélité au roi d'Angleterre. *P. O.* Adam, en Norm., 10.)

911. — 1418. 19 juil., St-Pourçain. Rev. de Jeorge de Marsenne, éc. *Esc.* : J. du Bois, J. Guérin. (*Sc.* LXX, 204.)

912 — 27 juil. Henri V donne à G. de Vaux, après serment-lige, le fief de Fournonville, app^t à J. de Bures, éc., et tout le fief que possède à Vaux-sur-Aure G. Aze, éc., « lesquels J. et G. et leurs épouses sont absents et tiennent le parti à nous contraire ». (*Ant. de Norm.* XXIII, 218. — Autre acte du 2 mai 1419: « Joh. de Bures, armiger rebellis ». *Ib* , 515.)

913. — 3 août, Paris. Charles VI, considérant que l'abbé et les religieux du Mont St-M. ont dépensé plus de dix mille francs pour creuser une grande citerne en roche vive ; que, « pour résister à l'encontre de noz anciens ennemis et adversaires d'Angleterre qui, de jour en jour, s'efforcent de usurper nostre seignourie », ils ont « fait pluseurs autres grans euvres et reparacions pour la seurté dud. lieu, et aussi... plusieurs provisions de vivres et autres choses neccessaires, et tenu un grant nombre de gens d'armes et de trait aud. lieu, pour la garde et deffence d'icelluy, à leurs propres coustz et despens, sans avoir de nous aucune ayde », — accorde aux d. religieux une aide de 1,500 liv. tournois, destinée au payement de la garnison du Mont. — Vidimus par Laurent le Grant, sénéchal du Mont, le 4 sept. suivant. (Arch. de la Manche, H. 15343. — S. Luce, I, 87.)

914. — 22 août. G. Hamon, Rog. Suhart, et autres principaux défenseurs de Cherbourg, mettent leurs sceaux à la capitul. de cette place. (*Ant. Norm.* XXIII, 221.)

915. — 7 s. Henri V donne à N. le Moyne une prébende de l'égl. de Coutances, vacante par la mort de Me R. de Grimouville, *alias* « Carentilleye ». (*Ibid.* n° 1436.)

916. — 13 s. La m, de J. de Voisins, éc. *Esc.* J. de Soisy... (Villevieille, t. 85, f. 101 v.)

917. — 7 oct. Chatelaillon. La m. de G. Prieur, éc. *Esc.* G. de Longaunoy, Alain Ravart. (Cab. 1410, p. 46.)

918. — 4 n., aux Chasteliers. La m. de J. Ferré, éc. *Esc.* Thébaut Guerin, Yvonnet le Cointe. (*Ibid.* 51.)

919. — 5 n., St-Loup. La m. de Thib. de Lezongar, éc. *Esc.* J. Danjou, G. Morice. (*Ibid.* 55.)

920. — 8 n., « à Chinom ». Rev. de R. de Champeaulx, éc. *Esc.* G. le Grant... (*Ibid.* 59.)

921. — 12 d., siège de Tours. La m. de J. Tollevast, éc., 1 ch. et 18 esc. (Du Fourny, 359.)

922. — 20 d. Henri V : Répit a G. et J. des Loges, éc., pour leurs fiefs, à eux rendus suivant la composition de St Lô. (Vautier, 39.)

923. — 1418 23. Délais à H. de Guihébert, ch., pour ses fiefs à lui rendus par le roi d'Angl. (Vautier, 36.)

924. — 1419. Henri V : Délais d'aveu accordés, après hommage, à : J. et G. de Mathen, fils et hér. de feu Jacques ; R. le Forestier, G. Guiton,G. Bellé, J. de Ste-Marie, Chr. de Mary, J. Payen, J. de Carouges, N. du Buisson, éc. ; Giurelle de Missy, Cath. Mallet, P. de la Broise, Fiacre Michel, Brice Gohier, G. de Beauvoir. (Vautier, 121-149.)

925. — Henri V rend leurs biens à : J. d'Enfernet, ch. ; S. de Percy, H. le Cointe, G. de Clinchamp, Gilles de Roumilly, P. Houel, Gilles de Longaulnay, Ph. de Verdun, J. de Bruilly, éc. ; Ric. le Pigné, Isard Guerpiel ou Grippel (hér. de Jeanne Campion), R. de Carrouges (frère de feu Th. de C., ch.), Michel Marguerie, Roger Couvé, Vinc. Godet et J. Pasturel, sa femme. (Vautier, 120-153.)

926. — Scel de C. le Bret, maître de la chambre aux deniers de la duchesse d'Alençon ; écu : fasce acc. de 6 coquilles, 3 en chef, 2-1 en p. (*P. O.* le Bret, 4.)

927. — Scel de C. Louvel, s. de Valencé, éc., à qui l'abbé du Mont St-M. a permis de chasser dans le bois de Prail. Écu à un vol? et surm. d'un loup. (*Sc. norm.* 359.)

928. — 8 f. Guerres de Norm. Quitt. de G. de Launoy, éc. Écu au chevron acc. de 3 croisettes. (*Sc.* LXIII, 4903.)

929. — 1419, 12 f. Quitt. de J. Auber, éc., servant « à lencontre des Angloiz ». (*Sc.* VII, 47, sceau fruste. — Scel de J. Aubert, lieut. du bailli de Cotentin en la vic. de Carentan, 24 n. 1405 : écu au chevron acc. de 3 têtes d'aigle. — Scel de J. Aubert, éc., au service du Roi, Paris, 23 oct. 1410 : écu à la bande acc. de 3 merlettes, 2 en chef, 1 en p. *Sc.* CXXXVII, 2397-99.)

930. — 14 f. Henri V confisque les biens de « Roger de Breauté, chivaler », et de Marg. d'Estouteville, sa femme. (*Ant. Norm.* XXIII, 299.)

931. — 24 février-11 mars. Henri V notifie qu'il a reçu, en suite des dons qu'il leur a faits, les hommages de : G. aux Espaules, J. de Vaulx, J. Carbonnel, Richard Baban (Basan), Ph. de la Haye, J. de St-Germain, ch. ; G. de Vaulx, R. de Fréville, J. du Quesnay, éc. (*Ibid.* 312.)

932. — 25 fév. Capitul. d'Honfleur, signée par les principaux défenseurs : Th. de Carrouges, G. d'Anfernet, ch. ; G. de la Lizerne, Brevet de Brèvedent, éc. (*Ibid.* 313.)

933. — 28 f. Quitt. de J. le Clerc, éc., servant contre les Anglais ; écu à 2 fasces acc. de 10 étoiles, 4-3-3. (*Sc.* XXXII, 2415.)

934. — Mars-mai. Délais accordés par Henri V, après hommage, pour l'aveu des biens à eux rendus, à : J. de Vaulx, J. Carbonnel, J. de St-Germain, Ric. Basan, G. aux Espaules, ch. ; G. de Pirou, Ric. et J. Hue, J. Flambart, J. et G. du Fay, J. de Missy, J. Louvel, J. de Briqueville, J. Avisse, Jac. Hoguet, J. Blondel, G. de Bailleul, G. et J. de Tallevende, G. Murdrac, Rog. Suhart, R. Marie, J. du Merle, G. le Tellier, G. Hamon, R. Lair, J. Guillemin, J. de Rovencestre, J. Houel, G. Chappedelaine, Ol. Hérault, G. Bigot, J. de Chanteloup, P. du Pin, J. de Vauborel, R. de Carrouges, G. Carbonnel, éc. ; G. Blondel, bourg. de Caen ; J. de Gouvis, veuve de J. le Febvre, éc. ; Ph. de la Haye, ch., suivant la capitul. du châtel de Hambye. (Vautier, 50-85.)

935. — 4 mars. Henri V nomme J. de Bordeaux proc. du roi au baill. de Gisors. (*Ant. Norm.* XXIII, 1240.)

936. — 1419, 6 mars, Gien. Montres de Ch. de Mauny, ban., J. de Tournemine, J. Poisson, éc. (Du Fourny, 352.)

937. — La m. de Lancelot Gouyon, éc. banneret. *Esc.* Ol. du Val, J. des Moulins, J. Hamons, G. de Lespinay. (Cab. 1410, p. 72.)

938. — 6 mars. *Aveu à Henri V par Raoul Nevill, ch. anglais* : « ... les terres et seign. cy après desclairées, au tiltre du don à lui fait... par led.' seigneur... de toutes les terres et seign. qui furent à Mgr R. de Freville et à Mgr G. de Moulins, ch. (A. N., P. 304, nº 175.)

939. — 8 mars. Hommage à Henri V par « G. aux Espaules, ch., s. du fieu nommé au Breul ». (*Ibid.* 176.)

940. — 14 mars. Henri V rend à G. des Moulins, ch., et J. de Crespin (Crépon), sa femme, une part de leurs biens. (Vautier, 52.)

941. — 19 mars. Henri V : Don fait à Robin Tollevast, éc., et mand. au bailli de Cotentin « d'informer s'il se trouvait que led. esc. eut plusieurs fois sommé et requis J. de T. , esc., son frère *absent*, d'avoir sa part de la succ. de J. de T., jadis leur père, et que ses autres frères et, sœurs fussent absents », il lui baillât sad. part. (Vautier, 59.)

942. — 20 mars. Hommage à Henri V par « J. Avisse, esc. », de la vic. de Montivilliers (Vautier, 65)

943. — 23 mars. Henri V, suivant la capitul. de Harfleur, donne à J. Barbé les terres qui furent à G. Barbé, son père. (Vautier, 68.)

944. — 6 av. Henri V décharge les terres de « Georges de Clère, esc., de l'aage de 7 ans, fils et hér. seul de deff. J. de Clère, ch. », de rentes contractées par son dit père envers « plusours personnes de present nos rebelles et dessobeissans ». (*Ant. norm.* XXIII, 360.)

945. — 11 av. Henri V donne à Roger Suhart, éc., les terres de J. de Chantelou et sa femme, rebelles ». (*Ibid.* 381.)

946. — Henri V donne les biens confisqués de J. le Brun, ch., s. d'Aveny, « maintenant rebelle ». (*Ibid.* 376.)

947. — 1419, 20 av., Mirebeau. La m. de G. Bourdon, éc. (*P. O.* Bourdon, 3.)

948. — 21 av. La Flèche. Rev. de « G. de Bellez, bastart d'Ozeboc, esc., et 13 autres » ; de P. du Moulin, éc. ; de R. Louvel, éc. (Du Fourny, 359.)

949. — 28 av. Henri V donne à J. d'Anney les terres de Foulques de la Champagne et Marg. sa sœur, rebelles. (*Ant. Norm.* XXIII, 491, 502.)

950. — Henri V confisque la terre de « Mesye » (baill. d'Alençon), qui fut aux hoirs de J. Guerin, absents et rebelles. (*Ibid.* 506.)

951· — 4 mai. Henri V donne à R. de Carrouges, après serment-lige, ses héritages et ceux de Marg. de Thibouville, sa feue mère. (*Ibid.* 529.)

952 — 5 mai. Henri V donne à R. Seguin les terres de Colin Boucan, *absent.* (*Ibid.* 533.)

953. — 5 juil. Henri V donne à Ric. Griffon les terres de P. Allart, éc., *rebelle.* (*Ibid.* 626.)

954. — 16 août. Henri V donne à J. Fauq les biens de G. Bacon, éc., et Pérette de Combray, sa mère, *désobéissants.* (*Ibid.* 639.)

955. — Ivry. La m. de J. Peschier, éc. *Esc.* J. Adam, J. de Marceillé, C. de Sère, J. Gonbert. (*P. O.* Peschier, 2.)

956. — 1 s. Milly en Gastinois. Rev. de G. de Montenay, ban. *Esc.* J. du Mesle... *Arch.* J. Roussel... (*Sc.* LXXVI, 151).

957. — 6 s. « Vu par Messieurs de la chambre l'inform. faite par le lieut. gén. du vic. de Caen sur la valeur des héritages de Pérette de Criquebœuf, sousâgée, fille et hér. de Jeanne de Missy, en son viv. femme de N. de Criquebœuf... (Vautier, 116.)

958. — 13 s. Vire. Exécution par les Anglais de G. Carruette et 2 autres « brigans ». (*P. O.* Mathieu, 3.)

959. — 25 s. Henri V : Délai à « G. Bellé, esc. », pour l'aveu des terres qui furent à R. de Gaillarbois. (Vautier, 122.)

960. — 2 oct. Saumur. Montres de J. de Manneville,

ch. J. Guérin, Fouquet de Crully, éc. (Du Fourny, 361.)

961. — 13 n. Bourges. Le dauphin, régent du royaume, autorise « nostre amé et feal conseillier de mon seigneur et de nous, Robert, abbé du mont saint Michiel ou peril de la mer », à lever pendant 3 ans une aide sur les vins et cidres débités en la ville dud. Mont ou débarqués à son hâvre, à l'effet de mettre en état de défense sa forteresse, devant laquelle les Anglais « viennent chascun jour ». (Arch. de la Manche, H. 15347² — S. Luce, *Chron.* I, 93.)

962. — 24 d. Henri V : Don à J. Swinford, éc., de la seign. d'Ardevon, confisquée sur l'abb. du Mont St-M., à charge d'y construire une bastille. (Vautier, 136.)

963. — « Je G. de Crossy, esc. d'escuirie de Mons. le duc d'Orléans et cap. de ses chastel et tour d'Yenville... » (Bastard, VI, 742.)

964. — 28 d. Henri V : Délai à Guillemette aux Espaules, veuve de Raoul Guiton, ch., « pour faire partager ses héritages de ceux qui furent à son fils J. Guiton, esc. *rebelle* ». (Vautier, 132.)

965. — 1419-22. Délais à G. de Brully, ch., pour ses possessions à lui rendues suivant la compos. du chastel de Hambuye. (Vautier, 46.)

966. — 1420. « On voit sur la muraille de la chapelle du Trésor, au Mont St-M., dans l'aile droite, le nom et les armes d'un Payen qui, en 1400, aida à conserver cette place contre les Anglois. Les armes des différens Nobles qui s'y conservent sont une preuve de l'ancienneté et de la valeur des Gentilshommes qui s'y portèrent volontairement. » (La Chenaye, XI, 232.)

967. — « G. Basan, ch., cap. de Melun, est envoyé prisonnier en Angleterre, où il mourut ». (*Rev. nob.* I, 293.)

968. — 29 janv., Lyon. Rev. d'Alain Haquet, éc. *Esc.* J. de Mons... (*Sc.* LVII, 150.)

969. — Rev. de J. Fou, éc. *Esc.* L. Prevost... *Arch.* Th. du Houel... (*Sc.* XLIX, 27.)

970. — 7 mars. Henri V : Don à Dᴸˡᵉ Silvaine de la

Cervelle, veuve, de son douaire sur les biens de feu G. de la Paluelle, éc. (Vautier, 150.)

971. — 1420, 11 mars. Henri V donne à Ric. Herpingben « les terres qui furent à G. de Verdun, esc., rebelle », et rend à Ph. de Verdun, éc., ses héritages. (Vautier, 153.)

972. — 1 av. Garn. anglaise de Tombellainne : *Arch.* J. du Buisson, Germain Hays... (*M.* III, 794.)

973. — 1420, 24 av. Le Mans. La m. de Jaq. de Montenay, ban. *Esc.* J. de Tolevast, Robin du Boys, Ric. et J. de Fontaines, R., J., Lyot et P. de Tournebuef, P. de Courcelles, Ph. de Villiers... *Arch.* : Robin Danjou, Th. Marie... (*Sc.* LXXVI, 156.)

974. — La m. de Lyon de Tournebuef, éc. *Esc.* J. Marie, C. de Remilly, Sanson de la Fosse, J. Pigache, Lorin le Charpentier. (*Sc.* CVII, 27 ; quitt. de gages le 28 ; écu : 3 rencontres de bœuf, 1 molette en abîme, 1 annelet en chef à dextre. *Ib.*, 28.)

975. — La m. de Th. de Hamars, éc. *Esc.* P. de Fryboys... *Sc.* LVII, 51.)

976. — La m. de J. de Saint Aubin, éc. *Esc.* Guillot Haye, G. le Prevost, Lubin Prieur, P. de Tournebuef. (*Sc.* VII, 129.)

977. — 24 av., au Mans. La m. de J. de Loucelles, éc. *Esc.* Ric. du Saussay, G. de Vaux, Thassin Blondel, le bastart Tournebuef. (*Sc.* LXVII, 62.)

978. — 29 av. Sablé. Rev. de P. Maussabré, ch. *Esc.* J. et G. de Champeaux, G. de la Roche. (*Sc.* LXIX, 181.)

979. — La rev. de R. de Leure, ch. *Esc.* Perrin de Belay, J. Roucel, J. Guérin. (*Sc.* LXV, 50.)

980. — 21 mai, Mont Saint-Michel. J. d'Harcourt, comte d'Aumale, « lieutenant de nostre s. le roy et de Mgr le regent, et ayant la garde des abaye et forteresse et ville du Mont Saint Michel », en l'absence de l'abbé et en présence des religieux, « fait prendre en la tresorerie de lad. eglise » des joyaux appartenant à l'abbaye et à dame Jacqueline de **Varennes**, veuve de Mgr Nicole Paynel, ch., s. de Brique-

ville ; « par Mgr le conte et lieutenant, N. DE FRIBOYS ».
(Arch. de la Manche, H. 15350. — S. Luce, I, 96.)

981. — 24 mai. Quitt. de L. le Breton et 20 autres esc.
de sa comp., servant « alencontre des Anglois ». (*Sc.* XXII,
25 ; écu au croissant ; lambel à 3 p.)

982. — Craon. La m. de J. de Montécler, ch. *Esc.* G. du
Boys, P. de Champeaux... *Arch.* J. du Boys, G. le Conte...
(*Sc.* LXXVI, 93.)

983. — 27 mai, Mont St-Michel. *Le comte d'Aumale, en
récompense de la fidélité éprouvée des religieux, « et en re-
verence de ceste saincte place », confirme leurs privilèges :*
« ... Comme, pour obvier à la malice, dampnable propos
et entencion des Anglois, ennemis anciens de mgr le roy...
et de ce royaume, lesquelz ennemis ont, *par pluseurs foiz
et divers moyens, essayé de entrer es dictes abbaye, ville et
forteresce...*, nous y soyons nagueres venuz et, moyennant
la grace de Nostre Sire, y sommes entrez, et soit de present
du tout en la bonne obéissance de mgr le regent, et, pour
et ou nom de lui en ayons prins la garde et y mis certaine
provision de gens d'armes, de trait et deffensables, pour la
tuicion, garde et deffense d'icelle... Donné au Mont Saint
Michiel le 27e jour de may l'an 1420. Par Mgr le conte et
lieutenant, presens les sires d'Ausbosc, des Biars, messire
Jehan d'Onnebaut, Colin Boucan, et autres. N. DE
FRIBOIS ». (Arch. de la Manche, H. 15349. — S. Luce, I, 97.)

984. — 31 mai, Avranches. *Exécution de* 19 « *brigands* ».,
décapités puis pendus : « ... G. Hamelin, de la par. du Mesnil Beufx, lequel, pour tant qu'il fut trouvé par sa confession qu'il avoit esté et chevauchié en la compaignie des
brigands, fut condampné à faire en lad. viconté l'office de
la haulte justice du roy... » (*Quitt.* LII, 5524.)

985. — 2 juin. Aveu à Henri V du fief de Carantilly
par J. de Grimouville. (A. N., P. 304, no 204.)

986. — 10 juin. Aveu du fief de « Breteville près Chierbourg » par J. de Briqueville, esc. (Ibid. 199.)

987. — Villeneuve-lez-Avignon. La m. de J. de Villiers,
s. de l'Ille Adam, ban., mar. de France. *Esc.* Jaquet de

Tilly, B. Jolivet, P. le Conte, C. de Granville, Guiot et Jehanin du Plessiz, Jehanin le Clerc, Perrin le Fevre... *Arch.* :
Alain le Clerc, Jehanin Tesson, Jehanin du Plessiz, Raoulin
le Petit... » (*Sc.* CXIV, 54.)

988. — 23 juin, Poitiers. Le dauphin régent du royaume,
nomme J., duc d'Alençon, et J. d'Harcourt, comte d'Aumale,
ses cousins, lieut. généraux en Norm., avec pleins pou-
voirs pour faire guerre aux Anglais. (Arch. de la Manche,
H. 15351.)

989. — 1420, 20 juil., Saumur. La m. de P. Heriçon, éc.
Esc. C. Hamon... (*Sc.* LIX, 117.)

990. — La m. de J. de Montmor, éc. *Esc.* Loppin Prieur,
Moreau Prieur... (*Sc.* LXXVII, 132.)

991. — 22 juil. Montargis. Rev. de G. vic. de Narbonne,
ban. *Arch.* Th. Tournebeuf... *(Sc.* LXXX, 53.)

992. — 24 juil., Saumur. La m. de Foucquet de Coully
(Crully), éc. *Esc.* J. du Boys, G. de Marcillé... (*Sc.* XXXV,
133; quitt. du 5 août; écu, 3 lions. *Ib.*, 146.)

993. — 1er août, Mont St-Michel. « A tous ceux qui
ces lettres verront et orront Ol. de Mauny, sires de Tieu-
ville, chamb. du Roy n. s. et lieut. au Mont St-M. pour
mons. le conte d'Aubmale et lieut. de Mons. le Regent le
royaume Dalphin de Viennois es pays et duché de Norm.
et gouvernement du Mont St-M., Jehan comte de Harcourt,
etc. Mandement pour l'emploie de quelque vaisselle et
autres ustensiles d'argent, 1er août 1420. » (*Cartul.*,
p. 234; dessin du scel d'Ol. de Mauny; écu au croissant,
lambel à 3 p.)

994. — Durtal. La m. de L. d'Estouteville, s. d'Ausebost, ban. *Esc.* J. du Hertroy, G. de Poitou (Pirou ?)... (*Sc.*
XLV, 140.)

995. — « La m. de J. de la Haye, s. de Coulonches,
esc., 19 autres et 7 arch. à cheval. Led. sgr de Coulonces,
G. de Classily, J. le Clerc, G. de Talemede (Tallevende),
Ol. de St-Aubin, Michiel de Lessenoys (le Bessinoys), An-
guerran de Buluschanee, Perrin Normant, Gilet le Breton,
Guerin de Hamville, Ma. le Gendre, C. le Maignen, C. Do-

bré, R. Baubignon, J. Halleboust, Noel Grimoust, B. de
Condé, Drouet d'Esson, L. Bien le Vault, Tassin Blondel.
Arch. G. Maret, Perrin Lalouer, J. Dyonis, Perrin Labre-
the, J. Touroulde, Jacob Fedru, Gilles Louaison. » (*Sc.*
LVIII, 164.)

996. — La m. de C. du Hetray, éc. *Esc.* J. le Court,
G. Haye, Mi. du Boys, Perrinet de Moulins... *Arch.* J. et G.
du Boys... (*Sc.* LIX, 187.)

997. — La m. de P. de Fontenay, éc. *Esc.* C. de Champeaux, G. de Fontenay, J. des Loges... *Arch.* Rog. de la
Haye, J. Harel... (*Sc.* XLVIII, 210.)

998. — La m. de P. de Gamaches, éc. *Esc.* P. le Prevost,
J. du Boys... *Arch.* Perrin et Guillot Hamon... (*Sc.* LI, 90.)

999. — La m. de P. de Courcelle, éc. *Esc.* L. de Bour-
donnay, Robin de Chantelou, J. Louvel... *Arch.* J. du
Chemin, Peronnet du Val, G. Roussel, Rog. Harel... (*Sc.*
XXXVI, 20.)

1000. — La m. de R. de Brucourt, éc. *Esc.* G. de la
Longue, J. Prieur, Blondeau de Coulombières. (*Sc.*
XXIII, 5.)

1001. — La m. de G. de Barville, éc. *Esc.* G. le Prevost,
C. Prieur, J. de Thoulevast, R., Lyot et J. de Tournebeuf.
(*Sc.* X, 124.)

1002. — La m. d'Eudel de Bonnebaut, éc. *Esc.* J. Go-
hier, J. du Melle, G. de Vieux, Cardin de Brevedent...
Arch. J. Chevalier, Rog. Bacon, P. le Fevre, Marot le Grant.
(*Sc.* XVII, 81.)

1003. — La m. de J. de St-Aubin l'aisné, esc. *Bach.*
P. Heusson... *Esc.* G. de Villiers... (*Sc.* VII, 130.)

1004. — La m. de Jaques de Montenay, ban. *Esc.*
P. de Friboys, G. Yon, Lorin le Charpentier, J. Savouret,
Mi. de Ferrières... *Arch.* P. de la Mare. (*Sc.* LXXVI, 155.)

1005. — La m. de P. d'Orgessin, s. d'Ivry, esc. bann.
Esc. R. de Marcillés, J. du Boys, Mi. et P. le Fevre, Roubin
le Breton... (*Sc.* LXXXII, 91.)

1006. — 11 août, devant Bourges. La m. de « P. de
Cort, éc. *Esc.* : André, G. et J. de Launay... » (*Sc.* XXXV, 30.)

1007. — 1420, 15 août, Durtal. J. d'Harcourt, comté d'Aumale, donne quitt. à Macé Héron, trés. des guerres, de ses gages de banneret et de ceux de 5 bach., 15 esc. et 11 archers à cheval de sa comp., servant « alencontre des Anglois, et d'autres rebelles et desobeissans... Par Mgr le Conte, J. DE FRIBOIS. » (*Sc.* LVIII, 2.)

1008. — Quitt. de G. de Bures, éc. Ecu : bande componée acc. de 6 annelets en orle, et fr. canton chargé de...? (*Sc.* XXIII, 1693.)

1009. — Quitt. de C. du Hétray, éc., servant sous le duc d'Alençon ; écu burelé à 2 bars adossés. (*Sc.* LIX, 1545.)

1010. — 1 s., Sablé ; 1 oct., La Flèche. « La rev. de mgr le conte d'Aubmalle, esc. ban., 5 ch. bach., 15 esc. et 11 arch. a cheval. *Bach.* J. d'Onnebaut, J. de Rouvrou ; Taupin sire de Prulay ; le s. de Renouart, le s. de Mandeville. *Esc.* Saquet de Soquennes (Soquet de Soquences), Hellet de Villiers, le viconte du Perche, L. de Segrie, G. de Varès, Wuillemot de Perricourt, J. de Serteville (Perteville), Robinet Servain, J. de la Mote, J. Caule, Robin Lanselin (Benselin), J. du Mesle, P. le Gris, P. le Beauvoisien, C. Sachin. *Arch.* J. Gaedon, P. du Boys, Robin Danjou, Raoul le Petit, Th. Marie, Cardin Cibout, P. Galardon, P. Josseron, J. Valoignes, Julien le Texier, Robin le Bouengier. » (*Sc.* LVII, 171, 178.)

1011. — 8 s., Beaugency. La m. de G. Louvel, éc. *Esc.* J. du Boys, J. Tilly... (*Sc.* LXVII, 108 ; quitt. du 14 oct. ; écu : 3 têtes de loup, lambel.)

1012. — Rev. de P. du Four, éc. *Esc.* J. du Boys, Jamet Ferrant... (*Sc.* XLIX, 101.)

1013. — 10 oct. Beaugency. La rev. d'Amadon Perdrix, éc. *Esc.* G. Yvon, L. de Lansy (Lancé), J. Blondeau, P. Adan. (*Sc.*, LXXXIV, 155.)

1014. — 1 n. Henri V nomme J. Beausamis à l'office de vic. de Condé-sur-Noireau. (*Ant. Norm.* XXIII, 1370.)

1015. — 22 n. Condé-sur-Noireau. Raul des Boullons reconnaît être tenu faire à J. le Febvre, éc., s. de Barjoul, 10 s. de rente. (*P. O.* le Fèvre de la Boderie, f. 14 v. De

sable au chevron d'arg. acc. de 3 croissans de même. *Ib.*,
f. 62.)

1016. — 27 d. Villeneuve-le-Roy. Rev. de P. Houel, éc.
Esc. Piètre de Paule [1], J. de Bardassy... (*Sc.* LX, 4626.)

1017. — V. 1420. Rôle de taxes de « la commune de
Faloise » : J. Michiel, J. Aubert, J. le Brun, G. Sansson, la deguerpie C. Costart... (*Quitt.* LIV, 5917.)

1018. — Basse-Norm. Rôle de charpentiers militaires :
H. Colleville, Robin Bense, P. Auber, J. Clinchamp, J. le
Carpentier... (*Quitt.* LIV, 5924. — Ces charp. militaires
devaient correspondre à nos Pontonniers et à notre Génie.)

1019. — 1421, 16 jan. Henri V donne à J. Bourghop le
fief d'Oinville, qui fut à « J. d'Enebaut », ch., *désobéissant*. (*Ant. Norm.* XXIII, 916.)

1020. — 19 mars. Henri V, « à la prière de J. Beausamis, éc., et de Jeanne de la Londe, sa femme », qui lui
ont fait le serment-lige, leur restitue leurs héritages, en la
vic. de Falaise. (*Ibid.* 978.)

1021. — 1 avril, Tours. *Le comte d'Aumale, cap. et garde
du Mont Saint-Michel, mande à Ol. de Mauny, sire de Thiéville, son cousin et son lieut. aud. Mont, d'imposer, selon les
usages de la guerre, des appatissements sur les paroisses et forteresses voisines du Mont occupées par les Anglais : «... Et les
deniers qui en ystront et vendront, voulons estre receuz par
nostre amé et féal J. des Wys, auquel nous mandons et
avec ce donnons plain povoir... Par Mgr le conte, N.* DE
FRIBOIS. » (Arch. de la Manche, H, 15353. — S. Luce,
I, 107.)

1022. — 8 av., Tours. Le comte d'Aumale donne reçu
de 3.000 l. tourn. à lui prêtées par les Religieux du Mont
St-Michel par la main de son amé et féal cons. mestre
Geffroy Cholet, prieur de Villamer. (Arch. de la Manche,
H. 15354. — S. Luce, I, 108.)

[1] Pietro Pauli, frère de G., cap. de 50 arbal. au service du
Duc de Savoie. (Cf. *Jehanne d'Arc*, par le baron F. de Barghon-
Fort-Rion, p. 171.)

1023. — 1421, 26 av., Ste Suzanne. « La m. de J. de Beau-voisien, esc., et 17 autres esc. de sa chambre, de la comp. de mons. le bastart d'Alençon, sous la retenue de mess. les duc d'Alençon et conte d'Aubmalle : G. du Teillay, Mi. de Grimoult, Edin du Val, R. de Guierros, J. d'Achie, Robin Louvel, J. de Bernières, Ol. Geslain, Robin de Martigné, J. le Saunier, Est. de Grogueaux, J. du Bois, J. Sache espée, Colin du François, J. Boulie, Guillot Tusson, G. de la Fosse. » (P. O. le Beauvoisien, 3.)

1024. — 1421, 1 mai, Mont St-Michel. « La m. de M. Nicole Paynel, ch. bann., 4 ch. bach. et 14 esc. de sa chambre, de la comp. M. Ol. de Mauny, ch., soubz la rete-nue de Messgrs les ducs d'Alençon et conte d'Aubmale, receuz au Mont St Michiel le prem. jour de may l'an 1421. *Bach.* J. du Homme, G. de Parcye, [1], J. de la Haye, G. de Coulombières. *Esc.* Thomin de Persé, [2], J. Gohier, le sgr d'Esquiley, Hervé Thesart [3], Ol. et R. Roussel, J. de la Mote, G. des Maresiz, J. Piguace, Ric. et C. de Clin-champ, Robin de Fontenay, R. de Mons, Michiel de Plomb. » (P. O., de Rouxel-Médavy, 8, orig. parch. — *Harcourt*, aux *Add.* — D. Morice, II, 1085. — S. Luce, I, 110.)

1025. — 1421, 1 mai, Mont-Saint-Michel. « La m. de J. Houel, esc., et dix autres esc. de sa chambre, de la comp. du Sgr de Thyenville, soubz la retenue de Mess. les ducs d'Alençon et conte d'Aubmale, receuz au Mont saint Michiel le prem. jour de may l'an 1421. Et prem. le dit J. Houel, Est. de Rufflay [4], J. Bunet, Thoumelin Rabez, G. de Sotevast [5], J. de Reniers (Reviers), J. Thierry, Amer le Fevre, Michelet Auber, Marguerin et C. Houel.

[1] « De Partye ou Patry », dit erronément G.-A. de la Roque. — C'est G. de Percy.

[2] « De Parsé », dit D. Morice : c'est Th. de Percy.

[3] « Chesart » , dit le même.

[4] « Est. du Rafflay », dans l'*Hist. d'Harcourt.*

[5] « G. de Socenast », dans D. Morice.

(Sc., LX, 152, orig. parch. — D. Morice, II, 1085. —
Harcourt, aux *Add*. — Quitt. de J. Houel, à Angers, le
8 mai ; écu écartelé : 1-4, une bande chargée de 3 besants ;
2-3, trois bandes. *Harcourt*, loc. cit.)

1026. — 1421, 12 mai. *Hommage à Henri V par G. des
Moulins, ch.* : «... le lieu de St-Martin de Chaullieu,
tenu dud. sgr par foy et par hommage pour l'ascence et
désobeiss. du sgr de Millie.. Item, ... ung lieu de
Chaullieu à boursse [tenu] dud. sgr pour l'absence et
desob. du sgr d'Avauglour... » (A. N., P. 304, nº 190.)

1027. — 1421, 1 juin, Mont Saint-Michel. — « La reveue
de messire G. des Biars, ch. ban., 2 ch. bach. et 16 esc.
de sa chambre et comp., reveuz au Mont Saint Michiel... :
Mess. Nicole Painel, ch. ban. *Bach*. G. de Persy, J. de la
Haye du Bouillon. *Esc*. Colin Boquan, G. de la Luserne,
H. Murdrac, J. Benest, G. Artur, Th. du Val, Ric. et C. de
Clinchamp, R. de Fontenay, G. aux Espaules, Hervé
Tezart, J. de la Mote, J. de Sainte-Marie, G. des Marez.
Ol. Morisset, R. Roussel. » (*P. O.*, Biars, 2, orig. parch.)

1028. — 15 juin, Coutances. Lettre de J. Assheton,
bailli anglais du Cotentin, à Henri V, qu'il informe de la
présence du bâtard d'Auzebosc, du baron des Biards, de
Jean (Nicole) Paynel, G. de la Luzerne et J. de la Haye
parmi les défenseurs du Mont-St-Michel : «... ye bastarde
of Osbuk, ye baron of Byars, John Paynell, Guill. de la
Lesserne, John Delehay... » (*Ant. Norm*. XXIII, 1376.)

1029. — 1421, 4 juil., Sours-lez-Chartres. « La rev.
de Mess. Ol. de Mauny, ch. ban., cap. de gens d'armes.
Ch. ban. Ol. de Colombiers. *Bach*. Raoul de Mons, G. de
Colombiers, J. de la Haye, G. de Huçon. *Esc*. Ol. du Souligné, H. et J. du Gué Herbert, Gauvain de la Haie, Fralin
de Huçon, Fereanst de St Germain, G. Hamon, Huet Louvel, P. Alart, J. Boutin, le bastart de Torigné, J. de
Riviers, P. de Prestreval, L. de Carantiglé, B. de Mons. »
(*Sc.* LXXII, 5628. — Poli, *Montres*, CXII.)

1030. — Rev. de Sampson de St-Germain, esc., et 18
autres esc. de sa chambre, de la comp. Messire Ol. de

Mauny, chev. J. et Jacquet Paynel, J. Herveu, Gilles de Romilly, Giles et J. de St-Germain, J. de la Masure, G. Couvé, G. Cornic, C. Pasturel, Robin Perdriel, J. de la Rouaudire, G. de Longaulnoy, J. Boucé, P. de Poillé, Roulland de Chenne, C. du Chemin, Michiel du Plesseiz. » (*Sc.* LIII, 32.)

1031. — « La rev. de P. le Beauvoisin, esc., et 14 autres esc. de sa chambre, de la comp. M. Jacques de Montenay, ch. : Andrieu Quatrans, G. Yon, S. d'Ylliers, Lucas le Preux, Ph. d'Abellon, J. du Boys, G. Souet, Perrot de Peschien, C. de Tremons, J. de Bretigny, J. du Mesle, J. et Cardin du Bueueden (Brèvedent), P. de Vausemé. » (*P. O.*, le Beauvoisin, 6. Quitt. de gages, le 8, comme servant « à l'encontre des Angloiz en la comp. de mess. les duc d'Alençon et conte d'Aubmalle » ; écu fretté. *Ibid.* 8.)

1032. — « La rev. de J. de Freville, esc., et 15 autres de sa chambre, de la comp. de M. Jacques de Montenay, ch. : P. le Mire, J. du Moulin, Rog. le Long, Gerv. du Mesnil, J. et Robin de Poissy (Perssy), J. Filleul, J. et G. du Val, J. d'Auboinville, Regn. des Mons, Regn. de Vignemarie, Martin d'Ouville, Den. de Feriaulle, J. d'Islou. » (*P. O.*, Fréville, 11 ; cette montre est de la même main que celles de N. Paynel, — et J. Houel passées au Mont St M. Cf. num. 1024-25.)

1033. — Rev. de L. de Tournebu, éc. *Esc.* Drouin des Champs, P. des Marays, Th. Carel (Harel ?)... (*Sc.* CVII, 8344.)

1034. 1421, 15 juil. Quitt. de « Patris de Chasteaugiron, esc. ban. », servant « à l'encontre des Anglois soubz le gouv. de Richart Mgr de Bretaigne » ; écu : un chef. (*P. O.* Châteaugiron, 5.)

1035. — 1 août, Châteaugontier. La m. de J. de Tournemine, éc. ban., s. de la Hunaudaye. *Esc.* Th. Vinoy, P. de la Mote, G. le Vicomte, Th. de la Roche, Cb. Rabel... *Arch.* Ol. Morice, Pierrot Mauny, G. Prioure, G. Hamon, G. Picart, J. Benedicite, J. Chevalier, Pierrot Billy, J. le Clerc, J., G. et R. Morel... — *Montre d'Ol.*

Salmon, éc., de la comp. dud. sgr de la H. Esc. Alain
Colbeaux, G. de la Mare... — *Montre de J. Rogon, éc. de
lad. comp. Esc.* G., Ol. et J. de Rufflay, Eon Amou... (Cab.
1410, p. 80 83.)

1036. — 2 août. Quitt. de G. des Biars, ban., servant
« alencontre des Augloiz, en la comp. de mess. les duc
d'Alençon et conte d'Aumalle ». (*P. O.* Biars, 3.)

1037. — 4 août, Villers, près Vendôme. « La rev.
de M. Ol. de Mauny, s. de Thieuville, ch. ban. *Ban.* J. de
la Haye du Puis, P. de Poillé. *Bach.* Raoul de Mons,
G. d'Ecuilly, J. de la Haye du Boillon, G. de Husson, J.
de la Haye, Ric. de Vassen (Vassy), G. de Sauzé (du
Saussay). *Esc.* G. de Sillans, J. Lamiraut, C. de Clinchamp, J. de Mucy, Martin le Breton, Robin Mansel, Ric.
du Four, J. Drouart, D. Yvon, Germ. de la Haye, Gille de
St-Germain, G. de Fréville, P. de Presteval, Robin de
Foconville, J. Huguel, Alain de Socenast (Sotevast), le
bastart d'Ouzeboul (Auzebosc), G. de Mauny, Robin du
Parc, Robin Cardic, G. le Basinay (Bessinois). *Arch.* Ph.
Picart, G. le Maigrenet, J. Taburet, G. de Lancé, Th. Con-
rare, J. Bourballe, G. Gonbert, G. Cothenin, Ge. Rous-
sel, Thancl, P. de la Roche, Robin d'Ancourt, C. le
Charpentier., J. Mansel, D. et Th. de Launay, Condre de
Tosigné (Torigni), Rous de Belle estelle, Jardin de Painstole,
Thomelin Rabez, Th. de Socenast. » (Cab. 1410, p. 84.)

1038. — 28 août, Montoire. Rev. de Ric. de Bretagne,
comte d'Estampes, ban. *Ban.* Ol. de Mauny. *Bach.* Ol. de
Pontbriant. *Esc.* G. le Vicomte, Ol. et J. de Pontbrient...
(*Ibid.* 85.)

1039. — 1 s. Châteaugontier ; 1 oct. Durtal. « La rev.
de Mgr le Comte d'Aubmalle, ban. *Ban.* G. Martel, s. de
Bacqueville ; Ch. de Mauny, Ch. d'Esneval, L. Martel, le
s. d'Aussebosc. *Bach.* J. d'Onnebaut, J. de Prulay. *Esc.*
L. de Tournebu, Mi. de Ferières, Soquet de Soquence,
G. de Bures, L. Pouillet, L. de Segrie, J. de la Mote, J. de
Beaumesnil, R. Servain, J. de Sasseville, C. Sutin, C. du
Hertray, P. de Biville, Adenet Iverte, Robinet de Persy,

G. Fornel, J. de Colleville, Regnault le Miré, Robinet
Ivecte, H. Louvet. » (*Harcourt*, IV, 1683.)

1040. — 1 d., Nîmes. Rev. de Bremon de Sommières,
ch., s. du Caylar, et cap. de Nymes. *Arb.* B. de Fontaines,
C. Houel.. (*Sc.* CIV, 55.)

1041. — 15 d. Sommières. La m. de J. Olivier, éc. *Esc.*
J. de Mons, Fr. Roussel.,. (*Sc.* LXXXII, 44.)

1042. — 1422. « En cel an, Mgr d'Aubmalle gaigna à
Montaigu sur les Anglois. » (S. Luce, I, 24.)

1043. — « J. de Granville, ch., prit le fort de Meulanc
en 1422, selon Monstrelet. » (*P. O.* Granville, 13.)

1044. — 29 jan., Prise, par un baleinier anglais de
Cherbourg, d'un baleinier de St-Malo, « dedens lequel
estoient des gens de Bretaingne, dud. St-Malo, du Mont
St-Michiel, et des povres gens du pais de Caux, et, en
especial, des femmes et petiz enfans avec de leur menu
mesnage, comme poz, paelle, vaisselle d'estain et autres
telz choses ; lequel vaissel prisonniers, et toutes autres
choses qui dedens estoient, furent vendus et livrez en
diverses parties au plus offrant... » (*Quitt.* LIII, 5791.)

1045. — 28 f. Sommières. Rev. de Bremon de Sommières,
ch. s. du Cailar : Alaire Prieur, P. du Puis, J. de Vieiles-
telle... (*Sc.* CIV, 56.)

1046. — 6 mars,, Aveu du « fief de Champeaulx et
Briquigni » par Regnault la Hache, éc. (A. N., P. 304,
n° 228.)

1047. — 30 mai. Scel de G. de Crossy, éc. du duc
d'Orléans et son cap. d'Yenville ; écu : 2 fasces. (*P. O.*
Crossy, 5.)

1048. — 8 juin. Henri V donne à Th. de Clamorgan,
éc., les biens de G. le Forestier, *rebelle.* (*Ant. Norm.* XXIII,
1123.)

1049. — 15 juil., Rouen. Henri V ordonne une levée
de gens de guerre contre les « brigands » dans les vic.
d'Auge, Orbec et Pontaudemer. (A. N., K. 62, n° 1.)

1050. — 11 oct. *Henri VI interdit les pélerinages au Mont
St-Michel :* « G. Breton, ch., bailli de Caen, au vic. dud.

lieu ou à son lieut., Salut. Nous vous mandons... que vous
faciez crier et deffendre de par le roy... que nulz, de quelque estat ou condicion qu'ilz soient, ne voisent en peleri-
nage au Mont St-Michiel, sur paine de confiscacion de
corps et de biens, et, se vous en trouvés aucuns qui, depuis
lesd. criz et publicacions, aient fait le contraire, mectés
iceulx ès prisons du roy... jusques ad ce que aultrement y
ait esté pourveu et ordonné Et gardés que deffault n'y
ait... » (Quitt. LIII, 5776.)

1051. — 1423, 1 jan. *Garnison du Mont St Michel* :
« Extrait du compte de M⁰ Macé Héron, trés. des guerres,
institué de nouvel, partant du 26 nov. 1422. — *Presls a
compter* : Messeig¹ˢ les Ducs d'Alançon et Conte d'Aubmalle
retenus au nombre de mil hommes darmes et VIᶜ hommes
de trait par lettres du 26 jan. 1422. M. Jehan Gastinel,
ch., cap. de gendarmes, ses estandarts et trompettes,
4 ch. ban., 2 bach., 14 esc. REVEUZ AU MONT ST MICHIEL,
1 Janvier Mathieu Anquetin, esc., 3 chev., 16 esc., *idem.*
Simon de Semilly, esc., 19 autres, *idem.* Raoul des Champs,
esc., 18 autres, *idem.* Robert du Quesnoy, esc., 19 autres,
idem. J. de Saulzay, esc., 1 chev., 17 esc., *idem.* J. Beaux
amis, cap. d'arbalest. et L autres, *idem.* » (Du Fourny,
364 r.)

1052. — 14 jan., Falaise. Perrin Goubier, et 5 autres
« brigans, execeutez [par les Anglais] pour leurs démérites ».
(*P. O.* Graindorge, 2.)

1053. — 15 jan. Don par le duc d'Orléans à Macé le
Borgne « pour consideracion des affaires que led. chevalier
a ou païs d'Angl., où il est dès long temps en hostage
en la comp. de nostre frère le conte d'Angolesme. »
(L. Delisle, *Coll. de Bastard*, p. 81.)

1054. — 7 mai. » Nous J. de Harecourt, conte d'Aubmalle
et de Mortaing, vic. de St-Saulveur, Lieut. et cap. general
en Norm. pour Mgr le Roy et cap. et garde des abb., ville
et forteresse du Mont St-Michiel, certifions que, par P. Bes-
sonneau, maistre de l'artillerie de mond. sgr, a esté baillié
et délivré par nostre ordonnance à G. le Prestrel l'artillerie

qui ensuit ; c'est assavoir sept vint livres de salepetre fin,
60 l. de souffre, un millier de trait commun et 50 pelotons
de fil a arbaleste, pour faire mener au Mont St-Michiel
pour la garnison et provision dud. M nt St-M., tesmoing
nostre signe manuel cy mis le 7º jour de may l'an 1423.
JEHAN. » (*Harcourt*, IV, 1685.)

1055 — 1423, 4 juil. Quitt., par Raoul le Sage, ch., cons.
du roi (Henri VI), d'une somme provenant du « second aide
ordonné pour le paiement des soldoyers ordonnez pour
la garde et delffence du pais de Norm. et aussi, presentement, pour la délivrance des chasteaulx et villes d'Ivry et
du Mont St-Michiel... « (*P. O.* le Sage, 22.)

1056. — 30 juil., Mantes. Henri VI charge J. de la Pole,
ch. « de requerir de par nous... ceulx qui detiennent et
occuppent la place, forteresse et église du Mont St-Michiel
que ilz la rendent et mettent en nostre obeissance », et de
recouvrer lad. place, soit par voie amiable, grâce à l'entremise de l'abbé du Mont, son conseiller, soit par la force et
au moyen d'un siège, en vue duquel led. Jean est autorisé
à appeler sous les armes tous les nobles des baill. de Caen
et de Cotentin. (*Quitt.* LV, 94. — S. Luce, *Chron.*, 126.)

1057. — 18 s. Aveu à Henri VI par « Ph. de la Haye,
ch., s. de la Haye Hue ». (A. N., P. 304, nº 208.)

1058. — 17 d. Aveu à Henri VI par Rog. de Camprond,
s. du lieu. Tiennent de lui : Robin de Fresville, éc., à cause
de Jaquemine de la Haye, sa femme, S. et dame de Pirou ;
les hér. de feu Lancelot Campion, éc. ; J. Murdrac et Giret,
son éc. « Item, le dit esc. advoue tenir le fief du Saussoy,
en St Gere de la Rivière.... naguères tenu par foy et par
hommaige de Colibeaux de Criquebeuf, esc., qui tenoit et
occupet la terre et seign. de Parez, lequel est à présent
hors de l'obéissance du roy nostre dit sgr... » (*Ibid.* 173.)

1059. — 1424, 16 jan., Caen. Le trés. général de Norm.
mande de payer au cap. anglais de Caen les gages de ses
soudoyers, sur l'aide de 80,000 liv. ts. octroyée pour la
solde des gens d'armes et pour « subjuguer les places du
Mont St Michiel, Yvry, et autres voisines d'icellui pais, en-

tretenir justice et extirper les *brigans* ». (Arch. de la
Manche, fonds Danquin. — S. Luce, I, 131.)

1060. — 12 av., Paris. Le duc de Bedford mande que sur
les « nuef mil livres tourn. deues estre levées pour convertir
et emploiér à la recouvrance du Mont St-Michiel » on délivre
à Th. Bourg, éc., cap. d'Avranches, les sommes qui lui
seront régulièrement ordonnancées. (*Sc.*, V, 36.)

1061.— 1424-25. « *Siège du mont St-Michel* : Th. Bourgh,
cap. d'Avranches, eut ordre de preparer les choses pour
former le siege dez le 12 avril 1424. N. Bourdet, bailly de
Cotentin, y commanda en chef. Il commença vers le 8 sept. ;
il dura au moins 6 mois. Laurent Waren, et plusieurs autres
avec les garnisons de basse Norm., y furent. Bertin de Ent-
wessalle, lieut. de M. de Suffolk, admiral de Norm., l'assie-
gea par mer. » (*Comptes de P. Surreau*, f° 21.)

1062. — 1424, 30 av., Bayeux. Exécution de Thomasse
Raoul d'Esquay, « pour avoir conseillié et conforté les
brigans et anemis du roy (Henri VI)..., condempnée à estre
enfouye toute vyve ». (*Quitt.* LVI, 245.)

1063. — 1 mai, Tours ; 1 juin, le Mans Rev. de J. d'Harcourt, comte d'Aumale, ban. *Ban.* Le s. d'Ausebosc, le s. de
Bacqueville. *Esc.* Mi. de Ferrières, B. de Tournebu, Drouet d'Esson, J. du Melle de Champhault, N. du Fertray, H. Servain,
R. Benselin, J. de Tournebu, J. de la Mote, P. de Biville,
B. Hausse, J. de Sasseville, Robinet de Serre (Percy), Soquet
de Soquence, G. de Bures, Jac. du Vergier, Adam Ivecte, L.
de Moineville, G. de Pierrecourt, R. de Villiers, Jehannotin
Adam, R. de Semilly, H. de Mestray. (*Harcourt*, IV, 1683-
84.)

1064. — 7 mai. *Garn. du Mont St-Michel.* « Extrait du
Compte de Macé Héron, trés. des guerres, du 1 jan. 1423
au dern. juin 1425 : *Presls à compter*. Mess. les Duc d'Alençon et Conte d'Aubmalle, retenus à mil. h. d'a. et 600 de
trait par lettres du 15 mars 1423. Le dit mons. d'Aubmalle, ban., 2 ch. bach., 23 esc., reveuz à Tours, 1 may
1424. J. du Saussay, esc., 2 ch., 18 esc., 18 arch., *reveus
au Mont St-M.*, 7 *may*. Raoul de Bours, esc., 3 ch., 18 esc.,

18 arch., *idem*, J. des Wys, esc., 2 ch. ban., 2 bach., 16 esc.,
18 arch., *idem*. J. des Loges, esc., 2 ch. ban., 16 esc., 18
arch., *idem*. J. du Fay, esc., 17 autres, 16 arch., *idem*. Colin Boucan, esc., 18 autres, 15 arch., *idem*. J. de Sezy, esc.,
2 ch. ban., 18 arch., *idem*. G. des Loges. esc., 18 autres,
15 arch., *idem*. (Du Fournÿ f. 366)

1065. — 1424, 7 juin, Mont St-Michel. « La rev. de J. DE
WIS, esc., en laquelle estoient entre les esc. Henry Murdrac,
G. de la Luzerne et H. Tezart, et, entre les ch., Ol. de
Mauny, s. de Thieuville, N. Painel, bannerets ; Ric. Bazan, J.
de Vaux, bach. » (*Harcourt*, IV, 2045.)

1066. — 7 juin, Mont St-M. « La rev. de J. du Saussay,
esc., 2 ch. bach., 18 esc. et 18 arch. à cheval. *Bach.* J. de
la Haye du Boillon, J. de la Haye d'Arondenile. *Esc.* J. et
Jac. Paynel, Huguelin et Robin Flambart, G. de Mucy, Th.
de Percy, J. Gouhier, J. de Meulx (Vieulx), J. Sachart (Suhart), Ric. de Clinchamp, J. Beausamis, Robin de Fontenay, G. aux Espaules, J. Desquielle (d'Esquilly), Robin de
Vert, L. de Quarentillie, R. Reinel. *Arch.* J. Peigne, J. de la
Fosse, Deme (Denis) du Buisson, S. le Borgne, Th. des Marais, P. Lorret, G. Cholet, G. Crecy, G. Arcon, Perrin le Sueur,
Jamet le Pesseur, G. Prieux, Ric. Fillette, C. le Pannier.
Ge. Guillemin. G. de l'Espine, Fouquet Piron (Pirou).
Chambre des comptes de Paris. » (D. Morice, II, 1144-45.)

1067. — Henri VI : *Rémission à G. Autin, marchand à
Barenton.* «... Vint ung nommé J. le Court, soy disant de
la garnison [française] de Montaudin, lequel dist audit
G. Autin : J'ay sceu que tu as de bons chevaulx ; je ne te
vouldroie faire aucun desplaisir, mais je te prie que tu les
me vueilles baillier, et je te paieray le pris qu'ils t'ont
cousté... ou, aultrement, il est bien en ma puissance de
les avoir, et si ne t'en saray jà gré, car je le puis avoir
comme de bon conquest et prendre ton corps prisonnier,
pour ce que TU ES ANGLOIS, ET JE SUIS FRANÇOIS. Lequel
G. Audin, doubtant la prise de son corps et perdicion de ses
diz chevaulx et autres biens..., vendi audit J. le Court deux
des diz chevaulx, et en beurent le vin ensemble... ; et oul-

tre, à la requeste dudit Court, icellui Audin lui donna une espée qu'il avoit lors. Et, à VIII jours, ou environ de lors enssuivans, vint un nommé J. Girot, de la garnison [française] du Parc, lequel voult avoir et ot de fait l'autre cheval... Et, tantost après, icellui J. Girot fut prins et amené en noz prisons au dit lieu de Danffront, auquel lieu il, pour ses démérites, a esté décapité... » (A. N., JJ. 173, n° 36.)

1068. — 1424, 10 juil.-1425, 29 av. *Frais de garde, pendant 8 mois, de Raoulet Murdrac, éc., remis comme otage aux Anglais par Henri Murdrac, son oncle, qui avait reçu d'eux mille écus d'or pour livrer le Mont St-Michel* : «... A. G. Biote, vic. de Carenten, qu'il avoit paicz à J. Bourdet, esc., lieut. de Mgr N. Bourdet, ch., cap. de Carenten, et à autres, pour leur paine et salaire d'avoir gardé, par l'espace de VIII mois commençant le xe jour de juillet 1424, Raoulet Murdrac, esc., à eulx baillé à garder de par le roy nostre sire par Th. Bourg, esc., cap. d'Avranches, comme hostager baillié en hostage aud. Th. par H. Murdrac, oncle dud. Raoul, pour sceurté de entretenir et accomplir certaines promesses et convenances faictes par led. Henry aud. Th. Bourg touchant la reddicion de la ville du Mont St Michiel, ou pour restituer la somme de mil escus d'or que led. Th. en avoit receuz dud. receveur général et qu'il bailla aud. Henry pour la cause dessus dicte, et pour avoir trouvé son vivre et necessitez led. temps durant, dont il a esté ordonné et tauxé pour chascun mois VI livres ts, par mandement de Monseigneur du Mont Saint Michiel, commissaire..., donné le 29e jour d'avril 1425, cy rendu, et quitt. dud. vicomte faicte le 25e jour de juin ensuivant : 48 liv. ts. » (B. N., ms. franç. 4491, fo 41. — S. Luce, I, 138.)

1069. — 1424, 23 juil. Rouen. Le duc de Bedford mande d'acheter l'approvisionnement pour un mois de la garn. de Tombelaine. (30 h. d'a. à cheval et 90 archers). (*Quitt.* LVI, 300. — S. Luce, I, 140.)

1070. — 24 août. Henri VI mande au vic. de Carentan de requérir et mettre à la dispos. de N. Burdett, ch., bailli du Cotentin, chargé de faire le siège du Mont St-

6

Michel, des charpentiers, des chariots et charettes en vue du transport de matériaux de fortification. (*Quitt.* LVI, 308. — S. Luce, I, 147.)

1071. — 1424, 26 août. Le duc de Bedford informe le trés. général de France et Norm. qu'il a chargé N. Burdett, bailli du Cotentin, de réduire en son obéissance la forteresse du Mont-St-Michel au péril de la mer, et lui mande de faire payer, pendant toute la durée du siège, les gages de 130 h. d'a. et d'un nombre proportionnel d'archers. (*Quitt.* LVI, 309. — S. Luce, *Chron.*, I, 147-148 : « Dans l'organisation des armées anglaises, au xve siècle, la proportion des archers par rapport aux h. d'a. était de trois contre un. Cette proportion est de règle et à peu près invariable. D'où il suit que le duc de Bedford mettait sous les ordres du bailli de Cotentin, en vue du siège du Mont, 130 h. d'armes et 390 archers ; et comme chaque h. d'armes était escorté d'un page et d'un couilier, et que chaque couple d'archers avait un servant, cela représente environ 1,000 combattants. »)

1072. — 31 août. *Mention de la confisc. des biens de G. Hamon, l'un des défenseurs du Mont* : « Henri, etc. Savoir faisons Nous avoir receu l'umble supplicacion de... S. Fleet, esc., Contenant que jà soit ce, que feu nostre très chier sgr et père... eust pieçà donné et délaissié à Th. Hoberton, pour lui et ses hoirs, le fief, terre et seign. de Campegny avecques toutes les terres... qui furent à G. Hemon, esc., lors rebelle et desobeissant... et que il eust acquis dudit Th. les fiefs... » (A. N., J. J. 173, nº 109.)

1073. — 28 août. Quitt. de Raoul le Saige, ch., s. de St-Pierre de Roucheville et de Laviers, cons. du roy n. s. » (Henri VI), ayant « vaqué en la comp. de Mgr du Mont St-Michiel, cons. du roy n. s., ès voiages que nous avons faiz... en Picardie, à Abbeville, Rue, Crotoy, et autres villes en la conté de Pontieu, pour icelle remectre en la main du roy... » (P. O. le Sage, 20).

1074. — 1424, 8 septembre-1425, fin janvier. *Compte des paiements faits pendant les 5 premiers mois du siège du*

Mont Saint-Michel. Mention de la trahison d'Henri Murdrac :
« ... Autres deniers paiez par led. receveur general... à
pluseurs cap. de gens d'armes et de traict et autres, pour
redduire et mettre en l'obbeissance du roy... la ville, place
et fortcresse du Mont St-M. que tiennent et occuppent les
ennemis du roy nostre sire... A Th. Bourgh, esc., cap.
d'Avrenches,... la somme de mil escuz d'or, pour icelle
tourner, convertir et employer en certaines besongnes et
affaires à lui ordonnées par mon dit sgr le regent pour
faire le recouvrement dud. Mont St. M., comme par lettres
pat. de mond. sgr données à Paris le 12e jour d'av. l'an
1423 av. pasques, avec les lettres de mes dis sgrs du con-
séil du roy à Rouen données le 16e jour dud. mois..., appert... » (B. N., ms. franç. 4485, fol. 311-317. — S. Luce,
I, 150 : « Cette somme de 1,000 écus d'or, ordonnancée dès
le 12 avril 1424, était destinée à acheter le traître Henri
Murdrac. » — Voy. ci-dessus, No 1068).

1075. — 10 sept. G. Rosteland, éc. anglais, cap. du
Pont-douve, envoie 20 h. d'a. et 3 arch. à cheval de sa retenue « au siege ordonné par mons. le regent le royaume
de France, duc de Bedfordt, estre mis et tenu devant le
Mont saint Michiel par mons. N. Bourdet, ch., bailli de
Constentin. » A. N., K. 62, no 11⁵). — Le 13, Lorens Waren, ch. anglais, cap. de Coutances, envoie aud. siège
11 h. d'a. et 36 arch. à cheval. (K. 62, no 11⁶).

1076. — 29 sept. « Le jour Saint Michel, les Anglois
assiégèrent par mer le Mont Saint Michiel, qui s'en fuyrent
ains qu'il fut IIIIe jour. — L'an 1425, lesdits Anglois mis-
trent de rechef siège à la mer devant le dit Mont, o grant
force de navires..., qui furent combatuz par Mgr d'Auzebosc, Mgr de Beaufort, les bourgeois de St-Malou et plusieurs aultres chevaliers, escuiers et autres. » (B. N. ms.
latin 5696, f. 60 v.).

1077. — 1 oct. « Ce sont les monstres de la garn. de
Tombeleine prinses par nous N. Bourdet, ch., bailli de
Costentin... » 30 h. d'a., 103 arch. à cheval. (*M.*, ιv,
107).

1078. — 4 oct. Quitt. de Hemon de Tournay, cap. du chât. des Montiz. (L. Delisle, *Bastard*, p. 82).

1079. — 7 oct. Quitt. de Laurent Houdain, cap. de Tombe Helaine. (*Ibid.* 161).

1080. — 1424, nov. Henri VI : *Rémission à J. el J. Hurel, frères, de St-Etienne de Courteille.* « ... Vint en l'ostel d'iceulx frères un nommé Robin Lorieult, accompagné de XI ou XII personnes, tous tenans le parti de noz ennemis et adversaires ; lequel Lorieult dist ausdits frères ces parolles... : Vous, Jehan Hurel, et vous, maistre d'escolle, son frère, je viens yssi devers vous ; j'ay un petit enfant de l'aage de sept à huit ans ; il convient que vous me le gardez, nourriciez, gouvernez et doctrinez en vostre escolle bien et deuement... Iceulx frères, doubtans les males entreprises dudit Lorieult et ses complices, se chargièrent de la garde dudit enfant pour Dieu et en euvre de charité, sans ce que, depuis ledit bail, ledit Lorieult, père dudit enfant, ait conversé ou arresté en aucune manière, depuis ledit temps, que une fois ou deux, à l'ostel des dis frères, en passant son chemin avec nos diz ennemis... » (A. N., JJ. 173, n° 19).

1081. — Henri VI : *Rémission à J. le Bret. Mention de la mort de R. de Carrouges, tué à la bat. de Verneuil* : « Henry, etc... l'umble supplicacion... de J. le Bret, povre homme ouvrier du mestier de mareschal a ferrer chevaulx, nagaires demourant en la par. de Carresis, soubz la seign. de Fontaines lassorel, ou diocèze de Lisieux, contenant que, environ pasques derr. passees, un nommé maistre Robert de Carrouges, lors nostre homme et subget, s. de Carrouges et dud. lieu de Fontaines, vint aud. Lebret qui estoit en sa forge faisant sa besoingne, et lui dit... « Vien ça, mareschal, il me esconvient très brief aler ou pais de Constentin veoir mes hommes et savoir comme mes terres... sont gouvernees, et pour ce que je n'ai point de mareschal pour ferrer mes chevaulx, je te prie et charge, se mestier est, que tu te faces prest pour venir avec moy », sans luy declarer aucunement sa male voulenté, intencion et propos qu'il avait de soy partir de nostre obeissance, auquel commandement led. Lebret, qui estoit homme et subget dud. de Carrouges, pour doubte d'encourir son indignacion, obtempera, non sachant icelle male voulenté dud. de Carrouges, et ala avec led. de Carrouges ou pais d'Auge, de Caen, de Saint-Lo, et de là s'en alerent aud. lieu de Carrouges, ouquel pais, qui est prochain de noz ennemis et adversaires, led. Lebret n'avait aucune congnoissance. Et tantost après qui furent aud. lieu de Carrouges, soudainement icellui R. de Carrouges, sans dire ou declairer encores aud. Lebret. sad. male voulenté, lui dist « Montons a cheval », et, eulz montez, icelluy de Carrouges se ala rendre avecques nos diz ennemis et adversaires ; et a toujours depuis demouré led. Lebret avec lui, en le servant de son dit mestier et comme varlet, et jusques à la victorieuse journee et bataille qui, moiennant l'aide de Dieu, fut nagaires pour nous devant Verneuil, contre nos diz ennemis et adversaires, à la quelle journée icellui de Carrouges fut mort, comme len dit... » (*Ibid.*, n° 30.)

1082. — 12 n. Ardevon. « Monstre de 20 lances et 60 arch. de la retenue de N. Bourdet, ch., bailli de Constantin et cap. de la bastide d'Ardevon, pour tenir le siège par terre devant le Mont St Michiel. » (A. N., K. 62, n° 11[12].)

1083. — 25 n. Ardevon. N. Burdett mande au vic. de Cherbourg de sommer de nouveau tous les nobles et non nobles de sa vic., anglais et autres, de prendre les armes et de se rendre, avant le jeudi suivant, aux env. d'Avranches pour résister aux ennemis « qui estoient assemblez et encores sont à puissance sur les champs bien près de ces basses marches, tous prestz courir devant nous en ceste bastille d'Ardevon et ailleurs sur led. pais ». (*Quitt.* LVI, 350. — S. Luce, *Chron.*, I, 166.)

1084. — 28 n. *Henri VI donne à P. de Clinchamp les biens de Ric. et C. de Clinchamp, ses frères, défenseurs du Mont St-M.* « Savoir faisons... nous avoir esté humblement exposé pour la partie de nostre amé Me P. de Clinchamp, maistre es ars et familier continuel de nostre amé

et feal cons. l'evesque de Londres..., Que ja soit ce que,
dès pieça, feu G. de Clinchamp, jadis son père, et Robine,
a present vefve dud. G., et aussi led. suppliant, J., Ferranlt, Th., G., Guillemet, Perrine, Aliénor, et autres ses
frères et sœurs, eussent et aient obtenu lectres pat. de
feu nostre tres chier sgr et pere, cui Dieu perdoint, sur
la restitucion... de leurs terres... et possessions, ...et que
d'ycelles ils aient joy et usé paisiblement, encores font de
present. Neantmoins, soubz umbre de ce que Richard et
Colin diz de Clinchamp, frères dud. suppliant et enfans
dud. feu G., jadis son pere, et d'une autre femme qu'il eut
espousee paravant lad. Robine, mère dud. suppliant, par
leur simplesse, mauvais conseil ou desplaisance se partirent dès pieça du lieu de leur nativité et s'en alerent hors
de l'obeissance de nostre dit feu sgr et pere et de nous, ne
onques puis ne retournerent, ne ne scet le dit suppliant
se ilz sont mors ou vifz... Nous, ces choses considérées et
les bons et aggreables services que ledit Me P. de Clinchamp
a faiz a nostre dit sgr et pere... et qu'il fait chascun jour à
nous et à nostre très chier et très amé oncle J., régent nostre
royaulme de France, duc de Bedford...»(A. N.,JJ.173, n° 37.)

1085. — 1424, 26 déc.-1425, 12 juin. *Compte des paiements faits à N. Burdett, cap. d'Ardevon, et autres cap. anglais, pour le siège par terre du Mont Saint-Michel :* « Deniers
paiez pour le siege du Mont St-M... à J. Helmen, esc.,
lieutenant, pour... 46 autres h. d'a. et 120 arch., tous à
cheval, dont il a fait monstre le 8e jour de mai 1425 à la
bastide de Ardevon pardevant R. P. en Dieu Mgr du Mont
St-M..., pour servir le roy n. s. à lad. bastide et siege par
terre devant led. Mont, 1,340 liv. 4. s. 2. den. ts... A
Lorens Hauden, esc., cap. de Tombellaine, à la charge
de 20 h. d'a. à cheval..., 10 h. d'a. à pié et 90 arch. de sa
retenue, pour la sauvegarde de lad. place et faire guerre à
ceulx du Mont St-M., comme pour garder la mer... tant
et si longuement que le siege durera, 812 l. 10 s. ts... »
(B. N., ms. franç. 4491, fol. 90, 91, 48 v. — S. Luce, I,
171-173.)

1086. — 1425. Ric. Basan, ch., lieut. de L. d'Estouteville, cap. du Mont, fut tué devant le chasteau de Gavray
par les Anglais, et y est inhumé. (*Rev. nob.*, I, 292-293.)

1087. — 14 jan. N. Burdett, ch., naguère cap. de Neufchâtel et de Torcy, certifie n'avoir eu aucuns gains de
guerre durant le temps qu'il a été cap. de Carentan et bailli
de Cotentin, parce que tous les « brigans » faits prisonniers ont été exécutés, « aussi bien à la bastille [d'Ardevon]
comme ailleurs ». (B. N., ms,. franç. 4485, f° 137. —
S. Luce, I, 176.)

1088. — Mars et av. Compte de paiements faits à Th.
de Clamorgan, éc., et à J. Guedon, chargés par Henri VI
d'affréter des vaisseaux « pour le fait du siege du Mont
St Michiel ». (B. N., ms. franç. 4491, f° 40 v. — S. Luce,
I, 181.)

1089. — 1425. Indemnité de 504 l. tournois allouée « à
mgr Robert, abbé du Mont St-M., pour la parpaie du
voiage par lui fait à Harefleu, Caen, Saint-Lo, Carenten,
Constances, la bastide de Ardevon et Tombellaine, pour le
fait du siege par mer devant le Mont St-M. et autres
grosses besongnes à lui enchargées faire pour le roy, led.
voiage commençant le 14e jour de mars 1424 et fixant le
15e jour de juillet ens. 1425... » (*Ibid.*, fol. 18 v. — S. Luce,
I, 184.)

1090. — 14 mars. Henri VI : *Rémission à J. Losle* :
Comme, au temps de la descente que fist feu nostre très
chier sgr et père le roy d'Angl. ou pays de Norm., ledit
Jehannin, qui, tout le temps paravant, avoit demouré oudit
pays de Norm. avec ses amis, se tint et demoura en icellui
en l'obéissance de nostre dit feu père jusques à ce que,
pour aucunes pertes qui lui survindrent, il se parti dudit
pays et s'en ala au Mont Sainct Michiel, à 4 lieues ou env.
dud. Mesnildré, ouquel lieu il fut par aucun temps avec
ceulx dudit lieu, et depuis il fut prins ès grèves dudit Mont
St-M. par aucuns de noz subgiez et mis prisonnier au Parc
lévesque, et ylec fut raençonné, et lui fut tout pardonné,
et, sa raençon paiée, se mist demourer avec aucuns de

nostre pays d'Angl. avec lesquelz il a demouré l'espace de
deux ans et demi ou env., en les servant bien et loyaument
de son povoir ; et, deux mois a .., ledit J. s'est parti de leur
comp. par le mauvais conseil de un nommé Raoul le Prevost, avec lequel Raoul ledit J. est alé ès bois estans près
dudit Mont St-M., ès quelz bois les dis Raoul et J. ont rançonné aucuns de noz subgiez et leur contrainct à leur paier,
les aucuns un franc, les autres deux... Le dit J.. Loste, qui a
bonne voulenté de retourner avec ses amis et vivre et
mourir en nostre obeissance... » (A. N., JJ. 173, n° 99.)

1091. — Henri VI : *Rém. à Guy du Merle, curé de St-Mar-*
tin de Champhaut, dioc. de Lisieux. Menacé de mort et pillé
par « aucuns anglois de la garn. d'Exmes », qui l'accu-
saient d'écrire ou faire « savoir des nouvelles à aucuns de
ses parens ou affins, qu'ilz disoient lui avoir de l'autre
costé », et encore d'avoir « donné sauf conduit soubz le
scel de celui qui se disoit conte d'Aumalle, combien qu'il
n'en soit riens... ; tellement que, pour doubte de mort et
qu'il ne savoit aucun refuge, ne où trouver sa seurté,
mesmement que les diz gens darmes et malveillans qui
ainsi le traictoient... estoient coustumiers de proceder
par voye de fait sans obeir à justice,... il fut contrainct par
droicte necessité, et pour évader à la mort, de soy partir
de sad. cure et soy retraire ou pays à nous non obeissant,
avec aucuns de ses amis ou congnoissances, où il s'est
tenu par aucun temps sans soy estre entremis d'aucun
fait de guerre... » (*Ibid.* 104.)

1092. — 17 mars-20 juin. Compte des paiements faits
pour la solde des équipages et l'affrétement d'une flotte de
20 navires, affectés au blocus mis par mer devant le Mont
St-M., sous les ordres de Laurent Hauden, cap. de Tombelaine et cap. général de lad. flotte. (B. N., ms. franç.
4491, fol. 92-97. — S. Luce, I, 185.)

1093. — 28 mars, Tours. Jean, bâtard d'Orléans, cap.,
et garde et gouverneur des abb., ville et forteresse du Mont
St M., mande à son très cher et féal cousin Nicole Paynel,
s. de Bricqueville, son lieut. aud. lieu du Mont, de laisser

jouir du produit de certaines contrib. de guerre « religieux
et honnestes hommes noz très chiers et bien amez en Dieu
les vicaire et couvent dud. lieu du Mont, » qui, « pour la
vraie et entiere loialté qu'ilz ont touzjours voulu tenir et
garder envers mgr le roy et sa seigneurie, ont moult
souffert et souffrent et sont privez du tout des rentes et
revenues ordinaires de leur dit moustier... » (Arch. de la
Manche, H. 15357. — S. Luce, I, 195.)

1094. — 1425, 5 mai, Caen. « Les monstrez prins par nous
J. Gryulle, esc., lieut. du chastel et vile de Caen et comes-
sarc de reverent pier en Dieu mons^r l'abbe du Mount
Saint Michiel, prins le Ve jour de may l'an 1425, proux le
galyot appellé le marc de Caen, pour aller aud. lieu de
Mount Saint Michiell... » (M., IV, 122.)

1095. — 12 mai, Coutances. *Mention de la prise de N.
Burdell, général des assiégeants, par la garn. française du
Mont* : « Robert, par la permission divine humble abbé du
Mont Saint Michiel ou peril de la mer, cons. du roy n. s.
et commissaire d'icellui sgr ou pais de la basse marche de
Norm. pour le recouvrement de la place dud. Mont St-M., à
nostre bien amé P. Surreau, receveur gén. de Norm.,
salut. Pour ce que puis nagaires messire N. Bourdet, ch.,
bailli de Costentin et cap. de la bastille d'Ardevon pour
tenir le siege par la terre devant la place dud. Mont
St-M. ait esté prins par les ennemis et adversaires du
roy..., et lad. bastille demourée en garde à J. Clinan et
Jamet Daye, esc., lieuxtenant et mareschal de lad.
bastille, pour quoy ne pourriez avoir ne recouvrer dud.
cap. les quitt. qui sont nécessaires pour le paiement des
gens d'armes et de trait estans dedens icelle bastille...
R. ABBAS. » (A. N., K. 62, n° 18^2.)

1096. — 19 mai, Chausey. « La m. de J. Seacle, esc.,
retenu par R. P. en Dieu Mgr l'abbé du Mont Saint Michiel,
commissaire du roy n. s., à la charge de 12 lances et 36
arch., pour servir au siege devant le Mont St-M. soubz le
gouv. et en la comp. de Laurens Haudain, esc., et oultre

le nombre à lui ordené pour metre et tenir ledit siege de la mer... » (A. N., K. 62, n° 18³.)

1097. — 1425, 21 mai — 31 juil. Compte des paiements faits au comte de Suffolk, « gouverneur et cap. general des gens d'a. et de trait ordonnés, tant pour la bastille edifliée à Ardevon comme pour destraindre et assieger par mer la place du Mont Saint Michiel..., à la charge de cent h. d'a. et les archiers, tous à cheval ». (B. N., ms. franç , 4491, f° 98. — S. Luce, *Chron.*, I, 201.)

1098. — 8 juin. *R. Jolivet, commissaire du roi Henri VI mande de payer les gages de la garnison anglaise d'Ardevon :* « Robert, par la perm. divine humble abbé du Mont Saint Michiel, ...aiant povoir de augmenter et acroistre le nombre des gens d'a. et de trait ordonnez pour tenir siege devant le dit MONT SAINT (*sic*) tant par terre comme par mer, à nostre bien amé P. Surreau, rec. general de Norm., salut. Pour ce que puis nagaires mess. N. Bourdet... (La suite, comme au n° 1095.) « R. ABBAS. » (A. N., K. 62, n° 18⁵.)

1099. — 13 juin, Ardevon. Quitt. de « J. Helmen, esc., lieut. et garde de la bastille d'Ardevon pour mgr N. Bourdet, ch., bailli de Coustentin, commis... à tenir le siege par la terre devant le Mont St M. à present prisonnier des annemis du roy n. s. aud. Mont St M. », qui confesse avoir reçu 1,176 liv. 16 s. 8 den. tˢ « en prest et paiement des gaiges et regars de moy, 43 autres h. d'a. et 102 arch. à cheval..., desservis et à desservir pour le IXᵉ mois dud. siège commençant le 12ᵉ jour dud. mois de may 1425, et dont j'ay fait monstre aud. lieu d'Ardevon pardevant mgr du Mont Saint Michiel, commissaire du roy n. s., le 12ᵉ jour de ce present mois de juing... » (A. N., K. 62, n° 18⁶. — S. Luce, I, 205 : « On remarquera que, postérieurement du 13 juillet 1425, on ne trouve aucune montre relative au siège du Mont. Les Anglais levèrent sans doute ce siège après leur défaite navale de la fin de ce mois. »)

1100. — 1425, août, Rouen. Henri VI : *Rémission à Jehannot Louvel, de St-Pierre-en-val :* «...Durans les guerres

et divisions qui ont esté en nostre royaume de France, y-
cellui suppliant, par l'induccion et conseil de gens de
mauvaise voulenté, lempté de l'ennemi, voyant qu'il n'avoit
de quoy vivre et que de toutes parts avoit gens d'armes de
diverses nacions faisans guerres les uns aux autres, cou-
rans et pillans le pays, se mist avec plusieurs compaignons
en aguet, tant es bois comme sur les chemins, et, par
long temps, a exercé vie de brigant, a espié marchans et
autres gens, tant françois comme anglois, dont les aucuns
il a pillez, robez et raençonnez, et les autres murtriz et
tuez, et, avec ce, porté et donné faveur et confort à noz
ennemis et adversaires, jasoit ce que autre fois eust esté
abulleté ; et il soit ainsi que lui, aiant grant desplaisance
des cas dessusdiz et très grant affection et desir de amen-
der et muer sa vie en bien, et de demourer en nostre obeissance comme nostre bon et loyal subget, et de induire pluseurs autres, de semblable vie qu'il a esté, à retourner et
revenir à voye de bien faire... » (A. N., JJ. 173, no 328. —
Mêmes lettres pour « J. de la Mare, de Douvrant »,
no 329.)

1101. — 14 août. *Mention de la mort de Colinet, fils de
feu J. de Criquebeuf, advenue en 1423 au Mont Saint-Michel :*
« A tous ceulx qui ces presentes lettres verront, J. Aubert,
lieut. de noble h. mons. N. Bourdet, ch., s. de Bonnebos,
grant boutillier de Norm. et bailli de Costentin, salut.
Savoir faisons que, par la relacion tant de G. Burnouf, sergent, et d'autres tesmoings, nous sommes informés que
feu J. de Criquebeuf n'avoit en la vic. de Carenten aucuns
heritages ou possessions, reservé un pou de terres labou-
rables, le siège d'un hostel et un pou de rentes en grains,
dont il devoit au roy n. s. sa part de deux quartiers de
bernage par chascun an, lesquels héritages et rentes ont esté
cuilles et receues par... le vic. de Carenten... ; et, avecques ce, que, passés sont deux ans, Colinet de Criquebeuf,
filz dudit feu J. de C. *est allé de vie à trespassement dedens
la ville du Mont saint Michiel,* comme il en est apparu par
lettres données au bois de Vincennes le XIIIe jour de sept.

l'an 1424, que le roy n. s. a donné à J. de Saint Lo, esc., huissier d'armes de mons. le regent le royaume de France, duc de Bedford, les terres, heritages et possess. qui furent... au dit J. de Criquebeuf. Et ce certiffions à tous à qui il appartient... » (*P. O.*, Criquebeuf, 3.)

1102. — 1 s. Angers. Rev. de G. du Saussey, bach., et 19 esc. de la comp. de R. de Montauban, ban., et de la retenue du Connestable de France. » (Du Fourny, 57 v.)

1103. — 1425, oct. Henri VI : *Rémission a Alexandre Doisnel, prêtre du dioc. de Bayeux* : «... Comme, dès le mois de fev. 1422 il se fust parti dud. pays, pour aller en Bretaigne veoir un sien parent, en la comp. de pluseurs anglois qui aloient au siege à Sacy, et pour ce qu'il ne pot passer oultre, ne aler oud. pays de Bretaigne, s'en voult retourner au lieu de sa nativité ; mais, en retournant, fut prins par brigans et mené prisonnier au Mont sainct Michiel, où il fut detenu par pluseurs journées, et tant pour ce qu'il n'avoit de quoy payer rançon, noz ennemis qui là estoient luy donnerent congié de soy en aler sans riens payer, parmi ce qu'il leur promist porter cedules de appatissemens à aucunes parroisses d'emprès Caen..., pour appatissier les paroissiens et habitans desd. parroisses à nos diz ennemis dud. lieu du Mont, et, ce fait, retourner aud. lieu du Mont pour leur porter responce de ce qu'il auroit fait... Pour lesquelles causes led. suppliant eust esté prins par nostre bailli de Caen et mis à gehenne et tourment... » (A. N., JJ. 173, n° 252.)

1104. — 19 oct., Mont St-Michel. Vidimus par G. Paynel, clerc, garde des sceaux des oblig. de la vic. d'Avranches, et par G. Artur, tabellion juré du Roy n. s., de lettres pat., datées de Poitiers, 2 s. 1425, par lesquelles Charles VII nomme « cappitaine de la place et forteresse du Mont saint Michiel, en lieu du bastard d'Orleans », son cher et féal cousin, cons. et chambellan « Loys d'Estouteville, ch., s. d'Auseboch,... considerans les grans et notables services que lui et les siens nous ont faiz, tant en noz guerres que autrement, en pluseurs manieres... » (Luce. I, 208.)

(Arch. de la Manche, H. 15358. — S. Luce, I, 208.)

1105. — 26 oct., Chauvigny. Charles VII mande à Nicole Paynel, sire de Bricqueville, ch., « commis à la garde et capitainerie du Mont saint Michel, aux religieux dud. lieu et aux gentilz hommes et compaignons de la garnison d'ilec », de ne plus différer de recevoir L. d'Estouteville, s. d'Auzebosc, en qualité de cap. et garde de lad. place. (Arch. de la Manche, H. 15360. — S. Luce, I, 210.)

1106. — 30 oct. Henri VI : Rémission à R. Lambert, marchand de Rouen, qui avait acheté un sauf-conduit au « bastard d'Orleans, que l'en dit estre capitaine du Mont saint Michiel », et payé rançon à des marins de St-Malo, ennemis des Anglais, et qui avaient capturé trois de ses vaisseaux dans le trajet du pays de Flandre à Rouen. (A. N., JJ. 173, nᵒ 266.)

1107. — 1425, nov. Henri VI : Rémission à « Baudet de Limon, povre homme cirurgien », d'Évreux, poursuivi pour avoir en 1423 pris un sauf-conduit du comte d'Aumale, cap. du Mont St-M., afin d'aller en Bretagne vendre de la draperie, et pour avoir payé rançon à Ambroise de Loré, cap. de Sᵗᵉ-Suzanne, qui l'avait fait prisonnier. (A. N., JJ. 173, nᵒ 284.)

1108. — 17 nov. Mont St-Michel. « L. d'Estouteville, sire d'Ausebosc et de Moyon, cap. et garde de la ville et forteresse du Mont St-Michiel », à la requête des religieux et du vicaire dud. lieu, enjoint à tous gens d'armes : 1ᵒ de ne pas mettre de femmes à demeurer dans l'abbaye ; 2ᵒ de n'y pas renfermer de prisonniers de guerre, sauf le cas d'absolue nécessité et du consentement des religieux ; 3ᵒ de laisser lesd. religieux jouir des contrib. militaires mises sur les terres app. à l'abbaye, et aussi de leur justice ordinaire ; 4ᵒ de laisser en paix les hommes vivant sur leurs dites terres, pourvu que ceux-ci ne s'entremettent pas du fait de la guerre. (Arch. de la Manche, H. 15361. — S. Luce, I, 221.)

1109. — 28 n. Avranches. En présence de J. le Grand, lieut. général du vic. anglais d'Avranches, G. de Brée, de

Moidrey, vend au vic. anglais de Carentan 7 milliers de clou à latte destinés à la couverture en ardoise de « troys maisons faictes en la bastille d'Ardevon pour le fait du siege estant devant le Mont St Michiel ». (*Quitt.* LVII, 521.)

1110. — 3 d., Mehun-sur-Yèvre. Charles VII nomme cap. du Mont St-Michel J. Malet, s. de Graville, maître des arb. de France, en remplacement de J., bâtard d'Orléans. (Arch. de la Manche, H. 15364. — S. Luce, I, 233 : « La nomination du s. de Graville comme cap. du Mont semble être restée lettre morte, et l'acte, en date du 3 déc. 1425,... est le seul où il en soit fait mention. Cette nomin. avait sans doute été provoquée par les difficultés que rencontra L. d'Estouteville pour se faire reconnaître comme cap. du Mont en rempl. du bâtard d'Orléans ; et Charles VII annula sans doute les lettres de provision accordées à J. Malet, dès qu'il eut reçu la nouvelle que L. d'Estouteville, dont la nomination avait précédé celle du s. de Graville, était enfin parvenu à prendre possession de sa capitaine-rie. »

1111. — 17 d., Paris. « Les gens des comptes du roy n. s. (Henri VI) à Paris, au bailli de Constentin et aux vic. de Valoignes et de Cherbourg ou à leurs lieutenans, salut. Pour ce que, par occasion des guerres et mortalitez qui ont esté et couru en ce royaume, et en especial oudit pais de Constentin, pluseurs demaines fieuffes, qui, ou temps passé, avoient esté baillees au prouffit dud. seigneur, sont de present tournez en non valoir, telement que l'en ne puet riens recevoir... » (A. N., JJ. 174, n° 348.)

1112. — 1426, 18 f., Issoudun. « Charles, par la grace Dieu Roy de France... Comme, pour resister aux grandes entreprinses de noz anciens ennemis et adversaires les Anglois et autres noz rebelles et desobeissans, et iceulx, à l'aide de Dieu, extirper de nostre seigneurie dont ilz ont jà occuppé partie, Soyons deliberez nous mettre sus, ceste saison nouvelle, à grant puissance et faire venir par devers nous, pour emploier en ce que dit est, plusieurs de nostre sang et lignage et autres noz vassaulx, subgiez, bienveillans et aliez... » (*P. O.* Léonard, 2.)

1113. — mars, Paris. Henri VI permet à Cath. de Creteil, veuve de J. Benoist, naguère l'un des défenseurs du Mont St Michel, tué à la bat. de Verneuil, et « qui est femme seule et despourveue », de venir résider à Paris chez Marie de C., sa sœur, femme d'Est. Lainsné. (A. N., JJ. 173.)

1114. — 22 mars. La m. de Guy, sire du Gavre. *Ch.* Alain et J. Hay, Foucques de Cambray. *Esc.* G. Hay, J. le Prevost, J. Chappedelaine. (D. Morice.)

1115. — mai, Paris. *Henri VI restitue ses biens confisqués à « Jehanne du Puis, damoiselle, vefve de feu J. de la Haye, dit Picquet » :* «... Le dit Picquet, qui estoit adonc ou pays de Bretaigne, eust mandé lad. damoiselle sa femme aler par devers lui, qui, pour obeir à son commandement, comme raison estoit, y feust alée... Et, depuis, led. Picquet soit alé de vie à trespassement, délaissié lad. damoiselle sa femme en grant nécessité et souffreté,... qui est de très grant aage, comme de 70 ans ou env., fort debilitée de sa personne... » (A. N., JJ. 173, n° 410.)

1116. — *Henri VI : Sauf-conduit à J. de Mathan, bâtard de feu J. de Mathan, éc., h. d'a. de la garn. du Mont-St-Michel :* « .. Comme, dès environ le temps de la descente faicte à Touque par feu nostre très chier sgr et père, cui Dieu pardoint, ou tantost après, icellui exposant, qui estoit de l'aage de douze ans ou env., se feust retrait, pour cause de la guerre, ès parties de Bretaigne et pays estant hors de l'obeiss. de nostre dit feu sgr et père, ouquel pays estans hors d'icelle obéissance, tant au Mont St M. que en pluseurs autres lieux, places et forteresses tenans le parti de noz ennemis et adv., icellui exposant ait tousjours depuis continuelment esté et fréquenté comme ung des autres tenans icellui parti, sans onques soy estre mis ne rendu en l'obeiss. de nostre dit feu s. et père, mais, comme tenant son parti contraire, a fait, lui et pluseurs autres, voyages, courses, raençonnemens et raencontres, tant de nuit que

de jour, en pays boscage et ailleurs ou pais de nostre
obeiss. et sur pluseurs de noz hommes liges et subgez,
souldoyers de guerre et autres, en quoy en a eu pluseurs et
par pluseurs fois mis à mort, et telement que advenu est
que, environ le mois d'aoust derrain passé, icellui exposant et autres escuiers en sa comp. furent prins par aucuns Anglois et gens d'armes et par eulx menez ou chastel
de Hambuye, où icellui exposant fut longuement detenu
prisonnier... », puis mis en liberté pendant un mois,
moyennant une caution de 1.000 écus d'or fournie par Ph.
de la Haye, ch., s. de la Haye-Hue, J. de Mathan, prêtre,
et G. de Mathan, éc. Le sauf-conduit est accordé à la condition que le bâtard de Mathan, qui avait « ferme proupos
et voulenté de soy mettre et reduire en nostre obeiss. et y
demourer desormais comme ung de noz vrays et loyaulx
subgez, se à ce le voulions recevoir », reviendra se consti-
tuer prisonnier à Hambye et paiera sa rançon fixée à 200
écus dix marcs d'argent et une panne de martre de 30
écus. (*Ibid.* 538. — S. Luce, I, 241.)

1117. — Henri VI : *Rémission a G. Dunel, povre laboureur de la par. de Corquesne, et P., son filz* « ; «... Comme,
puis deux ans en ça ou env., ilz eussent esté prins de nuyt
en leurs maisons par G. de Bredevent, esc., et autres brigans en sa comp., noz ennemis et adv., et menez es bois,
loing de leurs maisons, telement que ilz ne savoient où
ilz estoient, pour ce qu'ils avoient esté bandez, où ilz furent tenuz l'espace de quinze jours ou env., inhumainement traittiez par iceulx brigans, telement qu'il leur con-
vint eulx mettre à raençon, à la voulenté d'iceulx brigans,
qui icelle declairèrent à cent escuz d'or ; et appointèrent
iceulx brigans que les dis supplians leur feroient prendre
J. Vipart, esc., l'ainsné, et, se prins estoit, des dis cent
escuz leur relascheroient 40 escuz, et, se ilz ne le vouloient
ainsi faire, ilz les feroient mourir... » J. Vipart est pris,
revenant de ses champs, et frappé d'une forte rançon,
pour laquelle il accepte d'envoyer son frère en otage au
Mans, alors occupé par les Français. (A. N., JJ. 173, n° 520.)

1118. — 1426, 3 juin, Mont Saint-Michel. « Richart Lombart, vicomte d'Avranches » (pour Charles VII), qui a fait dresser des fourches patibulaires dans les grèves du Mont St-M. pour l'exécution d'un condamné, et L. d'Estouteville, cap. du Mont, — qui fait extraire des pierres à bâtir et du sablon du rocher dud. Mont pour la construction d'une poterne devant les maisons ayant appartenu à Jamet le Gay, Ric. Lombard et L. d'Estouteville, — certifient que l'érection desd. fourches et lad. construction ne portent en rien atteinte aux droits de propriété de l'abbaye. (Arch. de la Manche, H. 15367. — S. Luce, I, 247.)

1119. — juillet, Mont St-Michel. L. d'Estouteville, cap. du Mont, déclare que le fait de la construction d'une tour ronde et d'une poterne, « pour l'emparement et fortificacion de ceste dite place du Mont », ne porte aucune atteinte aux droits de propriété de l'abbaye. (Arch. de la Manche, H. 15368. — S. Luce, I, 250.)

1120. — 3 juil., Angers. Rev. de J. de la Haye, baron de Coulonches, ch. ban., 1 autre, 6 bach. et 16 esc., de la comp. du Connestable de France. » (Du Fourny, 57 v.)

1121. — sept., Mantes. Henri VI : *Rémission à J. de Manneville, l'un des défenseurs du Mont St Michel* : «... Receu l'umble supplicacion de J. de Manneville, ch., contenant que comme, dès l'an 1417, pour cause des guerres lors estans en nostre duchié de Norm., il se fust parti d'icellui duchié et alé demourer ou pays de Bretaigne, et depuis il s'est armé par diverses fois à l'encontre de nous en la comp. de nostre adversaire Charles, qui lors se nommoit daulphin, et d'autres de son parti, en faisant guerre pour icellui parti... et depuis il a retrait et fait demeure sa femme et ses enfants en la ville d'Angiers, où ils sont encores à present et a très grant desir et voulenté de retourner et soy mettre en nostre obeissance, nous servir bien et loyaument... Nous... à icellui suppliant avons... pardonné..., parmi ce que led. suppliant fera le service accoustumé... » (A. N., JJ. 173, n° 500.)

1122. — 2 s., Jargeau. Rev. de L., s. de Montlaur, ch.

ban. *Esc.* : J. de Vaulx... » (A. N., K. 62, n° 28³.)

1123. — 1427, 12 av., Paris. Henri VI donne au comte de Suffolk les terres de Chanteloup et de Créances, qui furent « à Jehanne Paynel et sont de present à nous... appartenans par confiscacion, par la rebellion et la desobéis. de lad. Jehanne et de L. d'Estouteville, ch., son mary... » (A N., JJ. 173, n° 634. — S. Luce, I, 258.)

1124. — 17 av. Mont St-Michel. J. de Pontbriant, qualifié éc., puis ch., s. de Pontbriant, fut fait prisonnier de guerre par les Anglais, dans une sortie qu'il fit avec la garnison du Mont St M. le Jeudi Saint 1427. Il fut nommé cap. des francs-archers des Évêchés de Dol, St-Malo et St-Brieuc, le 13 oct. 1457. Il avait épousé Jeanne du Parc, de la Maison de Locmaria, et en eut entre autres enfants : 1° Jean II, éc., s. de Pontbriant, h. d'a., marié à Jeanne le Vicomte ; 2° François, éc., cons. et chamb. du Roi, cap. de cent lances en 1478 et 1481. » (*P. O.* Pontbriant, 117-118. — Voy. ci-après le n° 1216.)

1125. — 17 av., Mont St-Michel. — Le Brun, *d'argent a l'aigle de sable* : J. le Brun, s. de Précorbin, vicomte de Bayeux, qui épousa Marie de [Sallenelles] et fut pris prisonnier, le 17 ou 27 (*sic*), par les Anglais, estant au Mont St-Michel, d'où le sr d'Estouteville, cap. dud. lieu, leurs donna une partie de sa rançon. « (*P. O.*, Le Brun de Sallenelles, 17.)

1126. — 27 mai, Senlis. Henri VI : *Mention de la confisc. des terres de feu R. de Carrouges* : «... Comme par noz autres lettres pat. donnees le 28° jour du mois de sept. l'an de grace 1424, nous... eussions donné... à nostre bien amé J. de Montore, dit d'Espaigne, esc., les terres... de Carrouges..., et autres qui furent... à feu maistre R. de Carrouges..., à nous confisquez par l'absence, rebellion et désobeiss. dud. maistre Robert... » (A. N., JJ. 173, n° 666)

1127. — juin, Poitiers. Charles VII fait don de 300 livres ts à maître N. de Voisines, son secrétaire, pour le récompenser **« des peines, travaulx et despens qu'il a euz et**

soustenuz ès mois de janvier, février et mars 1424 pour
aler advitaillier le Mont St Michiel, qui lors estoit assiégié,
par la terre, des Anglois noz anciens ennemis, et aussi
pour les despens par lui faiz en ung autre voyage que
nostre dit secretaire fist, ès moys de may, juing et juillet
ensuivant 1425, pour lever led. siege que les diz Anglois y
tenoient par la mer, lequel siege levé et les diz Anglois
mors et desconfiz, icellui nostre secretaire advitailla de rechief lad. place ». (*P. O.*, Voisines. — S. Luce, I, 259.)

1128. — juillet. Henri VI restitue leur patrimoine confisqué à « J. d'Estouteville, esc., aagié de 17 ans ou env.,
pour et ou nom de lui et de Ector, Robert, Michele et Je-
hannete d'E., ses frères et seurs mainsnez de lui, tous
enfans legitimes de G. d'E., ch., nagaires s. de Torsy, et de
Jehanne [de] Doudeauville, sa femme, lequel chevalier est
demourant hors nostre obeiss. et tient le parti de noz ennemis... Et les aucuns d'eulx sont à l'estude en l'universi-
té de Paris pour acquerir science, n'ont à present de quoy
vivre ne avoir leurs necessitez selon leur estat... » (A. N.,
JJ. 173, n° 747.)

1129. — Garnison angl. de Tombelaine, sous Th.
Burgh, cap. d'Avranches : 15 h. d'a. à cheval, 5 à pied, 60
arch. (*Quitt.* LIX, 752.)

1130. — 18 juil. Henri VI : Don de 300 liv. t^s de rente
à J. de Manneville, ch., à Jacqueline le Baveux, sa femme,
et à leurs enfants, tous « retournez et demouraus en nostre obeissance, en entencion de y vivre et mourir comme
noz bons et loyaulx subgiez », et n'ayant « de quoy vivre ;
Veu mesmement que led. chevalier est encheu en maladie
dont il est demouré débilité de son sens et entendement... »
Ces lettres « signées ès requestes tenues par mons. le regent, duc de Bedford, ès quelles les evesques de Beauvais
et de Noyon, l'abbé du Mont St-Michiel et pluseurs autres
estoient. » (A. N., JJ. 173, n° 427.)

1131. — 1 août, Tombelaine. La m. de « Th. Burgh,
esc., cap. de Tombellaine » : 15 h. d'a. à cheval, 5 à pied,
« avecques les archiers. » (*M.* t. V, 250.)

1132. — 1427, 1 s. Henri VI : *Rémission au page de R. de Carrouges, tué à la bat. de Verneuil* : « Savoir faisons… Nous avoir receu la supplicacion de Perrenet de Seglaz, contenant, comme, par aucuns de ses parens et amis, il eust esté mis au service de maistre R. de Carrouges comme son page, et depuis ce, pou paravant la bat. de Vernueil, led. maistre Robert, faignant aler *ou pais de Constantin, s'en feust alé rendre avec noz ennemis et adversaires*, led. suppliant, qui estoit pour lors de l'aage de XIII ans ou environ, ignorant et non sachant qu'il faisoit, avec lesquelz ennemis et adversaires ledit de Carrouges est depuis alé de vie à trespassement à lad. bataille de Vernueil, et, depuis le trespassement d'icelui de Carrouges, ont aucuns desd. adversaires contraint led. suppliant à les servir et demourer avec eulx comme page, ouquel service il a esté et s'est tenu par aucun temps, desirant retourner pardeça en nostre obeissance et estre nostre bon et loyal subgiet et obeissant… » (A. N., JJ. 174, nº 16.)

1133. — 23 s. Henri VI : Don de 600 liv. parisis de revenu à J. de Manneville, ch., et à J. et Ph., ses fils, tous « retournez et receus en nostre obeissance » et dont les biens avaient été confisqués en raison de leur « absence et nostre droit de conqueste. » (*Ibid.* 28, 65. — Le 28 mars 1459, J. de M̈., ch., servit à Charles VII l'aveu d'un fief dépendant de la baronnie de Courcy. (A. N., P. 304, f. 341.)

1134. — 1427. *Inscription mise au bas de la liste originelle des Défenseurs du Mont, dans la Basilique* :

> Le champ darmes ici fut faict
> Lan mil IIIIᶜᶜ vingt et sept
> Ou sont les armes et les noms
> Daucuns vaillans et nobles homs
> Lesquelz ont en lobbeissance
> De Charles present roy de France
> Jusques cy tenu cette place
> Par laide de Dieu et la grace
> **Et de monseigneur sainct Michel**
> **Prince des chevalliers du ciel**

Qui a touiours reme le quys
A ceux qui lont ceans requis
Par tout le temps de cette guerre
Jaçoit que par mer et par terre
Ladicte place ait este ceinte
Grevee et durement contrainte
Par touttes manieres et voyes
Quont peu adviser les Angloys.
Lan dix et sept fut leur descense
En Normandie comme je pense.
Et na pas pris garde le maistre
Mettre un chacun ou il doibt estre,
Chacun a mys en tel endroit
Comme on le luy ramentevoit.
Tous ny ont pas este dun temps
Et ticulx ne sont pas cy dedans
Qui sy porterent vaillamment.
Dieu leur doint a tous saulvement.

                    Amen.

(D. Morice, *Pr.* II, 1144.) — Éd. le Héricher, *Mont St-M. monum. et hist*, p. 195. — L'abbé Desroches, *Hist. du Mont St-M.*, II, 158.)

1135. — 1428. *Pontorson assiégé par les Anglais* : « Pour empescher le dit siege, le baron de Coulonces, et plusieurs aultres ch. et esc., tant de France que de Bretaigne, se ordonnerent moult notablement au Mont St Michiel : toutes fois y furent desconfiz à la Guerintre, et y mourut le dit baron. » (S. Luce, I, 29.) — « Es greves de la mer, entre Avranches et le Mont..., le baron de Coulonces, le s. de la Hunaudaye et le s. de Chasteaugiron furent deffaits et y moururent tous trois, et y en eut plusieurs de pris prisonniers, entre lesquels fut le vicomte de la Beliere. » (D. Godefroy, *Mém.* — Coll. Petitot, VIII, 134.)

1136. — 14 f. Henri VI retient J. Harpeley, ch., bailli de Cotentin, à la charge de 20 h. d'a. et 100 arch. à cheval, pour tenir garnison à Genest ou à St-Léonard et bloquer le Mont St-M. (*Quitt.*, LIX, 838.)

1137. — 1428, 11 mars. Henri VI a octroyé un renfort de 20 lances et 100 archers « pour reprimer, rebouter et tenir en destresse les adversaires et ennemis... qui tiennent et occuppent la place du Mont St-M., et aussi pour abatre et mettre au neant certains apatists que il vouldroient cueillir, exercier et lever sur le pays..., et pour prendre et destruire les *brigans* qui conversent oudit pays ». (*Quitt.* LIX, 853. — S. Luce, I, 266.)

1138. — 9 av. *J. le Clerc, lieut. du baron de Coulonces, s'est fait ermite*: « Henry, etc.... l'umble supplicacion de Guillemin Petitmol, aagié de 20 ans ou env., natif de la parr. de Carenten, à present prisonnier ès prisons dud. lieu, contenant que comme, lui estant jeune enfant de l'aage de 12 ans ou env., eust laissé ses père et mère et venu demourer en la ville de Rouen, en laquele il demoura jusques à ce que elle fu reduicte en l'obeissance de feu nostre très chier sgr et père le roy regent, cui Dieu pardoint; au temps de laquele reddicion led. suppliant estoit si malade que l'en n'y esperoit vie, et fu chargié en un batel et mené par mer aud. lieu de Carenten; et depuis demoura avec sesd. père et mère l'espace de quatre ans ou env., en la fin desquelz il, par courroux et par jeunesse, laissa de rechief sesd. père et mère, et ala demourer avec un nommé Jehan le Clerc, lors lieut. du baron de Coulonces, avec lequel il a demouré, comme son page, en l'obeissance de noz ennemis et advers., sans onques avoir esté en courses, roberie ne briganderie, à murtres ne prinses de femmes à force, ne en course qui onques feust faicte sur angloiz, excepté seulement une foiz qu'il fu auprès d'Avranches avec sond. maistre duquel il estoit page, à laquele course furent prins cinq ou six anglois qui tous paièrent raençon, et à une autreffois qu'il fu comme page avec sond. maistre devant le siege lors estant à St Jame de Bevron, et d'ilec s'en retourna avec sond. maistre à Chasteaugontier, où icelui son maistre cheut en maladie, et lui, relevé d'icelle, delaissa la guerre et le monde et se rendi hermite, avec lequel led. suppliant ala en un hermitage, où il fu par l'espace de six jours... » (A. N., JJ. 174, num. 130, 164.)

1139. — 16 av. Henri VI : *Rémission à G. le Maistre, de Falaise, qui, pour n'être pas assassiné par des anglais, s'était sauvé en Bretagne :* « ... Comme, dès cinq ans a, ou environ, certains anglois feussent venuz par nuit en l'ostel du père dud. Guillaume, ouquel il demouroit, et par force et violence eussent rompu les huis et fenestres dud. hostel, en demandant femmes ; aus quelz eust esté respondu que il n'y en avoit nulles.... Non contens de ce, le menacèrent de tuer et murdrir ; pour quoy ledit G., voiant la mauvaise voulenté des diz anglois, doubtant leurs menasses et afin d'eschever l'inconvenient et peril de mort, se parti et absenta, sans congié ou licence, de nostre dite ville de Faloise, en très grant courroux et desplaisir, et s'en ala demourer ou pais de Bretaigne, qui pour lors estoit à nous contraire... » (*Ibid.* 155.)

1140. — 10 mai. Commission de capitaine de Tombelaine, donnée pour 6 mois par le duc de Bedford à Th. Burgh, éc., à la charge de 15 h. d'a. à cheval, 5 à pied, et 60 archers. (*Quitt.* LIX, 881. — S. Luce, I, 271.)

1141. — 17 sept. Henri VI, en vue du siège qui, « la saison d'esté prouchaine », doit être mis par terre et par mer devant le Mont St-M. prescrit une levée de 30,000 liv. t⁵ en Norm. (*Quitt.* LX, 946. — S. Luce, I, 272.)

1142. — 20 sept. J. Harpeley, bailli de Cotentin, a dépensé 1,400 liv. t⁵ pour construire une bastide à Genest, en vue du blocus et du recouvrement du Mont St-M. (B. N., ms. franç. 4488, f⁰ 221. — S. Luce, I, 275.) Le 6 av. 1429, la garn. de lad. bastide se compose de 20 h. d'a. et 100 arch. à cheval. (Arch. de la Manche, fonds Danquin. — S. Luce, I, 278.)

1143. — Oct.-nov. Tombelaine. « Monstrez de la place de Thonbellaine, dont Th. Bourgh, ch., est cappitaine » ; 16 lances à ch., 4 à pied, 40 arch. (*M.*, IV, 173 ; V, 314.)

1144. — 28 d. Quitt. de Raoul le Sage, ch., venu de Rouen « en la ville de Mante en la comp. de ... l'abbé du

Mont St-Michiel... pour occasion du siege d'Orleans... »
(*P. O.* le Sage, 34.)

1145. — 1429. Ambr. de Loré et B. de la Ferrière, ch.,
conduisent à Orléans un convoi de vivres et d'habille-
ments. (Desroches, *Ann.*, 345.)

1146. — 1429, janv.-mars, garn. anglaise d'Évreux. —
« *Gaignes de guerre* : Le XI° jour de janv., par R. Elalles,
lance à cheval, fut prins ung prisonnier nommé Jehan Courtin, mis à finance à dix saluz d'or... Grefinet le Conte, rançonné à 60 saluz d'or... » (*M.*, VI, 462².)

1147. — 1 f. Chartres. *Henri VI absout un anglais du
meurtre d'un français* : « ... Wautier Pain, natif de nostre
pais d'Angl., passoit par le bourg de Briquebec, encontra
un nommé Robin le Pelelier, de la ville de Valognes,
lequel Wautier, courroucié et aiant souvenance de ce que
led. Peletier avoit, en l'ostel d'un nommé Gregoire Abris,
dit pluseurs mauvaises paroles de nostre très chier et très
amé oncle Jehan, regent nostre royaume de France, duc
de Bedford, et de nostre amé et feal cousin le conte de
Suffolk et de Dreux, maistre d'icelui Wautier ; c'est assavoir que nostre dit oncle n'estoit que un buvour de vin,
d'autant et à plain woirre, et qu'il n'estoit bon que pour
faire et lever tailles et mengier le peuple...., et aussi que
nostre dit cousin de Suffolk n'estoit que un murdrier de
gens... » (A. N., JJ. 174, n° 263.)

1148. — 25 mars. Henri VI : *Rémission à Th. Faucq,
esc., natif de nostre duchié de Norm.* : « ... Le dit Thomas,
demourant, au temps de la conqueste faicte de nostre dit
duchié par nostre très chier Sgr et père le roy Henry, cui
Dieu pardoint, en l'ostel de nostre amé et feal chev.
J. Faucq, sgr de St Hilaire, son père, en l'obeissance de
nostre dit Seigneur et père, icelui Th,, après ce qu'il eust
demouré par aucun temps en lad. obeissance... et de nous
aussi, se parti dud. pays de Norm., et, par petit conseil,
s'en ala es pays desobeissans à nous, où il a demouré,
frequenté et conversé avecques noz adversaires et desobeissans par aucun temps, et aucunes fois chevauchié en

armes avec eulx, delaissiez son dit père et pluseurs ses
frères, noz bons et loyaulx subgez obeissans, et dont les
aucuns nous ont bien et loyaument servy et servent chascun jour....; les quelz, sachans que led. Th. Faucq avoit
grant desir et affeccion de retourner en nostre dicte obeissance pour estre et demourer en icele bien et loyaument... »
(*Ibid.* 282.)

1149. — 29 av. Rouen. Quitt. de Raoul le Sage, ch., cons·
du roy (Henri VI), « venu de Rouen à Paris par mand. de
Mgr le... duc de Bedford, en la comp. de R. P. en Dieu
Mgr l'abbé du Mont St-M., cons. du roy... » (*P. O.* Le
Sage, 36.)

1150. — du 27 mai au 3 juin. Articles de compte mentionnant des correspondances échangées entre le grand
Conseil de Henri VI, d'une part, R. Jolivet, abbé du Mont
St-M., et Raoul le Sage, de l'autre, au sujet des préparatifs faits en Angleterre pour le recrutement d'un corps
d'armée et l'équipement d'une flotte destinés à assiéger
par terre et par mer le Mont St-M. (B. N., ms. franç. 4488,
fol. 625, 626, 723. — S. Luce, I, 281-283.)

1151. — 8 juillet. Articles de compte mentionnant
« certaine armée que l'en disoit que faisoient les ennemis
du roy n. s. (Henri VI) estans au Mont St Michiel, la
Gravelle et autres places, pour aler mettre le siege devant
Pontorson », — et le renforcement des garn. anglaises
d'Avranches et de Tombelaine ; cette dernière reçoit « 4 h.
d'a. et 35 arch. à cheval de creue venuz dud. Pontorson ».
(B. N., *ibid.*, fol. 733, 482-3. — S. Luce, I, 283.)

1152. — Tombelaine. Montre de la garn. anglaise :
17 lances à ch., 6 à pied, 55 arch. (A. N., K. 63, n° 7[8]. —
S. Luce, I, 285.)

1153. — 11 juil. Quitt. de Raoul le Sage, ch., cons. du
roi (Henri VI), qui a été envoyé en mission à Harfleur en
la comp. de l'abbé du Mont St-M. (*P. O.* le Sage, 37.)

1154. — 13 juil. Le duc de Bedford envoie en Angl.
« pour ilec soliciter, pourchacier et pourveoir d'avoir naves
et gens de guerre pour mettre le siege par mer devant le

Mont St Michiel ». (*Quitt.* LXI, 1117. — S. Luce, I, 286.)

1155. — 1429, 3 sept. Quitt. de Raoul le Sage, ch., qui a été chargé par le duc de Bedford, avec l'abbé du Mont St-M., de visiter plusieurs villes de Norm. (*P. O.* le Sage, 38.)

1156. — 8 sept. Vernon. *Rémission octroyée par Henri VI à son vicomte de Carentan, qui avait accepté la proposition d'un sauf-conduit à lui adressée par Th. de Percy, h. d'a. du Mont St-Michel* : « ... receu l'umble supplicacion de J. Brunel, vic. de Carenten, et de Elliot le Bret, son lieutenant à St-Lô, Contenant que, comme puis le temps de la conqueste de feu... nostre très chier Sgr et pere,... ilz aient esté et soient vrais hommes liges et jurez de nostre dit feu Sgr et père et de nous, et en fait de justice et autrement se soient maintenuz et gouvernez honorablement et exposez à l'expulsion et condampnacion des *brigans* et autres noz ennemis et adversaires. Et, environ le mois d'aoust derr. passé, un nommé Thomas de Precy, nostre ennemi et adv., eust envoié par devers led. Elliot le Bret, lieut. d'icelui vic., deux lectres closes, l'une adreçant aud. viconte et l'autre aud. lieutenant, dont celle d'icelui lieut. contenoit comme led. de Precy lui prioit qu'il envoiast à son dict maistre les autres lectres closes qui à lui se adressoient, et qu'il en eust response dedans le mardi enssuivant. Et icelles deux lectres closes ainsi receues par led. lieut. par la main de un notable homme du pais, nommé et apellé Me Almaurry de la Liserne, eust icelui lieut. envoié aud. vic. les lectres closes d'icelui de Percy, qui lors, comme len dit, furent receues par la femme dud. vic., pour l'absence d'icelui son mary, et icelui vic. venu en sond. hostel, les lui eust sad. femme baillees et presentees, et d'iceles fist led. vic. ouverture et lecture, et contenoient en effect et substance, comme feu Nicole Potier, en son vivant vic. de Bayeux, duquel led. vic. avoit esté clerc, avoit prié aud. Th. de Percy que, *se le temps tournoit*, il essoiast à sauver le corps dud. vic. envers les gens de son party, et, pour acomplir la requeste aud. Potier, icelui Th., qui avoit en espouse sa fille, lui avoit

accordé d'en faire son povoir, et, pour ce, rescrivoit icelui
de Percy aud. vic. que, s'il vouloit avoir sauf conduit du
capitaine du Mont sainct Michiel, il lui feroit avoir. Après
laquele lecture d'iceles lectres, led. vic., malcontent d'iceles, eust, lui estant en son hostel aud. lieu de Carenten,
appellé sa femme et G. Adigard, son lieut. general,
et leur eust monstré et leu lesd. lectres. Et, après icele
lecture, desplaisant du contenu en iceles, et que led.
de Percy lui avoit ainsi rescript, dist que ce avoit esté
fait pour lui porter dommaige et desplaisir, veu les exe-
cucions et condampnacions faictes par lesd. supplians,
eulx et chascun d'eulx, sur lesd. *brigans* et ceulx tenans
le parti dud. de Percy, et, pour ce, desiroit led. de Percy
la mort et destruccion desd. supplians. Et, en ces termes,
fu led. viconte si troublé et courroucé que, en la chaleur,
il dessina et despeça iceles lectres, sans avoir memoire de
les apporter ne monstrer à justice. Et, avec ce, avoit led.
viconte rescript par devers led. Elliot, son lieut. aud. lieu
de St-Lo, touchant la matiere presente, les moz qui enssui-
vent. « Et quant est de la *brunecte* dont en iceles lectres
est faicte mencion, de present, ne si tost comme Thomas
m'a escript, ne la pourroie envoier querir, mais lui faites
dire que je le mercie tant comme je puis, et qu'il la me
garde pour le pris jusques ad ce que je lui face savoir,
car elle porroit estre perdue, pour le dangier du chemin
d'entre Carenten et St-Lo », ou teles et semblables paroles
en effect. Lequel mot de *brunecte* estoit ainsi nommé par
led. vic. en lieu de sauf conduit, mais il ne l'avoit ainsi
osé escripre, pour le dangier qui en povoit advenir, ja
soit ce que, de lui ne par lui ne du fait dud. Lebret, n'y a
riens de leur pourchas ou requeste, et aussi ne s'en est
ensuy aucun inconvenient ne dommaige à nostre seigneurie ne au pais, et n'y a en ce fait sinon l'inorance et sim-
plesce desd. supplians de non avoir montrees lesd. lectres
à justice, ce que led. viconte devoit faire. Pour raison duquel cas ainsi advenu, noz officiers aud. lieu de Carenten
et St-Lo ont prins et apprehendé les corps, biens, meubles

et heritaiges d'iceulx supplians, et iceulx mis en noz prisons... » (A. N., JJ. 174, nᵒ 32. — *Brunette*, étoffe : « A
Michelet Prieur, pour une alne et demei de brunete et
doubler un sac pour nous... » Mand. de Ch., fils aîné du
roi de Nav., à son trés., 21 mai 1379. *P. O.* le Franc, en
Norm., 5.)

1157. — 1429, 21 s. Quitt. de J. de Montoro, dit d'Espaigne, ch., cap. de 22 h. d'a. et 19 arch. (Espagnols), « pour
presentement servir le Roy (Henri VI) en son armée... à
l'expulsion de ses ennemis estans environ Paris ». (*P. O.*
Montoro, 2.)

1158. — Tombelaine. Montre de la garn. anglaise
« soubz Th. Bourg, cap. de Thombellaine » : 20 lances,
60 arch., plus « 1 lance et 25 arch. mis de cruc aud.
lieu ». (*M.*, V, 415.)

1159. — 3 oct. Rouen. Les cons. d'Henri VI mandent
au recev. général de Norm. que R. Jolivet, abbé du Mont
St-M., a été appelé à Paris par le duc de Bedford ; ordre
de paiement. (Miller, 53.)

1160. — 20 oct. Garn. anglaise du chât. de Caen. —
« *Arch.* Th. Masser... » (B. N., ms. franç. 22468, p. 53.)

1161. — Oct.-nov. *Contrôle de la garn. anglaise de Tombelaine. Mention de J. le Mercier, de la garnison du Mont
St-Michel* : « ... Th. Personne, à ung prisonnier nommé
J. le Mercier, a rançonné... xii saluz d'or, prins sur la
grève devant lad. place, lequel Mercier est de la garnison
du Mont St Michiel. J. Helmore, h. d'a. à cheval, fut tué
sur les grèves devant lad. place de Tombelaine le 26ᵉ jour
du moys d'ottobre... Le prem. jour de nov., J. Harpelay,
ch., print la garde dud. lieu de Tombelaine et retint les
soudoiers de lad. place pour demourer alla sauvegarde
d'icelle... » (*M.*, V, 436.)

1162. — 31 déc. *Rançons payées par André de Semilly et
Perrin d'Auxais, faits prisonniers par la garn. anglaise de
Tombelaine* : « Ed. Beauchamp a ung prisonnier, nommé
Andrieu Samilly, de la garn. du Mont St Michiel, rançonné
18 saluz d'or, prins sur la grève devant lad. place de

Thombelaine. C. de Weist a ung prisonnier, nonmé Perrin
d'Aucey, de la garn. du Mont St-M., rançonné vint saluz
d'or, prins sur la grève devant lad. place de Thombelaine. » (*Quitt.* LXI, 1220.)

1163. — 1430. Lettres de Henri VI mentionnant que
Jaquet Perdriel avait conspiré à Paris pour « bouter dedans ceste nostre bonne ville celuy qui se dit daulphin...,
que iceluy Perdriel nommoit roy. » (A. N., JJ. 174,
n° 353.)

1164. — 4 jan. Garn. anglaise de Domfront. — « *Gain-
gnes de guerre.* Prisonniers prins d'une course : Morice
Baron, J. Goidren, Jehan... slay, qui furent mis à execu-
cion par justice... Trois *brigans* nommés J. Aoustin,
D. Boullion, Macé Asson, lesquieulx furent executez par
justice... J. le Court, rançonné à 60 saluz d'or. J. d'Orie-
res, ranç. à 20 saluz et ung marc d'argent... P. Boussier,
ranç. 20 saluz. J. Charles, ranç. 40 saluz. J. Hart, ranç.
20 saluz et ung marc d'argent. Un *brigant* nommé G. Busson, qui fut executé par justice... » (*M.*, VI, 448².)

1165. — Janv.-fév. Garn. anglaise de Pontoise. « *Gain-
gnes de guerre* : Cardin de Brevedent, esc., Hannolin le
Fevre... ne sont encores mis à finance. Le 14ᵉ jour de
janv., [faits prisonniers] à la destrousse qui fut faicte
entre Paris et St-Denis sur les ennemis : Est. Mercyer,
Jaquet Mancel, J. Gillet et Regnault le Conte, Raoulin le
Gris, Perrin du Puis, G. Garnot, G. Aubert, S. Guerin,
J. Benoit.... Lesiol, prisonnier a morire... » (*M.*, VI, 466.
— Cf. Monstrelet, liv. II, ch. 75.)

1166. — Jan.-fév. Contrôle de la garn. anglaise de
Tombelaine : « De gaings de guerre, il n'y a eu aucun, le
dit temps... » (*M.*, VI, 454.)

1167. — 8 mars, Rouen. Le duc de Bedford mande à
Th. Blount, trés. général de Norm. que G. des Moulins,
ch., est retenu avec 2 h. d'a. et 6 arch. pour tenir les
champs « environ Avranches », et que ses gages seront
payés sur les « deniers mis en garde pour la recouvrance
du Mont St-M. » (*P. O.* des Moulins, 12.)

1168. — 1430, 17 mars, Falaise. *Contrôle de la garn. anglaise:* « ... Prisonniers prins par les gens d'icelle garnison : J. Louvel .. » (*M.* VI, 444.)

1169. — mars avril. « *Contreroulle de la garn. de Tombellayne* »: Treize archers « sont venus le 1ᵉʳ jour dud. moys d'avril..., pour et ou lieu des mors qui moururent le 28ᵉ jour du moys de mars. De gaignes de guerre, il n'y en a nulles. » (*M.* VI, 489.)

1170. — avril-mai. Contrôle de lad. garn. « G. Françoys a prins ung prisonnier sur les greives devant le Mont St Michiel, nommé Richart Breth, rançonné dix saluz d'or... » (*M.*, VI, 503.)

1171. — 3 av., St Lô. Le comte de Suffolk, lieut. de Henri VI au bas pays de Norm., est chargé de « faire guerre aux ennemis du roy n. s. estans à Montmorel..., Mont St-Michiel, et ailleurs ou pais d'environ en Avranchin ». (A. N., K. 63, Nᵒ 7²⁸ ; *Sc.* CLXII, , 4656. — S. Luce, I, 296-8.)

1172. — 7. av. Caen. *Garn. anglaise de Tombelaine :* Th. Blount, ch., trésorier gén. de Norm., délègue 2 commissaires pour, en mai et juin, « prendre les monstres de Mgr de Suffolk et de Dreux, cap. d'Avrenches..., et de 8 h. d'a. et de 24 arch. à pié à lui ordonnés pour la seurté et sauvegarde de Tombellaine... » (*P. O.* Herpelley, 4.)

1173. — 29 juil. Pont-de-l'Arche. Garn. anglaise : « *Lances a pié.* Hughes de Montfault... » (*M.* VI, 516.)

1174. — 1431, 4 mars. Garn. française de Dreux sous G. du Broullat, éc., cap. de Dreux : *H. d'a.* Santtin Nel... *Gens de trait :* Martin et Jehin Benoist, J. et Guillot Roussel, Masset de Marcilli, Lorin Petit... (*M.*, VI, 564.)

1175. — 1431, mai. J. de Brécey, éc., reçoit un don du Roi pour l'aider à payer sa rançon aux Anglais. (Desroches, *Ann.* 345.)

1176. — 9 oct. Garn. anglaise de « Tombelain » : 18 lances à ch., 8 à p., 78 arch. « *Archiers :* J. de Waux... » (*M.* VI, 537.)

1177. — 17 oct. Orbec. Exécution de « deux traitres, *brigans,* ennemis et advers. du roy n. s. (Henri VI), l'un

nommé Andrieu Lambert et l'autre J. Doulles, c'est assavoir decappités comme traitres et les corps pendus au gibet
comme larrons, ainsy que ou jour d'uy par justice y ont
esté condampnés ». (*P. O.* Boutillier, 4.)

1178. — 1432, 15 jan. Dieppe. Henri VI donne à J.
Chambellan, esc. anglais, « les terres, fiefs et possessions
quelzconques qui furent... à G. le Gris, esc., à nous rebelle
et désobeissant..., et celes qui furent à J. le Forestier, esc.,
nagaires exécuté par justice pour ses démérites, comme
traistre et à nous rebelle et desobeissant ; avecques ce, vint
liv. tourn. de rente que avoient droit de prendre par chacun an Raoul et Emond, diz Tournay, frères, aussi rebelles à nous et desobéissans... » (A. N., JJ. 175, Nᵒ 61.)

1179. — Henri VI donne à Th. Haliday toutes les possessions « qui furent à J. de Saint Germain et à sa femme,
à nous rebelles et desobeissans,... ou bailliage de Constentin et vic. d'Avranches, à nous... confisquées et retour-
nées par la rebellion et désob. desdiz de St Germain et sa
femme... » (*Ibid.* 102.)

1180. — 23 mars, Falaise. « J. Lesmerillon, maistre de
la hauste justice du Roy n. s. » (Henri VI), reçoit 20 sols
tourn. « pour avoir couppé le coul à G. Hue, de la par. de
Jort, X sols pour avoir pendu le corps d'iceluy à la justice
du Roy pour ses démérites... » (*P. O.* Hue, 11.)

1181. — 2 mai, St-Célerin. » Monstres... de 359 lances
et 867 arch. à cheval estans soubz... mons. de Willuby au
siege devant led. lieu de St-Selerin. *Lances* : J. Arthur,
ch , Ant. de Tournebeuf, J. de la Marre... *Arch.* Robinet
et W. Lambart, P. Benoist, B. Marie, Th. Mercier, Michiel
Pannier, R. Werdon, J. Benest, Raulyn le Picart, Jaquet
du Bois, Robinet de la Motte, Ric. Peirssy, R. Carpenter,
J. Mylton, Rob. Walpole... » (*Sc.*, CCVII, 111-120.)

1182. — 5 mai. Garn. de Tombelaine sous le comte de
Suffolk : 22 lances à ch., 8 à p., 78 arch. (*Sc.* CCI, 8240.)

1183. — 8 juin, Angers. Le duc d'Alençon, lieut. général de Charles VII, donne, pour un an, aux religieux du
Mont St-M., réduits par l'occupation anglaise, la désertion

de leur abbé, et leur loyauté envers la couronne de France,
à un tel degré de pauvreté qu'ils ont dû vendre la plupart
des joyaux et calices de leur église, — le produit des contrib. militaires mises par la garn. du Mont sur toutes les
terres et paroisses app^t à lad. abbaye. (Arch. de la Manche
H. 15014. — S. Luce, I, 309.)

1184. — 1432, 18 juin, Valognes. R. Jolivet, abbé du
Mont St-M. et Raoul le Sage, ch., s. de Saint-Pierre, conseillers
d'Henri VI, nomment les commissaires députés à recevoir
les montres de 51 h. d'a et 153 arch. ordonnés sur les
marches de l'Avranchin. (*Quitt.* LXIV, 1844.)

1185. — 19 juin, Loches. Charles VII mande d'ajourner
à comparaître devant le duc d'Alençon, son lieut. général
en Norm., ou devant le Parlement séant à Poitiers, quiconque voudrait empêcher les religieux du Mont St-M. de jouir
du produit des contrib. militaires levées sur leurs baronnies
d'Ardevon et de Genest. (Arch. de la Manche, H. 15015. —
S. Luce, I, 316.)

1186. — 5. juil. R. Jolivet, abbé du Mont St-M. et Raoul
le Sage, cons. et commissaires d'Henri VI, accordent, en
vertu d'une délég. dud. roi datée de Paris le 14 fév. précédent, des lettres de grâce à Ric. le Pegny, naguère rebelle,
qui a fait sa soumission. (A. N., JJ. 175, N° 193. — S.
Luce, I, 318.)

1187. — 25 juil., Amboise. Charles VII, en considération de « la grant et bonne loyauté » que les religieux du
Mont St-M. « ont toujours eue, et encores ont envers nous,
à garder led. lieu du Mont St-M. en nostre bonne et
vraye obeissance », confisque et leur donne tous les biens
acquis en Norm. et ailleurs par R. Jolivet, leur abbé, « tout
notoirement demourant en l'obeissance de noz anciens ennemis les Anglois, et de leur Conseil, en les soustenant,
confortant et favorisant de tout son pouvoir à l'encontre de
nous, par quoy il a commis crime de lèse magesté ».
(Arch. de la Manche, H. 15016. — S. Luce, I, 320.)

1188. — 22 août, Coutances. G. Gellin et J. le Charpentier, « brigans et ennemis du roy » (Henri VI), ont « naguères

esté prins par certains Anglois chevauchans le pais... à
courir sur les brigans et adversaires du roy n. s. ». (*Quitt.*
LXV, 1885.)

1189. — 31 oct. Henri VI : Rémission à J. Ouville, prêtre,
qui, au retour d'un pélerinage fait au Mont St-M. avec sauf-
conduit du cap. anglais de Tombelaine, en comp. d'autres
pélerins, s'était chargé d'un message par lequel Jeanne
Paynel, dame de Bricquebec, femme de L. d'Estouteville,
cap. dud. Mont, demandait qu'il lui fût envoyé dud. Bricquebec 120 saluts d'or « pour avoir une robe ». (A. N., JJ.
175, n° 164. — S. Luce, II, 9-12.)

1190. — 25 n. Mantes. Mention de 200 liv. ts versées « à
Mgr l'abbé du Mont St Michiel, cons. du roy n. s. »
(Henri VI). (*Quitt.* LXV, 1953. — S. Luce. II., 12.)

1191. — 1433, 19 mars, Rouen. *Henri VI donne la terre
de la Haye-Hue à la veuve de G. Baude :* « ... En recompen-
sacion et satisfacion de la somme de 1961 liv. tourn. en
la quelle nous sommes tenuz à nostre amée Marg., vefve
de feu G. Baude, esc., à cause d'icelui escuier, Nous... avons
donné... la terre... et revenues... de Hayhu, assises ou
baill. de Constantin, qui furent à Ph. de la Haye, ch., à
nous... escheues par confiscacion pour cause de la rebellion
et desob. commise envers nous par led. chevalier... » (A. N.,
JJ. 175, n° 225.)

1192 — 12 juil. Mention de « ung traittre brigan
nommé Jehannin le Peu, de la garn. du Mont St Michiel »,
détenu à Avranches, « lequel avoit esté autrefoiz rendu en
l'obeissance » de Henri VI ; — et de « ung moine de l'abaye
de la Luserne, lequel s'estoit rendu brigan et avoit nagueres
esté prins en armes avecques pluseurs autres brigans par
les gens de la garn. d'Avranches ». (*Quitt.*, LXVI, 2103.)

1193. — 27 juil., plaids de la seign. de Longueville.
« Aveu à R. de Mary, éc., s. de Longueville, par J. Mes-
quin, de ce qu'il tenoit par foy et homm. dud. sgr, et tenant
aux héritiers de G. de Ste Marie ; plus, il desclare tenir
dud. sgr, soubz l'hommage de J. le Charpentier et sa
femme, les héritages y énoncés... » (*P. O.* de Mary, 13.)

1194. — 24 août. Henri VI : Rémission à Jacquet du Castel, éc., de la garn. anglaise de Hambye, accusé d'avoir pris part à une démonstration faite, vers le milieu de 1429, contre Carentan par H. Carbonnel, ch., Guillot Bailleul, et autres advers. du roi d'Angl. (A. N., JJ. 175, n° 254. — S. Luce, II, 22.)

1195. — 1433, 20 s. G. Breton, bailli anglais de Caen, mande de payer 12 liv. ᵗˢ à des soudoyers de la garn. de Torigni qui ont pris et livré à justice « J. de Cantelou, de la par. de Cahaignes, en la vic. de Baieux, traistre, *brigant*, ennemi et adversaire du roy n. s., lequel pour ses demerites a... esté executé aud. Baieux, cest assavoir le cou decoupé et son corps pendu au gibet, et... pour leur salaire d'avoir tué J. Normendie, du pais de Caux, traistre, ennemi et adversaire dud. sgr, *pour ce qu'il ne se vouloit rendre.* » (*Quitt.*, LXVI, 2154.)

1196. — vendredi matin 20 nov., St-Lô. Hue Spencer, bailli de Cotentin, avise « en haste » le bailli de Caen que le duc d'Alençon vient d'entrer en Norm. avec un corps d'armée considérable ; que l'on doit lui livrer par trahison Caen, Bayeux, Neuilly-l'Évêque ou Saint-Lô, et que l'on tient ces nouvelles de « six de ceulx du Mont St-Michiel », pris la veille « après nonne » sur les grèves. (*Quitt.* LXVI. 2185.)

1197. — 14 d. Quitt. de 2,128 livres 15 s. tˢ pour les gages trimestr. de la garn. anglaise de Tombelaine ; mention d'une somme de 70 l. tourn. prélevée sur les pèlerins allant au Mont St-Michel, à raison de 6 deniers tˢ par homme et de 4 par femme. (*Quitt.* LXVI 2195. — S. Luce, II, 28.)

1198. — 16 d. Caen. Henri VI : *Rémission à C. Pesant, âgé de 33 ans, qui avait combattu avec le baron de Coulonces, tenu garnison au Mont St-Michel et fait la course sur mer avec Yvon Priour :* «... Au temps que Raoul Tesson, ch., estoit en nostre obeissance, ès voiages qu'il faisoit pour nous led. Pesant estoit très souvent avec lui et en son service. Et comme, à certaine journée passée, led. chevalier eust

mandé led. Pesant... en son hostel de Dangie..., lui dist
led. chevalier qu'il s'estoit rendu avec noz adversaires et
qu'il convenoit que led. Pesant se rendist... Et lendemain
arrivèrent oudit hostel de Dangie le baron de Colonches et
Jehan le Brun, l'un des gens dud. chevalier, qui estoient
accompaignez de cent à six vins chevaulx... Et s'en alèrent...
devant St Lô, où ilz se logèrent en la comp. dud. chevalier,
qui estoit avec celui qui se dit duc d'Alençon... environ
la feste de Noel 1432. Et d'ilec led. ch. et autres, et aussi
led. Pesant en sa comp., s'en partirent *et alèrent au Mont
St Michiel*. Et eulx arrivez aud. lieu du Mont, fu dit aud.
Pesant par led. chevalier que il demourroit ilec avecques
la femme d'icelui ch., lequel Pesant y demoura. Et, pendant
le temps d'icelle demoure, fu contraint par le cap. dud.
lieu à aler par la mer avecques Yvon Priour, d'icelle
garnison, et autres ses compaignons, lesquelz par navire
vindrent à Granville..., où ilz prindrent du navire, et de
là retournèrent aud. lieu du Mont .. » (A. N., JJ. 175,
n° 284.)

1199. — 1434. J. Gouhier, héraut du duc d'Alençon.
(*P. O.* le Forestier, 60.)

1200. — J. Sansson, d'Urville, donne à l'abb. de Longues
sa part de l'héritage de Ferrant de Longues, son aïeul.
(*Calv.* II, 49.)

1201. — 14 mai, Londres. Henri VI : *Rémission à
Richard Holand, esc. anglois de la garn. de Tombelaine :*
«... Comme, le jour Saint Estienne après noel derr. passé,
env. neuf heures après midi, ung autre anglois nommé
Wil Thomesson, qui avoit fort beu en une taverne dud.
lieu de Tombelaine et estoit moult esmeu et en grant chaleur de vin, lui tenant ung voulge en sa main, s'en feust
allé en l'ostel d'ung nommé Jehan, armeurier, auquel
hostel estoit le harnois dud:t Wil Thomesson, et eust
appellé à l'uis pour avoir son dit harnois, lequel armeur'er,
doublant l'eschauffeture ou fureur dudit Wil Thomesson,
eust clos et fermé son huis contre lui, pour ce qu'il lui
sembloit qu'il n'estoit pas adonques bien disposé ne en

bon propos ; et neantmoins led. Wil Thomesson frappa
pluseurs cops aud. huis, faisant grant noise en l'appellant
et y voulant entrer par force ; toutes voyes le dict armeurier,
ce voiant, tint. son dit huis fermé contre lui ; pour laquele
noise pluseurs d'icelui lieu de Tombelaine furent esmeux
et en grant effroy, doubtans que noz ennemis et adversaires ne feussent ylec venuz pour eschieler la place. Et, ce
pendant, passa ung page près dud. hostel d'icelui armeurier, qui oy la dicté noise, lequel page s'en courut hastivement en l'ostel dud. suppliant et l'appella et lui dist :
Sire, venez tantost departir Wil Thomesson, il veut tuer
l'armeurier. Et led. suppliant, qui estoit tout vestu couschié
sur son lit, pour ce qu'il éstoit commis par nostre bien
amé Markyn Eslangowith, esc., lieut. du cap. dud. lieu de
Tombelaine, aler visiter cele nuit le guet de lad. place,
se leva incontinant, et pour cuider eschever aux perils et
dangiers qui eussent peu advenir et ensuir, comme led.
suppliant doubtoit, se feust hastivement levé et eust pris
son espée en sa main, et ala au lieu ou estoit led. debat :
et quand il y fu arrivé, pour ce qu'il estoit commis aud.
guet, comme dit est, dist aud. Wil Thomesson telz moz
ou autres semblables en substance : Je vous arreste, venez
vous en avecques moy, vous faites mal de faire tel effroy
la nuit. » L'ivrogne refuse d'obtempérer et terrasse Ric.
Holand, qui le tue raide d'un coup de dague. (A. N., JJ.
175, nº 350.)

1202. — 4-20 juin. Vacations d'un certain nombre d'h.
d'a. à cheval et d'arch. de la garn. anglaise d'Alençon,
« estans ou service du roy... en la comp. de mgr de Skalles
ès parties du Mont St Michiel ». (*Quitt.* LXVII, 2313². —
S. Luce, II, 37.)

1203. — 1434, 19 juil. Henri VI : Rémission à J. Pauvois,
cap. d'Argences, qui avait tué J. le Saige, de Vaumeray,
lequel voulait empêcher un petit page de confesser aud.
capitaine ce qu'étaient devenues certaines armes, qu'on
avait fait passer dans le pays d'Auge, aux Français. (A. N.,
JJ. 175, nº 351.)

1204. — 1434, 19 août. *Lettres de rémission relatant le siège tenu devant le Mont St Michel par les Anglais en juillet 1434 :* « Henry... Receu l'umble supplicacion de G. Cressonel, anglois, aagié de 30 ans..., Contenant comme, envers la Magdelaine derr. pass., pour ce que led. suppliant n'avoit aucuns gaiges de nous, ne de quoy vivre, se feust parti de la bastille d'Ardevon en la comp. de G. Fouques. Th. Cloudelay, Th. Bardal, où ilz avoient esté en la comp. de nostre amé et feal ch. Th. s. d'Escalles, et autres, pour le fait du siège du Mont St Michiel, là où led. suppliant fit grandement son devoir ; et après led. siège, vindrent vivre sur le pais, et vindrent à St Jehan de Daie où ilz trouvèrent cinq poissonniers, ausquelz ilz demandèrent du poisson, lesquelz respondirent qu'ilz n'en avoient point. Et lors lesd. poissonniers baillèrent 7 bretons aud. suppliant et ceulx de sa comp. et d'ilec s'en alèrent en la parr. de Tribehou où ilz eurent 3 solz pour laissier ung mouton qu'ilz avoient prins ; et aussi prindrent une robe ou houppellande de burel à homme, de l'estimacion de 30 solz ou env. ; et avecques ce, prindrent deux chapperons à homme, dont l'un povoit bien valoir 30 s. ou env., et l'autre ne valoit que pou de chose ; et, si, fu prins en leur comp. par un nommé G. Liévin, normant, une teille au Hommet, de l'estim. de 25 s. tournois ou env. Et après ce, en eulx en alant dud. lieu de Tribehou, ilz rancontrèrent un homme...., sur le chemin, auquel ilz ostèrent et coppèrent sa bourse, où il avoit 7 bretons, dont ilz en prindrent les 4 et les 3 autres lui rendirent avec sad. bource. Et aussi led. G. Fouques print une paire de souliers sur un homme du pais et lui bailla les siens, qui n'estoient pas si bons. Pour lesqueles causes les dessus diz furent poursuiz prins et par les gens du pais et trouvez saisiz des choses dessusdictes..., » (A. N. JJ. 175, n° 354)

1205. — 24 août, Rouen. *Conseil du roi Henri VI :* Ordre de payer Mahiet de la Saile et autres voituriers, Rog. Hue et autres archers, « pour leur voyage, peine et sallaire d'avoir... conduit hastivement... de Rouen à Caen neuf barilz de pouldre à canon qu'il estoit necessité avoir *pour le fait de l'armée ordonnée pour le recouvrement de la place du Mont St Michiel.* » (P. O. Hue, 12.)

1206. — 1434, 10 sept. *Henri VI confirme à Th. Blount le don qu'il lui a fait des biens de G. Meurdrac, éc., mort au service de Charles VII :* «... Comme, cinq ans a, ou environ, pour ce que G. Muldrac, esc., se absenta de nostre obeiss. et ala demourer ou parti de noz ennemis et adv., en quoi faisant il se rendi rebelle et desobéissant à nous ; ouquel parti de noz ennemis icelui G. est depuis alé de vie à tres-passement, comme l'en dit ; nous... eussions donné... et transporté à nostre amé et feal Th. Blount, ch., toutes les terres... que... possidoit led. G. Muldrac ès baill. de Cons-tantin et Alençon, comme à nous confisquées... (A. N., JJ. 175, n° 367.)

1207. — 6 oct. Levée, dans les baill. de Caen et de Cotentin, « de dix mil livres tᵗ pour continuer de payement, pour 3 moys advenir, les 100 lanches et 300 arch. ordonnés estre à la bastille d'Ardevon, et aider à faire la bastille admisse estre fette à St Jehan le Thoumas contre le Mont St Michel ». (*Quitt.*, LXVII, 2361. — S. Luce, II, 43.)

1208. — 20 oct. Le duc de Bedford retient de nouveau son cousin le comte de Suffolk comme cap. de Tombelaine, avec 16 lances à ch., 8 à pied, 48 arch. à ch. et 24 à p. (*Quitt.*, LXVII, 2371. — S. Luce, II, 44.)

1209. — 5 nov. Bayeux. *Quitt. de gages :* « Je Jehan Beauxamis, esc., esleu à Baieux sur le fait des aides ord. pour la guerre,... receu de G. Bosquet, receveur pour le Roy n. s. [Henri VI] d'iceulx aides en lad. vic. la sᵉ de 8 liv. tᵗ..., tesmoing mon scel et saing manuel... J. BEAUS-AMIS. » (*P. O.* Beausamis, 3 ; écu au chevron acc. de 2 fermaux en chef et d'une rose en p. ; tenu par un ange.)

1210. — 1435, 22 fév. Le bailli anglais du Cotentin est informé « que le cappitaine du Mont St Michiel, après ce que le siege mis à Avrenches eust esté levé, faisoit assem-bler grant nombre de gens d'a., afin de faire courir le

pays des vicontez d'Avrenches et de Coustances pour lui
paier apatiz ». (*Quitt.* LXVIII, 2465.)

1211. — 23 f. Le duc d'Alençon est à Mortain, « en
entencion de venir, par le moien du sire d'Ausebost, cap.
du Mont St Michiel, férir et assaillir la forteresse et bastille
d'Ardevon..., et pour icelle place du Mont avitaillier de
vivres ». (*Ibid.* 2468.)

1212. — 24 fév. Raoul le Sage, cons. d'Henri VI, est
avisé par message « que celui qui se dit roy du party
adverssaire estoit en la ville d'Angiers atout grosse puissance de gens d'armes ; et se doubtoit l'en qu'ilz ne re-
tournassent entrer en Norm. ; et mesmes qu'il y avoit eu
ung h. d'a. de la garn. du Mont St Michiel, en lad. ville
d'Avrenches, qui voulloit faire gaigeure que, dedans bien
brief temps, ilz seroient maistres de la ville de Coustances. »
(*Ibid.* 2469.)

1213. — 1435, 9 avril. Lettres de Henri VI mentionnant
que le sire de Scales, ne pouvant tenir tête à des forces
françaises supérieures, a évacué la bastille d'Ardevon après
l'avoir désemparée. (*P. O.*, Scales. — S. Luce, II, 62.) —
Autres lettres du même, mentionnant les « grans maulx et
dommages que nos diz adversaires dud. Mont St Michiel,
depuis le désemparement de lad. bastille d'Ardevon, ont
faiz, font de jour en jour... sur noz subgiez ». (*Ibid.* 2500.)

1214. — 26 av., Caen. Jehanne le Hardy, « ennemie
et adversaire du roy (Henri VI), et recepteure, conseillante
et favorisante des *brigans*, ennemis et adversaires de nostre
dit seigneur,... pour ses démérites a esté... exécutée aud.
lieu de Faloize, cest assavoir enfouye toute vive ». (*Ibid.*
2507. — S. Luce, II, 66.)

1215. — 9 mai. « Je N. de Voisines, not. et secr. du
Roy n. s. et recev. general de la refformacion ord. par led.
sgr es pais de Languedoc... » Quitt. scellée ; écu : croix
engr. cant. de 4 lévriers pass. (*P. O.* de Voisines, 5.)

1216. — 1435, entre le 29 juin et le 28 sept. — J. de
Pontbriant, h. d'a. de la garn. du Mont St-Michiel, est fait
prisonnier par les Anglais d'Avranches et rançonné à 200

saluts d'or. (Arch. de la Manche, fonds Danquin. — S. Luce,
II, 45, note.)

1217. — 1435, 13 août. Mention de « la destrousse que
avoient faicte les averssaires du roy (Henri VI) de la place du
Mont St Michiel sur les gens de la garn. de Tombelaine »,
qui est « hastivement rafreschie de gens d'armes. »
(*Quitt.* LXVIII, 2588)

1218. — 1436, 8 av.-29 sept. Avranches. « Enssuit la
declaracion de pluseurs traistres, larrons, *brigans*, ennemis
et adv. du roy n. s. (Henri VI), ...exécutés pour *leurs*
démérites » : J. le Mire, P. Fougerey, Huguenin Vallée, etc.
(*Quitt.* LXIX, 2801. — S. Luce, II, 79.)

1219. — 25 av. Mont St-Michel. « G. de Bellin, dit
Painel, garde du seel des obl. de la vic. d'Avranches :...
Par devant Andrieu Carruete, clerc, tabellion du Roy n. s.
soubz R. des Preaulx, tab. en lad. vic., fu present... noble
homme G. de Mons, filz et hér. de feux Mess. Raoul de M.,
ch., et dame Ph. Bacon, s. et dame de Manneville la Raoul,
lequel esc. confessa avoir vendu à J. Calais, natif de la ville
de Caen, à présent dem. en la ville du Mont St-Michiel, le
fief... dud. lieu de Manneville... par le pris de 2050 salus
d'or... Ce fut fait aud. lieu du Mont St-M., presens C. Boucan et Robin Flambart, esc. » (Bastard, VI, 787 ; vid. par
N. de Fréville, garde du scel de la vic. du Pontautou,
7 f. 1453.)

1220. — 1 oct. Mont St-Michel. « G. Paynel, esc., garde
des sceaulx des oblig. de la vic. d'Avranches », notifie que
« par devant Andreu Cornette » (Carruette), clerc, tab. juré
commis et establi soubz Robert des Preaulx, tab. pour le
Roy n. s. en lad. vic. », frère J. Gonault, « d'auctorité
apostolique constitué vicaire en temporel et espirituel ou
moustier du Mont St Michiel..., et tout le couvent d'icellui
lieu » ont baillé à fief et à fin d'héritage à J. James « une
maison et hostel », sis aud. Mont « jouxte les hers Raol
Mahé, dit le Mercier..., et les hers de feu H. le Clerc, dit
Baderel », ayant app. à « feu J. le Burrier, dit Tombelaine,
bastart..., presens nobles h. messire Ph. de la Haye, ch.,

R. dé Crux, Ric. de Clinchamp, esc., Ric. Lombart, vic.
d'Avrenches, et Robin le Cousturier, tesmoings appellés ad
ce. » (Arch. de la Manche, fonds du Mont St-M. — S. Luce,
II, 95-98.)

1221. — 1437, 19 déc. Carentan. Le lieut. du bailli anglais
du Cotentin informe par message le comte de Warwick,
lieut. de Henri VI, « que les ennemis et adv. du roy estoient
assemblés, tant au Mont St Michiel que illec environ sur
les marches de Bretaigne, pour vouloir entrer en pais
subget et obeissan au roy..., pour prendre et apatessier
les subgés d'icellui sire ». (P. O. Porquier. — S. Luce,
II, 109.)

1222. — 1438, 23 jan., Tours. Charles VII confirme
le don de 1,500 liv. t⁵ fait par son pere aux Religieux du
Mont St-Michel, pour les aider à défendre la forteresse
dud. Mont. (Arch. de la Manche, H. 15369. — S. Luce,
II, 116, note.)

1223. — 1438. J. Guiton surprend et bat les Anglais à
Genets. (Pigeon, 439.)

1224. — « En cel an, le derrain jour de juillet, les
Anglois prindrent à Ardevon viron cent des gens à pié de
ceste place (Mont St-Michel). » (Chron. du Mont St-M. —
S. Luce, I, 39.)

1225. — 18 oct. J. le Haguais donne en fief à J. Fauvel
une maison, à Bayeux. (Calv. II., 49).

1226. — 1439, 24 jan., Tours. Charles VII, en considération de ce que les Religieux du Mont St-Michel, « à l'occasion de la guerre et pour garder et tenir led. moustier en
nostre obeissance, aient mis et exposé tous leurs biens et
joyaulx, et soit led. moustier venu en ruyne et decadence,
et les terres voisines et tenues d'eulx pillées, destruictes et
desolées tellement que les diz religieux n'ont plus de quoy
vivre... », leur fait don de certains « appatiz » ou contributions de guerre. (Arch. de la Manche, H. 15373. — S.
Luce, II, 113.)

1227. — 2 août. Le duc d'Orléans confère son Ordre du
Camail au marquis de Mauny, à Gilles des Biars, J.

d'Argouges, Jaquet de la Mote, éc., serviteurs de son cousin le sire d'Estouteville. (L. Delisle, Bastard, p. 86.)

1228. — 1430, 8 août, Tours. Charles VII, par amour de saint Michel archange et en consid. de la très grande loyauté des Religieux du Mont St Michel envers la couronne de France, confirme l'exemption de tous droits de péage et de coutume accordée auxd. Religieux pour les denrées servant à leur alimentation et à celle de leurs serviteurs. (Arch. de la Manche, H. 15022. — S. Luce, II, 121, note : « On possède un vidimus de cet acte, daté de 1441 et émanent de G. de Nantray, s. des Biards, bailli français du Cotentin. Arch. de la M., H. 15021.»)

1229. — 21 août, Lisieux. Est. Labbé, éc., donne à Marg., sa fille, en consid. de son prochain mariage avec J. Costart, éc., dem* à Harcourt, le fief de St-Léger-sur-Bonneville, acquis par lui le 14 oct. 1428 (tabellion J. Vipart) ; présents Rog. d'Émery, P. d'Aures (Auxès ?), G. de la Fosse, éc. ; Est. Bertout et Th. le Carpentier, tab. (P. O., de Costard, 2, cop. du 18ᵉ s.)

1230. — 1440. « Ant. de Chabannes, cap. des gens d'a. envoyés vers les marches de France : R. d'Estouteville, P. Michiel, Yon du Puy... » (Du Fourny, 372-373.)

1231. — Gens d'a. servant en basse Norm. : Estevenot de Taloresses, Est. de Vignolles dit La Hire, P. Michiel, le sire de Graville, Robinet et J. d'Estouteville, Yvon du Puy, Poton de Xaintrailles, Aufroy Prevost, H. de Bazan... » (Du Fourny, 384 v.)

1232. — 3 mars. Garn. anglaise de Tombelaine sous le comte de Sommerset, cap. dud. lieu: 20 lances à ch., 10 à p., 91 arch. «Thomin d'Autré», contrôleur de lad. garnison. (Sc., CC., 92.)

1233. — 3 mai. Garn. anglaise de Caen : « Arch. à ch. Regnault de Semilly... (B. N. ms. franç. 22469, p. 3.)

1234. — 11 juin. Henri VI : Délai à H. de Crécy, éc., pour le dénombr. des terres qu'il lui a données, au baill. d'Alençon, et qui furent à J. Guy. (P. O. de Crécy, 21.)

1235. — 1440, 12 août-1441, 10 fév. G., abbé de Monte-

bourg, J. Gallon, naguères curé de Ste-Marie-du-Mont, N.
Gohier, curé de St-Germain de Tournebu ; G. aux Espaulles et G. des Moulins, ch., R. de Tollevast, R. de Mary, C.
du Bosc, C. Basan, G. Murdrac, G. Osber, vic. de Valognes,
éc.; R. le Coq, bourgeois de Cherbourg ; détenus, les uns
à Rouen, les autres à Carentan, et accusés de lèse-majesté
envers Henri VI. (*Quitt.* LXXVI, 4097 ; LXXVII, 4223. —
S. Luce, II, 127-129.)

1236. — 1441, 27 juin. Harfleur. Le duc d'York fait
« crier que tous engloys, et aultres gens de guerre gesans
sur le pays, se tirent en toute haste devers mond. sgr
d'York à Rouen ». (*P. O.* Maillart, 16.)

1237. — 15 oct. Rouen. R., abbé du Mont St-Michel,
donne quitt. de ses gages de cons. du roi (Henri VI)
« qui sont de mil livres tourn. par an » ; signé, « R. ABBAS
MONT », écu au chevron chargé de 3 bes. ou tourt.
et acc. de 3 trèfles. (*Sc.* LXI, 125.)

1238. — déc., Saumur. Charles VII : Rémission à « P.
de Courcelles, dit l'Ermite, h. de guerre de la garn. du
Mont St Michiel, aagé de 30 ans », qui, à la suite d'une rixe
dans une taverne dud. Mont, avait tué un autre soudoyer
de lad. garnison, Raoulin Cécille, dit Ragot, qui lui avait
gagné douze quartes de vin en jouant au tir de l'arc en la
grève : « pour l'occasion duquel cas, icellui de Courcelles
s'est absenté du pais et laissée lad. garnison, et n'y oseroit
jamais retourner, en péril d'en cheoir en dangier de
justice... Attendu... que led. de Courcelles *est vaillant
homme de guerre et nous a bien et loyaument servy en lad. garnison contre les Anglois* noz adversaires, et a encores vouloir
de faire, s'il en a la faculté... » (A. N., JJ. 176, n° 394.)

1239. — 1441, dim. 3 déc., Mont St-Michel. Louis, sire
d'Estouteville, gr. bouteiller de France, lieut. du Roi et
cap. du Mont St-Michel, établit un droit sur les vins in-
troduits aud. Mont, ainsi qu'une aide sur les par. du baill.
de Cotentin, au profit de « G. Bailleul, P. le Forestier et
Yvon Prieur, bourgois demourans aud. Mont », à la charge
par ceux-ci d'exécuter des travaux de fortification com-

mencés depuis deux ans, consistant notamment dans le doublement du mur et de la tour joignant « l'ostel Boucan et la tour Chollet ». Délibération de l'assemblée des notables habitants de la ville du Mont St-M., parmi lesquels figurent : « G. Artur, J. Vallée, dit Janiquet, G. de Bourguenolles, J. le Cointe, J. Morel, S. Carrey, C. Beatrix... ; presens et appellez pour tesmoings G. Fournel, esc., procureur du Roy n. s., J. Florette, et plusours autres. » (Arch. de la Manche, H. 15372. — S. Luce, II, 131-136.)

1240. — 1442, mars, Ruffec. Charles VII : Rémission à J. de Brécé, esc. », de la garn. du Mont St Michel, le quel, à l'instigation de Guillemin Mauvoisin, » qui estoit aussi de lad. garnison », avait pris part à un complot tramé par led. G., Laurent le Conte, Perrin du Puis, J. Charpentier, et l'un des hérauts de la garn., de concert avec le baron de Coulonces et J. le Brun, complot tendant à livrer la place du Mont St-M. à un capitaine français autre que le sire d'Estouteville. (Arch. nat., JJ. 176, n° 401.)

1241. - 6 juil. Mention de préparatifs faits par la garn. du Mont St-Michel pour s'emparer par escalade de places occupées par les Anglais. (*Quitt.* t. 78, n° 4586.)

1242. — 16 sept. Louis, sire d'Estouteville, cap. du Mont St-Michel, fait des préparatifs pour prendre Granville par mer et par escalade. (*Quitt.*, t. 77, n° 4374.)

1243. — 1443. R. Bence, bailli royal de Gien. (*P. O.* Bence, 22.)

1244. — 31 jan. Villedieu. Le sire de Scales, sénéchal de Norm., prescrit de prendre « les monstres de tous les gens d'a. et de trait... ordonnés... pour tenir frontière aux ennemis et adv. du roy n. s. occupans les places de Granville et le Mont St Michiel ». (*P. O.* Scales. — S. Luce, II, 147.)

1245. — 31 mai. Scel d'Ambroise de Loré, ch., baron d'Ivry, prévôt de Paris ; écu d'herm. à 3 quintef. (*Sc.* LXVII, 5154.)

1246. — 30 s. Th. Hue, lieut. en la vic. de Coutances du bailli anglais du Cotentin. (*P. O.* Hue, 14.)

1247. — 13 oct. Garn. anglaise de Valognes. « *Arch.* : G. Hamon, anglois; J. Prieur, normant... » (*M.*, XIV, 1654.)

1248. — 1443, 29 déc. 1444, 29 mars. — Vacations et gains de guerre de la garn. anglaise de Tombelaine : « ...Ung cheval vendu six saluz d'or... Ung prisonnier rançonné XII saluz d'or... Une espée vendue XXXVII solz VI den. t̃ (A. N., K. 67, nº 21¹¹. — S. Luce, II, 167.)

1249. — 1444, 18 juin, Tombelaine. Garn. anglaise sous le comte de Sommerset; montre reçue par « J. le Mestre, commis en l'absence de Th. d'Autry, contrerolleur dud. lieu de T. » : 20 lances à ch., 10 à p., 24 arch. (Cab. 1443, p. 54.)

1250. — A St-Michel de Rouen : « Ci gît Robert, abbé du Mont St-Michel, cons. du roy, qui deceda le 17 juillet 1444. Priez Dieu pour son âme. » (Desroches, *Hist. du Mont S. M.*, II, 177.)

1251. — 1445. Ord. de Henri VI contre « certaines gens de guerre qui se déguisoient de robes et de visages pour n'estre connus, et pilloient et tuoient les hab. de la Norm., à tel point que personne n'osoit aler de ville à autre s'il n'estoit grandement accompagné. » (Joursanvault, 3409.)

1252. — 1445-57. Quittances de N. de Voisines, not. et secr. du Roi et « grenetier du St-Esperit ». (*P. O.* de Voisines, 11-22.)

1253. — 1445, 16 f. Coutances Le bailli anglais du Cotentin est informé que des gens de guerre, se disant être sous Mathieu Goth, éc. anglais, « estoient sur le pais de lad. vic., pillant et robant le povre peuple, et faisant maulx, pilleries, bateries, murtres et autres pluseurs excepz et delitz ». (*Quitt.* LXXXII, 5156. — S. Luce, II, 179.)

1254. — 1446. « Bourgaiz, manans et hab. de la ville, citey et vic. de Coustances : J. le Clerc, J. et G. le Fevre, D. Herault, Ma. de Lespine, J. Morice, G. Couvey, G. Huc... » (*P. O* Argouges, 17.)

1255. — 1447, janv. Tours. Charles VII : Rémission à « G. Barbey, dit Courtault, natif du baill. de Rouen, et à

present estant au Mont St Michiel en l'ordonnance soubz
nostre amé et feal cousin le sire d'Estouteville, cap. dud.
lieu » ; lequel G. avait tué dans une rixe « ung nommé
Raoulet Fontaine, dit le Barbier, qui, peu de temps après
la prinse de Grantville, s'estoit venu rendre en nostre
obeissance du party de nos diz ennemis, où il s'estoit
tousjours tenu, tant à la place de Tombelaine que ailleurs,
en faisant guerre à ceulx de nostre party... Ils estoient
frères du voiaige de Saint Jacques qu'ilz avoient fait
ensemble. » G. Barbey avait été frappé le premier et gravement blessé. Il est fait mention que « dès le temps que
noz anciens ennemis et adv. les Anglois descendirent à
Tocque (1417), au commencement de ces présentes guerres,
il se mist en nostre service ou fait de la guerre et nous y a,
depuis le plus du temps, servy, sans avoir jamais varié ne
tenu party que le nostre, et, durans les diz services ainsi
à nous faiz, a eus de grans dommages à supporter et sous-
tenir, et par pluseurs foiz esté prisonnier de nos diz
ennemis, où il a grandement despendu du sien et de celuy
de ses amys. » (A. N., JJ. 178, nº 98.)

1256. — Fév., Montils-lez-Tours. Charles VII, en consid. de la fidélité des hab. du Mont St Michel et des dommages qu'ils ont eu à supporter, les affranchit à perpétuité
de toutes tailles, aides et subsides, sauf l'aide de dix sous
tˢ sur chaque pipe ou queue de vin vendue au Mont, aide
dont le produit est affecté à la réparation de leurs fortifications. (*Ord. des Rois*, XIII, 497.)

1257. — 1417, d'avril à septembre. Mention de messa-
ges relatifs aux travaux de répar. exécutés par les Anglais
à la forteresse de Tombelaine, et à « la prinse de Ric. Hol-
land, ...prins à St Jame de Bevron par le cap. du Mont
St Michiel et gens de sa comp. et mis à mort. » (*Quitt.*
LXXXV, 5176. — S. Luce, II, 208.)

1258. — 20 juil., Rouen. Henri VI : Délai à « Mᵉ J. de
Grimouville, esc., s. de Carantelly », pour le dénombr. de lad.
sgrie, « qu'il n'a peu ...faire, obstant ce qu'il a esté long
temps soubzaagé et en nostre garde ». (*P. O.* Grimouville, 9.)

1259. — 1447, sept., Bourges. Charles VII : Rémission pour « J. le Pelletier, dit le Normand, de Cateillon, au dioc. de Bayeux, qui quitta le lieu de sa naissance et ses biens et alla demourer ez pays de l'obéiss. du Roy, où il a toujours servy fidèlement ; mais, ayant perdu tout son bien, n'ayant ny solde ny de quoy vivre, il fut obligé de faire comme les autres gens de guerre, de tenir les champs, arrester les marchands et autres, piller les maisons, etc. » (A. N., JJ. 185, n° 26. — B. N. ms. fr. 7449, n° 26.)

1260. — Charles VII : *Rémission à J. Guiton, l'un des défenseurs du Mont* : «... Receue l'umble supplicacion de nostre amé J. Guiton, esc., contenant que led. suppliant, dès son jeune aage, nous a tousjours servy ou fait de noz guerres, tant soubz la charge de nostre cher et amé cousin le s. d'Estouteville, cap. du Mont St-M., que autres sgrs et chiefs de guerre ; et durant les guerres ou divisions qui ont eu cours en nostre royaume, led. suppliant nous a servy alencontre de noz anciens ennemis et adv. les Anglois, et exposé son corps en pluseurs perilz et dangiers de mort, et despendu et frayé du sien ; et pour ce que icelluy suppliant, durant led. temps, s'est trouvé à pluseurs sieges, voyages et rencontres, tant de jour que de nuit, es quelles souventes foiz se sont faictes pluseurs destrousses, bateries, mutilacions et dont, aucune foiz, mort s'en est ensuie..., dont aucuns à present s'efforcent le tenir en grans involucions de procès... Si donnons en mandement... au bailli de Costentin... » (A. N., JJ. 189, n° 160.)

1261. — 11 s., Mont St-Michel. G. Bailleul, lieut. général de R. d'Estouteville, bailli de Cotentin. (S. Luce, II, 211.)

1262. — 1448. J. Guiton se distingue au siège de St-James et est nommé cap. de cette place. (Pigeon, 439.)

1263. — 11 mars, siège du Mans. La m. d'Ant de Givarlay, ch. *H. d'a.* C. de Brueili... (Clairamb. 234. p. 15.)

1264. — 1448, 30 av. Comp. du maréchal de Culant. *H. d'a.* Benoist de Brully... (*Ibid.* 17.)

1265. — mai, Montbazon. Charles VII : Rémission à G. l'Aventurier, h. d'a. de la comp. du Maréchal de Lohéac, et qui avait tué dans une rixe « un nommé Thomin le Rebrayé, aussi h. de guerre, de la garnison du Mont St-Michiel ». (A. N., JJ. 179, n° 220. — S. Luce, II, 216.)

1266. — 30. s. Mont St-Michel. « Déposition et Certificat de Dame Cath. de Thieuville, vefve de feu Mgr Ol. de Mauny, ch., qu'au cas qu'il n'y ust enfans de Dame Marg. de Mauny, dame de Matignon, sa fille, ses plus proches héritiers, du costé et ligne de Thieuville, sont Th. d'Hotot, esc., s. de Beaumont le Richard, du dioc. de Bayeux, et ceux de Meurdrac, s. de Trelly, dioc. de Coustance, à cause de deux filles de Thieuville qui autrefois furent mariées es lieux de Hotot et de Meurdrac. Faict au Mont St Michel le d⁰ʳ sept. 1448. » (*P. O.* Mauny, 68.)

1267. — 23 d. Bayeux. Garn. anglaise sous Mathieu Goth, éc. « *Lances à ch.* J. Cressonnell, J. Gontier, J. Benest... *Arch.* J. de Brezé. (*M.*, XV, 1829.)

1268. — 1449, 1 f. Quittance de R. de Ver, ch. Écu écart., 1-4, quintef. ; 2-3, plain. (*Sc.* CCVI, 8931.)

1269. — 15 mai. Prise du Pont-de-l'Arche par J. de Brézé (Brécey), G. le Bigars, R. de Floques... (Th. Basin, *Hist. des règnes de Ch. VII et de Louis XI,* publ. par J. Quicherat, l. IV, ch. XIV)

1270. — 1450. « J. de Brécy, en récomp. de ses services militaires, vit son fief d'Isigny érigé en comté par Charles VII. » (Pigeon, 507.)

1271. — 8 mars, Toulouse. N. de Voysines, not. et secr. du Roy. (*P. O.* de Bordes, 2.)

1272. — 8 juil., Caen. Charles VII : *Délai à Morelet Hamon, éc., pour aveu de ses fiefs de Campigny et Bricqueville, en la vic. de Bayeux : «...* Tout son temps il a esté en nostre service en l'exercice de la guerre, et..., à ceste cause, ses terres et seignouries lui ont esté détenues et occupées par nos adv. les Anglois jusques ou présent recouvrement de nostre ville de Caen en nostre obeissance, et comme du tout destruictes par iceulx, et..., par ce, et que ses maisons et habitacions ont esté et sont destruictes et abatues, il ne pourroit bonnement ne seurement bailler ses denombrement et adveu d'icelles... » (*P.O.* Hamon, 8.)

1273. — Nic. du Puis, lieut. d'Artur de Montauban, éc., bailli de Cotentin, (*P. O.* Montauban, 8.)

1274. — 1450, 28 oct. Alain et J. de Longues, éc., et Jacquette, leur sœur, femme de Noël Potier, partagent l'héritage de feu dam^lle J. de Longues, leur mère. (*Calv.* II, 50.)

1275. — 10 d. Coutances. « Accord portant que de deffuncts J. Costart, esc., et d^lle Guillemette de Coudeville, sa femme, estoient yssues en loial mariage dam^lles J. et Robine C , auxquelles estoit escheue la succ. de leurs d. père et mère; que lad. J., aisnée de lad. R., avoit esté mariée à J. de Mary, esc., et lad. R., puisnée, à J. de la Haye, ch., desquels J. de Mary et Jehanne sa femme estoit issu R. de Mary, et desd. de la Haye, ch., et Robine sa femme, estoit aussy issu Gauvain de la Haye, esc., *lequel Gauvain avoit continuellement tenu le parti du Roy, et led. de Mary. estoit demeuré* PENDANT QUELQUE TEMPS *en la subjection des Anglois,* au moien de quoy il avoit jouy de plusieurs des héritages qui avoient appartenus ausd. Costard et sa femme, d'une partie desquels il avoit disposé à son plaisir, quoique, par raison et coustume, il n'eust pu en faire aucune fieffe ou vente au préjudice dud. Gauvain, lequel, depuis la reddicion du pais de Norm., avoit voulu avoir sa porcion desd. héritages... Cet acte passé en prés. de Ric. Guihommar, G. des Loges, esc. » (*P. O.* de Mary, 14.)

1276. — Après 1450. *Mention de feu Guy de Vassy, servant avant 1425 le parti Français :* « Ecritures fournies contre P. le Landois par Ol. de Vassi, ch., par lesquelles il soutient qu'il devoit estre héritier seul et pour le tout de J. de Vassi, son bisaïeul, ch., et de D^e Gile de Courtonne, sa femme, à cause que lorsque M. Jehan de Vassi, son père, qui étoit fils de Gui de Vassi, fut marié avec Jehanne de Creullet, ce fut à condition qu'ils ne transporteroient aucuns de leurs héritages hors de ses mains ; que Jeanne, Gillette et Jeannette de Vassi, leurs filles, avoient été mariées et dottées suffisamment ; mais que si, après la mort de son bisayeul, qui avoit suivi le parti des Anglois pendant que *son grand pere suivoit le parti du Roy de France*, cet heritage avoit été donné par le roy d'Angl. à sire Berard de Montferrand, ch. anglois, ce traité s'étoit fait dans un tems que led. Ol. de Vassi étoit encore en bas age et sous la garde du Roy, et qu'encore qu'il eut traité depuis avec C. le Landois, son cousin, fils de lad. Gillette de Vassi et père du même P. le Landois, il avoit ensuite obtenu des lettres du Roy pour estre relevé de ses actes, sur ce que son bisayeul, qui etoit mort l'an 1425, avoit dit à ses filles qu'il ne leur transportoit ses heritages que *pour empecher les Anglois de les posseder* ; qu'il vouloit qu'elles les rendissent à Ol. de Vassi dès qu'il seroit retourné en Norm., et qu'elles lui avoient promis de le faire. Ces écritures non signées mais écrites d'un caractère ancien et sur papier du tems. » (*P. O.* Vassy, 95.)

1277. — 1451. J. le Gris, archer dans la comp. de l'amiral, à Cherbourg. (A. N., JJ. 185, n° 31.)

1278. — J. de Callais, éc., s. de Manneville le Raoult, père de Jac. de C., éc., s. de M , marié 30 may 1451 à Blanche, fille de Durand de Thieuville, s. de la Houssaye : de g. au chevron d'arg. acc. de 3 coquilles de même. » (*P. O.* de Calais, 1.)

1279. — 1451, jan Charles VII : Rémission pour « Ol. de Senedavy, esc., natif de la par. de Plaine Fougiere ou pais de Bretaigne près noz pais et duchié de Norm. », qui, « deux ans a, ou environ », à la foire d'Entrain, ou étaient venus « des gens de guerre de la garn. du Mont St-M. au nombre de 14 ou 15, entre lesquelx estoit ung appellé Gervaise Bourdon ». Ce dernier ayant voulu frapper un sergent du duc, Ol. de Senedavy intervint en ordonnant aud. Gervais de cesser ; « et ung autre de la arnison dud.

Mont St-M., nommé Cardin Langevin, dist aud. suppliant
qu'il ne se devoit point mesler dud. debat et qu'il estoit ung
fol traistre villain ». Les épées sortent, et Ol. de S. tue
Cardin L. — Charles VII pardonne à Ol. de S., « nobles
homs » qui « nous a grandement servy en noz guerres »,
et n'a pas été l'agresseur. (A. N., JJ, 185, n° 15.)

1280. — févr., Tours. Rémission pour Gerv. Bertin,
paumier à Caen, qui, se trouvant trop haut taxé, a dit
« qu'il voudroit que les Anglois fussent encore dans Caen
et qu'il y fissent couper la teste à 25 ou 30 des plus notables », pour quoi il est en prison. (*Ibid.* n° 25.)

1281. — 25 mai, Poitiers. Charles VII mande au bailli
de Cotentin qu'il octroie délai à G. Adam, éc., « demourant en nostre pais de Poictou », pour l'aveu de la seign.
de Cambernon. (*P. O.*, doss. 189, Adam, 2.)

1282. — 14 juil. Comp. de R. de Floques, bailli
d'Évreux. *H. d'A.* J. d'Annebault, Cardinet de Briefvedent,
Adenct et Robinet de la Mare, J. Vignoles, Ma. le Grant,
J. Marie, G. de Perrecourt, Silvestre de Baternes, P. Mi-
chiel, J. Hoel, Rog. de Courcelles, Hettor de Verdun,
J. de la Fontaine dit Chevalier... *Arch.* J. le Clerc, P. de
Rongny, J. Tournemine, P. Harel, Tassin le Charpentier,
J. Michiel, Guillemin de Perrecourt P. le Sueur dit le
Camus de Verdun, Mahieu du Val, Julien Beauvoisin,
Jennet Parcy, Cardun des Marestz, J. le Clerc, J. le Brun,
C. de Hancourt. (Clairamb. 234, F. 21.)

1283. — 23 juil., Mont St Michel. « C'est la monstre
des h. d'armes et archiers de la petite ordonn. estans
soubz la charge et retenue de Mgr d'Estouteville, logez
au Mont St Michiel.., *H. d'a.* J. du Hestray, Alain de
Bongues (Longues), J. de Longues, Jaquelin Hay, Estiennot
Aze, Robinet de Huval, petit J. du Caray, Jehin Rogues,
P. Drouet dit Pinot, G. le Tellier, P. Bourdon, J. et Robinet Prevel, Jehin le Picart, J. de Brege (Brécé), Guion
baron des Biars, Gauvain de la Haie, maistre J. l'Espaignol, le marquis de Mauny, Jehin de Cantelou, Th. Chiseval, J. Guiton, G. Barbé dit Courtaut, Simonnet Ferrant,

Jaquet Langevin. *Arch.* Droin Gaultier, C. Bequemine, G. Cresquam, Cassot Galopin, Jaq. Saulnier, Guillebert et Robinet de la Fosse, Ge. des Gageux, G. de Reville, Ric. Artus (Artur), Jamet et J. le Lardeur, Mi. Banssy, P. Sauvaige, L. de Cais, J. le Lieure, Michault Ameline, G. Yvon dit du Val, G. Melrignau, Tassin des Quesneaux, J. Coteblanche, G. David, Macé Lombart, trompette, H. de Houguelot, L. Louvel G. Bichot, Jaquet du Vergier, Jehin le Prevost, J. le Hegais, P. Langevin, G. et le bastart des Loges, J. Bernard, D. de Launoy, grant N. dit Verdelay, Colinet de la Mote, Vila la Valle, G. le Viguereux dit Guynevérte, G. Jourdaire, Alain de Mathen, G. Halais, Durant Mathelin, J. de Brie, C. le Conte, Sendren François, Ol. de Carsaliot. » (Clairamb. 234, p. 23.)

1284. — 1451, 27 juil. Grant ordonn., comp. d'Ol. de Bron. *II. d'a.* J. Marcilly, J. Prieur, P. Raguenel, J. du Pressis... *Arch.* J. le Clerc, J. Guyton, Allain Benoist, L. du Val, J. Guerin, le bast. de Carnet... (*Ibid.* 19.)

1285. — Petite ord., comp. de Ch. des Marès, cap. de Dieppe. *II. d'a.* J. de Chantelou, J. de Huval, P. Hamon, G. Martel, Th. de Carrouge... *Arch.* Rog. de Breaulté, C. et P. le Fevre, J. le Grant, G. de Bourbel, J. Louvel... (*Ibid.* 25.)

1286. — Michel d'Estouteville, ch., baron de Moyon, fils aîsné de Mgr [Louis] d'Estouteville et de Jeanne Paynel, notifie qu'il a « receu la foy et hommage que nous estoit tenu faire nostre bien amé cousin Foulques du Merle, esc., pour ung fief entier tenu ès parr. de la Mussouère et Gaspréc, nommé le Bois Barbot, qu'il tient de nous à cause de nostre terre et seign. du Mesle-Raoul. » (*P. O.* du Merle, 117 v°.)

1287. — 30 s. Petite ord., comp. de R. de Floques, cap. d'Honfleur. *II. d'a.* le bastard Maten, Tournemine, G. Hue.. *Arch.* Guillot des Champs, Robin Auber... (Clairamb. 234, p. 27.)

1288. — oct., Paris. Charles VII : *Rémission à J. Ringart* : «... XX ans a, ou environ, icellui Ringart... et plu-

sieurs autres bourgois de nostre ville de Gisors, pour le
temps qu'elle estoit detenue et occuppée par les Anglois,
noz anciens ennemis, venoient ensemble après disner en
l'ostel du Cerf volant... Survint sur eulx en leur comp.
ung nommé Thibault le Beuf, clerc du cap. d'icelle ville
de Gisors pour lesd. Anglois; et icelluy... commença à
parler desd. Anglois, les louoit et assansoit grandement
en parlant de leurs vaillances et prouesses, en démons-
trant l'affection et amour qu'il avoit envers eulx, dont fut
icellui Ringart très desplaisant, pour ce qu'il amoit nous
et nostre party... Et, sur ce, se meurent grosses parolles
injurieuses.., Led. Thibault appelloit led. Ringart, garçon,
en lui disant qu'il ne valoit riens... Icellui Ringart prinst
son cousteau qu'il avoit pour coupper son pain, cuida
frapper led. Thibault par les joes, mais il gauchit et le
frappa ung seul coup par la gorge, telement que, à l'occasion d'icellui cop, led. Thibault, une heure ou env, après,
ala de vie à trespassement... Led. Ringart... dès lors s'en
vint en nostre obeissance et nous a bien et grandement
servy ou fait de noz guerres, a tousjours demouré depuis
en nostre ville de Dieppe..., et fut à la destruccion de
la bastile de Dieppe en la comp. de nostre très chier et
très amé filz aisné le Daulphin de Viennoys, et en plusieurs
autres lieux. Pour occasion duquel cas, icellui Ringart,
doubtant rigueur de justice... » (A. N., JJ. 184, nº 163.)

1289. — 2 oct. Grant ord., comp. de R. de Floques,
bailli d'Évreux. *H. d'a.* Ma et J. le Grant, J. Marie, G. de
Pierrecourt, P. de Maugny, R. de la Mare, J. d'Onnebault,
J. Vignolles, P. Michiel, Estor de Verdun, J. de la Fontaine
dit Chevalier, J. Houel... *Arch.* J. le Prevost, P. Harel,
J. de la Mare, J. Michiel, Gmin de Pierrecourt, J. Quentin,
Jamet Parcy, C. le Picart, P. de Rongny, P. le Sueur,
J. de Fonteney, Auber du Buisson, Mayon Ferrant, Jullien
Beauvoisin, J. le Brun, J. le Tessier, J. de Montaire, J. du
Four. (Clairamb. 234, p. 20.)

1290. — 15 oct. Grant ord., comp. de « J. d'Estoteville,
ch., s. de Torci, maistre des arb. de France. *H. d'a.* J. de

Breauté, Berthelemy du Pys, G. du Fay, J. de la Roche, J. de Perrecourt, P. de Tournay... *Arch.* C. et J. des Marests, Robin et J. Benoist, Vinc. de la Fosse, J. Danjou, J. Gohé, C. de Rommilly, J. le Picart, P. du Plexis, S. de Montcauvin, Est. le Brun... » (*Ibid.* 31. — Cette revue est passée par G. le Bigars, esc.)

1291. — 26 oct., Paris. Sur la demande de J. Hoüel, éc., « qui avait beaucoup souffert des Anglais dont il avait été prisonnier, et qui réclamait 26 années d'arrérages de la rente qui lui était due sur le fief de la Rouxellière, que le roi d'Angl. avait donné à J. de Troismonts, Charles VII ordonne au bailli de Cotentin de faire payer cette rente, malgré la don. faite par le roi d'Angl. » (*Calv.*, II, 395.)

1292. — 1452. Scel de P. de Courcelles, ch. Écu : 3 croissants. (*Sc. norm.* 206.)

1293. — 12 fév. Montilz-lez-Tours. *Union de Hambye et du Mesnil Séran* : « Charles, par la gr. de Dieu roy de France... Receu l'umble supplic. de nostre chier et amé cousin Loys, s. d'Estouteville, ch., grant bouteillier de France, contenant que les fiefz, terres et seign. de Hambuye et du Mesnil Seran assises en nostre pays de Norm. es baill. de Caen et de Costentin, appartiennent à luy et à ses enfants... Et pour ce que lesd. fiefz sont ainsi joingnanz l'un de l'autre, il vouldroit bien que les eussions joings et uniz ensemble en et soubz une foy et hommaige... Nous, en recognoissance des grans, haulx, et notables services que nostre dit cousin et sesd. enfans et autres ses parens et amis nous ont faiz tant ou fait de noz guerres que autrement, en maintes manières, et esperons que encores facent, le temps avenir... lesd. deux fiefz... avons uniz et adjoins... » (A. N., JJ. 181, nº 12.)

1294. — 25 f. Avranches. Aveu au Roi par J. Hérault, éc., de la sergenterie Hérault, tenue {par « ung fief de haubert », et de laquelle est tenue la serg. Benest. (A. N., P. 304, nº 229.)

1295. — mars, Montilz-lez-Tours. *Charles VII permet aux Religieux du Mont St-Michel d'amortir leur terre de*

Ceaulx jusqu'à la valeur de 90 liv. tournois : «... Feudum et terram vulgo diclam de Ceaulx, sitam in Vicecomitatu Abrincensi. . Quod feudum supplicantes predicti, occasione durarum guerrarum et divisionum que diu in regno viguerunt et diminutionis reddituum et revenutarum ejusdem monasterii seu abbacie... » (A. N. JJ. 181, n° 29.)

1296 — 1 av. Petite ordonn., comp. de J. Carbonnel, éc. *H. d'a.* « G. Guernon, Robin le Barbier.. *Arch.* J. Petit, G. Paluel, J. du Molin, G. de Launoy, J. Michiel... » (Clairamb. 234, p. 35.)

1297. — 6-13 av. Harfleur. Petite ordonn., comp. du comte de Dunois. *H. d'a.* Ric. de Prulay, J. et Mahiet de Grossy, C. Baudier... *Arch.* P. Morisse, Drouet Anquetin, Eng. Pigne, Laurens du Fay, C. Assie (Assire), J. Courtin, H. le Fèvre. J. du Val, J. d'Arz, Thib. le Brun, J. Flambart... (*Ibid.* 33-37.)

1298. — 8 av. Grant ordonn., comp. du comte de Dunois. « *H. d'a.* : J. de Harecourt, s. de Bonnestable, J. des Champs, Guillebert de Prulay, J. Morisse... *Arch.* Est. du Val, Charlot d'Ausay, Martin de Cornebeuf, P. de Nocé, J. du Boys, J. le Clerc, J. Viette, Vatier de la Marre, J. Lancez, J. Maugny, Guyot le Barbier, Colas le Mercier, Carreford du Vergier... (*Ibid.* 37.)

1299. — 21 av. Aveu au cardinal d'Estouteville, abbé du Mont St-M., de la terre du Mesnil-Adelée par noble h. Guyon, baron des Biars ; tém., Gauvain de la Haye et J. Guiton, éc. (*Cartul.* 259.)

1300. — 24 av. Grant ordonn., comp. de Ge. de Couvran, ch. *H. d'a.* G. et B. du Parc, Prieur, P. le Forestier, J. Bigot... *Arch.* Ch. et J. du P. Parc, Est. Guiton, Hervieu. et Salmon Darien, J. Manvais dit Courtin... (Clairamb. 234, f. 39.)

1301. — Petite ord., comp. de « Jehan monseigneur de Lorraine. *H. d'a.* M. Nicolle Paynel, P. et Andro Lambart, Jacquet de Champeaux, G. Roussel, Ant. de Fontenay, R. de la Haie, Blanchet d'Estouteville, Jehanin de la Mare... *Arch.* Ol. Roussel, Girardin d'Arcon, Jaquet Tesson, Jehanin et P. Hue, Th. Conart, Briant d'Aucès... » (*Ibid.* 43.)

1302. — 1452, 27 av., assises de Coutances : « ...Se comparu G. du Homme, esc., sire (à cause de la damoiselle sa femme, sa fille et hér. de deff. messire J. du Homme, en son vivant ch. et s. du fief du Mesnil Drieu) d'icelle terre et seign. du M. D., lequel nous fist exposer que combien que lesd. esc. et dlle tiengnent leur dite terre et seign. en foy et par hommage de la terre et baronnie de St-Paer app¹ aux Relig. et abbé et convent du Mont St Michiel et que tousjours en ait ainsy esté tenu, Ce non obstant, Sanson Pasquier, recepveur... du demaine du Roy n. s., avoit fait mettre icelle terre et seign. en arrest pour cause de hommaige et aultres devoirs non fais... Pour cause de ce que le dit deff. Messire J. du Homme, père d'icelle dlle, et mesmement J. du Homme, esc., son filz, alors que les anglois vindrent occuper et tenir par usurpacion le pais et duchié de Norm., ne voulurent pas demourer en l'obeissance desd. anglois, mais abandonnèrent leurs heritages et s'en allerent demourer eu service et obéissance du Roy nostred. sgr, là où ilz sont allez de vie à trespassement, et en laquelle obeiss. lesd. esc. et dlle ont tousjours demouré, icellui fief, terre et s. et aultres heritaiges à eulx appartenans furent, pour leur absence, donnez par le roy d'Angl. à P. Chartreton, anglois... » Sentence de main-levée et d'envoi en possession. (*P. O. du Homme, 10.*)

1303. — 6 juin, assises de Coutances. Sentence de G. le Coq, lieut. général de J. sire de Montauban, bailli de Cotentin : « ...une maison et jardin qui furent à feux Rogier de Vert et sa femme... Lesd. de Vert et femme s'en estoient allés hors la duchié de Norm. et en l'obéiss. du Roy n. s., là où ilz estoient allez de vie à trespassement... » (*P. O. Montauban, 10.*)

1304. — Juil. Assises d'Avranches. Sentence du même : restitution d'héritages, qu'avait confisqués et donnés le roi d'Angl., à Th. Pichon, prêtre, et G. Pichon, éc., et Jeanne Blandraps, sa femme, « héritiere de deffunctz Mᵉ J. et P. diz Blandraps... Au temps de la dessente des

anglois, iceulx Blandraps se retrairent en l'obéiss. du
Roy n. s. où ilz ont continuellement demouré jusques à
leur trespas, et pareillement ont demouré en lad. obéiss.
iceulx exposans qui, à celle occasion ont perdu et abandonné ausdiz Anglois leurs biens et heritages, sans en
avoir en aucun prouflict jusques à la réducion du pays de
Normandie... » (P. O. Montauban, 11.)

1305. — 28 mai. *Hommage au Roi par L. de la Beslière,
esc., qui obtient main levée de sa terre et seign. de la Beslière :* «... Et exposa led. escuier comme, au temps et alors
que les Anglois vindrent tenir et occuper par usurpacion
le pais et duchié de Norm., pour ce que il ne voulut pas
demourer en l'obeissance desd. Anglois, mais s'en alla en
l'obeiss. et service du Roy nostre dit sgr, là où il a tousjours demouré, et abandonné ses terres et heritages, sad.
terre et héritages furent donnez par led. roy d'Angl., pour
l'absence d'icellui Escuier, à un ch. anglois nommé sire
Nicolas Conowe, qui en a joy durant icelle occupacion... »
(P. O. la Bellière, 5.)

1306. — 20 s. Harfleur. Petite ordonn., sous le comte
de Dunois. *H. d'a.* Ric. de Prullay... *Arch.* P. Morice, Eng.
Pigne, C. Assic (Assire), J. Courtin, J. du Val, J. de St-
Germain, J. Flambart... (Clairamb. 234, f. 53.)

1307. — 1453. J. de la Fosse, lieut. de J. d'Amancier,
esc., l'un des élus des aides pour la guerre à Avranches.
(P. O. de la Fosse, 15.)

1308. — Don. au prieuré de Souleuvres par J. Pinel,
de la par. du Tourneur. (*Calv.* II, 101.)

1309. — Comp. de Ch. des Marez, cap. de Dieppe. *Arch.*
C. de Huval... (Clairamb. 235, f. 59.)

1310. — 8 janv. Grant ordonn., comp. de P. de Lou-
vain, ch. *H. d'a.* Ma. Petit, P. le Picart, Eng. du Saulsay,
G. de la Mare... *Arch.* Parnet Pigache, Macé du Val, Parnet
du Fay, J. le Clerc, George le Conte, Ph. de Loré... (*Ibid.*
45.)

1311. — 10 jan. Grant ordonn., comp. de R. de Floques, bailli d'Évreux. *H. d'a.* Sevestre de Batternes, J. de

Vignolles, Rog. de Courselles, R. le Grant, G. de Pierrecourt, R. de la Mare, J. Marie, R. de Fierbois (Fribois?), J.
d'Ontebault, Cardinet de Brevedent, P. Michiel, Ector de
Verdun, J. Houel... *Arch.* P. de Rongny, J. le Clerc, Mathieu
du Val, C. le Picart, Perrin Harel, Julien Beauvoisin,
J. Quinctin, J. Michiel, G. de Pierrecourt, Alain. le Mer-
chier, J. de la Mare, J. Gillin, J. le Brun, Phlipot de la
Roche, C. de Haucourt. (*Ibid.* 55.)

1312. — 13 jan., Honfleur. Petite ord. de Norm. Comp. du
bailli d'Evreux. *H. d'a.* Robin Bense, J. de Maten, J. Tour-
nemyne... *Arch.* G. Hue, G. des Champs... (*M.* XV,
1842.)

1313. — 5 mars. foi et homm. à Charles VII par « J. Guerin, maistre ès arts et lic. en decret », pour « l'office de
sergenterie fieffée de Ste-Mareglise, à moy apparten. » (A.
N., P. 304, n° 255.)

1314. — 19 av. Charles VII : *Rémission à J. Tierry, esc.,
natif du pais du Maine* : ... Dès son jeune aage il nous a
bien et loiaument servy ou fait de noz guerres, en homme
d'armes et en nostre Ordoanance, à l'encontre des anglois
noz anciens ennemis et adv., sans avoir jamais tenu autre
parti que le nostre ; et, pour ce faire, a delaissé et haban-
donné led. pais du Maine, lors occuppé par nos diz ennemis, et tous et chascuns ses biens estans en icellui ; et, à
l'occasion de nostre dit service, a esté prisonnier à nos diz
ennemis et par eulx mis à très grosse et excessive raençon
et finance, laquelle il a paiée ; et, pour ce faire, luy a convenu vendre et engaiger partie de son heritaige et soy en-
debter... ; et, en persistant et continuant en nostre dit service, a envoyé ou voyage par nous derr. fait en nostre pais
de Guienne, pour le recouvrement d'icellui, à grans fraiz,
coustz et despens ; pour quoy faire, lui a convenu de rechief vendre et engaiger de son meuble et heritaige... » De
retour au pays, en examinant l'état de ses affaires et se
voyant à peu près ruiné, il avait détruit ou surchargé des
cédules laissées par son feu père, dans le but d'échapper à
une ruine complète. (A. N., JJ. 182, n° 87.)

1315. — 23 av. Aveu au roi par J. de Grimouville, s. de Carantilly. (A. N., P. 289², n⁰ 164.)

1316. — 30 juin, Harfleur. Petite ord., comp. du comte de Dunois. *H. d'a.* : Ric. de Prulay, *Arch.* Eng. Pigne, J. Courtin, J. du Val, Jacob de Haricourt, J. Flambart... (Clairamb. 234, f. 61.)

1317. — 1454, Valognes. Retenue de l'amiral de France *H. d'a.* G. le Picart, Ric. Benest, J. de Villiers, « P. de Bressay, en son hostel », P. de Vignolles... *Arch.* Collas des Marois... » (*M.*, XV, 1856.)

1318. — 1454, Avranches. Retenue d'Ol. de Bron, éc. *H. d'a.* J. de Marcilly... *Arch.* J. le Picart, J. Guérin, P. Pirou, Th. Flambart. (*Ibid.* 1854.)

1319. — 18 jan., Rouen. Comp. d'ordonn. de P. de Brézé, gr. sénéchal de Norm. *H. d'a.* Jaques de Cressey... *Arch.* J. le Griz... (*Ibid.* 1843.)

1320. — 23 av. [Mont St-Michel]. Petite ord., comp. de Mgr d'Estouteville. *H. d'a.* Guyon, baron des Biars ; Gauvain de la Haie, le marquis de Mauny. J. Guyton, J. du Hestray, J. et Robinet Pievel (Pevrel), Jaquelin Hay, Allain et J. de Longues, Robinet de Huval, J. de Brécé, J. de Chantelou, Estiennot Aze, G. Barbé dit Courtault, J. le Picart, G. le Tellier, Jacquet Langevin, G. des Loges... *Arch.* D. de Launoy, Colinet et Jaquet de la Mote, le bastart des Loges, Th. Gohier, Alain de Mathen, J. de Brécé, C. le Conte, Mi. Banse, S. Ferrant, L. Louvel, J. le Hogais, L. de Crux, Jacquet du Vergier, Jehin le Prevost, P. de Courcelles, Guillebert de la Fosse, Ric. Artur, G. Yvon dit du Val... (*Ibid.* 1847.)

1321. — 23 av. Grant ordonn., comp. d'Ol. de Broon, esc. *H d'a.* Guerart d'Aussais, J. Marcilly, G. Prieur... *Arch.* J. le Clerc, G. de Launoy, le bastard de Cauet, Th. Flambart. (Clairamb. 234, f. 65.)

1322. — 1454, juin, La Roche-St-Quentin. Charles VII : Rémission à « Alain de Longues, esc., dem. au Mont St-Michiel, aagié de 70 ans ou env. » Le 14 mai, en présence de Robinet de Huval et autres éc., jouant au palet avec Thien-

not Aze, h. d'a. au dit lieu, en la grève sous les murs du
Mont St-M., il est maltraité de paroles par « Colinet de la
Mote, dit Dormour, dem. en lad. place ». La querelle, un
instant appaisée, grâce au sang-froid d'Alain de L., reprend
bientôt entre Jean de L., son frère, et le dit Colinet, qui
leur prodigue injures et démentis. « Le dit suppliant,
considérant que lui et son dit frère estoient nobles et de
long temps extraiz de noble lignée et qu'ilz nous avoient, le
temps passé, tousjours esté vraiz et obéissans subgiez..,
tira sa dague et, de despit tout eschauffé, en frappa ung seul
coup icellui Colinet », qui en mourut, non toutefois sans
avoir entendu l'expression du profond regret d'Alain de
Longues, « en la présence de certain grant nombre de gens ».
Alain, « pour éviter à rigueur de justice », s'enfuit à cheval du Mont St-M. Peu de temps après, J. de Longues, frère
d'icellui suppliant, yssi semblablement à cheval hors de
lad. place, tant pour conforter son frère comme pour éviter rigueur de justice ; lequel J. trouva ja la mer grande,
mais, ce non obstant, en soy efforçant de passer, ala si
avant qu'il se naya ; et, le lendemain, fut trouvé ainsi
nayé en lad. grève, après que la mer fut retraicte, et mis
en terre aud. lieu du Mont St-M. en une fosse avec le dit
Colinet. » Charles VII pardonne, « attendu que led. suppliant ne son dit frère ne furent pas aggresseurs ; que
iceulx frères et leur ayeul nous ont servy ou fait de noz
guerres en maintes manières, et, mesmement, leur dit
ayeul, qui par nostre service et en icellui fut tué et occis
par... les Angloiz, et son manoir ars et brulé, et lesd. frères par l'espace de 35 ans, lesquelz, à ceste cause, ont par
pluseurs foiz esté prisonniers de nos diz ennemis et mis
par eulx à grans et excessives finances et raençons, pour
ce que ilz estoient vaillans, et mesmement P. de Longues,
leur frère ainsné, qui combati en lisses en armes ung anglois devant la place de Chierbourg.. » (A. N., JJ. 182,
n° 117.)

1323. — 29 oct. « Noble h. Alain de Longues, éc., s.
dud. lieu, considérant la fragilité humaine et la gloire du

monde, qui passe comme une ombre..., donne à l'abb. de Longues une rente de 60 suls ts, à charge de fondations religieuses. » En outre, il vend à l'abb., pour 200 liv. ts, une rente de 10 liv. — Le 17 juil. 1457, transaction avec l'abb. au sujet de cette vente, sur clameur de justice faite par Jacquette de L., sa sœur, femme de Noël Potier, éc. (*Calv.* II, 50.)

1324. — 1455, 4 jan. Falaise. Enquête sur la mouvance de fiefs app. à J. de Colombières, éc., s. de la Haye du Puys ; tém. J. de Fouqueville. éc., Ol. Harel. (*P. O.* Colombières, 5.)

1325. — 1 f. Aveu au Roi des fiefs de Rochefort, en Boutteville, et d'Aigneaux, par G. des Moulins, ch., époux de « Jehanne de Creppon ». (A. N., P. 289², n° 244 ; P. 304, n° 269.)

1326. — 5 f. La m. de R. de Flocques, bailli d'Évreux. « H. d'a. : J. Marie... *Arch.* J. de Viton, J. Tournemine, G. Vastinel, Julien Beauvoisin, C. le Grant, J. le Brun, Cardinet de Brevedent, G. et Guillemin de Pierrecourt, J. de Fontenay, P. Harel, Cardin des Marestz... (*M.*, XV, 1857.)

1327. — 8 f. Aveu au Roi du fief de la Haye-Hue par Ph. de la Haye, ch. (A. N., P. 304, n° 268.)

1328. — 19 mars. Charles VII, « pour consideracion des bons et agreables services que J. Forestier, esc., nous a fais, le temps passé, en plusieurs manieres », lui donne l'office de contrôleur gén. des fin. de Languedoc, vacant par la fuite de G. de Varye, qui « s'est absenté de nostre royaume sans congié de nous ». (*P. O.* Forestier, 6.)

1329. — 19 av. Grant ordonn., comp. de Ge. de Couvran, ch. *H. d'a.* G., Ch. et B. du Parc, J. Hues, P. Prieur, J. Bigot... *Arch.* Drouet de Ronny, Philbert de Digoyne, Est. Guithon, Jacquet le Myre, Hervé et Psalmon Derien, J. du Parc, Ol. le Forestier.... (Clairamb. 234, f. 69.)

1330. — 1 juil., St-James-de-B. *Réglement des indemnités de logis et d'ustensillage des h. d'a. et arch. de la comp. d'Ol. de Broon* : « B. Ferrant, logeiz et ust. de J. Guiton...

— Jaquet Ferrant, Th. Flambart, Hervé de la Servelle... »
(*M.*, XV, 1862.)

1331. — 1456, 1 jan. Garn. du chât. de Carentan, sous
l'amiral de France. *H. d'a.* R. Courtin, Guion de Bures, J.
le Prieur... *Arch.* G. de Nantrieu, Huet Quentin, « J. As-
sirt, G. du Bois, en l'ostel C. Basam... » (*Ibid.* 1873.)

1332. — 23 mars. Aveu au Roi par Guyon, baron des
Biars, pour la seign. d'Amfreville. (A. N., P. 289², nᵒ 168.)

1333. — 14 av. Grant Ordonn., comp. du comte de Dunois. *H. d'a.* Jac. d'Harcourt, P. Herault, George de Champeaulx, Girault de Vignolles, Gilet le Court, Jac. du Moulin, J. de Longny, Gilet de Prulay... *Arch.* Est. du Val,
P. de Nocé. Robin le Brun, Sendres le Tesson, J. du Boys,
P. de la Mare. Carrefour du Verger, Morice Derien, J.
Coustart, J. Champion, J. le Fèvre...(Clairamb. 234, f. 73.)

1334. — 15 av. Dénombr. de la baronnie de Moyon
servi au Roi par Michel d'Estouteville, ch., s. et baron de
Moyon. Tienment de lui : J. de Fontenay, éc., fief de Fin-
celles ; G. de Percy, éc., fief du Mesnil-Herman ; G. des
Pas, ch., fief de Carolles ; G. du Homme, L. Louvel et
Huet Louvel, son oncle, C. Mallet, éc. « Item, J. Guyeton,
esc., tient de moy par hommaige... le fief de la Rousse-
lière... en la par. de Bacilly. Item, R. de Crux, esc., à cause
de dᵘᵉ Robine de la Beslière, sa femme,... une franche vavass. nommée la Riddelière... « Et, de superhabondant,
ay pluseurs dignitez et franchises, en mad. baronnie de
Moyon, dont je me passe pour le present faire desclaracion
particulière toutesfoiz, pour ce que, *durant le temps que les
Angloys ont occupé le pais de Normandie j'ay tenu continuellement le party du Roy nostre Seigneur*, et qu'il me seroit
chose impossible au vray et certain avoir la desclaracion
de mad. terre et baronnie..., obstant ceulx qui tiennent de
moy, tant noblement que autrement, [n'] ont encore, à la
plus part, à moy baillié par adveu et denombrement, et que
*mes chartriers ont esté portez ou royaume d'Angleterre par
les Angloys* qui ma dicte terre ont occuppée. » (P. 304, fol.
308-310. Même aveu, 12 mars 1457, P. 289², nᵒ 167.)

1335. — 11 juil., Caen. Grant ordonn., comp. de Mgr de Torcy. *H d'a.* Rog. de Breaulté, Lancelot et J. de Hancourt, J. de la Roche, J. de Perrecourt, J. des Champs, G. du Fay... *Arch.* Jamet le Mercier, G. de Fontaines, J. le Gontier, Robin et J. Benoist, C. le Conte, P. Hay, J. le Fèvre, J. de Bours, Est. le Brum, J. Gohé, Maistre J. du Puiz, Fremynot de Granville, C. des Marays, Vinc. de la Fosse, J. le Picart, Th. Gillain, S. de Moncauvin, G. Petit, P. de la Roche... (Clairamb. 234, f. 77.)

1336. — 1456, 12 juil., Falaise. Petite ord. de Norm. sous le maréchal de Saintrailles, cap. de Falaise. *H. d'a.* P. de Coulombières... *Arch.* Bern. de la Pallière... (*M.,* XV, 1866.)

1337. — 14 juil. Touques. Petite ord., comp. de J. Carbonnel, éc. *H. d'a.* G. Guernon, R. le Barbier... ***Arch.*** J. du Moulin, J. Michel. (Clairamb. 234, f. 81.)

1338. — 16 juil. Grant ordonn. de Norm. ; comp. de P. de Breszé, grant seneschal, revue par G. de Bigars, éc. *H. d'a.* mess. J. de Bressay. Ch. de Ronny, J. de Billy, J. Mauvoisin, P. Houel, J. d'Argouges. *Arch.* : J. Rouxel, J. Cholet, J. le Grix, J. de Lancé, G. Poisson, G. du Val, Est. du Plesseys, J. des Champs, Bertault le Mercher, P. Cousturier, Robin le Conte, P. Beaumesnil, G. Auber, Robinet d'Esneval, P. Michiel dit grant Pierre... (*Ibid.* 79.)

1339. — 17 juil., assises de Lisieux. Litige entre les Jacobins et G. Hamon, qui a empiété sur leur terrain. (*Calv.* II, 38.)

1340. — 29 août. Grant ordonn., comp. de J. de Rosnyvinen, esc. *H. d'a.,* H. Hamon... *Arch.* J. le Clerc, Sandrin Pannier, G. Paoul... (Clairamb. 234, f. 83.)

1341. — Dénombr. servi au Roi par J. Guyton, éc., pour « une franche vavass. appellée la Villecte », à St-James de-B. « Tesmoings J. le Rogeron, Ric. le Fèvre, esc. » (A. N., P. 304, f. 318.)

1342. — 28 oct. Avranches. « Monstre de 25 h. d'a. et 50 arch. ordonnez à la garde d'Avr., du Mont St-Michel et de Tombelaine, soubz la charge de Mgr d'Estouteville, cap. desd. places. *H. d'a.* Guion des Byars, le marquis d

Maulny, J. Guython, J. du Hestray, J. et Robinet Pevrel,
Jacquelin Hay, R. de Huval, J. de Brécé, J. de Chantc-
loup, Th. Chizeval, Thiennot Aze, G. Barbés dit Courtault,
J. le Picart, G. le Tellier, Th. Gohier, G. des Loges, Ph. le
Roux. . *Arch.* L. Louvel, J. le Hogays, L. de Crux, Ric.
Artur, Guillemin Yvon dit du Val, Alain de Mathan, Mi.
Bance... (*M.*, XV, 1869.)

1343. — 7 d. Honfleur. Grant ord., comp. du comte de
Dunois. *H. d'a.* Ric. de Prulay, J. du Val, Est. de Sasse-
ville... *Arch.* Th. de Hauteville, Ant. Lombart, J. le Conte,
J. Flambart... (Clairamb. 234, f. 85.)

1344. — 10 d. Grant ord., comp. du comte de Dunois.
H. d'a. Jacq. de Harcourt, P. Herault, George de Cham-
peaulx, Gilb. de Prulay... *Arch.* P. de Nocé, Morice Derien,
J. Coustart, J. Champion, Jaquet Adam... (*Ibid.* 8˙.)

1345. — 16 d. Comp. du gr. Seneschal de Norm.
H. d'a. Mess. J. de Bressay, Ch. de Ronny, P. Houel,
R. de Manneville... *Arch.* J. Cholet, J. le Grix, Lancelot
du Four, G. Auber, J. de Mathan, J. et R. Mauvoisin, J.
de Lancé, G. Poisson... (*M.* XV, 1870.)

1346. — 1457, 5 jan. Garde des places d'Avranches, le
Mont St-M. et Tombelaine, sous Mgr d'Estouteville, cap.
desd. lieux. *H. d'a.* (*Comme au n° 1342.*) Arch. P. de Courcelles, Ric. Artur, C. le Conte.... (*Ibid.* 1871.)

1347. — 5 jan., Avranches. Comp. d'Ol. de Brom, éc.
H. d'a. G. Prieur, Guerard Duffays, J. du Plesseys... *Arch.*
J. le Clerc, P. Pirou, G. de Launoy, Hervé de la Servelle,
J. Suhart, J. Guerin, le bast. de Cannet, Th. Flambart...
(Clairamb. 234, f. 89.)

1348. — 1 mars. Dénombr. de la seign. et châtell. de
Hambye, servi au Roi par Michel d'Estouteville, ch. « Item,
je Michiel dessusdict... adveuc tenir du Roy n. s. lige-
ment et par hommaige... le fief de GRIMESNIL .. en la vic.
de Coustances.... Item, de ma dite seign. de Neufville sur
port est deppendant... le fief de Formigny... en la vic. de
Baieux..., et à cause d'icellui les hoirs ou aians cause de
feu G. Marguerie tiennent de moy... le fief de Cantepie,

ass'z en lad. par. de Formigny... » (A. N., P. 304, f. 332-339.)

1349. — 1457, 8 av., 8 juil. Grant ord., comp. de Mgr de Torcy *H. d'a.* Mgr J. de Breaulté. J. de Pierrecourt, P. de Tournay... *Arch* Jamet le Mercier, J. et R. Benoist, C. de Roumyllé, C. le Conte, J. Guhé, P. du Plesseys, J. Danjou, J. le Grant.... (Clairamb. 234, f. 91, 93.)

1350. — 25 juin. J. Sanxon, éc., s. d'Urville, héritier de P., Alain et J. de Longues, ses oncles. (*Calv.* II, 51.)

1351. — septembre, Bourges. Charles VII : Rémission à « J. le Fèvre, esc. », qui, dès son jeune âge, « nous a servi ou fait de noz guerres en pluseurs voyages, armées, batailles, rancontres, prinses et assaulx de places, chasteaulx, forteresses..., et a tousjours tenu nostre parti et vraye obeïssance et esté en frontière en pluseurs lieux, mesmement en la ville du Mont St Michiel ; à l'occasion desquelles guerres il a esté pluseurs foiz prins et constitué prisonnier,... et, pour soy delivrer desd. prisons, ès quelles il estoit très inhumainement traictié à grant povreté et misère, lui a convenu paier grans et excessives finances et rançons, pour lesquelles finer, et aussi pour soy entretenir en nostre dit service, il a vendu, engaigé et aliené ses biens et heritaige, dont luy a convenu depuis endurer de grans povrelez et indigences... Et mesmement, luy estant en garnison aud. lieu du Mont St-M. seize ans a ou environ, ainsi que Martin le Breton, le dit suppliant et autres traversoient pais, quérans leur aventure, comme gens de guerre tenans la frontière ont de coustume de faire, ung appellé J. Callochie,... suspeçonné d'avoir commis certains grans cas aud. lieu du Mont St-Michel, porté favorisé et soustenu aucuns tenans le parti à nous contraire..., fut prins et constitué prisonnier par led. suppliant et le Breton et autres, et par culx mené en lad. ville, et peut estre que, à l'occasion de ce que icelluy Callochie se mist en deffense, il fut aucunement batu et mutilé par les dessusdis ; auquel lieu du Mont il fut detenu par l'espace de six sepmaines ou env., et jusques à ce que le siré

d'Estouteville fist comparoir par devant luy les dessusdis
à l'occasion de lad. prinse, par devant lequel led. Callochie bailla plèges de soy rendre prisonnier dedens certain
terme lors ensuivant, moiennant laquelle caucion et plège
il fut delivré desd. prisons... Et combien que ayons donné
abolicion generale à tous noz gens de guerre... de tous
cas par eulx commis durant lesd. guerres, et, par ce, led.
suppliant ne doye, à l'occasion des dis cas par luy commis,
estre inquieté ou molesté, neantmoings il double que led.
Callochie, ou aultres ses hayneux,... voulsissent, ou temps
avenir, proceder... contre luy par rigueur de justice.. »
(A. N., JJ. 187, nᵘ 127. — S. Luce, II, 253.)

1352. — 1458-1494. Scel de J. de Vaussemer, éc., s. de
la Rivière-Bourdet, fils de madame Marie d'Yvetot ; écu à
2 pals. (Arch. de la Riv.-B. — Poli, *Les s. de la Riv.-B.*,
12.)

1353. — 1458, 24 f. St-Pair sur la mer. Aveu du fief et
sieurie de Longueville au Cᵃˡ d'Estouteville, « commandeur
et adm. perpetuel du mon. et abb. du Mont St Michel »
par « R. de Mary, éc., fils et hér. de feu J. de Mary, éc.,
et de deff. dˡˡᵉ J. Costard, ses p. et m., et hér. aisné, à
cause de sad. mère, de déf. J. Costard, son ayeul. éc., s.
de Longueville et Coudeville ». (*P. O.* de Mary, 17.)

1354. — 14 mars, Cotentin. Grant Ordonn. soubz le
Conte de Dunoys. *H. d'a.* Mess. J. Cholet. P. Herault,
George de Champeaulx, Girault de Vignolles, Gilet le
Court, Jacquet du Moulin, Mathelin de Launoy, J. Morice,
P. le Breton, Gilb. de Prulay, Noël le Clerc... *Arch.* Est. du
Val, Ben. de Vaulx, P. de Nocé, Robin le Brum, J. le
Clerc, J. Champion, J. et P. de la Mare, G. de Launoy,
J. le Fevre. (*M.*, XV, 1876.)

1355. — Mai, Tours. Charles VII : « Receue l'umble
supplicacion des parens et amys charnelz de Gillet Prioul,
prisonnier detenu en noz prisons de Faloise, contenant
que, depuis la recouvrance par nous faicte de nostre pays
et duchié de Normendie, debat ou procès c'est meu entre
J. Doude, d'une part, et le dit Gillet Prioul, d'autre, sur ce-

que le dit Gillet Prioul, au temps ou pou par avant icelle
recouvrance, avoit esté en la comp. de certains gens de
guerre qui estoient en garnison au Mont sain tMichel ;
lesqueulx, et lui en leur compaignie, avoient prinse la
femme dudit Doude, avecques certains vivres, et menez
au Mont St M., et que en s'en retournant illec avoit esté
prinse par les Angloiz, noz anciens ennemys et adv., lors
estans a Tombellerie, près dud. Mont St-M. et mise à
raençon à la somme de vingt escuz, pretendent icelluy
Doude, à tort et contre raison, le dit Prioul estre cause de
sa dite prinse, et à cause d'icelle lui estre tenu en la dite
somme... » Procès, querelle, rixe ; Prioul le frappe d'un
coup de bâton dont il meurt. (A. N., JJ. 187, n° 17.)

1356. — 13 d. Avranches. « La m. de 25 h. d'a. et
50 arch. estans de la petite ordonn. du Roy... et par luy
ordonnez à la garde d'Avranches, le Mont St-Michel et
Tombelaine, soubz la charge de mons. d'Estouteville, cap.
desd. places. *H. d'a.* Gauvain de la Haye, Guion des Byars,
le marquis de Manny, Giles Guython, J. de Hestray, J. et
Robinet Pevrel, Jacquelin Hay, Robinet de Huval, J. de
Brecé, J. de Champteloup, Th. Chizeval, Thiennot Aze,
J. Rogues, G. Barbault dict Courtault, P. Bourdon, J. le
Picard, G. le Tellier, Th. Gohier, G. des Loges... *Arch.*
L. et J. Louvel, J. le Hogays, J. le Prevost, L. de Crux,
Jaquet du Verger, Guilbert et Robinet de la Fosse, Ric.
Artur, P. de Courcelles, L. de Mauny, Guillemin Yvon dit
du Val, D. de Launay, le bastard des Loges, J. Macé,
Alain de Mathan, C. le Conte, Michel Bance, J. Gardin... »
(Clairamb. 234, p. 95.)

1357. — 1459, 7 av., Dieppe. Petite ordonn. sous Charlot
des Marays, esc., cap. de Dieppe. *H. d'a.* G. du Boys, Th. de
Carrouges, P. Hamon, J. de Chanteloup... *Arch.* C. et P. le
Fevre, Colinet de Huval, Rog. de Bréaulté... (*M.*, XV, 1877.)

1358. — juin, St-Sauv.-le-vic. *Comp.* d'Odet d'Aydie,
cap. de gens d'a. *Arch.* P. du Val, Jennot de Haulteville,
« Henry Mullart, Jaquet le Viconte, logiez en l'osteil de
G. Herault... » (*Ibid.* 1886.)

1359. — 19 s., Honfleur. Petite ordonn. sous R. de Floques, ch., bailli d'Évreux. *H. d'a.* Robin Bence, J. de Mathen... *Arch.* Guillemin Hue, Vinc. des Champs, Robin Auber... (*Ibid.* 1894.)

1360. — 1460, 18 jan. Comp. de M. de Bueil, amiral de France. *Arch.* J. Lair, Gilet Guenault, J. de Bellet, Anceau de Lespiné, Huet Quentin... (Clairamb, 234, f. 97.)

1361. — 5 mai. Comp. de R de Floques, ch. *H. d'a.* G. de Perrecourt, J. d'Ennebault, P. Michiel... (*Ibid.* 99.)

1362. — 6 s. Comp. du comte de Dunois. *H. d'a.* J. Cholet, ch. ; P. Herault, Regnault du Quesnay, P. le Breton, Gilbert de Prulay... *Arch.* Est. du Val, J. le Clerc, J. Coustart... (*Ibid.* 101.)

1363. — 14 s. L. d'Estouteville, cap. du Mont St-M. Quitt. de 800 liv. t^s pour une année de sa pension. (A. N., K. 69, n° 37.)

1364. — 29 s. Grande Ord. de Norm. ; comp. de « Jehan Monseigneur de Lorrenne », cap. de Granville. *H. d'a.* Nicole Paesnel, ch., J. de la Mare, Robin, J, Rog. et P. Chevalier, P. de la Mote, P. bastard Beauvoisien, J. Paesnel, J de Fontenay, H. le Breton, Jacq. de Champeaulx, G. Rouxel, R. de la Haye, Cardot Bance, Brient d'Aussais... *Arch.* Ol. Rouxel, J. du Boys, G. Thierry, J. du Moulin, P. le Breton, Guillemin Vastinel, Jacquet Tesson, G. du Melle, J. et P. Hue... (Clairamb. 234, p. 103.)

1365. — 2 d. Avranches. Grant ord., comp. d'Ol. de Brom, esc. *H. d'a.* P. de la Paluelle, J. Marcillé, G. Prieur... *Arch.* J. le Clerc, P. Pirou, J. de Rommillé, G. de Launoy, J. de Launey, le bast. de Cannet (Carnet), Th. Flambart... (*M.*, XV, 1908.)

1366. — 1461, 22 s. Aveu au Roi par G. de Brully, éc., s. de Chanay. (A. N., P. 289², n° 215.)

1367. — 11 d. Gens d'a. de l'élection de Bayeux sous G. de Rosnivinen, éc. « *H. d'a.* H. Hamon, Jacq. du Py, logiez et extencillés par L. de Chantelou, esc. » (*M.*, XV, 1899.)

1368. — 1462, 6 d. Aveu au Roi par J. Hue, éc., s. de

Rozel. (*P. O.* Huc, 126.) — Messire J du Homme, ch., vi-vant à Sacey, en la vic. d'Avranches. (*P. O.* du Homme, 1.)

1369. — 1463. R. Bence est nommé à l'office de maré-chal de Honfleur. (*P. O.* Bence, 22.)

1370. — Assises de Valognes : Sentence du bailli de Cotentin en faveur de Philippote Sanson, d'Octeville, veuve de R. Boissel et remariée à D. le Duc, fille de Laurent Sanson, « lequel, en l'an 1417, voulant acquicter ses foy et loyaulté envers le Roy, se departit de la subjection des Anglois et s'en ala demourer ès parties du Mont St Michiel et ailleurs en l'obeissance du Roy, en la comp. de mess. Richart Basan et autres gentilshommes de ce pays, et ses biens furent donnés à G. Cotton, anglois ». (Arch. de la Manche, H. 3379. — S. Luce, II, 258.)

1371. — 1463, 6 f. Aveu au Roi par J. le Brun, prieur de la Bloutière. (A. N., P. 289², n° 177.)

1372. — 12 f. Aveu au Roi par L. de la Bellière, éc., s. de Rainfrey, en Bouillon. (*Ibid.*)

1373. — 7 mars. Aveu au Roi par G. de Verdun, éc., pour « une vavasourie apellée Dorières ». (*Ibid.* 180.)

1374. — 20 av. Aveu au Roi par Ol. Roussel, éc., s. d'Astilly. (*Ibid.* 178.)

1375. — 1465, 18 juin. Transaction entre G. Hérault, éc., s. de Dragey, et les Relig. du Mont St M., qui « reconnoissent que led. G. étoit noble et extraict de noble lignée, luy et les siens, de si anciens temps qu'il n'étoit mémoire d'homme au contraire... — François II., dès l'an 1423, fut du nombre des 119 Gentilsh. qui défendirent le Mont St.-M. et dont les noms et armes sont encore aujourd'hui dans la chapelle de cette abb. dite des Chevaliers. » (D'Hozier, *Arm. général*, Hérault. — *P. O.* Hérault, 42-43.)

1376. — 1466-67. — « J. Adam, sgr de Poilly, secr. de Mgr le duc de Normendie » : de gueules au chevron d'or acc. de 3 roses d'argent. (*P. O.* Adam, 7, 8, 93.)

1377. — 1468-70. Compte du Trés. gén. de Bretagne : « Dons du duc à aucuns prisonniers qui avoient esté pris derrainement, à cause de la guerre et division, au Mont

St-Michel, Tombelaine et ailleurs, pour leur aider à poyer leur rancezon : à R. de Senedavy, de la par. de Pleine-Fougere, 114 l. A Ol. de Fontaines, 57 l; A Salmon Derien, 34 l. » (D. Morice, III, 222.)

1378. — 1469. R. le Borgne, éc. d'écurie de la Reine, élu des aides à Avranches. (*P. O. le Borgne*, 26.)

1379. — *Monstre de la noblesse possessionnée dans le bailliage d'Evreux :* N. de Fréville, lieut. général du bailli : J. Hervieu, J. du Buisson, P. et J. des Moustiers ; J. et Nic. de Missy, demourans ou baill. de Caen ; Th. de Cressy ; les enfans soubz [aage] de feu Robin Bense ; Richart, Regnault et J. le Mire, G. Mancel, P. de la Mare, G. et Richart Michel, J. Anquetin, Jacques et Est. Flambart, G. de la Fosse, J. et L. Auber, J. de Brefvedent, Perrin du Quesney ; J. le Beauvoisien, J. le Gris, demourans à Alençon ; J. de Manneville, ch., baron d'Ouillye ; R. des Champs ; les hoirs feu Mgr J. Louvel, ch. ; Ol. de Clinchamp ; Ph. de Clinchamp, chev., cap. et eslu de Lisieux ; Guillot Harel, Raoullin le Brun ; Mgr J. d'Onnebault, ch., sgr de Messey, cap. du chasteau de Touque ; Michel Pigace, J. et P. Costart... » (*Mém. de la Soc. d'Agric. de l'Eure*, 3ᵉ série, t. I, pp. 323-388)

1380. — 1470. Francs-archers de la vic. de Falaise : « J. Louvel, Minet Rouxel, C. Ivele, Raoulin Pannel, J. Cœurel, Macé le Brun... » (Cab. 1443, p. 68.)

1381. — 1471 Francs-archers du baill. de Caen : « Th. Yvelin, Flourot de Vers, Est. du Val, J. Pinel, G. Houel, J. de Bailleul... *Vic. de Baieux :* L. Auber, Jaquet du Val, G. de la Mare, Perrin Harel... *Vic. de Faloize :* Raoulin Painel... » (*Ibid.* 67.)

1382. — 1472. J. de la Fosse, receveur des francs-fiefs à Vendôme. (*P. O. de la Fosse*, 16.)

1383. — J. du Fay, éc., garde du scel de la vic. de Falaise. (*Calv.* II, 330.)

1384. — Quitt. de « C. de Huval, esc., nepveu de R. de Huval, cap. des francs arch. du baill. de Caux ». (*P. O. Huval*, 7.)

1385. — 1474, 3 mars. Garn. du chât. d'Arques : Gerv. Auber, Gaultier Danjou... (Clairamb. 236, p. 171.)

1386. — 31 mai, Cherbourg. Petite ord. Comp. de J. du Fou, éc. *H. d'a.* Th. le Borgne... *Arch.* Michault le Pescheur, Th. le Breton, Anxeau de Lespiné... (*Ibid.* 175.)

1387. — 4 juin. Comp. d'ord. de J. de Daillon, s. du Lude. *H. d'a.* P. de Ver, R. le Grant, J. le Brun... *Arch.* Guiot de Brecy, J. le Brum... (*Ibid.* 177.)

1388. — 27 juin, Soissons., Comp. d'ordonn. de Mgr de Gié. *H. d'a.* Alain Pigace, Tournemine, Andrieu d'Auxin... *Arch.* G. et Raoul du Hommet, Yvonnet de Brulé, Ol. Guérin, Ant. de Bordeaux, J. de Billy, P. Prevost, Jaq. Husson... (*Ibid.* 181.)

1389. — 1475, 14 f. Garn. de Tombelaine, 35 h. de guerre. Bauld de St-Gelays, esc., cap. dud. lieu : Giles et Est. Guiton, Michel Lorrez, G. le Myre, Cardin le Conte, Méry de Mons... (*Ibid.* 191.)

1390. — 12 mars, Laon. Comp. de Mgr de Gié. *H. d'a.* J. Pigace, ch. Alain Pigace, Andriuot d'Aussi, R. de Carné... (*Ibid.* 199.)

1391. — 13 juil., Eu. Grant ordonn. sous J. d'Estouteville, s. de Briquebec. *H. d'a.* J. de la Lissarne, ch. Th. Gouyer, J. Margueric, L. de Mauny, J. du Val. L. le Brun, Jaq. du Hommel, J. de Ste-Marie, R. de Manneville, Gaultier Bazan, Ol. Chapedelaine, Jullien de Columbières, Jullien du Saussay, J. du Homme, Sanson de St-Germain, J. de Tilly, R. de Bressay, G. le Boté, Hervieu de Chantelou, G. le Tellier, Gilles des Moustiers, G. Murdrac .. *Arch.* N. et Guiret Pinel, Bern. de Briqueville, Edouart et G. Auber, H. le Conte, R. Mancel, Ric. Murdrac, J. de Vaulx, R. de Persay, Th. le Percheur, J. de Chatelou, P. Fontenil, Ol. de Sasseville, J. Louvel, D. Gellin, Guiret Langevin, Jaquet d'Anffresnel, Ph. d'Auteville, J. Hamon, Mahieu de Haussy, G. Connault, Gille le Pigny, J. de la Braesse, Ph. Morice, G. Michel... (*Ibid.* 225.)

1392. — 1475, 2 août, Amiens. Comp. de R. du Quesnoy, ch., chamb. du Roy. *H. d'a.* P. de Chantelou, J. de

Bourbel... *Arch.* Guillot de Bellès, G. Boutin, J. et Georget Gohé... (*Ibid.* 235.)

1393. — 22 août, Amiens. Comp. de J. d'Esfouteville, s. de Torcy. *H. d'a.* Ph. et J. de Vassy, J. de Huval, Hervé de la Cervelle, G. de Fontenay, Ric. de Ver, G. Poisson... *Arch.* J. le Borgne, J. le Clerc, Hervé Darien, Girart le Forestier, Th. Colleville, J. de Maugny, R. le Tellier, G. Alart, P. du Saussay, Hélye Poysson. . (*Ibid.* 239.)

1394. — 27 août, Noyon. Comp. d'ord. du conte de Penthièvre. *H. d'a.* J. du Vergier, J. de Mussy... (*Ibid.* 241.)

1395. — 1476, 10 mars, Beaugency. Comp. d'ord. de J. Chenu, cap. de 100 lances. *H. d'a.* Laurens Marguerye, J. et Ymbert de Mons. (*Ibid.* 257.)

1396. — 1477. Scel d'Artus de Puilley, éc., s. de Garnetot. Écu au lion passant couronné. (Coll. de M. de Farcy. — Demay, *Sc. norm.*, 469.)

1397. — 1479, 6 f., Granville. Rétrocession de rente foncière par G. le Hogueis, prêtre, à Fr. de Mary, éc., (*P. O.* de Mary, 24.)

1398. — 1485. Grande ord. de Norm. *H. d'a.* J. Martel, J. de la Luiserne, J. de Vausemer, chevaliers. *Esc.* Jac. Martel, L. de Tournebu, G. Marguerie, J. de Bures, Gilles de Mathan, Morice Suhart, Th. de Bordeaux, Marguerin et J. de Ste Marie, Sanxon de St-Germain, Gautier Bazan... *Arch.* P. le Clerc, P. le Prevost, J. Bense, P. de Manneville, Est. des Champs, Gillot Marguerie, Th. Ausire (Assire), J. Bazan, Marguerin de la Serre, Adam Bellée, J. de Mathen, Th. de Ronnay, P. Suhart, R. et P. Pinel, René et S. de Longuemare, Gilles de la Luserne, Gillet le Hogays, J. Poisson. (Cab. 1079, f. 160-168.)

1399. — 1485, 15 juin, Avranches. Inform. sur les revenus des terres des enf. mineurs de feu G. Paynel. *Vassaux* : « *Briqueville sur la mer* : R. de Lespiné, Guillemyn Courée, J. et G. diz Courroye, C. Courrée, C. Gonault, J. et Ge. Adam, les hoirs J. le Cointe, J. Avice, Th. le Menguennet... *Escagieul* : les hoirs G. Tabourel, J. Hue l'éné, J. Hue le genne.... *Briqueville la Blouelle* : J. et Guillot Barbés, C. et Regn. Suhart. *Maidrey* : Perrin, Jennot, Jacquet et Drouet Millart, les hoirs Raoullet Millart... (*P. O.*, Painel, 85-106.)

1400. — 17 mai, Rev. de « 30 h. de guerre de morte-paye de l'Ordonn. du Roi pour la garde de la ville et place de Tombelaine, soubz la charge de mess. Bault de St-Gillays, ch., s. de Cyre, et cap. dud. lieu : Glaude du Boys, R. de Brecy, R. de Verdun, Gires et J. Guyton, G. de Bors, Regnault de Vaulx, P. le Mercier, J. Prevost... » (*M.*, XVIII, 31.)

1401. — 11 mai, Pontorson. « Ce sont les gentilz hommes par moy ordonnés pour estre mis en la ville du Mont St-Michel pour la garde et deffence d'icelle. Prem ᵗ, Monsʳ de Saint-Quentin. Monsʳ de Villiers. Monsʳ de Pas. Monsʳ de Coulomby. Monsʳ de Bouccel. Monsʳ le Commissaire, Je ordonne les cinq gentilz hommes cy dessus escriptz estre mis en la ville St-Michel pour la garde et tuicion d'icelle, lesquelx je veux et entens estre excussés du ban et arr. ban. A ceste cause vous prie que ainsy le veuillés faire sans y faire faulte. Et a Dieu, Monsʳ le Commissaire, que je prie qui vous ait en sa garde.... A Pont [orson] le xiᵉ jour de may. Ainsy signé, DE LA TRIMOILLE [1]. » (Arch. du Calvados, F. 349. Communiqué par M. Paul de Longuemare.)

1402. — 1489, 11 mars, garn. du chât. de Pontorson sous Jacq. de Silly, s. de Loray : J. Prieur, J. Bourdon, J. de la Broize, petit J. Yvon, Aubin Tournebeuf, J. Langevin... » (*M.*, XVIII, 43.)

1403. — 1491, 10 av. « Présentation faite par Marg. de Vassy, damoiselle vefve de L. Thesart, esc., s. des Essars, à l'Abbé du Mont St-Michel, d'une personne pour la cure de Fourneaux ; cet acte scellé d'une fasse, qui sont les armes de Thesart. » (*P. O.* Vassy, 83.)

---

[1] Louis II, sire de la Trémoille, prince de Talmont, le vainqueur de St-Aubin du Cormier (28 juil. 1488.)

1404. — 25 mai. G. de Bellet, s. de St-Fraguier, confirme une don. à l'abb. de St-Sever. (*Calv.* II, 167.)

1405. — 1494, 15 jan. « Je Baude de Saint Gelaiz, ch. cons. chambellam du Roy n. s. et cap. de Tombelaine... » Quitt. de gages. (*P. O.* Saint-Gelais, 11.)

1406. — 1496. Gırn. du chasteau de Caen : Alain Pigace, petit J. Yvon... (B. N., ms. franç. 22468, p. 145.)

1407. — 1496, 12 mai. *Enquête, par Ferrand le Gascouing, lieut. des élus du dioc. de Coutances, sur la noblesse de G. Michel :* Premier témoin, Raoul de Breuilly, chev., s. de Gonneville et de Charay, 78 ans, dûment juré : «... A déposé qu'il cognut un nommé Pierre Michel, lequel s'estoit retiré au Mont St-Michel avec plusieurs autres gentilshommes du pais et Jehan de Villaine, esc., frère ainsné de la femme dud. Michel, *pour ce que led. Michel ne voulust oncques tenir le parti des Anglois,* lesquelz estoient lors ennemis et adversaires du Roy n. s., et périrent lesd. Michel et Villaine en deffendant led. Mont ; que led. Michel estoit lors marié à une damoiselle fille d'ung nommé Messire de Villaine, ch., s. dud. lieu de Villaine et de Savigny... » 13ᵉ témoin : « Noble homme Foulque le Cointe, s. de Saussey, aagié de 67 ans, juré..., dit qu'il a cognu P. Michel, isseu de J. Michel en mariage, lequel P. avoit espousé une damoiselle nommée Advice, fille de feu Mess. de Villaine, ch., s. de V. et de Savigny, laquelle portoit habit de damoiselle tel qu'il couroit ou temps, et vivoit led. P. Michel noblement, et cy le vist par plusieurs foys au Mont St-Michel où il s'estoit retiré avec les gens du Roy parce que il ne vouloit pas tenir le parti des gens anglois, lesquelz tenoient et occupoient ce pais et duchié de Norm., ouquel Mont St-Michel il, qui dépose, estoit de son jeune aage demourant et est encore de present aux gaiges du Roy n. s. pour la garde d'icelle place... » — 20ᵉ témoin : J. Hédoin, paroissien demeurant et contribuable en la par. de Savigny, 95 ans, juré : «... Led. P. Michel, père dud. G., se retira et périt au Mont St-Michel avec plusieurs

autres nobles du pais pour ce qu'il ne vouloit pas tenir
avec les Anglois et qu'*il ne voulut point aler contre le Roy
de France...* » — 22° et 25° témoins: G. Pierres, laboureur,
et G. Vaultier, homme de labour : dépositions conformes
à la précédente. (Chartrier du chât. de Monthuchon,
copie de 1612 en parch.; communiqué par M. Stanislas
Michel de Monthuchon, issu en ligne directe au 14° degré
de P. Michel et d'Avice de Villaine. — Écu de P. Michel,
éc. Mort à la défense du Mont : croix cant. de 4 coquilles;
tenu par l'Archange St Michel. Devise: *Quis ut Deus?*
(Brin et Corroyer, p. 283.)

1408. — 1497. H. de Bourbel, éc., s. de francs fiefs dans
les vic. de Cany, Neufchâtel, et la comté d'Eu, comme cohér.
de dam^lle J. de B., fille et hér. de feu Alart de B. ; «... un
franc fief assis à Freulleville en la vic. d'Arcques, venu et
succédé à Mons. de Honnebault... » (*P. O. Bourbel*, 8.)

1409. — 1499. Scel de P. Poisson, lieut. général du
vic. de Valognes ; écu à la fasce acc. de 2 poissons, 1 en
chef, 1 en p. (*Sc. norm.* 2085.)

1410. — J. de Vaussemer, ch,. s. de la Rivière Bourdet, père de Jacqueline, qui porta en mariage ladite seign.
à Rog. de Guetteville, éc. (Arch. de la Riv.-B. — Poli,
Les s. de la Riv.-B., 12-13.)

1411. — 19 av. Reims. Comp. d'ord. de Mgr le grant
bastart de Bourbon. *H. d'a.* J. Mauvoisin, J. de la Mare,
Gilles le Hogoys, Raoul de Thorigny. Ph. du Val, J.
Rogres... *Arch.* G. du Plessix, Mahiot le Boulangier,
P. Blondel, Mathieu Gastineau... (Clairamb. 240, p. 501.)

1412. — Rev. du marquis de Rothelin. *H. d'a.* Jaq. de
Bron, G. du Vergier, J. d'Auzis, J. du Fay, Fr. de Cholet...
Arch. P. Boutin, Pollet de Lespinay, Fr. de Ferrières...
(*Ibid.* 503.)

1413. — 20 mai, Asti. Comp. d'Ord. de Mgr de St-Prest.
H. d'a. Michel Marguerie... *Arch.* H. Tournebeuf, C. de
Montfort, S. le Myre, J. de Vaussemer, G. de Pontbriant...
(*Ibid.* 511.)

1414. — 1499, 30 juil, Comp. d'ord. de Mgr le Prince

d'Orange. *Arch.* J. Lamiral, J. Rabel, J. Ragot... (*Ibid.* 515.)

1415. — 1500, 23 n. Milan. Comp. d'ord. de L. de Graville, amiral de France. *Arch.* Ant. de Rancourt, Th. Bourdon, Jacq. Pigache... (Cab. 1418, p. 5.)

1416. — 11 d. Comp. d'ord. de Jacq. de Silly, ch., bailli de Caen. *H. d'a.* R. et Mi. de Fontenay, Sonnard et Guichard de Ste-Marie, J. Bourdon, J. le Clerc, Fr. de Longaulnoy, Vinc. de Courcelles, Mi. de St Germain, G. de Mauny, J. de la Fosse... *Arch.* B. de la Braze, Rogue de Byars, J. Busnel, J. Bourdon, P. Haley... (*Ibid.* 7.)

1417. — 1501, 2 f. Comp. d'ord. de L. de Graville, amiral de France. *H. d'a.* Jac. de la Luiserne... *Arch.* G. Perdriel, Jac. Pigache, Th. Bourdon, P. Blondel... (Clairamb. 240, p. 531.)

1418. — 31 août, Aquila. Comp. d'ord. de Mgr de la Palice. *Arch.* Alardin des Préaulx... (Clairamb. t. 240, p. 545.)

1419. — 11. d. Donchery. Comp. d'ord.de R. de l̅a̅ Mark, ch. *H. d'a.* Le bastart de Hé. — *Arch.* B. de Serres, J. de la Fosse, Ranson le Brung, B. de Mons... (Clairamb. t. 240, p. 549.)

1420. — 1503, 5 mars. La m.de Jac. de Silly, ch., bailly de Caen. *H. d'a.* R. et Mi. de Fontenay, J. Bourdon, Regné de Byars, G. de Mauny, Mi. de St Germain... *Arch.* P. Hallé, J. de la Fousse, J. Charpentier, B. de la Braze, Hacquin Caulet, Giles de Renel, J. Busnel, Th. Bourdon... (*Ibid.* 561.)

1421. — 1503, 22 mars. « L. de Vieulx, maistre d'ostel de Madame la duchesse d'Alençon et de Mgr le duc son filz » ; quitt. (*P. O.*, de Vieux, 14.)

1422 — 6 juil. Prise de poss. par frère P. de Bordeaux et J. Houel, procureurs de l'abbé de N.-D. de St-Sever, d'héritages sis en la par. de Courson ; acte collat. et scellé, le 13, par J. de Tallevende, éc., lieut. du sénéchal de la seig. de Ste-Marie-Laumont. (*P. O.* Tallevende, 2.)

1423. — 5 août, en Milanais. Comp. d'ord. du Marquis

de Saluces. *H. d'a.* Jac. de Malestroit, Berthin de Valse-
mère, J. Marye, Ant. de Piz... *Arch.* J. de Romilly... (Clairamb. t. 240, p. 571.)

1424. — 1504, 1 mars, « C'est le Rolle de la m. et rev.,
faicte au Mont Sainct Michel... de 13 h. d'a. et 34 archiers
à la mortepaie ordonnez par le Roy n. s. pour la garde...
de la place dud. lieu..., soubz... noble homme mess.
Ymbert de Batarnay, ch., s. du Boschage, cons. et chamb.
du Roy... et cap. dud. lieu du Mont, Par *nous* J. de la
Luiserne, ch.,... servant à l'acquict de Me D. du Val, not.
et secr. du Roy... et par luy commis à faire les paiemens
des mortes paies de Norm. *II. d'a.* G. du Solier, Cristofle
du Quesnay, Remond de Percontal, Robinet le Botey »,
etc. « *Arch.* Foucquet le Cointe, J. le Roux, G. Bailleul,
Gilles Guiton, L. Percontal, Est. de la Roche, Gab. de St-
Germain, le bastart de Brecieu, C. Petit, G. Lengevin, Est.
de Saincte Marie... » (*Sc.* CXX, 26.)

1425. — Garn. de Tombelaine, 20 h. de guerre ; « P. de
Montalambert, s. de Fresneau, Marchal des logis du Roy et
cap. dud. lieu » : Grégore de Gris, Cardin le Conte, J. le
Picart... (Clairamb. t. 240, p. 577.)

1426. — 1504-1505, Mont St-Michel. « Le conte que
rendent Remond de Percontal et C. Petit, tresorriers de
l'églysse de St-Pierre du Mont St-Michel, tant en misses
que receptes, aux bourgeys, manans et hab. de lad. ville,
pour ung an commenss. XXIVe jour d'avril et feniss. l'an
revolu M. D. et quatre ». Y sont nommés : C. le Paynost ;
J. le Viconte ; Raullet Milart, de Maydre ; G. le Bret ; C.
Chevalier, G. Hue, de Vexé ; G. Hamon, de Beauvoir ; déf.
J. le Roux ; Me de Percontal ; H. le Clerc ; Michel Marie...
En la main des officiers de messire de Hambuye, III sols v
deniers... » (Trésor de St Michel, au Mont St-Michel,
orig. pap.)

1427. — 1506, 16 oct. Comp. d'ord. de « Mgr de Ravas-
tain. » *H. d'a.* J. de la Mare, Gilles le Hogoys, G. de Sasseville... *Arch.* Alardin des Préaulx... (Clairamb. 241, p.
613.)

10*

1428. — 1507, 3 n. Garn. du Mont St-Michel. Fr. de Baternay, cap. *H. d'a.* Michel Marye... *Arch.* J. Sançon, Gilles de Verdung, Mi. Tierry, G. Baillueil ; Marguerin le Saige, *canonnier* ; Est. de la Roche, Gab. de St-Germain, G. Basin, G. le Coincte, Est. de Ste-Marie... (Cab. 1419, p. 11.)

1429. — 1510, 10 jan. Pavie. Comp. d'ord. de R. de Framezelles, ch. *H. d'a.* René Arcon... (*Ibid.* 27.)

1430. — 26 f. Reims. Comp. de R. de la Mark, ch., s. de Sedan. *H. d'a.* G. de Tournebeuf... *Arch.* Méry de Longue, B. de Serres, B. de Mons. Ch. de Rynel, Claude le Tellier, J. du Fay, J. de la Fosse, J. de Ste-Marie, P. de Brecy, J. Berruer... (Clairamb. 241, p. 645.)

1431. — 1510, 10 d. ; 1511, 26 f. Garn. du Mont St-Michel. Fr. de Baternay, s. et baron d'Authon, cap. du Mont ; 13 *H. d'a.* Remon de Percontal, J. Mausabrey, Mi. Marie... 33 *Arch.* J. Sansson, Gilles de Verdun, R. Houel, C. Petit, G. Bailleul, L. et Ymbert de Percontal, Ymbert Aze, Fr. Maussabrey, G. le Cointe, Est. de Ste-Marie, G. Basin... (Cab. 1420, p. 7, 9.)

1432. — 1511, 12 jan., près Mantoue. Comp. d'ord. de L. de Graville, amiral de France. *H. d'a.* David de Romilly, Jaq. du Puis... *Arch.* J. de Vignolles, G. Perdriel, Fr. Bazin, R. des Champs, J. Petit... (*Ibid.* 8.)

1433. — 1512, 18 juin, garn. de Tombelaine ; 20 h. de guerre à la mortepaye : « P. de Montalembert, cap. Anth. de Montalembert, Grég. de Grix, G. Louvel, J. le Bigot, G. de la Noe... » (M., XXII, 173.)

1434. — 1512, 26 oct. Comp. d'ord. de « Monseigneur » (le duc de Valois, plus tard François Ier.) *H. d'a.* Gassien de Cressy, G. du Buisson, Ph. de Vassy. Fr. de Mauny... *Arch.* Saincte Marye, J. de Roumyllé, J. du Four, Alexis Mauvoysin. J. de Longuemare, J. de Launay, J. du Boys, J. Drouart, P. de Vaussemer, Claude du Vergier, P. le Bastard, Segrye, Jac. de la Fousse... (Clairamb., t. 242, p. 669.)

1435. — 1513. Scel de J. Morice, lieut. général du

bailli de Cotentin ; écu à 3 roses, et un chef chargé d'un léopard. (Arch. de la Manche ; abb. du Mont St-M. — *Sc. norm.* 2018.)

1436. — 9 mai, Assises d'Harfleur. J. de la Masure, éc. « De gueules à la tour d'arg. surm. d'un lion de même. » (*P. O.*, de la Masure, 2, 4.)

1437. — 9 oct. Garn. de Granville, mortes-payes : J. de Ste Marie, Jacq. du Saussay, Raul le Coynte... (*M.* XXII, 188.)

1438. — 1515, 22 mai, Reims. Comp. d'ord. du duc de Gueldres. *Arch.* René de la Brèze, J. Picart, Artus Aubert, J. de Lespiné, Ambr. de Hallet, Ch. le Conte, Jac. de Montenay, J. Coustart, Ph. le Sueur, Th. et J. des Molins, J. le Fèvre.... (Clairamb. 242, f. 699.)

1439. — 26 août. Comp. d'ord. de Mgr le duc d'Alençon. *H. d'a.* N. de Loré, Prestreval, Gilb. de Montagu, G. de Clinchant, P. du Grippel, Mathieu de Bailleul, J. Herpin, Sonnard de Ste Marye... *Arch.* Fr. Derrien, S. Drouet, Fr. Hausse, J. Costart, N. du Quesnoy, Bastien Picart, Adam de Montagu... (Clairamb. 242, fol. 717.)

1440. — 1516, 19 s. Garn. du Mont St Michel. Imbert de Baternay, cap. *H. d'a.* G. le Cointe, J. de Mausabré... *Arch.* J. Sanson, Gilles de Verdun, G. Bailleul, Ymbert et Hug. Aze, J. Millard, Ymbert de Percontas, G. Basin .. (*M.* XXIII, 30.)

1441. — 20 s. Garn. de Tombelaine ; 20 h. de g. de mortepaye. « P. de Montalembert, cap. Ant. et J. de Montalembert. J. le Bigot, J. le Picart... (*Ibid.* 32.)

1442. — 1518, 28 s. P. de Couvay, h. de g. au chât. de Pontorson. (*Ibid.* 60.)

1443. — 1519, 31 jan. « Anthoine Thavart, dit Mont Sainct Michel, ch. » Quitt. de 240 liv. pour une année de la pension qu'il reçoit du Roi. (*P. O.* Thavart, 2.)

1444. — 1520, 23 août. Garn. de Tombelaine ; 6 h. de guerre. « P. de Montalembert, cap. » (*M.* XXIV, 92.)

1445. — 1521, 17 f. Garn. d'Harfleur. *Mortes-payes* : J. des Marestz, Mi. de Launay, N. et R. de Longuemare,

Jacques Tanel, Guillaume le Fèvre, Roger du Val, Jehan le Brun, Robert des Champs... (Cab. des titres, 1422, p. 9.)

1446. — Comp. d'ord. du s. d'Uzelles. *Arch.* Toussainctz Tannel... (*M.* XXIV, 102.)

1447. — 1522. Comp. d'ord. du duc de Gueldres. *H. d'a.* Rolland de Pontbryant, Jehan de Byars, Loys du Plessis... *Arch.* René de la Bresze, Jehan de Herpin, Jacques le Coincte, J. Coutart, Pierre Droart, Jacques de Byars, Regné de Montagu... (Cab. 1422, p. 20.)

1448. — 1523. Défense de Cherbourg, Revue de 96 francs-archers de l'élection de Valognes « mys dedens la place de Chierbourg à cause du bruyt de la descente des Anglois : Thomas Fessart, Amaury le Tessier, Tristan Houel, G. Guérin, Thomas Auber, Robert de Fontaines, Gervais le Tellier, Ph. Rouxel, Briant Hue, Ysambart Sanson... (*M.* XXIV, 154.)

1449. — 23 juil., aux Loges, près St-Germ.-en-laye. Rev. de 36 « arch. des toiles de chasse du Roy. » Jehan d'Annebault, ch., cap. *Arch.* Jehan Courcelles, Jehan Avisse, Jehan le Tellier, Cardin Prevost, Jehan d'Aussy, Fremault Boullengier, Charles et Nicolas de Mussy, J. du Fay... (*M.* XXV, 160.)

1450. — 23 juin, Provins. Comp. d'ordonnance de Mgr de Bonnyvet, admiral de France. *H. d'a.* Anthoine de Vignoles... *Arch.* Le bastart de Tournebeuf... (Cab. 1422, p. 27.)

1451. — 1525. Comp. d'ord. de Mr de la Trémoïlle. « *Arch.* Pierre Voisines, Françoys de Noçay, Colin du Val... » (*Sc.* CVII, 153.)

1452. — 18 mai, garn. de Thérouanne : J. Courtin, J. Hue, Ph. de Bellès... (Cab. 1423, p. 1.)

1453. — 1 n. Caen. Comp. du capitaine Robert Malherbe, pour réprimer « les vacabontz, pillards et gens mal vivans. » *Arch.* Geffroy de Nocey, Christofle Marguerye, Françoys de Ste-Marye... (*Ibid.* 7.)

1454. — V. 1525. « Tanel, s. de la Boissière : d'argent à 3 aigles de sable. » (*P. O.* Tanel, 2.)

1455. — 1526, 5 janv., Gisors. Comp. de 50 lances fournies de L. de Brézé, gr. sénéchal de Norm. *II. d'a.* Claude d'Annebault, J. de Launay, J. de la Haye, Fr. de Grimouville... *Arch.* J. des Champs le jeune, J. des Champs l'aisné, Est. le Court, Ph. Aubert.... (*Sc.* XXII, 39.)

1456. — 21 mars. Comp. de L. de Brézé, cap. d'Harfleur : Ch. de Longuemare, C. Bynet, P. du Puys, J. le Brun, P. de Brilly, Michel. de Launay. (Cab. 1423, p. 16.)

1457. — 31. juil. Évreux. Comp. d'ord. de L. de Brézé, gr. sénéchal de Norm. *II. d'a.* Claude d'Annebault, lieut. Jacques Tanel, L. de Ponthryant, Ant. de Vignolles... *Arch.* L. de Courcelles, J. l'Admiral, L. de Bellay, Est. le Court, Claude du Vergier... (*Ibid.* 18.)

1458. — 1527. 31 jan. Granville. Comp. du gr. Sénéchal de Norm. *II. d'a.* S. de Mauny, G. de la Mothe, Jac. de Ste-Marye, Raoul le Coincte, Jac. Petit, G. de la Bellière, P. Yvon... (*M.* XXV, 228.)

1459. — 1527, 3 f. Mont Saint-Michel. — « Rolle de la m. et rev. de dix h. d'a. et 23 arch. de la Mortepaye ordonnez par le Roy n. s. pour la garde, seureté et deffense du Mont St-M. estans soubz la charge et conduicte du sgr. d'Auton et du Bouchaige, René de Baternay, leur cap. en icelle ville... : *II. d'a.* Germain d'Eurre, lieut. G. du Sollier. G. le Coincte, Ol. et J. Dodes, J. de Préaulx, L. Tournet... *Arch.* J. du Boys, J. Percontal. G. Basin, Jac. le Febvre. J. du Puys, Yvonnet Verdun, J. le Merquier... » (A. N., K. 83, N° 19.)

1460. — 1530, 3 f. Montreuil-s.-mer. Comp. d'ord. de Mr le Vavasseur, s. d'Esguilly. *Arch.* J. de Herpin, Gilles de la Mare, J. l'Admiral... (Cab. 1424, p. 13.)

1461. — 1534. Scel de Michel Artur, sénéchal de l'abb. de Montmorel : une coquille, un chef : l'écu entre 2 palmes. (*Sc. Norm.* 2985-6.)

1462. — 1535. Thibaul le Mercier, éc., s. de Cantilly. (Pigeon, 397.)

1463. — 1536. N. Hérault, sénéchal de l'abb. du Mont St-Michel en la baronnie de St-Pair. (*P. O.*, de Mary, 34.)

1464. — 1546, 20 d. « Rolle de la m. et rev. faicte en la ville et place forte du Mont St-Michel de 7 h. d'a. et 26 arch., gens de guerre mortes payes, soubz M. René de Baternay, ch., conte de Montresor, s. du Bouchaige, cap. dud. lieu. *H. d'a.* Germain de Not, lieut. J. du Puis, J. de Percontas... *Arch.* Sanson Herault, Christofle Bigot, Ymbert de Percontas... » (M., XXX, 586.)

1465. — 1547, 2. janv. « Roolle de la m. et rev. faicte en la ville et place forte de Thombelaine..., de 6 h. de guerre mortespayes ordonnez pour la garde... et deffence dud. lieu soubz Anth. de Sillams, baron de Creully, cap. dud. lieu... » (*Ibid.* 590.)

1466. — V. 1550. « Baill. de Caux : Bourbel, sgr dud. lieu, relève de la comté d'Aumale. » (*P. O.* Bourbel, 11.)

1467. — 1567. Fr. de Bourbel, éc., s. du Montpinchon « gentilhomme feable et experimentel au faict des armes », est commis à faire les revues en Normandie. (*Ibid.* 5.)

1468. — 1568, 3 d., Paris. Charles IX mande au lieut. général de Cotentin d'exempter du service du ban et arr.-ban le sgr de Beuzeville, Ant. de la Luzerne, Leobin du Saulcey, s. de Barneville, Jac. de Grimouville, s. des Marees, Adr. Hervieu, s. de Scurville, Ol. de Pirou, s. de Fermanville, parce qu'ils gardent les ports et côtes de Norm. (*P. O.* la Luzerne, 30.)

1469. — 1575. Comp. d'ord. de M. de Matignon, lieut. général pour S. M. en la basse Norm. *H. d'a.* Jacques de Rosnay, s. de Grand Fay, Perche. Gilles Herault, s. de St-Jehan, Costentin... *Arch.* Gilles, Claude et Raphaël de Chanteloup, Ch. Costard, s. de la Mothe... (Cab. 1436, p. 79.)

1470. — 1 oct. Caudebec. *Ban et arr.-ban du baill. de Caux* : Ch. Hay, Guilleminé et Georges de Prestreval, R. de la Masure, J. de Brilly, R. de Grainville... (*Ibid.* 53 60.)

1471. — 1576. Comp. d'Harquebusiers à cheval de B. de la Broise : « P. Beauxamys ». (Cab. 1445, p. 8.)

1472. — 1596. J. Assire, homme de guerre dans la comp. du cap. N. de la Tour. (*M.* LXVIII, 1313.)

1473. — 1605, 25 d. « Roolle de dix h. de guerre à pied françois estans en garn. pour le service du Roy au Mont St-Michel soubz la charge du sieur de La Cauce : Fr. Langlois dict La Cauce, sergeant. J. le Roy, escuier, dict la Fresnaie. Michel Adam dict la Commère. G. de Launa, ...

« Nous P. de la Luserne, sieur de Brevens, cap. et Gouverneur du Mont St-M., confessons... les dix h. de guerre... cy dessus nommez et escriz,.. avoir tenu garnison pour le service du Roy aud. Mont St M. durant trois mois de la prés. année... et executé tout ce qui a esté pa nous commandé... PIERRE DE LA LUZERNE. » (*P. O.* la Luzerne, 31.)

1474. — 1608-1611. Quittances de gages de « P. de la Luzerne, s. de Breventz, ch. de l'Ordre du Roy et gouverneur du Mont St-Michel ». (*Ibid.* 33-35.)

1475. — 1614, 12 d. « J. de Poilley, sieur [et baron dud. lieu, gouverneur du bailliage de Mortain et fort de Tombelayne » ; quitt. de partie de sa pension de 2,000 livres. (*P. O.* Poilley, 2.)

1476. — 1625. Jac. de Huval, éc., prévôt. des mar. de France à Châteaudun. (*P. O.* Huval, 8.)

1477. 1627. P. Assire, soldat au régiment de Normandie. (Journal *La Patrie*, 18 d. 1893, *Notre Armée.*)

1478. — 16 av. Quitt. par Ric. de la Luzerne, s. de Brevant, gouv. du Mont St-Michel, de « la somme de mil livres tourn. à nous ordonn. par S. M. pour les fraiz et despens de deux [vers voyages que nous avons faictz par son commandement, et pour affaires concernant son service, en certains lieux et endroictz dont Elle ne veult estre faic mention ny declaration. (*P. O.* la Luzerne, 39.)

1479 — 1663. « M. de Vassy, éc., s. de Ponty », off. dans le régiment de Rambures, major au Mont St-M. (Pigeont 362.)

1480. — 1665, Tombelaine : « Le dernier garde connu

fut André Blondel, qui *se noya ès grèves du Mont St-Michel et fut inhumé à Genets le 23 déc.* » (Pigeon, 362.)

1481. — V. 1673. [1] *Dénombrement servi au Roi par le bailli d'Hautefeuille* : « Revenu temporel de la Royale Abbaye du Mont St-Michel au péril de la mer, que baillent messire Etienne Texier d'Authefeuille, ch. de l'Ordre de St-Jean de Jérusalem, Bailly, Ambassadeur extre d'iceluy auprès de Sa Majesté, abbé commendataire, et les Religieux, Prieur et couvent de lad. Abbaye, tant de ce qui appartient à la manse abbatiale qu'à la manse conventuelle... Item, sous nostre dite baronnie, nous tenons notre moutier sous le nom et protection du grand St Michel Archange. Il est bâti sur la cime du rocher du dit lieu et se consiste en une grande église, cloistre, dortoirs, réfectoires, sales et autres lieux réguliers, et maison abbatiale au bout de laquelle nous y avons un appartement dont nous laissons la jouissance aux gouverneurs, leurs officiers et soldats, lorsqu'ils nous sont envoyés par le Roy pour des raisons particulières. Ce qui se fait toujours sans nous préjudicier ni donner aucune atteinte à la possession en laquelle nous sommes de temps immémorial d'être seuls capitaines, gouverneurs de la ville, forteresse et château aud. mont. Pour cet effet, nous avons trois soldats que nous gageons en qualité de portiers qui après nous avoir fait serment d'être fidèles au Roi, et de veiller à la conservation de notre moutier, viennent chaque soir prendre de nous les clefs pour en fermer les portes du château ; ensuite nous rapportent les dites clefs que nous conservons jusqu'au lendemain qu'ils les reviennent prendre pour ouvrir les portes en présence et conjointement de soldats lors en fac-

---

[1] Étienne Texier d'Hautefeuille, chevalier de Malte en 1636, bailli en 1669, ambassadeur en 1671, « fut fait, *le 6 déc. 1672, capitaine et gouverneur des ville et château du Mont-Saint-Michel;* nommé lieut. général des armées du Roi le 25 fév. 1677 ; grand prieur d'Aquitaine le 23 sept. 1691. » (La Chenaye, XII, 641.)

tion ; et où il arriveroit, comme dit est, qu'il plut au Roy nous donner un gouverneur autre que nous, pour lors nous garderions et aurions la moitié de toutes les clefs qui nous seroient apportées par nos dits portiers en la manière que dessus, le tout pour l'interet du Roi et le nostre en particulier, étant vrai que ladite forteresse et château ne sont précisément que nos dits moutiers, et c'est en ces mêmes qualités de commandants et seigneurs fonciers de la ville du Mont Saint-Michel, que nous y faisons faire tout service militaire par nos hommes qui en sont les habitants et francs bourgeois, et afin que le tout se fasse dans l'ordre nous y avons un sergent major qui leur fait faire les gardes accoutumées et se charge des clefs des portes de la dite ville qu'il remet entre nos mains lorsqu'il en est par nous requis.

« En outre, sont tenus, pour la conservation de notre dit moutier, nos hommes et nos vassaux de nos paroisses d'Ardevon, Beauvoir, Lespas et Huynes, de se rendre suivant nos ordres en notre moutier pour y faire le guet en temps de guerre pendant un montant et retirant de la mer. En conséquence duquel service ils ne reconnaissent aucun capitaine garde coste, et ne sont tenus de comparaître à autres montres qu'à celles qui leur sont par nous indiquées. Et pour faire voir le juste intérêt que notre moutier, forteresse et château soient conservés, c'est que les seigneurs propriétaires des vavassories dépendantes de notre dite baronnie d'Ardevon, qui sont Vergoncé, Plomb, Villiers, Pitelou, Fournes, Soligny, Mégny, Costard, Branart, Du Boschet et Coupart, sont tenus de nous fournir plusieurs hommes de pied, armés de casques, haussecols, gantelets, bracelets, épées, lances, hallebardes, pour faire la garde le jour de Saint Michel en septembre, pendant un montant et retirant de la mer, ce qu'ils font en tems de guerre pendant quinze jours ; et les défaillants ou ceux qui n'ont pas leurs armes en bon état sont condamnés à une amande pécunière par nos officiers d'Ardevon... » (*Mém. de la Soc. d'archéologie d'Avranches*, VII, 245.)

1482. — 1675. Scel de Mich.-Ant. Baudran, prieur de

Neufmarché ; écu : bande acc. de 3 étoiles et d'un croissant. (*Sc. norm.* 3046.)

1483. — 1684-1774. — «... En 1774, le Parlement de
Bretagne, jugeant sur une requête de Jacques-René-J.-B.
Artur de la Villarmois, établi en cette province, le maintient dans sa qualité de noble extraction et lui donne acte
de ce qu'il portait pour armes *de gueules à la coquille d'or,
au chef d'argent.* L'enquête précitée est relatée dans l'arrêt
où est visé un soutien portant que : « Le sieur de la Villarmois descend de G. Artur qui, en 1423, était du nombre
des 119 gentilshommes qui sauvèrent le Mont Saint-Michel de l'attaque des Anglais et dont les armes sont peintes
dans une des chapelles de l'abbaye. » Ces armes excitèrent
en 1684 la jalousie d'un gentilhomme breton, N. Artur de
la Gibonnaye. Venant au Mont Saint-Michel voir son ami
et son compatriote, le frère Jean Robiou, il s'imagina de les
faire effacer et d'y substituer les siennes ; puis il retourna
à Nantes où il était maître des comptes. Mais le fait parvint
aux oreilles de notre famille Artur, qui s'empressa de porter
plainte par devant les maréchaux de France. L'affaire fut
renvoyée par eux à M. de Canisy, lieut. du Roi en Normandie et Gouverneur d'Avranches. Il ordonna que les
armes des Artur de la Villarmois et du Plessis, qui étaient
au Mont Saint-Michel de tout temps, y seraient rétablies. Les
pièces du procès existent aux Archives de la Manche ; elles
ont trop directement trait à notre sujet pour que nous ne
les transcrivions pas ici.

21 Juillet 1684.

A très hauts et très puissants Seigneurs nos Seigneur
les Mareschaux de France.

Supplie très humblement Magdel on-Philippe Artur, es
cuier, sieur du Plessis, tant pour lui que pour Nicolas Artur, escuier, sgr de la Villarmois, aisné de la famille et des
autres gentilshommes des mesmes nom et armes, et vous
remontre que depuis un mois (*le prénom en blanc*) Artur,
escuier, sieur de la Gibonnaie, mestre des Comptes à Nantes,

auroit par entreprise et contre les expresses défenses de Sa
Majesté, qui ne souffrent point de voies de fait, fait rayer
les armes des suppliants qui estoient apposées dans un tableau attaché contre une des chapelles de l'église mona-
chale du Mont Sainct Michel, lequel contient les armes et
noms de six vingt gentilshommes qui se jettèrent dans
cette place pour la défendre contre les ennemis de l'Estat,
qui y formoient des entreprises qui ne leur réussirent à
cause de ce secours ; en reconnoissance duquel on
éleva ce tableau composé des escussons de leurs armes et
noms de leurs familles pour perpétuer la mémoire de ce
service. Ledit sieur de la Gibonnaie, voyant que les armes
apposées dans l'escu de G. Artur, l'un d'iceux, n'estoient
celles de sa famille, mais bien celles des suppliants, il les
auroit fait biffer et mettre en leur place les siennes, ce qui
est d'une entreprise non à supporter. A ces causes, nos
Seigneurs, il vous plaise authoriser les suppliants à faire
restablir les armes de leur famille dans l'escusson de G.
Artur, leur ancestre, en l'estat qu'elles estoient avant la
dite entreprise et mutation et comme elles ont esté de tout
temps ; ce qui sera justifié avant toutes choses ; et, pour ce,
adresser commission au Seigneur Marquis ou Comte de
Canisy, lieut. pour le Roi en cette province de Norm , bailliage
du Costentin, et gouverneur de la ville et chasteau d'Avranches, sous l'estendue de quoy est la ville du Mont Saint
Michel et la demeure des suppliants, ou à tel autre juge
du point d'honneur qu'il plaira à vos Grandeurs, pour or-
donner de la satisfaction deue à une telle offense, ou com-
mettre l'un de vos grands provots, pour informer du fait et
faire faire ledit restablissement, ou estre le tout porté à
vostre tribunal pour y estre les parties réglées.

Présenté à (   ) le (   ) juillet 1684.

ARTUR DU PLESSIS.

Les Mareschaux de France, ayant aucunement esgard à
la requeste ci-dessus et pour y faire droit, renvoyons les
parties y dénommées par devant M. le comte de Canisy,

gouv. d'Avranches ; défendons cependant ausdites parties toutes voies de fait et de contrevenir aux édits et déclarations de S. M. et de nos réglements, sous les peines y contenues. Fait à Paris le 21 juillet 1684.

VILLEROY.

Veu le renvoy à nous fait par Monsieur le Maréchal de Villeroy et la présente requeste et considéré l'entreprise faite par le sieur de la Gibonnaie d'avoir, sans authorité de justice, fait biffer les armes du sieur du Plessis Artur qui sont au Mont Saint Michel de tout temps, nous ordonnons au sieur de Tasté, capitaine de nos gardes, d'aller avec le dit sieur du Plessis Artur, au Mont Saint Michel et faire repeindre les dites armes dudit sieur du Plessis Artur, sauf audit sieur de la Gibonnaie de se pourvoir par devant nous s'il est fondé en droit de l'empescher, mais en attendant lesdites armes seront restablies.

Faict à Bayeux ce 9e aoust 1684.

CANISY.

Jacques de la Brière, garde de Mgr le Marquis de Canisy, cons. du Roy en ses conseils, son lieut. en Norm. et gouv. des ville et château d'Avranches, avons signifié le présent ordre aux RR. PP. Religieux de l'abb. du Mont Saint Michel en parlant au R.P. Jean Robiou, procureur de lad. abbaye, en conséquence dud. ordre et par le commandement de M. de Tasté, nostre capitaine, faict repeindre les armes dud. G. Artur, escuier, par J. Allain, peintre, par nous amené à la réquisition de Magdelon-Philippe Artur, escuier, sieur du Plessis, dans la chapelle du trésor du Mont Saint Michel, d'entre le tableau estant contre la muraille de la dite chapelle dans la principale église dud. lieu suivant led. ordre et qu'ils y estoient de tout temps. Faict au Mont Saint Michel, le 18e jour d'aoust 1684. Et de plus baillé copie tant de la requeste présentée à nos Seigneurs les Mareschaux de France, de l'ordonnance qui est au pied d'icelle et de la requeste cy-dessus, à ce que du tout ils n'en ignorent, ce dit jour et an que dessus.

DE LA BRIÈRE.

Nous R. de Gavaret, escuyer, sieur de Tasté, cap. des
gardes de Mgr le Marquis de Canisy..., en exécution de
l'ordre à nous adressé en conséquence du renvoy à lui faict
par nos Seigneurs les Mareschaux de France, nous sommes
exprès transportés en la ville et chasteau du Mont Saint-
Michel, présence et de la requisition de Magdelon Philippe
Artur, escuyer, sieur du Plessis, faisant fort pour N. Artur
escuyer, sieur de la Villarmois, aisné de la famille, et les
autres gentilshommes d'icelle, accompagné de Jacques de
la Brière, l'un des gardes de nostre dicte comp. et de Me J
Allain, sculpteur et peintre, tous deux de la ville d'Avranches, auquel lieu du Mont Saint Michel avons appareu les
ordres, tant de nos dits seigneurs les mareschaux de France
que dud. sgr de Canisy, aux RR. PP. Religieux de l'abb.
dud. lieu, en parlant au père procureur, et parce qu'il ne
nous a esté faict aucune opposition avons à l'instant fait os.
ter les prétendues armes du sieur de la Gibonnaie de l'escusson de G. Artur estant contre la chapelle du thrésor de
l'église dudit lieu, et en leur place avons faict restablir les
armes desd. sieurs Artur, escuyers, qui sont *de gueules à
la coquille d'or au chef d'argent*, ce que led. Allain a re-
reconneu avoir trouvé dans led. escusson de G. Artur, il y a
viron trois mois qu'il fut requis par un gentilhomme à lui
inconneu, et qu'il a depuis appris s'appeler de la Gibonnaie,
d'y venir placer les siennes qui estoient *d'azur aux deux
estoiles d'or en chef, à un croissant en pointe*, lesquelles
nous avons, comme dit est, faict biffer et restablir celles
cy dessus du nom et famille desd. sieurs Artur de la
Villarmois et du Plessis. Et de tout quoy nous avons délivré le présent acte aud. sieur du Plessis pour luy servir
qu'il appartiendra, le 19e jour d'aoust 1684.

R. DE GAVARRET.

ALLAIN.

DE LA BRIÈRE.

(*G. Artur*, par M. Dubosc, archiviste de la Manche.)
1484. — 1697. J. Bellestoille, avocat du Roi à Avranches :

d'az. à une étoile à 8 rais d'or. (Cab., *Armor. gén.*, Caen, p. 504.)

1485. — 1776, juin. « Morel, dioc. de Coutances : Famille reconnue, par lettres-pat. de Louis XVI, pour noble d'extraction : d'or au chevron d'azur chargé de 2 coutelas d'arg., et à la fleur-de-lys de gueules en pointe. Devises : *Lilia Francigenum deffendam hoc vindice ferro.* — *Pugna pro Patria.* » (La Chenaye, XI, 720.)

1486. — 1789. Gilles de Belle-Étoile, éc., s. du Mottet à Ponts. (Pigeon, 400.)

1487. — Gilles-Ph. Danjou, s. de Coulouvray; Léandre Danjou, son frère, s. de Beausault, anc. officier d'inf. (Pigeon, 556.)

SUPPLÉMENT

1488. — 1082. Don. à St-Pierre de la Couture, dioc. du Mans : G. de Belin, Renaud Avenel, tém. (Bibl. du Mans, ms. 198, f. 24 v.)

1489. — V. 1084. Guerric de Nocé, tém. d'une don. de Geoffroy, comte de Mortagne, aux moines de Cluny. (Bruel, IV, 3589.)

1490. — V. 1180. Caen. Don. à l'abb. d'Ardennes par Raoul Beleth de rentes à prendre sur la maison de G. de Crocy. (*Calv.* I. 10.) — à l'abb. de Gouffern par Hug. Sibour. (*Ib.* 417) ; par Hamon de Courcelles, fils de Ric. Maheux (*Ib.* 423), et par Hug. Garin ; scel : écu à 6 coquilles et bande broch. (*Calv.* pl. VIII, 19.)

1491. — 1202. Don. à l'abb. d'Aunay par R. Langevin. Scel : écu au lion. (*Calv.* pl. IX, 21.)

1492. — 1308. Don. à l'abb. d'Ardennes par G. du Plessis, ch. Scel : écu à 3 pals et un chef. (*Calv.* pl. XIX, 2.)

1493. — 1311. Scel de R. de Huval, bailli royal de Senlis ; écu à 2 fasces acc. de 3 roses en chef et de 8 coquilles, 5 entre les fasces et 3 en pointe, 2-1 ; lambel à 4 p. (*Sc.* LX, 233.)

1494. — 1325. J. le Boulanger, bailli de Caen. (*Calv.* I, 257.)

1495. — 1362. P. Michiel, secr. du Dauphin duc de Norm. (A. N., JJ. 92, n° 109.)

1496. — 1365, 23 mai, Bayeux. Quitt. de R. du Homme, éc., chef d'une comp. de 7 arch. (*P. O.* du Homme, 6.)

1497. — 1366, 14 juil. Charles V donne 200 liv. aux enfants de « feu Jacques Prestrel, qui pour nostre service fu mort. » (*P. O.* Prestrel, 5.)

1498. — 1369, 19 juin. « Damoyselle Johanne de Haussès, jadis femme de feu S. de Pierrecourt, esc. » Quitt. au vic. de Gournay. (*P. O.* Pierrecourt, 2. « Pierrecourt : d'arg. à 3 fasces de sable. » *Ibid.* 6.)

1499. — 1370. « Henry de Sachins, sergent d'a. du Roy » : écu à la bande. (*P. O.* Sachin, 2).

1500. — 1371, 1 juin, Louviers. La m. de B. du Guesclin, duc de Moulines, conn. de France. *Esc.* Ge. Paien, Ol. de Coaiquen, G. d'Enfernet, G. Flambart, Thib. de Chasteaubriant, R. de Terve, J. Adam, G. Hay, Ol. Roussel, G. et J. de Vaulz, Gerv. Auber, Est. Boterel, R. de la Boissière, J. Gellin, C. du Pontbrient, Ge. de Crux, G. Malvesin, G. Pinel... (*Sc.* LVI, 4255.)

1501. — 1 n. Caen. La m. de B. du Guesclin, connét. de France. *Ban.* Hervieu et Ol de Mauny... *Bach.* Raul de Coesquen, Briant de Montfort, J. de Villers, Ge. de Mangneville, Hébert de Vicus, Eustace de Mauny ; G. de Villers, s. du Homet... *Esc.* R. de Bures, Ol. le Forestier, Jourdan de Vieux, C. le Mercier, Mi. du Puis, G. Roussel, Ric. Morel, Raul Basin, J. de Guéhébert, J. du Bois, P. Barbé l'ainsné, P. Barbey, R. d'Enneval, Robin Tesson, J. d'Autry... (*Sc.* LVI, 4257.)

1502. — 1374, 1 jan. Bayeux. La m. Mgr H. de Coulombières, ch. *Bach.* J. des Préaux. *Esc.* C. Gohé. (*P. O.* Colombières, 6.)

1503. — 1378, 17 n. Valognes. La m. Mgr Allain de la Houssaye, ch. *Esc.* S. de Verreiz. (*Sc.* LX, 170. Verreiz, auj. Véret, en Formigny.)

1504 — 1380, 18 mars, la Haie-du-Puiz. Rev. de H. de Coulombières, ch. *Esc.* Rog. Bacon, J. et H. de Coulombières, Th. de Cantelou. (*P. O.* Colombières, 99.)

1505. 1 oct. Lehon. Rev. de G. Gieffroy, éc. *Esc.* J. du Four, Michellet Couvé.... (*Sc.* LV, 4186.)

1506. — 1387, 1 juin, Carentan. Rev. de H. de Courlombières. ch. *Esc.* H. de Courlombières, Robin de Percy, J. de Chantelou, Lancelot Campion, Gillebert Bacon, J. Auber. (*P. O.* Colombières, 24.)

1507. — 1388, 6 s. Monsay sur Meuze. La m. de P. de Huval, esc., et 1 autre : J. du Plesseys. (*P. O.* Huval, 2; quitt. 12 oct. Écu : 6 annelets, 2-3-1; fr. canton au croissant surm. d'une étoile. *Ib.* 3.)

1508. — 1362, 3 f. Paris. Louis, duc de Touraine, distribue des dons pécuniaires à G. de Colleville, ch., R. de Mathant, éc., et autres ch. et éc. « qui nouvellement sont retournez du voyage de Prusse ». (*P. O.* Baudrain, 2).

1509. — 1401. Charles VI anoblit Ol. Pigné. (A. N., JJ. 156.)

1510. — 1404, 5 juill. Aveu au roi par Regnault du Hommet, ch., s. de la Varengière et du Mesnil-Raoul. (*P. O.* du Hommet, 2.)

1511. — 1406, 18 oct. St-Jean d'Angély. Quitt. de P. Pigace, éc., servant aux guerres de Guyenne avec 2 ch. et 10 éc. de sa comp. (*P. O.* Grignaux, 3.)

1512. — 1410, 30 s. « Je J. Raguenel, vicomte de la Bellière, confesse avoir... reccu de haulz et puiss. princes Messgrs les ducz de Berry, d'Orléans et de Bourbon et le Conte d'Alençon, la s. de 200 fr. d'or... pour aller pre-

sentement es parties de France ou service du Roy en la
comp. de mes diz sgrs et de Mons. le comte de Richemont... » (*P. O.* Raguenel, 2).

1513. — 1410, 29 oct. Aveu des fiefs de Cliqueville et
d'Auberee servi au Roi par J. de Crux, éc. (A. N., P. 304,
num. 138.)

1514. — 1412, 26 av. Aveu au Roi par Landry du Saucey, éc., s. du Saucey et d'Orval en la vic. de Coutances.
(A. N., P. 304, n° 140.)

1515. — 2 mai. Rev. de Regnault Barbe, éc. *Arch.*
P. Ahuguet, Est. Michiel, Th. de Baieux... (*Sc.* IX, 558.)

1516. — 1415, 8 juin, Rouen. Robin du Homme, de la
par. St-Maclou, prête à la ville 60 s. tourn. « pour aider à
paier la s° de 4,000 liv. accordée, par les manans et hab.
de lad. ville, estre prestée au Roy n. s. pour le paiement
des gens d'armes. » (*P. O.* du Homme, 8. —Le rembourse-
ment n'eut lieu que le 29 sept. 1442, à Rouen, en présence
de Gieffin du Bosc., C. Marguerie et G. Ango. *Ibid.* 9.)

1517. — 11 août, Paris. R. de Montauban, ch., est nommé
bailli de Cotentin par Charles VI. (*P. O.* Montauban, 6.)

1518. — 15 août, St-Malo. Rev. de J. Quebriac, dit de
Mousson, éc. *Esc.* Ol. et Fouques Herault... (*Sc.* XCI,
7096.)

1519. — 24 s. Rouen. La m. d'Ol. de Mauny, ban., sir de
Thorigny. *Esc.* J. Boutin, J. du Buret... (*Sc.* LXXII, 5628.)

1520. — La m. de Lancelot Freseau, éc. *Esc.* Jaq. d'Es-
cuillier, J. Guedon... (*Sc.*, L, 3789.)

1521. — 1416, 1 juin, Montivilliers. Rev. de G. le Baube,
éc. *Esc.* Perrin Petit, Regn. et P. de Courcelles, B. Boterel. (*Sc.* X, 624.)

1522. — 1417. — R. de Huval, ch., bailli royal de
Senlis. (*P. O.* Huval, 9.)

1523. — 1418. 24 juin, Croces. La m. d'Yvon Ligier,
éc. *Esc.* J. de la Fosse... (*Sc.* LXIV, 5040.)

1524. — 1419, 6 mars, Gien. La m. de B. du Vergier,
éc. *Esc.* Jacquet Picart, J. Lombart, J. du Vergier... (*P. O.*
du Vergier, 6. « De gueules à 2 bandes de vair. » *Ib.* 47.)

1525. — 7 av. Henri V rend à Maistre Richard Lombard, maître ès arts, le temporel de ses bénéfices, en Cotentin. (Vautier, 75.)

1526. — 12 av. Henri V confisque les terres de Charles d'Esneval, ch. (*Ant. Norm.* XXIII, 390.)

1527. — 4 juin, La Flèche. Rev. de B. du Vergier, éc. *Esc.* J. Bourdon, J. des Molins... (*P. O.* du Vergier, 8.)

1528. — 1 d. Dary. La m. de Roullant de Tremerrouc, éc. *Esc.* P. Lancé... (*Sc.* CVII, 8376.)

1529. — 1420. Écu de Raoul de Mons, ch. : une aigle, bordure besantée. (Brin et Corroyer, 267.)

1530. — 1420, 1 août, Durtal. La m. de C. du Hetray, éc. *Esc.* P. de Vaumorice, P. le Mercier, J. de Lostelerie, Ric. de Chousseu (Chaussey), J. le Court, G. Haye, Mi. du Boys, Rouland de Tremeront (Tréméreuc), J. Prigent, Guion du Gué, Perrinet de Moulins, J. de Laubryaye, Georget Girart, Alain de Lodun, J. de Montbourcier, G. de Rogemont, Lancelot Nicolau. *Arch. à ch.* J. du Bois, G. du Boys, Jamet Brisepont, Est. Testenoire, Michelet Ruelle, G. le Coq, Est. Rollant, P. Lescot, J. Velart, G. de Vermeil. (*Sc.* LIX, 4544.)

1531. — La m. de P. de Fontenay, éc. *Esc.* Colinet de Champeaux, G. de Fontenay, G. et J. Cothart... *Arch. à cheval.* J. Harel... (*Sc.* XLVIII, 3638. —. Poli, *Montres*, 52.)

1532. — V. 1420. Marie d'Yvetot, dame de la Rivière-Bourdet, fille de Martin, roi d'Yvetot, femme de [P.] de Vaussemer, éc., puis chevalier. (Arch. de la Riv.-Bourdet. — Poli, *Les seigneurs de la Riv.-B.*, 11.)

1533. — 1424. « Les Anglois... tenoient lors en entier toute la Norm., et n'y restoit que le Mont St-Michel ; et, pour ce, les Anglois s'assemblèrent en bon nombre et y allèrent poser le siège tant par mer que par terre ; et y envoya le roy d'Angl. un grand nombre de vaisseaux, tous chargez d'h. d'a. et de munitions, avec force artillerie, pour batre ceste place à bon escient.... Le duc de Bretaigne... se delibera d'empescher qu'elle ne tombast ès

mains des ennemis, encores qu'il n'eust point de guerre
ouverte avec eux. De ceste entreprise furent messire G. de
Montfort, qui estoit Cardinal du sainct Siège, surnommé
le Cardinal de Bretaigne, Evesque de St-Malo ; le sieur de
Combourg ; de Beaufort, admiral de Bretaigne ; les sieurs
de Montauban, de Coetquen, et nombre de ch. et esc., qui
délibérèrent d'assaillir les vaisseaux qui estoient à la rade,
pour le roy d'Angl., au siège du costé de la mer... Le
combat fut aspre et de grand cœur... Tels combats de mer
sont furieux, car homme ne recule, et faut mourir sur la
place ; finalement les Bretons trouvèrent façon de cram-
ponner les vaisseaux d'Angl., sur lesquels ils montèrent
avec le cordage par force... De sorte que ce siège fut
levé..., et eurent ceulx de dedans moyen de sortir et
rafraichir leur place. Le bruit de ceste victoire alla fort
loing, et, de vray, firent ces seigneurs un remarquable
service au Roy, dont il fut très content et joieux ; car
c'estoit un très grant desadvantage pour ses affaires si
ceste place, qui seule luy restoit en Normandie, eust esté
perdue. » (B. d'Argentré, liv. X, ch. 364, p. 854).

1534. — « Geoffroy de Châteaugiron étoit fils de J. de
Ch , s. de Malestroit. Dès sa jeunesse il suivit les armées,
où il signala son courage. En 1376, il soutint le siège de
St-Malo contre le duc de Lancastre... Il prit les armes en
1415, avec les autres seigneurs bretons, pour délivrer le
duc Jean..... et fit lever le siège aux Anglois de devant le
Mont St-Michel, après les avoir vaincus dans un combat
naval... » (Moréri, III, 93.)

1535. — 1424. Charles VII : Don de 100 liv. t. à Loys
de Segrie, éc., en récomp. de ses services. (*P. O.* Segrie,
1).

1536. — 1424, 6 oct. Nantes. Rev. du sire de Montau-
ban. *Bach.* J. Giffart, Auffray Ferron. *Esc.* Alain de la
Feillee, J. de Landugen, G. Mandart, Guion Vallaise, G.
Boutier, Ol. du Bourneuf, J. et Ol. Labbé, P. Guihou,
Alain de Lisle, Est. de Langan, B. des Salles, G. Gruel, Ol.
de la Chèze, Th. Aguillon. (D. Morice, III, 998.)

1537. — Rev. de R. de Montauban, ban. *Esc.* G. et J. de Montauban, J. de la Bouessière l'ainsné, J. de la B. le jeune, J. Hedelor, P. de la Roche, B. Sanxon, Jamet Sebille. (D. Morice, III, 999.)

1538. — 1425, mars. Quittances de N. Bourdet, ch., bailli anglais du Cotentin, chargé de prendre le Mont St-M. (*Quitt.* LV, 308, 309.)

1539. — 1427, 22 mars. La m. de Guy, sire du Gavre, ban. *Ch.* Alain et J. Hay, Foucques de Cambray... *Esc.* G. Hay, J. de St-Pern, Lorens Loré, J. le Prevost, J. Chappedelaine, J. Bellé, Fierabras Hamon, G. du Plessis (D. Morice, III, 1004.)

1540. — 1427, 18 mai. Colin Sachin, du dioc. de Rouen, frère de vén. homme M° Robert S., chanoine de St-Martin de Tours. (*P. O.* Sachin, 3.)

1541. — 1432. « Noble et puissant sgr Messire J. Raguenel, vicomte de la Bellière, et dame J. de Malestroit, sa femme, s. et dame de Malestroit, Châteaugiron... » (Villev. t. 74, f. 15 v.) — 1435. « Noble h. et puissant messire J. Raguenel, vic. de la Bellière et s. de Chateaubrient. » (*Ibid*).

1542. — 1445. Raymond Montfault, receveur général de Norm. pour le roi d'Angleterre. (*Ant. norm.* XXIII, 1394.)

1543. 1463-64. — Raymond de Montfault, commissaire du Roi de France.

Les noms de ceux qu'il trouva Nobles en Basse-Norm. et de ceux qu'il imposa à la taille quoiqu'ils se prétendissent Nobles. — *Élection de Lisieux. Nobles* : J. de Montenay, ch. J. et Ric. de Breveden. J. le Grant, de Quetteville. P. de Tournebu. J. Guérin, de la Houbelonnière. Guy de Ponfol. C. de Granville, de Tourgeville. Jac. de Harcourt, de Bevron. J. d'Onnebault, de Bonnebosc. R. du Val, de Boquency. L. de Segrie. G. de Mesneville. J. de la Mare, d'Espaigne. J. Mire, de la Lesqueraye. G. Poisson, de St-Christofle. R. Campion. Ol. de Clinchamp. J. Mire, de St-Georges du Mesnil. Cardin le Forestier, de Sernay. P., R. et J. du Mesnil, G. de St-Aubin; P. de Chesnes .... *Non*

Nobles : J. Anquetin, d'Orbec. J. Calays, de Manneville la
Raoul. R. de Fontenille. J. Houel, de Berville. Th. Harel,
de Grandouet. Renaud le Mire, de St-Désir, G. du Mesnil....
(*Le Héraut d'armes*, I, 147-9, 246-7.)

1544. — Même Recherche. *Élection de Falaise,*. *Nobles* :
J. de Fouqueville, de Canon. J. du Merle, de Quatrepuits.
J. et R. du Fay, de la Fresnaye-Sauvage. Raoul de Ste-Marie.
J. le Forestier, de Dulcet. Robin Tybout, de St-Malo. Ol. de
Vassy, ch. Girart Tybout, du Grez. J. de la Motte, de Lonlay
le Tesson. J. de Ste-Marie, de Lignou. R. Tybout, de Bray
la Campagne. G. Thibout, de Champeaux. J. de St-Germain,
de Thury. J. de Clinchamp, d'Annoy. G. du Bois, des Yve-
teaux, Fouques du Mesle, de St-Pierre du Bu. J. Marie, de
Courteilles, J. d'Auberville, Cardin du Fresne, J. Gri-
mout... *Non Nobles* : J. le Clerc, de Barbery. J. Guérin,
de Fresney le Puceau. G. le Gendre, Th. du Chemin, Cardin du Mesnil, C. et L. Regnault.... (*Ibid.*, p. 217-9, 287-8.)

1545. — Même Recherche. *Élection de Caen. Nobles* :
J. Pigache, de Courseules. Ph. de Vierville, de Creully,
ch. Ph. et J. de Manneville. Guyot Benoist, de Tournay.
J. Guernon, de Parfourou. J. de Mathan, de Monvilliers.
Girot Danjou, de Benneville. Gab. du Four, de Maletot. Jac-
ques de la Fosse, de Solliers. Thomin Vallez, d'Amouville.
R. Quesnay, de Méry. Ol. de la Fosse, de Foubert-Follie.
Ernoul de Vaux, de Mereville, ch. J. le Brun, du Buisson.
Rog. le Fevre, Ph. de Rivel, de Caen. B. Marguerie, de
Verson.... *Non Nobles* : J. et Jac. le Grant, de Mouen....
(*Ibid.*, 367-9.)

1546. — Même Recherche. *Élection de Bayeux. Nobles* :
Gaultier Marguerie, d'Estrehan, ch. R. de Fontenil, de
Neuville, G. Pignot, de Rucy. G. de Perchy, de Four-
migny. J. d'Argouges. Est. de Villiers, de la Meauffle.
Jac. de Creully, de Moon. H. de Creully, de St-Cler.
G. et Ric. de Reviers. Th. et G. de Bailleul, de Sommer-
vieu. Raoul et Raoullet de Mathan. J. le Forestier, de
Ver. G. Bellin, de Villiers (sergenterie de Gray). Hébert
Suhart, de Fontenay. **Th. de Persy, Raoul de Semilly,**

d'Anglequeville. J. de Fontaines, d'Aumanville. Th. Gohier,
de St-Clyment. Ant. de Tilley, d'Asnières. Rog. Suhart, de
Milly. P. Meudrac. Th. de Semilly, d'Isignie. G. Sushart,
de L'Espinay-Tesson. Th. le Breton, de la Follie. Raoul
de Vaulx, de Mestry. Guiffroy Suhart, Ph. et Perrin
Hamon, de Fobeaux. J. Beatrix, de Voully. G. de Can-
telou, de Cahaynolles. Michel Marguerie, de Houtlot, ch.
Hebert Thezart. G. de Manneville, P. et Th. de Clinchamp,
Martin Autin, de Livry. R. Marie, de St-Martin le vielz.
Gilles Flambart, de Bernières. Th. de Semilly, de Ruberset.
Morel et G. Hamon, de Campigny. Ric. Suhart, de Crouay.
J. de Percy, de Boynes. R. Onffroy, de Cerisy. Gilles de
Vaux, de Age. J. et Hervieu de Longaulnay. J. le Cham-
pion, de Condé. Jac. Thezart, de Dampierre. Ric. de
Mathan, de St-Pierre de Semilly. J. de Manneville, de
Cahagnes. Laurent de Cantelou, J. Haussay, de Cormolain.
P. Hamon, de la Poterie. G. Dyonis, J. de Cueilly, R. Onf-
froy, J. Marguerie, Jac. Cornet... *Non Nobles* : J. de Maugny
(Magny), de Cricqueville. Perrin Houel, de Condé sur
Vire, Th. Regnier, de Gray... (*Ibid.*, p. 369-70, 407-9.)

1547. — Même Recherche. *Élection de Vire. Nobles* :
J. de Semilly, ch. P. de Choyne, de St-Sever. G. et Robin de
Fontenay, du Tronchet, G. le Breton, des Sept-Frères.
N. Chappedelaine, de Clinchamp. J. Bellet, de St-Sever.
Michel d'Anfernet, ch. P. Hérault, de Coulonches. Raoullet
de Percy, de Monchamp. Colart de Missy, de Bremonet.
P. Poisson, de la Tarentennes. P. Houel, de Tourneur.
J. Guillaumin, de Perrigny. J. du Grippel, de Clecy.
R. et Michel de Ste-Marie. Ph. de Clinchamp, ch. Maistre
Pasquier de la Fosse, de Lacy. Roger de Bricqueville, de
Calligny, ch. J. de la Rocque, de Montregraz. J. et G. de
Tallevende. P. du Fresne. Jac. Freduyt, de Rouloux... *Non
Nobles* : Gilles, J. et Laurent de Bordeaux, de Cou-
lompces.... (*Ibid.*, p. 409-11.)

1548. — Même Recherche. *Élection d'Avranches. Nobles* :
J. de Verdun, J. de la Motte, de St-Quentin. J. du Homme,
Ric. du Plesseys, de Poilley. B. du Parc, de Cresnay. Th.

Aze, du Mesnil-Adelée. R. de Creux, Eon Chollet, de Ti-
repié. J. le Prevost, de la Trinité. J. du Homme, ch., P. de
la Palluelle, de Sacé. G. de Verdun, d'Auxé. J. de Clin-
champ, de Montasnel. Gilles, P., R., J., Vincent et autre
P. de Roumilly, G. de Maingot, de St-Martin de Landelles.
G. et J. Guiton, G. de la Palluelle, de St-James de Bevron.
J. d'Argouges, P. des Loges, Ol. et Ph. Roussel, d'Argouges.
J. Pigace, de Vergoncé. H. du Bois, J. Marie, de St-
Aubin. G. Roussel, de St-Laurens. H. de la Servelle, de
Villiers. G. de Brully, de Chavoy. N. de Creux, J. de Pon-
fol, de Lollif. Regnault la Hache, de Champeaux. G. Couvé,
de Roumaigné. J. de Percy, de Paregny. Guyon, baron des
Biars. J. Payen, des Biars. G. Roussel, de Chalendrière.
P. de Roumilly, de la Mancellière. G. Roussel, C. de Bres-
say, Gilles de St-Germain, du Mesnil-Rainfroy. Ric. Rou-
xel, du Mesnil-Beufs. J. de Roumilly, des Loges. J. de
Bressey. J. Allart, de Sourdeval. J. et Allain de la Motte,
de St-Jean de la Heze. J. Herault, de Plomb. G. de Tallevende, de St-Quentin. Ric. du Bur, de St-Christofle....
Non Nobles : J. Dobé (Dobré), de St-Lou. P. et Th. de la
Broize [1], du Mesnil-Adelée. J. de Cantilly, d'Anger. G. He-
rault, de Dragé. J. du Homme, de la Luiserne. Messire
J. Champion, de Sourdeval. G. Aze, G. du Bois, du Mesnil-
Thoune. J. le Gay. Michiel Maheule..... (*Ibid.*, p. 411-13.)

1549. — Même Recherche. *Élection de Coutances. Nobles* :
Michel, Robin, Drouin et L. Adam, de Courcy. Ol. de Coulombières, ch. J. le Breton, d'Agon, ch. D. le Cointe, de
St-Denis le Vêtu. Clém. le Cointe, de Saussay. G. des
Loges, de Creseville. C. Meurdrac, de Contrières. Ric. de
la Haye, de Cerisy. G. Adam, de Cambernon. G. et J. de Grimouville. Th. du Bois, de Pirou, ch. L. de la Bellière. Jac.
de la Mothe, de St-Planchaz. Th. de Mary, de Longueville.
Marquis de Maugny, de Cantelou. P. et J. de la Motte, de
St-Paer. L. Louvel. G. de la Luserne, de Valency. J. Marie,
de Bourey, *de l'Ordonnance du Mont St-Michel*. Salmon

---

[1] En marge : « Ils continuerent de jouir » de la noblesse.

Darien, breton, du Mesnil-Vinemen. J. de Montagu, de
Montagu. Ph. et J. de la Haie, de Beaucoudray. J. le
Campion, de St-Ronfare. J. de Matan, du Mesnil-au-parc.
G. de Perchy. G. de Vallée, de La Coulombé. J. le Breton,
de Guillouin. Gerard le Tellier, de Perchy. Fouque le Bastard, de Soulle. Ric. de Clinchamp, d'Anoville. R. To-
levas, du Mesnil Raoul, *de l'Ordonnance.* G. Pinel, *de l'Ordonnance.* J. de la Haie, de la Haie-Comtesse. H. du Saussay.
G. du Hommel, de La Vandelée. J. Ferrant, de St-Sauveur-
Lendelin. Gauvin de la Haye, P. Champion, de la Meurdra-
quière. L. de Foligny, J. de Ste-Marie d'Esquilly. C. Regnier,
de Courcy. P. du Mesnil, de Fleury...

Non Nobles: G. Morice, de Savigny. R. le Fevre, de Mont-
martin. P. le Breton, de Draqueville. Raoullet Sausson,
de Gieffoce. J. Michel [1], J. le Breton, de Perchy.... (*Ibid.*,
p. 423-25.)

1550. — Même Recherche. *Élection de Carentan. Nobles* :
R. et Raoul Meurdrac. R. d'Auxais, s. du lieu. G. Hue, C.
d'Auxais, de Mont-Martin. J. de la Haie, de St-Ouen. Briant,
Ph^ot, Th. et Michel d'Auxais. Th. le Forestier, de Mau-
bec. N. de Mary. J. du Bois, d'Apeville. Pierre, bastard de
G. aux Espaules, ch. J. du Buret, de Carquebu. Ric. aux
Espaules, ch. J. Morice, de Foucarville. J. du Val, de Chief.
du Pont. Jac. de Coulombières. Hervieu de Cantelou. Raoul
de Brully, ch. G. du Hommeel, G. Blondel, de St-Fromont.
Ferranlt de St-Germain, de St-Germain le Vicomte. Th.
des Moustiers, de Gerville. G. de Briqueville, ch., s. de
Laune. G. le Forestier, d'Appeville. P. et G. Yon, de Que-
tieville. N. des Moustiers, de Neufmesnil. Th. des Moutiers,
de Varenguebec. Julien de Saussay, Michel le Fevre, de
Barneville. J. et G. le Fevre, de La Haye d'Esquetol. Fr. de
Coulombières, de La Haie du Puis. R. de Chantelcu, de
Mongardon. Benard et Ric. le Pigné, P. de la Rocque, de
St-Lô. J. de Vastonne, de St-Germain de Varreville... *Non
Nobles*: P. et G. Yon, de Creteville... (*Ibid.*, p. 425-28.)

---

[1] « Maintenus en 1469, 1585, 1587, etc. »

1551. — Même Recherche. *Élection de Valognes. Nobles* :
Ol. Chapedelaine, d'Englequeville, *de l'Ordonnance* [*du
Mont St-Michel*]. R. Marie, de St-Flocel. Raoul de Tilly, J.
Meurdrac, de La Penelle. Benoit le Breton, de Teurque-
teville. G. Hervieu, de Sauxemesnil. Th. de Grimouville.
P. de la Rocque, de Flotemanville. J. le Clerc, de Graville.
G. du Quesné, de Rideauville. Noël de Persy. G. de la
Haye, de Lieuxaincl. Jac. d'Auffrené. Rog. de la Haie, de
Canleville. G. des Moulins, de Ste-Colombe, ch. J. Louvel,
de Coulombie, *de l'Ordonnance*. J. le Houguez, de Morville.
R. de Fréville, de La Bonneville. R. le Carpentier, de Cau-
quigny. R. Basan, des Pieux. Ginot des Moutiers, de Ro-
sel. Ric. Basan, de Querqueville. J. Adam, d'Urville. G. du
Saussay, de Varangueville. C. Basan, de Martinvast. J. de
Tollevast, s. du lieu, ch. Jac. du Hommeel, de Beaumont.
Andry Blondel, de Flotemanville. P. *Blondel, de Martinvast, de l'Ordonnance*. Robin Blondel, de Sideville. Ric.
d'Auxais, de Nehou. G. le Tellier, ch. J. et Ph. Meurdrac,
« J. le Hoguez, *de l'Ordonnance* », d'Yvetot. J. de Manneville, s. du lieu, ch. J. de Mons. J. de Percy. J. de Brully,
de *Baudreville, de l'Ordonnance* [1]. C. *des Moutiers*, de Fier-
ville. J. Hervieu, de Senoville. Th. des Moutiers, de St-Lô
d'Orville. Robin de Brully, de St-Nicolas de Pierrepont.
J. Blondel, d'Yvetot. Raoul de Briqueville, de Breteville.
J. Meurdrac, d'Anneville. G. de Pirou, de Fermanville....

Non Nobles : Th. Yon, de Piqueauville. G. le Grand, de
Canville. G. du Parc, de Bolleville. Allain Prestrel, de St-
Germain le Gaillard. J. Tesson, d'Urville. J. le Fevre, d'Es-
teurteville. J. le Long [2], de Hardivast.... (*Ibid.*, p. 428-30.)

1552. — 1353, 7 juil. Scel de « P. de la Broye », éc. normand *servant dans les guerres de Saintonge* ; écu : 3 roses,
une molette en abîme. (*P. O.*, de Villers, en Norm., p. 2.)

1553. — 1365, 16-21 juin, Caen. Montre et quitt. de Ric.

---

[1] « C'est-à-dire qu'il est des gentilshommes qui ont défendu
le *Mont St-Michel.* »

[2] « Ils continuèrent de jouir » de la noblesse.

de Cuilly, éc., servant sous G. du Merle, s. de Messy, cap.
général ès baill. de Caen et de Costentin. Scel : écu au chef
chargé de 3 merlettes rangées en fasce. (*P. O.* Cuilly, 2-3.)

1554. — 1380, 18 f. Briquebec. La m. de J. de Carrouges,
éc. *Esc.* Andrieu du Bosq, J. Carrel... (*P. O.* Carrouges, 7).

1555. — 1417-34. « G. de Vaussey, s. de Savigny,... s'en
alla avec ses fils guerroyer pour le Roi de France, du côté
du Mont St-M. Son fils aîné et son petit-fils, P. Michel,
s. de la Michelière, furent tués en défendant le Mont St-M.
contre les Anglais (1434). » (Lemasson, 22.)

1556. — 1421, 12 mai, Basogiers (près Laval). « La m. de
Mess. G. de Cuilly, ch. bach., et 18 esc. de sa chambre, de
la comp. Mess. Charles de Mauny, ch., soubz la retenue
de Mess. les Duc d'Alençon et Conte d'Aubmale. *Esc.* J. de
Montchauvet, J. de Perrieres, D. Jodet, Robin Fevrier,
J. de la Touche, J. le Roynier, D. le Paticier, Ch. de la
Roche, G. du Buret, Biearnart de Vatonne, Aymer Foucher, G. le Sendre, Gervaise de Fommechon, J. de Courtentre, Robin Pellisson, Gervais Crespin, J. Hervé, Jacquet
du Fresne. » (*P. O.* Cuilly, 5. Cette montre est de la même
main que celles de M. Peynel et J. Houel passées au Mont
St-Michel le 1er du même mois. Voy. ci-dessus, nos 1024,
1025, 1032.)

1557. — 1421, 4 août, Villers. Richart Maheuc, écuyer
d'Ol. de Mauny, s. de Thieuville, lieut. du Comte d'Aumale au Mont St-M. (Cab. 1410, p. 84. — Féval, 271.)

1558. — 1436, 15 mars, Bayeux. « G. de Culli, ch. », re-
prend la jouissance des « sergenteries de Briquessart et
Cerisy, à nous donn. et restitués par le roy nostre sire
(Henri VI). » (*P. O.* Cully, 2.)

1559. — 1447, 23 s. Rouen. Henri VI : Délai à « G. de
Cully, ch., s. dud. lieu de Cully et d'autres fiefz, terres et
seign. assizes es baill. de Caen et Costentin et ailleurs en
Norm. » (*Ibid.* 4.)

1560. — 1521, 22 n. Comp. d'ord. du Duc d'Alençon.
H. d'a. Fr. de Mauny, J. de Mons... *Arch.* R. Marie, L. de
Bucan... (Clair. 245, p. 865).

1561. — 1602. « Girosme de Courtentre, esc., s. de la Bretonnière, archer des Gardes du Roy soubz la charge du s^r de Victry... » (*P. O. Courtentré*, 2.)

1562. — 1659. Dom Adrien de Fouqueville, éc., prieur-curé de Savigny. (Lemasson, 55.)

1563. — 1700, 20 mai, Hennebont. «Nobles gents Hiancinthe Augustin Cornic, sieur de Kerlivio, et Jaquette le Venier, son épouse. » (*P. O.* Cornic, 2).

INDEX DES PREUVES

A

B

25 33-47-53, 560, 635, 735, 831, 912, 1008-39-63, 1331-98, 1501.

Buret (du), 696, 1519-50-56. V. Buré.

Burgh, 1129-3.-40. V. Bourg.

Burnouf, 1101.

Burrier (le), 1220.

Busnel, 761, 1416-20.

Busson, 1164.

C

Cais, Caix, 1283. V. Cays.

Calais, Calays, Callais, 1219, 1278, 1543.

Callochie, 1351.

Cambray, 297, 490, 1114, 1539. V. Combray.

Campion, 466, 626, 664, 892,925, 1058,1506-43-49.V.Champion.

Camprond, 471, 1053.

Campservoux, 575, 607, 766.

Canet, Cannet, 1321-45-65. V. Carnet.

Canteleu, Cantelou, 696, 767, 855, 1195, 1283, 1504-46-50. V. Chanteloup.

Cantilly, 422, 504, 521, 1548.

Cappe (la), 609.

Cappel de laine, 725. V. Chappedelaine.

Cappeloigne, 434. V. Chappedelaine.

Carantilly, 1029-66. V. Grimouville.

Caray (du), 1283. V. Carrel, Carrey.

Carbonnel, 4, 555, 570, 684, 809-38-39, 931-4, 1194, 1296, 1337, 1483.

Cardic, 557, 1037.

Carel, 1033.

Caretot, 528, 583.

Carné, 1390.

Carnet, 1284. V. Canet.

Carpentier (le), 416, 503, 842, 1018, 1181, 1229, 1551. V. Charpentier.

Carrel, Carrey, 1239, 1554.

Carrouges, 115, 120, 305, 386, 486, 513, 719, 779, 807, 924-25-32-34-51, 1081, 1126-32, 1285, 1357, 1554.

Carruette, 958, 1219-20.

Carsaliot, 1283.

Castegny, 286. V. Gastigny.

Castel (du), 1194.

Cathehoule, 897.

Cauchon (Pierre), 1130.

Caudoire, 424.

Cauf (le), 758.

Caulé, du Caulé, Caulet, 171, 1010, 1420.

Cays, 234.

Cécille, 1238.

Césy, 693. V. Sézy.

Cervelle (la), 894, 970, 1393. V. Servelle.

Chabannes, 1230, 1418.

Chaeney, 141.

Chambellan, 1178.

Champagne (la), 4, 92, 321-27-39-44-70-86, 415-39, 529-36-49, 614-89, 773, 821-60-91-93, 949.

82, 642-7, 713-7, 851-92, 918-25, 1239, 1399, 1407-24-28-31-37-40-47-58-59,1549. V. Conte.

Colbeaux, 1035.

Colleville, 4, 86, 90-6-7, 709, 1018-39, 1393, 1508.

Colombières,4,12,127,225-56-89-99, 313-20-92, 417-70, 525,626, 715-42-69, 847-71-92, 1000-24-29,1324-36-91, 1502-4-6-49-50.

Colomby. V. Coulomby.

Combourg, 1533.

Combray, 4, 143, 216-64-65 96, 307-44, 544, 831, 954. V. Cambray.

Conart, 1301. V. Connart, Conrare, Cornart.

Condé, 995.

Connart, 828-91. V. Conart, Conrare, Cornart.

Conowe, 1303.

Conrare, 1037. V. Conart, Connart.

Conte (le), 352, 717, 800-4-24, 982-7, 1146-65, 1240-83, 1310-20-35-38-43-46-49-56-89-91, 1425-38. V. Cointe.

Coq (le), 1235, 1303, 1530.

Cornart, 84, 154. V. Conart, Conrare.

Cornebeuf, 1298. V. Cournebeuf, Tournebeuf.

Cornet, 167, 708, 1546.

Cornic, 1030, 1562.

Cort, 1006.

Costard, Costart, 175, 321-7, 596, 611-86, 741, 875-85-92, 1017, 1229-75, 1353-79, 1439-70-81. V. Cotart, Cothart, Coustart, Coutart.

Cosquet, 657.

Cotart, 386, 773. V. Costart, Cothart, Coustart, Coutart.

Coteblanche, 1283.

Cothart, 1531. V. Costart, Cotart, Coustart, Coutart.

Cothenin, 1037.

Cotigny, 541.

Cotton, 1370.

Coucy, 14.

Coudray (du), 279-83, 567.

Coulomby, 1401.

Coudeville, 1275.

Courcelles, 176, 185, 485, 973-99, 1238-82-92, 1320-46-56, 1416-50-57-90, 1521. V. Courselles.

Courcy, 514.

Courée, 1399.

Couret. V. Cœuret.

Cournebeuf, 802. V. Cornebeuf, Tournebeuf.

Courrée, 1399.

Courroye, 1399.

Courselles, 1311. V. Courcelles.

Courseulles, 892.

Court (le), 996, 1067, 1164, 1333-54, 1455-7, 1530.

Courtault, 1255-83, 1342-56.

Courtentre, 1556-61.

Courtin, 1146, 1297, 1300-6-16-31, 1452.

Courtonne, 358, 1276.

Coustart, 1333-44-62, 1438. V. Costart, Cotart, Cothart, Coutart.

Cousturier (le), 219, 1220, 1338.

Coutances, 527.

Coutart 1447. V. Costart, Coustart.

12*

D

E

F

G

H

I

J

K

L

95-96, 813-49-56-69, 927-34-48-99, 1011-23-29, 1100-68, 1283-5, 1320-34-42-56-79-80-91, 143?, 1549-5!. V. Louvet.

Louvet, 1039.

Liserne, Luiserne, Luzerne (la),

256, 337-41-53-63-78, 414-449, 525-73, 606-16-84, 715-75, 855, 932, 1027-28-65, 1156, 1398, 1417-68-73-74-78, 1549. V. Lissarne.

M

Macé, 1356.

Magny, 1546.

Mahé, 1220.

Maheuc , Maheulc, Maheux , 1491, 1548-58.

Maignen (le), 995.

Maigrenet (le) 1037. V. Menguennet.

Mailfaut, Malfaut, 496, 525, 528. V. Montfault.

Maillart, 264.

Maingot, 1548.

Maingrenet (le). V. Menguennet.

Maistre (le), 1139.

Malestroit, 1423, 1534-41.

Malet, Mallet, 4, 89, 264, 360-72, 600, 805-11, 924, 1110, 1334. V. Graville.

Malherbe, 1453.

Malvesin, 1500. V. Mauvoisin.

Mancel, Mansel, Mensel, 4, 63, 72, 76, 83, 730-72, 822, 1037, 1165, 1379-91, 1536.

Mandeville, 1010.

Manneville, 4, 256-76-96-97, 304-18-37-41-53-87, 491, 525-49-59-72-92, 834-94-97, 960, 1121-30-33, 1345-79-91-98, 1501-43-46-51. V. Mandeville, Moineville.

Mansel. V. Mancel.

Manvais, 1300.

Marais, Marès, Marestz, Marois (des), 120, 296, 375, 546, 1024-27-33-66., 1282-5-90, 1309-17-26-35-57, 1445.

Marcillé, Marcilly, 2, 22, 102-66, 288-99, 375-80, 404-38-75-95, 595, 725-6, 955-92, 1005, 1174, 1284, 1318-21-65.

Mare, Marre (la), 4, 89, 105, 321-85, 403-16 79, 643-83, 857, 1004-35, 1100-81, 1282-9-98, 1301-10-11-33-54-64-79-81, 1411-27-60, 1543.

Maret, 995.

Marguere, 893.

Marguerie, Marguerye, 174, 837, 925, 1348 91-95-98, 1413-53, 1516-45-46. V. Marguere.

Marie, 147, 300, 416-29-53-74, 539, 725-86, 830, 934-73-74, 1010, 1181, 1282-9, 1311-26, 1423-26 28-31 , 1544-46-48 à 51-60.

Marmion, 111.

Marsenne, 911.

Martel, 4, 234, 344-72, 440, 548, 746, 891, 1039, 1285, 1398. V. Bacqueville.

Martigné, 1023.

N

O

P

Q

R

S

Surreau, 1031.
Sushart, 312, 1546. V. Suhart.

Sutin. V. Sachin.
Swinford, 962.

T

Tabourel, 1399.
Taburet, 1037.
Tallevende, 37, 321-26-39-41-53-58-78-87, 489, 591, 678, 774, 830-9, 934-95, 1422, 1547-48.
Taloresses, 1231.
Tanel, Tannel, Thanel, 1037, 1445-46-54-57.
Teillay (du), 1023.
Teillier, Telier, Tellier (le), 112-18-78, 418, 525-85, 747-66-70, 850, 934, 1283, 1320-42-56-91-93, 1430-48-50, 1549-51.
Terregatte, 26.
Terve, Terves, 1500.
Tessier, le Tessier, 1289, 1448.
Tesson, Texon, 1, 4, 24, 32, 49, 54, 225-84, 327-32-35-38-41-53, 421-8, 526-79, 756, 987, 1010, 1198, 1301-33-64, 1481, 1501-52. V. Tusson.
Testenoire, 1530.
Thavart, 1443.
Thésart, Thézard, 322, 414, 1024-27-65, 1403, 1546.
Thibout, 1544. V. Tybout.
Thibouville, 724, 951.
Thierry, Tierry, 95, 900, 1025, 1314-64, 1428.
Thiéville, Thieuville, 417-42, 894, 1266-78.
Tholigny, 882.
Thomesson, 1201.

Thorigny. V. Torigny.
Tiercent, 463.
Tilly, 4, 152, 235-97, 357-84, 420-91, 525-66, 629, 765, 804-92, 987, 1011, 1391, 1546-51.
Tollevast, 4, 107, 125, 297, 423, 684, 759, 845, 921-41-73, 1001, 1235, 1549-51.
Torcy, 1335-49.
Torigny, 1029-37, 1411. V. Tholigny.
Torsay, 694.
Touche (la), 1556.
Tour (la), 1472.
Tournay, 174-85-89-90, 228 53-60, 360-73-86, 442-46-79, 600, 753, 901, 1078, 1178, 1290, 1349.
Tournebeuf, 460-90, 560, 601, 833, 973-4-6-7-91, 1001, 1181, 1402-13-30-49. V. Cornebeuf, Cournebeuf.
Tournebu, 4, 14, 49, 152-74, 224-35-36-88, 318-19-30-31-37-46-47-49-51-57-84-98, 420, 625-30, 799, 828-92, 1033-39-63, 1398, 1543.
Tournemine, 560, 874, 908-36, 1035, 1282-7, 1312-26-88. V. Hunaudaye.
Tournet, 1459.
Touroulde, 995.
Touteville, 375.
Travers, 4, 478, 854.

W

X

Y

TOMBELAINE

(1420-1450)

INDEX DES SOURCES

A. — (Liste des Défenseurs, par Labbey de la Roque ; dans la 2ᵉ éd. de ses *Rech. hist.*, publ. par le Vicomte M. d'Auxais, pp. 14-36.)

A. N. — Archives Nationales, à Paris.

Annales du Mont Saint-Michel, publ. par les RR. PP. Missionnaires (21ᵉ année, 1894), semi-mensuelles.

Anselme (le Père). *Hist. généalogique de la Maison de France et des grands off. de la Couronne.* Paris, 1726-33, 9 v. in-fol.

Ant. Norm. — Voy. *Mémoires de la Soc. des Ant. de Normandie.*

Archives du château de La Rivière-Bourdet, au Prince de Montholon-Sémonville (Commune de Quévillon, Seine-Inf.)

Archives du Conseil Héraldique de France, à Paris.

Archives du dépᵗ du Calvados, à Caen.

Archives du dépᵗ de la Manche, à St-Lô.

Argentré (Bertrand d'). *Hist. de Bretagne,* in-fol.

Armorial général de France, — dressé en exécution de l'édit de 1696. Au Cab. des titres.

Auxais (le Vicomte Maurice d'). Voy. Labbey de la Roque.

B. — (Liste des Défenseurs, dans le t. XLVIII des *Blancs-Manteaux*, auj. ms. franç. 22332 de la B. N., Fol. 127-131.)

BA. — (Liste des Défenseurs gravée sur plaque de marbre dans la Basilique du Mont St-Michel.)

Barghon de Fort-Rion (Baron F. de).
Jehanne d'Arc, Chronique rimée ; introduction par le Vte O. de Poli. Paris, 1890, in-12.

Basin (Thomas).
Hist. des règnes de Charles VII et de Louis XI ; publ. par J. Quicherat, 4 v. in-8.

Bastard (Collection de) ; aux mss. de la B. N.

Berry (le héraut). Voy. Vallet de Viriville.

BE. — Voy. Vallet de Viriville.

BL. — (Liste des Défenseurs, par L. Blondel, 1er éd., pp. 113-118.)

Blancs-Manteaux (*Fonds des*), t. XLVIII ; auj. B. N., ms. franç. 22332. Voy. *Bretagne*.

BLO. — (Liste des Défenseurs, par L. Blondel, 2e éd., pp. 99 104.)

Blondel (Louis).
Notice hist. du Mont St-Michel et de Tombelaine. Avranches, 1er éd. 1816 ; 2e éd. 1823, in-8.

B. N. — Bibliothèque Nationale, à Paris.

BO. — (Liste des Défenseurs, par Boudent, pp. 134-136.)

Boscq de Beaumont (Gaston du).
Généralité de Caen : Notes et doc. pour servir à l'hist. de la Recherche de Chamillart. Caen, 1890, in-8.

Boudent-Godelinière.

Notice hist. sur le Mont St M. et le Mont Tombelène. Avranches, 1842, in-8.

BRETAGNE (*Collection de*), ancien *Fonds des Blancs Manteaux* ; aux mss. de la B. N.

BRIN (M. le Chanoine P.-M.). *Saint Michel Archange et le Mont St-Michel.* 1re éd., 1880, gr. in 8 ; 2e éd., 1883, in-12. (En collabor. avec S. G. Mgr Germain, Évêque de Coutances et d'Avranches, et M. Édouard Corroyer.)

BRUEL (Alexandre).
Recueil des chartes de l'abb. de Cluny. 5 v. in 4°. (En cours de publication.)

BUISSON DE COURSON (Amédée du).
Recherches nobiliaires en Normandie. Paris, 1876, in-8.
Recherche de la Noblesse... par Guy Chamillart, intendant de la généralité de Caen (1666 et ann. suiv.) Caen, 1887, 2 v. in-8, et *Appendice.*

C. — Liste des Défenseurs, dans le *Nobil. de Carentan,* pp. 63-65. — Voy. *Carentan.*)

CAB. Cabinet des titres de la B. N.

CAB. HIST. — Voy. PARIS (Louis).

CALV. Voy. LÉCHAUDÉ D'ANISY.

CAMPS (L'Abbé de). *Nobiliaire historique de la France* ; aux mss. de la B. N.

CARENTAN (*Nobiliaire de*). Cab. 488, *dernière partie,* pp. 63-65.

CARTUL. — Voy. le suivant.
Cartulaire de l'abb. du Mont St-M. B. N., ms. latin 5430 *a.*
Cartul. de l'abb. de la Bussière : B. N., ms. latin 17722.
Cartul. de l'abb. de St-Évroult ; dans le tome V d'ORDERIC VITAL, pp. 182-96.
Chartes de Bayeux, Coutances, Mont St-Michel... B. N., ms. latin 9215.
Chartes royales (Collection dite des) ; aux mss. de la B. N.

CHENAYE-DESBOIS (F.-A. AUBERT DE LA). Voy. LA CHENAYE.

CHEVILLARD (Jacques-Louis).
Nobiliaire de Normandie. Paris, vers 1720, in-fol.

GAIGNIÈRES.

Chartes relat. à la fond. de l'abb. du Mont St-M. (Copie de). Cab. 1093, fol. 1-4.

Gallia christiana, 16 v. in-fol.

GB. — (Liste et blasons des Défenseurs, dans *Saint Michel et le Mont St-M.*, par S. G. Mgr Germain et M. le Chanoine Brin. 1ʳᵉ édition.)

GERMAIN (S. G. Monseigneur). Voy. BRIN.
GIRARD (Fulgence).

Hist. du Mont St-Michel. Avranches, 1843, in-8.

GO. — (Liste des Défenseurs, par J.-J.-C. GOUBE, t. III, pp. 480-482.)

GODEFROY (Denis).

Mémoires. Dans le t. VIII de la *Collection Petitot.*
GOETHALS.

Les chevaliers norm. au tournoi de Compiègne (1238). Dans la *Revue nobiliaire*, t.V, pp. 97-103.
GOUBE J.-J.-C.)

Hist. du duché de Normandie. Rouen, 1815, 3 v. in-8.
GRUEL (Guillaume).

Vie du connétable de Richemont.

F. — (Liste des Défenseurs, par Paul FÉVAL, p. 241.)

H. — (Liste des Défenseurs, par Dom HUYNES ; dans son *Hist. de l'abb. du Mont St. M.* publ., par E. de ROBILLARD DE BEAUREPAIRE, t. II, pp. 115-118.)

HAIRBY (James).

A short historical account of Mont St-M. and Mont Tombelene. Avranches, 1841, in-8.

HARCOURT (*Hist. généalogique de la Maison d'*), par Gilles-André de LA ROQUE. Paris, 1662, 4 v. in-fol.

HÉ. — (Liste des Défenseurs, dans le *Héraut d'armes*, pp. 144-145.)

HÉRICHER (Édouard le).

Mont St-Michel monumental et hist. Avranches, 1847, 2 v. in-8 ; 2º éd., 1848, gr. in-fol.

Hist. du Mont St-Michel, par la Rédaction des *Annales du M.-St M.*, 1876, in-8.

HO. — Voy. HOMMET (le baron du).

HOMMET (le baron du).
Notes sur les Défenseurs du Mont St-M. ; ms. communiqué par l'auteur.
HOZIER (Cabinet de d') ; au Cab. des titres.

HS. — (Liste des Défenseurs, par Dom HUYNES ; ms. franç. 18948.)

HU. — (Liste des Défenseurs, par Dom HUYNES, ms. franç. 18947.)
HUYNES (Dom).
Hist. de l'abb. du Mont St-Michel. B. N., ms. franç. 18947-43 ; anc. fonds de St-Germain-des-Prés, num. 924 et 1423.
Voy. ROBILLARD DE BEAUREPAIRE (E. de).

JH. — (Liste des Défenseurs, par James HAIRBY, pp. 175-178.)

JJ. — Voy. *Trésor des Chartes*.

JOURSANVAULT (*Catal. des archives du baron de*). Paris, 1838, 2. v in 8.
JUBINAL (Achille).
Nouv. recueil de contes, dits, fabliaux des 13º-15º siècles. Paris, 1839, 2 v. in-8.

K. — Voy. MONTFAULT.

L. — (Liste des Défenseurs, par Éd. LE HÉRICHER, *Mont St-M. monum. et hist.*, pp. 192-194.)
LABBEY DE LA ROQUE (P.-E.-M.)
Recherches hist. sur le siège du Mont St-M. par les Anglais en 1423-1424 ; 2º éd. augm. de *Notes et Doc.* concernant la *Maison d'Auxais*, réunis par le Vicomte Maurice d'Auxais, arr.-p.-fils de l'auteur. Valognes, 1886, in-12.

Recherche faite en 1540, *par les Élus de Lisieux, des Nobles de leur élection.* Caen, 1827, in 8.

LA CHENAYE-DESBOIS. (Fr.-Al. AUBERT DE). *Dict. de la Noblesse.* Paris, 1770 86, 15 v. in-4°.

LAISNÉ (A.-M.).

Résistance héroïque du Mont St-M. contre les Anglais de 1420. Paris, 1868, in-8.

LA ROQUE (Gilles-André de la). Voy. *Harcourt.*

LAVAL (Pancarte des blasons des Défenseurs, au Collège de l'Immaculée Conception que les RR. PP. du Mont St-M. ont à) ; peinture moderne, papier. Le savant M. Paul de Farcy a eu l'extrême bonté de relever à mon intention tous ces blasons ; j'ai à cœur de lui réitérer mon vif remerciement.

LÉ. — (*Archives du Calvados*, par LÉCHAUDÉ d'ANISY.)

LÉCHAUDÉ D'ANISY.

Archives du Calvados. 2 vol. in-8.

Grands rôles des Echiquiers de Normandie. Paris, 1845, in-4°.

Recherches sur le Domesday ou Liber Censualis *d'Angleterre.* Caen, 1842, in-4°. (En collab. avec M. de Sainte-Marie.)

Le Héraut d'armes, revue, tome I (1861-63).

LEMASSON (M. l'abbé).

Notice hist. sur Savigny, près Coutances. St-Lô, 1866, in-8.

LE PREVOST (Auguste). Voy. ORDERIC VITAL.

LE ROY (Dom Thomas).

Historia monasterii S. Michaelis in periculo maris (1698) B. N., ms. franç. 18950 ; anc. St-Germain-des-Prés 530.

LOWER (Mark-Antony).

The roll of Battel abbey; dans son livre *English surnames,* Londres, 1842, in-12.

LU. — (*Chron. du Mont St-M.,* par S. LUCE.)

LUCE (Siméon).

Chronique du Mont St-Michel. Paris, 1883, 2 v. in-8.

La jeunesse de Bertrand du Guesclin. Paris, 1876, in-8.

M. — Voy. *Montres et Revues.*

Magny (C. de).
Nobiliaire de Normandie, in-4°.

Masseville (le Sr de).
Hist. sommaire de Normandie. Rouen, 1698, 6 v. in-12.

Martinière (Bruzen de la).
Grand Dict. de géographie, 1735, 8 vol. in-fol.

Mémoires de Bretagne. B. N., ms. franç. 22325.

Mémoires de la Société d'agriculture de l'Eure.

Mémoires de la Société des Antiquaires de Normandie, in-4°.

Mémoires de la Société d'archéologie d'Avranches.

Menard.
Hist. de la ville de St-James de Beuvron. 1891, in-8.

Merval (Steph. et Louis de).
Catal. et Armorial des Présidents, conseillers... du Parlement de Rouen. Évreux, 1867, in-4°.

MG. — (Liste des Défenseurs, par C. de Magny, pp. 7-8.)

Miller (*Papiers*). *Recueil de pièces relat. à la Normandie.*
B. N., ms. nouv. acq. franç. 1482.

MO. — (Liste des Défenseurs, par Dom Morice, II, 1143-44.)

Monstrelet (Enguerrand de).
Chronique. Édition Buchon, gr. in-8.

Montfault (Recherche de la Noblesse de Basse-Normandie
en 1463 par Raymond de); dans le tome I du *Héraut
d'armes,* pp. 148-430.)

Montres et Revues (Collection dite des) ; aux mss. de la B. N.

Monuments des abb. des dioc. de Bayeux et d'Avranches. B. N.,
ms. franç. 4902.

Moréri.
Le grand Dict. historique ; éd. 1725.

14

Morice (Dom).

Preuves de l'hist. de Bretagne, 3 v. in-fol.

Moulin (Gabriel du).

Hist. générale de Normandie. Rouen, 1631, in-fol.

Moustier (Le P. Arthur du).

Neustria pia. Rouen, 1663, in-fol.

MR. — (Liste des Défenseurs, par Mgr J. Deschamps du Manoir, pp. 135 141.)

MS. — (Liste des Défenseurs, par Masseville, t. IV, pp. 143-148.)

Ms. latin 9215. Voy. *Chartes de Bayeux*.

N. — (Voy. Douet-d'Arcq).

Nobiliaire de Carentan. Cab. des titres, vol. reliés, n° 488 ; ms. du XVIIᵉ s.

Noulens (J.).

Maison de Clinchamp. Paris, 1884, gr. in-8.

Orderic Vital. Trad. d'Aug. Le Prevost, 5 v. in-8.

Ordonnances des Rois de France, 21 vol. in-fol.

P. 289¹. Aveux du Cotentin. — Aux Archives nationales.

P. 304. Aveux du Cotentin. — Aux Archives nationales.

PA. — (Pancarte et blasons des Défenseurs, conservée dans la salle des Architectes, à l'abb. du Mont St-M.)

Paris (Louis).

Cabinet historique, 20 v. in-8.

PI. — (Liste et blasons des Défenseurs, par M. le Chanoine E.-A. Pigeon, *Descr. hist.*, pp. 72-77.)

Pièces originales (Collⁿ dite des) ; au Cab. des titres de la B. N.

Pigeon (M. le Chanoine E.-A.)

Le Diocèse d'Avranches. Coutances, 1888, 2 v. in-8.

Description hist. et monum. du Mont St-Michel. Avranches, 1865, in-12.

Hist. générale de l'abb. du Mont-St-Michel au péril de la mer, par Dom Jean Huynes. Rouen, 1872, 2 v. in-8.

Roque (Gilles-André de la). Voy. *Harcourt.*

S. — (Liste des Défenseurs, par R. Séguin, pp. 83-84.)

SC. — Voy. *Titres scellés.*

Sc. norm. — Voy. Demay.

Séguin (Richard).
Histoire archéol. des Bocains. Vire, 1822, in-16.

Stapleton (Thomas).
Magni rotuli scaccarii Normanniæ. Londres, 1840, 2 v. gr-in-8.

Surreau. Voy. *Comptes.*

Tesson (Alfred de).

Le chartrier de la Seigneurie du Grippon. Avranches, 1894, in-8.

Titres scellés de la Coll. Clairambault. Dans lad. Collection, aux mss. de la B. N.

Touraine. Voy. *Collection.*

Travers (Julien).
Sonnets : Le Mont St-Michel. (Dans les *Mém. de la Soc. acad. de Cherbourg,* 1835. pp. 381-412).

Trésor des Chartes du Roi ; aux Archives nationales.

Turgot (Pancarte des blasons des Défenseurs, appartenant à M. Alfred), négociant au Mont-St-M. Peinture d'env. 1824, parch.

Vallet de Viriville. *Armorial composé vers 1450 par Gilles le Bouvier, dit Berry, prem. roi d'armes de Charles VII.* Paris, 1866, in-8.

Vautier (Charles).
Extrait du registre des dons, confiscations, maintenues et autres actes faits dans le duché de Norm. pendant les années 1418-20 par Henri V, roi d'Angl. Paris, 1828, in-12.

VILLEVIEILLE (Dom).

Trésor généalogique; au Cab. des titres.

Vivoin (Cartul. du prieuré de St Hippolyte de). Bibl. du Mans, ms.

WACE.

Le Roman de Rou. Rouen, 1827, 2 v. in-8.

Z. — (CLAIRAMBAULT, *Armorial d'Angleterre.*)

TABLE

Première Partie

Deuxième Partie

Saint-Amand (Cher) Imp. DESTENAY Bussière Frères.